TANJA KINKEL

Die Söhne der Wölfin

Italien im 7. Jahrhundert vor Christus. Die junge Priesterin Ilian wird aus ihrer etruskischen Heimatstadt Alba verbannt und zur Heirat mit dem lateinischen Bauern Faustulus gezwungen. Ihr Weg führt sie schließlich zu dem mächtigen Orakel von Delphi, mit dem sie um Unterstützung für sich und ihre Söhne Romulus und Remus handelt. Doch das Orakel verschenkt nichts, und eine seiner Bedingungen führt Ilian nach Ägypten, in einen erbitterten Krieg dreier Völker, in dem der Verlust ihrer Freiheit die geringste aller Gefahren ist. Von der Tiefe der Erniedrigungen in die Höhen der Macht, getrieben vom Feuer des Ehrgeizes und den Banden der Liebe, verfolgt Ilian ihr Ziel. Und die Besessenheit, die ihr im Blut brennt, formt auch ihre Söhne.

In ihrem großartigen Roman »Die Söhne der Wölfin« entwirft Tanja Kinkel überaus fesselnd das Bild einer Zeit, in der Mythen und Geschichte untrennbar miteinander verwoben sind. Die erlesene Kultur der Etrusker, die gerade ihrem Höhepunkt entgegen eilt, steht in Kontrast zu dem einfachen, ärmlichen Leben der Latiner; das einstmals so mächtige Ägypten verbreitet noch im Untergang seinen Glanz; und die aufstrebenden Griechen werden zu den Bindegliedern der antiken Welt. Doch das Schicksal, das die Zukunft für sie bereit hält, stellt sie alle in den Schatten der Stadt, die Ilians Söhne zu der ihren machen.

Autorin

Tanja Kinkel, 1969 in Bamberg geboren, verfaßte bereits im Alter von acht Jahren ihre erste Erzählung. Heute ist die promovierte Germanistin eine der erfolgreichsten Autorinnen historischer Romane, die bereits in neun Sprachen übersetzt wurden; ihre ersten beiden Bücher wurden schon 1992 mit dem Bayerischen Staatsförderpreis für junge Schriftsteller ausgezeichnet. Stipendien führten Tanja Kinkel nach Rom und Los Angeles. 1996 berief das Bayerische Staatsministerium für Kultus und Kunst sie in das Kuratorium des Internationalen Künstlerhauses »Villa Concordia«. »Wenn es nicht wahr ist, dann ist es eine gute Geschichte«, so zitiert sie selbst ein italienisches Sprichwort und umschreibt damit zugleich ihr persönliches Erfolgsrezept.

www.tanja.kinkel.de

Von Tanja Kinkel außerdem lieferbar:
Wahnsinn, der das Herz zerfrißt. Roman (9729) · Die Löwin von Aquitanien. Roman (41158) · Mondlaub. Roman (42233) · Die Puppenspieler. Roman (42955) · Die Schatten von La Rochelle. Roman (44084) · Unter dem Zwillingsstern. Roman (44671)

Tanja Kinkel

Die Söhne
der Wölfin

Roman

GOLDMANN

Umwelthinweis:
Alle bedruckten Materialien dieses Taschenbuches
sind chlorfrei und umweltschonend.

Der Goldmann Verlag ist ein Unternehmen
der Verlagsgruppe Random House GmbH.

Taschenbuchausgabe 12/2002
Copyright © 2001 by Blanvalet Verlag, München,
in der Verlagsgruppe Random House GmbH
Umschlaggestaltung: Design Team München
Umschlagfoto: AKG, Berlin
Satz: Uhl + Massopust, Aalen
Druck: Elsnerdruck, Berlin
Titelnummer: 45382
Lektorat: Silvia Kuttny
BH · Herstellung: Heidrun Nawrot
Made in Germany
ISBN 3-442-45382-8
www.goldmann-verlag.de

1 3 5 7 9 10 8 6 4 2

Für meine Mutter

I

DAS GESCHENK DER GÖTTER

Für Fasti war das Bestürzendste an der Enthüllung, die ihre Novizin ihr machte, daß sie aus heiterem Himmel kam. Trotz all der Ereignisse der letzten Wochen, trotz all der Zeichen, die gedeutet wurden, hatte es keinen Moment der Vorahnung bei der Hohepriesterin gegeben. Was Fasti, die im Innersten dazu neigte, ihrer scharfen Beobachtungsgabe genauso wie den meisten Hinweisen der Götter zu vertrauen, jedoch noch mehr verletzte, war, daß es auch im Verhalten des Mädchens, das jetzt vor ihr stand, nichts Auffälliges gegeben hatte.

Die frühe Morgensonne zauberte eine Schwelle aus hell glühendem Terrakotta in den Eingang der Zelle und zeichnete für Fasti, die sich im dämmrigen Inneren des Raumes befand und gerade erst ihr morgendliches Gebet für die Göttin gesprochen hatte, die Gestalt des Mädchens so scharf wie eine der Figuren, mit denen die Griechen ihre kostspieligen Vasen zierten. Ilian hielt sich kerzengerade, und ihre Hände preßten sich an die Oberschenkel, doch ansonsten unterschied sie sich in nichts von der Novizin, die Fasti noch am gestrigen Morgen über nichts Schlimmeres als eine Erhöhung der Ölpreise für die Tempellampen unterrichtet hatte. Fasti starrte sie an und versuchte ihrerseits, gefaßt zu sein. Die Mischung aus Bestürzung, Enttäuschung und Entsetzen, die in ihr hochstieg, machte ihr das schwer. Ein Teil von ihr hoffte, sich verhört zu haben, ein anderer war versucht, Ilian bei den Schultern zu packen und zu schütteln, während ihr verläßlicher, vorausplanender Verstand, der ihr seit mehr als einem Jahrzehnt ihre Position sicherte, sich bereits verzweifelt bemühte, eine Lösung zu finden.

»Ich erwarte ein Kind«, wiederholte Ilian mit der klaren, tragenden Stimme einer ausgebildeten Priesterin und klang dabei erzürnenderweise nicht im geringsten reuig oder eingeschüchtert.

Nicht zum ersten Mal fragte sich Fasti, ob Ilian je ihr Selbstverständnis als Tochter des Königs abgelegt hatte. Sich der Göttin Turan zu weihen bedeutete, seine Herkunft hinter sich zu lassen. Eigentlich sollte man meinen, daß Ilian diese Lektion verinnerlicht hätte, zumal ihr Vater niemand war, auf den man stolz sein konnte. Allein das Weiterleben Numitors war bereits eine Schande. Numitor war für Alba ein schlechter König gewesen; unter seiner Regentschaft hatte die Stadt alle wichtigen Handelsverträge verloren, sich in einen törichten Kleinkrieg mit Xaire verstrickt und stand nun als die unbedeutendste im Bund der Zwölf dar. Sogar die latinischen Barbaren wagten es immer häufiger, Handelszüge aus Alba zu überfallen, was früher undenkbar gewesen wäre. Fasti hatte gemeinsam mit den Hohepriestern der übrigen Götter die Zeichen beraten, und die Blitze, die ihnen bald darauf gesandt wurden, verkündeten eine eindeutige Botschaft: Der König mußte sterben.

Es war ein altes Gesetz, das nur noch selten Anwendung fand; in Zeiten der Not starb der König für seine Stadt und holte ihr so das Glück zurück. Das Opfer mußte jedoch freiwillig gebracht werden; ein König, der gegen seinen Willen getötet wurde, bewirkte nur Unglück. Keiner von ihnen hatte damit gerechnet, daß Numitor sich weigern würde – weigern mit einer Arroganz, die offenbar ein verhängnisvolles Merkmal seiner Familie darstellte.

Nicht, daß der Hochmut Numitor viel genützt hätte. Einen König zu entthronen, der einmal von den Göttern anerkannt worden war, hatte keiner der Priester gewagt, doch als Numitors Bruder Arnth diese Pflicht auf sich nahm, war ihm ihre volle Unterstützung zuteil geworden. Nicht bedingungslos; Fasti selbst hatte Arnth gewarnt, daß ein Bruder, der einen Bruder tötete, den schlimmsten aller Flüche auf sich lüde. Und so hatte Arnth Numitor nicht umgebracht, sondern lediglich verbannt; allerdings nicht, ohne einige gründliche Vorsichtsmaßnahmen zu treffen. Numitor würde keine rachedurstigen Söhne mehr zeugen können, denn seine Männlichkeit war ihm genommen worden, ebenso wie den beiden bereits vorhandenen Söhnen, die man den Phöniziern als Sklaven verkauft hatte.

Fastis Mitleid mit den jungen Männern hielt sich in Grenzen. Die beiden waren empört über die Forderung der Priester nach dem freiwilligen Opfertod ihres Vaters gewesen und zeigten die gleiche kurzsichtige und verhängnisvolle Überheblichkeit wie er.

Ilian, Numitors einzige Tochter, hatte sie bisher anders eingeschätzt. Ilian war bereits als Kind der Göttin übergeben worden und hatte stets eine vielversprechende Mischung aus gesundem Menschenverstand und Intuition gezeigt. Sie war wißbegierig, sie begriff rasch, und es gab Anzeichen, daß sie die Blitze nicht nur deuten, sondern auch herbeirufen konnte. Von ihr waren keine Proteste über die Notwendigkeit eines Königsopfers laut geworden, und wenn sie die Machtübernahme durch ihren Onkel übelnahm, dann war sie zu klug, um es auszusprechen. Alles in allem berechtigte sie zu den schönsten Hoffnungen, und Fasti hatte geplant, sie im nächsten Winter, wenn ihr fünfjähriges Noviziat beendet wäre, zu ihrer Nachfolgerin auszubilden. Es stand nicht zu erwarten, daß Arnth protestieren würde. Eine Priesterin durfte niemals heiraten, und solange es keinen Ehemann für Ilian gab, der in ihrem Namen Anspruch auf den Thron von Alba erheben konnte, würde sie ihm nicht gefährlich sein.

All das machte Ilians Verhalten um so unbegreiflicher. Die Jungfräulichkeit einer Novizin war heilig, denn sie diente dem Aspekt der Göttin, der Jungfrau war. Erst die Priesterinnen, die Turan der Gebenden huldigten, der Mutter allen Lebens, hatten das Recht, sich einem Mann hinzugeben, und sie taten es nur, wie die Göttin es wünschte.

»Du bist...«, begann Fasti, dann hörte sie, daß ihre Stimme rauh klang, und hielt einen Moment lang inne, bis sie sicher sein konnte, ihre übliche kühle Gelassenheit wiedererlangt zu haben, »du bist nicht vergewaltigt worden?«

Schon als sie dies sagte, wußte sie, daß es eine Feststellung war, keine Frage. Eine Priesterin zu vergewaltigen war ein solch ungeheuerliches Vergehen und zog eine so grausame Strafe nach sich, daß es höchstens einmal in drei Generationen vorkam. Überdies hätte Ilian in einem solchen Fall nichts daran gehindert, es Fasti sofort zu berichten und dafür zu sorgen, daß der Schuldige bestraft würde.

»Nein«, entgegnete Ilian. Sie schaute zu dem Altar hinter Fasti, auf dem ein Abbild der geflügelten Turan stand. »Aber ich hatte auch keinen Liebhaber«, fügte sie mit einem Anflug von Trotz hinzu, der Fasti daran erinnerte, daß Ilian bei aller Schulung noch sehr jung war, zweimal sieben Jahre erst. Dann trat sie einen Schritt näher, löste sich aus dem Lichtfleck am Eingang und fuhr fort, ohne den Altar aus den Augen zu lassen: »Es ist das Kind eines Gottes, und die Göttin selbst hat es gebilligt.«

Diesmal versuchte Fasti nicht einmal, ihre Reaktion zu unterdrücken. Sie ging zu Ilian und schlug ihr, ohne zu zögern, ins Gesicht, zweimal, einmal mit der Handfläche, dann, weit ausholend, mit dem Handrücken. Ilian keuchte unwillkürlich auf, aber sie machte keine Anstalten, sich zu schützen, was einiges an Selbstbeherrschung erforderte. Sie überragte Fasti bereits, doch Ilians schlanke Gestalt hatte noch etwas Weiches, Unfertiges, während die muskulöse, untersetzte Fasti über die Zähigkeit und Härte einer Bäuerin verfügte. Einen Moment lang wünschte sich Fasti, das Mädchen umbringen zu können, und wußte gleichzeitig, daß sie es nie fertigbrächte.

Nicht einmal einen Herzschlag lang zog sie in Erwägung, daß Ilian die Wahrheit sagen könnte. Im Gegenteil, nun war ihr alles klar. Sie hatte nicht einfach eine leichtsinnige Novizin vor sich, die ihre Zukunft für ein paar süße Worte eines unbekannten Verführers fortgeworfen hatte und die nun Zuflucht in einer blasphemischen Ausrede suchte. Nein, es war viel gefährlicher. Wenn Ilian öffentlich behauptete, das Kind eines Gottes in sich zu tragen, dann würde ein Teil der Bevölkerung ihr Glauben schenken, statt sie als gefallene Priesterin zu verachten. Der Trotz ihres Vaters gegen den Willen der Götter wäre dann vergeben und seine Erblinie wieder gültig. Ilians Kind, ob Mädchen oder Junge, hätte nicht nur Anspruch auf den Thron, nein, seine halbgöttliche Herkunft würde es auch jedem Sprößling Arnths überlegen machen. Und da Arnth bisher so sorgfältig darauf geachtet hatte, keinen seiner Blutsverwandten zu töten, stand nicht zu erwarten, daß er jetzt bei einer schwangeren Frau den Anfang machen würde. Selbst die trächtige Häsin war unantastbar. Seine Nichte in ihrem augenblicklichen Zustand zu töten wäre selbst dann ein Sakrileg, wenn sie nicht der Göttin geweiht wäre.

Zumindest hatte Fasti sich nicht in Ilian getäuscht, was ihren Verstand anging. Beinahe mischte sich widerwillige Bewunderung in den Zorn, der sie nun ganz und gar erfüllte.

»Du wirst uns nicht in einen Krieg mit dem König hineinziehen«, stieß sie mit zusammengebissenen Zähnen hervor. »Es hat schon genug Zwist zwischen Tempel und Thron gegeben, glaube nur nicht, daß wir dich um dieser Lüge willen schützen werden.«

»Es ist keine Lüge.«

Fasti musterte Ilian, als sähe sie das Mädchen zum ersten Mal. In dem dämmrigen Licht der Zelle wirkten Ilians Augen, die braun waren, fast schwarz. Sie hatte eine sehr helle Haut, und so konnte man immer noch die roten Male, die Fastis Finger hinterlassen hatten, erkennen. Ihr herzförmiges Gesicht mit der breiten Stirn und dem spitzen Kinn würde in ein paar Jahren schön sein; jetzt wirkte es nur kindlich, da die hohen Wangenknochen noch nicht zur Geltung kamen. Ihr Haar war hochgesteckt, wie es sich gehörte, doch unter der Wucht von Fastis Schlägen hatten sich einige der dunklen Locken gelöst und standen im Widerspruch zu den zusammengepreßten Lippen. Fasti weigerte sich, etwas wie Rührung in sich aufkommen zu lassen.

»Und welcher Gott«, fragte sie bitter, »soll das gewesen sein?«

Insgeheim war sie gespannt auf die Antwort, die das Ausmaß

der Katastrophe verraten würde. Nur die Priesterschaften von Nethuns und von Cath waren mächtig genug, den Zorn des Königs riskieren zu können, aber sie hatten bei seiner Inthronisierung geholfen, und es wäre töricht von ihnen, einen fähigen, geneigten Herrscher, der bereits alle gewünschten Reformmaßnahmen eingeleitet hatte, gegen ein Kleinkind, ein vierzehnjähriges Mädchen und den Mann, der das verwünschte Kind gezeugt hatte, einzutauschen. Andererseits stand es durchaus im Bereich des Möglichen, daß sich eine von ihnen von dem Machtwechsel mehr versprochen hatte und nun bereit war, es auf einen Aufruhr des Adels ankommen zu lassen, um die Verehrung ihres Gottes über die der anderen zu erheben. Nethuns war der traditionell Mächtigere, aber in den letzten Jahren waren Cath mehr und mehr Opfergaben gebracht worden, und wenn einer von beiden erhoffte, auf diese Weise den endgültigen Vorrang zu erreichen… Sie sah einen Bürgerkrieg vor sich, betrieben von gewissenlosen Ehrgeizlingen, sah Alba endgültig zugrunde gehen, seine Bewohner gezwungen, in den übrigen Städten des Bundes Zuflucht zu suchen, und es schauderte sie.

»Keiner von unseren Stadtgöttern«, entgegnete Ilian, und die Last auf Fastis Schultern verringerte sich ein wenig. Das bedeutete, daß Ilian von niemandem unterstützt wurde und allein handelte. In diesem Fall war es weise, nicht einen der Götter, deren Priester hier in der Stadt weilten, als Vater zu beanspruchen; die Priester von Nethuns wären durchaus imstande, bis nach der Geburt des Kindes zu warten und sie dann zeremoniell als Strafe für ihre Blasphemie zu ertränken.

»Was für ein Gott dann?« gab sie spöttisch zurück und war überrascht, Ilian mit einemmal die Beherrschung verlieren zu sehen.

»Du glaubst mir nicht«, sagte Ilian heftig. »Als mein Vater solchen Unglauben zeigte, was den Willen der Götter anging, da nanntest du es Lästerung, Fasti, und bis heute dachte ich, du seist dabei aufrichtig gewesen, daß es dir um mehr ging, als um einen Machtwechsel. Nun, ich habe die Zeichen auch gelesen, Fasti.«

Sie wandte sich von Fasti ab, kniete vor dem Altar nieder und legte ihre rechte Hand auf das Abbild der Göttin, das Fasti erst vor kurzer Zeit nichtsahnend wie jeden Morgen mit jungem Wein besprengt hatte. »Ich schwöre bei der geflügelten Turan und bei Nurti, die über das Schicksal regiert, daß ich nur dem Willen der Götter gehorcht habe. Sie haben sich mir offenbart. Ein Band wurde gebrochen um der Macht willen, und die Zwölf werden untergehen, aber wenn sich Leben und Zerstörung vereinigen, dann wird geboren, was in alle Ewigkeit fortdauern wird.«

Die leidenschaftliche Aufrichtigkeit in Ilians Stimme ließ Fasti einen Moment lang zurückschrecken. Dann holte die Wirklichkeit sie wieder ein. Das Mädchen hatte gerade so gut wie zugegeben, daß sie die Entmachtung ihres Vaters übelnahm. Der Plan, mit dem sie diese wieder rückgängig machen wollte, war für eine Vierzehnjährige erstaunlich gut durchdacht, aber daß sie sich dabei der Götter bediente, war unverzeihlich.

»Du hättest meine Nachfolgerin werden können«, meinte Fasti kopfschüttelnd und mehr traurig als ärgerlich. »Hätte das nicht genügt?«

Ohne zu antworten, stand Ilian langsam auf. »Mein Kind ist das Kind eines Gottes«, erwiderte sie. »Geh nur zu meinem Onkel und berichte ihm das.«

Der übertriebene Reichtum des königlichen Palasts war einer der Gründe, warum die Bevölkerung nicht übermäßig um den gestürzten Numitor trauerte. Das Haus eines Königs sollte Ehrfurcht einflößen, denn der König vertrat die Stadt, aber in schlechten Zeiten statt Getreide griechische Maler einzuführen, wie Numitor es getan hatte, war eine weitere Herausforderung der Untertanen gewesen. Dennoch zollte Fasti dem Ergebnis dieser unklugen Eigennützigkeit bei jedem Besuch aufrichtige Bewunderung. Der Palast mit seinen drei Innenhöfen stand nicht, wie die wichtigsten Tempel, auf einem der höchsten Punkte von Alba, aber er bot eine wunderbare Aussicht auf den See, und wenn man ihn einmal betrat, dann war es unmöglich, nicht den Einfallsreichtum zu würdigen, den diese Lage hervorgerufen hatte. Die Wände des ersten Innenhofes zeigten Wasservögel und Schiffe, Nethuns mit seinen fischschwänzigen Wassergreisen und die ihm zugehörigen Kräuter, Bachginster und Bachminze. Während sie darauf wartete, daß man Arnth von ihrer Ankunft benachrichtige, fiel Fasti auf, daß ein breiter schwarzer Streifen bei einem der Wassergreise die Flügel verdeckte, mit denen man diese Wesen sonst darstellte. Ruß zweifellos; eine Erinnerung an die Nacht, in der Numitor gestürzt worden war? Aber inzwischen war ausreichend Zeit vergangen, um derartige Überreste zu entfernen. Andererseits stand es durchaus im Bereich des Möglichen, daß solche Nebensächlichkeiten Arnth gar nicht auffielen.

Einer der Sklaven näherte sich ihr, die Augen niedergeschlagen, wie es sich der Hohepriesterin gegenüber ziemte, und bat, die Edle Fasti möge ihm folgen, der König freue sich darauf, sie zu empfangen. *Das bezweifle ich*, dachte Fasti. Arnth war von Natur aus mißtrauisch und fragte sich gewiß, ob sie, oder vielmehr die Göttin Turan, schon wieder Forderungen um Unterstützung an ihn stellen wollte.

Wegen der Mittagshitze hatte man vor das Fenster des Raumes, in den man sie führte, eine helle Leinwand gespannt, aber dennoch ließ sich der Gast, in dessen Gesellschaft Arnth auf sie wartete, von einem Sklaven Luft zufächeln. Der Barttracht und der Kleidung nach ein Inselgrieche; er wandte hastig die Augen ab, als sie eintrat. Wenn die Lage nicht so ernst gewesen wäre, hätte es Fasti belustigt. Die Griechen hatten eigenartige Sitten in bezug auf Frauen. Wie man hörte, ließen sie nur Sklavinnen und Huren ohne Begleitung durch die Straßen gehen und empörten sich über die hiesige Sitte, gemeinsam zu speisen. Da ein Grieche, der mit seiner Meinung zurückhielt, noch nicht geboren war, gab es in den zwölf Städten ein Sprichwort, das besagte, das einzige, was einen Hellenen noch mehr schrecke als ein phönizischer Handelsrivale, sei eine Frau der Rasna. Sie konnte sich denken, warum Arnth ihn bei sich behalten hatte. Mutmaßlich hatte er eine vorteilhafte Vereinbarung geschlossen und wollte ihr verdeutlichen, daß er nicht länger mehr nur auf die Unterstützung der Priester angewiesen war.

Angesichts der Nachricht, die sie überbringen mußte, stellte die Anwesenheit des Griechen jedoch ein Hindernis dar. Sie nickte ihm flüchtig zu und erhob die Hand, um Arnth, der sich zu ihrer Begrüßung lächelnd erhoben hatte, Einhalt zu gebieten.

»König von Alba«, sagte sie ernst, »das, was ich zu sagen habe, ist nur für deine Ohren bestimmt.«

Es würde ohnehin bald genug Stadtgespräch werden, doch gerade jetzt konnte sie keinen fremden Zeugen gebrauchen. Arnth, den selbst seine Feinde nie als dumm bezeichnet hätten, begriff offenbar sofort, daß sie nicht hier war, um wegen weiterer Privilegien für den Tempel zu feilschen.

»Alkinoos, mein Freund«, meinte er in seinem gewinnendsten Tonfall und in dem attischen Dialekt, der von den meisten Griechen bevorzugt wurde, »wir werden später weitersprechen, und heute abend werde ich zu Ehren unseres neuen Bündnisses mit Korkyra ein Gastmahl geben. Aber wenn die Götter gebieten ...«

»Gewiß«, entgegnete der immer noch etwas befangen wirkende Alkinoos, stand auf und entfernte sich hastig, wobei er peinlichst auch weiterhin jeden Blick in Fastis Richtung vermied.

Als er verschwunden war, bemerkte Fasti trocken: »Korkyra? Bedeutet das, daß wir endlich wieder unser Erz über das Meer schicken können?«

Die Griechen waren dabei, sich um das Meer auszubreiten wie Frösche um einen Teich, und mittlerweile war es fast unmöglich, sich am Seehandel zu beteiligen, ohne sich mit mindestens einem griechischen Reich zu verbünden, es sei denn, man begab sich ganz und gar in die Hand der Phönizier. Nicht-

...ete galten als Freiwild für Seeräuber, und als Numitor ...trag mit Korinth zugunsten von Xaire verlor, geriet der ...auschhandel von Bronze und Eisen gegen Weizen, Öl, Wein und Tonwaren mehr und mehr zum Erliegen. Die Insel Korkyra war als Verbündeter eine gute Wahl; ihre kleinen, wendigen Schiffe taugten selbst nicht zum Transport großer Lasten, aber das Handelsschiff, das von ihnen eskortiert wurde, kam gewöhnlich auch an. Allerdings ließen die Korkyräer sich ihre Dienste einiges kosten, und die Überlegung, wie Arnth sie wohl angesichts der leeren Schatzkammer seiner heruntergewirtschafteten Stadt bezahlen wollte, lenkte Fasti tatsächlich für einen Moment von ihren Sorgen ab.

»Nun«, meinte der neue König von Alba, der nicht aufgehört hatte zu lächeln, »wenn die Götter es wollen und ihre Priester bereit sind, Opfer dafür zu bringen, dann können wir das gewiß.«

Noch gestern wäre Fasti ob der Herausforderung, die in diesen Worten lag, nicht weiter böse gewesen, doch jetzt kam ihr der Verdacht, daß die ganze königliche Familie die unselige Neigung besaß, die Götter und deren Diener zu ihren Zwecken einzuspannen, statt sich selbst dem Willen des Schicksals zu beugen.

»Sprechen wir ein andermal davon«, entgegnete sie schroff und unterrichtete dann den König von der Schwangerschaft seiner Nichte und von dem, was diese über den Vater des Kindes gesagt hatte.

Arnth, der mehr als zehn Jahre jünger als sein entthronter Bruder war und nie zu Gefühlsausbrüchen neigte, erblaßte und wirkte mit einem Schlag gealtert. Zum ersten Mal fiel Fasti das Netz feiner Falten auf, das sich von Augen- und Mundwinkeln über das Gesicht ausbreitete. In die Stirn hatten sich drei Kerben eingegraben, und die Augenbrauen, die geschwungen wie die Ilians und Numitors waren, zogen sich abrupt zusammen.

Er ließ sich wieder auf die Liege sinken, auf der er vorher geruht hatte, und sackte in sich zusammen. Nach einer Weile meinte er tonlos: »Es besteht wohl keine Möglichkeit, daß dieses Kind nie geboren wird?«

»Nein«, erwiderte Fasti scharf. »Die Göttin verbietet dergleichen. Das keimende Leben ist heilig. Du solltest daran noch nicht einmal denken.«

»Vergib mir, Edle Fasti«, sagte Arnth kühl, »aber gebietet die Göttin nicht auch, unnatürliches Leben zu vernichten? Ich meine mich zu erinnern, daß du selbst mißgestaltete Kinder dem Fluß übergeben und die Mütter, die solche Kinder behalten wollten, dafür bestraft hast.«

»Es gibt keinen Grund anzunehmen, das Kind, das Ilian erwartet, sei mißgestaltet. Und hüte dich davor, dir so etwas zu wünschen. Es könnte auf deine eigenen Kinder zurückfallen.«

Unwillkürlich berührte Arnth die kleinen Bronzekugeln, die er wie die meisten Männer um den Oberarm gebunden hatte, um mißgünstige Einflüsse des Schicksals abzuwehren. Seine Lippen preßten sich zusammen.

»Es mag sein«, versetzte Fasti versöhnlicher, »daß die Göttin Ilian für ihren Verrat bestraft, und das kann sehr wohl durch ihr Kind geschehen. Doch es ist nicht an uns, dergleichen zu fordern.«

»Ich verstehe. Aber als König obliegt es mir, diese Stadt zu regieren. Was ich dazu mit meinem Bruder und seinen Söhnen machen mußte, hat mir im Gegensatz zur allgemein herrschenden Meinung keine Freude bereitet, doch es war notwendig. Ich wünsche Ilian kein Leid, aber ich kann auch nicht zulassen, daß sich die Stadt um ihretwillen schon wieder spaltet.«

Fasti nickte. »Das kann nicht dem Willen der Götter entsprechen«, meinte sie zustimmend.

Er wartete, doch sie fügte nichts hinzu. Die Zeichen hatten sich Fasti diesmal verweigert, und auch stundenlanges Grübeln hatte keine Erleuchtung gebracht, was sie dem König in bezug auf Ilian vorschlagen könnte. Sie wußte nur, was sie *nicht* tun würde. Aber eine derartige Ratlosigkeit stellte eine Schwäche dar, die sie nicht gern zeigte. Schweigen senkte sich über den Raum, und sie hörte Flötenspiel aus einem der Nachbarzimmer. Wie die meisten Angehörigen ihres Volkes liebte sie die Musik, doch diesmal verfehlten die perlenden Töne ihre Wirkung auf sie. In Gedanken häufte sie abermals Verwünschungen auf Ilians Haupt. Vor allem anderen sollten für eine Priesterin der Wille der Götter und das Wohl des Volkes stehen. Wie kleinlich, wie selbstsüchtig, das um der Rache willen zu verwerfen.

Als Arnth endlich wieder sprach, war sie mehr als bereit, ihm zuzuhören.

Ilian war es verboten worden, den Tempelbezirk zu verlassen, doch Fasti hatte vergessen, eine solche Anordnung auch für den Rest der Novizinnen zu erlassen, die mit Ilian im Haus der Jungfrauen lebten. Sie mochten ihr Leben Turan geweiht haben, doch sie waren so klatschsüchtig wie alle jungen Mädchen geblieben, und alle hatten Familie in der Stadt. Überdies hatte sich vor zwei Mondwechseln eine der Novizinnen durch einen unglücklichen Sturz das Genick gebrochen, was Fasti zu einer noch nicht wieder zurückgenommenen ständigen Besuchserlaubnis für die Eltern veranlaßt hatte, um die aufgeregten Familien der übrigen Mädchen zu beschwichtigen. Nun zeigten sich die unliebsamen Folgen dieser Geste. Als Fasti aus dem Palast zurückkehrte, wurde sie dreimal angehalten und gefragt, was es mit der ungeheuerlichen Neuigkeit auf sich habe. Ihre Stimmung war dementsprechend, als sie Ilian aufsuchte.

Ilian saß auf einer Bank, ein Wachstäfelchen auf den Knien. In der linken Hand hielt sie den Griffel, mit dem sie schrieb. Einen Moment lang wollte Fasti sie wie so oft darauf aufmerksam machen, daß sie mit der rechten Hand zu schreiben hätte. Die Schrift war erst vor einer Generation von den Griechen ins Land gebracht worden und noch immer etwas so Außergewöhnliches, daß nur die Priester und sehr wenige Adlige sie beherrschten. Ilian hatte das Schreiben schnell gelernt, doch ihr beharrliches Benützen der falschen Hand war so widersinnig wie vieles andere an ihr. Ohne ein Wort zu sagen, nahm Fasti ihr das Täfelchen ab und warf einen Blick darauf. Es handelte sich um eine Aufzählung der elf verschiedenen Blitzarten und der Götter, denen sie zugeordnet waren. Offensichtlich hielt Ilian es für nötig, sich mit anderen Dingen als dem, was sie angerichtet hatte, zu beschäftigen.

»*Blutrote Blitze für Tin*«, las Fasti laut, »*in drei Arten*. Ich hoffe, du weißt auch noch, welche drei Arten.«

Ilian schaute zu ihr auf. Diesmal bemerkte Fasti die Schatten unter ihren Augen, doch sie weigerte sich, sich davon rühren zu lassen.

»Die erste Art ist friedlich«, gab das Mädchen zurück, ohne Überraschung, als handele es sich immer noch um eine weitere Lektion ihrer Lehrerin, als könnten sie wieder sein, was sie noch gestern gewesen waren. »Ein solcher Blitz rät von etwas ab oder rät zu etwas zu. Die zweite Art Blitz kann Schaden anrichten oder nützen und ist sehr schwer zu deuten; Tin zieht die übrigen Götter zu Rate, ehe er sie verwendet. Um die dritte Art zu benutzen, braucht er ihr Einverständnis, denn es ist die schlimmste, verheerendste. Sie vernichtet und gestaltet den Zustand von Mensch und Gemeinwesen um.«

»Zwei Tage, ehe der alte König, dein Vater, gestürzt wurde«, sagte Fasti, während alles in ihr gegen die Verschwendung protestierte, die jetzt unausweichlich war, »sahen du und ich einen solchen Blitz. Ich habe ihn gedeutet. Ich nehme an, du willst mir jetzt erzählen, daß meine Deutung nicht die richtige war und sich die Götter vielmehr dir offenbarten?«

»Deine Deutung«, begann Ilian vorsichtig, »war nicht vollständig.« Man konnte die erwachende Hoffnung in ihrer Stimme hören. Vermutlich nahm sie an, daß Fasti über ihre Worte am Morgen nachgedacht hatte und nun eher bereit war, ihr zu glauben. »Ich wünschte, sie wäre es gewesen, Fasti«, fuhr sie fort und biß sich auf die Lippen, eine kindliche Geste, die Fasti ihr nie hatte abgewöhnen können. »Ich bin nicht blind, ich weiß, was auf uns zukommt. Aber es war notwendig. Die Götter haben es mir offenbart.«

»Nun«, sagte Fasti langsam und ließ die Falle zuschnappen, »wenn du dir deiner Sache so sicher bist, dann wirst du wohl nichts dagegen haben, wenn ich dich auf die Probe stelle. Der König läßt dir die Wahl zwischen zwei Lösungen. Der Vater deines Kindes hat sich gefunden, oder vielmehr: Der König hat ihn gefunden. Es ist einer der latinischen Barbaren in seinen Diensten.«

Ilians Gesicht verhärtete sich wieder. »Das ist nicht wahr, und du weißt es, und er weiß es auch.«

Ohne auf den Einwurf einzugehen, fuhr Fasti fort: »Da keine unserer Adligen einen solchen Mann heiraten kann, verlierst du deinen Stand und deinen Namen, was im übrigen auch eine angemessene Strafe für deinen Verrat an der Göttin ist. Aber du wirst ihm zur Frau gegeben und mit ihm in seine Heimat zurückkehren. Dein Kind wird ehelich zur Welt kommen, und ihr bleibt beide am Leben, doch es versteht sich von selbst, daß der Sproß eines Latiners niemals Anspruch auf den Thron erheben kann.«

»Das versteht sich. Aber du und mein Onkel, ihr habt euch verrechnet. Es ist eine Lüge, Fasti, das werde ich allen sagen, und ich werde niemanden heiraten. Zu lügen ist eine Beleidigung der Götter, nicht wahr – Priesterin?«

Die erbitterte Enttäuschung, die in den Worten lag, prallte an Fasti ab. Sie empfand sogar einen Hauch Befriedigung darüber, daß Ilian nun etwas von dem fühlen mußte, was sie in ihrer Lehrerin ausgelöst hatte. Die einzige andere Novizin, deren Ausbildung so weit fortgeschritten war wie die Ilians, die einzige, welche Ilian als zukünftige Hohepriesterin hätte ersetzen können, war das Mädchen gewesen, dem es gelungen war, sich aus unverzeihlicher Unachtsamkeit das Genick zu brechen. Eine Priesterin gehörte der Göttin, nicht sich selbst, doch der Groll, der sich in Fastis damalige Trauer gemischt hatte, war nichts im Vergleich zu ihrem Zorn über Ilian.

»In der Tat. Wenn du die Wahrheit sagst und die Götter dich als ihr Instrument erwählt haben, wenn ein Gott der Vater deines Kindes ist, dann werden sie dich auch schützen. Dann brauchst du uns nicht.«

Ilian richtete sich auf. »Wie meinst du das?«

»Nun, der König weiß, daß er dich zu nichts zwingen kann. Aber er darf auch nicht zulassen, daß die Stadt durch dich leidet. Also werden wir dich dem See übergeben, gebunden an einen Stein, der so schwer ist, daß ihn nur zwei Männer tragen können. Wenn du die Wahrheit sagst, dann werden die Götter nicht zulassen, daß du ertrinkst. Sie werden dich vor unser aller Augen retten, und ich selbst werde mich vor dir beugen und dich um Verzeihung anflehen, wie auch der König. Und nun frage ich dich, Ilian, Tochter des Numitor und der Aprthnei, *bist* du die Erwählte der Götter? Ist dein Glaube stark genug?«

Vor vielen Jahren, in ihrer Kindheit, hatte Fasti einmal einen Winter erlebt, der so kalt gewesen war, daß es eine Woche lang an jedem Tag geschneit hatte wie sonst nur oben im Norden. Sie hatte den Schnee mit den Händen aufgefangen und die kristalle Schönheit der Flocken bewundert, aber nur für sehr kurze Zeit, ehe sie sich auflösten und zu kaltem Wasser zerschmolzen, das nur noch lästig war. Jetzt erinnerte sie sich daran, als sie sehen konnte, wie in Ilians Augen etwas zerbrach, wie das Feuer aus ihnen schwand und nur noch ein verängstigtes kleines Mädchen zurückblieb. Zum ersten Mal spürte sie einen Anflug von Reue, denn sie wußte, daß es grausam war, was sie tat. Es gab kaum einen Menschen, dessen Glauben stark genug war für so eine Prüfung, und wenn sie ihr eigenes Inneres erforschte, so war sie bereit einzugestehen, daß sie selbst nicht derart auf die Probe gestellt werden wollte. Aber, so sagte sich Fasti, sie hätte auch nie gewagt zu behaupten, das Kind eines Gottes in sich zu tragen.

»Das würde er nicht tun«, flüsterte Ilian, aber der Protest war bereits ein Zugeständnis, und sie wußten es beide. »Er würde mich nicht töten.«

Fasti zwang sich, nur an ihrem Zorn festzuhalten und die Versuchung, ihrer alten Zuneigung zu Ilian nachzugeben, zu unterdrücken. »Selbstverständlich würde er das, wenn du lügst und gewissenlos den Frieden der Stadt gefährdest. Dafür hat er deinen Vater und deine Brüder verstümmelt, und dafür wird er dein Leben nehmen. Und wenn du nicht lügst, wird er dich auch nicht töten, denn dann werden die Götter dich retten.«

»Du würdest das zulassen, Fasti?« fragte Ilian heiser. »Gegen das Gebot der Göttin, das alle Schwangeren schützt?«

»Wenn du lügst, verdienst du nichts anderes.«

Ilian drehte ihr Gesicht zur Wand. Mit erstickter Stimme stieß sie hervor: »Geh.«

Fasti rührte sich nicht. Das Mädchen mußte endgültig gebrochen werden, sonst bestand die Gefahr, daß sie wieder Mut schöpfte und das Ganze von vorne begann.

»Was also soll ich dem König sagen?« gab sie zurück und ließ Hohn in ihre Stimme einfließen. »Soll er die Stunde bestimmen, um ein Wunder der Götter zu erleben?«

»Sag ihm, daß ihr gewonnen habt«, antwortete Ilian ausdruckslos. »Sag ihm, mein Glaube sei nicht stark genug. Nicht an die Götter, nicht an ihn und nicht an dich. Sag ihm das.«

Es wäre nur ein Ausstrecken der Arme nötig, und Fasti hätte Ilian an sich ziehen und ihr versichern können, daß sie ihren Tod nie zugelassen hätte. Doch erneut erinnerte sie sich daran, daß all dies allein Ilians Schuld war, daß Ilian selbst ihre vielversprechende Zukunft zusammen mit Fastis Hoffnungen auf eine würdige Nachfolgerin fortgeworfen hatte. Also rührte sie sich nicht. Erst Jahre später fragte sie sich, ob sie damals die letzte Gelegenheit hatte verstreichen lassen, um dem Schicksal eine andere Wendung zu geben.

Faustulus neigte im allgemeinen nicht zu hastigen Entscheidungen. Als er sich vor zwei Jahren an einem Raubzug beteiligt hatte, um den Tusci Vieh zu stehlen, hatte das weniger mit jugendlichem Übermut als mit Armut und bitterer Notwendigkeit zu tun gehabt. Die Herden seines Dorfes bestanden nach einer Seuche und einigen weiteren Unglücksfällen nur noch aus ein paar abgemagerten Tieren, die kaum zwei Familien ernährt hätten. Und jeder wußte, daß die Tusci reich waren, reich an allem, auch an Vieh, und obendrein waren sie Magier, so daß ihre Herden nie krank wurden.

Also hatte er sich den anderen jungen Männern angeschlossen, und fast hätten sie mit ihrem Plan Erfolg gehabt. Es war geradezu lächerlich einfach gewesen, zwei Dutzend Schafe von den Herden der Tusci-Stadt Alba abzusondern und fortzutreiben. In einem jähen Anfall von Tollkühnheit hatte Faustulus geglaubt, auch noch nach einer Kuh Ausschau halten zu müssen. Seither hütete er sich davor, sich je wieder Erfolg zu Kopf steigen zu lassen, denn die Strafe ließ nicht lange auf sich warten. Der Bruder des Herrschers von Alba, der mit einem kleinen Trupp die Viehdiebe verfolgte, hatte ihn gefangen genommen.

Bei einem Krieg hätte wohl die Möglichkeit bestanden, ausgelöst zu werden, aber sein Dorf führte keine Kriege, das konnte man sich nicht leisten. Also wurde er das Eigentum des Mannes, der ihn aufgespürt hatte. Er hätte es schlimmer treffen können. In die Steinbrüche geschickt zu werden oder in die Erzgruben, zu den Blasebälgen in der Nähe der heißen Feuer, die den Tusci ihren Reichtum sicherten, das war es, was jeder Latiner fürchtete. Doch sein neuer Herr war nicht grausam zu Faustulus, und wenn er zaubern konnte und mit Unterweltsdämonen im Bunde stand, so wie man das von den Tusci behauptete, dann ließ sich nichts davon erkennen. Und, so stellte sich heraus, er brauchte Krieger, deren Treue nicht seinem Bruder galt.

Faustulus lernte, ein Schwert zu gebrauchen. Er war weder sonderlich gut noch sonderlich schlecht darin, aber als Arnth die Macht in Alba übernahm, tat Faustulus seinen Teil. Zu diesem Zeitpunkt beherrschte er die Sprache der Tusci, die sich sehr von der seinen unterschied, immerhin ausreichend, um nicht nur die Befehle der Anführer zu verstehen, sondern auch mit seinen Kameraden über die Dinge des Alltags reden zu können. Er war kein mißtrauischer Mensch, und so dachte er sich nichts dabei, von seiner Hoffnung zu sprechen, als Belohnung für seine Dienste vielleicht irgendwann einmal freigelassen zu werden. Nicht, daß es ihm in Alba schlecht erging; anders als in den letzten Jahren in seinem Dorf hatte er hier zumindest immer einen vollen Magen. Aber er fühlte sich unwohl inmitten der vielen Häuser aus Stein, ihm fehlten seine alten Freunde, seine Sprache, und er war sich wohl bewußt, daß die Tusci auf seinesgleichen herabsahen.

Als er vor den König gerufen wurde, meinte Sico, der Sabiner, der weder die Tusci noch die Latiner besonders mochte, nun sei wohl die Zeit genommen, wo Faustulus für sein loses Maul büßen müsse. Dergleichen wäre Faustulus nicht eingefallen, und er weigerte sich, Angst zu zeigen, nun, da Sico ihm den Gedanken in den Kopf gesetzt hatte. Einen Schritt nach dem anderen, pflegte sein Vater zu sagen.

Was der König ihm anbot, klang fast zu schön, um wahr zu sein. Er würde wieder frei sein und ein Hirte, mit zwei gedeckten Kühen und zehn Schweinen bestimmt der reichste Mann im Dorf. Als Gegenleistung mußte er nicht mehr tun, als ein schwangeres Mädchen als sein Weib mitzunehmen und dafür zu sorgen, daß sie nicht fortlief. Trotzdem wartete er erst ein wenig ab, ehe er einwilligte. Er war nicht dumm. Es gab verdienstvollere Krieger als ihn, und er verstand nicht, warum der König ausgerechnet ihn ausgewählt hatte.

»Es stört dich doch nicht, daß sie das Kind eines anderen erwartet, oder?« fragte der König verwundert, als Faustulus nicht sofort sein Einverständnis erklärte.

»Aber nein«, entgegnete Faustulus ehrlich. »Eine fruchtbare Frau ist gut.« Wäre der König seinesgleichen gewesen, dann hätte er vielleicht noch hinzugefügt: »Wie ein Acker, der schon Früchte getragen hat.« Aber so vertraut mit dem Herrscher der Stadt zu reden brachte er nicht fertig. Er dachte nach, entschied, daß Offenheit am besten wäre, und fragte schließlich: »Warum ich?«

Die Augenbrauen des Königs hoben sich. »Weil du ein treuer Diener und ein ehrlicher Kerl bist, jedenfalls seit ich dir den Viehdiebstahl abgewöhnt habe«, antwortete er schmunzelnd. Faustulus dankte ihm und wußte damit auch nicht mehr als vorher.

Am Abend wanderte er mit ein paar Kameraden durch die Stadt, um seinen Abschied zu feiern. Durch das Geschwätz der Leute entdeckte er, was ihm der König nicht erzählt hatte, und begriff. Das schwangere Mädchen war eine der Tusci-Priesterinnen, obendrein die Nichte des Königs, und sie hatte zuerst behauptet, ihr Kind sei von einem Gott gezeugt worden. Kein Mann der Tusci würde sie danach auch nur mit dem kleinen Finger anfassen. Wenn sie die Wahrheit sprach, dann war es Gotteslästerung, wenn sie log, dann war sie verflucht wegen ihres Eidbruchs, und in jedem Fall bedeutete der Bankert einer Priesterin, Enkel eines Königs, der sich dem Gebot der Götter verweigert hatte, nichts als Ärger.

Faustulus wußte nicht, was er von all dem zu halten hatte.

Das Mädchen sollte ihm erst am Ende der Woche übergeben werden, doch er beschloß, sie sich schon vorher anzuschauen. Die Leute sprachen über nichts anderes mehr, und so hörte er, daß sie morgen, wenn die Sonne am höchsten stand, öffentlich ihres Amtes und ihres Namens entkleidet und danach aus der Stadt verbannt werden würde.

»Wenn ihr mich fragt«, meinte der Wirt der Schenke, in der Faustulus und seine Kameraden am liebsten einkehrten, »hat der König das eingefädelt. Sie hätte Hohepriesterin werden können, sie war doch ständig an der Seite der Edlen Fasti. Jetzt braucht er sich keine Sorgen mehr zu machen, daß irgendwann eine rachsüchtige Nichte für die Göttin spricht.« Er schenkte sich selbst noch etwas ein und fuhr fort: »Bestimmt hat einer von seinen Handlangern sie verführt. Es muß ein Mann des Königs gewesen sein, denn wie hätte er sonst so schnell den Vater finden können? Ihr glaubt doch nicht, daß der sich freiwillig gemeldet hat.«

»Gewiß nicht«, fiel Sico ein und lächelte boshaft. Faustulus hatte nichts von dem schwangeren Mädchen erzählt, nur von dem Vieh, das ihm der König zum Abschied versprochen hatte, doch Sico hatte offenbar die richtige Schlußfolgerung gezogen. »So etwas würde nur ein ausgemachter Trottel tun.«

»Ein Verbrecher, meinst du wohl«, protestierte ein anderer Kamerad schaudernd. »Eine Priesterin schänden – so etwas bringt doch Unglück über Generationen hin. Das würde ich nicht mal tun, wenn sie mir die ganze Stadt dafür hinterherwürfen.«

Faustulus waren die Götter der Tusci zwar unheimlich, aber er hatte seine eigenen Götter, die ihn beschützen würden. Seine Götter gehörten zum Land und waren daher älter als die der Tusci; er erinnerte sich vage, daß ihm sein Großvater erzählt hatte, die Tusci seien nicht immer hier gewesen, sondern erst vor langer Zeit gekommen, von jenseits des Meeres wie die Griechen und die Phönizier, mit denen sie Handel trieben. Also vertraute er auf seine Götter. Dies war gewiß seine letzte Gelegenheit, um zu seinem alten Leben zurückzukehren. Nur wünschte er sich Gewißheit, daß er sich keine Hexe ins Haus holte.

Bis auf die Jahresnagelung hatte Faustulus noch nie einer Tusci-Zeremonie beigewohnt, also wußte er nicht, ob die der Verdammung seiner zukünftigen Frau etwas Ungewöhnliches war. Ihm fiel auf, daß die Priesterschaft statt der roten Festtagsgewänder von der Jahresnagelung diesmal weiße Tebennas trug. Sogar ihre Kopfbedeckungen waren weiß. Aber bei dem Reichtum der Tusci mochte es wohl sein, daß ihre Priester für jeden Anlaß anders angezogen waren. Es gab keine Musik wie bei der Jahresnagelung, niemand spielte Flöte oder schlug die Crotali. Doch die Weißgewandeten schritten in der gleichen Anordnung aus dem Tempel heraus auf den Vorplatz, wo sich wohl die halbe Stadt versammelt hatte – drei voran, gefolgt von den anderen sieben. Die Priester der übrigen Schutzgötter der Stadt erschienen in genau der gleichen Ordnung, erst drei, dann sieben.

Es fiel Faustulus nicht schwer herauszufinden, welche die Nichte des Königs war. Sie trug als einzige keine Mitra und stand in der Mitte der sieben aus dem Turan-Tempel. Die drei Frauen an ihrer linken und rechten Seite traten alle einen Schritt zurück, als die drei vor ihnen sich umwandten.

Die Menge, in der er sich befand, wurde still. Er kniff die Augen zusammen und versuchte, das Gesicht des Mädchens besser auszumachen. An ihrer Gestalt ließ sich nichts aussetzen. Man erkannte noch nichts von einer Schwangerschaft; mit den langen Beinen und den gutgeformten Brüsten entsprach sie durchaus seinen Vorstellungen. Er spürte Sehnsucht in sich aufsteigen. Es war lange her, daß er ein Weib gehabt hatte. Wenn er damals mit der Kuh zurückgekommen wäre, hätte es in seinem Dorf ein Mädchen für ihn gegeben, aber er machte sich keine Hoffnungen, daß sie noch auf seine Rückkehr wartete. Ihr Vater hatte sie gewiß längst einem anderen gegeben; so war das Leben. Für einen Unfreien wie ihn bestand hier in Alba zwar die Möglichkeit, sich mit einer Sklavin einzulassen, aber dabei war ihm gewöhnlich kein Glück beschieden gewesen. Ja, es würde gut sein, wieder bei einer Frau zu liegen.

Er schob sich etwas weiter durch das Gedränge vorwärts, und jetzt konnte er auch ihre Gesichtszüge erkennen. Sie schaute starr geradeaus, während eine der Priesterinnen eine lange Rede hielt, von der Faustulus nur die Hälfte verstand. Ein Kinnmuskel zuckte, aber sie öffnete weder den Mund, um selbst zu sprechen, noch schlug sie die Augen nieder, um den auf sie gerichteten Blicken der Menge zu entgehen. Es waren große, dunkle Augen, und unwillkürlich fröstelte ihn, denn der erste Mann, den er je getötet hatte, einer der Krieger des alten Königs, hatte genau so einen Blick gehabt, als er starb.

Bisher hatte er das Mädchen als willkommene Ergänzung zu dem versprochenen Vieh betrachtet und gehofft, daß sie trotz des Geredes der Leute nichts Böses an sich hatte, aber jetzt fragte er sich zum ersten Mal, was sie über das Geschehene dachte. Er kannte sich mit Einsamkeit und verlorenen Hoffnungen gut aus, aber er hatte noch nie ein so einsames Wesen gesehen wie das Mädchen, das er heiraten sollte, und mit einemmal wurde ihm bewußt, daß er noch nicht einmal ihren Namen kannte. Sie war ihm immer nur als »das Mädchen«, »die Nichte des Königs« oder »die Priesterin« bezeichnet worden.

Die kleine, sehnige Frau, welche die ganze Zeit gesprochen hatte, war am Ende ihrer Rede angelangt und winkte einer anderen, die ihr einen Holzkasten übergab. Die Rednerin tauchte ihre Finger hinein, zog sie wieder heraus und berührte das Mädchen einmal auf jeder Wange, was jeweils einen langen roten Streifen hinterließ.

»Du bist nicht länger Priesterin der großen Göttin Turan«, verkündete sie, und diesmal verstand Faustulus sie klar und deutlich. »Du hast keinen Namen mehr. Du hast kein Volk mehr. Mögen die Götter dir gnädig sein.«

Das Mädchen rührte sich nicht. Einen Moment lang fragte sich Faustulus, ob sie nun alle gehen und sie so stehenlassen würden. Dann trat einer der Hauptleute des Königs vor und bedeutete ihr, ihm zu folgen. Sie rührte sich noch immer nicht, und die Menge geriet in Unruhe. Die Priesterin, die gesprochen hatte, sagte noch etwas, aber zu leise, als daß Faustulus es hätte verstehen können. Abrupt wandte sich das Mädchen ab und ließ sich von den Waffenträgern fortbringen, während die Priesterin der Menge verkündete, sie werde jetzt das Sühnegebet sprechen, dessen man auch dringend bedürfe, da dieser Frevel doch ausgerechnet in dem der Göttin geweihten Monat Turanae geschehen sei. Faustulus hatte genug, und auch er brach in Richtung Palast auf.

Er verstand nicht, warum er noch einen Tag warten mußte, statt gleich mit dem Mädchen aufbrechen zu können, aber es hing wohl mit einer weiteren der vielen Tusci-Zeremonien zusammen. Oder der König hatte genügend Mitleid mit seiner

Nichte, um verhindern zu wollen, daß ihr die Straßenjungen nachliefen, wenn sie die Stadt verließ, und wählte daher einen anderen Tag. Wie dem auch sein mochte, als Faustulus das Mädchen wiedersah, geschah es am kleinsten der drei Stadttore, dem, durch das die Bauern und Hirten zum Markt kamen. Wie versprochen, warteten dort zehn Schweine und zwei Kühe auf Faustulus und außerdem ein kleiner Holzkarren voller Gerätschaften, alles bewacht von demselben Rasna-Krieger, der gestern das Mädchen eskortiert hatte.

»Der König kommt gleich«, meinte der Mann. »Rühr dich nur nicht vom Fleck. Nicht daß du auf die Idee kommst, mit dem Viehzeug und ohne das Mädchen zu verschwinden.«

»Ich weiß, was vereinbart ist«, antwortete Faustulus gekränkt.

Der Krieger grunzte. »Einmal ein Viehdieb, immer ein Viehdieb.«

Während sie warteten, untersuchte Faustulus die Tiere. Sie waren allesamt gut genährt, und die prallen Euter der Kühe verrieten, daß man sie heute noch nicht gemolken hatte. Bei den Schweinen handelte es sich um eine Sau und ihren Wurf. Die Ferkel alle in eine Richtung zu treiben würde nicht einfach sein, aber er hatte Zeit. Niemand in seinem Dorf wußte, daß er zurückkehren würde, und die Überraschung über die Reichtümer, die er brachte, würde allen den Atem verschlagen, ganz gleich, wann er eintraf.

Er kniete gerade neben einer der Kühe, um ihre Hufe zu begutachten, als der Krieger sich räusperte und ihm zuraunte, der König sei da. Faustulus stand hastig auf und sah sich nicht nur dem König, sondern auch dessen Nichte gegenüber. Heute trug das Mädchen ein einfaches braunes Wollkleid. Faustulus fragte sich, ob sie es selbst gewebt hatte, wie die Frauen in seinem Dorf. Es entsprach in seiner Schlichtheit nicht gerade dem, was die Adligen der Tusci sonst trugen, was ihn erleichterte, denn so würden sie nicht sofort unliebsame Aufmerksamkeit auf sich ziehen. Lediglich die Spangen, die das Kleid über ihren Schultern zusammenhielten, waren aus viel zu fein gearbeiteter Bronze, als daß sich eine Landfrau dergleichen hätte leisten können. Sie trug ein kleines Bündel, einen ledernen Sack, und schaute mit dem gleichen starren Blick wie gestern ins Nichts. Er ertappte sich dabei, wie er versuchte, ihre Augen auf sich zu ziehen, um ihr beruhigend zuzulächeln.

»Faustulus«, sagte der König, »hiermit übergebe ich dir deine Braut. Sei gut zu ihr.«

Der Blick des Mädchens verlor seine Starrheit, aber er richtete sich immer noch nicht auf Faustulus. Statt dessen beobachtete er, wie das Leben in sie zurückkehrte, als sie mit einer Stimme voll Zorn zu ihrem Onkel sagte: »Verschone mich wenigstens mit deiner Heuchelei.«

»Es tut mir leid«, erwiderte der König. »Aber du hast mir keine andere Wahl gelassen.«

Das Mädchen lachte, ein kurzes, bitteres Lachen, in dem nicht ein Funken Erheiterung lag. Die Stirn ihres Onkels umwölkte sich.

»Mach keine Dummheiten, Talitha«, sagte er scharf, und einen Moment lang dachte Faustulus, das sei ihr Name, bis ihm wieder einfiel, daß »Talitha« in der Sprache der Tusci für ein junges Mädchen stand, das verheiratet werden sollte. »Und geh nicht nach Tarchna. Dein Vater hatte ohnehin Glück, dort Obdach zu finden, und er wird es dir nicht danken, wenn du ihm einen weiteren Fluch ins Haus bringst, das weißt du.«

Das Mädchen schüttelte den Kopf, erwiderte aber nichts mehr, und erneut begann sich die Starrheit über seine Züge zu legen. Um das zu verhindern, fragte Faustulus rasch: »Wie soll ich dich nennen?«

Da schaute sie ihn endlich an. In diesem ersten Blick, den sie ihm schenkte, lag Feindseligkeit, doch es war eine Abneigung eher unpersönlicher Art, wie man sie etwa für eine allzu lange Dürre empfand oder für einen Händler, der einen zu übervorteilen versuchte; sie glich in nichts dem leidenschaftlichen Haß, den sie gerade ihrem Onkel gegenüber gezeigt hatte.

»Gibst du diesen hier« – sie machte eine Handbewegung in Richtung Vieh – »denn Namen? Wenn ja, dann kannst du mir auch einen geben. Schließlich hast du mich zusammen mit ihnen bekommen, und mein eigener Name wurde mir genommen.«

Der König schloß kurz die Augen, dann nickte er dem Krieger zu und verschwand, ohne ein weiteres Wort mit seiner Nichte oder Faustulus zu wechseln. Faustulus lag es auf der Zunge, zu antworten, der Verlust ihres Namens tue ihm leid, doch er ließ es sein. Er hatte das Gefühl, daß sie für weitere Mitleidsbekundungen nicht empfänglich sein würde.

Bei den Latinern trugen Frauen den Namen ihrer Väter und später auch den ihrer Gatten; er wußte allerdings, daß es die Tusci anders hielten. Wenn sie erst in seinem Dorf waren, würde sie von allen Faustula genannt werden, aber er hielt es für unklug, ihr das jetzt schon zu sagen. Er wollte sein Zusammenleben mit ihr versöhnlich beginnen, und so war es ihm ernst damit, sich später einen Namen für sie auszudenken »Und nun«, schloß er beschwichtigend, »laß uns gehen.«

Sie schaute von den Schweinen zu den Kühen und dann wieder zu ihm, mit derselben stetigen, unpersönlichen Abneigung. Dann schulterte sie achselzuckend den Lederriemen, an dem ihr Beutel hing, und folgte ihm.

Wie Faustulus erwartet hatte, kamen sie nur sehr langsam vorwärts, und seine Vermutung, daß die vor sich hin brütende Nichte des Königs nicht die geringste Ahnung davon hatte, wie man Vieh trieb, bestätigte sich. Schließlich meinte er ärgerlich, wenn sie nicht auch etwas auf die Tiere achtgäbe, werde er sie »Stulta« nennen, was in seiner Sprache Dummkopf bedeute, denn ohne die Tiere wären sie nichts als Bettler.

Sie wirkte aufrichtig verblüfft, als sie zurückfragte: »Und was, glaubst du, sind wir jetzt?«

Das machte ihm einmal mehr klar, wie sehr sich die Welt, aus der sie kam, von der seinen unterschied. Immerhin hatte sein Vorwurf sie aus ihrer Grübelei gerissen. Von Zeit zu Zeit ertappte er sie dabei, wie sie ihm einen prüfenden Blick zuwarf.

Endlich sagte sie: »Wenn du den Auftrag hast, mich umzubringen, sobald wir weit genug von der Stadt entfernt sind, dann tu es gleich.«

Das entsetzte Faustulus genug, um ihn auf der Stelle innehalten zu lassen. »Das habe ich nicht!« erklärte er bestürzt. »So etwas würde ich nie tun.«

All seine alten Vorbehalte gegenüber den Tusci, die während der zwei Jahre in ihrer Mitte eingeschlafen waren, flackerten wieder auf. Eine schwangere Frau zu töten war der schlimmste Verstoß gegen alle Gesetze von Göttern und Natur, der sich denken ließ, und nur Dämonenanbeter brachten dergleichen fertig.

Das Mädchen neigte den Kopf leicht zur Seite, runzelte die Stirn und meinte nachdenklich: »Wenn dem so ist, dann tut es mir leid, daß ich dich gefragt habe. Aber ich kenne dich nicht, und ich vertraue niemandem mehr.«

Das blieben für Stunden ihre letzten Worte, und auch er fühlte sich nicht mehr zum Sprechen aufgelegt. Sie verwirrte ihn. Sie tat ihm leid, sie machte ihm angst, und er begann zu ahnen, daß er sich mehr eingehandelt hatte, als gut für ihn war.

Als sie gegen Mittag immer weiter zurückblieb, fand er eine Stelle etwas abseits der Weges, wo sie rasten konnten. Er erinnerte sich dunkel, daß es in der Nähe einen Bach gab, suchte eine Weile und fand ihn schließlich, nicht zuletzt dank der Ferkel. Wegen der Hitze gab es nur noch ein Rinnsal, aber das genügte den Ferkeln, um sich mit Begeisterung darin zu suhlen. Das Mädchen ging etwas weiter bachaufwärts, um zu trinken, dann band sie mit sichtlicher Erleichterung ihre Sandalen los und ließ die Füße in das Naß sinken. Während er sie beobachtete, fiel von dem Lorbeerbaum, unter den sie sich gesetzt hatte, ein Blatt herab und verfing sich in ihren braunen Locken. Faustulus lächelte und beschloß, sie Larentia zu nennen. Dann holte er einen Eimer aus dem Karren und machte sich daran, eine der Kühe zu melken.

Als er mit dem Eimer zu ihr kam, stand in den Augen des Mädchens erstmals weder Mißtrauen noch Abneigung, sondern nur Hunger. Sie dankte ihm und trank so gierig von der Milch, daß er sich unwillkürlich fragte, wann sie zum letzten Mal etwas gegessen hatte. Danach saßen sie eine Weile friedlich nebeneinander, und er nannte ihr ihren neuen Namen. Sie wirkte weder erfreut noch gekränkt, aber immerhin fragte sie nach dem seinem und wollte wissen, wie lange er in Alba gelebt hatte. Ihr vorsichtiger Versuch, eine Unterhaltung zu führen, ging so lange gut, bis er sie fragte, wer der Vater des Kindes sei. Er meinte dies nicht als Vorwurf, doch er wollte wissen, wessen Kind er aufziehen würde und warum der Mann sie nicht selbst zum Weib genommen hatte. Es war ein Fehler. Mit einemmal zog sie sich in ihre eisige Erstarrung zurück.

»Es war ein Gott«, sagte sie kalt.

Nun hatte Faustulus in seiner Kindheit zwar durchaus Geschichten von Kindern der Götter mit Menschenfrauen gehört. Er kannte auch die Erzählung vom Fürsten Tarchetius, in dessen Haus urplötzlich ein männliches Glied aus dem Herd gewachsen war, woraufhin ihm geweissagt wurde, die Jungfrau, die sich von diesem Glied begatten lasse, werde einen Helden gebären. Sein Großvater hatte geschworen, der Dienerin des Tarchetius, die von diesem Phallos ein Kind bekommen hatte, persönlich begegnet zu sein. Dennoch, diese Legenden mit dem staubigen, erschöpften Mädchen in Verbindung zu bringen, das neben ihm saß, war ihm einfach unmöglich. Er erwiderte nichts, doch sie merkte ihm offenbar seine Ungläubigkeit trotzdem an.

»Was versteht ein Barbar wie du schon von den Göttern und ihren Plänen für uns!« stieß sie hervor und stand auf.

Für den Rest des Tages sprach sie nicht mehr mit ihm. Da sie nun durchaus darauf achtete, die Schweine beisammen zu halten, gab es keinen Grund, sie zu tadeln, und so sprach er auch nicht mehr mit ihr. Er versuchte alle Ansiedlungen, die er kannte, zu umgehen, denn bis auf seine eigenen Leuten traute er jedem zu, ihm seine Tiere und sein neues Weib zu stehlen. Als sie sich seinem Dorf näherten, noch ehe die Sonne unterging, fiel ihm ein Stein vom Herzen, und die Vorfreude darauf, endlich wieder unter Freunden und Familienangehörigen sein zu können, beflügelte seinen Schritt. Erst nach einer Weile fiel ihm auf, daß auf jedem Acker, an dem sie vorbeikamen, das Unkraut wucherte. Keines der Felder machte den Eindruck, als sorge sich jemand darum, und es war Hochsommer.

Eine böse Ahnung überfiel Faustulus, aber er konnte es noch nicht glauben. Ohne auf das Vieh, den Karren oder das Mädchen Rücksicht zu nehmen, rannte er aus Leibeskräften auf das Dorf zu. Er wollte es nicht wahrhaben, bis er inmitten der längst verlassenen Hütten stand, in denen schon seit mindestens einem Jahr niemand mehr gelebt hatte. Statt des üblichen Lärms von Mensch und Tier hörte man lediglich die Grillen zirpen und ab und zu das Klappern einer unverriegelten Tür, die von der leichten Abendbrise gegen ihren Rahmen gedrückt wurde. Betäubt ging er in eine der Hütten, in der früher sein bester Freund Ancus mit seiner Familie gelebt hatte, und fand nichts als Leere vor. Er lief zum Haus des reichsten Mannes im Dorf, Mamulius, und begegnete nur den Vögeln, die sich dort eingenistet hatten. Es gab keine Leichen oder neuere Gräber; es schien nicht so, als ob sie alle gestorben wären. Aber sie hatten hier nicht mehr leben können, und so waren sie fortgezogen, und Faustulus, mit dessen Rückkehr niemand mehr gerechnet hatte, wußte nun nicht, wohin.

Es hatte Zeiten gegeben, in denen er geglaubt hatte, nie wieder nach Hause zu kommen. Dann hatte es Zeiten gegeben, in denen er sicher war, daß es nur noch eine Frage von Wochen sein würde. Aber nie hatte er daran gezweifelt, daß sein Dorf, seine Freunde, seine Eltern und Geschwister noch genau dort sein würden, wo er sie zurückgelassen hatte. Und seit dem Angebot des Königs hatte er sich seine Ankunft hier ausgemalt, die

Freude der anderen, wenn sie ihn sahen, wenn sie begriffen, mit welchen Gaben er zurückkehrte. Nun zerfiel sein Traum vor seinen Augen zu Asche, so kalt wie die, die der Wind im letzten Jahr von Mamulius' Feuerstelle durch den gesamten Raum geblasen haben mußte. Er stand da und versuchte es zu fassen, als er gewahr wurde, daß er kaum noch etwas im Raum erkennen konnte. Offensichtlich ging die Sonne unter. Ihm wurde bewußt, daß er eines der Gatter notdürftig wiederherstellen mußte, um die Schweine darin unterzubringen. Um sich selbst und das Mädchen machte er sich keine Sorgen, sie konnten in eine der Hütten gehen. Es gab ja, sagte er sich bitter, eine genügend große Auswahl. Dann fiel ihm ein, daß er seine neue Frau mit dem Vieh noch vor dem ersten Haus des Ortes zurückgelassen hatte. Wenn ihn das Pech weiterverfolgte, dann hatte sich die Sau mit den Ferkeln irgendwo verkrochen, wo sie nie mehr jemand finden würde, und das Mädchen desgleichen. Er hoffte nicht, daß sie so töricht wäre, in der Dunkelheit fortzurennen, aber er kannte sich mit den Frauen der Tusci nicht aus. Vielleicht neigten sie zu Verrücktheiten, und das war auch der Grund, warum sie so auf ihrer Geschichte mit dem Gott beharrte.

Hastig trat er wieder ins Freie und dankte den Göttern für den klaren Himmel. Der Mond hatte sein Gesicht zwar schon zur Hälfte abgewandt, aber die Dämmerung bot noch genügend Licht, um sich umschauen zu können.

Das Mädchen stand, ohne die Karre, aber neben einer der Kühe, an eines der Häuser gelehnt. »Sie … sind fort, Larentia«, sagte Faustulus hilflos und gebrauchte erstmals den Namen, den er für sie ersonnen hatte. »Alle Menschen, die ich je gekannt habe, sind fort.«

Gleich darauf hätte er sich am liebsten auf die Zunge gebissen. Er hatte nicht vergessen, wie sie ihn einen Barbaren genannt hatte. Wahrscheinlich würde sie jetzt schnippisch bemerken, das könne sie selbst sehen. Er hätte sie lieber fragen sollen, wo die Schweine und die andere Kuh mit dem Karren steckten.

Sie überraschte ihn. »Ich verstehe«, murmelte sie, sank in die Hocke und legte ihren Kopf auf die Knie. »Das verstehe ich nur zu gut.«

Ihm fiel wieder ein, wie einsam sie ihm inmitten der Menge erschienen war, und er kniete neben ihr nieder. Sie hatte auch ihre Welt verloren. Plötzlich war er auf eine Weise froh, daß sie hier war, die nichts mit seinem Hunger nach einer Frau zu tun hatte; nach dem langen Marsch und der bitteren Enttäuschung fehlte ihm ohnehin die Lust, seine Ehe sofort zu vollziehen. Doch er hätte es nicht ertragen, ausgerechnet in dieser Nacht allein zu sein, und er vermutete, daß es ihr ebenso erging.

»Morgen«, meinte er bedrückt, »morgen können wir überlegen, was zu tun ist. Jetzt sollten wir die Tiere für die Nacht versorgen.«

In der Dämmerung konnte er sich nicht ganz sicher sein, aber ihm war, als zuckten ihre Mundwinkel und er sähe sie zum ersten Mal lächeln. Nur ein angedeutetes, schiefes Lächeln, doch immerhin ein Lächeln.

»Du hängst wirklich an diesen Schweinen«, stellte sie fest.

Er wußte zwar nicht, warum sie das belustigte, doch er nickte. »Und den Kühen«, entgegnete er sachlich. »Die Kühe sind unser wichtigster Besitz.«

Am Ende schirrten sie die zweite Kuh aus dem Karren aus, fanden die Sau mit ihren Ferkeln, sperrten sie in eine der Hütten und breiteten den Mantel, den Faustulus als Krieger erhalten hatte, über eine der Schlafstätten in Mamulius' Haus. Larentia legte sich darauf und schlief anscheinend sofort ein, denn sie merkte nicht mehr, daß er sich neben ihr ausstreckte.

Am nächsten Morgen erwachte Faustulus kurz vor Sonnenaufgang, übergangslos, wie der Krieger, der er doch nur kurze Zeit gewesen war. Er schreckte auf und stellte fest, daß er in Schweiß gebadet war, daß sein Herz hämmerte, als sei er gerannt, und daß er sich an einem fremden Ort befand, der ihm dennoch seltsam vertraut erschien. Statt des leisen Schnarchens seiner Kameraden hörte er Grillen zirpen, einige Vögel, und irgendwo brüllte eine Kuh. Natürlich, dachte er schläfrig, die Kuh muß gemolken werden. Erst da fiel ihm wieder alles ein. Er blickte sich um und stellte fest, daß er allein war. Wo steckte das Mädchen?

Einen Moment lang packte ihn die unsinnige Angst, auch sie sei verschwunden wie sonst jeder Mensch in seinem Leben, geholt von den Göttern der Tusci, die sie mit ihrer Geschichte über die Schwangerschaft beleidigt hatte. Sein zweiter Gedanke war, daß sie auf die Idee gekommen sein könnte fortzulaufen, zu ihrem Vater nach Tarchna. Etwas, das der König streng verboten hatte. Nicht, daß sie überhaupt so weit kommen würde. Nach ein oder zwei Tagen allein und ohne Schutz würde sie tot oder im Besitz eines anderen Mannes sein.

Er rannte nach draußen. Die Morgendämmerung umgab ihn mit trägen, lockenden Dunstschleiern, und einer alten Gewohnheit folgend, blickte er zum Herzen des Dorfes, dem Brunnen, um einen Orientierungspunkt für sich zu finden. Zu seiner großen Erleichterung entdeckte er dort Larentia. Faustulus schalt sich töricht. Natürlich hatte sie Durst verspürt, das war alles. Er hatte selbst eine trockene Kehle und freute sich auf einen Schluck Wasser. Anschließend würden sie die Tiere tränken und dann weitersehen. Der Verlust seines Dorfes tat weh und fraß an ihm, als hätte er einen dunklen Wurm im Magen, aber es gab noch andere Dörfer, eines davon nicht allzuweit entfernt. Vielleicht waren einige der alten Freunde im nächsten Dorf, obwohl er das bezweifelte; seine Leute hatten sich nie mit denen vom Dorf am Fluß verstanden, und er argwöhnte selbst jetzt noch, daß ihr Raubzug seinerzeit den Tusci verraten worden war. Aber, wie sein Großvater immer gesagt hatte, besser ein wurmstichiger Holzeimer als überhaupt keiner.

Im Licht der aufgehenden Sonne wirkte die Gestalt des Mädchens wie mit Gold überzogen. Sie hatte die Spangen gelöst, die ihr Oberkleid zusammenhielten, um sich zu waschen, und Faustulus wurde bewußt, daß sich sein Durst auf eine andere Ebene verlagert hatte. Wenn sie sich einer neuen Gemeinschaft anschlossen, würde sicher der eine oder andere darunter sein, der glaubte, eine Fremde billig bekommen zu können. Es galt, seinen Anspruch auf seine Gattin zu bekräftigen. Sie mochten ein Lager geteilt haben, aber nach den Regeln seines Volkes war sie erst dann seine Frau, wenn er sie besessen hatte.

Faustulus räusperte sich und rief: »Larentia!«

Sie zuckte zusammen und drehte sich zu ihm um, machte aber keine Anstalten, aufzustehen und zu ihm zu kommen. Statt dessen wirkte sie ärgerlich und machte ein Gesicht, als habe er sie bei etwas Wichtigem unterbrochen. Etwas von ihrem Unmut sprang auf ihn über und setzte sich in seinem Herzen fest. Am gestrigen Abend war sie hilfsbereit und beinahe fügsam gewesen; jetzt schien es, als ob mit dem neuen Tag auch ihre Unnahbarkeit zurückgekehrt war. Sie mußte lernen, daß sie nun seine Frau war.

Er ging zu ihr und legte besitzergreifend eine Hand auf ihren Oberarm, von dem noch das Wasser perlte. Die weiche Haut, die sich unter seiner Handfläche zusammenzog, erinnerte ihn daran, wie anders als die seine sie war, und es erregte ihn.

»Komm mit, Weib«, sagte er rauh. »Es ist Zeit.«

In ihren dunklen Augen las er Verwirrung, dann Erkenntnis, dann Ablehnung. »Ich werde nicht mit dir schlafen«, entgegnete sie kühl. »Es blieb mir keine andere Wahl, als dich zu heiraten, aber ich werde gewiß nicht…«

Weiter kam sie nicht. Der Funke Ärger in Faustulus flammte auf und verband sich mit dem Hunger, den Einsamkeit und Begierde fütterten.

»Du bist meine Frau«, unterbrach er sie in seiner eigenen Sprache und zog sie hinter sich her, zurück in das Haus, das einmal Mamulius gehört hatte. Sie wehrte sich und versuchte sich loszumachen, doch Faustulus war ein kräftiger Mann, und er glaubte nicht, daß dieses Mädchen je etwas Härteres getan hatte, als einem Vogel den Hals umzudrehen. Daß sie sich so sträubte, dämpfte seinen Zorn etwas, weil er sich daran erinnerte, wie sie ihn gebeten hatte, sie gleich umzubringen, da sie glaubte, das sei sein Auftrag vom König. Dazu war sie bereit gewesen, ohne sich zu wehren; was mußte der Mann, der ihr das Kind beschert hatte, ihr getan haben, wenn sie jetzt solche Angst davor hatte, genommen zu werden?

»Schau«, meinte er begütigend, während er sie auf das Lager niederdrückte, und wechselte wieder in die Sprache der Tusci über, »so ist es eben zwischen Mann und Frau. Du bist meine Frau, und wenn du ruhig bleibst, dann tut es auch nicht weh.«

Der Körper unter ihm wurde starr. Sie hörte in der Tat auf, sich zu wehren. Ermutigt versuchte Faustulus sich an ein paar Zärtlichkeiten, die ihm bei den wenigen Frauen, die er in der Vergangenheit gehabt hatte, mehr als ein Lächeln eingebracht hatten. Aber diese hier hielt die Augen geschlossen und die Lippen zusammengepreßt, wie um ganz sicher zu sein, keinen Laut von sich zu geben. Schließlich verlor er die Geduld und nahm sich, was er wollte.

Hinterher, als er gelöst neben ihr lag und darauf wartete, daß auch sie sich endlich entspannte, hörte er sie wieder sprechen, auf die distanzierte Art, in der sie sich den größten Teil des gestrigen Tages an ihn gewandt hatte.

»Es ist meine Strafe«, sagte sie. »Weil ich nicht genügend Vertrauen hatte. Weil mein Glaube nicht groß genug war. Ich hätte es darauf ankommen lassen müssen.«

Er spürte sie neben sich erschauern, spürte, wie ein Ruck durch sie ging, und als er sich auf einem Ellbogen aufstützte, um sie zu betrachten, sah er, daß sie weinte. Nun, da seine Begierde gestillt war, gewann wieder das Mitleid Oberhand, das er schon empfunden hatte, als er sie, inmitten einer Menschenmenge, mit dem Blick einer Sterbenden sah. Als er vor Jahren von den Tusci gefangengenommen worden war, hatte auch er eine Weile gebraucht, um zu begreifen, was das für ihn bedeutete. Sie mußte die Wirklichkeit wohl bis jetzt weit von sich geschoben haben. Zögernd strich er ihr über das wirre Haar und schob dann einen Arm unter ihre Achseln. Sie reagierte nicht, noch nicht einmal mit einer erneuten Anspannung, aber sie konnte nicht aufhören zu weinen. Er hielt sie weiter fest, spürte ihr Gewicht auf seinem Arm und bewegte sich nicht, während er sich fragte, wie alt sie sein mochte. Gerade jetzt erinnerte sie ihn an seine kleine Schwester, die wie der Rest seiner Familie und Freunde verschwunden war.

Unter all den seltsamen Ereignissen, die ihm in der letzten Woche zugestoßen waren, erschien ihm der Umstand, daß er sich seiner Frau jetzt, wo sie weinend neben ihm lag, näher fühlte als in dem Moment, als er seinen Samen in ihren Körper ergoß, am merkwürdigsten.

Am Ende beschloß Faustulus, zuerst einmal allein in das nächste Dorf zu gehen. Den Leuten in seinem eigenen Dorf hätte er sein Vieh und seine Frau anvertraut, aber bei denen vom Fluß war er sich nicht sicher. Da er jedoch auch nicht wußte, ob er Larentia allein lassen konnte, stand er vor einem Dilemma. Sie verblüffte ihn damit, selbst die Sprache darauf zu bringen, als er ihr beibrachte, wie man eine Kuh molk.

»Du hast bestimmt Angst, daß ich fortlaufe oder eines von den Tieren weglaufen lasse, stimmt's?« fragte sie spöttisch, ohne einen Hauch von Unsicherheit oder den hilflosen Tränen, die sie zuvor geweint hatte. »Das brauchst du nicht. Wo soll ich schon hingehen?«

»Nach Tarchna, zu deinem Vater?« schlug er vor, zu verblüfft, um abzustreiten, daß sie seine Gedanken gelesen hatte.

»Mein Vater haßt mich.« Sie biß sich auf die Lippen. »Er glaubt, ich hätte seinen Thron retten können, wenn ich Fasti nicht…« Mit einer Grimasse hielt sie inne. »Aber davon verstehst du ja doch nichts.«

»Mehr als du von dem Vieh, das ich dir anvertrauen soll«, gab Faustulus zurück, eher neckend als ärgerlich. Er wollte nicht mit ihr streiten; ein zänkisches Weib brachte nur Unglück ins Haus. Besser, sie zu behandeln wie ein Kind, zumindest die meiste Zeit, oder wie ein Pferd, das man einbrechen mußte. Seltsame Tiere, diese Pferde; er hatte erst bei den Tusci gelernt, wie man sie ritt, und nicht zuviel Druck auszuüben war eine wichtige Grundregel gewesen.

Das Mädchen beäugte ihn mißtrauisch, dann rümpfte sie die Nase und meinte, sie würde schon lernen, was nötig sei, schließlich könne es nicht so schwer sein, und sie habe ja auch nichts Sinnvolleres zu tun.

»Was hast du in Alba getan?« erkundigte sich Faustulus, aufrichtig neugierig, und korrigierte schweigend den Rhythmus, den sie beim Melken anschlug. Ihr Gesicht verschloß sich, doch zu seiner heimlichen Überraschung beantwortete sie seine Frage, ohne zu zögern.

»Ich habe der Göttin gedient. Ich habe den Flug der Vögel und die Bahn der Blitze gedeutet. Ich habe bei der Verwaltung des größten Tempels der Stadt geholfen und mir den Kopf über die Zukunft der Stadt zerbrochen. Ich habe versucht, die Geschichten der Baumeister und Barden aufzuschreiben, um sie besser zu verstehen. Ich war eine Priesterin«, schloß sie und starrte an ihm und der Kuh vorbei ins Leere. »Und jetzt bin ich nichts.«

Faustulus erinnerte sich an die Worte der Hohepriesterin. *Du hast keinen Namen mehr. Du hast kein Volk mehr.* Instinktiv machte er das Zeichen gegen den bösen Blick, um das ungute Gefühl zu vertreiben, das in ihm aufstieg. Verglichen mit Alba, mußte ihr sein Dorf wohl auch nur als »nichts« erscheinen; es gab keine Diener, Sklaven und Händler, keine gepflasterten Straßen und keine Steinhäuser mit mehreren Räumen, die so ganz anders waren als die Hütten hier mit ihrem ungeteilten Inneren. Er selbst hatte die Hütten mit ihren Rieddächern und den Pfosten aus Baumstämmen, die ein Mann sich selbst schlagen konnte, mit dem Flechtwerk aus Zweigen dazwischen, das die Frauen der Familie ständig erneuerten, immer vermißt und Steine und Ziegel der Tusci als kalt empfunden. Aber Larentia war in diese Welt aus Stein hineingeboren worden, und mit einemmal fragte er sich, ob sie je in die seine passen würde.

»Du bist meine Frau«, stellte er fest, um sowohl sie als auch sich selbst zu beruhigen, und beschloß, ihr noch etwas weiter entgegenzukommen. »Ich würde dir gern vertrauen, Larentia.«

Sie ließ von der Kuh ab und musterte ihn. »Dann verspreche ich dir«, entgegnete sie langsam, »als deine Frau hier zu bleiben, bis ich wieder eine Priesterin bin. Das schwöre ich bei meinem Leben.«

Er kannte sich nicht gut mit den Tusci-Göttern aus, aber gewiß konnte sie nur diese kleine alte Hexe, die sie verstoßen hatte, wieder zu einer Priesterin machen, und das war unmöglich. Im Prinzip bedeutete ihr Eid, daß sie sich mit ihrem Schicksal abgefunden hatte. Er beschloß, den Merkwürdigkeiten dieser Woche noch eine weitere hinzuzufügen und sie auf die Probe zu stellen. Am nächsten Tag brach er mit zwei der Ferkel in Richtung Flußdorf auf und ließ die übrigen Tiere in Larentias Obhut zurück.

Tatsächlich zeigte sich, daß zwei seiner alten Freunde dorthin gezogen waren; der Rest, so hörte er, sei ins Sabinerland gewandert, und man habe nie mehr von ihnen gehört. Seine beiden alten Freunde, Marcus und Rufus, arbeiteten als Knechte für den reichsten Mann des Flußdorfs, Pompilius, und sagten nicht viel Gutes über ihren Herrn, außer daß sie nun volle Mägen hätten.

»Er zahlt Abgaben an die Tusci«, bemerkte Marcus und spie aus. »Hat sich an sie verkauft, und das ganze Dorf gleich mit. Damit haben die sich über Wasser gehalten, als wir am Verhungern waren und unser Dorf aufgeben mußten. Dafür müssen sie einen Teil ihres Viehs und Getreides an den Tusci-König in Alba abführen.«

Wie sich herausstellte, waren Marcus und Rufus nicht die einzigen, denen der Umstand, daß sie im wesentlichen nun den Tusci untertan waren, schwer im Magen lag. Faustulus brauchte nicht lange, um zu entscheiden, daß es nicht klug wäre, sich mit einer Tusci-Frau hier niederzulassen. Nun, wenn Larentia sich als einigermaßen geschickt erwies, dann konnten sie versuchen, im alten Dorf zu leben, und es würde genügen, ab und zu zum Handeln hierherzukommen. Für seine zwei Ferkel bekam er genug Getreide für das Essen, etwas Saatgut, um im Frühling die Felder zu bestellen, und allerlei andere nützliche Dinge obendrein. Marcus und Rufus fragten nicht viel, nachdem er ihnen erzählt hatte, er habe jetzt ein Weib und einiges Vieh; sie waren zu froh, einen alten Freund wieder in ihrer Nähe zu haben. Sollte es Faustulus tatsächlich gelingen, als einsamer Hirte und Bauer zu überleben, dann bestand sogar die Aussicht, zu ihm zu stoßen, wenn sein Viehbestand erst einmal groß genug wäre.

Erst auf dem Rückweg kam Faustulus in den Sinn, daß er wohl bald ebenfalls für Pompilius arbeiten würde, wenn er Larentia falsch eingeschätzt hatte. Aber sein Vertrauen erwies sich als gerechtfertigt. Sie saß brütend vor der alten, kalten Feuerstelle, als er zurückkehrte, und malte mit der Asche oder einem angekohlten Holzstück irgendwelche Zeichen auf den Boden, was ihm nicht sehr gefiel. Aber sie war noch da, und das Vieh ebenfalls.

Im großen und ganzen stellte sich Larentia nicht übel an und lernte das, was Faustulus ihr beibrachte, mit einer erbitterten Energie, als handele es sich um einen Feind, den sie besiegen müsse. Die Arbeit als Bauer war hart für ihn, aber er zog sie dem Dasein als Unfreier in Alba allemal vor. Er hätte glücklich sein können, wenn ihm nicht bewußt gewesen wäre, daß seine Frau es nicht war.

Manchmal dachte er, daß sie in Wirklichkeit viele Gesichter hatte. Da war das Mädchen, dem morgens übel wurde und das dankbar war, wenn er sie danach festhielt und ihr den Rücken rieb; das Mädchen, das sich nach einem Tränenausbruch an ihn klammerte. Dann gab es die unnahbare Fremde, die in seinem Bett lag, wenn er sie sich nahm, und die dabei weit, weit weg zu sein schien. Es gab die sehr sachliche, vernünftige Larentia, die sofort begriff, wenn er ihr erklärte, daß das Errichten eines festen, sicheren Kobens für die Schweine Vorrang vor dem Abdichten ihres Hauses haben müsse; und es gab das seltsame Wesen, das ohne jeden Grund und aus heiterem Himmel einen guten Holznapf auf einem Stein zerschlug, systematisch, wieder und wieder, während er zu verblüfft war, um dagegen einzuschreiten, so daß er dann einen neuen schnitzen mußte.

Es gab sogar einen Teil von ihr, der ihm angst machte. Er zeigte sich nur selten, das erste Mal, als ein Gewitter aufzog und Faustulus die Tiere so schnell wie möglich in ihre Unterstände treiben wollte. Diesmal half Larentia ihm nicht. Sie ignorierte ihn, stand mit weit geöffneten Armen da und schien die aufsteigende geballte Düsternis am Himmel in sich hineinzutrinken.

Er schrie ihr zu, sie müßten sich in Sicherheit bringen, aber sie rührte sich nicht. Zuerst dachte Faustulus, sie würde beim ersten Regentropfen Vernunft annehmen, und machte sich achselzuckend daran, für die Tiere zu sorgen, die das aufziehende Gewitter spürten und mehr als unruhig waren. Doch als alles erledigt war, stand Larentia immer noch da, mit diesem ekstatischen Gesichtsausdruck, der Faustulus zutiefst verstörte.

»Komm jetzt«, rief er, »es ist zu gefährlich hier draußen.«

Sie lachte, und es lief ihm kalt den Rücken hinunter. Er hatte sie noch nie lachen hören und nur selten lächeln sehen, aber jetzt lachte sie, aus vollem Hals und mit einer unheiligen Freude.

»Nicht für mich, Faustulus«, sagte sie, und ihre Stimme klang anders als sonst, tiefer, reifer, die Stimme einer Frau, nicht mehr die eines Mädchens. »Du weißt doch, daß wir Rasna über die Blitze gebieten können.«

Wenn er nie bei den Tusci gelebt hätte, würde er ihr das fraglos geglaubt haben, denn dergleichen erzählte man sich tatsächlich in seinem Volk. Dank seiner zwei Jahre in Alba wußte er jedoch, daß die Tusci wohl nicht über solche Kräfte verfügen konnten, ganz gleich, wozu sie ansonsten in der Lage waren. Er hatte erlebt, wie Arnths Trupp von einem plötzlichen Gewitter zu einem höchst ungünstigen Zeitpunkt heimgesucht und wie eine halbfertige Brücke, die wichtig für die Stadt war, durch einen Blitz zerstört wurde. Allerdings hatte er nie mit Tusci-Priestern verkehrt. Selbst unter den Kriegern hatte es geheißen, daß die Priester Blitze wenn auch nicht immer lenken, so doch lesen und für sich nutzen könnten.

»Du bist keine Priesterin mehr«, sagte er zu sich selbst ebenso wie zu ihr, und Larentia lachte noch einmal.

»Ich bin mehr«, entgegnete sie. »Ich bin auserwählt von den Göttern, und ich trage die Zukunft in mir. Von einem Blitz getroffen zu werden macht unsterblich, Faustulus. Soll ich Tin bitten, dich unsterblich zu machen, gleich hier und jetzt?«

Etwas in ihm glaubte ihr und schrie ihm zu, er solle sie lassen und so weit von ihr fliehen, wie es möglich war. Inmitten der schwülen, gewittrigen Luft und des Donners aus der Ferne fröstelte ihn, und sie schien ihm nicht mehr menschlich zu sein. Dann fielen die ersten Regentropfen, und die Wirklichkeit holte ihn wieder ein. Sie war nur ein Mädchen, seine Frau, die ein Kind erwartete und offenbar vor sich selbst beschützt werden mußte.

Mit ein paar Schritten war er bei ihr und hob sie ohne Umstände hoch. Noch immer konnte er sie mühelos tragen. Sowie er sie berührte, fiel die dämonische Aura von ihr ab, und sie wirkte nur noch wie ein mutwilliges Kind, das einem Spielkameraden Angst einjagen wollte. Doch Faustulus vergaß ihre Worte nie mehr. In den nächsten Monaten ließ ihn jedes Gewitter zuerst nach seiner Frau schauen, und jedesmal lächelte sie, wenn er dies tat.

Mit dem Fortschreiten des Herbstes hörten ihre morgendlichen Brechanfälle auf. Ihre Schwangerschaft war nun nicht mehr zu übersehen, und das brachte Faustulus dazu, eines Abends zu fragen, wann das Kind eigentlich zu erwarten sei. Sie runzelte die Stirn, rechnete nach und kam schließlich auf das Ende des Winters oder den Anfang des Frühlings; genauer konnte sie es nicht sagen. Er enthielt sich der Bemerkung, daß ihre priesterliche Ausbildung offenbar einige Lücken aufwies, aber sie konnte wohl erahnen, was er dachte, denn sie erklärte etwas verlegen:

»Die Priesterschaft der Uni ist für Schwangerschaft und Geburt zuständig.«

Er gab keine Antwort, was sie wohl als Nichtbegreifen auffaßte.

»Ich diente Turan.«

»Nun«, meinte Faustulus friedfertig, »eure Göttinnen und Götter auseinanderzuhalten war nie leicht für mich. Aber ich habe öfter mitgeholfen, Kälber, Lämmer und Ferkel auf die Welt zu bringen. Du brauchst dir also keine Sorgen zu machen, ich weiß Bescheid, wenn es soweit ist.«

»Ich bin keine trächtige Kuh!« gab sie heftig zurück und krümmte sich sofort.

»Was ist denn?« fragte Faustulus besorgt.

»Das Kind«, entgegnete Larentia, und ihr Ärger wich einem verwunderten Gesichtsausdruck. »Ich glaube, es hat mich gerade getreten.«

Faustulus setzte sich auf und tastete mit den Händen vorsichtig ihren Bauch ab. Seiner Meinung nach hatte sie noch drei oder vier Monate vor sich, aber er konnte tatsächlich etwas spüren. Er legte seine Wange auf ihren Bauch und war sich sicher.

»Ein Tritt wie ein Maulesel«, meinte er lächelnd, als er sich wieder neben sie sinken ließ.

Nun war es an Larentia, sich über ihn zu beugen und ihn forschend zu mustern. Es sah so aus, als wolle sie etwas fragen, aber sie tat es nicht. Statt dessen rollte sie sich wieder zurück in ihre gewohnte Lage neben ihm. Erst nach einer Weile, als er kurz davor stand einzuschlafen, hörte er sie sprechen.

»Meine Mutter«, sagte sie, »hatte drei Kinder und vier Fehlgeburten. Ich glaube nicht, daß mein Vater auch nur einmal das tat, was du gerade getan hast.« Verwirrt überlegte Faustulus, ob er sie verärgert hatte, als sie fortfuhr: »Der Anblick ihres schwangeren Körpers stieß ihn ab, und er betrat ihre Gemächer nicht mehr, bis sie ihr Kind zur Welt gebracht oder verloren hatte.«

Es war das Vertraulichste, was sie ihm je erzählt hatte, und das Unverständlichste. Faustulus kannte Familien, in denen die vielen Kinder irgendwann mehr zum Fluch als zum Segen geworden waren, doch ein König der Tusci mußte sich keine Sorgen machen, wie er seine Würmer durch den nächsten Winter füttern sollte. Und eine schwangere Frau, die ihre Fruchtbarkeit bewiesen hatte, war eine begehrenswerte Frau. Er sagte jedoch nichts davon, weil er nicht glaubte, daß Larentia eine Antwort hören wollte. Doch er legte erneut seine Hand auf ihren Bauch und spürte die unregelmäßigen Bewegungen, als hätte sich ein Vogel in einem Netz gefangen und versuche verzweifelt zu entkommen.

Als die Abende länger wurden, saßen sie häufiger vor der Feuerstelle, und Faustulus beschloß, Larentia seine Sprache beizubringen. Eines Tages würde sie ihn begleiten, wenn er zum Flußdorf ging, und dann sollte sie nicht alle dadurch verärgern, daß sie nur Tusci sprach. Im Gegensatz zu der finsteren Energie, mit der sie sich den Tieren widmete, schien das Erlernen seiner Sprache sie mit Freude zu erfüllen. Manchmal fragte sie ihn nach Worten, die er in der Sprache der Tusci nie benötigt und daher nie gelernt hatte, und wenn sie versuchte, ihm zu erklären, was sie meinte, offenbarte sie ihm wieder ein neues Gesicht: Sie war lebhaft, ohne angriffslustig oder unglücklich zu sein, war durchströmt von einem Eifer, der sie trotz ihrer zunehmenden Schwerfälligkeit einem Eichhörnchen ähneln ließ, das von Ast zu Ast hüpfte und in seiner Eile, den Wipfel des Baumes zu erreichen, ein paar Zweige übersprang. Faustulus konnte ihr nicht immer folgen, doch er bemühte sich.

»Ein Zeitabschnitt«, sagte sie einmal, »länger als ein erlaubtes Menschenleben.« Das Zahlwort, das sie nannte, war ihm unbekannt, und ebenso das Symbol, das sie mit Holzkohle auf den Boden malte. Er wollte sie schon bitten, ihm mit den Fingern zu verdeutlichen, wie viele Jahre sie meinte, doch ihre letzten Worte lenkten ihn ab.

»Ein erlaubtes Menschenleben?« wiederholte er verblüfft.

Sie runzelte die Stirn. »Aber gewiß wißt selbst ihr...«, begann sie, hielt dann inne und begann von neuem. »Nach zehn mal sieben Jahren hören die Götter auf, mit den Menschen zu sprechen, und die Seele macht sich daran, den Körper zu verlassen. Wenn der Körper nach zehn mal acht Jahren dann trotzdem noch lebt, ist das zutiefst unnatürlich und muß unterbunden werden.«

Er kannte den Begriff »unterbunden« nicht, aber worauf sie hinauswollte, stand außer Zweifel.

»Ihr tötet eure alten Leute?« fragte Faustulus entsetzt.

»Nein«, entgegnete Larentia geduldig, »sie leben nicht mehr. Aber solange der Körper noch atmet, kann sich die Seele nicht völlig befreien und ihre Reise fortsetzen.« Beunruhigt setzte sie hinzu: »Bleiben bei den Latinern die Seelen gefangen?«

»Bei uns wird kaum jemand so alt«, gab Faustulus zurück, der nicht wußte, was ihn mehr verstörte – das, was sie sagte, oder daß ihr Ton wieder den Hauch Herablassung angenommen hatte, der sein lebhaftes Mädchen in das Wesen zurückverwandelte, das er bei sich »die Nichte des Königs« nannte. »Noch nicht einmal halb so alt, weil die meisten nämlich vorher sterben. So alt zu werden, das können sich nur die Tusci leisten. Und es dann verschwenden.«

Einen Moment lang sah sie aus, als ob sie wieder etwas über »Barbaren« sagen wollte, dann überlegte sie es sich offenbar, denn sie schloß kurz die Augen und atmete tief ein. Als sie sich Faustulus erneut zuwandte, deuteten nur noch die geballten Fäuste, die auf ihrem Schoß lagen, darauf hin, daß sie sich ärgerte.

»Das Zeitalter, das ich meine«, sagte sie schließlich, als hätte es kein Abschweifen gegeben, »hat keine feste Zahl an Jahren, denn es kann durch bestimmte Ereignisse früher enden oder länger dauern. Nimm an, eine Stadt wird gegründet; wenn derjenige ihrer Gründer, der am längsten lebt, stirbt, dann bestimmt er mit seiner Lebensdauer das erste Zeitalter.«

»Oh, ein Saeculum!«

»Saeculum«, wiederholte sie, lächelte, und ihre Fäuste öffneten sich. Sie las eine Schnur vom Boden auf, die er benutzt hatte, um Reisig für das Feuer damit zu bündeln, und begann sie sich um die Finger zu wickeln, lose, spielerisch und ohne jeden Sinn. Sie hatte schöne Hände, dachte Faustulus, schmal, mit langgliedrigen Fingern; Hände, die trotzdem zupacken konnten. Doch was ihm jetzt durch den Kopf ging, hatte nichts mit deren Nützlichkeit zu tun. Er wünschte sich plötzlich, sie würde ihn mit ihren Händen berühren. Natürlich tat sie das jedesmal, wenn sie ihm etwas reichte oder etwas von ihm entgegennahm, und auch bei den immer selteneren Gelegenheiten, wenn sie einen schlechten Traum hatte oder weinte und er sie danach tröstete. Aber obwohl sie nicht mehr steif dalag, wenn er mit ihr schlief, hatte sie doch nie eine Zärtlichkeit erwidert oder von sich aus seine Nähe gesucht. Es war nicht so, daß er gerade jetzt mit ihr schlafen wollte. Das würde ohnehin bald aufhören. *Nicht während der letzten drei Monate,* hatte sein Vater gesagt, als es so aussah, als würde Faustulus die Tochter seines Freundes heiraten, *das bringt Unglück und ist nicht gut fürs Kind.* Nein, Faustulus wollte nicht mit Larentia schlafen, aber das Bedürfnis, von ihr berührt zu werden, diese schönen, selten ruhigen Hände auf seinem Gesicht zu spüren, in seinen eigenen Händen, auf seinen Armen, irgendwo an seinem Körper, war mit einemmal überwältigend.

Um sich abzulenken, fragte er hastig: »Was ist so besonders an einem Saeculum?«

»Jedem Volk sind eine bestimmte Anzahl an Saecula zugeteilt«, antwortete Larentia ernst und starrte ins Feuer, ohne mit dem Gleiten der Schnur durch ihre Finger innezuhalten. »Für die Rasna sollten es zehn sein. Wir sind in unserem fünften. Aber es gab… Zeichen… dafür, daß in diesem Saeculum etwas geschieht. Etwas, das unsere übrigen Saecula entweder verschlingt oder bis ins Unendliche ausdehnt.«

Eigentlich wollte er nichts mehr davon wissen. Es war genau die Art Gerede, die sie unzugänglich sein ließ oder in ihre unheimlichen Stimmungen versetzte. Außerdem war er müde und erschöpft von der täglichen Arbeit, die inzwischen, da Larentia nicht mehr soviel wie am Anfang helfen konnte, zum größten Teil auf seinen Schultern lag. Aber etwas trieb Faustulus zu dieser Frage:

»Wie viele Saecula haben wir vor uns? Die Latiner?«

Die Schnur fiel unbeachtet aus ihren Händen, als sie aufstand und sich von der Feuerstelle abwandte.

»Ich weiß es nicht. Kein Priester, der mir bekannt ist, hat jemals versucht, die Zeichen für die Latiner zu deuten, und ich kann es jetzt nicht tun. Ich bin keine Priesterin mehr.«

Er hatte ihr anfangs beibringen müssen, zu kochen. Erfreulicherweise hatte sie keine Schwierigkeiten damit, die Hasen oder Fische auszuweiden, die er mit seinen Fallen und Netzen gelegentlich fing; sie war mit den Eingeweiden von Opfertieren vertraut. Eine Mahlzeit selbst zuzubereiten, im Gegensatz zu dem bloßen Beaufsichtigen einer Küche, war ihr dagegen neu gewesen, und in den ersten Monaten tat sie es auf die gleiche Art, wie sie die Kühe versorgte: energisch, aber als sei es eine auferlegte Buße, die sie so rasch wie möglich hinter sich bringen wollte und an der sie keine Freude empfand.

Mit dem Beginn des Winters allerdings stellte sich eine Veränderung ein. Es mußte ihr aufgefallen sein, daß Faustulus eine Vorliebe für Brühen hatte, denn sie begann sie öfter zuzubereiten. Als er einmal von einem Festschmaus für die Krieger in Alba sprach, bei dem ihnen Gerichte vorgesetzt worden waren, die er vorher und nachher nicht mehr gekostet hatte, sagte sie nichts, aber danach bat sie ihn, ihr vom Flußdorf einige Gewürze mitzubringen, und wenig später bekam er eines der letzten Täubchen, das er vor Winteranbruch noch hatte fangen können, so vorgesetzt, daß es tatsächlich ein wenig an den Pfau erinnerte, den er in Alba verzehrt hatte.

»Meine Frau ist eine gute Frau«, meinte er aufgeräumt zu Pompilius, als er mit ihm vereinbarte, seine Kühe, die von dem Stier in Alba nicht trächtig geworden waren, von Pompilius' Bullen decken zu lassen und in der Zwischenzeit dessen Esel als Zugtier für seinen Pflug auszuleihen. Die Tusci mochten merkwürdige Sitten haben, aber daß sie Tiere vor die Pflüge spannten, fand Faustulus vernünftig. Außerdem wollte er nicht, daß sein Weib den Pflug für ihn ziehen mußte, jetzt, wo die Dinge zwischen ihnen so gut liefen.

Er war in der Stimmung zu prahlen, vor allem, weil Pompilius gar so selbstzufrieden dreinblickte. »Gut essen und trinken und ein sauberes Haus, was will ein Mann mehr?«

»Ein warmes Bett?« gab Pompilius zurück und grinste. »Warum bekommen wir es denn nie zu sehen, dein wunderbares Weib? So ganz allein zu sein, das ist doch nicht richtig für eine Frau, und gerade wenn ein Kleines auf dem Weg ist. Bring sie mit, wenn du das nächste Mal kommst. Das Weib ist noch nicht geboren, das nicht gern mit anderen Weibern zusammensitzt und schwatzt. Meines fragt mich schon die ganze Zeit, was es mit dem deinen auf sich hat.«

»Jemand muß sich um den Hof kümmern, wenn ich fort bin«, entgegnete Faustulus, doch was Pompilius gesagt hatte, setzte sich nachhaltig in seinem Kopf fest. Jetzt, wo er darüber nachdachte, wurde ihm bewußt, wie unnatürlich es für eine Frau war, so allein zu sein, da hatte Pompilius recht. Außerdem wollte er schlicht und einfach beneidet werden, wenn er Larentia den anderen vorstellte. In ihrem Zustand würden die jungen Springinsfelde vom Flußdorf sie ohnehin in Ruhe lassen und nicht auf dumme Gedanken kommen, aber man konnte sehr wohl sehen, wie hübsch sie war. Andererseits glaubte er nicht, daß sie bereits genügend latinische Worte konnte, um mit den anderen Frauen ungezwungen zu reden, und die Stimmung gegenüber den Tusci war im Dorf nicht freundlicher geworden, seit der Aufseher des Königs erschienen war, um dessen Anteil vor dem Winter einzutreiben. Also beschloß er, noch etwas zu warten, aber er dachte, es könnte nicht schaden, Larentia mehr Gesellschaft in Aussicht zu stellen.

Wider Erwarten zeigte sie keine Begeisterung darüber, aber sie wollte ihm auch nicht verraten, weswegen. »Ich habe Pompilius gesagt, du wärst eine gute Frau«, versetzte Faustulus, um ihr zu verdeutlichen, worum es ging.

Ihre Augenbrauen zogen sich zusammen, und sie erwiderte ruhig: »Du hast keinen Grund, das zu glauben.«

Nun war ihm klar, worauf sie hinauswollte. Ein wenig Lob. Das verstand er, obwohl sie in den Anfangstagen auf freundliche Bemerkungen über ihr rasches Lernen so wenig reagiert hatte, daß er bald darauf verzichtete. Begütigend wiederholte Faustulus, was er zu Pompilius gesagt hatte und hätte sich gleich darauf am liebsten auf die Zunge gebissen. Die Fremde war wieder da, mit ihrem schneidenden, kalten Tonfall und der eisigen Miene, die ihre dunklen Augen wirken ließ wie zwei endlos tiefe Brunnenlöcher, in denen es längst kein Wasser mehr gab.

»Wenn du meinst, daß ich eine fleißige Magd bin, dann hast du recht. Aber was den Rest angeht – weißt du eigentlich überhaupt, daß es einen Rest gibt?«

Es war keine echte Frage, und so gab er auch keine Antwort, während sie, eine Hand in den Rücken gestützt, auf und ab ging.

»Eine gute Frau«, wiederholte sie verächtlich. »Du glaubst doch, ich hätte mein Kind von einem Liebhaber. Ich hätte mein Gelübde gebrochen, weil ich so gierig nach einem Mann war, daß ich nicht warten konnte. Selbst Fasti hat das geglaubt, und sie kennt mich viel besser, als du es je tun wirst. Wenn ich die Göttin betrügen kann, was läßt dich eigentlich annehmen, daß ich dich *nicht* betrügen würde? Ich komme aus einer Familie von Verrätern. Mein Vater hat die Götter verraten, als sie das Königsopfer von ihm forderten, mein Onkel hat meinen Vater und uns alle verraten, und das, was ich da in mir trage ... es hat mich jetzt schon verraten.« Sie blieb stehen und schaute ihn an, und ihm fiel zum ersten Mal auf, daß ihre Wangen während der Schwangerschaft nicht runder geworden waren, sondern hohler. Es war, als schmölze das Fleisch fort, um eine der Masken zu formen, die im Palast an manchen Wänden gehangen hatten. Ihre Worte trafen ihn wie spitze Messer, doch das Seltsame war, daß sie die Spitzen gleichzeitig auch gegen sich selbst richtete. Sie verschränkte die Arme ineinander, und er sah, daß der Griff ihrer Hände um die Oberarme fest genug war, um die Fingerknöchel weiß leuchten zu lassen.

»Ich habe für dieses Kind mein Leben eingetauscht«, schloß sie tonlos, »und ich wußte es nicht. Es sperrt mich ein, es frißt mich von innen her auf, und ich will mein Leben wiederhaben.«

Faustulus sagte das erste, was ihm in den Sinn kam, um sie am Fortfahren zu hindern.

»Kinder.«

Die Verwirrung, die sie erfaßte, ließ die Maske wieder zum Gesicht eines erschöpften Mädchens zerfließen.

»Was meinst du?«

»Kinder. Es sind zwei. Das kann man spüren«, erläuterte Faustulus, der nicht darüber nachdenken wollte, was sie gesagt hatte. »Ich dachte, das wüßtest du schon.«

Sie schüttelte den Kopf, immer noch verwirrt, und er ging zu ihr. Behutsam löste er ihre linke Hand von ihrem rechten Oberarm und legte sie auf ihren Bauch. Seine eigene Hand wölbte sich über ihren Fingern, und er fuhr mit ihnen die Umrisse nach, die er manchmal ertastete, wenn er neben ihr lag.

»Zwillinge«, sagte er. »Das bringt Glück. Oder glauben die Tusci etwas anderes?«

Ihre rechte Hand legte sich um seine Schulter, und er spürte, wie sie den Kopf an ihn lehnte. »Du bist ein guter Mann, Faustulus«, flüsterte sie. »Aber du weißt nicht, wovon du sprichst.«

Unter den Dingen, die sie aus ihrem früheren Leben mitgebracht hatte, war eine Doppelflöte, und je länger die Abende wurden, desto öfter spielte sie darauf. Faustulus, der sich nicht erinnern konnte, den Palast je ohne Musik in irgendeinem Winkel erlebt zu haben, wenn er dort Dienst tat, fand ihre Weisen gleichzeitig schön und verstörend, so wie sie selbst. Er fragte sich, ob sie ein Zeichen von Heimweh waren. Dann wieder sagte er sich, daß sie ihre Familie und die Priesterschaft haßte, so wie sie über die Leute sprach, und keinen Grund hatte, sich nach der Vergangenheit zu sehnen. Und manchmal, wenn die nasse Kälte von draußen trotz aller Vorsichtsmaßnahmen in das Haus drang, zerbrach er sich den Kopf über den unbekannten Mann, ihren Liebhaber. Ihn mußte sie schließlich auch hassen, denn er hatte sie im Stich gelassen. Es sei denn… Es sei denn, sie hatte die ganze Zeit die Wahrheit gesagt, und es handelte sich wirklich um einen Gott. Inzwischen gab es Momente, in denen er durchaus bereit war, das zu glauben. Dann wieder schalt er sich töricht. Wer es auch immer gewesen war, er war fort, es war vorbei, und Larentia gehörte jetzt ihm. Die Kinder, die sie erwartete, würden die seinen sein.

Während er den süßen, eindringlichen Tönen zuhörte, begann er, ein Bett für die Kinder zu zimmern. Die wurmstichigen Dinger, die er in den anderen Hütten gefunden hatte, erschienen ihm mit einemmal nicht mehr gut genug. Dann kam ihm der Gedanke, daß die Kinder mehr als nur Stroh und Wolldecken benötigen würden. Der Winter konnte lange dauern, man sollte sich nie auf die rechtzeitige Ankunft des Frühlings verlassen. Er nahm sich vor, eine Wolfsfalle zu graben. Bisher waren zwar erfreulicherweise keine Wolfsspuren um seinen Hof zu finden gewesen, aber Pompilius hatte über zwei kürzlich gerissene Schafe geklagt, also ließ sich in den Wäldern um das Flußdorf herum gewiß etwas Brauchbares fangen. Ein Wolfspelz würde die Kinder wärmen.

Am kürzesten Tag des Jahres sperrte er die Kühe und Schweine in ihre Stallungen, schüttete ihnen Futter für den ganzen Tag auf und verkündete Larentia, sie wisse nun genug Worte, um an der Sonnwendfeier im Flußdorf teilnehmen zu können. Er unterließ es, darauf hinzuweisen, daß sie nicht mehr lange zu solch weiten Fußwegen imstande und dies ihre letzte Gelegenheit sein würde. Das schien ihr selbst klar zu sein, denn sie widersprach nicht und steckte sich die Haare hoch, was sie in all den Monaten noch nicht getan hatte.

»Ich hoffe, es gibt kein Gewitter«, sagte Faustulus und hätte sich gleich darauf am liebsten auf die Zunge gebissen, denn er erinnerte sich wieder an ihr Benehmen während eines längst vergangenen Spätsommersturms. Sie warf ihm einen raschen Blick zu und lächelte.

»Nein«, antwortete sie, »das wird es nicht.«

In der Tat wirkten die wenigen Wolken an dem kalten, klaren Winterhimmel nicht bedrohlich. Sie mußten öfter stehenbleiben, als Faustulus allein es getan hätte, aber das störte ihn nicht. Seine Besorgnis hielt zunächst mit seiner freudigen Erwartung Schritt und wurde schließlich immer geringer. Sogar die Überlegung, wie die anderen wohl auf Larentias unverkennbaren Tusci-Akzent reagieren würden, verlor ihre düsteren Farben. Sie hatten etwa ein Drittel des Wegs zurückgelegt, als Larentia ein weiteres Mal stehen blieb, und stöhnend in die Knie ging. Es war noch mindestens sieben Wochen zu früh für die Geburt, und Faustulus spürte aufflammendes Entsetzen, während er neben Larentia niederkniete.

»Es ist schon gut«, sagte sie mit zusammengebissenen Zähnen, griff nach seinen Armen und stützte sich auf ihn, um sich wieder zu erheben. »Das sind nicht die Wehen. Aber... ich glaube nicht... daß ich den ganzen Weg schaffe, und dann noch einmal zurück morgen früh.« Sie atmete jetzt etwas regelmäßiger, schnitt eine Grimasse und klopfte sich auf den Bauch. »Zuviel Gewicht.«

Faustulus hatte Pompilius versprochen zu kommen, von Marcus und Rufus ganz zu schweigen, und er hatte sich auf dieses Fest gefreut. Er konnte nicht so tun, als sei er nicht enttäuscht, doch er versuchte, der Angelegenheit das Beste abzugewinnen.

»Nun«, meinte er, »wenn die Kinder erst da sind, dann werde ich euch alle drei zeigen können.«

Sie warteten eine Weile, dann kehrten sie zu ihrem Hof und den Ruinen um ihn herum zurück. Wegen der Enttäuschung schien Faustulus der Weg länger als zuvor, aber er sagte nichts mehr. Er bemerkte, daß Larentia ein paarmal den Mund öffnete, wie um ein Gespräch zu beginnen, doch auch sie blieb stumm, bis sie in Sichtweite des Hofes gelangt waren. Dann drückte sie ihm die Hand und sagte: »Faustulus, geh du ruhig allein zum Flußdorf und feiere die Rückkehr der Sonne. Mir geht es schon viel besser, und ich komme gewiß allein zurecht.«

»Und wenn du doch...«, begann er unsicher, denn er wollte wirklich gern wieder ein Fest unter seinesgleichen erleben, sie jedoch auch nicht im Stich lassen. Larentia überraschte ihn durch einen kurzen Kuß auf die Wange, was sie bisher noch nie getan hatte.

»Die Kinder werden heute nicht kommen. Glaub mir. Ich weiß es.«

Er beschloß, ihr zu vertrauen. Da er nun alleine unterwegs war, erreichte er das Dorf noch rechtzeitig für die Feier, und hatte sich genügend Antworten zurechtgelegt, um die zu erwartenden Neckereien, wo denn seine geheimnisvolle Frau stecke, abzuwehren. Lediglich als Rufus meinte, in dieser Nacht gelte es aufzupassen, daß kein Unterweltsdämon sie hole, überlief ihn ein kalter Schauder. Er ging schnell vorüber; es war nur dem langen Zusammensein mit Larentia zu danken, daß er empfänglich für derlei Gerede war, statt darüber zu lachen.

Er stürzte sich in die Feier, tanzte mit den anderen um den Scheiterhaufen und sprang nach einer Wette mit Pompilius sogar über die Flammen, was seine Beine etwas ansengte, ihm aber als Lohn für den besten Sprung einen schönen neuen Mantel für Larentia einbrachte, den die Frau des Pompilius mit Waid blau gefärbt hatte und der eigentlich für dessen Reise nach Veij bestimmt gewesen war, wo Pompilius versuchen wollte, von einem anderen Tusci-König bessere Bedingungen für das Dorf auszuhandeln.

Wie vereinbart schlief Faustulus im Haus des Pompilius, bei Marcus und Rufus, jedoch nur für einige Stunden, denn sie hatten bis spät in die Nacht gefeiert. Der Kopf brummte ihm noch etwas, als er wieder nach Hause aufbrach, mit dem blauen Mantel und ein paar getrockneten Kräutern, die ihm Pompilia für seine Frau mitgegeben hatte. Er dachte daran, seine Wolfsfalle im Wald zu überprüfen, um festzustellen, ob das angebundene Rebhuhn, das als Köder diente, noch dort war. Die ehemals mit Laub bedeckten Zweige waren eingebrochen, und an den Spitzen der Pfähle, die er in den Grund der Grube gerammt hatte, klebten blutige Haare, doch es mußte dem Tier trotz allem gelungen sein, mit dem Rebhuhn zu entkommen. Seufzend machte er sich daran, die Abdeckung wiederherzurichten, und es dauerte eine Weile, bis er seinen Heimweg fortsetzen konnte.

Er hörte die Kühe nicht brüllen, als er den Hof erreichte, was bedeutete, daß Larentia sie gemolken haben mußte, was wiederum hieß, daß es ihr tatsächlich wieder besserging. Zufrieden öffnete er die Tür – und traute seinen Augen nicht. Vor der Feuerstelle saß seine Frau, eine Schale mit Kuhmilch in der Hand. Aus der Schale trank, auf der Erde liegend und mit blutigen Hinterläufen, die jemand mit Wasser notdürftig gesäubert

59

hatte, eine Wölfin. Er brachte keinen Laut hervor, ganz im Gegensatz zu der Wölfin, die, kaum daß er eingetreten war, den Kopf hob und ihn anknurrte.

Faustulus, der Angst hatte, daß sie im nächsten Moment einem von ihnen die Kehle aufreißen würde, verletzte Hinterläufe hin oder her, rührte sich nicht. Er fragte sich, ob Larentia verrückt geworden war und wieso die Wölfin sie nicht schon längst gebissen hatte. Wölfe ließen niemanden an sich heran, das wußte jeder. Nicht, daß er bisher je in die Lage gekommen war, dieses Wissen auf seine Richtigkeit zu überprüfen.

»Es ist gut«, murmelte Larentia, und Faustulus brauchte eine Weile, bis er begriff, daß sie mit der Wölfin sprach, nicht mit ihm. »Er wird dir nichts tun.«

Beim Klang ihrer sanften Stimme drehte die Wölfin ihren Kopf zu Larentia zurück. Sie wimmerte leise, und Faustulus konnte sich des Eindrucks nicht erwehren, daß sich der Blick des Geschöpfes in einer völlig untierischen, ja menschlichen Weise mit dem seiner Frau kreuzte. Erst als die Wölfin wieder trank, wandte sich Larentia ihm zu.

»Sie kann kaum noch laufen«, sagte sie, noch immer in dem gleichen gedämpften Tonfall. »Sie wird dir nichts tun, und den anderen Tieren auch nicht.«

»Sie hat immer noch ihre Zähne«, entgegnete Faustulus ebenso leise, aber mit einer Mischung aus Zorn und Entsetzen. »Und sobald sie dazu in der Lage ist, wird sie damit ihre Beute reißen. Wölfe sind eine Plage, Larentia. Man muß sie töten, und das so schnell wie möglich.«

Larentia schüttelte den Kopf. »Du kannst sie nicht töten. Sie ist trächtig.«

Das war eine der Überzeugungen, die sein Volk mit den Tusci gemein hatte. Niemand durfte ein schwangeres Wesen töten. Auch deshalb war er seinerzeit so entsetzt gewesen, als sie geglaubt hatte, er sei beauftragt worden, sie umzubringen. Er beäugte die Wölfin mißtrauisch. Wenn sie trächtig war, dann konnte man das kaum erkennen. In jedem Fall sollte er das bes-

ser beurteilen können als das Stadtmädchen Larentia. Faustulus war versucht zu erklären, das verwünschte Biest sei *nicht*
trächtig, und seinen Bogen zu holen. Aus der Nähe sollte es
nicht schwer sein, das Herz zu treffen. Aber es bestand immer
noch die Gefahr, daß die Wölfin im Todeskampf nach Larentia
schnappte; außerdem konnte es durchaus sein, daß Larentia im
Recht war. Und dann hätte er die Art Frevel begangen, die zu
Totgeburten und Unfruchtbarkeit führte.

Er seufzte und beschloß zu hoffen, daß das Tier seinem In-
stinkt folgen und so bald wie möglich aus der Nähe der Menschen verschwinden würde.

In den drei folgenden Nächten schlief Faustulus nicht. Er wartete darauf, daß der Rest des Rudels auftauchte, um sein Vieh
zu reißen, und hielt zwischen Schweinekoben und Kuhstall Wache. Dann wieder überwog die Sorge, die verletzte Wölfin
könnte Larentia etwas antun, und er kehrte in sein Haus
zurück. Wenn er die gelben Augen der Wölfin in der Dunkelheit glimmen sah, stellte sich jedes Haar an seinem Körper auf,
und jeder Windstoß flüsterte ihm zu, daß es sich um einen ur-
alten Todfeind handelte. Er konnte nicht verstehen, warum Larentia keine Spur von Angst vor dem Tier empfand, aber da er
wegen ihres unvernünftigen Handelns wütend auf sie war,
fragte er sie nicht danach. Gereizt und übermüdet, wie er war,
sprach er nur das Allernötigste mit ihr und verwendete ausschließlich seine eigene Sprache. Schließlich gehörte sie nicht
mehr zu den Tusci. Wenn er von Anfang an mit ihr in das Flußdorf gezogen wäre, dann hätte sie sich gewiß längst dort einge-
wöhnt und würde vor allem kein so seltsames Gebaren mehr
an den Tag legen.

Sie redete mit der Wölfin nahezu ohne Unterlaß. Nun
schwatzte Faustulus durchaus manchmal ebenfalls mit den Tieren; jeder Hirte, jeder Bauer tat das, und niemand störte sich

daran. Aber das waren nützliche Tiere, gute Tiere, die für Nahrung und Wärme sorgten. Keine Räuber in der Nacht.

Es mußte an seiner Übermüdung liegen, aber ihm kam bei dem Anblick von Larentia, wie sie auf den graubraunen Eindringling einsprach, ein seltsamer Gedanke, den er nicht mehr loswurde. Die Tusci ordneten bestimmte Tiere bestimmten Göttern zu – nicht daß er wußte, welchen. Wenn seine Augen brannten und nach der Arbeit jeder Muskel in ihm schmerzte, dann bildete er sich ein, die Wölfin sei gar keine Wölfin, sondern eine Botin des Gottes, der Larentia geschwängert hatte. Vielleicht sogar der Gott selbst, und deshalb benahm sich Larentia so vertraut mit dem Tier.

Dann wieder roch er den durchdringenden Wolfsgestank oder entdeckte, daß das elende Biest das Haus mit seinem Urin markiert hatte, und schalt sich töricht. Es war eine Wölfin, die seine Frau in ihrer Unerfahrenheit gesundpflegte.

Als endlich der Tag anbrach, an dem die Wölfin im Morgengrauen humpelnd davonlief, war Faustulus erleichtert genug, um seinen eigenen Göttern aus tiefstem Herzen zu danken. Er vergaß nicht, darum zu bitten, das Tier möge weder allein noch mit seinem Rudel je zurückkehren, und fühlte sich in seiner Erleichterung großzügig genug, um wieder das Wort an Larentia zu richten. Nicht in der Sprache der Tusci allerdings.

»Wir haben Glück gehabt«, brummte er. »Sehr viel Glück.«

Larentia schüttelte den Kopf. »Nein«, entgegnete sie zögernd, aber mit den Worten, die er sie gelehrt hatte. »*Sie* hat Glück. Sie ist frei.«

Als die Tage kaum merklich wieder länger wurden, überraschte Pompilius ihn mit einem Besuch. Er hatte seinen Sohn Numa mitgebracht, einen aufgeweckten Jungen von sechs Jahren, der jetzt schon kräftig aussah und später gewiß eine große Hilfe sein würde.

»Hör zu«, meinte Pompilius, während er dankbar in den Käse biß, den Larentia ihnen gebracht hatte, und einen durchaus beifälligen Blick auf sie warf. »Aus der Sache mit Veij wird nichts. Da will sich keiner wegen ein paar Bauern wie uns mit Amulius anlegen. Wenn's noch der alte König wäre…«

»Amulius?« wiederholte Larentia, die bisher nicht gesprochen hatte.

Pompilius zog die Augenbrauen hoch, und Faustulus biß sich verlegen auf die Lippen. Er hatte ihr vor der Sonnwendfeier erklärt, daß Frauen bei ihnen nur dann mit fremden Männern sprachen, wenn sie direkt angeredet wurden, und Pompilius hatte sich natürlich ausschließlich an ihn gewandt. Der kleine Numa, dem der Regelverstoß nicht auffiel, meinte unbekümmert: »Na, der König von Alba.«

»Die Tusci nennen ihn Arnth«, erklärte Faustulus hastig.

Pompilius wirkte mehr selbstzufrieden denn überrascht, als er bemerkte: »Hätte ich mir denken können, daß dein Weib eine von denen ist. Schließlich hast du ja bei ihnen gelebt, stimmt's? Nur dachte ich«, und der Blick, mit dem er Larentia diesmal musterte, war eindeutig herausfordernd, »die wären sich zu gut, um unsereins ihre Frauen zu geben. Wenn ich mit ihnen verhandle, dann benehmen die sich, als ob ihr Mist besser riecht als unserer.«

Faustulus sah es deutlich vor sich. Larentia würde jetzt eine schneidende Bemerkung machen und Pompilius daraufhin ärgerlich sein Haus verlassen. Mit der guten Nachbarschaft zum Flußdorf wäre es vorbei, und jedesmal, wenn er dorthin gehen mußte, würde er mit Spott über seine Frau empfangen. Er öffnete den Mund, um etwas zu sagen, irgend etwas, das Larentia vom Reden abhielte, brachte jedoch keinen Ton hervor. Eine stumme Bitte in seine Augen zu legen war alles, was er konnte.

»Meine Familie«, sagte Larentia und klang zu seiner ungeheuren Erleichterung nicht höhnisch, »war sehr froh, mich einem Latiner zur Frau geben zu können, zumal einem Mann wie Faustulus.«

Darauf wußte Pompilius nichts mehr zu erwidern. Er räusperte sich und kam wieder auf den Anlaß zurück, der ihn hergeführt hatte: seinen Vorschlag, Faustulus' kleine Schweineherde, die sich inzwischen verdoppelt hatte, mit seinem eigenen Viehbestand zusammenzulegen, der nach dem vorwinterlichen Besuch des königlichen Aufsehers empfindliche Lücken aufwies. Im Flußdorf, so argumentierte er, gebe es den besseren Boden, um sie zu mästen, und es würde Faustulus Zeit sparen. Dafür würde dieser beim Schlachten auch Teile von Tieren bekommen, die ihm gar nicht gehörten.

Faustulus war nicht ganz bei der Sache, während er mit Pompilius verhandelte. Ihn beschäftigte, was Larentia gesagt hatte. Er erinnerte sich daran, wie es damals in der Schenke geheißen hatte, kein Mann der Tusci würde eine schwangere Priesterin auch nur mit dem kleinen Finger anrühren. Und noch ein anderer Satz klang in seinem Gedächtnis: *Es ist meine Strafe.* Es tat weh, als ihm bewußt wurde, was sie mit ihren Worten, die Pompilius als Lob aufgefaßt hatte, gemeint haben mußte: Man hatte sie Faustulus gegeben, eben weil die Latiner bei den Tusci nichts galten, als Demütigung und als Strafe, weil sie Schande über ihren Stand und ihre Familie gebracht hatte, und offenbar empfand sie das immer noch so. Er warf einen Blick zu ihr hinüber – sie schnitt gerade noch mehr Käse für den kleinen Numa auf – und fragte sich, wann es für ihn so wichtig geworden war, was dieses Tusci-Mädchen, das ihm doch ursprünglich weniger wert gewesen war als seine Freiheit und das Vieh, von ihm dachte.

»Stimmt es, daß alle Tusci zaubern und in die Zukunft schauen können?« fragte Numa eifrig und stopfte sich ein zu großes Stück Käse in den Mund, was ihn zum Husten brachte. Larentia klopfte ihm auf den Rücken und schüttelte den Kopf. Sein Vater, der immer noch die Vorteile aufzählte, die Faustulus erlangen würde, hatte nur kurz über die Schulter geblickt.

»Kannst du es?« beharrte Numa.

Larentia legte die Finger auf die Lippen und zog ihn beiseite, und Faustulus konnte nicht mehr verstehen, was sie redeten, obwohl er sie mit dem Jungen flüstern hörte. Er versuchte sich wieder auf Pompilius zu konzentrieren.

»... und zwei Schafe nur für dich«, schloß Pompilius, »aber du bist schon ein Halsabschneider! Nun sag doch endlich was!«

»Ich überlege es mir.«

»*Überlegen*, ha!« schnaubte Pompilius. »Du hast zu lange Zeit in den Städten verbracht, mein Freund. Hier *überlegt* man nicht.«

Als Vater und Sohn wieder verschwunden waren, fragte Faustulus Larentia, was sie dem Kleinen prophezeit habe.

»Nur, was der gesunde Menschenverstand mir sagt«, entgegnete sie. »Er wird ein wichtiger Mann werden, aber nicht in seinem Dorf. Dazu braucht es keine Deutung; wenn sein Vater ihn öfter mitnimmt, wird er mit dem Dorf nicht mehr zufrieden sein.«

Sie seufzte und setzte sich. Ihre Zeit würde nun bald kommen, und langes Stehen ermüdete sie sehr. Faustulus wandte sich von ihr ab, doch er konnte nicht anders, er mußte weiterfragen.

»Und du? Wirst du hier je zufrieden sein, oder glaubst du immer noch, daß ich deine Strafe bin?«

»Komm her«, sagte sie, und obwohl er bereits bedauerte, Gedanken ausgesprochen zu haben, die sich für einen Mann nicht ziemten, gehorchte er und kniete neben ihr nieder. Ihre Hand- und Fußgelenke waren angeschwollen, und man sah die blauen Adern an ihren Schläfen pochen, aber er fand sie immer noch sehr schön. Sie legte eine Hand an seine Wange, mit der anderen fuhr sie durch sein Haar, was sie noch nie getan hatte.

»Ich habe dir bereits gesagt, daß du ein guter Mann bist«, fuhr sie leise fort. »Aber ich bin keine gute Frau, Faustulus. Ich habe böse Träume, und was mir träumt, das werde ich wahrmachen, denn es geht dabei nicht nur um mich. Du«, sie schüttelte den Kopf und seufzte noch einmal, »du bist das einzig Gute, was mir im letzten Jahr geschehen ist.«

Er hörte, was er hören wollte; sie verachtete ihn nicht mehr, wie sie es anfangs getan hatte, sie war gern mit ihm zusammen, sie würdigte, was er alles für sie getan hatte. Was ihre Bemerkung anging, keine gute Frau zu sein, so betrachtete er sie als Reue, als Vorsatz, als Versprechen für die Zukunft. Wenn die Kinder erst auf der Welt waren und sie wieder als Mann und Frau miteinander schlafen konnten, dann würde auch dieser Teil ihrer Beziehung ins rechte Lot gerückt werden. Er neigte den Kopf ein wenig zur Seite, um sich noch besser der ungewohnten Zärtlichkeit zu überlassen.

Erst viel später fiel ihm auf, daß sie mit ihrer Entgegnung keine seiner beiden Fragen beantwortet hatte.

Als er sich erkundigte, was es eigentlich mit all den Zeichen, die sie mit Asche oder Holzkohle auf den Boden schrieb und wieder verwischte, auf sich hatte, versuchte sie ihm das Schreiben beizubringen. Es war nicht leicht, denn er verstand den Sinn nicht. Was wichtig war, behielten die Menschen seiner Meinung nach ohnehin in ihrem Gedächtnis, und wenn sie es vergessen wollten, dann konnten auch ein paar Zeichen, die für Laute gelten sollten, daran nichts ändern. Das erwiderte er, als sie meinte, seine Vereinbarungen mit Pompilius könnten auf diese Art viel sicherer sein. Wenn Pompilius plante, ihn zu betrügen, dann würden Zeichen ihn auch nicht aufhalten.

Aber es bereitete ihr Freude, und so gab er nach und versuchte, die Zeichen und ihre Bedeutung zu erlernen. Einmal fragte Faustulus sie, welcher Tusci sich diese Qual denn habe einfallen lassen, und sie lachte.

»Keiner«, antwortete sie. »Es waren die Griechen. Wir haben sie von ihnen übernommen.«

Er kannte die Griechen von Alba her, und hatte keine allzu hohe Meinung von ihnen. Sie waren noch mehr von sich eingenommen als die Tusci. Und den Gerüchten nach zu urteilen, wurden es immer mehr. Statt in ihrem eigenen Land zu bleiben, tauchten sie überall auf, sogar bei den Marsern unten im Süden, wie man erzählte, und gründeten Siedlungen. Von den Tusci beherrscht zu werden, daran hatte man sich gewöhnt, aber von Griechen? Außerdem verstand er nicht, warum man überhaupt das Meer überqueren mußte, das von den Göttern doch eindeutig zu dem Zweck geschaffen worden war, Menschen voneinander zu trennen, die nicht zusammengehörten.

»Um herauszufinden, was es am anderen Ufer gibt«, sagte Larentia, und ihre Augen glänzten. »Um zu lernen… Faustulus, die Griechen behaupten, daß es in Ägypten Tempel gibt, die älter als alles andere auf der Welt sind. So alt, daß die Ägypter ihre Saecula längst erfüllt haben müßten, und es gibt sie immer noch. Weißt du, was das bedeutet?«

Er erinnerte sich an die Sache mit den Saecula, aber er hatte noch nie von Ägypten oder den Ägyptern gehört, und er verstand ihre Begeisterung über Menschen, die sie nie gesehen hatte und nie sehen würde, so wenig wie den Grund, warum sie darauf beharrte, zu »schreiben« und es dann gleich wieder zu verwischen. Doch er begriff, daß sie etwas mit ihm teilen wollte. Er tat sein Bestes. Wenn die Kinder erst da waren, würde sie ohnehin andere Dinge im Kopf haben.

Zu der Zeit, da sie täglich mit der Niederkunft rechneten, kehrte die verwünschte Wölfin zurück, unübersehbar trächtig diesmal und offenbar selbst kurz davor, zu werfen. Larentia schüttete etwas Stroh in der Hütte, die von den übrigen Tieren am weitesten entfernt war, zurecht und begann wieder damit, auf das Tier einzureden. Faustulus versuchte es mit ihrer vergleichbaren Lage zu erklären, aber die Kühe waren nach dem Decken durch Pompilius' Bullen nun ebenfalls trächtig, und Larentia zeigte dennoch keinerlei Anteilnahme für sie.

Es kam noch schlimmer. Als er die Felder um das Dorf prüfte, jetzt, wo die Tage allmählich wieder wärmer wurden, kam sie hinter ihm hergelaufen und verlangte, er solle zurückkehren, schließlich habe er ja behauptet, Erfahrung mit Tieren zu haben, die würfen.

»Wilde Tiere brauchen da keine Hilfe«, murrte Faustulus. Da er befürchtete, sie könne in ihrem aufgeregten Zustand selbst an Ort und Stelle niederkommen, folgte er ihr trotzdem. Natürlich ließ ihn die Wölfin nicht an sich heran, aber Larentia hielt seine Hand, während sie dem Tier zuschauten, wie es seine blinden kleinen Welpen ableckte. Alles Räuber, vor denen sie die nützlichen Tiere später würden schützen müssen, doch Faustulus unterdrückte die Bemerkung und war es zufrieden, Larentias Händedruck zu erwidern.

Ihre Wehen setzten zwei Tage später ein. Er hatte erwogen, Pompilia oder eine andere Frau aus dem Flußdorf um Hilfe zu bitten, den Gedanken aber wieder fallengelassen. Er wußte, was zu tun war. Diese feste Überzeugung, die in all den Monaten von Larentias Schwangerschaft nicht gewankt hatte, überdauerte nicht einmal zwei Stunden ihrer Wehen, die sich über die zweite Hälfte des Tages und bis in die Nacht hineinzogen. Vor allem anderen wurde ihm klar, daß die Sprachlosigkeit von Tieren ein Segen war. Ab der dritten Stunde verfluchte Larentia ihren Vater, ihren Onkel, die Hohepriesterin Fasti, Faustulus und sich selbst. Zwischen der vierten und fünften dehnte sie ihre Verwünschungen auf alle Männer aus, und in der sechsten wäre er sogar froh gewesen, sie die Götter verwünschen zu hören, aber ihre rissigen, aufgesprungenen Lippen formulierten keine Worte mehr, sie keuchte nur noch, und ihre Haut hatte einen beunruhigend grauen Ton angenommen. Sie schien ihn auch nicht mehr zu verstehen; wenn er sie ansprach, und sei es nur, um sie zu bitten, ihren Kopf zu heben, damit er ihr etwas zu trinken einflößen konnte, reagierte sie nicht, bis sie die Schale tatsächlich sah.

Als es soweit war, das erste der Kinder aus ihrem Körper zu ziehen, fragte er sich, wie er nur je hatte glauben können, daß es so einfach sein würde wie bei einer Kuh oder einem Schaf. Dann hielt er das kleine, glitschige Geschöpf in seinen Händen, verschmiert mit Blut und weißem Schaum, sah, wie es, kaum daß es auf der Welt war, brüllte wie am Spieß, und etwas in Faustulus schmolz. Er begann zu weinen. Die Tränen waren so neu, so wunderbar für ihn wie das kleine Wesen. Sein Sohn.

»Sieh doch nur«, rief er hingerissen, doch Larentia bäumte sich erneut auf. Für einen Moment hatte er vergessen, daß es zwei Kinder waren, hatte alles vergessen bis auf den Sohn in seinen Händen. Schuldbewußt durchtrennte er die Nabelschnur, tauchte den Jungen behutsam in einen der Wasserkübel, die er am Morgen in das Haus geschleppt hatte, und wickelte ihn danach rasch in das Tuch, das dafür bereit lag. Der Kleine protestierte lauthals dagegen, in das von Faustulus gezimmerte Bett gelegt zu werden, und seine Schreie mischten sich mit Larentias Keuchen, als das zweite Kind zur Welt kam. Es erschien Faustulus schmächtiger als das erste, aber es schrie genauso laut, und er konnte nicht aufhören zu weinen, während er es badete und zu dem anderen legte.

»Larentia«, schluchzte er und wischte sich die Tränen aus den Augen, »es sind zwei Jungen.«

Ihre Pupillen hatten sich so sehr geweitet, daß ihre braunen Augen ihm schwarz erschienen. Als ihre Lippen sich bewegten, beugte er sich über sie, um sie verstehen zu können. Er erwartete, daß sie ihn bitten würde, ihr die Kinder an die Brust zu legen, und was sie statt dessen sagte, drang erst nach einer Weile wirklich zu ihm durch.

»Das ist nicht mein Name«, wisperte sie, kaum hörbar durch das Geschrei der Kinder. »Ich bin nicht Larentia.«

Er hatte seit Stunden nicht mehr die Tür geöffnet. Es war heiß und stickig, der Geruch von Blut und Schweiß klebte an ihm, und dennoch spürte er, wie die Kälte an seinem Rücken emporkroch. Er wußte, daß es Menschen gab, die den Verstand verloren. *Von den Göttern berührt,* nannte man es. Nicht sie, dachte Faustulus und betete inbrünstig, bitte nicht sie.

Ihr Blick wurde ziellos und schweifte im Raum umher.

»Die Kinder? Wo?«

Das waren zumindest vernünftige Fragen. Vor Erleichterung seufzte er auf und holte ihr die beiden Jungen, legte einen an jede Brust und lächelte sie an. Ihre Mundwinkel zuckten, als wolle auch sie lächeln, aber in ihre Stirn gruben sich Falten, und sie starrte verwirrt auf die beiden Säuglinge herab.

»Faustulus«, sagte Larentia, und klang selbst wie ein Kind, »Faustulus, ich glaube, ich habe keine Milch.«

Manchmal war Faustulus sicher, daß Larentia ihre Götter beleidigt haben *mußte*. Als die Nachgeburt erst da war, fiel sie in einen fiebrigen Schlaf. Er vergrub die Nachgeburt, wie es sich gehörte, vor der Schwelle, dann holte er etwas Kuhmilch, um sie den Kleinen einzuflößen, doch er hatte nicht die geringste Ahnung, wie er das anstellen sollte. Nach einigem Überlegen tunkte er einen Finger in die Milch und hielt sie dem schmächtigeren der beiden hin. Er hatte nicht viel Erfolg damit. Gewiß, der Mund des Kindes schloß sich um seinen Finger, aber nicht lange, und es machte spuckende Bewegungen, statt das bißchen Milch abzulecken. Mit dem anderen Jungen ging es nicht besser. Zum Glück hatten sie wenigstens aufgehört zu schreien. Faustulus beschloß, auf eine weitere Eingebung zu warten und inzwischen das Haus ein wenig zu säubern. Larentia blutete noch etwas, aber zum Glück nicht so stark, daß es gefährlich aussah. Sie murmelte im Schlaf, doch er verstand es nicht. Die alten Geschichten von untreuen Frauen, die den Namen ihrer Liebhaber im Schlaf riefen, konnten nicht stimmen; es war unmöglich, einen Namen oder ein Wort auszumachen, wenn Larentia schlief. Bei dem Gedanken hielt Faustulus, der mit einem feuchten Lappen Larentias Beine säuberte, inne. Warum kam ihm so etwas in den Sinn? Sie war keine untreue Frau. Ihr altes Leben war vorbei, und hier war sie sein Weib, und das waren seine Kinder.

Er ließ den Lappen sinken, rutschte auf den Knien etwas weiter vor, tastete ihre Brüste ab, die prall waren wie bei allen jungen Müttern, und übte vorsichtig Druck auf die dunkelroten Brustwarzen aus. Nichts, da hatte sie recht. Aber vielleicht genügte das nicht, und es war auch nicht die richtige Methode. Er zögerte, dann gab er dem Impuls nach und nahm die rechte Brustwarze zwischen seine Lippen, tat, was er nicht getan hatte, solange seine Erinnerung zurückreichte. Er schmeckte den salzigen Geschmack ihrer Haut, spürte die etwas zu starke Wärme, aber die Milch, die sie ihren Kindern geben mußte, blieb aus. Dennoch ließ er nicht ab. Er leckte den Vorhof, zeichnete die Form ihrer Brüste mit seiner Zunge nach und wußte selbst nicht, warum er es tat. Ganz gewiß war er nicht so verrückt, ausgerechnet jetzt, wo der Geruch des Kindbetts im Raum hing und etwas von ihrem Blut noch unter seinen Fingernägeln klebte, Begierde zu empfinden. Es mußte die Erschöpfung sein. Er fühlte sich, als habe er die Kinder mit zur Welt gebracht, und warum auch nicht? Im Grunde hatte er das getan. Ihm war, als sei er das Kind, das zurück in den Leib seiner Mutter wollte. Er ließ den Kopf zwischen ihre Brüste sinken. Es war ein gutes Gefühl. Beruhigend. Es legte sich um die Sorge wegen der Kinder wie weiche, dichte Wolle und schützte ihn sogar vor der namenlosen Furcht, die ihn ergriffen hatte, seit sie ihren Namen nicht mehr erkannte. Halb neben ihr kniend, halb auf ihr liegend, schlief er schließlich ein.

Der kühle Luftzug war das erste, was in sein Bewußtsein drang. Ich muß die Tür offengelassen haben, dachte Faustulus und öffnete die Augen, bevor ihm auffiel, daß sein Nacken steif war und er ganz und gar unnatürlich dalag, mit verdrehtem Hals und verrenktem Oberkörper. Etwas stimmte ganz und gar nicht, und es war nicht der schweißdurchtränkte Stoff unter seiner Wange oder die in der Tat offenstehende Tür. Dann fiel ihm ein, wie er eingeschlafen war, und er schrak hoch. Larentia lag nicht neben ihm. Das Lager war leer. Er stolperte zu der Wiege für die Kinder und fand keine Spur von ihnen. Der Schlaf hielt ihn noch etwas umfangen, so daß er einen Moment lang glaubte, der boshafte Gott, der Larentias Knaben gezeugt hatte, habe sie nun wieder zu sich genommen, gemeinsam mit ihrer Mutter. Sein zweiter Gedanke war etwas vernünftiger, aber nicht sehr. Larentia hatte es sich in ihrem Fieber mitten in der Nacht in den Kopf gesetzt, mit den Kindern zu flüchten. Was hatte sie über die Wölfin gesagt? *Sie ist frei.*

Die Wölfin.

Plötzlich wußte er, was Larentia getan hatte. Er stürzte aus dem Haus und rannte zu der halbzerstörten Hütte, in der die Wölfin sich verkrochen hatte, um ihre Jungen zu werfen. Erst dort kam ihm in den Sinn, daß er eine Waffe hätte mitnehmen sollen. Tatsächlich trug er keinen Faden am Leib; er hatte sich seiner Tunika entledigt, als er mit der Säuberung des Hauses begonnen hatte. Er war nackt, er fror, doch sein Zittern hatte kaum etwas mit der Kälte zu tun.

Es würde noch mindestens zwei Stunden dauern, bis die Sonne aufging, doch der Vollmond schien hell, und Larentias Gestalt, die am Eingang der Hütte lehnte, zeichnete sich wie ein heller Umriß scharf vor dem Dunkel ab. Sie wandte den Kopf, als sie ihn hörte, legte eine Hand auf den Mund und wies mit der anderen ins Innere. Es dauerte etwas, bis der Anblick in ihn hineinsickerte und das würgende, trockene Gefühl in seiner Kehle, das blanke Furcht war, auflöste. Da lag die Wölfin mit ihren Welpen, und zwischen ihnen, mit der gleichen Beharrlichkeit an den Zitzen saugend, lagen die Kinder.

Faustulus haßte das verwünschte Tier immer noch, und das schien auf Gegenseitigkeit zu beruhen. Zu allem Überfluß knurrte es ihn jetzt jedesmal an, wenn es ihn die Kinder berühren sah. Er war der Wölfin widerwillig dankbar dafür, das unmittelbare Problem mit der fehlenden Milch gelöst zu haben, doch er schwor sich, dafür zu sorgen, daß es sich nicht wiederholte, wenn er es vermeiden konnte. Wenn man die Kuhmilch durch eines der getrockneten Schilfrohre, mit denen er gewöhnlich das Dach verstärkte, tropfen ließ, dann schluckten die Kinder sie auch. Selbst Larentia mußte ihm recht geben, daß es zu gefährlich war, die Kleinen mitten in einer Schar von Jungtieren mit Krallen und Zähnen zu lassen, bei denen selbst Liebkosungen gefährlich wären.

»Außerdem«, schloß Faustulus, »wenn sie von einer Wölfin genährt werden, dann werden sie den Verstand von Wölfen bekommen!«

»Besser als den Verstand von Kühen«, murmelte Larentia, war jedoch durchaus zu dem Versuch bereit, ihre Säuglinge selbst mit Kuhmilch zu füttern.

Sie erholte sich von der Geburt nicht so schnell wie die Frauen des alten Dorfes, in dem er aufgewachsen war, von denen einige zwei Tage nach der Geburt wieder auf den Feldern arbeiteten, doch sie genas und wurde wieder kräftiger. Während der Mond abnahm und sich erneut rundete, gewann sie auch ihre frühere Behendigkeit zurück. Was Faustulus verwirrte, war ihr Verhalten den Zwillingen gegenüber. Oh, sie kümmerte sich durchaus um sie; wie er es vorhergesehen hatte, nahmen sie ihre Zeit ganz in Anspruch. Aber als er sie fragte, wie sie die Kinder nennen wolle, schüttelte sie den Kopf und fügte hinzu: »Gib du ihnen die Namen.«

Nun waren Namen bei seinem Volk durchaus die Sache des Vaters – richtige Namen, diejenigen, welche die Jungen für den Rest ihres Lebens tragen würden. Nur wartete man üblicherweise damit ein Jahr, aus dem einfachen Grund, weil viele Säuglinge vorher starben und ein guter, starker Name nicht verschwendet werden sollte. Bis dahin wurden die Kinder von ihren Müttern mit Kosenamen angesprochen, und er hatte noch nie gehört, daß eine Mutter darauf verzichtete. Nun, Larentia summte den Kindern wohl etwas vor, wenn sie sie fütterte oder wusch, sie erzählte ihnen Geschichten, die sie unmöglich verstehen konnten, aber niemals, kein einziges Mal, hörte er sie etwas wie »Herzchen«, »Schätzchen«, »Häschen« oder ein anderes der zahlreichen Koseworte von Müttern für ihre Kinder gebrauchen. Statt dessen bedeckte sie manchmal die Augen mit den Händen, als tue der Anblick ihr weh.

Ganz ohne Namen waren Kinder schutzlos, und so beschloß Faustulus, auf das Überleben der Kleinen zu vertrauen. Er bat Larentia, sie auf den Boden zu legen, und hob sie dem Brauch nach auf. »Ich nenne dich Remus«, sagte er stolz zu dem kräftigeren der beiden. Remus war der Name von Faustulus' Vater gewesen. Dann hob er den schmächtigeren auf und lächelte ihn an. »Dich nenne ich Romulus.« So hatte sein Großvater geheißen, nicht so stark wie der Vater, aber zäh und listig wie ein Fuchs.

»Du liebst sie«, stellte Larentia fest, und es klang gleichzeitig wie eine Frage. »Du wirst sie nicht verlassen, wenn… wenn mir etwas passiert?«

Das war es, dachte Faustulus erleichtert. Wegen ihres Mangels an Milch fürchtete sie immer noch, krank zu werden und zu sterben, wie es Frauen manchmal nach der Geburt taten, und deswegen behandelte sie die Kinder so zurückhaltend. Dabei brauchte sie sich keine Sorgen mehr zu machen. Er hatte sich vorsichtshalber noch einmal im Flußdorf erkundigt. Wenn eine Frau in den ersten zehn Tagen nach der Geburt nicht starb, dann hatte sie es überstanden.

»Ja, natürlich«, erwiderte er, und erzählte ihr, was die Frau von Pompilius ihm mitgeteilt hatte.

Sie schenkte ihm ein Lächeln, doch ihre Augen blieben traurig. »Das freut mich. Dann kann ich für die Kinder auch eine von unseren Zeremonien durchführen, nicht wahr?«

An und für sich hielt er nichts von Tusci-Zeremonien, oder überhaupt allem, was Larentia an ihre Heimat erinnerte. Nachdem sie ihm aber die Namensgebung überlassen hatte, und gerade erst richtig ins Leben zurückgekehrt war, wollte er großzügig sein.

»Wenn der Mond wieder voll ist«, fügte sie hinzu. Ihr Lächeln vertiefte sich und erreichte ihre Augen, um die sich winzige Fältchen bildeten. »Mach dir keine Sorgen. Es hat nichts mit Wölfen zu tun.«

Dennoch wollte sie ihn nicht dabeihaben. Das paßte ihm nicht, doch Faustulus wollte den Hausfrieden nicht mit einem plumpen Verbot zerstören. Daher beschloß er, ihr einfach zu folgen, ohne daß sie es merkte. Es gab in der Umgebung nicht allzu viele Orte, an denen man Zeremonien durchführen konnte, zumal nicht, wenn man zwei Kinder bei sich trug. Er hatte einen Tragekorb für sie geflochten, den sie sich auf den Rücken schnallen konnte, aber er bezweifelte, daß sie damit weit laufen wollte.

Mit der Vermutung behielt er recht. Sie ging eine Zeitlang dem Quellwasser nach, das über eine Ableitung auch den alten Dorfbrunnen speiste und später im Fluß mündete, und dann in den Wald hinein. Faustulus achtete darauf, nicht zu nah aufzuschließen, und so gelangte er erst wieder in Sichtweite, als sie bereits mit ihrer Zeremonie begonnen hatte. Die Kinder lagen nebeneinander auf der Erde, und sie kniete vor ihnen, die Arme zum Himmel erhoben, und ihr langes Haar, von keinem Band und keiner Nadel gehalten, fiel über ihren Rücken.

»Aisera«, sagte sie klar und deutlich, »große Göttin. Ich habe dir als Turan gedient, der Gebenden. Ich habe dir als Uni gedient, der Mutter. Und wenn die Zeit kommt, dann werde ich dir als Vanth dienen, der Todbringerin. Tin, Nethuns, Cath«, sie machte eine kleine Pause, »Laran. Ich habe den neun und den drei gedient und den Willen der Götter erfüllt. Doch weil mein Glaube nicht groß genug war, habt ihr es zugelassen, daß man mich ins Nichts verbannt hat. Seht nun meine Buße, seht sie vollendet. Hier ist die Erfüllung eures Wunsches.«

Sie senkte die Stimme, und der erstarrte Faustulus mußte sich anstrengen, um sie noch zu verstehen.

»*Laucme c zusle.*«

Das erste Wort hatte er oft genug gehört. Es bezeichnete einen König. Aber das zweite, das zweite wollte ihm nicht einfallen. Ein König und… Der König und… Was auch immer es bedeuten mochte, es konnte nichts Gutes sein. Die Götter mußten sie doch mit Wahnsinn geschlagen haben, wenn sie glaubte, einer ihrer Söhne könne den Thron besteigen. Was den Rest ihrer Worte anging – nun hatte er seine Antwort. Sie betrachtete ihn noch immer als Strafe. Er war versucht, sie hier zurückzulassen, um nicht noch mehr von ihren Verrücktheiten zu hören, aber dann sah er sie sich vorbeugen, und Angst flackerte in ihm auf, Angst um die Kinder. In ihrem Wahnsinn war sie bestimmt zu allem fähig.

Doch alles, was sie tat, war, die Hände in den Bach zu strecken, und dann mit dem Zeigefinger jeder Hand einen Streifen aus Wasser auf ihren Wangen zu ziehen.

»Ich nehme mein Volk wieder. Mein Volk sind die Rasna. Ich nehme meinen Namen wieder. Mein Name ist Ilian. Ich nehme meinen Stand wieder. Mein Stand ist…«

»Nein«, rief Faustulus, unfähig, das alles noch länger mit anzusehen. Sie drehte sich nicht zu ihm um, und ihre Stimme klang so ruhig und gleichmäßig, als spräche sie mit ihm über das Wetter.

»Du hättest mir nicht folgen dürfen.«

»Warum?« fragte Faustulus höhnisch, zum ersten Mal bemüht, sie zu verletzen. »Willst du mir wieder mit Blitzen vom Himmel drohen? Du kannst sie nicht holen. Und du kannst deine Götter nicht zwingen, dich wiederaufzunehmen. Deine Söhne sind meine Söhne, verstehst du, und meine Söhne werden niemals Könige. Und du bist meine Frau. Dein Name ist Larentia, und das wird er immer sein.«

»Nein«, entgegnete sie, noch immer ohne ein Zeichen von Aufregung oder Zorn, »ich werde dir nicht mit Blitzen drohen. Aber du hast gesehen, was du nicht hättest sehen sollen.«

Sie blickte auf die Kinder, die vor ihr lagen. Eines von ihnen begann zu wimmern, und Larentia seufzte. Sie hob es auf und murmelte kleine, beruhigende, sinnlose Laute, während der andere Zwilling nun seinerseits erheblich lauter in das Gejammer einfiel.

»Faustulus«, sagte Larentia mit einer Spur von Ungeduld, als säßen sie gemeinsam in ihrem Heim, als habe sie nichts von dem Wahnsinn ausgesprochen, den er gerade eben gehört hatte, »du hast versprochen, dich um sie zu kümmern.«

Ehe er sich versah, lag eines der Kinder in seinen Armen, und sie befanden sich auf dem Rückweg. Sogar die Wasserstreifen auf Larentias Wangen trockneten so schnell, daß er nicht mehr sicher sein konnte, sich das Ganze nur eingebildet zu haben. Plötzlich fragte er sich, ob er nicht derjenige war, der sich auf dem Weg in den Wahnsinn befand.

An diesem Abend, als die Kinder endlich schliefen, geschah, worauf Faustulus im Innersten gehofft hatte, seit er das fremde, einsame Mädchen in Alba zum ersten Mal erblickt hatte. Sie kam zu ihm, von sich aus, und keineswegs, um zu schlafen. Es war völlig anders als all die Male, die er sie in Besitz genommen hatte, und das nicht nur, weil ihr Körper sich nach der Geburt verändert hatte. Er erinnerte sich, als Junge einmal im Fluß in einen neugierigen Fischschwarm geraten zu sein, die an seinen Körperhaaren zupften und immerzu an seiner Haut entlangglitten. Ihre Lippen, endlich willig auf seine gepreßt, schmeckten ein wenig nach Honig, und er fragte sich einen Moment lang, woher dieser stammen könnte, ehe er sich wieder in ihr verlor.

Die Kühle des Morgens brach zusammen mit der Bitterkeit der Erkenntnis über ihn herein. Als er sich allein auf seinem Lager wiederfand, wußte er, was geschehen war. Er hatte es wohl schon lange gewußt, noch vor der Zeremonie, doch sich der Wahrheit zu verweigern war niemals nur ihr Vorrecht gewesen. Während er sich aufsetzte, fiel sein Blick auf das Bett, das er für die Zwillinge gebaut hatte. Sie lagen dort, alle beide; Remus bewegte einen seiner Arme, aber er schlief noch, genau wie sein Bruder. Zerstreut fragte er sich, ob die verdammte Wölfin ihr wohl gefolgt war.

Im Gegensatz zu dem jäh aufgeflammten und ebenso plötzlich erloschenen Zorn von gestern erfüllte Faustulus nur noch eine Art dumpfe Betäubung, kalt wie die Asche in der Feuerstelle. Wie die Asche auf dem Boden vor der Feuerstelle…. Ihm wurde bewußt, daß sie ihm nicht nur ihre Kinder, sondern auch einige ihrer Schriftzeichen hinterlassen hatte. Er war versucht, sie auf der Stelle zu verwischen… *irgend etwas* zu tun, das er von sich erwartete. Aber das würde bedeuteten, den sicheren Mantel der Empfindungslosigkeit abzuwerfen. Nun, er hatte sich gelegentlich gewünscht, sie verstehen zu können. Niemand sollte behaupten, daß die Götter keine Wünsche erfüllten. Nun verstand er genau, was sie als seine Frau gefühlt hatte.

Schwerfällig wie ein alter Mann stand er auf und beugte sich über die Zeichen. Es dauerte eine Weile, aber schließlich reimte er sich die Bedeutung zusammen. Es war keine lange Botschaft. Sie hatte einfach geschrieben: *Ich werde zurückkehren.*

Seine sichere, schützende Betäubung bekam einen Riß, und das erste Anzeichen von Haß flammte auf. Er hätte nie gedacht, daß sie so grausam sein konnte. Sie hätte das nicht schreiben sollen. Es gab ihm keinen Frieden und war noch nicht einmal ein Versprechen, denn er wußte nicht, was sie meinte: zurückkehren zu den Tusci – oder zurückkehren zu ihm?

Dann begann eines der Kinder zu brüllen, und Faustulus raffte sich auf, um die Kuh zu melken.

II

Der Weg

An jedem neunten Tag saß der König zu Gericht, und es war dem Volk gestattet, mit jeglichen Beschwerden vor ihn zu treten. Für die Familie des Königs war es in erster Linie ein Tag, um ihre Geduld zu prüfen. Zumindest dachte das Antho, Arnths Tochter, die sich nach den Zeiten zurücksehnte, als ihre Base Ilian ihr bei solchen Gelegenheiten Gesellschaft geleistet hatte. Ilian war durch ihre priesterlichen Pflichten an das lange Stehen gewöhnt und hatte der jüngeren Antho immer durch den Gerichtstag geholfen. Jetzt war von der königlichen Familie nur noch Antho übriggeblieben, denn die derzeitige Konkubine ihres Vaters zählte bei solchen Gelegenheiten nicht. Sie konnte, dachte Antho neidvoll, in ihren Räumen bleiben und sich pflegen lassen, statt von dem Gestank der Menge beinahe überwältigt zu werden.

So gern sie an ihre Base zurückdachte, so beharrlich vermied es Antho, sich an ihre Vettern zu erinnern, die zwar am Leben waren, aber in ihrem Zustand und als Sklaven gewiß nie nach Alba zurückkehren würden, und ihrem Onkel Numitor trauerte sie gewiß nicht nach. Ihr Vater war der bessere König, das stand fest, und die Götter hatten sich auf seine Seite gestellt. Nur die Sache mit Ilian bedrückte sie manchmal, nicht zuletzt, weil sie Ilian besser gekannt hatte als Onkel und Vettern und weil sie den Verdacht hegte, daß ihr Vater sie nun an Ilians Stelle im Tempel der Turan unterbringen wollte. Jedenfalls hatte Fasti, die alte Schachtel, Antho bei ihrem letzten Besuch im Palast scharf ins Auge gefaßt und danach verächtlich geschnaubt.

Antho war nicht dumm; eine Novizin zu werden würde ihr irgendwann die Aussicht auf Fastis Amt eröffnen, und eine Ver-

81

bündete im Tempel war für ihren Vater wichtig. Sie begriff die Gründe sehr wohl. Aber es schauderte sie vor der Aussicht, Priesterin zu werden. Nichts als Zeremonien, und wenn man endlich bei einem Mann liegen durfte, dann war auch das eine Zeremonie und mußte nach verstaubten Regeln ablaufen. Es war noch nicht einmal gestattet, dem Mann sein Gesicht zu zeigen, nein, es mußte hinter einer Maske verborgen werden, um wirklich jedem klarzumachen, daß es die Göttin war, die sich hingab, nicht die Frau. Kein Wunder, daß Ilian von dieser Aussicht nichts gehalten und sich einen Liebhaber genommen hatte. Nur ihre Wahl war außergewöhnlich. Ein Latiner? Einer der Barbaren aus dem Hinterland mit Mist zwischen den Zehn? *Nun ja,* dachte Antho und starrte in die Menge, *einige von ihnen sehen zumindest nicht übel aus.* Sie stellte sich Ilians Liebhaber hoch gewachsen vor, muskulös, mit breiten Schultern und schmalen Hüften, wie einen der Ringer, die gestern abend zur Unterhaltung des Königs und seiner Gäste gekämpft hatten. Ihre Gedanken glitten in einen angenehmen Tagtraum hinüber, in dem sie sich an Ilians Stelle versetzte und von einem Barbaren auf sein Lager geworfen wurde, bis ein lautes Wehklagen sie grob in die Wirklichkeit zurückriß.

Irritiert blickte Antho in die Richtung, aus der der Lärm kam, und stellte fest, daß vor ihrem Vater gerade eine alte Frau stand, die über irgendwelche Unregelmäßigkeiten mit der Erbschaft ihres verstorbenen Mannes lamentierte. Niemand war so laut wie ein altes Weib, dachte Antho ärgerlich und versuchte sich in ihren Tagtraum zurückzuversetzen, aber die Stimmung ließ sich nicht wiederherstellen. Wie hielt ihr Vater das Gejaule nur aus? Er saß nun schon seit zwei Stunden da, die königliche zweischneidige Streitaxt als Zeichen seines Amtes zwischen den Beinen, und nur die Schweißperlen auf seiner bloßen rechten Schulter und auf seiner Stirn verrieten etwas von Anspannung. Nun ja, er saß immerhin. Antho dagegen mußte, genauso wie die königlichen Beamten und das hagere Ding, diese Novizin, die Fasti geschickt hatte, um an Ilians Stelle den Tempel zu repräsentieren, stehen. Vorsichtig verlagerte sie ihr Gewicht von einem Fuß auf den anderen und blickte wieder in die Menge, auf der Suche nach etwas, das unterhaltsamer war als die langweiligen Gerichtsfälle.

Als sie den Hals ein wenig reckte, um auch die Menschen weiter hinten zu begutachten, fuhr sie zusammen. Zuerst glaubte Antho, sie bilde sich etwas ein, weil sie an diesem Tag schon mehrfach an Ilian gedacht hatte. Aber nein, am Rande ihres Gesichtsfeldes, gekleidet wie eine Bäuerin und sogar mit einem Weidenkorb beladen, doch mit der gewohnten Arroganz in Haltung und Gesicht, stand Ilian.

Sie mußte verrückt sein. Sie war nicht nur verbannt worden, wie ihr Vater und ihre Brüder; eigentlich existierte sie gar nicht mehr. Selbst die Götter würden sie nicht mehr finden können, wenn sie starb, namenlos, wie sie nun war, als Strafe für ihre Blasphemie. Antho warf einen verstörten Blick zu ihrem Vater hinüber, der voll und ganz mit seiner jammernden Klägerin beschäftigt war und nicht erkennen ließ, daß ihn irgend etwas beunruhigte. Was die Beamten um ihn herum betraf, alle machten sie die gleiche gelangweilte Miene. Konnte es wirklich sein, daß außer ihr niemand Ilian erkannte?

Vielleicht, dachte Antho und fröstelte plötzlich, *ist sie ein Geist, und nur ich kann sie sehen. Vielleicht ist sie bei der Geburt ihres Kindes gestorben, und jetzt kommt sie zurück, um uns heimzusuchen, weil Vater sie verbannt hat.*

Sie zerbrach sich den Kopf, was sie nun tun sollte. Wenn Ilian kein Geist war, dann würde man sie dafür töten, daß sie sich hier blicken ließ. Antho wünschte Ilian nicht den Tod. Sie mochte Ilian, die bei allem Priesterinnengehabe immer die Zeit gefunden hatte, mit ihr über das neueste Gerede in der Stadt zu klatschen oder ihr alle möglichen Geschichten erzählt hatte, bei denen man nie sicher sein konnte, ob sie stimmten – was sie um so aufregender machte.

Wenn Ilian ein rachsüchtiger Geist war, dann konnte gewiß nur jemand wie Fasti sie bannen. Der dürren Novizin, die immer so mißbilligend dreinsah, traute Antho jedenfalls nichts zu, und daß diese Priesterin nichts von Ilians Anwesenheit bemerkte, erfüllte sie mit boshafter Befriedigung. Ratlos fuhr sie sich mit der Zunge über die Lippen und beschloß schließlich, abzuwarten, was Ilian tat. Auf jeden Fall hatte der Tag seine Langeweile verloren.

Als Ilian während der nächsten Stunde keine Anstalten machte, irgend etwas zu tun, fing Antho an, ungeduldig zu werden. Ilian konnte nicht einfach kommen und dann nichts in Bewegung setzten. Die verstörende Vorstellung tauchte in ihr auf, daß sich Ilian am Ende nur ihr altes Leben noch einmal hatte betrachten wollen und bald wieder ins Nichts der Verbannung verschwinden würde. Konnte es sein, daß sie sich so sehr schämte? Das paßte eigentlich nicht zu ihr.

Wenn Ilian nichts unternehmen wollte, dann lag es an ihr, Antho, zu handeln. Sie hatte bei der großen Verbannungszeremonie nicht anwesend sein dürfen, weil ihr Vater es ihr verboten hatte. Aber nun war er beschäftigt, zu beschäftigt mit seinem dummen Gerichtstag, um auf sie zu achten. Allerdings stand diese langweilige Priesterin gleich neben ihr. Antho grübelte über eine unauffällige Möglichkeit nach, sich unter die Menge zu mischen, bis ihr eine Erleuchtung kam. Sie räusperte sich. Die Priesterin warf ihr einen strengen Blick zu. Der Gegensatz zu Ilian, die sich an Gerichtstagen leise mit ihr unterhalten hatte, wurde immer deutlicher.

»Ich kann nicht länger bleiben«, flüsterte Antho. »Meine Blutungen haben eingesetzt, und bald wird man es sehen.« Entschuldigend fügte sie hinzu: »Ich dachte, es würde noch ein paar Tage dauern.«

Die Priesterin wirkte, als würde sie am liebsten eine Bemerkung darüber machen, daß Antho alt genug sei, um genau zu wissen, wann sie ihre Regel bekam, aber sie unterließ es und nickte nur.

Der Brauch verlangte, daß der König vor seinem Palast Gericht hielt, aber damit er nicht mit dem Rücken zu den Emble-

men der Schutzgottheiten saß, die man vor dem Eingang auf-
gestellt hatte, und so Mißachtung gegenüber den Göttern zum
Ausdruck brachte, stand sein erhöhter Stuhl auf der anderen
Seite des Platzes. Am Ende des Gerichtstages, wenn sich der
Platz geleert hatte, war man schnell wieder im Palast, aber
Antho entdeckte, daß es selbst für die Tochter des Königs nicht
leicht war, sich während dieses Ereignisses einen Weg durch die
Menge zu bahnen. Ein paar Leute wichen vor ihr zurück, aber
die überwiegende Mehrzahl drängte in Richtung ihres Vaters
und machte keine Anstalten, für sie Platz zu schaffen. Manchmal zupfte man sie sogar am Ärmel, um sie anzubetteln. Als es
zum fünften Mal geschah, murmelte sie ungeduldig: »Nicht
jetzt«, ehe sie die Stimme erkannte und erstarrte.

Schräg an ihrer Seite kniete Ilian und murmelte: »Herrin,
bitte, mein Mann arbeitet im Palast, aber sie wollen mich nicht
zu ihm lassen, und ich habe den weiten Weg gemacht, um ihn
zu sehen.«

»Aber natürlich«, entgegnete Antho, blinzelte und fühlte
sich wieder wie ein Kind, das einen Streich aussheckte, »natürlich helfe ich dir, gute Frau. Komm mit mir.«

In dem dämmrigen, honigfarbenen Licht, das durch die Son-
nensegel in Anthos Kammer fiel, sah Ilian fast wie früher aus,
als sie sich des grobgewebten Tuchs entledigte, das sie als Umhang trug. Die Aufregung half Antho dabei, den unpassenden
Aufzug und das Fehlen jeglicher annehmbarer Frisur zu übersehen, als sie ihre Base umarmte.

»Ich kann es nicht fassen, daß du hier bist! Hast du deinen
Barbaren mitgebracht? Sind die wirklich so unermüdlich, wie
immer behauptet wird? Wie...«

Sie spürte, wie Ilian in ihren Armen erstarrte und sich sanft,
aber nachdrücklich löste.

»Antho«, murmelte Ilian mit der resignierenden Stimme, mit

der sie früher über hoffnungslose Fälle unter den Sklavinnen gesprochen hatte, »du bist doch immer noch ein Kind.«

»Bin ich nicht«, entgegnete Antho beleidigt. »Ich bin bald alt genug, um verheiratet zu werden, aber wenn mein Vater seinen Willen bekommt und bei der alten Schachtel Fasti durchsetzt, daß sie mich als Novizin akzeptiert, wird daraus nie etwas.«

Ilians Mundwinkel zuckten, und einen Moment lang dachte Antho, sie würde in Gelächter ausbrechen, aber dazu paßte der Ausdruck ihrer Augen nicht. Ilians haselnußbraune Augen hatten für Antho immer etwas Schelmisches gehabt, wenn sie nicht gerade Fasti bei einem Ritus assistierte, aber nun waren die tanzenden Funken in ihnen verschwunden und hatten der kalten Härte eines gutpolierten Bronzespiegels Platz gemacht.

»Ich weiß nicht, warum mich irgend etwas, das dein Vater tut, noch überrascht, aber ich unterschätze ihn eben immer wieder. Wenn es dich beruhigt: Allein dadurch, daß du mit mir sprichst, und das ohne jede Abwehrmaßnahme, hast du deine Priesterinnenweihe so gut wie unmöglich gemacht. Falls Fasti deinem Vater je nachgibt, kannst du es ja erwähnen. Aber warte damit, bis sie mich deswegen nicht mehr umbringen kann.«

Antho wußte, daß man mit gebannten Personen, denen sogar ihr Name genommen worden war, nicht reden durfte, aber diese Regel war ihr immer nur als eine aus einer ganzen Reihe törichter Vorschriften erschienen. Warum auf dergleichen achten, wenn es soviel unterhaltsamere Dinge im Leben gab? Das Wissen, daß ihre Begegnung mit Ilian Gefahr mit sich brachte, verschaffte ihr sogar ein angenehmes Prickeln. Nur die Bitterkeit, die in Ilians Worten unter dem trockenen Spott lauerte, störte sie. Der unangenehme Gedanke kam ihr, daß am Ende nicht nur Ilian in Gefahr schwebte. Plötzlich sah sie sich an Ilians Stelle, in Schande verbannt. Und, so wie Ilian heute ausschaute, auch noch in Armut. Ungeduldig schob sie den störenden Einfall und das ziehende Gefühl in der Magengrube, das er verursachte, weit von sich. Ihr Vater war der König, und er liebte sie. Er würde nie zulassen, daß ihr die Priesterschaft wegen einiger dummer Regelbrüche das Leben ruinierte. Nein, er würde sie höchstens schelten, aber schlimmer konnte es nicht kommen. Eher besser, denn Ilian hatte recht; bei günstiger Gelegenheit würde sie Fasti mit einem Geständnis der heutigen Begegnung entsetzen und sich ein Leben im Tempel ersparen.

»Hör zu«, sagte Ilian unterdessen und riß Antho aus ihren Überlegungen, »ich kann nicht lange bleiben. Wegen des Gerichtstags ist der Palast so leer wie sonst nie, deswegen bin ich heute gekommen. Aber wir haben trotzdem bisher unerhörtes Glück gehabt, und ich möchte es nicht zu sehr auf die Probe stellen. Du mußt mir helfen.«

»Und wie?« fragte Antho, die nicht wußte, ob sie enttäuscht oder erleichtert sein sollte, daß ihr gefährliches Geheimnis keine längeren Aufenthaltspläne hegte.

»Ich brauche Schmuck und anständige Kleider«, erwiderte Ilian knapp.

Das fand Antho durchaus verständlich, aber ihr gesunder Menschenverstand ließ sie einwenden, man würde Ilian doch viel eher erkennen, wenn sie wieder wie eine Edle der Rasna ausgestattet war. Ilian machte eine wegwerfende Handbewegung, und die Heiterkeit, mit der sie diesmal antwortete, erreichte auch ihre Augen und gab ihr etwas von der Unbekümmertheit zurück, die sie früher einmal besessen hatte.

»Oh, ich habe nicht die Absicht, mich hier umzukleiden, Liebes. Bevor ich das tue, will ich ein gründliches Bad nehmen, und dazu fehlt uns hier leider die Zeit.«

Etwas ernster fuhr sie fort: »Ich brauche den Schmuck auch hauptsächlich zu dem Zweck, ihn bei Bedarf zu veräußern, und nicht, um ihn zu tragen.«

»Veräußern?« rief Antho entsetzt aus. »Ilian, dann kann ich dir aber die Bernsteinkette nicht geben, und auch nicht die Silberohrringe mit den Türkisen. Ich dachte, du wolltest sie dir nur leihen.«

Jeglicher Anflug von Erheiterung war verschwunden, als sich

die Hand ihrer Base jäh um Anthos Unterarm legte. Der feste Griff tat ihr weh, und sie spürte die rauh gewordene Haut. Verstört blickte sie auf ihren Arm und sah, daß Ilians Nägel allesamt eingerissen waren und sich Schmutz, der sich durch ein Bad allein nicht mehr würde entfernen lassen, in jede Hautrille gefressen hatte.

»Ja«, sagte Ilian, die ihrem Blick gefolgt war, kalt, »sie ist schmutzig. Weißt du, was ich während der letzten Monate getan habe, Antho? Ich habe gearbeitet wie eine Sklavin. Es war sehr aufschlußreich und hat mich vieles gelehrt, aber ich finde, es ist an der Zeit, daß ich dafür entlohnt werde.«

So hatte sich Antho ihr heimliches Treffen nicht vorgestellt. Ilian sollte ihr aufregende Geschichten über ihren latinischen Liebhaber erzählen und dankbar dafür sein, daß sich Antho um keine Verbannungsregeln scherte, jedoch nicht in einem anklagenden Ton unmögliche Forderungen stellen.

»Es ist doch nicht meine Schuld, daß du dein Gelübde gebrochen hast«, entgegnete sie verärgert. »Du hast dir das alles selbst eingebrockt. Und die Götter da mit reinzuziehen, das hat alles noch viel schlimmer gemacht. Du solltest froh sein, daß Vater darauf bestanden hat, daß dein Barbar dich heiratet. Und hat er dir nicht auch noch eine Mitgift gegeben?«

Ilians andere Hand legte sich um Anthos Schulter, mit dem gleichen harten, schmerzhaften Griff. Plötzlich wurde Antho bewußt, daß Ilian größer war als sie und auch stärker. Aber gewiß, sagte sie sich, würde Ilian, die ihr nie etwas Schlimmeres getan hatte, als sie an den Haaren zu ziehen, ihr nie weh tun. Wirklich weh tun. Gewiß nicht. Ihre Kehle fühlte sich trocken an, und sie schluckte.

»Hör zu, Talitha«, sagte Ilian sehr leise, und es wirkte furchteinflößender, als es ein Schreien getan hätte. Daß sie den Kosenamen verwendete, mit dem ihr Vater, der König, seine Tochter gelegentlich anredete, beruhigte Antho nicht im geringsten.

»Alles, was dein Vater über meine Schwangerschaft erzählt hat, war eine Lüge. Alles, was Fasti dir und der ganzen Welt darüber erzählt hat, war eine Lüge. Und sie wußten es beide. Ich habe mein Gelübde nicht gebrochen, um mir einen Liebhaber zu nehmen, ich habe es für die Götter getan, und um wenigstens zu versuchen, das Gleichgewicht in dieser Stadt wiederherzustellen. Aber weißt du, ich glaube, meine Zeit als Werkzeug des Schicksals ist vorbei. Ich bin schicksalsfrei, und das gibt mir das Recht, mir ein neues Schicksal zu suchen. Und du wirst mir dabei helfen, Kleines. Glaub mir, das ist besser für uns alle.«

»Und wenn ich nicht will?« fragte Antho störrisch und doch wider Willen verängstigt. Ilian so nahe bei sich zu spüren ließ sie den Geruch nach Schweiß, altem Rauch und Stall wahrnehmen, den ihre Base verbreitete, und das machte Ilian noch fremdartiger.

»Dann werde ich dir erzählen, welcher Gott mir beigewohnt hat.«

Es war eine eigenartige Drohung; warum, dachte Antho, sollte sie sich vor einer solchen Eröffnung fürchten? Andererseits sagte Ilian dergleichen gewiß nicht ohne Grund. Antho zu verraten, was sie sonst jedem verschwiegen hatte, würde ihr keinen Gewinn einbringen. Warum hielt sie eine solche Enthüllung für eine wirkungsvollere Einschüchterung als die Androhung von Gewalt?

Verwirrt meinte Antho: »Ich verstehe dich nicht. Warum bist du so gemein zu mir? Ich will dir doch helfen. Es ist nur, weil ich so schnell keinen neuen Schmuck bekommen werde, wenn du ihn weggibst. Gegen was willst du ihn denn eintauschen? Ich kann dir doch geben, was du möchtest.«

Ilians Griff lockerte sich ein wenig, aber sie rührte sich nicht von der Stelle. Ihr Blick wanderte forschend über Anthos Gesicht, und Antho biß sich auf die Lippen. Der letzte Mensch, der sie so prüfend gemustert hatte, als wolle er ihr die Haut vom Fleisch schälen, war ihr Vater gewesen, nachdem Fasti ihm eröffnet hatte, die Edle Antho eigne sich nicht zur Priesterin.

»Ich wünschte, du könntest es«, sagte Ilian, seufzte und

klang nun wieder freundlicher, »das wünschte ich wirklich. Aber du kannst es nicht. Gib mir, worum ich dich gebeten habe, Antho, und ich werde dich segnen, solange ich lebe.«

Das ungebärdige Kind in Antho ließ sie um ein Haar antworten, sie wolle doch lieber den Namen des wahren Vaters von Ilians Kind erfahren. Ein anderer Teil von ihr begriff, daß Ilian jedes Wort, das sie heute gesagt hatte, ob drohend oder wohlgesonnen, ernst meinte. Ihr zu helfen würde nicht mehr nur ein Kinderstreich sein. Aber hatte sich Antho nicht immer gewünscht, als Frau behandelt zu werden?

Sie schluckte noch einmal, dann gab sie nach. »Gut. Ich gebe dir den Schmuck und die Kleider. Aber«, konnte sie sich nicht verkneifen hinzuzufügen, »du mußt mir schwören, daß du mir dafür etwas ebenso Schönes schenkst, wenn es dir wieder besser geht. Und ein priesterlicher Segen genügt nicht!«

Ilian löste ihre linke Hand von Anthos Schulter und schwor. Erst nachdem ihre Base längst wieder mit einem beträchtlichen Bündel beladen verschwunden war, kam es Antho in den Sinn, daß der Schwur einer Namenlosen vor den Göttern nicht existierte. Es brachte einen Anflug von Unwohlsein in ihr Herz zurück, doch sie verdrängte es. Verdrängte es ebenso wie die Ahnung, die sie jedesmal plagte, wenn sie darüber nachgrübelte, warum Ilian wohl geglaubt hatte, ihr mit dem Namen des Vaters drohen zu können.

Die Hafenstädte der Rasna, dachte der Grieche Arion, ähnelten ihren Frauen. Als sein Schiff in Fregenae einlief, hatte er die schmucke, saubere Hafenanlage bewundert. Schwere phönizische Galeeren lagerten ruhig neben den kleineren, wendigen griechischen Schiffen, und dabei ließ sich wohl erkennen, daß man versuchte, verfeindete Parteien möglichst weit voneinander entfernt ankern zu lassen. Arion, der aus Korinth stammte, hatte deshalb auch eine beträchtliche Weile gebraucht, bis er herausfand, daß auch einer der verfluchten Händler aus Chalkis auf Euboia im Hafen war. Nicht, daß er die Absicht hatte, hier mit diesen Leuten einen Streit anzufangen. Er war auf das Wohlwollen der hiesigen Einwohner angewiesen, und derzeit erfüllte ihn diese Notwendigkeit mit tiefem Groll.

Ja, Fregenae hatte ihn zunächst beeindruckt, angefangen mit den Hafenmauern, die genau wie die Stadtmauern aus soliden, immensen Sandsteinblöcken bestanden, bis hin zu dem Tempel für Nethuns, wie sie Poseidon hier nannten, wo er sein Dankopfer für eine trotz schwerer Stürme lebend überstandene Reise gebracht und zu seiner Freude Zimmermeister und Weber gefunden hatte, um die Schäden an seiner *Kassiopeia* wieder richten zu lassen.

Erst danach hatte er die Wahrheit entdeckt, über Städte und Frauen der Rasna gleichermaßen. Zuerst hatte er sein Glück kaum fassen können; die Geschichten über die freizügigen Weiber der Rasna schienen alle wahr zu sein. Sie liefen in Scharen auf den Straßen herum, wie in seiner Heimat nur die Huren und Hetären, schauten fremden Männern ins Gesicht, statt auf den Boden zu blicken, und die rasche, zielstrebige Art ihrer Bewegungen eröffnete einem die schönsten Ausblicke. Dann kam die Ernüchterung, nicht nur für ihn, sondern auch für seine Mannschaft, von denen nur einer, der alte Laios, mit den Rasna überhaupt vertraut war. Die wenigsten dieser Frauen waren Huren, und sie waren noch freigiebiger mit Ohrfeigen als mit der Zurschaustellung ihrer Reize. Schlimmer noch, sie hatten empörte Väter, Brüder und Ehemänner, die später kamen, um sich zu beschweren, und das war noch der günstigste Ausgang. Arion war bereits selbst deswegen in eine Rauferei verwickelt gewesen und hatte bei zwei weiteren mit Leuten aus seiner Mannschaft eingreifen müssen.

Mit der schönen Stadt war es genauso. Sie gab sich wohl den Anschein, Fremde willkommen zu heißen, doch hinter der reizenden Fassade verbargen sich Händler, die nur darauf aus waren, einen hoffnungslos zu übervorteilen, und von einem

Augenblick zum nächsten ihren griechischen Wortschatz verloren, wenn es um ihre Gegenleistungen ging. Händler, die einmal geschlossene Vereinbarungen einfach über den Haufen warfen, wenn es ihnen paßte. In seiner Heimat hätte Arion sie beim Stadtrat oder ihrer Zunft verklagen können, doch hier wußte er einfach nicht, an wen er sich wenden sollte, und Laios war ihm keine Hilfe. Der alte Mann hatte von Anfang an klargemacht, für wie töricht er das ganze Unternehmen hielt. Insgeheim ertappte sich Arion dabei, wie er anfing, ihm beizupflichten.

Arion war der jüngere Sohn, derjenige, von dem man erwartete, nach dem Tod des Vaters der starke rechte Arm seines älteren Bruders zu sein und sich im übrigen von dessen Weisheit leiten zu lassen. Statt dessen seinen Erbteil einzufordern und damit ein Schiff auszurüsten, um auf eigene Kosten und eigenen Gewinn zu handeln, hatte ihm bei der älteren Generation nur Mißbilligung eingebracht, und das nicht nur, weil es für sein Haus einen Rückschritt darstellte. Seine Familie gehörte seit dem Aufstieg des Großvaters zum Adel von Korinth; sie handelte nicht, sie ließ handeln, und wenn die Zeiten knapp waren, dann beteiligte man sich eben an einem Beutezug gegen Euboia. »Warum«, hatte Arions älterer Bruder erzürnt gefragt, »erkämpfst du dir nicht mit dem Schwert, was du brauchst? Das würde unsere Familie nicht entehren.«

Worauf dieser Vorwurf im Grunde hinauslief, war, daß Arion als Söldner oder Gefolgsmann eines der noch mächtigeren Adelsgeschlechter die Familie nichts kosten und ihr im Gegenteil selbst im Fall seines Todes zumindest Ehre einbringen würde. Doch so unternehmungslustig Arion von Natur aus war, er hatte von seinem Großvater auch den gesunden Menschenverstand geerbt, der den alten Mann erst soweit gebracht hatte. Mit dem Schwert umgehen konnte er zwar, doch nicht gut genug, um damit seine eigene Familie zu ernähren. Und darin lag der Kern des Problems. Er hatte bereits eine Frau und zwei kleine Kinder. Ein Beutezug mochte sich auszahlen oder auch nicht, aber die Aussicht, als Gefangener oder tot zu enden und seine Kinder samt ihrer Mutter als bessere Diener bei seinem geizigen Schnösel von einem Bruder zu sehen, war Abschreckung genug, um auf andere Möglichkeiten zu sinnen. Auf eigene Kosten zu handeln und selbst Geschäfte abzuschließen mochte einen Abstieg bedeuten, aber für ihn klang es erheblich verheißungsvoller, als schnell und ehrenvoll als Mann von Adel zu sterben. Zudem lag der Handel ihm im Blut, und wie es hieß, glich das Land auf der anderen Seite des Tyrrhenischen Meeres einem reichen Garten, der nur darauf wartete, abgeerntet zu werden. Mit dieser Aussicht begeisterte er auch einige seiner Freunde, die wie er lieber auf eigenen Füßen stehen als in untergeordneter Stellung bei ihren Familien bleiben wollten. Den Rest der Mannschaft anzuheuern fiel ihm ebenfalls nicht schwer, nachdem er erst einmal seinem Bruder sein Erbteil abgerungen hatte.

Zu diesem Erbteil auch Laios hinzuzurechnen, der als blutjunger Knabe von ihrem Großvater erworben und angelernt worden war, hatte Arion für gerissen und vorausblickend gehalten. Wie sollte er ahnen, daß sich Laios so wenig hilfsbereit verhalten würde? Weit davon entfernt, dankbar für die Gelegenheit zu sein, nahm Laios, der gehofft hatte, seinen glücklich erreichten Lebensabend im sonnigen Korinth verbringen zu dürfen, Arion alles übel und weigerte sich, mehr als nur das Allernotwendigste zu tun. Wäre Laios ein junger Mann gewesen, hätte Arion ihn schon längst geprügelt, doch Laios hatte geholfen, ihn zu erziehen, und Arion brachte es nicht über sich, gegen ihn die Hand zu erheben.

Also blieb ihm vorerst nichts anderes übrig, als seine enttäuschten Hoffnungen in einer der Hafenschenken von Fregenae zu ertränken. Anfangs begleitete ihn noch einer seiner Freunde, und sie lamentierten beide über die Falschheit der Rasna, die Bosheit des Schicksals und den zu stark verwässerten Wein, den man ihnen vorgesetzt hatte. Dann fand Arions Begleiter doch noch ein Mädchen, das willig war, und Arion blieb mit seinem Weinkrug und seiner Erbitterung allein zurück. Selbstverständlich hatte er sich selbst ebenfalls nach einem Weib umgesehen. Wo konnte man seine Sorgen besser vergessen als im Körper einer Frau? Aber das einzige weibliche Wesen in der Schenke, das nicht schon am Arm eines Mannes hing und noch einigermaßen ansehnlich aussah, wirkte so erschöpft, als habe es bereits eine ganze Mannschaft als Kunden gehabt.

Sie saß auf einem Schemel an die Wand gelehnt und war wie die meisten Frauen der Rasna ein Bündel aus Widersprüchen. Arion kannte sich mit Tuch aus; das waidgefärbte Gewand, das sie trug, war bestimmt nicht billig gewesen, und die Spangen, die es über ihren Schultern zusammenhielten, sahen nicht so aus, als seien sie aus Holz. Doch ihr fehlte der Schmuck, der zu diesem Kleid gehört hätte, und ihre Haut war braungebrannt wie die einer Bäuerin. Dazu wiederum paßte nicht die Mühe, die sie sich mit ihrem Haar gegeben hatte. Die anderen Frauen hier am Hafen trugen es offen, aber diese hier hatte es sorgfältig hochgesteckt und nur zwei braune Locken hinter jedem Ohr lose gelassen. Es war die Haartracht einer Adligen, doch warum sich eine Edle der Rasna hierherbegeben und dann noch so ausgelaugt dreinschauen sollte, als läge ein Tag voller Plage hinter ihr, konnte er sich nicht vorstellen. Vielleicht wollte er es auch nicht. Falsche Schlußfolgerungen hatten ihm bereits zu viel Ärger eingebracht. Das letzte, was Arion fehlte, war ein weiterer empörter Rasna, der sich darüber beschwerte, daß man seine Frau oder Tochter wie eine Hure behandelt hatte. Also beschloß er, das Mädchen zu ignorieren. Andererseits war er auch nicht verzweifelt genug für die alte Schlampe, die von Tisch zu Tisch ging und jedem ihre verwelkten Brüste ins Gesicht schob. Sie hätte seine Mutter sein können. Wie es schien, blieb ihm vorerst nur der miserable Wein als Unterhaltung, der Wein und der Gesang des Jungen, der sich bemühte, sich in dem Gegröle der Gäste Gehör zu verschaffen.

Die Rasna, das war ihm schon früher aufgefallen, waren ein

musikliebendes Volk. Kaum bog man um eine Ecke, da stieß man schon auf den nächsten Flötenspieler. Die Beliebtheit der Doppelschalmei erklärte, warum man nicht mehr Sänger hörte. Mit einem Anflug von Heimweh dachte er an die Barden, die vor seinem Vater gesungen hatten, mit einer Stimme, die mächtig genug war, um das ganze Haus zu füllen. Ihre Lieder hatten in ihm das Fernweh geweckt, als er so alt wie der Knabe dort gewesen war, der an einer Harfe zupfte, die zu groß für ihn war, und etwas in dem fürchterlichen Kauderwelsch von sich gab, das die Leute hier sprachen. Soweit sich das in dem Lärm ausmachen ließ, sang er noch nicht einmal falsch; hohe, reine Töne, die ihm gewiß bald verlorengehen würden, wenn ihm der erste Bart sproß.

Um nicht mehr an seine mißglückte Handelsreise denken zu müssen, überlegte Arion müßig, was aus den Sängern wurde, deren männliche Tonlage sich nicht mehr mit ihrem Können als Kinder messen konnte. Alle großen Lieder zu beherrschen würde ihnen nichts mehr nützen. Natürlich konnten sie noch durch das Spielen von Instrumenten zur Unterhaltung beitragen. Oder sie verdingten sich als Söldner, wie jüngere Söhne, die …

Jemand räusperte sich neben ihm. Dankbar für jede Ablenkung, blickte Arion auf und verschluckte sich beinahe. Vor ihm stand das erschöpfte Mädchen und schaute, aus der Nähe betrachtet, durchaus nicht betäubt drein, obwohl Schatten unter ihren Augen lagen, die nichts mit Kohle zu tun hatten. Ihre Haltung war nicht unbedingt einladend; sie hatte die Arme vor der Brust verschränkt, was ihn ein wenig an seine Frau erinnerte, wenn sie ihn fragte, wie lange er fortbleiben wolle.

»Verzeih«, begann sie und klang dabei ganz und gar nicht entschuldigend, »aber ich hörte dich vorhin mit deinem Freund sprechen.« Ihr Griechisch hatte einen starken Akzent, doch es war durchaus verständlich und korrekt formuliert, was mehr war, als man von den meisten Rasna behaupten konnte, mit denen er es bisher zu tun gehabt hatte. »Ich glaube, wir könnten uns gegenseitig helfen.«

»Setz dich«, sagte er einladend und dachte dabei, daß sich sein Glück vielleicht wieder gewendet hatte. Also war sie doch eine Hure. Sie sah einigermaßen sauber aus. Die Figur war sogar ausgezeichnet. Wenn sie nicht zuviel verlangte, brauchte es ihn nicht zu kümmern, wen sie vorher beglückt hatte.

Sie nahm ihm gegenüber Platz, doch an ihrer ernsten Miene änderte sich nichts, was ihn ein wenig wunderte. Gewöhnlich begannen die Frauen an dieser Stelle verführerisch zu lächeln.

»Du brauchst jemanden, der sich mit den Gebräuchen und der Sprache hier auskennt und dafür sorgt, daß man dich nicht übervorteilt«, fuhr sie sachlich fort. »Ich brauche eine Überfahrt nach Hellas.«

Zuerst dachte Arion, er habe nicht richtig gehört. Dann lachte er schallend. Die Augenbrauen des Mädchens zogen sich zusammen, und in ihre Stirn grub sich eine kleine Falte, doch sie rührte sich nicht und sagte nichts weiter. Als er wieder zu Atem kam, erwiderte Arion, so belustigt, daß es ihn nicht kümmerte, wieder einmal falsch geraten zu haben:

»Du bist verrückt, mein Kind. Frauen reisen nicht auf Schiffen, es sei denn, als Teil der Ware. Und ich handle derzeit nicht mit Sklaven.«

»Wenn ich recht verstanden habe«, bemerkte sie scharf, »handelst du derzeit mit überhaupt nichts, und du wirst von Glück sagen können, wenn du nicht als Bettler nach Hellas zurückkehrst.«

Seine Heiterkeit versiegte. »Du hörst auf, unterhaltsam zu sein. Verschwinde.«

»Ein Mann, der ein eigenes Schiff besitzt«, sagte sie beharrlich, »muß doch auch Verstand genug besitzen, um eine Gelegenheit zu ergreifen, die sich ihm bietet. Ich kann für dich übersetzen. Und«, sie senkte ihre Stimme ein wenig, so daß er sich vorbeugte, um sie besser zu verstehen, und sich gleich darauf ob dieses Zugeständnisses verwünschte, »ich kann dafür sorgen, daß es kein Händler wagt, dich zu betrügen.«

»Wie?« fragte Arion aufrichtig neugierig, obwohl er nicht

glaubte, daß sie oder irgend jemand sonst eine wirklich wirksame Methode dafür kannte.

»Kein Händler«, entgegnete sie gedehnt, »wird um ein wenig mehr Gewinn willen einen Fluch auf sich nehmen.«

Der Wein hatte Arion die Zunge gelöst, aber noch nicht den Geist benebelt. Er wußte, daß man den Rasna einige Kräfte nachsagte, nur war er noch nie in der Situation gewesen, zu prüfen, ob es sich um mehr als das übliche Seemannsgarn handelte. Nach einem weiteren Schluck gestreckten Weines meinte er, ohne sie aus den Augen zu lassen:

»Willst du damit behaupten, du seist eine von diesen Wunderpriestern? Eine Magierin?«

In den braunen Augen, die ihn so ungebührlich direkt betrachteten, flackerte Ärger auf.

»Ja«, sagte sie kurz, nicht mehr als das, und gerade der Umstand, daß sie auf weitere Versicherungen verzichtete, erweckte in Arion erste Zweifel. Vielleicht war sie doch nicht verrückt. Vielleicht meinte sie tatsächlich, was sie sagte. Dennoch, das Ganze erschien ihm zu seltsam, um wahr zu sein. Alles in allem war jedoch die Unterhaltung besser, als sich allein zu betrinken, also beschloß er, das Spiel noch eine Weile fortzuführen.

»Angenommen, du hilfst mir tatsächlich, diesen gastlichen Hafen mit Gewinn wieder zu verlassen, und ich nehme dich mit an Bord...«, begann er gedehnt, »was hindert mich dann daran, den Gewinn noch ein wenig aufzustocken und dich im nächsten Hafen gegen etwas Elfenbein einzutauschen? Bei dem Ruf, den die Frauen der Rasna haben, bringe ich dich bestimmt irgendwo unter.«

Ihre Lippen teilten sich zu einem Lächeln, das ihre Augen nicht erreichte.

»Griechische Seeleute gelten ebenfalls als zu vernünftig, um wegen etwas mehr Gewinn einen Fluch auf sich zu laden, vor allem, wenn sie wissen, daß sie nicht mehr lange genug leben würden, um den Gewinn zu genießen.«

»Ach, wirklich? Du kennst noch nicht einmal meinen

Namen, Mädchen, und dafür, daß du jemand bist, dem die Götter Gehör schenken, habe ich nur dein Wort.«

Nun war sie es, die sich zu ihm hinüberbeugte. »Ich kenne deinen Namen, Arion von Korinth«, antwortete sie, und Arion versuchte, nicht beeindruckt zu sein. Sie mußte Name wie Herkunft während des Gesprächs mit seinem Freund aufgeschnappt haben. Schließlich hatte sie zugegeben, gelauscht zu haben.

Völlig überraschend streckte sie die Hand aus und berührte ihn mit den Fingerspitzen an der Stirn. Er spürte sie nur flüchtig, doch die Berührung war kalt. Ihre Hände mußten eisig sein wie die einer Toten. Oder lag es daran, daß ihn der Wein und die schwüle Nachtluft mittlerweile glühen ließen?

»Ich kenne deinen Namen«, wiederholte sie in ihrer langsamen, fremdartigen Aussprache, »und die Götter kennen ihn auch. Wenn du mich verrätst, wird Nethuns die See gegen dich aufbringen, und die Zwölf werden dafür sorgen, daß ihre Blitze nicht nur dich vernichten, sondern alles, was dein ist.«

Für einen ablenkenden Zeitvertreib wurde ihm die Begegnung entschieden zu unheimlich. Von allen Kräften, die man den Magiern der Rasna nachsagte, war die Macht über die Blitze diejenige, die jedem Seefahrer die größte Furcht einflößte. Arion klammerte sich daran, daß es mehr als ein verrücktes Mädchen brauchte, um einen freien Mann aus Korinth einzuschüchtern, und gab heiser zurück:

»Worte machen kann jeder. Beweise es mir. Beweise mir, daß du tatsächlich eine Magierin bist.«

Sie lehnte sich wieder zurück, ohne ihn aus den Augen zu lassen. »Ich beweise es dir«, sagte sie, »wenn wir uns danach handelseinig sind. Versprich es. Ich werde dir bei deinem Handel helfen, und du gewährst mir eine sichere Überfahrt nach Hellas auf deinem Schiff, wenn ich dir beweise, was ich bin.«

Wie er von seinem ersten schallenden Gelächter über ihr wahnsinniges Ansinnen bis an diesen Punkt gekommen war, begriff Arion zwar nicht ganz, doch mittlerweile hielt er allerhand für möglich. Außerdem war er ein findiger Mann. Für alles fand sich immer ein Ausweg. Es ließ sich nicht völlig ausschließen, daß dieses merkwürdige Wesen, das ihm gegenübersaß, seinen Ausweg aus der verfahrenen Lage, in der er sich befand, darstellen konnte. Die Wege der Götter waren unerforschlich.

»Also gut«, gab er nach. »Wenn du mir beweisen kannst, daß du eine Magierin bist, sind wir uns einig.«

Sie schloß kurz die Augen, und der Eindruck der Erschöpfung, den sie zuerst erweckt hatte, kehrte zurück. Eine Ader pochte an ihrer Schläfe, und Arion fragte sich, ob sie nun offenbaren würde, daß es sich nur um einen närrischen Scherz handelte, zu dem seine Kameraden sie angestiftet hatten.

»Heute nacht noch wird ein Gewitter über der Stadt niedergehen«, murmelte sie, und Arion grinste.

»Tut mir leid, Schätzchen, das genügt nicht. Um das zu wissen, braucht man noch nicht mal ein Seemann zu sein und sich mit dem Wetter auszukennen, geschweige denn eine Magierin. Ein Blick zum Himmel und die Luft heute abend reichen schon.«

»Gewiß«, entgegnete sie, ohne die Augen zu öffnen, »aber kann dir ein Blick zum Himmel auch verraten, wo die Blitze einschlagen werden, Seemann?«

Das brachte ihn zunächst zum Schweigen. Selbst die Priester in seiner Heimat behaupteten nicht zu wissen, wohin Zeus seine Blitze lenken würde. Er trank den Rest seines Bechers leer, schenkte sich nach und fragte schließlich:

»Wo?«

»Überprüfen können wirst du es nur bei einem, denn die anderen Blitze werden nicht von der Art sein, die verbrennt. Geh morgen zum Urste-Hügel hinter dem Nethuns-Tempel. Dort wird der verbrennende Blitz heute nacht einschlagen. Wenn du bei Sonnenaufgang hingehst, wirst du erleben, wie die Priester des Nethuns den Ort entsühnen, und die Spuren des Blitzes sehen, ehe sie das Grab schaufeln.«

»Das Grab?« fragte Arion, mehr, um überhaupt etwas von

sich zu geben und zu beweisen, daß sie ihn nicht sprachlos gemacht hatte.

»Das Blitzgrab«, erklärte sie mit einer Spur Ungeduld. »Der Ort, an dem ein verbrennender Blitz einschlägt, muß entsühnt werden, und zwar durch das Vergraben aller vom Blitz getroffenen Gegenstände und durch ein Schafopfer. Läßt man bei euch in Korinth Blitzschlagstellen etwa ungesühnt?«

In Korinth betrachtete man Blitze als Unglückszeichen, über die man tunlichst wenig nachdachte, es sei denn, sie verursachten einen Brand, aber das ging sie nichts an. Arion war sich immer noch nicht sicher, ob er es mit einer Verrückten, einer gerissenen Betrügerin oder einer unheimlichen Magierin zu tun hatte, und beschloß, einen Mittelweg zwischen Höflichkeit und Spott einzuschlagen.

»Warum sollte ich dir unsere Gebräuche verraten, wenn es die Götter genausogut selbst tun könnten?« erwiderte er und überließ es ihr, seine Antwort als gläubig oder ungläubig zu deuten. Etwas unzusammenhängend setzte er hinzu: »Ich kenne noch nicht einmal deinen Namen.«

Endlich öffnete sie wieder die Augen, um ihn anzusehen. Sie hob eine Braue und meinte: »Das stimmt, du kennst ihn nicht.«

Er wartete, bis ihm klar wurde, daß sie nicht daran dachte, mehr zu sagen. Ganz gleich, ob Magierin, Verrückte oder Betrügerin, jemand hätte sie als Kind übers Knie legen sollen. Sie war entschieden zu selbstsicher und zu sehr von sich eingenommen. Aber zu seinem Entsetzen entdeckte Arion, daß er anfing, sie zu mögen. Selbst wenn sie über keine Magie verfügte, den Mumm zum Verhandeln hatte sie eindeutig. Das stimmte ihn hoffnungsvoller in bezug auf seine fast schon verlorengegebenen Gewinnaussichten. Was die Männer zu einer Frau an Bord sagen würden, konnte er sich allerdings jetzt schon ausmalen. Vielleicht ließ sie sich ja mit einer anderen Belohnung abspeisen.

»Warum willst du eigentlich unbedingt nach Hellas?« fragte er neugierig.

»Ich muß das Orakel in Delphi aufsuchen.«

Es erstaunte ihn, eine Antwort zu bekommen, die einleuchtend klang. Das Orakel in Delphi war das geachtetste Orakel der Welt, seit Ägypten in nubische Hände gefallen war und das Orakel Amons nur noch selten sprach. Wenn sie nicht gelogen hatte, was ihren Stand anging, dann war das Orakel in Delphi für jemanden wie sie ein verständliches Ziel. Was er allerdings nicht begriff, war, warum sie dann ihn und sein Schiff für ihre Reise brauchte. Das Orakel von Delphi empfing Gesandtschaften aus aller Welt; er war selbst schon solchen Reisenden begegnet. Sie reisten immer in Gruppen, zumal, wenn sie priesterlichen Standes waren.

In der eingetretenen Stille, die sich zwischen ihn und das Mädchen gesenkt hatte, hörte er nun wieder den Gesang des harfespielenden Jungen. Der Lärm in der Schenke mußte etwas weniger geworden sein, denn jetzt schälten sich einzelne Worte für ihn wesentlich deutlicher heraus. Nicht, daß er das Kauderwelsch der Rasna deswegen besser verstand.

»Wovon singt er eigentlich?« sagte er mehr zu sich selbst als zu dem Mädchen. Trotzdem antwortete sie ihm, während sie sich zu dem Jungen umdrehte, um ihn zu beobachteten.

»Es ist ein Abschiedslied.« Halblaut begann sie zu übersetzen. »*Weit bin ich von dem Land, dem Land, wo die Töchter Turans mir lachten; meine Heimat, ich hab sie nicht mehr. Weit bin ich von den Freunden, den Freunden, die mein Leben mir schützten; meine Freunde, ich hab sie nicht mehr. Weit bin ich von dem Kind, das in den Armen mir lachte; mein Kind, mein Kind, ich hab es…*«

Ihre Stimme klang erstickt und verklang schließlich. Er sah ihre Schultern zucken und rutschte auf seiner Bank etwas weiter, um von der Seite aus ihr Gesicht sehen zu können. Tatsächlich, sie weinte. Er beschloß, sich keine voreilige Meinung mehr über diese Frau zu bilden. Jedesmal, wenn er sich eine zurechtgezimmert hatte, tat sie etwas, um seine Einschätzung zu erschüttern. Da war er schon halbwegs bereit gewesen, sie als eine nicht ganz menschliche Magierin zu akzeptieren, und dann heulte sie wie ein Kind, oder besser, wie eben ein Weib. Nicht, daß es ihm mißfiel. Frauentränen machten Arion nur befangen, wenn sie ihm selbst galten, doch das hier hatte ganz offensichtlich nichts mit ihm zu tun. Das seltsame Mädchen saß nur da und schluchzte vor sich hin, zu Tränen gerührt von einem Klagelied, wie man es so oder ähnlich überall sang. Er verbiß sich eine Bemerkung und stellte nur für sich fest, daß die Welt wieder in Ordnung war. Frauen weinten. Das war normal. Und wenn es noch so wenig zur Selbstsicherheit von vorhin paßte. Sie schniefte und machte eine Geste, wie sie Arion aus seiner Kindheit vertraut war; mit dem Handrücken rieb sie sich über die Augen und versuchte, die hellen Tränenspuren auf ihrem Gesicht zu verwischen. Abrupt fragte er sich, wie alt sie wohl war. Er wußte immer noch nicht, wie er ihr begegnen sollte, wenn sie sich wieder umdrehte, und war erleichtert, als ihm ein weiteres Ereignis, mit dem er nicht gerechnet hatte, einen Aufschub gewährte.

Einer der phönizischen Seeleute, der mehr Glück als Arion gehabt und ein vollbusiges Prachtstück ergattert hatte, saß dem Harfenspieler am nächsten. Er brüllte etwas und schlug dem Jungen ins Gesicht, nicht mit der geöffneten Handfläche, sondern mit der Faust. Als das Kind zu Boden stürzte, sprang Arions rätselhafte Unbekannte auf und marschierte geradewegs auf den Phönizier zu. Erst als sie bei ihm angekommen war, entdeckte Arion zu seiner Verblüffung, daß er sich ebenfalls erhoben hatte, und teilte sich selbst mit, daß er sich nur um eine gewinnbringende Möglichkeit, seine Zukunft als Kaufmann zu retten, sorgte. Das eigenartige Mädchen sagte etwas zu dem Phönizier, woraufhin diesem das Kinn herunterfiel, dann wandte sie sich dem Knaben zu, legte einen Arm um seine Schultern und half ihm, aufzustehen.

Als der Junge wieder stand, zeigte sich, daß er doch älter sein mußte, als Arion aufgrund der reinen Kinderstimme angenommen hatte. Er war genauso groß wie seine selbsternannte Retterin, wenn auch wesentlich dünner. Der Chiton, den er trug, hing wie ein übergestülpter Sack an ihm herab, und woher er mit den dünnen Armen überhaupt die Kraft genommen hatte, die Saiten einer Harfe zu schlagen, war Arion ein Rätsel. Er kam nicht dazu, darüber nachzugrübeln, denn der Phönizier, der sich offenkundig von seinem Erstaunen über die Einmischung des Mädchens erholt hatte, machte Anstalten, noch einmal zuzuschlagen, und diesmal nicht in Richtung des Jungen.

Es galt, sein Geschäft zu beschützen. Außerdem, wer konnte wissen, ob das Mädchen nicht imstande war, einen Blitz geradewegs in diese Schenke zu lenken? Man mußte nicht nur dem Phönizier dieses Schicksal ersparen, sondern auch sich selbst die möglichen Folgen. Arion seufzte, dann stürzte er sich in das, was er an diesem Abend gerade hatte vermeiden wollen.

O Poseidon«, stöhnte Arion und ließ sich auf die Matte sinken, die ihm auf See als Lager diente, »verrate mir, warum ich mich für zwei wildfremde Rasna grün und blau prügeln ließ und sie danach noch an Bord meines Schiffes gebracht habe, und ich sterbe als zufriedener Mann.«

Die beiden Männer, die als Wachen aufgestellt waren, hatten ihm merkwürdige Blicke zugeworfen, als er, links und rechts auf seine beiden Begleiter gestützt, erschienen war, doch nichts weiter gesagt. Er konnte sich allerdings vorstellen, was sie dachten, während sie jetzt am Heck des Schiffes kauerten, wo Rautengitter ihre immer noch verstauten Waren vor Wind, Wetter und möglichen Dieben abschirmten. Das Mädchen, das an allem schuld war, hatte wesentlich weniger abbekommen als er, doch es hatte gereicht, um ihr Kleid aufzureißen, so daß sie danach mit halbentblößter Brust durch die Gegend lief. Der Junge hatte sich irgendwie ganz und gar aus der Schlägerei herausgehalten, doch immerhin war er es gewesen, der Arion vom Boden aufgehoben und ihn gestützt hatte, während das Mädchen noch mit dem Wirt verhandelte, der sie, unterstützt von seinen Leuten, samt des Phöniziers und seiner Gefährten dann so schnöde hinauswarf.

»Weil du ein anständiger Mann bist, der die Hilflosen schützt«, erwiderte das Mädchen jetzt knapp, »und nicht willst, daß ich dich verfluche.«

Arion wollte fragen, warum sie nicht die Götter um Schutz gebeten hatte, doch seine Unterlippe war aufgeplatzt, und er beschloß, jedes weitere Wort nur zu sprechen, wenn es wirklich nötig wäre. Immerhin schien dem Jungen klar zu sein, was sich ziemte; er warf sich vor Arion auf die Knie und sagte in einem Griechisch, das er am Hafen gelernt haben mußte, und das nach einem gräßlichen Mischmasch aus allen Dialekten klang:

»Dankbar ich sein mein Leben lang. Ulsna euch schuldet.«

Arion brummte nur. Das Mädchen hatte anscheinend einen Wassereimer entdeckt, denn sie tupfte ihm mit einem nassen Stoffetzen das Gesicht ab. Die kühle Feuchtigkeit und der Anblick, den er dabei genießen durfte, besänftigten ihn etwas, und er seufzte. Plötzlich hielt sie inne, und ehe er entscheiden konnte, ob die Aufforderung weiterzumachen, mehr Schmerzen an der Lippe lohnte, sah er es ebenfalls. Das blendende Leuchten eines Blitzes und, nachdem er stumm bis drei gezählt hatte, Donnergrollen.

Das Gewitter hatte begonnen.

Dank der nächtlichen Wolken, die Mond und Sterne verbargen, konnte er die Miene des Mädchens nicht mehr richtig erkennen. Nach einer Weile spürte er wieder ihre Hand mit dem feuchten Stoff auf seinem Gesicht, dann an seiner aufgeschrammten linken Schulter. Sie sagte etwas zu Ulsna, und der Junge löste ihm die Sandalen von den Füßen. Seit er das Haus seiner Familie verlassen hatte, war er nicht mehr so gewissenhaft gepflegt worden. Es erinnerte ihn angenehm an seine Kindheit und die ersten Tage seiner Ehe, als sein Vater noch am Leben gewesen war und seine Frau ihn noch wie einen Gott behandelt hatte.

Ulsna und das Mädchen schwatzten ein wenig in ihrer eigenen Sprache, dann teilte sie ihm mit, Ulsna sei der Lehrling eines Barden gewesen, der im vergangenen Winter gestorben sei, und habe seither seinen Lebensunterhalt selbst verdienen müssen, weswegen er auch nicht gegen den Phönizier habe angehen können – er dürfe seine Hände nicht gefährden.

»Morgen«, schloß sie, »werden wir mein Bündel und Ulsnas Harfe aus der Schenke holen. Ich weiß nicht, wie lange meine Drohungen den Wirt davon abhalten werden, beides zu veräußern, aber ein paar Stunden wird es wohl hoffentlich dauern, und hier werden die Sachen dann sicher sein.«

Arion richtete sich protestierend auf, nur um von dem Mädchen und Ulsna wieder auf seine Matte gedrückt zu werden.

»Bewege dich nach Möglichkeit nicht«, sagte das Mädchen. »Du brauchst morgen deine Kraft, wenn wir die Händler besuchen. Da solltest du so eindrucksvoll wie möglich für sie aussehen.«

Arion öffnete den Mund und schloß ihn wieder, während erneutes Donnergrollen ihre Worte untermalte. Er hatte sich noch nicht einmal wirklich einverstanden erklärt, sie an Bord zu nehmen, und nun wollte sie auch noch einen nutzlosen, nur halbausgebildeten Barden hier einquartieren?

Nur für eine Nacht, tröstete er sich. Ja, er brauchte seine Kraft für den nächsten Morgen. Um wieder geordnete Verhältnisse herzustellen. Bis dahin lohnte es sich nicht, die beiden Rasna, die sich so vorbildlich um ihn bemühten, darauf aufmerksam zu machen, daß er sie bald hinauswerfen würde. Die Wachen glaubten ohnehin schon, daß er sie nur zu seinem Vergnügen an Bord gebracht hatte, und die Annahme, er würde die beiden Rasna eine ganze Nacht lang auf Trab halten, war allenthalben schmeichelhafter als das Eingeständnis, Prügel von einem Phönizier eingesteckt zu haben.

Erste schwere Tropfen erinnerten ihn daran, daß es an der Zeit war, mit den Wachen unter dem herabgelassenen Segel

Schutz zu suchen; Sorgen um seinen Ruf waren zweitrangig. Die *Kassiopeia* war ein kleines, gewöhnliches griechisches Handelsschiff, offen, ohne ein Deck, wie es die wuchtigen assyrischen und phönizischen Schiffe mittlerweile besaßen. Regen auf See war auszuhalten, doch er hatte gehofft, während seiner Landtage bei solchem Unbill in einer gut abgedichteten Schenke zu sitzen. Arion warf seinen Gefährten einen grollenden Blick zu, der im Dunkel wirkungslos an ihnen abprallte, dann gab er den Wachen die notwendigen Anweisungen.

Während sie bald alle unter dem schweren Leinentuch kauerten, schickte Arion in Gedanken ein erneutes Gebet an Poseidon. Wenn das Mädchen tatsächlich hielt, was es versprach, würde er es mit nach Hellas nehmen. Und wenn sie dafür sorgte, daß ihnen auf der Rückfahrt die Stürme der Herfahrt erspart blieben, dann würde er ihr außerdem noch einen Führer nach Delphi besorgen. Aber wenn sie sich in irgendeinem Punkt als Lügnerin erwies, dann konnte sie erleben, wieviel sie auf dem Markt von Korinth einbrachte.

Ein hämmerndes Dröhnen in seinem Kopf war das erste, was Arion bewußt wurde, als er erwachte. Er mußte am Abend zuvor wohl zuviel von dem Gesöff, das diese Barbaren hier mit echtem Wein verwechselten, getrunken haben. Als nächstes bemerkte er, daß ihm jemand den Rücken wärmte und seine eigenen Arme ebenfalls um einen festen Körper geschlungen waren. An und für sich störte ihn das Gefühl nicht im mindesten, aber dergleichen leistete er sich gewöhnlich nur an Land, und das sanfte Schaukeln unter ihm sagte ihm, daß er sich an Bord der *Kassiopeia* befand. Er öffnete die Augen, sehr vorsichtig, denn bittere Erfahrung hatte ihn gelehrt, wie schmerzhaft selbst der kleinste Lichtstrahl nach einer durchzechten Nacht stach.

Vor ihm lag ein braunlockiges Wesen, definitiv weiblich,

wenn er nach dem Gefühl in seinen Händen gehen konnte. Der Versuch, den Kopf zu drehen, brachte ihm zu Bewußtsein, daß er sich zu allem anderen auch noch einen steifen Hals eingehandelt haben mußte, aber schließlich gelang es. Er blickte direkt in die weitaufgerissenen grünen Augen eines bartlosen Knaben und glaubte einige spitze Knochen zu spüren. Sein erster Gedanke war, daß es sich um einen Irrtum handeln mußte; bei Männern wie bei Frauen legte er gewöhnlich Wert darauf, daß sie Fleisch auf den Rippen hatten. Sowohl sein *erastes*, der ihn, wie es sich ziemte, mit sechzehn in die Welt der Liebe eingeführt hatte, als auch seine verführerische Base, die ihn dazu gebracht hatte, lange vor der üblichen Zeit zu heiraten, weil man innerhalb der Familie einfach nicht herumhuren konnte, waren von den Göttern in dieser Beziehung wahrlich nicht vernachlässigt worden, und das hatte seinen Geschmack dauerhaft geprägt.

Dann schälten sich die Bilder des vergangenen Abends wieder aus dem Pochen seiner Kopfschmerzen heraus, und er wußte, um wen es sich bei den beiden Unbekannten handelte. Ein Anlaß mehr, um seine ursprüngliche Vermutung beizubehalten: Er mußte wirklich betrunken gewesen sein. Mit zusammengekniffenen Augen, die nur einen Spaltbreit geöffnet waren, hielt er nach der Wache Ausschau und stellte fest, daß die beiden Männer etwas weiter entfernt ebenfalls dalagen und schnarchten, statt in der morgendlichen Dämmerung ihre Pflicht zu tun.

»Tritons Eier«, fluchte er und zog beim Klang seiner eigenen Stimme, die in seinem Kopf widerhallte, obwohl er nicht laut gesprochen hatte, eine gequälte Grimasse. In den Jungen kam Leben. Er legte einen Finger auf die Lippen und deutete mit der anderen Hand auf das Mädchen.

»Bei allen Göttern«, sagte Arion erbost, »das ist mein Schiff und ...«

»Ilian seit Wochen nicht mehr richtig geschlafen«, wisperte der Junge hastig.

»Hat sie dir das verraten?« fragte Arion, und ertappte sich dabei, mit gesenkter Stimme zu sprechen. Sofort erhob er sie wieder. Dieser Art tückischer Einflußnahme mußte sofort ein Ende bereitet werden. Etwas lauter als nötig fügte er deshalb hinzu: »Also Ilian heißt sie, wie?«

Er hatte vergessen, daß er immer noch einen Arm um sie gelegt hatte. Das Zusammenzucken ihres Körpers verriet ihm, daß sie erwachte. Anders als er selbst schien sie keine Erinnerungsschwierigkeiten zu haben. Sie dehnte und reckte sich wie ein kleines Kätzchen, dann setzte sie sich auf und meinte, als sei es das Selbstverständlichste auf der Welt, neben ihm aufzuwachen: »Was für ein Glück, daß du schon wach bist, Arion. So kannst du die Entsühnungszeremonie auf dem Urste-Berg noch miterleben, während Ulsna und ich unsere Sachen holen. Danach werden die Händler von Fregenae lernen, daß sie dich nicht länger als unerfahrenen Ausländer übertölpeln können.«

Sie und Ulsna konnten tun, was sie wollten; nachzuschauen, ob der Blitz tatsächlich ihrer Prophezeiung folgend eingeschlagen hatte, kam noch keinem Zugeständnis von Arions Seite gleich, sondern nur einer Rückversicherung. Im Grunde hatte er dabei nichts zu verlieren. Nur, weil ihm das verhungerte Aussehen des Jungen allmählich auf die Nerven ging, gab er ihm ein paar Datteln mit auf den Weg und verzog seine Lippen zu einem breiten Lächeln, als er mit seinen selbsteingeladenen Gästen das Schiff verließ, damit die Wachen auch weiterhin die richtige Vermutung hegten. Danach trennten sich ihre Wege.

Als der Nethuns-Tempel in Sicht kam, fiel ihm ein, daß es sich bei den beiden um ein Diebespärchen handeln mochte, das vertrauensselige Seeleute ausnahm, und er dachte daran umzukehren, um seine Habseligkeiten zu überprüfen. Dann rief er sich ins Gedächtnis, daß sie bis auf die Datteln nichts in den Händen gehalten hatten, als sie verschwanden, und nicht genügend am Leib trugen, um darin viel zu verbergen. Dennoch war sein Verhalten unverantwortlich und leichtsinnig gewesen. Er hätte jeden seiner Leute dafür bestraft.

Den ganzen Weg den Berg hinauf haderte Arion mit sich und sagte sich dann wieder, daß es sich bei den ganzen merkwürdigen Ereignissen eindeutig um Zeichen der Götter handelte, die zu vernachlässigen vermutlich noch törichter gewesen wäre. Als er etwas außer Atem den Gipfel des Berges erreichte, blieb er stehen, um Luft zu holen. Das erste, was er hörte, war das erbärmliche Blöken eines Schafs. Er kniff die Augen zusammen und machte in der Morgendämmerung vier Männer aus. Zwei hielten das Schaf fest, einer schwenkte irgendwelche Zweige und einen steinernen Keil, und der vierte, der in Rot gewandet war, hielt ein Messer in der Hand. Es dauerte nicht lange, und er hatte dem Schaf die Kehle aufgeschlitzt, während die übrigen unverständliche Gesänge anstimmten. Keiner von ihnen machte sich die Mühe, sich zu Arion umzudrehen. Entweder hatten sie ihn tatsächlich nicht bemerkt, oder sie waren diszipliniert genug, um sich nicht von ihm stören zu lassen.

Arion war nicht dumm, und er wußte, wann er geschlagen war. Zweifellos handelte es sich um die Entsühnungszeremonie für einen Blitzschlag, von der das Mädchen – Ilian – gesprochen hatte. Er sah noch zu, wie der Priester mit dem Messer einen großflächigen Kreis rund um das tote Schaf in die Erde grub und die übrigen begannen, den Boden auszuheben, dann wandte er sich ab und machte sich auf den Rückweg in die Stadt.

Es war ein Vergnügen, Ilian beim Verhandeln zu erleben. Einerseits erinnerte sich Arion ständig daran, daß eine Frau nicht so gebieterisch mit Männern umzugehen hatte, doch andererseits genoß er das Schauspiel, da er sich wegen der vorgetäuschten Verständnislosigkeit der hiesigen Händler schon oft genug die Haare gerauft hatte. Nachdem er ihr einmal den Bestand seiner Waren und das, was ihm als Gegenleistung dafür vorschwebte, mitgeteilt hatte, brauchte er wenig mehr zu tun, als die Arme zu verschränken und überlegen zu wirken, während er so tat, als verstünde er jedes hochmütige Wort, das sie an die Händler richtete.

Er mußte zugeben, daß sich auch Ulsna als nützlich erwies. Ilian hatte sich ein anderes Kleid angezogen, die Haare neu gebürstet und gelegt, aber was für die anderen ihre Stellung noch unterstrich, war Ulsna als Diener, der ihr mit einer Art Palmenwedel folgte und ihr frische Luft zufächerte. Dennoch nutzte er die Gelegenheit, die sich bot, als Ulsna einem menschlichen Bedürfnis nachging, um mit Ilian ein ernstes Wort wegen des Jungen zu reden.

»Hör zu«, sagte er, »unsere Vereinbarung steht, und ich glaube sogar, mir ist eingefallen, wie ich dafür sorgen kann, daß die Männer dich nicht als Schiffshure betrachten. Aber von dem Knaben war keine Rede.«

Sie lehnte sich gegen die Wand eines grüngestrichenen, würfelförmigen Hauses, in dessen Schatten sie auf Ulsna warteten.

»Er hat mir erzählt, daß er ebenfalls nach Hellas will. Er ist auch bereit, für seine Überfahrt auf dem Schiff zu arbeiten.«

»Ja«, schnaubte Arion, »aber nichts, wobei er seine Hände verletzen könnte. Und sobald sich ein paar von den Männern zu einsam fühlen, haben wir einen Hahnenkampf um ihn statt um dich auf der *Kassiopeia*. Nein, danke.«

Es gelang ihr schon wieder, ihn aus der Fassung zu bringen, diesmal, indem sie ihn erst verdutzt anstarrte und dann tief errötete. Er verstand es nicht. Sie war nicht einmal zusammengezuckt, als er das Wort »Hure« im Zusammenhang mit ihr verwendete. Was machte sie, jetzt so verlegen?

»Du meinst«, stotterte sie und erinnerte ihn mit einemmal an ein Kind, »es gibt wirklich Männer, die... das ist nicht nur ein Gerücht über euch Griechen?«

Arion fragte sich, wo sie bisher gelebt hatte. So rückständig konnten die Rasna doch gar nicht sein, und nach allem, was man sah, schirmten sie ihre Frauen auch nicht vor den Tatsachen des Lebens ab.

»Jeder Junge, dessen Familie auch nur einigermaßen auf sich

hält, wird von einem älteren, ehrenwerten Mann aus ihrer Bekanntschaft, den sie als *erastes* erwählen, in die Welt der Männer eingeführt, aber das ist es nicht, wovon ich gesprochen habe. Auf einer Reise versüßt man sich die Einsamkeit eben, so gut es geht, und, um es offen zu sagen, ein Junge wie Ulsna ist Frischfleisch. Die Männer werden es wohl schlucken, wenn ich ihnen erkläre, daß ich dich als schutzbringende Magierin mitnehme und deine Magie dich verläßt, wenn dich ein anderer Mann als der Kapitän des Schiffes, das du schützt, anrührt. Aber mir fällt bei allen Göttern kein Grund ein, warum sie sich bei Ulsna zurückhalten sollten.«

Sie öffnete den Mund und erweckte den Eindruck, hitzig widersprechen zu wollen, also fügte Arion hinzu: »Und mir ist auch kein Grund bekannt, warum ich ihn überhaupt an Bord nehmen sollte.«

Die Röte wich langsam aus ihren Wangen. »Ich bezahle für ihn«, entgegnete sie, »und du kannst deinen Leuten mitteilen, er sei mein Gehilfe.«

»Und in welcher Form soll diese Bezahlung vonstatten gehen?« fragte Arion, der sich bemühte, keine Miene zu verziehen, obwohl er wirklich neugierig auf die Antwort war.

»Ich gebe dir einen silbernen Armreif.«

Ehe er sie fragen konnte, warum sie, wenn sie über solche Mittel verfügte, nicht angeboten hatte, für sich selbst zu bezahlen, kehrte Ulsna zurück. Sie nahm den Arm des Jungen und wechselte in ihre eigene Sprache über, eine Unterhaltung, die Arion demonstrativ ausschloß. Er fragte sich, warum sie so versessen darauf war, Ulsna zu helfen. Die Möglichkeit, sie könnte sich in Ulsna vergafft haben, schloß er aus. Der Junge mochte zwar so groß wie Ilian sein, aber nach Gesicht, Stimme und Körperbau zu schließen, war er nicht älter als allerhöchstens zwölf oder dreizehn Jahre. Nichts für eine Frau oder ein Mädchen, was das anging. Frauen wollten Männer, keine Knaben.

Als der Tag sich neigte, lagerten in der *Kassiopeia* statt der griechischen Krüge und Gemmen diverse Ballen Hanftuchs aus

Tarchna, aus dem in Arions Heimat Segel gemacht werden würden, und Spitzen über Spitzen aus der begehrten Bronze der Rasna, die für Pfeile und Speere bestimmt waren. Arion war zu guter Stimmung, um sich selbst von Laios' offen zur Schau gestellter Mißbilligung die Laune verderben zu lassen.

»Du spielst mit dem Feuer«, raunte der Alte, als sich Ilian mit dem allgegenwärtigen Ulsna im Schlepptau daran machte, ihre Sachen in den Weidenkörben zu verstauen, die das Eigentum des Kapitäns enthielten. »Dein Großvater hätte einen solchen Fehler nie begangen. Frauen bringen nichts als Unglück.«

»Die hier war mir von größerem Nutzen als du auf dieser Reise«, antwortete Arion kühl. »Und sie wird uns auch weiterhin nützlich sein. Sie ist eine Magierin, und dafür habe ich Beweise. Die Götter sprechen zu ihr.«

Er erwartete, daß Laios ihn leichtgläubig nennen und nach der Art der Beweise fragen würde. Statt dessen spuckte der alte Mann über die Reling hinweg, an der er lehnte, enthielt sich jedoch jedes Kommentars über Ilian.

»Und die andere?« fragte Laios dann höhnisch. »Wird die etwa die Seeungeheuer in den Schlaf singen?«

»Welche andere – oh, Ulsna. Das ist ein Junge, und bevor du etwas sagst: Ich weiß, Jungen bedeuten ebenfalls Ärger…«

»Blödsinn«, schnitt ihm Laios unwirsch das Wort ab. »Das Ding mit der Harfe ist ein weiteres Gör, und wenn deine Freunde und du nicht selbst noch Grünzeug wärt, hättest du das schon längst gemerkt.«

Arion verzichtete auf eine Antwort. Er drehte sich auf der Stelle um und marschierte zu den beiden, ohne sich um die restliche Mannschaft zu kümmern. Wenn Laios recht hatte, wenn die beiden versucht hatten, ihn derart zu übertölpeln, dann würde er Ulsna eigenhändig von der *Kassiopeia* in das Hafenwasser befördern, um jeder weiteren Beeinträchtigung seiner Würde vorzubeugen, Bezahlung hin, Bitten her.

Ilian kniete noch vor den Körben. Ohne sie weiter zu beachten, packte er Ulsna an der Kehle.

»Was bist du?« knurrte er. An dem schreckerfüllte Blick erkannte er, daß Ulsna sofort begriffen hatte, und sein Magen zog sich zusammen. Also stimmte es. Er war auf höchst demütigende Weise zum Narren gehalten worden. Wütend wollte er Ulsna an die Reling zerren, als ein geröcheltes Wort ihn innehalten ließ.

»Junge«, stieß Ulsna hervor, was mit Arions Hand an seiner oder ihrer Kehle keine Kleinigkeit war. »Junge. Kann es beweisen.«

Arion ließ ihn los und sah zu, wie Ulsna mit zitternden Händen den unteren Rand seines Chiton hob, hoch genug, um etwas erkennen zu lassen, das zweifellos ein kleines, doch unleugbar männliches Geschlechtsteil war.

»Zu klein für dich, Arion«, rief eines der Mannschaftsmitglieder, andere lachten, doch es war ein erstickter weiblicher Laut, der Arion sich umwenden ließ. Ilian stand da, die Hand auf den Mund gepreßt, als habe sie noch nie einen Phallus gesehen. Und auch Arion selbst fühlte Verlegenheit in sich aufsteigen. Er hätte sich von Laios nicht so leicht ins Bockshorn jagen lassen sollen. Daß er Ulsna dabei erschreckt hatte, war verständlich. Der Junge ließ den Chiton wieder sinken und rieb sich die Kehle.

»Tut mir leid«, murmelte Arion, gleichermaßen zornig auf Laios wie auf sich selbst, als ihm einfiel, daß der Hals für Ulsna noch wichtiger war als seine Hände. Gleich darauf sagte er sich, daß kein Grund für eine Entschuldigung bestand. Ulsna konnte von Glück sagen, wenn ihm auf dieser Reise nichts Gröberes geschah, und der rauhe Griff war eine Kleinigkeit im Vergleich zu der Schlägerei mit dem Phönizier. Dennoch wußte er nicht, wie er nun mit den beiden sprechen sollte, also murmelte er etwas davon, die Ladung noch einmal inspizieren zu wollen, und ließ sie, so schnell es in Würde ging, zurück.

Aus den Augenwinkeln nahm er wahr, daß sich an Ilians bestürzter Miene nichts geändert hatte. Das Mädchen hatte sich wirklich den richtigen Zeitpunkt ausgesucht, um zartfühlend zu werden.

Ulsna massierte seine Kehle und versuchte, Ilians Blick auszuweichen, bis ihm bewußt wurde, daß es bestenfalls ein Aufschub sein konnte. Alles um sich herum nahm er mit einer Schärfe wahr, die ihn immer dann überfiel, wenn ein Unglück ins Haus stand: das saugende Klatschen der kleinen Wellen an das Holz des Schiffes, das Eichenholz unter seinen Füßen und das belustigte Starren der Seeleute, die Arions kleinem Auftritt gefolgt waren, bis sie sich wieder ihren Arbeiten zuwandten.

»Nun weißt du es«, sagte er schließlich sehr leise und schloß die Lider, um die Verachtung nicht sehen zu müssen. Sie war ihm nur allzu bekannt. Es war ein Wunder, daß er überhaupt noch am Leben war. Kinder, die beide Geschlechter aufwiesen, wurden für gewöhnlich nach der Geburt ausgesetzt, wenn man sie nicht sofort tötete. Nur den Göttern stand es zu, Männlichkeit und Weiblichkeit in sich zu vereinen. Bei Menschen war es Anmaßung und im höchsten Maße unnatürlich, ein Zeichen dafür, daß Böses bevorstand. Sein verstorbener Meister hatte ihm immer erzählt, daß er den Fund des Säuglings so bald nach dem Verlust seines eigenen Sohnes als Gabe der Götter betrachtet habe, doch dem alten Barden war auch bewußt gewesen, welche Gefahr für ein Kind wie Ulsna bestand, und er hatte das seinem Ziehsohn immer und immer wieder eingehämmert, mit der Unerbittlichkeit, mit der jedes Jahr der Jahresnagel vor dem Tempel eingeschlagen wurde und Pfosten um Pfosten mit einer schimmernden Rüstung bedeckte.

Vielleicht würde es in Hellas anders sein. Ilian hatte falsche Schlußfolgerungen gezogen, als sie einander kennenlernten, doch Ulsna bereute nicht, sich ihr angeschlossen zu haben. Es wäre nur noch eine Frage der Zeit gewesen, bis jemand ihn nicht halb nackt, wie Ilian zufällig, sondern ganz nackt sah und sich verpflichtet fühlte, ihn anzuzeigen. Er machte sich keine Sorgen, daß Ilian es tun würde, obwohl die *Kassiopeia* sich immer noch im Hafen von Fregenae befand und Ilian tatsächlich eine Priesterin war. Ulsna wußte ein paar Dinge über sie, die ihn vor einem solchen Schicksal schützen würden, aber er wünschte sich, nicht darauf zurückgreifen zu müssen. Ilian war der erste Mensch seit dem Tod seines Meisters, der ihm die Hand in Freundschaft gereicht hatte.

Als sich das Schweigen zwischen ihnen dehnte, konnte er trotzdem nicht anders, er mußte sie fragen.

»Wirst du deine Pflicht tun und dafür sorgen, daß man mich zu Vanth in die Unterwelt schickt?«

Er hörte sie Atem holen und öffnete schließlich doch wieder die Augen. Ihre Bestürzung hatte einer undurchdringlichen Maske Platz gemacht, die er nicht mehr zu lesen vermochte.

»Wie könnte ich das«, entgegnete sie, »da ich doch Zeugnis bis zu deinem Tod ablegen müßte, statt dieses Land zu verlassen.«

Es war nicht gerade die beruhigende Versicherung, auf die Ulsna gehofft hatte, und die Enttäuschung darüber schärfte seine Zunge.

»Ja, und ein zweiter Kapitän mag wohl erfahrener in unseren Sitten sein und wissen, daß nach einem Gewitter immer der höchste Punkt der Stadt entsühnt wird, falls man keine Einschlagstelle findet.«

Zu seiner Überraschung lächelte sie. »Das mag wohl sein. Aber ich habe unseren Freund hier nicht belogen. Ich *bin* eine Priesterin, und es ist nicht mein Fehler, wenn die Griechen uns mit Magiern verwechseln.«

Ulsna grinste vorsichtig zurück. »Nein, gewiß nicht.«

Also hatte ihn das Gefühl der Kameradschaft, die sich zwischen ihnen entwickelt hatte, doch nicht getrogen. Er war froh, nicht auch noch sein zweites Stückchen Wissen einsetzen zu müssen. An der Seite seines Meisters hatte er die zwölf Städte des Bundes bereist. Barden waren wie Hunde, die hungrig nach Fetzen schnappten, Fetzen von Klatsch und Gerüchten, aus denen sich Geschichten spinnen ließen. Ja, sie war eine Priesterin. Eine Priesterin, die ihr Gelübde gebrochen hatte und zur Namenlosen erklärt worden war. Wenn sie Anspruch auf ihr altes Amt in einem Tempel erhoben hätte, wäre sie gesteinigt worden.

»Komm«, sagte sie unvermittelt, »laß uns noch einmal die Stadt betrachten. Wer weiß, wann wir diese Gestade wiedersehen.«

Er wollte antworten, daß er nichts hier vermissen würde, doch er schluckte die Worte hinunter, als er ihrem Vorschlag folgte und sich zur anderen Seite des Schiffes wandte. Im warmen Licht der abendlichen Sonne leuchteten die grünen, gelben und blauen Häuser der Stadt wie ein Wurf aus Bernstein und Opalen, gekrönt von einem ziegelroten Rubin, dem Nethuns-Tempel. Statt einer Falle, die sich zunehmend um ihn schloß, glich sie auf einmal einem Schatz, den er zurückließ.

»Wenn die Götter wirklich zu dir sprechen«, begann er beklommen, »haben sie dann gesagt, ob wir die Reise überleben werden?«

»Ich habe den Göttern das Kostbarste gegeben, was ich hatte«, erwiderte sie, und mit seinem geübten Musikerohr hörte er unter dem gewollt gleichmäßigen Tonfall die mühsam unterdrückten Spitzen von Zorn, Trauer und, was ihm am vertrautesten war, Selbsthaß. »Es ist an der Zeit, daß sie etwas für mich tun.«

Flüche hatte er im Hafen tagaus, tagein gehört, doch nie eine so offenkundige Blasphemie. Kein Wunder, daß sie verstoßen worden war. Ulsna hob die Hand, um das Zeichen gegen den bösen Blick zu machen, und ließ sie wieder sinken. Dem Willen der Götter zufolge war auch er ausgestoßen, war es von dem Moment seiner Geburt an gewesen. Er überraschte sich dabei, wie er statt dessen nach Ilians Hand griff. Nach einem kurzen Zögern erwiderte sie den Druck.

»Sing noch einmal dein Lied vom Abschied«, murmelte sie. »Ich brauche eine Rechtfertigung, um zu weinen.«

Die *Kassiopeia* durchschnitt die Wellen in einem Zickzackkurs, der, wie Arion Ulsna ungeduldig erklärte, als der Junge danach fragte, unumgänglich war, wenn man den Wind mit dem Segel einfangen wollte, solange er von vorne blies. Es gab nur zwei Ruder an Bord, die auch zum Steuern verwendet wurden, da mehr davon, wie sie die Phönizier oder auch die Kriegsschiffe hatten, kostbaren Lebens- und Laderaum vergeudet hätten. Das Segel stellte die wichtigste Bewegungsquelle dar. Von dem kühnen Schiffsschnabel mit seinen aufgepinselten Augen bis zum gebogenen Dreieck des Hecks maß das Boot in etwa die Länge von sieben oder acht Männern, wenn sie sich hintereinander ausstreckten; in der Breite hätten dies nur drei Männer fertiggebracht. Die mit Leder überzogenen Ruten, welche die Schiffswände von außen einkleideten, hielten die schlimmsten Wellenstöße ab, doch schon nach wenigen Tagen stellte Ulsna, der sich nie für verzärtelt gehalten hatte, fest, daß er am ganzen Leib mit grünen und blauen Flecken überzogen war. Bei Ilian war es noch schlimmer.

Nicht, daß sie sich je beklagte hätte; sie wußte sehr gut, daß ihr Ansehen als Magierin, von dem ihre und Ulsnas Sicherheit letztendlich abhing, ohnehin auf tönernen Füßen stand. So führte sie morgens, mittags und abends mit großen Gesten ihre Zeremonien durch, die außer Ulsna kein Mensch verstehen konnte. Es waren tatsächlich Gebete, doch Ulsna fühlte sich meist zu elend, um auf den genauen Wortlaut zu achten. Ihm und Ilian wurde während der ersten beiden Tage mehr als einmal so schlecht, daß sie sich über die Reling hinaus übergaben, während das Lachen der Männer sie dabei begleitete. Arion lachte ebenfalls, doch er wies Ulsna anschließend an, zu singen, was nicht nur das Gelächter zum Schweigen brachte, sondern auch Ulsnas Magen beruhigte. Sich auf die vertrauten Weisen zu konzentrieren wirkte Wunder für sein Wohlbefinden und schaffte ihm Freunde an Bord, die er dringend benötigte.

Ständig auf so engem Raum mit einer Schar Fremder zu

leben, ständig den Elementen ausgesetzt zu sein war schwerer, als er es sich je ausgemalt hatte. Unter dem Vorwand von magischen Beratungen klammerten er und Ilian sich aneinander und taten kaum einen Schritt ohne den anderen. Das belastete ihn auf eine andere Weise. Wenn der Wind den Himation, den griechischen Umhang, den Arion ihr gegeben hatte, aufwirbelte und ihren Chiton an sie preßte, blieb nichts mehr der Phantasie überlassen, und im übrigen schliefen sie eng aneinandergeschmiegt. Sie war so eindeutig weiblich, wie er es nie sein würde. Und so weiblich Ilian war, so männlich war Arion.

Der gesunde Menschenverstand gebot es, daß sie neben dem Kapitän schliefen, und anfangs hatte dieser Umstand Ulsna keine Kopfschmerzen bereitet. Es dauerte jedoch nicht lange, und er mußte seine Phantasie auch in bezug auf Arion nicht mehr anstrengen. Der Korinther war ein gutaussehender Mann, mit breiten Schultern und schmalen Hüften, wie die Gestalten, mit denen die Griechen ihre überall so heißbegehrten Krüge bemalten. Seinen Bart trug er kürzer, als es bei den Rasna üblich war, und das Haupthaar ebenfalls, doch an dem Gesicht mit der langen Nase, den dichten Brauen und der hohen Stirn hätte auch die anspruchsvollste Rasna-Edle nichts aussetzen können. Ulsna war sich schmerzhaft bewußt, nie so auszusehen, und wußte doch nicht, ob er sich nun an Arions Stelle wünschte oder an Ilians.

Ein Gespräch, das Ilian mit Arion führte, machte es ihm nicht leichter. Es fand statt, als Ilian eine Windstille nutzte, um zu versuchen, sich die Haare zu kämmen. Wie nicht anders zu erwarten, waren sie völlig verfilzt, und Ulsna half ihr dabei, zumindest die gröbsten Knoten zu beseitigen; dabei mußten sie den Bronzekamm, den Ilian besaß, beiseite legen und zunächst die Finger bemühen. Erst als ein Schatten auf sie fiel, entdeckte Ulsna, daß Arion zu ihnen gekommen war. Ilian ließ sich nicht weiter stören.

»Hör zu«, sagte Arion bestimmt, »ich würde das an deiner Stelle lieber lassen. Es gibt kaum etwas, mit dem du die Männer mehr reizen könntest, es sei denn, du ziehst dich auf der Stelle aus.«

»Es reizt die Männer, wenn ich mein Haar kämme?« fragte Ilian aufrichtig verdutzt, und auch Ulsna war verwundert. Er schaute zu Arion hoch und stellte fest, daß der Kapitän seinerseits ebenfalls leicht verblüfft wirkte.

»Was seid ihr nur für Barbaren?« fragte er, nicht feindselig, sondern eher ratlos. »Keine griechische Frau würde sich je dabei zusehen lassen, wie sie sich die Haare richtet. Selbst eine Hetäre nicht. Es ist zu… zu…« Er machte eine hilflose Handbewegung, als gingen ihm die Worte aus. Ilian warf ihr verfilztes Haar zurück, setzte sich auf die Fersen und erhob sich langsam.

»Ihr Griechen scheint mir eine seltsame Vorstellung von dem zu haben, was sich ziemt«, entgegnete sie kühl, »wenn euch das Haar einer Frau unanständiger erscheint als der Verkehr zwischen zwei Männern.«

»Was hat denn das eine mit dem anderen zu tun?« entgegnete Arion, während Ulsna sich bemühte, die verräterische Röte, die in seinem Gesicht aufflammte, zu unterdrücken. Aufgrund seiner Natur hatte er angenommen, daß er zu einem Leben voller Enthaltsamkeit verurteilt wäre, wenn er denn überlebte. Welche Frau, welcher Mann würde sich schon mit einem Zwitterwesen abgeben wollen? Doch wenn bei den Griechen zwei Angehörige desselben Geschlechts wirklich miteinander schliefen, dann waren sie vielleicht… Hastig unterbrach er die Gedanken, die in ihm aufstiegen, und wandte seine Aufmerksamkeit wieder dem Gespräch zu.

»Es gibt bestimmte Bedürfnisse eines Mannes«, fuhr Arion unterdessen fort, »die eine Frau einfach nicht erfüllen kann. Frauen sind ihren Trieben hilflos ausgeliefert und nicht in der Lage, sich zu beherrschen oder gar etwas wie Verstand oder tiefere Gefühle zu entwickeln.«

Ilians Mundwinkel zuckten, ob vor Ärger oder unterdrückter Erheiterung, konnte Ulsna nicht entscheiden. Sie betrachtete Arion abschätzig und bemerkte in ihrer eigenen Sprache zu Ulsna: »Er meint das tatsächlich ernst.«

Auf griechisch sagte sie zu Arion: »Dann scheint dieses Schiff nur mit Ausnahmen bestückt zu sein, denn du hast bisher nur Sorgen um die Beherrschung deiner Männer geäußert, nicht um die meine, getriebenes Wesen, das ich bin. Sei unbesorgt, ich werde die verständigen Männer aus Hellas nicht länger mit dem Versuch quälen, mir mein Haar zu kämmen, und darauf vertrauen, daß ich bald wie Vanth aussehe, was ihnen zweifellos dabei helfen wird, sich auf ihre Vernunft und ihre tieferen Gefühle zu besinnen.«

In die Stirn des Kapitäns gruben sich zwei Falten, und Ulsna, der einen Zornesausbruch befürchtete, hielt den Atem an. Doch Arion überraschte ihn.

»Vanth kenne ich nicht«, meinte der Kapitän gedehnt und neigte den Kopf leicht zur Seite, »aber eine gewisse Ähnlichkeit mit der Gorgo läßt sich nicht leugnen. War sie nicht eine Priesterin, die sich nicht beherrschen konnte und deswegen von Athene mit Schlangen auf dem Haupt ausgestattet wurde?« Er streckte eine Hand aus und zog Ilian nachlässig an einer Locke, als sei sie ein kleines Mädchen. »Vorher soll sie allerdings eine Schönheit gewesen sein.«

»Weißt du«, sagte Ilian später am Abend, als sie zusammengekauert und fröstelnd unter dem Sternenhimmel saßen, »ich beneide dich, Ulsna.«

Er hätte nicht überraschter sein können. Sie verwendeten ihre eigene Sprache; trotzdem senkte sie die Stimme, als sie fortfuhr: »Jemand in deiner … Lage wird sich nie Bemerkungen wie die des Kapitäns anhören müssen.«

Es schmerzte um so mehr, als sie sich dessen ganz offensichtlich nicht bewußt war. Er ließ den Schmerz in sich einsickern wie die salzige Meeresluft, den unvermeidlichen Gestank an Bord und die ständige Erinnerung daran, nie ein ganzer Mensch sein zu können, und versuchte, den Grund für ihre Äußerung zu erkennen.

»Bist du denn nicht gern eine Frau?« fragte er schließlich, als er glaubte, ihre Worte entschlüsselt zu haben. Sie lachte, jedoch ohne eine Spur von Heiterkeit, und seinem musikalischen Gehör war es ein ernster Mißklang.

»Ich habe gelernt, wir alle seien nur Instrumente des Schicksals, Männer wie Frauen«, erwiderte sie, »doch die Art, wie man ein Instrument sein kann, unterscheidet sich wie die Nacht vom Tag. Das ist in unserer Heimat so, und ich habe mich frei davon gemacht. Allerdings scheint es, daß es in Hellas noch schlimmer ist. Vielleicht sind sie dort aber auch einfach nur ehrlicher. Sie geben zu, ihre Frauen einzusperren und wenig höher als ihr Vieh einzuschätzen. Bei uns tut man so, als ...«

Sie brach ab, und Ulsna spürte, wie sie ein wenig von ihm abrückte. Er dachte über das nach, was sie gesagt hatte. Sein Leben lang hatte er sich für einen Gefangenen seiner Natur gehalten, doch es war ihm nie in den Sinn gekommen, daß sich auch andere, die von den Göttern eindeutig geschaffen worden waren, so betrachteten.

»Aber du«, meinte er schließlich, »du kannst Leben schaffen.«

Gleich darauf fiel ihm siedend heiß ein, daß sie, glaubte man den Geschichten, die erzählt wurden, ein Kind haben mußte, ein Kind, daß sie offenbar irgendwo zurückgelassen hatte. Vielleicht war es tot, vielleicht hatte sie es ausgesetzt, wie er einst ausgesetzt worden war. Sie antwortete nicht, und das Schweigen zwischen ihnen wurde bedrückend, belastet von Fragen, die er ihr nicht stellen wollte. Er war erleichtert, als Arion sich zu ihnen gesellte und sich aufgeräumt erkundigte, ob sie den Sternenhimmel betrachteten.

»Kein Sturm bisher. Wie es aussieht, schulde ich Poseidon etwas, wenn wir Korinth erreichen.«

»Man sollte nie an den Göttern zweifeln«, entgegnete Ilian,

und Ulsna fragte sich, ob Arion den Hauch von Spott in ihrer Stimme hörte. Anscheinend nicht, denn er nickte nur und forderte Ulsna auf, eine seiner Weisen zum besten zu geben, es sei die richtige Zeit dazu. Ulsna gehorchte. Er kannte einige griechische Lieder; selbst wenn er nicht alle Worte verstand, hatte er sie sich doch dem Gehör nach eingeprägt. Durch Ilians Äußerungen traurig gemacht, wollte er zunächst eine Klage wählen, doch er besann sich rechtzeitig darauf, daß zu viele traurige Lieder ihm bei der übrigen Mannschaft nicht helfen würden. Also entschied er sich statt dessen für ein einfaches Zechlied, das, soweit er es begriff, den attischen Wein und Bacchos, der ihn spendete, pries.

»Ah«, sagte Arion zu Ilian, und schnalzte mit der Zunge, während ein paar der Männer in das Lied einfielen, »das ist es, was ich als erstes tun werde, wenn ich wieder in Korinth bin. Ein Mahl mit einem vernünftigen Wein zu mir nehmen. Nein, als zweites. Als erstes werde ich ein gründliches Bad nehmen.«

»Verrate mir doch, Arion aus Korinth«, gab sie zurück, wobei sie weder ihn noch Ulsna, sondern weiterhin den Sternenhimmel betrachtete, »gibt es in Korinth für mich ebenfalls eine Möglichkeit, ein Bad zu nehmen und meine Ähnlichkeit mit der Gorgo zu verringern, ohne einen Aufruhr auszulösen?«

»Mmh. Magierin oder nicht, ich kann dich nicht in mein Haus nehmen, denn mein Weib wird annehmen, daß du meine Geliebte bist, und ich möchte, daß sie mich freudig empfängt, nicht mit einer sauren Miene. Die Schenken bei uns sind nicht für Frauen als Gäste eingerichtet, außer… Vielleicht habe ich eine Bekannte, bei der ich dich unterbringen könnte«, schloß er und lachte bei dem Gedanken. Er glaubte mittlerweile durchaus an Ilians Fähigkeiten, doch er fand, daß sie ihm für seine löbliche Zurückhaltung während der Reise noch eine Belohnung schuldete.

»Du hast eine Frau?« fragte sie, und Arion nickte. Da er in mitteilsamer Stimmung war, erzählte er ihr auch noch von seinen zwei Kindern, die einen Hauptgrund für seine Handels-

unternehmungen darstellten, und fügte hinzu, bei der Fruchtbarkeit seiner Gattin stehe gewiß bald ein drittes ins Haus.

»Wenn ich das Hanftuch und die Bronze gewinnbringend
eintausche«, schloß er, »dann habe ich bewiesen, daß man mir
vertrauen kann, und eine Menge mehr Kaufleute aus Korinth
werden sich an meiner nächsten Fahrt beteiligen wollen. Wer
weiß, vielleicht kann ich mir eines Tages eines der größeren
Schiffe leisten. Eines von denen, wie sie die Phönizier bauen,
mit einem Oberdeck und einer Eisenauskleidung zum Schutz
gegen Piraten.«

»Eisen?« wiederholte sie, und er wunderte sich, daß sie ausgerechnet dieses Wort nicht kannte. Die Rasna besaßen es selbst
in nicht gering einzuschätzenden Mengen, wie man hörte, auch
wenn sie es mehr zu Schmuck als zu Waffen verarbeiteten.

»*Adamas*«, wiederholte er. »Nicht so zuverlässig wie Bronze,
das gebe ich zu, aber härter, wenn man es einmal gezähmt hat.
Wie es heißt, sind die Assyrer dabei, den Nubiern Ägypten damit zu nehmen.«

Ulsna hatte inzwischen sein Zechlied beendet, und Arion bedeutete ihm, weiterzumachen. Es brachte die Männer in gute
Stimmung und selbst Laios' Gemurre zum Schweigen.

»*Adamas*«, sprach sie ihm nach und klang beunruhigt, als sie
ein Wort in ihrer eigenen Sprache hinzufügte, das mutmaßlich
dem Wort Eisen entsprach. »Jetzt weiß ich, was du meinst. Es
könnte ein weiteres Zeichen sein für Anfang und Ende. Was tut
man bei euch, wenn ein neues… Saeculum beginnt, Arion?«

Nun war es an ihm, ein Wort nicht zu verstehen, doch er
hatte keine Lust, das zuzugeben, also zuckte er die Achseln.
»Frag die Priester, wenn du nach Delphi kommst.«

»Das werde ich. *Wenn* ich nach Delphi komme. Werde ich
nach Delphi kommen?« gab sie zurück und ließ die Frage wie
ein Echo auf den Vers, mit dem Ulsna eine weitere Strophe abschloß, ausklingen. Ehe er sie fragen konnte, was sie meinte,
setzte sie hinzu: »Einige Winde tragen üble Gerüchte mit sich,
und vielleicht blasen sie einem Mann ein, wenn er erst eine si-

chere Reise hinter sich habe, brauche er meine Flüche nicht mehr zu fürchten und könne seinen Gewinn noch durch einen weiteren Verkauf mehren.«

Arion wußte nicht, ob er sich gekränkt oder durchschaut fühlen sollte. Gelegentlich war ihm genau das in den Sinn gekommen, doch er plante es nicht ernsthaft. Er betrachtete Ilian inzwischen als seinen Glücksbringer; schließlich hatte sich sein Geschick gewendet, als sie in sein Leben getreten war. Und einen Glücksbringer, den einem die Götter gesandt hatten, verhökerte man nicht; das hieße, Unglück auf sich herabzubeschwören. Also entschied er sich, als zu Unrecht verdächtigter Ehrenmann zu antworten, mit einer Prise Neckerei, denn er hatte entdeckt, daß Ilian dafür empfänglich war.

»Es trifft mich zutiefst, daß du mir dergleichen zutraust.«

»Es braucht dich nicht zu treffen«, entgegnete sie trocken. »Es gibt keinen Mann, dem ich dergleichen *nicht* zutraue, wenn der Preis stimmt... Nun ja, vielleicht einen.«

Ein winziger, nagender Wurm regte sich in Arions Eingeweiden, den er nicht Eifersucht nennen wollte. Schließlich war es ihm gleich, in welchem Ansehen er bei einer Frau stand, mit der er noch nicht einmal geschlafen hatte und die er nach dem Ende dieser Reise wohl nie wiedersehen würde. Er schwieg und beobachtete sie dabei, wie sie Ulsnas Gesang lauschte. Ihr Profil erinnerte ihn an die Gemmen, die er aus Korinth mit sich geführt hatte, weil die Rasna sie angeblich so sehr begehrten. Dann seufzte sie und lehnte sich noch etwas mehr zurück. Er wandte seinen Blick dem Jungen zu. Zweifellos fielen, wenn er sang, Unbeholfenheit und Unsicherheit von Ulsna ab wie die alte Haut einer Schlange, die sich schuppt. Aber er war immer noch zu dünn, zu unscheinbar und vor allem viel zu kindlich, um andere als elterliche Gefühle in einem zu erregen. So vertraut sie mit ihm umging, er konnte es einfach nicht sein, den Ilian gerade gemeint hatte.

»Und wer ist dieser Held?« erkundigte Arion sich schließlich, unfähig, die Frage länger zurückzuhalten.

»Mein Mann«, antwortete Ilian mit der größten Selbstverständlichkeit, und nur die winzige Pause, die sie machte, wie um die Wirkung ihrer Worte abzuwarten, ehe sie fortfuhr, ließ erkennen, daß sie sich bewußt war, etwas Ungewöhnliches gesagt zu haben. »Obwohl unsere Ehe auch ein Handel war.«

Arion hatte sie, seit er sie kannte, aller möglichen Dinge verdächtigt, aber nicht, verheiratet zu sein. So wiederholte er nur, einigermaßen erschüttert: »Dein Mann?«, ehe er sich wieder in den Griff bekam und beiläufig hinzusetzte: »Ich wußte nicht, daß bei den Rasna die Priesterinnen heiraten dürfen.«

»Es gibt vieles, das du über die Rasna nicht weißt.«

Allmählich verdichtete sich das Gefühlsgewirr, das sie in ihm erregte, zu echtem Ärger.

»So scheint es. Es war mir gänzlich unbekannt, daß sie ihre Weiber allein über die See schicken und es zulassen, daß sie mit fremden Männern so freimütig wie die Hetären umgehen.«

Auch in Ilians Stimme erkannte er Ärger, der ihren Spott zu einem spitzen Stachel schärfte. »Sie ähneln offenbar den Frauen der Griechen, die mit ihren Männern das gleiche tun.«

Das war so unvernünftig, daß er nichts darauf erwiderte. Er verstand nicht, worauf sie hinauswollte. Eine Frau – eine *anständige* Frau – kümmerte, daß ihr Mann sie und ihre Kinder ernährte und seine sonstigen Vergnügungen nicht ins Haus brachte. Was ein Mann sonst tat, ging sie nichts an. Er glaubte nicht, daß seine Frau viele Gedanken darauf verschwendete, was er außer Handel sonst noch getrieben hatte. Aber das ließ sich ganz und gar nicht vergleichen mit einem Barbaren wie Ilians unbekanntem Mann, der es zuließ, daß seine Frau wildfremde Männer in Schenken ansprach, wo sich allerlei Gesindel herumtrieb, und Leben wie Freiheit auf einer Reise über das Meer aufs Spiel setzte. Warum begleitete er sie nicht, oder noch besser, warum unternahm er nicht die Reise an ihrer Stelle und unterbreitete dem Orakel in Delphi sämtliche Fragen, die sie hatte?

Verstimmt wandte er sich von ihr ab und richtete in der Nacht nicht mehr das Wort an sie.

Die *Kassiopeia* unterbrach ihre Reise zweimal, um neue Vorräte und frisches Wasser an Bord zu nehmen. Beim ersten Mal, als das Schiff die korinthische *Apoikia* – ein Ausdruck, den ihm Ilian als »Zweigsiedlung« übersetzte – namens Syrakus anlief, machte Ulsna erst gar nicht den Versuch, um die Erlaubnis zu bitten, an Land gehen zu dürfen. Die Wahrscheinlichkeit, daß es in Syrakus auch genügend Angehörige seines eigenen Volkes gab, um eine Mißgeburt zu steinigen, war für seinen Geschmack zu groß, wie auch die Möglichkeit, einfach zurückgelassen zu werden. Er wunderte sich nicht, daß auch Ilian sich kaum vom Fleck rührte. Zu dem Zeitpunkt, als die Insel Ithaka in Sicht kam, hatten sich allerdings einige Dinge geändert. Trotz mancher grober Scherze und im Gegensatz zu Arions ursprünglichen Prophezeiungen hatte kein Mitglied der Mannschaft versucht, ihm oder Ilian ein Leid anzutun. Ulsna war sogar sicher, einige Freunde gewonnen zu haben. Das verringerte seine Furcht, im Fall eines Landgangs am Ende zurückzukehren, nur um das Schiff nicht mehr vorzufinden. Und selbst falls das Schiff ohne ihn lossegeln würde, so stellte Ithaka doch das dar, um dessentwillen er seine Heimat verlassen hatte: eine neue Welt, in der er neu anfangen konnte.

Er war verblüfft, daß Ilian seine Meinung nicht teilte.

»Ich möchte nicht noch einmal von vorn mit dem Überreden eines Kapitäns beginnen müssen«, sagte sie, während sie beide auf den graugrünen, gezackten Umriß am Horizont starrten.

»Arion würde dich gewiß nicht zurücklassen. Mich vielleicht, aber nicht dich.«

»Vielleicht fühlt er sich inzwischen sicher genug, um für den Rest der Fahrt die Möglichkeit, daß ich den Zorn der Götter auf ihn herabbeschwöre, in Kauf zu nehmen. Es steckt ein Spieler in ihm, sonst hätte er sich auf dieses ganze Unternehmen nie eingelassen.«

Daran hatte Ulsna nicht gedacht, doch er fand, daß Ilian etwas übersah.

»Er hat dich gern.«

Ilian rümpfte die Nase.

»Das hat er«, beharrte Ulsna.

»Er glaubt, daß ich ihm Glück bringe, und er möchte, daß ich etwas mehr als nur das Lager mit ihm teile. Das ist nicht das gleiche. Und es genügt mir nicht als Sicherheit.«

Für jemanden, der doch den größten Teil seines Lebens in Palästen und Tempeln verbracht haben mußte, hatte Ilian eine Meinung von den Menschen, die die Ulsnas noch deutlich unterbot, obwohl er glaubte, viel mehr Unbill erfahren zu haben. Sein heimlicher Traum war es immer gewesen, eines Tages Sänger eines Fürsten zu werden und selbst inmitten von Reichtümern zu leben, die endlose Sorglosigkeit gewährleisteten. Selbst wenn Ilian das alles nun verloren hatte, so konnte die kurze Zeit ihrer Armut und Verbannung doch gewiß nicht all die Jahre vorher aufgewogen haben. Wie dem auch sein mochte, im Fall Arions hatte sie Unrecht.

»Du irrst dich«, beharrte Ulsna. »Denk nur daran, wie er dich ansieht, selbst wenn er wütend auf dich ist.«

Sie schüttelte den Kopf. »Hast du vergessen, was er gesagt hat? Für die Griechen gibt es keine tieferen Gefühle zwischen Mann und Frau. Und selbst wenn es sie gäbe, so sind sie doch nichts, worauf ich mich verlassen kann. Jeder Mensch, für den ich Zuneigung empfand, hat mich ausgenutzt, und jeden Menschen, der mir Zuneigung entgegenbrachte, habe ich ausgenutzt. Und ich werde noch Schlimmeres tun. Nein, Ulsna, glaub mir, man darf nur sich selbst vertrauen, sonst niemandem.«

»Wenn dem so ist«, entgegnete Ulsna und versuchte, sich die Kränkung nicht anmerken zu lassen, »dann begreife ich nicht, warum du mir geholfen hast. Und du wirst nicht verstehen, warum ich an Bord bleiben werde, denn es kann nichts damit zu tun haben, dich nicht mit den Wachen allein lassen zu wollen.«

Sie sagte nichts mehr, doch nach einer Weile spürte er den zögernden Druck ihrer Hand.

Als sie Ithaka hinter sich gelassen hatten, kam bald die Küste des Festlands in Sicht, an der sie dann entlangsegelten. Der Anblick hob Arions Stimmung, und er begann wieder unbefangen mit Ilian zu reden, als sei kein böses Wort zwischen ihnen gefallen. Er hatte entschieden, daß ihn die seltsamen Gebräuche der Rasna samt Ilians Gatten, dem sie vertraute und dem sie offenbar gleichgültig war, nicht kümmerten. Es war ja nicht so, daß er selbst beabsichtigte, sich länger mit ihr abzugeben. Sie war ein unterhaltsamer Glücksbringer, wie ein aufflammender Stern, der schnell wieder verblaßte und dann nicht mehr zu erkennen war. Zugegeben, es erfüllte ihn mit Bedauern, daß er sie, wenn sie erst nach Delphi aufgebrochen war, nicht mehr wiedersehen würde, doch es gab beim besten Willen keinen Platz in seinem Leben für sie.

Solange sie indessen noch in Reichweite war, konnte er die Zeit nutzen. Er ließ sich von ihr und Ulsna etwas von der Sprache der Rasna beibringen, Ausdrücke, wie er sie beim Handel verwenden konnte, und bedauerte, nicht früher auf diesen Gedanken gekommen zu sein. Er verbesserte beider Griechisch, wenn es nötig war, und ertappte sich dabei, Ulsna anzubieten, einmal an seinem Herd zu singen.

»Wenn wir meine erfolgreiche Fahrt feiern«, meinte er leutselig. »Die ersten Familien Korinths werden dasein, egal, wie sehr sie mich mißbilligt haben, als sie noch dachten, ich würde sang- und klanglos untergehen. Mag wohl sein, daß du unter ihnen einen Gönner findest.«

Ulsna errötete vor Freude, dann biß er sich auf die Lippen.

»Mit Freuden werde ich für dich singen, Arion«, begann er stockend, »aber ich muß begleiten Ilian nach Delphi. Erst dann ich werde können mich ansiedeln in Korinth.«

Während Arion sich noch von seiner Verblüffung erholte, stellte er fest, daß Ilian ähnlich bestürzt schaute wie damals, als Laios' lächerliche Anschuldigung ihn dazu gebracht hatte, den armen Jungen beinahe über Bord zu werfen.

»Das brauchst du nicht, Ulsna«, protestierte sie. »Mach dein Glück in Korinth.«

»Später vielleicht«, antwortete Ulsna unbeirrt und verschränkte die Arme vor der Brust. »Jemand hat mir gesagt, daß nichts ohne Gegenleistung geschieht. Du hast mir geholfen und für mich bezahlt, also begleite ich dich zu deiner Sicherheit nach Delphi. Danach ist alle Schuld getilgt.«

Arion lag der Einwurf auf der Zunge, daß Ilian bei einem ordentlichen Führer und als Mitglied einer Gruppe von Reisenden, wie er sie ihr vorzuschlagen gedachte, nur noch Räuber zu fürchten brauchte, und daß ein Knabe wie Ulsna bei einem Raubüberfall keine Hilfe sein würde, doch er schluckte beide Bemerkungen hinunter. Er erinnerte sich nur zu gut, wie empfindlich der männliche Stolz in diesem Alter war, und der Junge hatte ihm keinen Grund gegeben, ihn zu verletzen. Zudem war es verständlich, daß er seine Schuld bei Ilian begleichen wollte, und obwohl er es nie zugegeben hätte, erleichterte es Arion. Was auch immer Ilian mit Ulsna verband, es war doch nur eine Zweckgemeinschaft.

Da Ilian offenbar nicht wußte, was sie dem Jungen entgegnen sollte, meinte Arion unverbindlich, wenn es Ulsna gelänge, auf dem besagten Fest ein Oberhaupt der ersten Familien genügend zu beeindrucken, dann würde ein solcher Gönner möglicherweise auch zwei, drei Monate warten.

»Wird der König auch kommen?« fragte Ulsna, dankbar für den Themawechsel.

»Wir haben in Korinth keine Könige mehr. Die Stadt wird von den ersten Familien regiert.«

Die beiden Rasna wirkten gleichermaßen entsetzt.

»Keine Könige? Aber ...«, begann Ilian und hörte sich so verstört an, wie Arion sie noch nie erlebt hatte, »wer verbindet die Stadt mit den Göttern? Wer ist der Anführer in Kriegszeiten? Wer bringt das höchste Opfer, wenn es nötig ist? Und wer vollzieht ...«

Jäh brach sie ab, und Ulsna, der spürte, daß sie beinahe nach etwas gefragt hätte, was sie nicht aussprechen wollte, sprang mit einer Frage ein, die für ihn noch wichtiger war. Edle als Gönner waren zweifellos hervorragend, aber ohne einen, der sie an Ansehen überragte, wußte man nicht, nach wessen Haushalt man streben sollte.

»Ist das in ganz Hellas so?«

»Nein. Die meisten Städte haben ihren *Basileos* noch. Beim Zeus, die Spartaner haben sogar zwei. Aber die Athener wählen ihren *Archon* auch aus den ersten Familien wie wir.«

Nicht, dachte Arion, und sein Gesicht verdüsterte sich kurz, *daß es in den letzten Jahren einen Wechsel innerhalb der Familien gegeben hätte.* Seine Familie mochte zwar nicht so alt wie die Bakchiaden sein, doch nach allem, was Vater und Großvater geleistet hatten, nach allem, was auch seine Generation leisten würde, sollte man sie zumindest um ihren Rat in so wichtigen Angelegenheiten wie dem Haupt der Regierung von Korinth bitten. Da er jedoch nicht die Absicht hatte, derartige Überlegungen vor Ilian oder Ulsna in Worte zu kleiden, fuhr er rasch fort: »Und was das höchste Opfer angeht – es ist Generationen her, daß in Hellas ein König für sein Volk gestorben ist. Die Götter scheinen es nicht mehr zu verlangen. Wenn ihr mich fragt, es ist eine alte Sitte, die besser vergessen sein sollte. Warum den Mann töten, der das Ruder in der Hand hält?«

»Weil es Zeiten gibt, in denen sonst viel mehr sterben«, erwiderte Ilian. Sie hatte bereits die Bräune einer Bäuerin gehabt, als er ihr zum ersten Mal begegnet war, und die Wochen auf See hatten ihre Haut noch weiter nachgedunkelt. Dennoch erschien sie ihm in diesem Moment fahl wie das ausgeblichene Holz eines alten Schiffes. »Weil niemand sich anmaßen darf zu regieren, der nicht bereit ist, dieses höchste Opfer zu bringen.«

»Das sind Angelegenheiten für Priester«, meinte Arion mit einer Grimasse und wollte einen Scherz in der Richtung anschließen, er habe ihr eigenes Priesteramt fast vergessen, als er bemerkte, daß sie zitterte. Beunruhigt legte er ihr eine Hand auf die Stirn. Ehe sie zurückwich, stellte er fest, daß sie glühte.

»Du bist krank«, sagte er anklagend. Das war ein schlechtes Omen für sein Schiff, selbst wenn sie nun bald in Korinth sein würden. Manche Reisende erwischte es nur einen Tag vom heimatlichen Hafen entfernt.

»Es ist nur die Sonne«, entgegnete sie und suchte sich einen schattigen Platz am Heck des Schiffs.

In den folgenden Tagen zogen mehr und mehr Wolken auf, während Ilian weniger und weniger gesund wirkte. Sie hatte Fieber, das spürte Arion, wenn er nachts neben ihr lag. Wenn sie ihre Gebete und Beschwörungen sprach, tat sie dies immer noch so laut und sicher wie ehedem, doch das Schiff war zu klein, als daß sie ihren Zustand lange hätte verbergen können, zumal sie bei den gemeinschaftlichen Mahlzeiten kaum mehr etwas aß, was früher nie der Fall gewesen war, selbst zu Beginn der Reise nicht, als ihr und Ulsna so oft schlecht wurde. Als Arion Ulsna dabei ertappte, wie er Ilian feuchte Tücher um die Beine wickelte, obwohl ein frischer Wind wehte, war er ernsthaft beunruhigt.

»Mach dir keine Sorgen«, erklärte Ilian mit etwas heiserer Stimme, als lese sie seine Gedanken. »Der Sturm wird erst losbrechen, wenn wir in Korinth sind. Die Götter haben es mir versprochen.«

»Und warum haben sie dir dann ein Fieber geschickt?«

Ihre großen, dunklen Augen ließen ihn nicht los, während sie sich vorbeugte und ihn küßte. Einen kurzen Moment lang spürte er ihre Lippen, die nach dem Salz des Meeres schmeckten und, ob nun durch die Reise oder das Fieber, rauher als bei einer Frau üblich waren, dann sank sie wieder auf den Stoffballen zurück, an dem sie lehnte.

»Um dich zu prüfen, Arion aus Korinth. Um dich zu prüfen.«

Als Fremde in Korinth ein zweistöckiges Haus zu besitzen war ein Zeichen von unerhörtem Wohlstand. Als die Hetäre Prokne aus Athen vor zwei Jahren die Möglichkeit gehabt hatte, es zu erwerben, war es für sie der beste, unwiderlegbare Beweis ihres Erfolges und für einen Teil der Einwohner ein Zeichen für den Niedergang der Sitten gewesen. Dabei hatte Prokne nichts Ungesetzliches getan. Ihr Vetter, ein gebürtiger Bürger der Stadt, hatte das Haus gebaut und verwaltete es für sie. Niemand konnte offiziell behaupten, daß eine Frau, noch dazu eine Fremde, Grund besaß. Doch jeder wußte, womit Haus und Boden erworben worden waren und wem das zinnoberrote Gebäude wirklich gehörte.

Es hatte schon vor Prokne Hetären in Korinth gegeben, doch soweit es Prokne betraf, hatte es sich dabei nur um Huren gehandelt, die sich wohlklingendere Namen gaben, um höhere Preise herauszuhandeln. Sie selbst hatte ihr Gewerbe in Athen gelernt, wo diese Frauen kaum zu Dienerinnen einer Hetäre getaugt hätten. Nicht, daß es sie gestört hätte. Schließlich war sie in das reiche Korinth gekommen, um ihr Glück zu machen, und je weniger echten Wettbewerb es gab, desto besser für sie.

Prokne hatte gerade erst eine lange und gewinnbringende Affäre mit Demetrios aus dem Haus der Bakchiaden hinter sich gebracht, der ihr selbst zum Abschied noch eine Kette aus ägyptischem Elektron um den Hals gehängt hatte. Sie wußte noch nicht, wen sie als nächstes erhören würde, doch die Auswahl war beträchtlich. In angenehme Gedanken an mögliche Nachfolger für Demetrios versunken, hörte sie zuerst kaum, daß ihre Dienerin etwas von unerwarteten Gästen plapperte, die bei dem Türwächter einigen Aufruhr verursachten.

Schließlich drangen die Worte des Mädchens in ihr Bewußtsein. Wie es schien, war einer der Neuankömmlinge Arion. Sie seufzte. An und für sich mochte sie Arion, und da er der *eromenes* ihres Vetters gewesen war, schuldete sie ihm ohnehin zumindest Höflichkeit, doch sie hatte noch nichts über seine

Rückkehr gehört, was bedeutete, daß er noch nicht lange wieder in Korinth sein konnte. Um so bald nach seiner Ankunft zu ihr zu kommen, mußte er wohl Vergessen suchen, was hieß, daß seine Reise ein Mißerfolg gewesen war.

Mit einem bedauernden Lächeln auf den Lippen wies sie ihre Dienerin an, Arion und seine Begleitung hereinzuführen und danach den Wein, den sie ihnen vorsetzen würde, so zu mischen, daß sie bald wieder gingen. Dann überprüfte sie ihre Erscheinung in dem kleinen Handspiegel, dessen gehämmerte Bronze aus dem Land stammte, das Arion offenbar erfolglos besucht hatte, und erwartete sein Eintreten.

Es bedurfte nur eines Blickes, um zu erkennen, was ihren Türwächter so beunruhigt hatte. Statt seiner üblichen Gefährten hatte Arion ein Mädchen bei sich, das völlig verwildert aussah und wirkte, als könne es sich kaum noch auf den Beinen halten. Es hatte am Vormittag zu regnen begonnen, und alle drei Besucher waren so durchnäßt, daß Wasser auf die Binsen tropfte, mit denen Prokne den Fußboden hatte auslegen lassen. Der Knabe, auf den sich das junge Ding stützte, sah auch nicht viel besser aus. Was Arion selbst betraf, so hatte er sich hier noch nie so ungepflegt gezeigt. Es kostete Prokne einiges an Selbstbeherrschung, um ihr Lächeln beizubehalten, während sie sich fragte, ob Arion am Ende gar Schiffbruch erlitten hatte.

Er ließ sie nicht lange im unklaren. Was sie hörte, erleichterte sie allerdings kaum, auch wenn es sie nicht wenig belustigte.

»Teurer Freund«, sagte sie, als Arion seine Erklärung mit einer Bitte beendet hatte, »es freut mich für dich, daß du dein Glück gemacht hast, aber wenn das Mädchen wirklich eine Magierin ist, warum hast du sie dann nicht in den nächsten Tempel gebracht?«

»Weil sie nicht in der Verfassung ist, das zu beweisen, und man mir wohl kaum geglaubt hätte. Aus dem gleichen Grund kann ich sie nicht mit nach Hause nehmen. Es ist nur für ein paar Tage, Prokne, bis sie sich wieder erholt.« Er versuchte sich an seinem großäugigen Kleinjungenblick, als er beschwörend hinzufügte: »Bitte, Prokne, es gibt sonst niemanden, an den ich mich damit wenden kann.«

Das war gelogen, und sie wußten es beide. Er hätte ihren Vetter um den gleichen Gefallen bitten können, um nur ein Beispiel zu nennen. Was bedeutete, daß er noch andere Motive hatte, das Mädchen hierherzubringen.

»Ich kann für Eure Gastfreundschaft bezahlen«, warf das Mädchen ein und sprach damit zum ersten Mal, zwar mit einem deutlichen Akzent, aber klar. Ehe Prokne Zeit hatte, darauf zu antworten, löste sich die Fremde von ihrem Begleiter, trat einen Schritt vor und brach dann auf Proknes frischen Binsen zusammen.

»Ilian!« rief der Junge bestürzt und kniete neben ihr nieder.

Arion machte eine Bewegung, als wolle er es ihm gleich tun, hielt sich jedoch zurück und räusperte sich verlegen, ehe er meinte: »Du würdest es wirklich nicht umsonst tun, Prokne.«

»Wenn du das sagst«, erwiderte Prokne gedehnt. Mittlerweile war sie neugierig geworden und entschloß sich, das Spiel eine Zeitlang mitzuspielen. Sie musterte das Bündel Elend auf dem Boden. »Glaubst *du*, daß die Götter zu ihr sprechen?«

»Mmm. Sie versteht etwas davon, wann Stürme losgehen. Wir hatten eine ungemein günstige Rückfahrt mit ihr an Bord, und sie kann handeln. Wenn das alles nichts mit den Göttern zu tun hat, dann versteht sie es, das Glück auf sich zu ziehen. In beiden Fällen wäre es töricht, sie im Unfrieden gehen zu lassen. Ich habe Poseidon versprochen, sie sicher auf den Weg nach Delphi zu schicken. Danach ist mein Handel mit ihr erledigt.«

»Nun denn«, meinte Prokne achselzuckend. »Wer weiß, vielleicht werde ich herausfinden, ob etwas von der Gunst der Götter für mich abfällt.«

»Prokne«, antwortete Arion mit einem erleichterten Grinsen, »du bist doch bereits ein Glückskind.«

Für Ulsna verband sich Korinth bald mit seinem Eindruck von Prokne: reizvoll, aber furchteinflößend. Er traute der Frau, der Arion ihn und Ilian mehr oder weniger übergeben hatte, nicht im geringsten. Sie erweckte nicht das Gefühl, sich Arion genug verbunden zu fühlen, um ihm aus Freundschaft zu helfen, also mußte sie andere Beweggründe haben. Hinzu kam, daß ihr Haar in einem unnatürlichen Rot leuchtete und ihre Augen die Farbe des Himmels in sich trugen, ein Blau ohne die geringste Wärme. Unwillkürlich stellte er sich so die Unterweltsdämonen vor. Aber es gab hier niemanden, an den Ulsna sich wenden konnte, und er machte sich Sorgen um Ilian.

Ilian war am Ende ihrer Reise wirklich krank geworden. Ihre Haut glühte vor Fieber, und die Ränder um ihre dunklen Augen erinnerten Ulsna beklemmend an die letzten Wochen seines alten Meisters. Das erste, was Prokne mit ihr tat, war, sie von einer Dienerin gründlich waschen zu lassen. Als Ulsna sie danach wiedersah, entdeckte er entsetzt, daß mit dem Schmutz und Schweiß auch Ilians Haare verlorengegangen waren. Ohne die langen braunen Locken und mit der Hautfarbe, die trotz der Bräune inzwischen ungesund fahl wirkte, glich die schlafende Ilian mit einemmal einem Jungen, und das verstörte ihn. Zum ersten Mal lenkte er seinen Blick bewußt auf Ilians Brüste, auf die unbestreitbar weiblichen Hüften.

»Ich habe sie ihr abschneiden lassen«, erklärte Prokne ungerührt. »In dem Zustand waren sie ihr zu nichts nutze. Und wo wir gerade dabei sind, du solltest das gleiche mit den deinen tun. Nach einem ordentlichen Wasserschwall. Arion hat behauptet, du seist ein Barde. Wenn du zu meiner und der Unterhaltung meiner Gäste beiträgst, dann nicht in diesem Zustand.«

Es war ihm neu, daß er überhaupt zu ihrer Unterhaltung beitragen würde. An und für sich sollte es ihn freuen, doch er hatte gehofft, in Korinth als erstes für Arion zu singen. Wie dem auch sein mochte, Proknes Eröffnung hatte auch etwas Beruhigendes. Er würde sich seinen Unterhalt verdienen und brauchte sich nicht mehr den Kopf zu zerbrechen, warum sie ihm Obdach gewährte.

Leider beruhigte ihn das keineswegs im Hinblick auf Ilian. Vielleicht hatte Ilian ihn mit ihrem Mißtrauen angesteckt, aber er fragte sich plötzlich, ob Arion erwartete, daß ihm Prokne eine wieder gesundete Ilian in einer Situation präsentieren würde, in der er sich nehmen konnte, was auch immer er von ihr wollte. Vielleicht fürchtete Arion keine Verwünschungen mehr, jetzt, wo er seine Reise hinter sich hatte. Ulsna beschloß, in seinen ersten Vortrag für Prokne ein paar warnende Verse über fluchkundige, mächtige Priesterinnen einzubinden.

Als er seine Harfe und das Bündel mit seinen paar Habseligkeiten in den Raum stellte, in dem Prokne ihn und Ilian untergebracht hatte, entdeckte er, daß Ilian zwei Ohrringe und einen Opal zwischen seinen Sachen versteckt hatte. Er saß da, spürte das Metall der Fassungen in seine Handflächen schneiden und versuchte ein weiteres Mal, sie zu verstehen. Sollte das eine Hinterlassenschaft sein, weil sie Angst um ihr Leben hatte? Oder rechnete sie einfach damit, daß man seine Sachen nicht durchsuchen würde? Wollte sie ihm damit zeigen, daß sie ihm vertraute, oder war es nur die einzige Sicherheitsmaßnahme gewesen, die ihr eingefallen war?

Sich zu waschen, wie Prokne es befohlen hatte, erwies sich als schwierig, da er immer noch davor zurückscheute, sich nackt zu zeigen; es galt erst herauszufinden, ob man ihn hier ebenfalls steinigen würde. Schließlich schlich er sich zum Meer, fand eine abgelegene Stelle und schwamm. Anschließend war sein abgerissener Chiton zwar steif von Salzwasser, doch Prokne würde keinen Grund mehr haben zu behaupten, er stinke.

Als er zurückkehrte, fand er sie dabei vor, Ilian ein strenggriechendes Kräutergemisch einzuflößen, was ihn überraschte. Er hatte sich vorgestellt, daß sie die Pflege Ilians ihm und ihren Dienerinnen überlassen würde.

»Wann?« fragte sie gerade, und Ilian erwiderte leise, aber verständlich: »Zu Beginn des Frühlings.«

»Dann ist es ein Wunder, daß du überhaupt soweit gekommen bist«, stellte Prokne kopfschüttelnd fest. Ulsna mußte ein Geräusch gemacht haben, denn sie schaute plötzlich zu ihm hin und sagte scharf: »Wessen Idee war das eigentlich, deine Herrin so bald nach der Geburt ihres Kindes auf Reisen zu schicken?«

Dazu hätte er einiges sagen können, angefangen damit, daß Ilian nicht seine Herrin war. Es erwies sich als unnötig.

»Meine«, entgegnete Ilian und hustete, bis sie wieder Atem geschöpft hatte. »Und Ulsna ist nicht mein Diener. Oder mein Sklave. Er ist ein freier Rasna.«

Prokne neigte den Kopf mit den sorgfältig aufgetürmten rötlichen Locken zur Seite. »Willst du damit sagen, er sei ein freier Mann … oder eine freie Frau?«

Ulsna konnte ein bestürztes Aufkeuchen nicht unterdrücken, und Prokne lachte. »Dachte ich es mir doch. Ich habe ein paar wie dich kennengelernt. In Athen könntest du ein Vermögen machen, aber hier in Korinth ist es wirklich besser, wenn du dich für ein Geschlecht entscheidest. Aber – wer will schon freiwillig eine Frau sein?«

Ulsna, der geschult darin war, zu hören, was in jeder Silbe mitschwang, war verdutzt über den Anflug von Bitterkeit. Es brauchte keinen sonderlich klugen Beobachter, um zu erkennen, daß Prokne dank ihrer Weiblichkeit zu Reichtum gelangt war. So merkwürdig ihre Augen und ihre Haarfarbe ihm auch vorkamen, er war bereit zuzugestehen, daß sie über einen schönen Körper verfügte. Die kretische Tracht, die sie trug, der enge Stufenrock und das festanliegende Oberteil, das die Brüste einfaßte und emporhob wie das Meer seine Inseln, machte es unmöglich, dies zu übersehen. Er verstand nicht, welchen Grund zur Unzufriedenheit sie haben konnte, und war noch dabei, sich eine Antwort zu überlegen, als Ilian nach einem weiteren Schluck aus dem Becher, den ihr Prokne gereicht hatte, sprach.

»Bist du deswegen eine Hetäre geworden?«

Prokne zuckte die Achseln. »Es ist ein gutes Leben.«

Es blieb nicht das letzte Gespräch dieser Art. Während Ulsna in den folgenden Tagen darauf wartete, daß Arion wie versprochen nach ihm schickte, damit er auf seiner Feier spiele, flatterte Prokne in unregelmäßigen Abständen wie ein Schmetterling an Ilians Krankenlager, spielte eine Zeitlang die Pflegerin und verschwand dann wieder. Manchmal kam sie, um Ulsna zu befehlen, für sie zu singen. Bei dem ersten derartigen Befehl hatte er mit einer Mischung aus Furcht und Erwartung angenommen, er würde Prokne dabei erleben, wie sich mit einem Gast ihren Reichtum verdiente, doch anscheinend war Prokne in diesem Punkt heikler als die Mädchen in den heimatlichen Schenken. Bei zwei der drei Männer, die er zu Gesicht bekam, geschah nichts weiter, und beim dritten schickte sie ihn hinaus.

»Die Macht des Körpers«, sagte Prokne bei einer ihrer Unterredungen mit Ilian, »ist die größte von allen. Selbst die Götter beugen sich ihr. Doch man muß sie auch richtig einzusetzen wissen. Die Ehefrauen und die Straßenmädchen, sie vergeuden sie beide. Aber die Frau, die weiß, wie man durstig macht, ohne den Durst sofort zu löschen oder einen schalen Geschmack im Mund zu hinterlassen, die Frau, die ein Fieber entzündet, das nicht lodert, sondern langsam verzehrt, diese Frau hält in ihren Händen, was sie zu halten wünscht.«

»Die Macht des Körpers«, wiederholte Ilian und setzte sich auf. »Ist das nicht die Macht, die sich selbst verzehrt? Der Körper ist ein Verräter. Er stirbt jeden Tag ein wenig, jeden Tag etwas mehr. Wo ist diese Macht im Alter?«

»Nun glaube ich wirklich, daß du eine Priesterin bist. Nur Priester sind derart darauf versessen, an allem nur das Schlechte zu sehen. Wenn ich alt bin, wird mir mein Reichtum immer noch ein angenehmes Leben bereiten.«

»Und wer wird dich dann davor schützen, daß dein Reichtum dir genommen wird? Es gibt keinen König, vor dem du

Klage führen könntest, und selbst wenn es ihn gäbe, so stehen bei euch, nach allem, was ich gehört habe, den Frauen keinerlei Rechte zu.«

»Ist es denn irgendwo anders?« gab Prokne heftig zurück. »Warst du denn frei in deinem eigenen Land? Bei allen Göttern, ich habe bessere Dinge zu tun, als mir dieses Gerede anzuhören.«

Damit rauschte sie hinaus. Ilian schaute ihr schweigend nach, bis Ulsna meinte:

»Du hast sie verärgert.«

»Ich habe nichts gesagt, was sie nicht weiß. Sie fürchtet sich davor, und deswegen gibt sie sich mit mir ab, glaube ich. Aber sie hat ebenfalls recht. Ich war nicht frei.«

»Es heißt, die Amazonen lebten in Freiheit«, murmelte Ulsna nachdenklich. »Aber die letzte ihrer Königinnen starb vor Troja, und danach verschwanden sie. Es gibt ein langes Lied darüber. Würdest du als Amazone leben wollen, Ilian?«

Er war überrascht, als sie den Kopf schüttelte. »Auf diese Weise kann ich nicht kämpfen, nicht mit dem Schwert und dem Bogen.«

Wieder war es sein Gehör, das ihn auf Ungesagtes aufmerksam machte. »Auf welche Weise denn?«

»Ich suche noch nach meiner Weise«, erklärte sie. »Es gibt einiges, das ich bereits in mir trage, aber es genügt noch nicht. Und es mag durchaus sein, daß Prokne mich lehren kann, was mir noch fehlt.«

Die letzte Äußerung kam so unerwartet, daß Ulsna glaubte, sie müsse wieder in die traumartige Verwirrung verfallen sein, in die ihr Fieber sie manchmal schickte. Er raffte sich aus seiner Ecke auf, kniete neben ihr nieder und legte ihr die Hand auf die Stirn. Was er fühlte, überraschte ihn noch mehr.

»Ilian!« rief er. »Dein Fieber ist fort!«

»Ich weiß«, erwiderte sie, und ihre Finger trommelten ruhelos auf dem glattpolierten Holz der Liege.

Prokne saß vor ihrem Spiegel und sortierte die kleinen Fläschchen aus Ton, Silber und Bronze, die ihr dabei halfen, das makellose Gesicht herzurichten, das sie der Welt zu zeigen pflegte. Eigentlich hatte sie bereits alles aufgetragen, was sich zu dieser Tageszeit rechtfertigen ließ. Das Henna unterstrich das Rot ihrer Lippen, ohne aufdringlich zu wirken, und verbesserte den Schwung ihrer Oberlippe, die ihr immer etwas zu schmal erschien. Bleiweiß und Puder sorgten dafür, daß ihrer Haut nicht die kleinste Unebenheit anzumerken war, und niemand wäre in der Lage, die Kohle, mit der sie ihre Augenbrauen nachgezeichnet hatte, auszumachen. Sie war eine Künstlerin, und sie verstand ihr Handwerk.

Das Stellen und Umstellen der Fläschchen beruhigte sie. Ihr letztes Gespräch mit ihrem unerwarteten Hausgast lag nun schon zwei Tage zurück, und sie verstand nicht, warum sie noch darüber nachdachte. Eigentlich sollten die Unterredungen mit dem Mädchen ihr zur Zerstreuung dienen, mehr nicht. Die Entdeckung der Schwangerschaftsstreifen bei der Kleinen hatten ein gewisses Mitleid, vermengt mit Bedauern und Neid, in ihr ausgelöst. Sie selbst konnte keine Kinder bekommen. Sie hatte dafür gesorgt. Eine Hetäre war kein Straßenmädchen, das seinem Kunden jederzeit zur Verfügung stehen mußte, doch monatelange Enthaltsamkeit und eine mit hoher Wahrscheinlichkeit lädierte Figur waren etwas, das man einem Gönner nicht zumuten sollte.

Der Körper ist ein Verräter, flüsterte es in ihr, und sie verwünschte Arion, weil er ihr das Mädchen ins Haus gebracht hatte, und ihren Vetter, weil sie ihm verpflichtet war. Sie verwünschte sich außerdem auch selbst. Schließlich hatte sie immer gewußt, daß sie altern würde, da mußte keine abgerissene Fremde kommen, um sie darauf aufmerksam zu machen. Es war töricht gewesen, dem Mädchen überhaupt mehr als die allernotwendigste Aufmerksamkeit zu schenken. Aber sie hatte etwas. Nicht unbedingt etwas Gutes, doch wenn man sich in einem Raum mit ihr aufhielt, nahm man sie einfach wahr und hatte das Gefühl, auf sie achten zu müssen. Nicht unbedingt wie eine Mutter auf ihr Kind, eher wie auf einen möglichen Gönner, der sich entweder als gewalttätig oder als großzügig entpuppen könnte, vielleicht auch beides.

Sie saß mit dem Rücken zum Eingang, und als sie in den Tiefen ihres Spiegels aus Elektron, der so gesuchten ägyptischen Mischung aus Kupfer und Silber, mit der ihr letzter Gönner ihr hatte schmeicheln wollen, eine Gestalt auftauchen sah, dachte sie zuerst unwillkürlich, ihre Kopfschmerzen gaukelten ihr Ilian vor, bis das Mädchen sich räusperte.

»Wie ich sehe, geht es dir besser«, sagte Prokne, ohne sich umzudrehen.

»Ja.«

Als Ilian nichts weiter sagte, spürte Prokne inmitten der Unruhe einen Funken Erheiterung in sich aufsteigen.

»Ich würde gerne Wer-spricht-Zuerst mit dir spielen«, versetzte sie, »doch ich bin eine vielbeschäftigte Frau. Was willst du?«

Ilian zögerte lange genug, um Prokne ungeduldig zu machen. »Einen Rat«, entgegnete sie schließlich, und Prokne wandte sich ihr zu. Sie stellte bei sich fest, daß ihre Dienerin offenbar ihren Anweisungen gefolgt war und die Lumpen, in denen Ilian hier eingetroffen war, verbrannt hatte. Weniger gefiel ihr, daß man Ilian statt dessen eines ihrer eigenen Kleider gegeben hatte, nicht, wie angeordnet, eines der Dienerinnen. Nun, zumindest war es keines der kretischen. Die athenische Tracht ließ sich verschmerzen. Sie war weiß, und verbunden mit dem kurzen Haar Ilians erinnerte sie Prokne mit einemmal fröstelnd an ein Begräbnis. An den Tod ihres Vaters, an die Mutter, die sich und allen Kindern das Haar abgeschnitten und es als Grabspende dargebracht hatte, wie es sich ziemte.

»Du solltest eine Perücke tragen, bis das Haar wieder nachgewachsen ist«, sagte sie unvermittelt, und Ilian schaute aufrichtig verdutzt drein.

»Was ist eine Perücke?«

Du meine Güte, dachte Prokne, kein Wunder, daß die Rasna so begierig auf den Handel mit uns sind, wenn sie derart zurückgeblieben leben. Sie gab eine kurze Erklärung über den ägyptischen Kopfputz ab.

»Natürlich«, schloß sie, »rasieren sich die Ägypter ohnehin den Schädel, was wir nicht nötig haben. Das ändert nichts an der vorteilhaften Wirkung einer Perücke. Sie kann dem Gesicht neue Seiten abgewinnen. In deinem Fall würde sie verhindern, daß man dich für«, sie suchte nach dem passenden Ausdruck, »ein schlechtes Zeichen hält«, schloß sie endlich, unzufrieden mit sich und doch nicht in der Lage, über den Gedanken an Grabspenden zu sprechen. Bei seinem Hang zu unheilvollen Auslegungen würde das Mädchen ohnehin darauf kommen und gleich eine weitere Predigt über die Sterblichkeit anschließen.

»Wenn die Ägypter Perücken tragen, woher weißt du dann, daß sie sich die Schädel rasieren?« fragte Ilian, und die in ihren Erwartungen getäuschte Prokne erwiderte verwirrt, das wisse jeder.

»Warst du schon einmal in Ägypten?«

»Selbstverständlich nicht. Es gärt in dem Land, seit die Nubier es beherrschen, und jetzt haben anscheinend auch noch die Assyrer ein Auge darauf geworfen. Männer, die am nächsten Tag in einem Aufstand oder einem Krieg getötet werden können«, schloß Prokne und gestattete sich eine leichte Grimasse der Art, die sie eingeübt hatte, weil sie nicht entstellend wirkte, »eignen sich nicht als Gönner.«

Ilian zog eine Augenbraue hoch und murmelte: »Wenn du das sagst.«

Der Hauch von Spott erinnerte Prokne wieder daran, warum sie ärgerlich auf das Mädchen war.

»Was genau willst du?«

»Ich möchte dir meinen Dank abstatten und dich etwas fragen. Ulsna ist enttäuscht, daß ihn Arion nicht hat rufen lassen, denn Arion hat ihm versprochen, ihn auf einer Feier vor den ersten Familien Korinths singen zu lassen. Nun möchte Ulsna unaufgefordert zu Arions Haus gehen. Würde das mehr schaden oder nutzen, was meinst du?«

Prokne betrachtete sie nachdenklich, denn sie glaubte, verstanden zu haben, worauf Ilian eigentlich hinauswollte. »Arion sagt leicht etwas dahin, das er schnell wieder vergißt«, antwortete sie, »aber er ist großzügig und würde deinem Zwitter gewiß helfen. Aber wenn du ihm auf diese Weise die Nachricht von deiner Gesundung zukommen lassen willst – erspar dir die Mühe. Mein Vetter wird es ihm gern sagen.«

Eine Spur von Ungeduld schlich sich in Ilians Ton. »Ulsna ist nicht mein Zwitter, nicht mein Diener, nicht mein Was-auch-Immer. Wenn ihm Arion dazu verhelfen kann, sein Glück zu machen – um so besser, dann wird er sich nämlich nicht mehr verpflichtet fühlen, mich zu begleiten. Wenn Arion ihm allerdings nicht hilft, dann werde ich zu verhindern suchen, daß Ulsna überhaupt dorthin geht. Er…« Sie stockte und wirkte mit einemmal verlegen.

Prokne erinnerte sich daran, was sie über die Sitten der Rasna gehört hatte, und lachte. »…hat sich in Arion vernarrt?« beendete sie Ilians Satz. »Ja, das ist mir auch aufgefallen, aber nicht nur in Arion. Für dich schwärmt das arme Ding auch. Leider wird er bei Arion nie zum Ziel kommen; Arion mag seine Weiber weiblich und seine Männer männlich, keine Mischung aus beiden. Bei dir jedoch bestehen durchaus Aussichten«, schloß sie und ließ offen, ob sie sich auf Arion oder Ulsna bezog. Zufrieden stellte sie fest, daß sie Ilian endlich gründlich aus der Ruhe gebracht hatte. Das Mädchen errötete und erklärte mit zusammengebissenen Zähnen, sie lege keinen Wert auf Liebhaber irgendwelcher Art.

»Warum fragst du mich dann um Rat?« erkundigte sich Prokne, die bei sich feststellte, daß sie lange keine so belustigende Neckerei mehr erlebt hatte. »Erzähl mir nicht, daß es dir wirklich nur um den armen Ulsna geht.«

»Also schön«, sagte Ilian kalt, und verwandelte sich von einem befangenen jungen Mädchen zu der rätselhaften Person, die Prokne unheimlich war. »Ich habe über deine Worte nachgedacht. Auch wenn ich immer noch glaube, daß die Macht des Körpers eine sehr trügerische ist und man sich nie auf sie verlassen sollte, kann ich sie doch nicht leugnen. Ich habe ein bestimmtes Ziel vor Augen, und es mag sein, daß ich eines Tages darauf angewiesen bin, auch diese Macht einzusetzen. Daher möchte ich dich bitten, mir alles beizubringen, ehe ich nach Delphi weiterreise.«

Wenn sich die Erde unter ihr geöffnet hätte, wäre das für Prokne nicht verwunderlicher gewesen. Sie starrte Ilian an, wußte nicht, ob sie lachen oder entsetzt sein sollte, und fragte sich, welches eigentlich die wahre Ilian war: das gefühlsverwirrte Mädchen oder die düstere Philosophin oder die bittere Schlußfolgerungen von sich gebende Frau.

»Mein gutes Kind«, entgegnete sie schließlich, »das geht so nicht. Eine Hetäre meines Rangs wird man im Laufe von Jahren.«

»Ich will keine Hetäre werden. Ich möchte nur wissen, wie ich meinen Körper richtig einsetzen kann, falls mir nichts anderes übrigbleibt.«

»So etwas lernt man nicht über Nacht, sonst könnte jedes Straßenmädchen das gleiche wie ich verlangen. Es genügt auch nicht, einen annehmbaren Körper zu haben; davon gibt es mehr als Kiesel am Strand. Das Geheimnis liegt daran, genügend Macht und Wissen über die Vorstellungskraft eines Mannes zu gewinnen, um deinen Körper einzigartig erscheinen zu lassen, doch um das zu erlernen, bedarf es mehr als nur ein paar guter Ratschläge. Und wie soll sich dieses Vorhaben eigentlich mit deinen... hm, priesterlichen Idealen vertragen?«

Ilians Gesicht verschloß sich. »Das ist meine Sache«, gab sie zurück.

»Nun, wenn ich es dir beibringen soll, dann ist es auch die meine.«

Der Satz stand zwischen ihnen, und erst einen Augenblick später begriff Prokne, daß man ihn auch als indirekte Zustimmung auffassen konnte, was sie keineswegs beabsichtigt hatte. Doch sie war neugierig genug, um Ilians Antwort abzuwarten, ehe sie das klarstellte.

»Die Götter«, erklärte Ilian endlich, »haben mich zu einem bestimmten Zweck auf die Welt geschickt. Ich dachte, ich würde diesen Zweck erfüllen, aber als ich geprüft wurde, reichte mein Glaube nicht aus. Dafür wurde ich bestraft, bis ich begriff. Es genügt nicht, nur hinzunehmen. Um meinen Zweck zu erfüllen, muß ich alle Waffen benutzen, die mir die Götter mitgegeben haben. Alle.«

»Ich nehme an, du darfst mir diesen hohen Zweck nicht verraten.«

»Nein.«

Entweder ist sie verrückt, dachte Prokne, oder tatsächlich von den Göttern berührt. Auf jeden Fall stimmte etwas mit ihr ganz und gar nicht. Andererseits ergab ein Teil dessen, was sie sagte, durchaus Sinn. Eine Frau, die nicht von ihrer Familie oder ihrem Mann beschützt wurde, mußte nutzen, was die Götter ihr mitgegeben hatten, um in dieser Welt zu überleben. Dazu bedurfte es keines höheren Zwecks.

Kritisch musterte sie Ilian. Die Grundlagen waren nicht schlecht, doch das Mädchen konnte noch einiges mehr aus sich machen. Angefangen bei ihrer Angewohnheit, die Arme vor der Brust zu verschränken. So etwas wirkte abweisend.

»Ich weiß natürlich, daß du keine Jungfrau mehr bist, aber hast du abgesehen davon überhaupt irgendwelche Erfahrungen? Hast du es verstanden, Vergnügen zu bereiten?«

Fasziniert beobachtete sie, wie die kalte Maske schmolz und erneut die unsichere Ilian, die vorhin errötet war, freigab.

»Ich... ich weiß nicht«, murmelte sie. »Ich glaube schon.«

»So etwas glaubt man nicht, so etwas weiß man«, stellte Prokne kopfschüttelnd fest.

»Und woran merkt man es?« stieß Ilian wütend hervor.

»Wenn sie mehr wollen, egal, wie müde man ist, oder wenn sie sich damit anlügen lassen, ist das dann ein gutes Zeichen?«

»Grundgütiger«, sagte Prokne, der jetzt einiges klar wurde. »Du warst verheiratet.«

Ilian wandte sich ab. »Es tut mir leid, daß ich gefragt habe«, entgegnete sie mit erstickter Stimme. »Laß uns dieses Gespräch vergessen.«

»Aber ganz im Gegenteil«, versetzte Prokne. »Jetzt weiß ich, daß ich dir helfen muß.«

Für Ulsna verhärtete sich das Mißtrauen gegen Prokne in eine feste Abneigung, als Ilian begann, mehr und mehr Zeit mit ihr zu verbringen, ohne daß seine Gesellschaft erwünscht war. Vielleicht lag es nur daran, daß er nicht mehr daran gewöhnt war, allein zu sein. Er streifte durch das fremde Korinth mit seinen würfelförmigen Häusern, die ihm alle abweisend und feindselig erschienen, sah in dem Gymnasion zu, wie die Männer sich ertüchtigten, bis er selbst zum Mitmachen aufgefordert wurde und floh, hörte sich das Geschwätz auf den Marktplätzen an und suchte nach guten Geschichten, um zumindest seinen Vortragsschatz zu erweitern. Es dauerte nicht lange, bis er fündig wurde. Auf dem größten Platz, der Agora, standen vergoldete Holzstatuen mit roten Gesichtern, und als er sich danach erkundigte, erzählte man ihm, sie stünden hier auf Geheiß des Orakels von Delphi, als Buße für Pentheus, einen König früherer Zeiten, den man ohne seine Einwilligung geopfert habe. Nicht weit entfernt, neben einem der zahlreichen Brunnen Korinths, stand das Bild einer Frau mit verzerrten Zügen, und man berichtete ihm, es sei eine weitere Buße auf Geheiß des Orakels, in Gestalt von *Deima*, dem Schrecken, und zwar für den Tod der Kinder der Zauberin Medea, die von den Korinthern gesteinigt worden seien. Er erkundigte sich nach dem Grund für die Bänder, die von den allgegenwärtigen Kiefern hingen, und hörte, sie seien eine Erinnerung an den Räuber Sinis, der diese Bäume abwärts gebogen, seine Opfer an sie gebunden und sie dann wieder habe hochschnellen lassen. Bald erschien Ulsna das gesamte Korinth als von Schrecken heimgesucht.

Als Arion ihn endlich einlud, für ihn zu singen, war er überglücklich und erleichtert. Und obwohl er sich dafür schämte, war er insgeheim sogar erfreut darüber, daß Ilian nicht eingeladen worden war. Er brauchte allerdings nicht lange, um zu begreifen, warum nicht. Auf der Feier waren nirgendwo Frauen zu sehen, selbst Arions eigene Gemahlin fehlte. Als er sich bei einem der Lautenspieler nach ihr erkundigte, bekam er entrüstet zu hören, niemals würde sich eine anständige Frau an einem öffentlichen Gelage beteiligen. Er begann zu verstehen, was Prokne gemeint hatte, als sie sagte, niemand würde hier freiwillig eine Frau sein wollen. Auf den Straßen waren ihm außer den gelegentlichen Dirnen nur Bäuerinnen und Sklavinnen begegnet, die den Blick streng auf den Boden gerichtet hielten. Anscheinend verbrachten die Frauen von Korinth den größten Teil ihres Daseins in ihren Häusern. Er fühlte sich an eingesperrte Vögel erinnert und beschloß, auf jeden Fall weiter als Mann zu gelten.

Das fiel ihm nicht immer leicht. Je weiter der Abend fortschritt, desto mehr neigten einzelne Gäste dazu, ihre Begeisterung über seinen Vortrag auf recht eigenwillige Art zum Ausdruck zu bringen: indem sie ihn zu sich winkten, auf den Mund küßten oder in den Hintern kniffen. Am gefährlichsten war es, wenn sie mit ihren Händen in die Nähe seiner Brüste kamen, die zwar nicht sehr groß, aber doch ein wenig mehr geformt waren, als für einen Jungen erklärlich, zumal einem mageren Jungen wie ihm.

Die Zärtlichkeiten erweckten bei ihm eine Mischung aus Abscheu und Erregung. Manchmal hatte er das Bedürfnis, sich den Mund abzuwischen; dann wieder war er versucht, selbst etwas zu tun, bis er sich erneut bewußt wurde, daß es keinen Sinn hatte. Niemand würde jemanden wie ihn wollen.

Arion gehörte zu denen, die ihn überhaupt nicht berührten, bis auf ein gelegentliches Schulterklopfen. Es war seltsam, Arion in dieser Umgebung zu sehen statt auf seinem Schiff, oder in der Schenke, in der sie sich zuerst begegnet waren. Damals war Arion unglücklich und betrunken gewesen; heute war er bester Laune, und seine Trunkenheit äußerte sich darin, daß er in die Gesänge einfiel und seinen Freunden unglaubliche Geschichten über seine Reise auftischte. Ulsna biß sich auf die Zunge, als Arion von Seeungeheuern sprach, die Ilian durch Beschwörungen besänftigt habe, bis auf eines, dem er selbst den Garaus gemacht habe. Einige der Gäste waren mit Arion gesegelt, doch sie widersprachen nicht; statt dessen versuchten sie ihn durch weiteres Seemannsgarn noch zu übertreffen. *Seeleute,* dachte Ulsna und fühlte sein Unbehagen in einer Mischung aus Rührung und Belustigung schmelzen. *Sie sind doch in allen Ländern gleich.*

Irgendwann zog ihn Arion beiseite, und Ulsna klopfte das Herz, doch Arion teilte ihm lediglich mit, daß die Oberen der Stadt wegen der Gründung einer weiteren Zweigsiedlung eine Gesandtschaft zum delphischen Orakel schicken wollten, der sich Ilian anschließen konnte.

»Es geht ihr wieder besser, wie ich höre.« Ulsna nickte. Leutselig fuhr Arion fort: »Und du, kleiner Barde, willst du sie noch immer begleiten?«

Einen Herzschlag lang zögerte Ulsna, dann nickte er wieder. *Schließlich,* dachte er, *gibt es nichts, was mich hier hält.*

Als er in Proknes Haus zurückkehrte, traf er gerade noch rechtzeitig ein, um zu erleben, wie Ilian Proknes Zimmer verließ. Er beobachtete sie und konnte zum ersten Mal die Veränderungen benennen, die ihm in der letzten Zeit ins Bewußtsein gedrungen waren. Ihr Gang war früher immer ein rasches Schreiten gewesen; nun hielt sie sich auf die gleiche Weise wie Prokne, was einen ausgeprägten Hüftschwung beim Gehen einschloß. Früher hatte sie beim Sitzen dazu geneigt, die Arme zu kreuzen oder sogar die Knie hochzuziehen und die Arme um sie zu legen, wenngleich das mit den Wochen auf dem engen Schiff zu tun haben mochte. Mittlerweile lehnte sie sich höchstens ein wenig zurück, wenn sie sich niederließ, und die Arme ruhten zu beiden Seiten ihres Körpers, wenn sie nicht etwas mit ihren Händen tat, wie Fäden um sie zu wickeln oder mit einer der Farben, mit den Prokne sich das Gesicht verzierte, den wertvollen ägyptischen Papyrus zu bemalen, den er auf Ilians Bitte im Austausch gegen einen ihrer Ohrringe am Hafen für sie besorgt hatte.

Jetzt griff sie nach dem Kamm, und Ulsna sagte aus einem plötzlichen Impuls heraus: »Laß mich.«

Er wußte selbst nicht, warum er sie berühren wollte, es sei denn, um sich zu vergewissern, daß sie noch da war, seine Reisegefährtin, das Mädchen, das unter dem gestirnten Himmel mit Arion neben ihm gelegen war.

Sie warf ihm einen prüfenden Blick zu, dann kniete sie neben ihm nieder und reichte ihm den Kamm. Ihr Haar war immer noch kurz, aber es sah nicht mehr so aus, als habe man es gewaltsam gestutzt. Es fühlte sich seidig und gepflegt an, nicht verklebt von Salz und Wind. Er ließ es zwischen seinen Fingern durchgleiten und schnupperte den schweren Duft, den Prokne benutzte.

»Du riechst nach ihr.«

»Ich lerne«, erwiderte sie einfach, und bog den Kopf ein wenig mehr zurück. »Es ist erstaunlich, aber ich glaube nicht, daß ich mein Leben so verbringen könnte. Wie geht es Arion?«

Ulsna drückte die Zähne des Kamms ein wenig stärker gegen ihren Schädel. »Es geht ihm gut. Er hat nach dir gefragt. Er hat eine Reisegruppe für uns gefunden.«

»Du weißt, daß du nicht mit mir zu kommen brauchst.«

Unvermutet konnte er die Gefühle, die in ihm stritten, nicht mehr zurückhalten. Er ließ den Kamm fallen. Tränen stiegen in seine Augen, und alles vor ihm verschwamm, während er hörte, wie Ilian den Atem einsog. Dann spürte er ihre Hände auf seinem Gesicht.

»Ulsna«, sagte sie beschwörend. »Ulsna, es tut mir leid. Es ist nicht so, daß ich dich nicht bei mir haben will. Wir sind Freunde, und du bist der einzige, der mich nie ausgenutzt hat. Daran bin ich nicht gewöhnt, und deswegen habe ich Angst, daß ich dich eines Tages ausnutzen werde. Ich dachte, du könntest hier in Korinth glücklich sein, als Barde der großen Familien.«

»Ich wäre allein«, erwiderte er. »Ich glaube, ich ertrage es nicht mehr, allein zu sein, Ilian.«

Sie seufzte, und er spürte, wie ihre Finger die Tränen, die an seinen Wimpern hingen, fortwischten.

»Dann laß uns gemeinsam weiterreisen.«

Die Gesandtschaft bestand aus fünf starren Verkörperungen männlicher Mißbilligung, als Arion ihr Ilian zuführte. Er hatte ihnen geschworen, daß es sich bei ihr um eine Priesterin handelte, doch er wußte, daß sie sein Wort zumindest stark anzweifelten. Deswegen war er erleichtert, daß Prokne Ilian mit ihrem unauffälligsten, längsten Kleid und einem großen Umhang ausgestattet hatte. Er fragte sich nur, welchen Gefallen sie eines Tages dafür von ihm verlangen würde. Prokne hatte sich wirklich länger gastfreundlich zu seiner Priesterin verhalten, als er es erwarten konnte; es mußte doch mehr von ihrem großzügigen Vetter in ihr stecken, als sich auf den ersten Blick erkennen ließ.

Sein Versprechen an Poseidon zu erfüllen und Ilian sicher auf den Weg nach Delphi zu schicken bereitete ihm gemischte Gefühle. Er mußte zugeben, daß er sich vorgestellt hatte, vorher zumindest einmal gekostet zu haben, womit sie ihn die ganze Überfahrt lang gereizt hatte. Doch als es soweit war und er bei Prokne mit Ilian und dem Jungen speiste, sprach sie Prokne gegenüber in so hohen Tönen von seiner Ehrlichkeit, von seinem Edelmut, und das alles begleitet von Proknes unverhohlen ungläubigen Blicken, daß ihm eine offene Forderung nach einer weiteren Gegenleistung für seine Hilfe billig erschienen wäre. Immerhin gönnte er sich zum letzten Mal das Vergnügen, Ilian essen zu sehen. Er hatte es ihr nie gesagt, aber eine Frau, mit der man nicht verwandt war, tat dergleichen eigentlich nur als Vorspiel.

Unwillkürlich stellte er fest, daß Prokne die Zeit genutzt und einen guten Einfluß auf sie ausgeübt hatte. An Bord seines Schiffes hatte Ilian das, was es zu essen gab, mit einer lustlosen Miene zerkaut; dagegen war die Art, wie sie jetzt eine Olive in sich hineinsog, wirklich bemerkenswert.

Letztendlich, sagte er sich, mußte es auch eine Frau geben, die man nicht gehabt hatte, damit man sich die Vorstellungen hinsichtlich ihrer Fähigkeiten erhalten konnte. Wenn Ilian Korinth verließ, würde er sie wahrscheinlich nicht wiedersehen, und im Laufe der Zeit würde sie ihm mehr und mehr wie ein Wesen aus einer Geschichte vorkommen, eine Gesandte der Götter, die ihm Glück gebracht hatte und dann wieder in den Olymp entschwunden war. Der Gedanke sprach den Träumer in ihm an. Wenn er ihre Bekanntschaft damit beendete, daß er mit ihr schlief, würde sie nur eine weitere Frau für ihn sein und ihre Magie verloren haben.

Außerdem, auch wenn er es ungern eingestand, nagten immer noch ihre Worte über Vertrauen an ihm. Wenn sie erst auf dem Weg nach Delphi war, würde sie sehen, daß sie ihn unterschätzt hatte, und mit Bedauern und guten Wünschen an ihn zurückdenken. Das war der Aussicht auf einen Fluch allemal vorzuziehen, und er hegte immer noch einen gewissen Respekt vor ihren Kräften.

Er wußte nicht, ob er es rührend oder töricht fand, daß der kleine Barde bei seinem Fest nicht die Gelegenheit beim Schopf ergriffen und sich einen reichen Gönner gesucht hatte, sondern darauf bestand, Ilian zu begleiten. Der Junge hatte eine wirklich schöne Stimme, und sein Griechisch war viel besser geworden, doch wandernde Barden lebten von der Hand in den

Mund. Was auch immer aus Ilian wurde, er bezweifelte, daß Ulsna zu den Überlebenden dieser Welt zählte.

»Leb wohl, Arion aus Korinth«, sagte Ilian zu ihm, als er sie auf den Esel gesetzt hatte, dessen Herkunft ihm nach wie vor unklar war. Von ihm stammte das Tier nicht, Ilian konnte kaum noch Besitztümer gehabt haben, gegen die sie ihn hätte eintauschen können, der Junge schon gar nicht, und welche schlummernde großzügige Ader in Prokne auch geweckt worden war, so weit reichte sie gewiß nicht. »Glück, ein langes Leben und der Segen aller Götter für dich.«

»Ist das ein Wunsch oder eine Prophezeiung?« neckte er sie, während sich im Hintergrund einer der Gesandten der Stadt ungeduldig räusperte.

»Beides«, erwiderte sie, und die gemessene Miene, die sie wohl für ihre neuen Begleiter aufgesetzt hatte, machte einem unbekümmerten Lächeln Platz, wie er es an ihr so kaum kannte. »Vorausgesetzt, du wirst weiterhin Fremden in fernen Häfen zu Hilfe eilen.«

Wenn er sich recht erinnerte, war er nicht geeilt, sondern mehr oder weniger gezogen worden, aber er widersprach ihr nicht. Es wurde ihm bewußt, daß die Sonne bald hoch am Himmel stehen würde und es eine Menge Dinge zu erledigen galt. Es gab bereits Leute, die ihn fragten, wann er seine nächste Fahrt unternehmen werde und ob sie sich beteiligen könnten.

»Leb wohl, Ilian aus dem Rasna-Land«, entgegnete er leichthin. »Vergiß die Seeleute nicht, wenn du den Segen der Götter erflehst.«

»Gewiß nicht.«

Er wollte sich schon abwenden, als ihm auffiel, daß der Junge ein Gesicht machte, als habe er sauren Wein getrunken. Wieder dachte Arion, daß er Ulsnas Überlebensaussichten nicht allzu hoch einschätzte; bedauernd klopfte er dem Barden auf die Schulter. »Paß auf dich auf, Kleiner«, sagte er, dann nickte er den Gesandten zu und ließ die beiden, die so unerwartet in sein Leben getreten waren, hinter sich.

In seiner Heimat hatte Ulsna von den felsigen Bergen im Norden gehört, war jedoch nie so weit gekommen. Einigen Bergen im Süden sagte man sogar nach, sie spien gelegentlich Feuer, aber auch diese Geschichte hatte er nie überprüfen können, zumal er, als die *Kassiopeia* in Syrakus vor Anker lag, an Bord geblieben und auch der Berg, auf den die Seeleute ihn bei der Fahrt durch die Meerenge eigens aufmerksam gemacht hatten, ruhig geblieben war. Daher entfaltete sich die Landschaft von Attika und Boiotien, die sie durchquerten, als etwas völlig Neues vor ihm. Gelegentlich gerieten sie zwischen dunkle Klippen, die aufragten wie abgebrochene Spitzen eines Kamms, und inmitten von Hitze und Staub fröstelte ihn. Er war im wesentlichen ein Stadtkind, doch durch Reisen mit seinem alten Meister durchaus Straßen, Wege und auch Hügel gewöhnt. Aber hier fehlten den Hügeln die dichten Wälder, und die Berge wurden größer, als irgendein Berg das Recht hatte zu sein. Kein Wunder, dachte Ulsna, daß die Götter auf einem ihrer Berge hausten.

»Haben die Griechen dieselben Götter wie wir?« fragte er Ilian bereits am ersten Reisetag, nicht nur aus echter Neugier, sondern auch um sich davon abzulenken, daß Arion ihn selbst beim Abschied beinahe übersehen hatte. Er schritt neben ihrem Esel, der außer Ilian auch das Bündel mit ihrer beider Habseligkeiten und seine Harfe trug. Der Rest ihrer Gruppe versuchte immer etwas Abstand zu ihnen zu halten, auch wenn ihnen ab und zu ein Blick zugeworfen wurde, und so gingen sie deutlich hinter den anderen. Ulsna hatte nicht versucht, ein Gespräch mit einem der Korinther zu beginnen.

»Sie müssen uns glauben, daß wir auf einer Pilgerfahrt sind«, hatte Ilian ihm eingeschärft. »Denk daran, was wir hier gelernt haben. Umgänglichkeit von einer Frau wird als Werbung einer Dirne verstanden, und da wir gemeinsam reisen, werden sie glauben, du sprichst für mich.«

Als er sie nach den Göttern fragte, krauste sie die Stirn und entgegnete schließlich:

»Ja und nein. Einige ihrer Götter sind auch die unseren, soweit ich das ersehen kann. Sie nennen Nethuns Poseidon, und Tin nennen sie Zeus. Aber andere Götter, die sie anflehen, sind mir unbekannt und scheinen nur ihnen zu gehören, so wie sie auch keine Namen für einige unserer Götter haben. Danach werde ich in Delphi fragen.«

In Delphi, so erinnerte sich Ulsna aus seinen Liedern, herrschte der griechische Gott Apollon. Es mußte einer jener Götter sein, die nur den Griechen zueigen waren, denn er konnte Apollon mit keinem vergleichen, der in den Zwölf verehrt wurde. Bei Arions Fest hatten die anderen Musikanten Apollon als ihren Schutzherrn angerufen; Proknes Dienerin hatte, als sie einen der fürchterlich riechenden Kräutertränke für Ilian mischte, desgleichen getan. Doch in den Liedern, die den Krieg von Troja besangen, brachte ein erzürnter Apollon den Seuchentod.

»Wenn Apollon keiner unserer Götter ist«, meinte er nachdenklich, »warum sollte er dir dann deine Fragen beantworten?«

»Vor Apollon hat in Delphi die Große Mutter gesprochen, und sie ist eines der Gesichter, die Turan zeigt, der ich gedient habe. Aber das ist nicht der einzige Grund. Warte es ab. Übrigens«, sie nickte ihm zu, »es hat keinen Sinn, daß du meinen Esel so sehnsüchtig beäugst. Wir können nicht tauschen.«

Ulsna war mittlerweile an ihre jähen Themenwechsel gewöhnt, vor allem, wenn sie über etwas nicht reden wollte, daher seufzte er nur abgrundtief, in der Hoffnung, an ihr schlechtes Gewissen zu rühren, und antwortete traurig:

»Ich weiß, du hast dich gerade erst von deiner Krankheit erholt. Da ich lange neben deinem Lager wachte, weiß ich, wie sie dich geschwächt hat.«

»Das hat damit nichts zu tun. Mir geht es gut. Ich sagte dir schon, es ist wichtig, daß diese Leute mich als Priesterin ernst nehmen, und das werden sie nicht, wenn ein Mann, den sie für meinen Diener halten, reitet, während ich laufe.«

Etwas beleidigt begann Ulsna: »Ich bin nicht...«

»Das weiß ich«, fiel sie beschwichtigend ein. »Wenn wir erst in Delphi sind und alles so geschieht, wie ich es erhoffe, dann gebe ich dir ein Reittier dafür, daß du diese Täuschung mitmachst. Allerdings nicht dieses.«

Ulsna begutachtete das graufellige, zottelige Geschöpf, das seiner Meinung nach schielte, und entschied, daß er es gar nicht haben wollte. Dennoch konnte er nicht verhindern, daß seinen Lippen die Frage »Warum nicht?« entschlüpfte. Obwohl sie sich in ihrer eigenen Sprache unterhielten, senkte Ilian die Stimme, ehe sie zurückgab:

»Weil es gestohlen ist.«

»Du hast einen Esel gestohlen? Wann? Wem?«

»Ich glaube«, sagte Ilian mit unergründlicher Miene, »ich habe ihn befreit. Jedenfalls hat er nicht den Eindruck erweckt, als ob er in dem Stall bleiben wollte, in dem ich ihn fand.«

Einige Augenblicke lang wußte Ulsna nicht, ob er Entsetzen fühlte. Dann stieg Gelächter wie Blasen in ihm auf und machte sich Luft. Ilians Gesichtsausdruck veränderte sich nicht, was seine Erheiterung noch steigerte.

»Aber wo hast du gelernt, so mit Tieren umzugehen?« fragte Ulsna, als er sich wieder beruhigt hatte und sich vorstellte, daß es nicht einfach sein konnte, einen fremden Esel am Schreien zu hindern, wenn man ihn seinem Besitzer entführte.

»In einem anderen Leben, Ulsna«, erwiderte Ilian und schaute über ihn hinweg auf eines der Getreidefelder, die sich am Fuß der Hügel hinzogen. »In einer anderen Welt.«

Nach einer Woche, in der Ulsna nur die allernotwendigsten Worte mit den Korinthern wechselte, während sich Ilian nur ihm gegenüber nicht in völliges Schweigen hüllte, zeigten sich die ersten Früchte ihres Verhaltens. Man bat sie an die abendliche Feuerstelle, und einer der Reisenden fing sogar von sich aus ein Gespräch mit Ulsna an. Wie sich herausstellte, war er in erster Linie neugierig auf den genauen Kurs, den Arions Schiff genommen hatte, doch bei dieser Gelegenheit fand Ulsna ebenfalls etwas heraus.

Als Ilian ihre abendlichen Gebete verrichtet hatte, in einiger Entfernung, aber gut sichtbar für die Reisegruppe, gesellte sich Ulsna wieder zu ihr und berichtete empört:

»Statt diesen langen Landweg zu nehmen, hätten wir einen großen Teil der Strecke mit dem Schiff zurücklegen können und wären viel schneller in Delphi gewesen! Warum, meinst du, hat Arion uns das verschwiegen?«

»Vielleicht, weil er nicht wollte, daß ich einem anderen Kapitän aus seiner Heimatstadt magische Unterstützung gewähre«, meinte Ilian achselzuckend. »Oder weil er schlicht und einfach kein Schiff finden konnte, das gewillt war, uns an Bord zu nehmen. Wer weiß. Warum nimmt denn diese Gruppe den Landweg, wenn sie im Auftrag der Stadt unterwegs ist und der Seeweg schneller sein soll?«

»Sie haben ein Gelübde abgelegt. Bist du gar nicht wütend wegen des Zeitverlustes?«

»Zeitverlust«, wiederholte sie und ließ das Wort nachdenklich auf der Zunge zergehen. Sie schüttelte den Kopf. »Nein. Für mich ist es mehr wie ein Zeitgeschenk. Wenn wir in Delphi angekommen sind und ich meine Antworten habe, dann werde ich wieder innerhalb der Zeit sein und anfangen, zu zählen und zu rechnen. Bis dahin bin ich frei.«

»Vermißt du«, fragte er behutsam, weil er das schon lange hatte ansprechen wollen und ihm jetzt, wo sie so zugänglich war, der richtige Zeitpunkt gekommen zu sein schien, »dein Kind nicht?«

Das Kind, dessentwegen man sie verstoßen und zur Namenlosen gemacht hatte. Was war aus dem Kind geworden?

»Kinder«, entgegnete Ilian, und ihre Stimme verhärtete sich. »Ich habe zwei Kinder. Es sind Zwillinge. Und ich habe sie verlassen, ehe ich lernen konnte, sie zu vermissen.«

Zum ersten Mal, seit sie in Proknes Haus gekommen war, zog sie die Knie hoch, schlang ihre Arme um sie und lehnte ihre Stirn gegen die Kniescheiben, als wolle sie sich zu einem abweisenden Ball machen, den kein Mensch festhalten konnte.

Delphi, das große, mächtige Delphi, Heimstatt des berühmtesten Orakels der Welt, erwies sich für Ulsna auf den ersten Blick als große Enttäuschung. Hätte er es nicht anders gehört, so hätte er den Ort als ödes Gebirgsdorf eingeschätzt. Er hatte größere, schönere Städte in seiner Heimat gesehen, und die kleinen, dunklen Häuser hingen abweisend wie verlassene Vogelnester an den steilen Hängen. Selbst der Tempel war nicht sonderlich groß. Auch nach Korinth war es für ihn noch ungewohnt, einen Tempel zu sehen, der nicht aus rotem Ziegelstein erbaut war. Tempel hatten nach Ulsnas Gefühl rot zu sein, nicht abweisend hell und kühl, und der Sandstein verlieh dem Gebäude eine bedrückende Schwere, welche den heimatlichen Tempeln völlig abging.

Das Äußere des Tempels war fürs erste alles, was er und Ilian betrachten konnten, denn die Gesandtschaft aus Korinth trennte sich sofort nach ihrer Ankunft von ihnen. Die Männer waren nicht so feindselig wie am Anfang und wünschten ihnen Glück, doch sie brachten klar zum Ausdruck, daß sie in Delphi nicht mit Ilian in Verbindung gebracht zu werden wünschten.

»Es wird hier gewiß Unterbringungsmöglichkeiten für die Besucher des Orakels geben«, meinte Ilian, »aber ich habe eigentlich nichts mehr, was ich als Entgelt anbieten könnte, und ich hoffe ohnehin darauf, daß uns die Priesterschaft auch in dieser Beziehung hilft. Falls nicht, dann werden wir eben den Esel eintauschen müssen.«

Nachdem sie das Tier hinter einem Haus angebunden hatten, das verlassen wirkte, zog Ilian eine ihrer Papyrusrollen aus dem Bündel und bat Ulsna, ihr in zwei Schritten Abstand zu folgen.

»Es ist wichtig, hier das Gesicht zu wahren«, erklärte sie ihm entschuldigend, »deswegen, fürchte ich, muß ich dich als meinen Leibwächter ausgeben. Oh, und laß nicht erkennen, daß du Griechisch sprichst. Das könnte uns noch nutzen.«

Was Ulsna daran am meisten störte, war, daß er seine Harfe in dieser Rolle nicht mitnehmen konnte und in der Nähe des Esels verstecken mußte. Er hoffte nur, daß kein musikalischer Dieb unterwegs war. Erst verspätet drang ihm ins Bewußtsein, was Ilians Worte eigentlich bedeuteten.

»Dein Leibwächter? Erwartest du denn, daß jemand dich bedrohen wird?« fragte er entgeistert. »Ich kann nicht kämpfen, das weißt du doch.«

»Dann laß uns hoffen, daß es nicht zu einem Kampf kommen wird«, entgegnete Ilian, straffte die Schultern und machte sich mit ihrem alten, entschlossenen Schritt, wie vor der Zeit mit Prokne, auf den Weg zum weithin sichtbaren Herzen Delphis.

Vor dem eigentlichen Tempel standen einige kleinere Gebäude, in denen, wie Ilian Ulsna später erklärte, die Weihgeschenke dankbarer Städte an das Orakel untergebracht waren. Außerdem tummelte sich dort eine beachtliche Menge an Bittstellern, und Ulsna sank das Herz, denn er bezweifelte, daß man ausgerechnet einer einzelnen Unbekannten schneller als einer Gruppe Gehör schenken würde. Er versuchte, seiner Rolle als Leibwächter gerecht zu werden und einschüchternde Blicke nach links und rechts zu werfen, doch er glaubte nicht, daß sie irgendeine Wirkung zeigten. Warum sollten sie? In Korinth hatte er sich zwar den Magen füllen können, doch er glich noch immer mehr einem mageren Kaninchen als etwas anderem, und er war sich dessen nur allzu bewußt. Der Weg in die Vorhalle des Tempels, in die noch alle Besucher eingelassen wurden, erinnerte ihn an einen Weinschlauch, gefüllt mit Dutzenden kleiner Fische, statt mit Wein, die alle in dieselbe Richtung strömten.

Ilian gelang es schließlich, sich zu der Pforte ins Tempelinnere durchzudrängen und ihre Papyrusrolle dem leicht gereizt wirkenden Priester dort zu überreichen, verbunden mit der Bitte, sie an den Vorsitz des Kollegiums weiterzuleiten.

»Die Phythia wird alle Fragen in der gebührenden Reihenfolge...«, begann der Priester, stockte, hielt inne und kniff die Augen zusammen. »An den Vorsitz des Kollegiums? Nicht an die Phythia?«

»Die Phythia ist der Mund Apollons«, entgegnete Ilian gelassen, »doch auf den Schultern des Kollegiums ruht die Last, die Worte des Gottes zu deuten, nicht wahr?«

»Hm«, machte der Priester, musterte sie noch einen Moment und wandte sich dann dem nächsten in der Schlange zu.

In Ungewißheit zu warten war eine der schlimmsten Arten, die Zeit zu verbringen. Ulsna versuchte zuerst, sich durch das Betrachten der anderen Besucher in der Vorhalle abzulenken. Es herrschte eine ähnliche Vielfalt wie in Hafenstädten, aber ihm stachen auch die Unterschiede ins Auge. Zunächst einmal war Ilian die einzige Frau, die er erkennen konnte. Zum anderen versuchte an einem Hafen jeder zweite, jeden dritten auf ein Geschäft anzusprechen, seine Dienste anzubieten oder die Dienste eines anderen zu erlangen. Die Leute hier erweckten den Eindruck, nur mit sich selbst beschäftigt zu sein. Nachdem sie einmal die Pforte zum Tempelinneren erreicht und ihre Fragen abgegeben hatten, standen sie unter sich in kleinen Grüppchen und machten keine Anstalten, mit einer anderen Gruppe zu sprechen. Ulsna schaute sich nach den Korinthern um, konnte sie jedoch nicht entdecken. Dafür fielen ihm drei Männer auf, die etwas Vertrautes an sich hatten, das er jedoch nicht näher einordnen konnte.

Sie trugen ihre Haare länger als die Griechen, mit Locken, die ihnen auf die Schultern fielen. Auch die Bärte waren etwas länger, als er es auf der *Kassiopeia*, in Korinth oder auf dem Weg hierher erlebt hatte. Unbewußt strich er sich über sein eigenes gestutztes Haar und dachte, daß er es in seiner Heimat irgendwann genau wie diese Männer hätte tragen müssen, um selbst als Mann zu gelten. Nur die barbarischen Latiner liefen bartlos und wie die Igel herum. Allerdings bezweifelte Ulsna, dem bisher jeder Anflug von Flaum fehlte, daß ihm je ein Bart wachsen würde, also hätte er sich am Ende als Latiner...

Einer der Männer, der bisher seitlich zu ihm gestanden hatte, veränderte seine Position etwas, und Ulsna zuckte zusammen. Der Fremde trug an seinem linken Oberarm eine Bronzekugel. So etwas hatte Ulsna noch nie bei den Griechen gesehen, aber schon allzuoft in seiner Heimat. Natürlich. Die Männer glichen nicht nur Rasna, sie waren Rasna.

Eigenartig berührt wandte er sich an Ilian und machte sie leise auf die Gruppe aufmerksam. Sie rührte sich nicht, doch er sah die Farbe aus ihrem Gesicht weichen.

»Mach dir keine Sorgen«, sagte Ulsna beruhigend. »Es müßte schon ein unglaublicher Zufall sein, wenn sie ausgerechnet aus Alba kämen, und selbst wenn dem so wäre, so sind sie doch Fremde hier wie wir, und sie haben hier kein Recht über dich.«

Sie starrte ihn an, und Ulsna erinnerte sich mit sinkendem Mut, daß er sich soeben verraten hatte. Er hatte nicht vorgehabt, sie wissen zu lassen, daß er ihre Geschichte kannte, bis sie ihm diese von sich aus anvertraute.

»Es... ist gut, daß sie hier sind, wer auch immer sie sein mögen«, sagte sie schließlich. »Es bedeutet, daß ich richtig vermutet habe, und es wird mir helfen. Vermutungen... können sehr hilfreich sein.«

»Ilian...«

»Schon gut. Wir reden später darüber. Und vergiß nicht, du sprichst kein Griechisch. Ich habe Vertrauen in deine Fähigkeit, dir nicht anmerken zu lassen, daß du mehr begreifst, als gut für dich ist.«

Durch das Bewußtsein, in der Nähe von ein paar Landsleuten zu sein, ohne mit ihnen reden zu können, zog sich das Warten noch länger hin. Ulsna deklamierte in Gedanken das längste Epos, das er kannte, und flocht an den Stellen, an die er sich nicht mehr erinnerte, eigene Verse ein. Das half, bis ihm auffiel, daß Ilians Selbstbeherrschung, die unerschütterlich gewesen war, seit sie Korinth verlassen hatten, abzubröckeln begann. Als die Zahl der Wartenden langsam weniger wurde, weil einige Glückliche hineingeholt wurden und andere es vorzogen, ihr Geschäft mit dem Gott auf den nächsten Tag zu verschieben, begann sie, in der immer leerer werdenden Halle unruhig auf und ab zu gehen. Das sorgte dafür, daß selbst diejenigen, die bisher die einzige Frau hier übersehen hatten, ihrer gewahr wurden, und Ulsna begriff nicht, warum sie einen so offensichtlichen Fehler beging. Zum Glück taten die drei Rasna nicht mehr, als die Achseln zu zucken.

Ilian widmete ihre Aufmerksamkeit den Malereien an den Tempelwänden, aber sie betrachtete sie nicht nur, sie fuhr gelegentlich mit ihren Fingern die endlosen Bändermuster nach, die Umrisse der rotbraunen Gestalten, und auch das war so unvorsichtig, daß es Ulsna, der erwartete, daß sie im nächsten Moment zur Ordnung gerufen würde, zutiefst beunruhigte. Er überlegte, ob es schlicht und einfach der Hunger war, der sie so unüberlegt handeln ließ. Keiner von ihnen beiden hatte seit dem Morgen etwas gegessen, und er spürte die Leere in seinem Magen brennen, während er an die saftigen Datteln dachte, die salzigen Oliven, die süßen Feigen, die es in Korinth gegeben hatte.

Er grübelte darüber nach, ob sie bedauerte, Korinth verlassen zu haben, wo es ihnen immerhin gutgegangen war, und das alles nur um eines fernen Zieles willen, das sich als Hirngespinst erweisen mochte, und beschloß, lieber nicht danach zu fragen. Statt dessen übte er sich lieber im Aufsetzen einer bedrohlichen Miene für diejenigen Pilger, die der umhergehenden Ilian neugierige oder feindselige Blicke zuwarfen. Als sich ein weißgewandeter Mann Ilian näherte, fragte sich Ulsna verstört, ob nun wohl mehr und gar Handfestes gefragt war. Er hing an Ilian, aber seine Hände waren lebenswichtig, vor allem, wenn sie in Delphi kein Glück hatte und er sein Brot wieder durch Singen und Spielen verdienen mußte.

In der schwindenden Hoffnung, der Anschein werde weiterhin genügen, kehrte er an Ilians Seite zurück und erreichte sie kurz nach dem Weißgewandeten, gerade noch rechtzeitig, um dessen Aufforderung, ihm zu folgen, zu hören. Ulsna schalt sich einen Dummkopf. Natürlich war das ein Priester. Ilian nickte ihm zu, und er lächelte um ein Haar, besann sich jedoch rechtzeitig auf seine Rolle.

»Von ihm war nicht die Rede«, sagte der Priester trocken.

»Das«, entgegnete Ilian in ihrem hochmütigsten Tonfall, »ist mein Leibwächter.«

»Der innerste Tempel darf nicht von Unreinen betreten werden.«

»Er ist so rein, wie ein Ungeweihter nur sein kann. Er hat sich des Weibes enthalten und seit Sonnenaufgang keine Speisen mehr zu sich genommen. Und es gibt einen weiteren Grund, warum er mich begleiten sollte.«

»Und der wäre?«

»Um mich nicht zu verärgern«, erwiderte Ilian, und Ulsna betete, daß sie den Bogen nicht überspannte.

Nur mit Mühe widerstand er dem Impuls, sich die Lippen zu befeuchten, und tat statt dessen sein Möglichstes, um weiterhin ausdrucks- und verständnislos dreinzuschauen.

»Nun gut«, sagte der Priester endlich.

Ilian neigte den Kopf, gestattete sich ein winziges Lächeln und machte, zu Ulsna schauend, eine gebieterische Bewegung mit dem Kinn. Zum ersten Mal seit ihrer Ankunft in Delphi hatte er das Gefühl, daß die Götter tatsächlich auf ihrer Seite standen.

»Du erzählst da«, sagte der Mann, zu dem man Ilian geführt hatte, und trommelte mit seinem rechten Zeigefinger auf die Papyrusrolle, die ausgebreitet auf einem Holztisch vor ihm lag, »eine recht fesselnde Geschichte.«

Wie Ulsna nun erkennen konnte, war sie über und über mit Schriftzeichen bedeckt. Sein alter Meister hatte nur Verachtung für das Schreiben gehegt, das er als »griechische Mode für Schwächlinge« bezeichnete, die ihres Gedächtnisses nicht mehr sicher wären. Offenbar bot die Schrift jedoch noch andere Möglichkeiten, als Barden zur Gedächtnisstütze zu dienen.

»Aber warum sollte uns das Kräftegleichgewicht bei den Rasna kümmern? Oder der Umstand, daß man den Gott dort nicht verehrt? Man verehrt ihn überall, wo die griechische Zunge gesprochen wird. Auf das Stammeln von Barbaren«, schloß der Mann, der im Gegensatz zu den anderen Priestern in Rot gewandet war und alt genug, um bis auf einen dünnen Kranz all sein Haar verloren zu haben, mit einem Wortspiel, das auf die ursprüngliche Bedeutung des Wortes Barbar zielte, »legt der Gott der Lieder keinen Wert.«

Er hätte nichts sagen können, was Ulsna mehr beleidigt hätte. *Selbstbeherrschung,* ermahnte Ulsna sich. *Du verstehst kein einziges dummes, böswilliges Wort. Selbstbeherrschung.*

»Wollt ihr den Gott wirklich eines ganzen Volkes von Anbetern berauben?« fragte Ilian und klang nicht im mindesten verletzt, sondern nur erstaunt. »Und diesen Tempel ihrer Dankesgaben? So, wie die Dinge bei uns stehen, kennt man Apollon kaum. Nur den Priestern und einigen der Edlen ist er ein Begriff. Die wenigen Rasna, die sich hierher bemühen, haben nur ihr eigenes Anliegen im Sinn und gewiß keinen Grund, die Verehrung des Gottes mit nach Hause zu tragen. Doch wenn der Gott einen Namen in unserer Sprache erhält, wenn ein Herrscher ihn offen verehrt, wenn unsere Götter ihn durch ihre Priester in ihrer Mitte begrüßen, dann würde sich die Zahl seiner Verehrer unter den Rasna binnen einer Generation nicht nur verdoppeln, nicht nur verdreifachen, nein, sie würde so rasend schnell anwachsen, daß dort draußen ein neues Haus mit unseren Dankesgaben gebaut werden müßte.«

Ulsna zwang sich, den Dreifuß zu betrachten, der in der Ecke des kleinen Raumes stand, in dem sie sich befanden, und der trotz der Hitze mit qualmender Holzkohle gefüllt war. Sein Puls ging schneller, denn er glaubte, endlich zu verstehen, was Ilian im Sinn hatte. Aber der Gedanke, mit dem Glauben an die Götter Handel zu treiben, erschien ihm so blasphemisch, daß er sich fragte, ob dieser rotgewandete Priester sie jetzt hinauswerfen würde.

»Hm. In der Tat, dergleichen gefiele dem Gott. Aber nun, da du den Gedanken einmal ausgesprochen hast, was braucht er dich weiter? Einem seiner Priester, einmal ausgeschickt, fiele es gewiß nicht schwer, das Gehör eines Königs zu erringen. Schließlich stehen, wenn ich mich recht erinnere, sogar zwölf zur Auswahl.«

Ilians Stimme blieb gelassen. »Ich bin auserwählt.«

»Aber nicht von Apollon, oder willst du etwa behaupten, er« – Papyrus knisterte, und Ulsna nahm an, daß Ilians Gegenüber einmal mehr ihre Botschaft befingerte – »sei der Vater deines Kindes?«

»Nein. Nicht Apollon. Und eben weil es nicht Apollon war, wird niemand behaupten können, daß mich anderes als reine Verehrung treibt, wenn ich ihm eine Heimat im Land meiner Väter gebe. Genauso«, sie holte rasch Atem, ein erstes Zeichen der Unruhe, die Ulsna schon vorher an ihr beobachtet hatte, »wie niemand behaupten kann, das Orakel des Gottes habe niedere Gründe, wenn es meine Unschuld verkündet. Gewiß, einer eurer Priester könnte möglicherweise die Gunst eines Königs erringen. Aber keinem dieser Könige ist geschehen, was mir geschehen ist, das, wovon man in den zwölf Städten jetzt schon so viel spricht, daß sogar die Kinder davon gehört haben.«

Den Blick weiterhin starr auf die rotglühende Asche im Dreifuß gerichtet, gelang es Ulsna, der sich unwillkürlich verschluckt hatte, nicht zu husten. Dafür räusperte sich der Rotgewandete, den der andere Priester vorhin als »edler Iolaos« angesprochen hatte.

»Erkläre mir das noch ein wenig genauer. Ich habe mich noch nicht entschieden, ob du wahnsinnig oder begnadet bist.

Nebenbei bemerkt, keines von beiden ist eine sichere Grundlage für die Zukunft, auf die der Gott sich verlassen könnte.«

»Laß mich dir eine Gegenfrage stellen. Die Geschicke einer Stadt sind vom Unglück verfolgt. Ihre Priester befragen die Götter und verkünden, das alte Opfer müsse gebracht werden, das Königsopfer. Der König für die Stadt. Doch der König weigert sich. Er wird gewaltsam entthront, doch nicht getötet, weil er immer noch nicht bereit ist, das Opfer zu bringen, und es nicht erzwungen werden darf. Der Mann, der ihn vom Thron stößt, ist sein Bruder. Er kann nicht für die Stadt sterben, denn er ist mit der Aufgabe betraut, ihre Geschicke wieder zum Guten zu wenden. Aber er ist auch nicht der rechtmäßige König, denn er handelte gegen sein Blut, nahm sich den Thron mit Gewalt, und so hängen noch immer Unglück und Fluch über der Stadt. Nun sage mir, o Arm des großen Apollon, wie versöhnt man unter solchen Umständen die Götter und macht den Anspruch des neuen Königs rechtmäßig, auf daß die Stadt gedeihe, ohne das Blut des alten Königs zu vergießen?«

»Der neue König muß sich mit der Stadt vermählen«, murmelte Iolaos nach einem kurzen Schweigen. »So wie es früher geschah. Die heilige Ehe. Der Gott mit der Göttin, das neue Blut mit dem alten. Aber seit meiner frühen Jugend habe ich nicht mehr gehört, daß irgend jemand die heilige Ehe vollzogen hätte.«

Ilian entgegnete nichts. Diesmal zog sich das Schweigen sehr lange hin, und Ulsna konnte sein Herz hämmern hören. Endlich war er in der Lage, die verschiedenen Bruchstücke der Geschichte zusammenzusetzen. Endlich ergaben all ihre gelegentlichen Äußerungen einen Sinn. Aber warum hatte sie bis zu diesem Augenblick gewartet und vertraute sich jetzt einem Fremden an? Einen Herzschlag später meldete sich bei ihm ein häßlicher Zweifel. Vielleicht sprach sie nicht die Wahrheit, vielleicht war auch dies nur eine List, um etwas für sich herauszuschlagen. Vielleicht war Ilian einfach ein Mädchen, das einen verhängnisvollen Fehler gemacht hatte und seither die Geschichte erzählte, von der sie glaubte, daß sie ihr am meisten nutzte, jeweils ihrem Publikum angepaßt, so wie er versuchte, die richtigen Vorträge für die Menschen zu schmieden, die ihm gerade ihr Ohr liehen.

»Aber wenn er das Kind aus der heiligen Ehe leugnet und zurückweist, ruht die Hand der Götter nicht länger über ihm«, sagte der Hohepriester gedehnt und ließ seine Worte wie Wassertropfen in die dürre, drückende Stille fallen, die Ulsna die Kehle zuschnürte.

»Ja.«

»Der König muß sterben.«

»Ja.«

»Und der neue König – der Sohn der heiligen Ehe. Von den Göttern gezeugt und auserwählt.«

»Bestätigt und geleitet«, sagte Ilian mit der gleichen ruhigen Stimme, »von Apollon durch sein Orakel in Delphi.«

»Ich muß darüber nachdenken«, erklärte Iolaos unvermittelt. »Inzwischen«, ein Scharren verriet, daß er sich erhoben hatte, »wird dir die Gastfreundschaft des Gottes zuteil werden. Und seines Orakels.«

Der Raum, in den man sie gebracht hatte, mußte zu den ältesten Teilen des Gebäudes gehören; er glich einem unregelmäßigen Ei: nicht mehr Kreis, noch nicht Rechteck, ohne feststellbare Ecken; Ulsna gemahnte das Ganze an das Innere einer Auster. Es fehlte jede Art von Wandschmuck, und so konnte man sehen, daß der hintere Teil in den Fels hineinführte. Immerhin fehlte die dumpfe, schwere Luft, die man in einer Höhle vermuten konnte, doch Ulsna war nicht in der Stimmung, das zu würdigen. Er wartete, bis sie wieder allein waren, dann fragte er aufgewühlt:

»Das hast du nie vorher jemandem erzählt, nicht wahr?«

Ilian schüttelte den Kopf. Sie kniete sich neben den Krug Wasser, den man ihr gebracht hatte, löste die Spangen, die an den Schultern ihre Chlamys zusammenhielten, und begann stumm, sich mit einem Stoffetzen, den sie in das Wasser tauchte, zu säubern.

»Ist es die Wahrheit?«

Ohne innezuhalten oder in seine Richtung zu blicken, entgegnete sie: »Wenn du fragen mußt, dann ist die Antwort bedeutungslos für dich. Entweder du glaubst, oder du glaubst nicht. Das mußte ich selbst herausfinden.«

Er beobachtete sie und fragte sich plötzlich, wie Ilian aussah, wenn man ihr weh tat. Er hatte sie gekränkt erlebt, wütend und ein paar seltene Male traurig, aber was ihm vorschwebte, war ein Schmerz der gewöhnlicheren Art, ein körperlicher Schmerz. Die Prügelei in der Schenke kam ihm in den Sinn, als sie und Arion ihn verteidigt hatten. Damals hatte er gesehen, wie sie sich nach einem Rippenstoß krümmte. Aber was würde sie tun, wenn jemand sie schlug, nicht mit der Faust, sondern mit einem biegsamen Weidenzweig von der Art, wie ihn sein alter Meister benutzt hatte, um ihn für Unachtsamkeit oder falsche Töne zu bestrafen? Er stellte sich Striemen auf Ilians geschmeidigem Rücken vor, den sie ihm jetzt darbot, rote, schmerzende Striemen von der Art, die aufschwollen, so daß man sich noch tagelang nicht gegen eine Wand lehnen oder auf dem Rücken liegen konnte. Eine Strieme von links, eine von rechts, so daß sie ein Kreuz ergaben, für jede überhebliche Antwort.

»Und deine Rache soll so aussehen, daß du deinen Sohn auf den Thron von Alba setzt, nachdem er mit Unterstützung des Orakels von Delphi den jetzigen König entthront hat?« fragte er, nun seiner eigenen Gedanken wegen verstört.

»Das ist es, was der edle Iolaos glaubt«, erwiderte Ilian, und diesmal konnte er leichte Belustigung in ihrer Stimme erkennen. »Und da hat er nicht unrecht. Aber«, sie wurde sehr leise, »dann wäre ich immer noch nur ein Instrument, und das liegt hinter mir. Es genügt nicht mehr.«

Es lag ihm auf der Zunge, zu fragen, was sie noch wollen

könnte, doch er wußte, daß sie ihm darauf nicht antworten würde. Dann fiel ihm etwas anderes auf.

»Ein Sohn, ein König«, sagte Ulsna, und mit einemmal erschien ihm die Luft im Raum nun doch drückend. »Und was geschieht mit dem anderen Zwilling?«

Ilians linke Hand, mit der sie sich soeben über die rechte Schulter griff, erstarrte, und ihr Rücken wurde steif. Dann entspannte sie sich wieder und fuhr mit ihrer Reinigung fort, doch die Bewegungen behielten etwas Eckiges.

»Was die Götter beschlossen haben.« Nach einer Weile, während der Ulsna sie nicht aus den Augen ließ, sich jedoch nicht rührte, fuhr sie fort. »Im übrigen wird mehr als die Unterstützung des Orakels nötig sein, wenn ich sie denn erringe.«

»Oh, es wird dir schon helfen«, gab Ulsna zurück, und die seltsame Bitterkeit, die ihn erfüllte, schmeckte beißend in seinem Mund. »Ist dir bisher nicht alles gelungen? Wer hat dir nicht geholfen, wenn du es wirklich wolltest?«

Diesmal ließ Ilian ihren Stoffetzen sinken und drehte sich zu ihm um. Er stellte fest, daß ihr Gesicht feucht war, konnte sich jedoch nicht erinnern, daß sie es bereits gesäubert hatte, und die hellen Wasserspuren waren auch zu unregelmäßig, um von dem Fetzen herzurühren.

»Bereust du, nicht in Korinth geblieben zu sein?« fragte sie ernst. »Es ist noch nicht zu spät für dich.«

Er dachte darüber nach. »Wenn ich es bereue«, meinte er schließlich, »wirst du mich nicht länger an deiner Seite sehen. Bis dahin gibt es nur Dinge, die ich mir gelegentlich anders wünschte.«

Sie nickte und deutete auf den Wasserkrug. Mit einem ihrer jähen Stimmungsumschwünge stahl sich ein Lächeln in ihre Mundwinkel. »Wenn dich der Eindruck plagt, daß ich vom Schicksal bevorzugt werde, gibt es etwas, das du dagegen tun kannst. Du brauchst nicht zu warten, bis ich fertig bin. Wasche dich gleich und scheue beim nächsten Mal nicht davor zurück, schneller zu sein als ich.«

Er spürte das nasse Klatschen auf seiner Haut schon, bevor er registrierte, daß sie mit dem Lappen nach ihm geworfen hatte. »Den letzten beißen die Wölfe«, sagte sie, und er konnte nicht mehr unterscheiden, ob sie im Spaß oder im Ernst sprach.

Der edle Iolaos, Oberhaupt des Kollegiums der Apollon-Priester zu Delphi, brauchte zwei Tage, ehe er Ilian erneut zu sich bat. In dieser Zeit wurde sie einmal zur Pythia geführt, der Frau, welche die Dämpfe der heiligen Spalte einatmete und mit der Zunge des Gottes sprach, eine Begegnung, an der Ulsna nicht teilnehmen durfte, obwohl ihn die Neugier beinahe verbrannte. Hinterher teilte ihm Ilian nur mit, die Pythia habe keine Botschaft für sie gehabt, die ihr nicht schon bekannt gewesen sei, und im übrigen stünden fortwährend zwei Mitglieder des Kollegiums in ihrer Hörweite, um ihre Worte zu deuten.

»Ich muß sagen, ich ziehe unsere Art, die Götter zu befragen, vor«, schloß sie. »Blitz und Vogelflug bedürfen weder der Aufsicht noch einer Übersetzung. Aber diese Art mag nützlicher sein – für das Orakel.«

Da Apollon für die Griechen auch der Gott des Gesanges war, hatte Ulsna gehofft, in dessen Tempel einige Barden zu finden; eine Hoffnung, die sich als trügerisch erwies. Dafür brachte man ihm, nachdem er, weiterhin mangelnde Griechischkenntnisse vorschützend, durch Ilian nach anderen Musikern gefragt hatte, als Ersatz einige Schriftrollen, in denen sich zu seinem Entsetzen *Aufzeichnungen* von Gesängen befanden, wie ihm Ilian nach einem kurzen Blick darauf mitteilte.

»Und so etwas hier!« empörte er sich.

»Was ist daran falsch, Lieder aufzuzeichnen?«

»Nur Nichtskönner versuchen dergleichen«, wiederholte Ulsna die Worte seines Meisters. »Im übrigen ist es auch sinnlos. Kein Gesang ist jemals gleich. Man muß ihn der Stimmung

des Publikums anpassen. Singt man vor einem Fürsten, emp-
fiehlt es sich, ein paar Komplimente über weise Herrschaft und
Warnung vor falschen Ratgebern einzubauen; bei einer Sieges-
feier müssen Einzeltaten, die denen des wichtigsten Zuhörers
ähneln, dem Helden zugeschrieben werden, und so weiter. Die
Herausforderung liegt ja gerade darin, das Lied auf die Gelegenheit zuzuschneiden und dabei im Versmaß zu bleiben und
Bilder zu finden, die sich makellos zum Rest des Gesangs fügen.
Nur ein Pfuscher singt immer das gleiche!«

»Gewiß hast du recht, aber es könnte sich dennoch für dich
lohnen, diese Schriftrollen durchzugehen. Vielleicht enthalten
sie griechische Weisen, die du noch nicht kennst. Du kannst
deine Überlegenheit dann zeigen, indem du sie in deinem Stil
veränderst.«

»Ilian«, sagte Ulsna mißtrauisch, »das ist nicht lustig.«

»Ich meine es ja auch ernst.«

»Ich kann nicht lesen«, gab er nach einer Weile zu und biß
sich auf die Lippen. »Und ich möchte es auch nicht lernen! Ein
Schritt auf den Pfad der Schwäche, und… außerdem würde es
das Andenken meines Meisters entehren.«

»Wie wäre es, wenn ich sie dir vorlese?« schlug Ilian vor.
»Auf diese Weise bleibt deine Ehre als Barde gewahrt, und wir
haben beide etwas davon.«

Für jemanden, der nicht ausgebildet worden war, trug sie
nicht übel vor; allerdings nahm Ulsna an, daß ihr Rezitieren
von Gebeten als eine Art Ausbildung angehen mochte. Hin und
wieder stolperte sie über ein Wort, das ihr unbekannt war, oder
sprach im falschen Rhythmus, doch ihr zuzuhören erwies sich
als angenehmer Zeitvertreib, während sie auf die Entscheidung
des Orakels warteten. Es machte ihn vertrauter damit, welche
Bilder man hier welchen Göttern zuordnete; er mußte zugeben,
daß »rosenfingrige Eos« sich durchaus mit »zartblühende The-
san« für die Göttin der Morgenröte messen konnte. Außerdem
entdeckte er, daß einige Lieder, die er für rein griechisch gehalten hatte, offenbar doch bereits sehr verändert worden waren,

bis er sie in seiner Heimat gelernt hatte. Es kümmerte ihn nicht weiter, denn in der Veränderung lag die Kunst, doch der Vergleich war oft aufschlußreich. Einige Stellen gefielen ihm so gut, daß er Ilian bat, sie ihm zu wiederholen, während er auf seiner Harfe versuchte, die passende Begleitung zu finden und dann die passende Stimmlage, um sie selbst vorzutragen. Ilian erwies sich als dankbares Publikum, und da sie ihn mittlerweile schon so oft gehört und keinen Grund hatte, ihm etwas vorzuspielen, machte ihn das glücklich. Sie bat ihn sogar, ihr das Harfespielen beizubringen, erwies sich jedoch als so hoffnungslos ungeschickt, daß sie es nach ein paar Versuchen aufgab und erklärte, lieber die Ohren der Barden mit Beifall erfreuen als die der Götter mit ihrem eigenen Versagen plagen zu wollen.

Als Iolaos sie schließlich wieder zu sich beorderte, bat sie Ulsna erneut, sie zu begleiten.

»Gern, wenn du mir den wahren Grund verrätst«, sagte er. »Inzwischen hat mir gewiß jemand beim Üben zugehört, so daß man weiß, daß ich Griechisch zumindest singen kann, und den Leibwächter hat mir vermutlich ohnehin nie jemand abgenommen. Ist es nur, um dich dem Orakel gegenüber zu behaupten?«

Ilian zögerte und ließ die Schriftrolle, die sie soeben hielt, von einer Hand in die andere gleiten. Endlich erklärte sie offen: »Es könnte sein, daß ich sterbe, bevor ich mein Ziel erreicht habe. Oh, nicht unbedingt hier. Ein Räuber könnte mich auf der Straße erschlagen, die nächste Krankheit mag von mir nicht mehr besiegt werden. Vielleicht… möchte ich einfach, daß es jemanden gibt, der die Wahrheit kennt.«

»Deiner Kinder wegen?« fragte Ulsna gerührt. Als sie das nicht sofort bejahte, meldete sich in ihm erneut das Mißtrauen, das sich überhaupt erst durch sie so stark in ihm ausgeprägt hatte und ihn mittlerweile umfangen hielt wie Efeu einen Baum. »Oder damit ich ein Lied auf die zu Unrecht verstoßene Königstochter und Priesterin dichte, das dann weit genug verbreitet wird, um deinem Onkel zu schaden?«

Sie zog eine Augenbraue hoch. »Ich habe soviel Vertrauen in deine Fähigkeiten als Barde, Ulsna, um *sicher* zu sein, daß es *überall* verbreitet werden wird.«

Der edle Iolaos machte auch diesmal keine Anstalten, sich zu erheben, als Ilian den Raum betrat, obwohl er auf einer Liege ruhte. Ilian rührte sich ihrerseits nicht, als er ihr bedeutete, sich auf der zweiten Liege des Raumes niederzulassen. Zuerst fragte sich Ulsna nach dem Grund, dann fiel ihm ein, daß die scheinbar so höfliche Geste in diesem Land eher etwas wie eine Beleidigung oder zumindest eine Prüfung darstellte, denn nur Hetären nahmen Liegen in Anspruch, wenn sich Männer im selben Zimmer befanden.

»Der Gott«, verkündete Iolaos, und seine alte, trockene Stimme klang wie das Rascheln von herbstlichem Laub, »ist deinen Gedanken nicht abgeneigt. Doch fragen wir, seine bescheidenen sterblichen Diener, uns, inwieweit man dir vertrauen kann, und nicht nur, was die Frage angeht, ob du dein Wort hältst. Was du planst, wird Jahre in Anspruch nehmen und mehr erfordern als nur Rachedurst und ein wenig Überzeugungskraft. Höre daher, welche Prüfung dir der Gott auferlegt.«

Ilian stellte mit ihren gefalteten Händen und dem geneigten Kopf ein Muster an Aufmerksamkeit dar, und nicht einmal Ulsna, der glaubte, mittlerweile jede Regung ihres Körpers zu kennen, hätte ihr heimlichen Spott unterstellen mögen.

»Bevor die Menschen nach Delphi kamen, um bei den Göttern Rat zu suchen, war das geachtetste Orakel das des Gottes Amon in Ägypten. Die Götter der Ägypter sind nicht unsere Götter, und die Zeit Ägyptens ist vorüber, doch noch besteht das Orakel. Sie haben dort Wissen, das bis zum Anfang der Welt zurückgeht, und Wege, den Willen der Götter zu ergründen, die uns nicht geläufig sind. Geh nach Ägypten und lerne. Kehrst du mit einem Schatz von Wissen nach Delphi zurück, das man nur dort erwerben kann und das uns allen wertvoll ist, dann wird das Orakel dich in deinem Vorhaben unterstützen.«

»Nichts täte ich lieber«, antwortete Ilian, »zumal ich mich schon lange danach gesehnt habe, jenes Land zu besuchen. Doch verzeih mir, wenn mir die Bedingungen etwas seltsam erscheinen. Wenn sich der Gott so nach dem Wissen der Ägypter sehnt, warum hat er dann nicht längst einen seiner Diener dorthin gesandt?«

Iolaos verzog den Mund zu einem winzigen Lächeln und drehte bedauernd die Handflächen nach oben.

»Der Gott fürchtet um das Leben seiner treuen Diener, denn er hat schon zwei von ihnen verloren, die vergebens den Versuch machten, für ihn jenes Wissen zu erwerben. Das Orakel des Amon befindet sich in Theben, und dort herrscht der nubische Pharao. Um jedoch dorthin zu gelangen, muß man den Teil des Landes durchqueren, wo die Assyrer sich eingenistet haben. Sie wollen ihren eigenen Vasallen zum Herrn beider Länder machen, wie man hört, und dieser wirbt, auf daß er nicht als Sklave der Assyrer gelte, auch griechische Söldner an. Deswegen hegt man in Theben Groll gegen alle Menschen griechischer Zunge, törichten Groll, versteht sich, denn ich bin sicher, daß nur Spartaner oder Inselgriechen sich auf derlei Unternehmungen einlassen, die mit uns keinesfalls zu vergleichen sind. Aber so weise die Priester der Ägypter auch sein sollen, so unvernünftig ist das Volk auf der Straße. Angeblich zerreißt es Menschen, die ihm nicht gefallen, in Stücke.«

»Nun verstehe ich, warum der Gott mir diese Prüfung auferlegt«, entgegnete Ilian freundlich. »Nun, gesetzt den Fall, ich bestehe sie und erweise mich würdig – wie genau wäre die Unterstützung beschaffen, die das Orakel mir dann zuteil werden ließe?«

Mit einem Händeklatschen rief Iolaos einen der weißgewandeten Priester herein und ließ sich einen Becher Wein einschenken. Er bot Ilian nichts davon an, was, so hielt sich Ulsna wieder vor Augen, hierzulande ein Beweis der Achtung war, denn damit unterstellte er ihr nicht mehr unziemliches Verhalten.

»In diesem Fall sähe sich das Orakel verpflichtet, jeden Besucher aus dem Land der Rasna, wie auch jeden, der etwas mit den Rasna zu tun hat, auf eine Ungeheuerlichkeit aufmerksam zu machen, welche die Götter beleidigt hat. Der König von Alba kam widerrechtlich auf den Thron. Als seine Nichte, Tochter des wahren Königs, von einem Gott selbst ein Kind empfing, um die richtige Erbfolge wiederherzustellen, wies er dieses Geschenk der Götter nicht nur zurück, sondern jagte die schwangere Priesterin in die Wildnis, auf daß Mutter und Kind verdürben. Die Götter werden erst dann wieder zufrieden sein, wenn der Gerechtigkeit Genüge getan ist, wenn der wahre König kommt, sein Erbe zu verlangen.« Iolaos nippte an seinem Becher und ließ sein Lächeln etwas breiter werden. »Es ist eine alte Geschichte, und doch immer wieder neu. Die Menschen werden sie erkennen und werden sie glauben, weil sie sie erkennen. So ist es mit den tieferen Wahrheiten immer.«

Mittlerweile fragte sich Ulsna, dem die Grundzüge der Geschichte ebenfalls nur allzu bekannt waren, ob alle Priester den Willen der Götter so eigenmächtig auslegten und mit dem Glauben der Menschen schacherten. Er war abgestoßen und gefesselt zugleich, wie bei Arions Fest, als ihm die Gäste eindeutige Angebote gemacht hatten.

Ilian neigte den Kopf noch etwas tiefer. »Da gebe ich dir recht. Doch würde ich die Macht des Gottes und seines Orakels gering achten, würde ich annehmen, daß sie es dabei beließen.«

Mit einer leichten Handbewegung goß Iolaos etwas Wein auf dem Boden aus, als Trankopfer für den Gott. »Deine Achtung ehrt dich«, sagte er kühl. »Ehe ich allerdings weitere Möglichkeiten des Orakels mit dir erörtere, wüßte ich gern, welcher Gott damals die heilige Ehe mit der Göttin geschlossen hat. Wen wird die Geschichte nennen?«

»Edler Iolaos, gewiß stellst du mich wieder auf die Probe, denn ohne Zweifel hat dir deine Weisheit das bereits verraten. Die Göttin war Turan, in ihrer Eigenschaft als Schirmherrin der Stadt, als Mutter und Geliebte, als Hüterin von Fruchtbarkeit und Frieden. Die Stadt war erobert worden. Daher mußte es der Gott der Eroberung sein. Laran, den man in diesem Land Ares nennt. Der Kriegsgott.«

Ein Schauer lief Ulsna über die Haut. Er selbst hatte nie einen Krieg erlebt, aber er hatte alte Krieger in den Straßen betteln sehen, mit ihren zerhackten Gliedmaßen, ihren Narben und ihren Flüchen auf alle, die noch gesund waren. Mit der Nennung des Kriegsgotts als wahren Vater ihrer Kinder weihte Ilian diese Knaben – und wahrscheinlich noch viele andere – einem Schicksal, das hohen Ruhm bedeuten konnte oder ein Ende in der Gosse. Ihm kam in den Sinn, wie die Griechen den Kriegsgott in den Liedern nannten, die er und Ilian in den letzten Tagen gemeinsam studiert hatten: *Grausamer Ares, Fluch der Menschen, blutgetränkter Stürmer der Städte.* Wollte sie das für ihre Söhne?

Indessen nickte Iolaos beifällig. »In der Tat, ich hätte es mir denken können. Es war eine weise Wahl, doch ist Ares oft wetterwendisch und wortbrüchig, und da wundert es mich nicht, daß auch sein sterblicher Vertreter wortbrüchig wurde. Fürwahr, sein Sprößling ist gut beraten, sich unter Apollons Schutz zu stellen. Seine göttliche Herkunft allerdings kann ihm niemand streitig machen, und Männer werden dem Sohn des Kriegsgottes gern in die Schlacht folgen. Selbst Männer griechischer Zunge, wenn es nötig sein sollte, besonders wenn das Orakel es ihnen rät.«

Ulsna erwartete, daß Ilian jetzt zur Sprache brächte, daß sie zwei Söhne, und nicht einen hatte, doch sie tat nichts dergleichen. Statt dessen kniete sie nieder und hob langsam beide Hände. Die Haltung der Betenden und Flehenden war Ulsna noch nie so beunruhigend erschienen wie jetzt, da Ilian langsam, jedes Wort betonend, sagte:

»Ruhm und Preis sei Apollon, den die Rasna anbeten werden in seiner Herrlichkeit, wenn alles Unrecht getilgt ist und Recht wieder herrscht über Alba!«

»Das wird es«, bemerkte Iolaos, doch als er weitersprach,

war aus seiner Stimme jede Billigung und Freundlichkeit verschwunden. Sehr klar und sehr kalt setzte er hinzu: »Wenn du deine Versprechen hältst, mein Kind. Jedes einzelne. Es gibt niemanden, der dir ein weiteres gebrochenes Gelübde verzeihen würde.«

Ilian erhob sich wieder, und diesmal machte sie noch nicht einmal den Ansatz eines bescheidenen Kopfneigens.

»Verzeihung ist für die Schuldigen«, gab sie hart zurück. »Ich habe mich nie eines Vergehens gegen die Götter schuldig gemacht, und ich werde es auch nie tun.«

»Dann«, sagte Iolaos, und nun war er es, der den Kopf um eine Winzigkeit senkte, »verstehen wir uns.«

Die Sonne stand bereits lange am Himmel, als die Herrin Nesmut sich endlich entschloß, den Tag zu beginnen. Es hatte eine Zeit gegeben, in der sie die erste gewesen war, die sich erhob, manchmal sogar noch vor den Sklaven. Eine Zeit, in der es ihr gefallen hatte, von der Terrasse ihres Palastes aus Sais zu betrachten, die Stadt ihres Gemahls, wenn der Sonnenaufgang sie jeden Morgen aufs neue gebar. Damals war ihr Sais als ein verheißungsvolles Versprechen erschienen, wie ein noch nicht geschliffenes Juwel, wie das weiche, unscheinbare Ei einer Kobra, aus dem bald die königliche Schlange schlüpfen würde, um sich in erhaben-blauer Pracht um das Haupt ihres Gemahls und um das ihre zu legen.

Es hatte sie nicht gestört, daß dem neuen, lauten, uneinheitlichen Sais die ehrwürdige Erhabenheit ihrer Heimatstadt Theben fehlte oder die kühle Eleganz von Memphis, den Städten, von denen aus Ägypten fast immer regiert worden war. Von den elf Königreichen, in die das Land zerfallen war, ehe die Nubier kamen, konnte keines sich mit der Macht und dem Reichtum von Sais im westlichen Nildelta messen. Die Schiffe, die aus allen Ländern kamen, um Handel zu treiben, segelten den Nil gewöhnlich nur die kurze Strecke bis nach Sais hoch, weil der Fluß in seiner gewaltigen Größe bis dahin kaum von einem Meeresarm zu unterscheiden war und keine Untiefen sie gefährdeten. Sais war der Mund Ägyptens, der die Güter der Fremden einsog und die Gaben des Landes ausatmete. Jeder einzelne der vier Nubier, der sich den Titel des Herrn beider Länder angemaßt hatte, war deswegen auf die Unterstützung der Prinzen von Sais angewiesen gewesen.

Nesmut führte ihre Abstammung auf die Götter zurück. Gewiß, ihre unmittelbaren Vorfahren hatten nie auf dem Thron gesessen, doch ihr Vater konnte eine Verwandtschaft zu dem Einzig-Einen nachweisen, der vor zweimal hundert Jahren über Ägypten geherrscht hatte. Ihre Familie besaß das Recht, eine Grabstätte im Tal der Könige zu beanspruchen. Nicht, dachte sie verächtlich, daß dies den Nubiern etwas bedeutete, die sich anmaßten, Pyramiden für ihre Könige zu bauen, in plumper Nachahmung der Erhabenen; etwas, das einem *wahren* Ägypter nie in den Sinn gekommen wäre.

Als man sie mit Necho, dem Fürsten von Sais, vermählte, hatte dieser sofort erkennen lassen, daß es nicht nur die Mitgift und ihre Schönheit waren, die ihn an ihre Seite zogen, sondern daß er in ihr auch das Blut der Götter suchte. Sie und Necho hatten einander von Anfang an verstanden.

Warum immer die sichere Stufe sein, auf die ein fremder Pharao seinen Fuß setzte, wenn es möglich war, die Doppelkrone selbst zu erringen? Und es war möglich. Als die Assyrer Land nach Land nahe der ägyptischen Grenze unter ihre Herrschaft brachten, als Phönizien, Israel, Juda und Philistia ihre Nacken beugten, hätte selbst ein Blinder prophezeien können, wohin ihr Ehrgeiz sie als nächstes führen würde.

Nesmut hatte den Wink der Götter erkannt und Necho gedrängt, Asharhaddon, dem König der Assyrer, einladende Worte zu schicken. Sollten die Assyrer kommen; wenn sich Assyrer und Nubier erst zerfleischt hatten, dann würde die Zeit für den wahren Sieger kommen, und wer anders sollte das sein als der Fürst von Sais, der bereits seit Generationen den Titel »Herr des Westens« führte?

Es war ein guter Plan gewesen, und auch jetzt noch, während sie die erbarmungslosen Strahlen der Mittagssonne jede Falte in ihrem Gesicht offenbaren fühlte und rasch wieder in den kühlenden Schatten ihrer Gemächer floh, erinnerte sich Nesmut an den Triumph, der sie erfüllt hatte, als die Assyrer Memphis erobert und die anmaßende nubische Königin gefangengenommen und nach Niniveh mit sich geführt hatten. Als Asharhaddon dann auch noch Necho zum ersten jener Vasallen ernannt hatte, die das Land für ihn regieren sollten, wenn er nach Assur zurückkehrte, war sie ihrer Sache sicher gewesen und hatte die Doppelkrone bereits auf dem Haupt ihres Gemahls gesehen.

Aber Taharqa, der Nubier, der nie den Titel des Einzig-Einen aufgegeben hatte, bewies, daß er mehr konnte, als Monumente in Memphis und Theben zu bauen und sich mit dem höchsten Orakel gut zu stellen. Er wartete, bis Asharhaddon fort war, kehrte mit neuen Truppen zurück und saß binnen zweier Jahre wieder in Theben, als Herr über beide Länder.

Die Erinnerung an diese Ereignisse machte Nesmut jetzt noch zornig. Die Assyrer waren keine Hilfe gewesen. Angeblich hatten ihre Astrologen Asharhaddon von einem erneuten Feldzug abgeraten. Als ihnen die Sterne endlich wieder günstig erschienen, starb Asharhaddon, und es dauerte nochmals zwei Jahre, bis sein Nachfolger Assurbanipal in Ägypten erschien. Jahre, in denen Nesmuts Traum Stück für Stück gestorben war, gemeinsam mit ihrem Vater und ihren Brüdern, und in denen sich Necho erneut dem Nubier Taharqa beugen mußte.

Jetzt waren die Assyrer wieder da mit ihren Truppen. Ließen Necho für seine »Treulosigkeit« zahlen, als ob ihm etwas anderes übriggeblieben wäre. Behandelten ihn nicht mehr als Verbündeten, sondern als unbotmäßigen Untertan, und verboten ihm, weiterhin griechische Söldner anzuwerben. Behaupteten, er müsse die Erträge von Sais gänzlich ihnen zur Verfügung stellen, wenn er ihre Gunst wiedererringen wolle. Im Vergleich dazu war Taharqa noch wohlwollend gewesen. Nesmut sah keinen Sinn mehr darin, die Assyrer zu beschwichtigen. Auch Assurbanipal würde Ägypten wieder verlassen, und Taharqa, der sich jetzt auf dem Rückzug befand, würde erneut in den Norden vorstoßen. Aber dann würde Necho kein Heer und keine Güter mehr haben, um die Lage noch in irgendeiner Weise zu nutzen.

Nesmut fühlte sich müde und aufgebraucht. Ihr Gemahl hörte nicht mehr auf sie; in schwierigen Stunden beschuldigte er sie gar, für das ganze Debakel verantwortlich zu sein, weil sie ihm ihren Ehrgeiz ins Blut gesetzt habe, und sprach düster davon, sein Testament ändern zu wollen, in dem er sie adoptiert hatte, um ihr mehr als nur das einer Ehefrau zustehende Drittel an Erbschaft zu sichern. Schlimmer für sie war jedoch ihre eigene Bitterkeit. Sie glaubte nicht mehr daran, daß Necho das Zeug dazu hatte, der Einzig-Eine zu werden, ließ dies gelegentlich sehr wohl durchblicken und fragte sich mit jedem Tag mehr, warum sie eigentlich noch bei ihm blieb. Sie besaß die Möglichkeit, den Scheidebrief zu fordern; das Gesetz gab ihr das Recht dazu, wie sie auch die Verwaltung ihres Eigentums selbst ausüben konnte. Aber der Krieg hatte viele ihrer Güter verwüstet, und außerdem war ihre Hoffnung noch nicht ganz geschwunden, sondern klammerte sich in ihr fest wie eine störrische Auster an einen Felsen. Es mochte noch ein Wunder geschehen und Necho mit neuer Kraft erfüllen. Oder ihr Sohn, Psammetich, würde seine Lehrer, die ihn als mürrisch und faul bezeichneten, ins Unrecht setzen und ihrem Namen doch noch Unsterblichkeit verleihen.

Von diesem Gedanken beflügelt, beschloß sie, ihrem Sohn einen Besuch abzustatten, statt darauf zu warten, daß er ihr am Abend seine Reverenz erwies. Diesmal wich sie nicht vor der Sonne zurück, als sie ihre Gemächer verließ, und atmete die trockene, heiße Wüstenluft ein, die der Winterwind heute mit sich gebracht hatte. So war es selten genug; die für gewöhnlich herrschende feuchte Schwüle des Deltas gehörte zu den Dingen, die sie an Sais selbst in ihren glücklichsten Tagen gestört hatten.

Sie kam nicht weit. Ihr Haushofmeister erspähte sie bereits, als sie den ersten Innenhof durchquerte, und rief sie an. Ungnädig wandte sie sich ihm zu und erfuhr, drei Fremde hätten vorgesprochen, um in ihre Dienste zu treten.

»Derlei Haushaltsangelegenheiten zu entscheiden obliegt dir«, entgegnete Nesmut ungehalten. »Dazu beschäftige ich dich schließlich.«

»Verzeih, Herrin, aber ich meine, du solltest sie dir ansehen«, entgegnete der Haushofmeister, den jahrelange Vertrautheit gelehrt hatte, wie weit er bei ihr gehen konnte, mit der richtigen Mischung aus Ehrerbietung und Drängen. »Es sind Fremde, aber keine Griechen, Assyrer oder Nubier«, fügte er vielsagend hinzu.

Da es ursprünglich Nesmuts Einfall gewesen war, griechische Söldner anzuheuern, um ein wenig Unabhängigkeit von den Assyrern zu gewinnen und dadurch weniger als ihr Vasall dazustehen, hegte sie in bezug auf alles, was von jenseits des Meeres kam, gemischte Gefühle. Sie glaubte immer noch, daß es eine gute Idee gewesen war, doch bisher hatte sie ihnen kein Glück gebracht, und bei ihrem letzten Streit hatte Necho auch dies unter den Dingen aufgezählt, die er ihr übelnahm. Sie schwankte. Dann entschied sie, heute auf Nechos Gefühle keine Rücksicht nehmen zu wollen, und teilte dem Haushofmeister mit, er möge ihr die Fremden vorführen. Wenn schon nichts anderes, so würde der ungewohnte Anblick sie von ihren alltäglichen Sorgen und Enttäuschungen ablenken, und nichts anderes hatte die treue Seele vermutlich im Sinn gehabt.

Der Palast, durch den sie geführt wurden, schien kein Ende nehmen zu wollen, und Ulsna kam aus dem ehrfürchtigen Staunen nicht mehr heraus. Weder in seiner Heimat noch bei den

Griechen, wo er und Ilian alles in allem fast ein Jahr gelebt hatten, war ihm jemals ein solches Gebäude zu Gesicht gekommen, das sogar griechische Tempel im Vergleich dazu klein wirken ließ. Nicht nur die Wände, auch die Decken waren mit Sternengewölben bemalt, und zu gern wäre er in jedem Raum etwas länger verweilt, um ihn sich näher anzusehen. Die Gestalten mit Tierköpfen mußten die ägyptischen Götter sein. Er fragte sich, welche von ihnen eine Sphinx war. Die Geschichte von der Sphinx, die aus Ägypten gekommen war und die griechischen Länder heimgesucht hatte, bis sie Ödipus erschlug, gehörte zu denen, die ihm Ilian in Delphi vorgelesen hatte, aber wie eine Sphinx aussah, das konnte er sich nicht vorstellen. Ein Teil ihres Körpers sei der eines Löwen, so hieß es, doch einen Löwen hatte er auch nie gesehen, und so war er immer noch nicht klüger. Wie dem auch sein mochte, es würde Zeit genug sein, um solche Dinge herauszufinden. Mehr als genug Zeit.

Ilian war nach ihrer Übereinkunft mit Iolaos noch einige Wochen in Delphi geblieben, hatte weiterhin Schriftrollen studiert, Gespräche mit der Priesterschaft geführt und außerdem erfolglos versucht, jemanden zu finden, der ihr die Sprache der Ägypter beibringen konnte. Dann waren sie nach Korinth zurückgekehrt, diesmal nicht als widerwillig geduldete Mitglieder einer Gesandtschaft, sondern als vom Orakel von Delphi beschirmte und mit einer Leibwache ausgestattete Reisende.

In Korinth waren sie folgerichtig im dortigen Apollon-Tempel untergebracht worden, und Ulsna mußte zu seiner Überraschung feststellen, daß er im nachhinein die zwanglosere Umgebung von Proknes Haus dieser neuen Unterkunft vorzog. Die ständigen Rituale, zu deren Teilnahme sich Ilian offenbar verpflichtet fühlte, fingen an, ihn zu bedrücken. Arion befand sich leider wieder auf See; immerhin waren einige seiner Freunde bereit, Ulsna auf ihren Festen spielen zu lassen, so daß er der priesterlichen Umgebung öfter entkommen konnte.

Als Ilian mit seiner Hilfe endlich jemanden fand, der bereit war, sie das Ägyptische zu lehren, stellte sich heraus, daß die

Großzügigkeit des Gottes Apollon ihre Grenzen hatte. Seeleuten den Zutritt zum Tempelgelände zu gestatten, so wurde Ilian bedeutet, ging weit darüber hinaus. Da sie sich jedoch auch nicht mit dem Ägypter in der Öffentlichkeit treffen konnte, ohne ihren mühsam zurückerlangten Status als Priesterin zu gefährden, endete es schließlich damit, daß sie und Ulsna Prokne regelmäßige Besuche abstatteten. Einmal fragte Ulsna Ilian, wie sie Prokne überredet habe, einen Raum für den Unterricht zur Verfügung zu stellen, und bekam als Antwort, sie habe Prokne als Ausgleich versprochen, sie das Schreiben und den Umgang mit Zahlen zu lehren.

»Ich hätte gedacht, wenn Prokne etwas gut kann, dann rechnen.«

»Nun lernt sie eben, es auch schriftlich gut zu können. Hetären haben nichts gegen Gedächtnisstützen, anders als ihr Barden.«

Natürlich blieb der Ägypter nicht lange genug in Korinth, um sie beide mehr als das Radebrechen in einer neuen Sprache zu lehren. Es dauerte eine Weile, bis wieder ein ägyptisches Handelsschiff im Hafen war, und als Ilian schließlich entschied, sie hätten nun alles gelernt, was sich von Seeleuten aufschnappen ließ, war es auch nicht einfach, sich eine Überfahrt nach Ägypten zu sichern. Inzwischen war Arion wieder zurückgekehrt, hatte jedoch bedauernd erklärt, Ägypten komme für ihn vorerst nicht in Frage.

Im Grunde konnte es Ulsna noch immer nicht ganz glauben, als ein phönizisches Schiff mit ihnen an Bord in Sais vor Anker ging. Da die Seeleute erzählt hatten, daß Sais nicht direkt an der Küste lag, hatte Ulsna ständig darauf gewartet, daß die breiten Wassermassen sich endlich zu einem Fluß, wie er ihn kannte, verengen würden, als sie sich, wie sich auf seine Frage hin herausstellte, schon längst auf dem Nil befanden. Für Ulsna war der Nil kein Fluß, sondern eine Meerenge, in der das Wasser aus unerfindlichen Gründen nicht mehr salzig war, was nur zur Unwirklichkeit ihrer ganzen Reise beitrug.

Er wußte, daß sie nun wieder auf sich allein gestellt waren. Iolaos hatte deutlich gemacht, daß sich Ilian in Ägypten selbst zurechtfinden würde müssen, und wenngleich das Orakel während ihrer Zeit in Delphi und Korinth dafür gesorgt hatte, daß es ihr nie an Nahrung oder Kleidung fehlte, hatte man ihr keine Güter mitgegeben, mit denen sie sich Freunde hätte schaffen können. Um seine Person machte Ulsna sich keine großen Sorgen. Alle Geschichten, so lautete ein griechisches Sprichwort, das ihm öfter zitiert worden war, stammten im Grunde aus Ägypten, und so war er überzeugt, daß sie dort einen Barden zu schätzen wissen müßten. Aber als er Ilian fragte, wie sie sich alles Weitere vorstelle, versetzte sie ihn mit ihrer Antwort ein weiteres Mal in höchste Aufregung.

»Du brauchst es nicht zu tun«, sagte sie, als er protestierte. »Aber ich habe lange darüber nachgedacht, und es scheint mir der einzig vernünftige Weg. Ich bin immer noch weit davon entfernt, die Sprache wirklich zu beherrschen. Außerdem muß ich jemanden finden, der mir beibringt, auch in ihr zu lesen und zu schreiben. Wie sonst soll ich Wissen sammeln und überhaupt erst nach Theben gelangen? Ich kenne das Land nicht. Sie hatten noch nicht einmal eine Beschreibung in Delphi, und was mir unsere *Lehrer* auf den Papyrus malten, stimmt vermutlich in allen Bereichen nicht. Wenn ich jetzt versuche, mich nach Theben durchzuschlagen, stehen meine Aussichten schlechter als die eines Fisches auf dem Trockenen.«

»Und wenn sie dich nie wieder gehen lassen?«

»Ulsna, ich habe einen Esel befreit, glaubst du nicht, daß ich mich auch selbst befreien kann?«

Das Zusammenleben mit Ilian erinnerte ihn manchmal an das Reiten auf einem Pferd ohne Zügel. Nicht, daß er je auf einem Pferd geritten wäre. Doch er hatte Arion und dessen Freunde ein paarmal in Korinth dabei beobachtet und begriffen, warum die Griechen behaupteten, der Gott der Meere habe das Pferd aus einer Welle erschaffen. Einer von Arions Freunden allerdings war bei einem solchen Wettritt gestürzt und hatte sich das Genick gebrochen. Es mochte durchaus sein, daß Ilian ihn auch eines Tages in den Tod mitzerren würde, aber der Gedanke, sie zu verlassen, erschien Ulsna immer unerträglicher. Es würde bedeuten, in die Einsamkeit zurückzukehren, und er war sich fast sicher, daß es niemanden mehr geben würde, der ihn in seiner Unnatürlichkeit so annähme wie Ilian.

Selbstverständlich sagte er ihr nichts dergleichen, als sie ihn schließlich fragte, ob er auch diesen Weg mit ihr ginge. Statt dessen entgegnete er, als der Barde, der sich vorgenommen habe, ein Epos über ihre Geschichte zu verfassen, müsse er sie wohl begleiten. Sie lächelte und küßte ihn, einen ihrer leichten, schwesterlichen Küsse auf die Wange, die ihn immer ein wenig wütend auf sie und sich selbst machten. Sie war nicht seine Schwester, doch er wußte nicht, ob er sie als etwas anderes würde ertragen können.

Für die Begegnung mit der Herrscherin von Sais trug sie das einzige Gewand, das die Reise einigermaßen heil überstanden hatte, schlicht in seiner waidblauen Färbung, ohne jegliche Art von Stickerei und mit zwei Bronzefibeln zusammengehalten. Der Gegensatz zu der Frau, zu der sie nun geführt wurden, hätte nicht größer sein können. Selbst Prokne hatte im Vergleich dazu bescheiden ausgesehen.

Ulsna kniete nieder, wie ihn der Haushofmeister mit einer eindeutigen Geste angewiesen hatte, doch er konnte seinen staunenden Blick nicht von der Ägypterin wenden. Sie trug einen über und über mit Gold durchwirkten Kopfputz aus pechschwarzem Haar. Ihr Gesicht war ebenfalls mit Goldpuder bestäubt, doch darunter mußte sie Bleiweiß aufgetragen haben. Um die Augenlider schillerte eine grünliche Substanz, und die Augenbrauen waren mit Kohle bis an die Schläfen verlängert. Als sie in die Hände klatschte, was, nach dem Verhalten des Haushofmeisters zu schließen, wohl bedeutete, daß man sich nun erheben durfte, sah Ulsna, daß die Handflächen mit Henna rot gefärbt waren. An den Fingernägeln trug sie kleine silberne Schildchen. Die Fußgelenke wie die Handgelenke waren mit

Ketten geschmückt, die ebenfalls silbern schimmerten. Am erstaunlichsten jedoch war das Gewand; dieses tiefe, dunkle Rot hatte er noch nie gesehen, und er fragte sich, ob es die legendäre Substanz in sich trug, die so kostbar war, daß man behauptete, sie sei ein Geschenk nur für Könige, und die man »Purpur« nannte.

Der Haushofmeister richtete in einem ehrerbietigen Tonfall das Wort an sie. Ulsna verstand nur grob den Sinn des Satzes. Seit ihrer Ankunft in Sais hatte er festgestellt, daß Ilian in einem recht hatte: Was sie bisher beherrschten, konnte nur ein Bruchteil der ägyptischen Sprache sein.

Als die Frau zustimmend nickte, trat Ilian einen Schritt vor und begann mit der Ansprache, die sie auf dem Schiff verfaßt und ständig verfeinert hatte, in der Hoffnung, sich so gut auszudrücken, wie es ihr derzeit möglich war. Ulsna hoffte nur, daß sich keiner der Ägypter und Phönizier einen Spaß daraus gemacht hatte, ihnen falsche Redewendungen beizubringen.

Ilian kam nicht sehr weit, ehe die Frau abwinkte und mit einem starken Akzent, jedoch klar verständlich in griechisch fragte: »Man sagte mir, ihr wärt keine Griechen, doch ich darf wohl annehmen, daß ihr diese Sprache besser beherrscht?«

»So ist es«, entgegnete Ilian, und nur ihr leichtes Erröten verriet Ulsna, daß sie sich über die herablassende Art der Fremden ärgerte. In ihrem Tonfall dagegen blieb sie die Demut selbst. »Ich bitte um Vergebung, aber ich habe erst angefangen, deine Sprache zu studieren, Herrin, wohingegen ich mit der der Griechen schon seit vielen Jahren vertraut bin. In meiner Heimat siedeln sich immer mehr von ihnen an, und so fällt es leicht, sie zu erlernen.«

»Griechen gibt es überall«, kommentierte die Herrin des Hauses. »Sie vermehren sich wie Frösche um einen Teich. Doch immerhin sind sie nützlich, als Händler und als Krieger. Welchen Nutzen kannst du mir bringen, daß du mich so früh am Morgen behelligst?«

Nach Ulsnas Einschätzung hatte die Sonne ihren höchsten

Stand bereits erreicht, doch er bezweifelte, daß irgend jemand hier daran erinnert werden wollte.

»Ich biete dir meine Dienste an und auch die meines Begleiters, der ein Barde ist.«

Eine der überlangen, kohlschwarzen Augenbrauen kletterte in die Höhe.

»Und worin bestehen deine Dienste?«

»Herrin, ich spreche nicht nur Griechisch, ich kann es schreiben und lesen. Ich bin in der Lage, die Verwaltung eines Gutes zu führen oder«, sie machte eine kurze Atempause, »eines Tempels. Dazu wurde ich ausgebildet. In meiner Heimat bin ich dazu bestimmt, der Schirmherrin unserer Stadt als ihre Hohepriesterin zu dienen, wenn die Zeit dazu gekommen ist. Doch vorher haben die Götter mich hierher gesandt, um ihnen und dir hier zu dienen und zu lernen.«

»Fremde Götter«, erklärte die Herrin abweisend, »kümmern uns hier nicht. Sie besitzen keine Macht in Ägypten.«

»Bist du sicher?« fragte Ilian mit etwas weniger Ehrerbietung. »Warum herrschen dann seit drei Generationen nur noch Fremde in Ägypten?«

Die Augen der Herrin verengten sich. Sie neigte den Kopf leicht zur Seite und begann, langsam um Ilian herumzugehen, die sich dabei nicht vom Fleck rührte.

»Ich könnte dich auspeitschen lassen«, sagte die Ägypterin gedehnt.

»Das könntest du«, stimmte Ilian zu, und Ulsna spürte, wie seine Handflächen feucht wurden. »Und du wirst noch oft Gelegenheit dazu haben, denn ich biete meine Dienste nicht an wie die griechischen Söldner, die sich herausnehmen zu gehen, wann sie wollen. Ich möchte mich für zwei Jahre an dich verkaufen, mit einem Vertrag, wie es hier üblich ist.«

Als die Seeleute von dieser speziellen ägyptischen Sitte erzählt hatten, waren sie bei Ulsna auf Unglauben gestoßen. Wenn jemand so verzweifelt und verarmt war, sich freiwillig in die Sklaverei zu verkaufen, was hinderte dann den neuen Herren daran, den Unglücklichen auf ewig als Sklaven zu behalten? Ein »Vertrag«? Zeichen auf Papyrus oder Ton? Lächerlich. Doch die Ägypter versicherten, dergleichen sei üblich und die Verträge würden eingehalten.

»Zwei Jahre, wie?« entgegnete die Ägypterin und klang aufrichtig belustigt. »Hat man dir nicht gesagt, daß solche Verträge in der Regel auf 99 Jahre ausgestellt werden und damit auch noch für die Nachkommen gelten, weil kaum ein Sklave so alt wird?«

Ilian gestattete sich ebenfalls ein leichtes Lächeln. »Das mag wohl sein, doch ich bin nicht die Regel, sondern die Ausnahme. Meine Götter haben mich geschickt, um hier zu lernen, zu dienen und dir, Herrin, zu helfen. Gewiß sind sie nicht so mächtig wie deine Götter. Es mag aber sein, daß sie es mit den Göttern anderer Fremder sehr wohl aufnehmen können. Und«, schloß sie, nun wieder voll Ehrerbietung, »eine gute Schreiberin ist immer nützlich, selbst in einer anderen Sprache.«

Auch das hatte Ulsna nicht einleuchten wollen, als sie ihm ihren Plan erläuterte. Wenn die Frau eines Fürsten Schreiber benötigte, dann doch gewiß nur solche, die in der Landessprache Dokumente für sie verfassen konnten.

»Iolaos sagte, der Fürst von Sais beschäftige griechische Söldner«, hatte Ilian eingewandt. »Außerdem regiert er über eine Hafenstadt, die auch vom Handel mit den Griechen lebt. Es kann ihm nur nützen, jemanden zu beschäftigen, der Griechisch spricht und schreibt, aber nicht zu den Griechen gehört, so daß dessen Treue nur ihm gilt.«

Daß ihnen der Haushofmeister gleich zu Anfang erklärt hatte, sie müßten sich mit solchen Dingen an die Herrin, nicht an den Herrn wenden, war eine Überraschung gewesen, doch eine angenehme. Bereits in den Straßen war ihnen aufgefallen, daß es, anders als in den griechischen Städten, nicht an Frauen mangelte und daß ihnen keiner einen zweiten Blick schenkte.

»Mag sein, daß ich mich in die Sklaverei verkaufe«, hatte Ilian ihm zugeflüstert, »doch zumindest werde ich hier nicht ständig mit gesenkten Augen herumlaufen müssen. Und wenn eine Frau in dem Haus das Sagen hat, dann besteht auch keine Gefahr, daß sie mir unweibliches Verhalten vorwirft.«

Unweibliches Verhalten vielleicht nicht, dachte Ulsna jetzt, während er die Fäuste ballte, sich zwang, ruhig zu bleiben, und hoffte, daß sie bei einem Hinauswurf nicht trotzdem vorher noch verprügelt werden würden. *Aber so, wie sie dich ansieht, wird sie dich für deine Anmaßung noch büßen lassen, und du willst ja unbedingt freiwillig auf alle Rechte verzichten.* Er wußte nicht, ob er Ilian Erfolg wünschen sollte oder nicht.

»Eine gute Schreiberin«, meinte die Ägypterin trocken, »müßte vor allem in meiner eigenen Sprache schreiben können, und du bist noch nicht einmal in der Lage, sie richtig zu sprechen.«

»Herrin, ich lerne schnell. Außerdem will ich als Entgelt für meine zwei Jahre nicht mehr als ebendies: eure Sprache schreiben zu lernen.«

»Nun, dieser Preis besitzt immerhin den Vorzug, neu zu sein. Woher, sagtest du, stammst du?«

Ilian, die noch überhaupt nichts Derartiges gesagt hatte, verzichtete auf eine Berichtigung und entgegnete, sie sei eine Rasna aus dem Land jenseits der Tyrrhenischen See.

»Das Land ist mir unbekannt«, bemerkte die Herrin. »Ist es Assur oder Nubien tributpflichtig?«

»Keinem von beiden. Wir sind frei.«

»Wenn ihr jetzt noch frei seid, dann vermutlich nur, weil euch keiner von beiden haben will, und das bedeutet, daß es ein armes Land sein muß, ein bedeutungsloses Land.«

»Gewiß«, entgegnete Ilian und preßte ihre Handflächen in einer Geste des Respekts gegeneinander, »ist es nicht zu vergleichen mit dem herrlichen Ägypten. Deswegen finden dort auch kaum Kriege statt, und wir müssen uns nur ab und zu vor Piraten fürchten, nicht jedoch vor fremden Armeen. Das gibt uns die Zeit, um die Schwierigkeiten anderer Länder zu studieren, auf daß wir ihnen ausweichen können, sollte es den Göttern jemals einfallen, uns mehr zu begünstigen und zu einem bedeutenderen Land zu machen.«

Der Haushofmeister, der die ganze Zeit über mit ausdruckslosem Gesicht dabeigestanden hatte, das Ulsna nicht verriet, ob auch er des Griechischen mächtig war, zuckte erstmals leicht zusammen, als seine Herrin den Kopf zurückbog und lachte.

»Deine Mutter hat sich mit einem Skorpion gepaart«, sagte sie dann, und in ihrer kühlen, gelassenen Stimme lag nicht die geringste Heiterkeit mehr. »Doch du könntest in der Tat nützlich sein. Wir werden sehen.« Sie wies mit dem Kinn auf Ulsna. »Was ist mit ihm? Will er sich mir ebenfalls für zwei Jahre verkaufen, oder erwartet er, daß ich ihn für seine Dienste bezahle?«

Ilian zögerte, und die Ägypterin setzte scharf hinzu: »Ich gehe davon aus, daß er unsere Sprache nicht besser beherrscht als du. Für griechische Lieder zu bezahlen kommt mir nicht in den Sinn. Wenn er nicht auch einen Vertrag schließen will, dann möge er auf der Stelle verschwinden.«

»Ich bleibe«, hörte Ulsna sich sagen und war sich bewußt, dabei etwas heiser zu klingen. Er hatte seinen Entschluß schon vorher gefällt, Ilian und er hatten darüber gesprochen, und dennoch spürte er einen Hauch von Überraschung in sich, als habe ein Teil von ihm erwartet, es sich zu guter Letzt noch anders zu überlegen.

»Gut«, meinte die Ägypterin, ohne einen weiteren Blick an ihn zu verschwenden. »Ich kann keine Halbheiten ausstehen.« Sie verschränkte die Arme ineinander und schloß: »Ihr werdet alle beide noch *lange* Zeit haben, um das herauszufinden.«

Um sich selbst als Sklave zu verkaufen, so fand Ulsna heraus, ging man zu einem weiteren großen Gebäude, das als »Haus des Lebens« bezeichnet wurde, und schloß einen Vertrag, den Ilian nicht lesen konnte, weil er nicht in griechischen Zeichen verfaßt war. Das hieß, er und Ilian *gingen*, die Herrin Nesmut wurde in ihrer Sänfte von vier schwarzen Sklaven *getragen*. Erst nachdem er einige Zeit in Ägypten verbracht hatte, wurde Ulsna klar, daß Nubier als Sklaven zu halten unter der Herrschaft eines nubischen Pharao eine provozierende Geste von seiten der Herrin Nesmut war. An dem Nachmittag, an dem er und Ilian aus Gründen, die ihm selbst nicht ganz klar waren, ihre Freiheit verkauften, versuchte er nur, sein unverhohlenes Staunen zu unterdrücken, denn er hatte noch nie zuvor einen schwarzen Menschen gesehen. Die Ägypter hier hatten ohnehin eine ungewohnt dunkle Hautfarbe, wie er sie weder von den Griechen noch aus seiner Heimat kannte, doch diese ebenholzglänzende Schwärze war ihm neu.

In dem Stimmengewirr, das sie umgab, während sie versuchten, mit der Sänfte Schritt zu halten, verstand er nur Bruchfetzen und begriff, daß die Seeleute, von denen er und Ilian gelernt hatten, sehr langsam geredet haben mußten. Der Sprachrhythmus war ein ganz anderer als in den Sprachen, die ihm vertraut waren, und er kam sich vor wie damals, als er die ersten Versuche machte, mit ungeübten, ungelenken Fingern die Saiten einer Harfe zu schlagen und nur Mißtöne erzeugte. Er war dankbar, als sie endlich im »Haus des Lebens« ankamen und wieder von Schweigen umgeben waren.

Der Schreiber, den Nesmut kommen ließ, um ihre Verträge aufzusetzen, rümpfte die Nase, als Ilian ihn in einem sorgfältigen Versuch, Ägyptisch zu sprechen, fragte, ob er auch eine griechische Abschrift erstellen könne, und erwiderte im verächtlichen Tonfall etwas, von dem Ulsna nur die Worte »hohe Kunst« und »Kritzelei« und »herablassen« ausmachte. Wie auch immer, es klang nach einer Weigerung. Ulsnas Meinung nach war es nur allzu wahrscheinlich, daß der Pinsel, den der Schreiber in diverse Töpfchen tauchte und über den Papyrus schwingen ließ, sie zu 99 Jahren, nicht zu zweien, verdammte, doch für ihn lief es im Grunde auf das gleiche hinaus. Wenn man sich befreien wollte, dann war es belanglos, was auf irgendeinem Dokument stand; welche Art von Wachen vorhanden waren würde eine größere Rolle spielen.

Die Wachen vor dem Palast der Herrin Nesmut und ihres Gemahls Necho, den Ulsna erst einige Wochen später zu sehen bekam, trugen wie viele Leute auf der Straße nur einen Lendenschurz, aber dafür Ketten, Armbänder und Halsbänder aus Muscheln, Kupfer und gelegentlich auch aus grünen und blauen Steinen. Es mußte eine ägyptische Eigenschaft sein, sich mit so vielen Dingen wie möglich zu behängen. Er wußte nicht, ob er es aufdringlich oder schön fand.

Man brachte ihn und Ilian nicht im selben Quartier unter, und das versetzte Ulsna in höchste Unruhe. Nicht nur, weil er nun mit fünf weiteren Fremden, deren Sprache er nur mühsam verstand, in einem Raum lebte, sondern weil es in dieser engen Umgebung nur eine Frage der Zeit war, bis einer von ihnen sein Geheimnis entdeckte. Er beschloß deshalb, tollkühn zu sein und es gleich zu offenbaren, statt sich durch die Warterei verrückt zu machen. Zu seiner großen Überraschung schauten die anderen Sklaven nicht abgestoßen, sondern beeindruckt drein, und nach einigem Hin und Her verstand er, daß Zwiegeschlechtlichkeit in diesem Land als besondere Gnade der Götter galt. Als die Herrin Nesmut ihn zum ersten Mal zu sich rufen ließ, um für sie zu spielen, sprach sie ihn darauf an.

»Du bist also ein Lotoskind«, begann sie ohne Umschweife. »Hast du schon deinen Segen gegeben?«

So höflich als möglich brachte er zum Ausdruck, daß er nicht verstand, was sie meinte. Sie seufzte ungeduldig, murmelte etwas über unwissende Fremde und erklärte, der Gott Re sei aus dem Chaos Nun geboren worden, im Kelch einer Lotosblume, als Mann und Frau in einer Gestalt, und habe das Land gesegnet, in dem er seinen Samen ergossen und so aus sich selbst die Götter Shu und Tefnut geschaffen habe. »Der erste Samen eines Lotoskinds, das von Re gezeichnet wurde«, schloß sie, »bringt dem Empfänger und seinem Haus daher Glück und Fruchtbarkeit. Wie steht es also um den deinen?«

In seinem Leben hatte er sich noch nicht so verlegen gefühlt. Mit flammenden Wangen und blutrot brachte er schließlich hervor, nein, er habe noch keinen »Samen vergossen«.

»Gut«, sagte Nesmut zufrieden. »Wir werden darauf zurückkommen. Sieh zu, daß es so bleibt. Und nun spiel; ich möchte hören, was ich erworben habe.«

Als er später darüber nachdachte, schwand seine Verlegenheit und wurde allmählich von Ärger ersetzt. Es lag nicht so sehr an der Direktheit der Herrin; auf Arions Schiff und in den Hafenstädten hatte er Gröberes an den Kopf geworfen bekommen. Doch sie sprach von seinem Körper, als gehöre er ihr, als sei er nur ein Instrument, ein Talisman, ein Gebrauchsgegenstand. Als Ulsna Ilian fand, um mit ihr darüber zu reden, erntete er zuerst nur ein Achselzucken.

»Willkommen in der Welt der Frauen«, sagte Ilian dann mit einer kleinen Grimasse, als er sie empört anschaute. »Wenn du als Mädchen aufgewachsen wärst, dann hättest du das schon öfter erlebt. Der Körper meiner Mutter gehörte meinem Vater und diente ihm dazu, seine Kinder in die Welt zu setzen, doch während sie das tat, ekelte ihn ihr Anblick an. Meinen Körper haben zuerst die Götter benutzt, und dann ist er einem Fremden gegeben worden, der damit tun konnte, was ihm beliebte. Er war ein guter Mann, aber daß etwas Unrechtes daran sein könnte, kam ihm nie in den Sinn. Prokne vermietet ihren Körper und erwirbt sich damit ein einigermaßen freies Leben, und so gehört er ihr auch nicht. Ich finde mehr und mehr«, endete sie, »daß die Sklaverei nichts Neues hat, wenn man eine Frau ist. Und das sind wir. Sklaven.«

Mit einer zarten Geste, die im Gegensatz zu ihren heftigen Worten stand, strich sie ihm eine Haarlocke aus der Stirn, die ihm über das rechte Auge gefallen war.

»Das weißt du doch. Du wußtest, was es bedeuten würde, als du mich hierher begleitet hast.«

»Nicht in allen Einzelheiten«, gab Ulsna störrisch zurück.

»Und ich wette, du hast es auch noch nicht richtig begriffen.

Wenn sie glaubt, sie kann mich irgendwann als Segen benutzen, was meinst du denn, was sie mit dir machen will?«

Erneut zuckte Ilian die Achseln. »Was auch immer ihr beliebt. Sie kann nichts tun, was nicht schon getan worden ist. Erzähle mir noch einmal, was sie über den Lotos sagte. Ich muß die Götter hier besser verstehen lernen.«

Ulsna kümmerten die ägyptischen Götter nicht besonders, obwohl er demjenigen von ihnen, der ihm das Gesteinigtwerden ersparte, dankbar war. Was ihn in Ägypten, abgesehen von der Aussicht, irgendwann einmal »seinen Segen geben« zu müssen, mehr beschäftigte, war das Begreifen des alltäglichen Lebens, und darunter verstand er nicht nur die Sprache. Schon allein die Tiere schienen allesamt Märchen und Liedern entsprungen zu sein. Selbst Ilian verfiel befriedigenderweise in stummes Staunen, als er ihr aufgeregt ein riesiges, ungeschlachtes Tier zeigte, das den größten Teil seiner graubraunen Massen in dem Fluß verbarg, an dem der Palast lag. Dann entdeckten sie noch mehr graubraune Höcker im Fluß und schlußfolgerten, daß es viele solcher Tiere geben mußte. Auf einem saß sogar ein Reiher und pickte mit seinem langen, spitzen Schnabel in dessen Rücken, was das Ungeheuer offenbar nicht weiter störte. Nur ab und zu gaben die dicken Riesen ein wäßriges Gurgeln und Schnauben von sich. Keiner der Ägypter zeigte Furcht; im Gegenteil, nach einiger umständlicher Fragerei erfuhr Ulsna, dies seien glückbringende Tiere, den Göttern heilig.

Dann gab es Vögel, die jeden Morgen als Geschenk ein Ei legten. Sie waren größer als Enten und nicht wie diese im Fluß daheim, sondern wurden auf dem Trockenen gehalten, stanken und gaben mißtönende Laute von sich, wenn man ihnen ohne Körner zu nahe kam. Doch die Eier, die sie legten, waren größer und wohlschmeckender als Enteneier. Auch das Fleisch dieser Vögel ließ sich, als Ulsna es zum ersten Mal kostete, nicht verachten. Es lag nicht so schwer im Magen wie Entenfleisch und schmeckte würziger.

»Ich kenne jemanden, der sehr dankbar für solche Vögel

wäre«, sagte Ilian nachdenklich. »Wenn wir das Land wieder verlassen, müssen wir unbedingt ein paar mitnehmen.«

Was Ulsna ebenfalls auf seine heimliche Liste mitnehmenswerter Güter setzte, war ein Getränk, das unter den Sklaven genauso beliebt war wie unter den Gästen, die Nesmut gelegentlich empfing. Es schäumte, wenn man es einschenkte, und brannte ein wenig auf der Zunge, doch es stieg einem nicht so sehr zu Kopf wie Wein. Die Ägypter nannten es Bier. Anders als die Vögel, die Eier als Geschenk legten und, wie er hörte, aus Babylon stammten, wurde Bier als etwas rein Ägyptisches bezeichnet, das es nirgendwo anders gab. Ulsna machte den Fehler, beim ersten Mal gleich zuviel davon zu trinken, weil es, anders als beim Wein, kein Gefühl gab, das ihm die Zunge beschwerte. An diesem Abend stand er auf der Gartenmauer und sang, bis ihn Ilian, die von einem der anderen Sklaven herbeigeholt worden war, bat, herunterzukommen.

»Komm du lieber herauf!« rief Ulsna. »Die Macht der Götter ist in mir, Ilian! Endlich verstehe ich, wie du dich fühlst! Ich könnte die ganze Welt umarmen!«

Zu seiner Überraschung kletterte sie tatsächlich zu ihm auf die Mauer. Er wies mit einer weitausholenden Geste auf die Sterne, die ihm trotz der Schwüle der Nacht hier heller und klarer schienen, als er sie von seiner Heimat her in Erinnerung hatte.

»Wünsch dir, was du willst«, sagte er zu Ilian und legte ihr einen Arm um die Schultern. »Welchen davon willst du haben? Wenn ich dir einen schenke, was tust du dann für mich?«

»Ich hole dich von der Mauer herunter, ehe du stürzt«, entgegnete Ilian energisch. Dann spürte er ihren Körper beben, während sie, die ebenfalls etwas von dem Bier getrunken hatte, in ein Kichern ausbrach. »Kann ich sie alle haben, bitte?« verlangte sie ein wenig atemlos. »Alle Sterne?«

»Aber selbst –, selbst –, selbstverständlich.«

»Wir sollten jetzt wirklich von der Mauer heruntergehen, bevor du dir etwas brichst.«

»Du sollt –, solltest mehr Bier trinken. Du bist schon fast menschlich heute nacht, aber noch nicht ganz. Ich möchte dich einmal betrunken sehen, Ilian.«

»Das möchtest du nicht«, sagte sie jäh ernüchtert und duldete keine Verzögerungen mehr. »Ganz bestimmt nicht.«

Alles in allem war die Sklaverei ein seltsames, aber kein schlimmes Leben. Bis der Herr Necho zurückkehrte, und mit ihm sein Sohn.

Nesmut hatte bei dem Kauf der beiden Fremden mehr einer Laune nachgegeben als einer aufrichtigen Hoffnung auf angemessene Gegenleistung. Indessen mußte sie zugeben, daß sich die beiden als anstellig und nützlich erwiesen. Der Barde spielte nicht schlecht, wenngleich es seinen Weisen noch an der ägyptischen Süße mangelte, und der glückliche Umstand, daß er sich als Lotoskind entpuppt hatte, war ein günstiges Zeichen. Die Frau war ihr ein Rätsel, und sie fragte sich immer häufiger, aus welchem Grund sie sich wirklich in die Sklaverei verkauft hatte. Für Nesmut war sie ein Schleifstein, an dem sie ihren Geist schärfen konnte, der einer Klinge glich, die, von vielen Kämpfen erschöpft, lange, lange nicht mehr aus der Scheide geholt worden war. Seit Necho sich von ihr abgewandt hatte und sie zuließ, daß seine Erfolglosigkeit sie herunterzog wie Schlingpflanzen einen ahnungslosen Schwimmer.

»Das Land Kusch lag uns einst zu Füßen. Die Nubier waren dankbar, unsere Diener sein zu dürfen. Die Assyrer waren armselige Hirten mit Dreck zwischen den Zehen. Wie konnten sich die Götter nur von uns abwenden und sie begünstigen?«

»Wir glauben«, entgegnete ihre neue Sklavin bedächtig, »daß jedem Volk seine Zeitspanne zugeteilt ist.«

Nesmut machte eine wegwerfende Handbewegung. »Unsinn. Das mag für andere Völker zutreffen. Nicht für uns. Unsere Geschichte reicht weiter zurück als jede andere, bis zum Anfang aller Zeit. Und wir werden da sein bis ans Ende aller Zeit. Zugegeben, manchmal suchen uns Momente der Schwäche heim. Die Hyksos kamen aus der Wüste, um hier zu herrschen, doch schließlich wurden sie vertrieben. Eine Zeit der Prüfungen, aber schließlich ging sie vorüber.« Erbittert setzte sie hinzu: »Warum also diese Prüfung nicht auch?«

Es war gefahrlos, dergleichen vor der Sklavin Ilian zu äußern, nun, da sie sich in Nesmuts Besitz befand. Eine Sklavin existierte nicht und würde nie von einem der Assyrer oder gar von Taharqa, der sich wieder in ihrer fernen, verlorenen Heimat Theben eingeigelt hatte, wahrgenommen werden. Und wenn sie ihrer Zuhörerin überdrüssig wurde, so konnte sie die Frau jederzeit töten lassen, um mit ihrem Fleisch die Krokodile zu füttern. Also kam sie auf den eigentlichen Kern ihres Grimms zu sprechen.

»Warum war den Bemühungen meines Gemahls kein Erfolg beschieden? Er wollte Ma'at in Ägypten wiederherstellen, den Zustand göttlicher Gerechtigkeit, den die Fremden zerstört haben. Die Götter hätten ihn schirmen müssen.«

Ilian räusperte sich. »Ich gehört… ich habe gehört… und verzeih mir, Herrin, wenn es falsch… der fremde Pharao, er sagt, er achtet die Ma'at ebenfalls. Ehrt er nicht sogar das höchste Orakel in Theben?«

»Oh, er ist gerissen! Schon sein Vater war so listenreich wie eine Schlange, der verfluchte Piye, der seine Schwester zur Gottesgemahlin Amons in Karnak machte. Damals lief die Priesterschaft Amons schon zu den Nubiern über. Sie behaupteten, es sei der Wille des Gottes gewesen, doch ich weiß noch genau, wie mein Vater sie verfluchte, weil sie sich kaufen ließen. Piye, Schabako, Schebitku und Taharqa, jeder einzelne dieser anmaßenden Nubier hat sich gut mit der Priesterschaft gestellt, neue Tempel gebaut und dafür gesorgt, daß die Gottesgemahlin Amons immer eine der ihren blieb. Gottesgemahlin Amons! Das ist ein Amt, das nur der Schwester oder Tochter eines Herrn beider Länder zusteht, und ehe die Nubier kamen, hätte es keiner der Fürsten in diesem Land gewagt, so anmaßend zu sein, um es zu beanspruchen. Meine Familie gehörte zu den Mächtigen in diesem Land, und doch hätten wir nie…«

»Dann kann man sagen, die Nubier haben das Land geeint?« unterbrach Ilian, und einen Moment lang zog Nesmut in Erwägung, sie wegen dieser Unbotmäßigkeit hinauszuwerfen. Doch die Aussicht auf viele Stunden, in denen sie die gleichen Gedanken ohne Widerhall plagten, in denen sie ohne Ablenkung in ihrer eigenen schwelenden Enttäuschung versank wie die Krokodile im Nil, ließ sie darauf verzichten. Eine verständige Erwiderung selbst in gebrochenem Ägyptisch war dem vorzuziehen, solange die Kühnheit der Fremden nicht zu weit ging.

»Für sich selbst, zu ihrem eigenen Nutzen. Nur für sich selbst.«

»Gewiß«, entgegnete Ilian, biß sich auf die Lippen und wechselte unversehens ins Griechische über. »Doch darin könnte deine Antwort liegen, Herrin. Nach dem, was du sagst, hat es längere Zeit keinen Herrn beider Länder gegeben, und also auch keine Gottesgemahlin für Amon. Vielleicht haben eure Götter die Nubier ins Land geholt, damit sie ihm die Einheit wiedergeben und um die unwürdigen Fürsten, die es zersplittert gelassen haben, zu strafen. Vielleicht warten sie darauf, daß nun, da die Nubier die äußere Einheit wiederhergestellt haben, auch die innere entsteht, daß sich die Fürsten Ägyptens zusammenfinden, um die Nubier zu vertreiben und einen wahren Einzig-Einen hervorzubringen.«

»So dachte ich auch einmal«, erwiderte Nesmut düster. »Ehe die Götter es zuließen, daß mein Gemahl von Taharqa besiegt und von den Assyrern gedemütigt wurde.«

Sie hatte jedoch nicht vor, einer Sklavin zuliebe die Sprache der Griechen zu bemühen. In ägyptisch setzte sie hinzu: »Erkläre mir das, wenn du kannst, Mädchen.«

Stockend, doch unbeirrt antwortete ihr Ilian: »Man sagt mir – bei den Griechen – hier auch – es gibt einen Gott – nicht

Amon – war Herr über Ägypten. Wurde verraten und getötet von seinem Bruder. Hatte die Göttin, seine Gemahlin, einen Sohn, der ihn rächte. Groß unter den Göttern. Aber Niederlage, Verrat und Tod zuerst. Warum?«

Nesmut ließ sich überrascht auf ihr mit Leopardenfellen ausgestattetes Lager fallen. Was sie verblüffte, und das auf angenehme Weise, war weniger die Tatsache, daß Ilian die Geschichte von Osiris, Isis und Horus kannte, als die, daß ihre Sklavin tatsächlich in der Lage war, sie so gezielt und sinnvoll auf die Gegenwart zu übertragen.

»Wohl wahr«, meinte sie nachdenklich. »Horus besiegte Seth. Seth regiert über den Westen, über Chaos und Zerstörung.«

»Fremde Heere?« schlug Ilian vor. Nesmut nickte, zunehmend von dem Bild angetan, auch weil es sie an die Stelle der Isis rückte. Sie hatte sich der Göttin schon immer sehr nahe gefühlt.

»Der Einzig-Eine war von jeher die Verkörperung des Horus auf Erden.«

Es war wirklich ein tröstlicher Gedanke, doch die Wirklichkeit holte sie wieder ein. »Sollte mein Sohn Horus in sich tragen, so hat sich das noch nicht gezeigt«, sagte sie brüsk. »Mein Gemahl glaubt nicht mehr, daß er gegen Taharqa gewinnen kann. Die assyrischen Heerscharen mögen zwar auf ihre Astrologen hören, doch nicht auf unsere Götter. Sie kommen, wann immer man sie nicht braucht, und fehlen, wenn sie nötig sind. Und die übrigen Fürsten, die Sais schon seit jeher beneidet haben, sind wie Schakale, die einen Sterbenden in der Wüste wittern. Löse mir das, Mädchen, und ich glaube dir, daß die Götter dich geschickt haben.«

Immerhin ließ sie Psammetich zu sich bringen, als Necho mit ihm nach Sais zurückkehrte, zurück von einem demütigenden Pflichtbesuch in Assurbanipals Feldlager und der Entrichtung seines Tributs. Der Junge geriet nach seinem Vater; stämmig, muskulös und mit einem vorgeschobenen Kinn, das bei Necho entschlossen wirkte, bei Psammetich und seinen sechzehn Jahren hingegen zu dem allgemeinen mürrisch-trotzigen Gesichtsausdruck beitrug. Immerhin hatte ihr Sohn ihre hohe Stirn geerbt, und er war auch nicht dumm. Als sie ihn nach seinem Eindruck von den Assyrern fragte, erklärte er:

»Wir können sie nicht besiegen. Aber sie haben keine Geduld. Ich glaube nicht, daß sie lange bleiben werden.«

»Das höre ich gern«, entgegnete Nesmut. »Wer Ägypten regieren will, braucht Geduld.«

Doch leider ging Psammetich auf die offensichtliche Aufforderung nicht ein. Statt dessen scharrte er mit den Füßen und fragte, ob er jetzt gehen könne.

»Und wohin?« erkundigte sich Nesmut, aufs neue enttäuscht. »Wage nicht, zu behaupten, daß du deine Studien wiederaufnehmen willst. Deine Lehrer klagen mir immer wieder ihr Leid.«

»Ich besuche Ahmose«, gab ihr Sohn zurück, runzelte die Stirn und sah noch übellauniger aus als vorher. »Und ich wäre dir dankbar, Mutter, wenn du jetzt nicht wieder über Verräter zetertest. Die Nubier haben nun einmal die besten Pferde, und Ahmose hat Glück, daß sein Vater mit ihnen handelt.«

Sie war nahe daran, lauthals in Verwünschungen auszubrechen. Hier ging es um die Zukunft des Landes, und alles, was ihren jungen Flegel von einem Sohn kümmerte, war das Reiten auf ein paar nubischen Pferden!

Nach einer Weile beruhigte Nesmut sich wieder. Er war noch jung. Er konnte sich noch ändern. Allerdings hatte sie nicht die Absicht, auf eine mögliche Veränderung bei ihm zu warten. Ihr kam eine offensichtliche Methode in den Sinn, um ihren Vorstellungen nachzuhelfen.

»Mein Gemahl und ich«, sagte Nesmut beiläufig zu Ilian, während sie sich ein Stück flußaufwärts rudern ließ, um eines ihrer Güter zu inspizieren, »haben beschlossen, unseren Sohn zu verheiraten.«

Ihre neue Sklavin enttäuschte sie nicht; sie nickte und bemerkte, durch eine Ehe lasse sich gewiß ein gutes Bündnis schließen und überdies sei sie als Symbol der Erneuerung für Götter und Land sehr geeignet.

»Zweifellos«, entgegnete Nesmut, die nicht die Absicht hatte, einer noch so gewitzten Sklavin Tadel über ihren Sohn anzuvertrauen oder gar die Hoffnung, er werde durch eine Ehe endlich erwachsen werden und Ehrgeiz entwickeln.

»Nur fragen wir uns natürlich, welche Wahl den Göttern am wohlgefälligsten wäre und so dazu beitrüge, unsere Geschicke zu wenden. Ein Bündnis mit einem der anderen Fürsten wäre nicht übel, doch damit würden wir uns auch verpflichten, die Fehden des betreffenden Vaters mit auszufechten, und am Ende mag die Mitgift so mehr schaden als nützen. Wenn wir Psammetich mit einer seiner beiden Schwestern vermählen, so stellen wir uns in die Tradition der Herrn beider Länder und setzen ein wichtiges Zeichen, wie es die vermessenen Nubier gemacht haben, als sie desgleichen taten. Doch es brächte uns keinen Gewinn, keine neuen Verbündeten.«

Außerdem, fügte sie stillschweigend hinzu, hatte Neferu, die ältere ihrer beiden Töchter, gerade die erste Blutung hinter sich und würde von Psammetich, der gewohnt war, sie an der Jugendlocke zu ziehen, nicht ernst genommen werden, geschweige denn, dazu beitragen, ihm die Unruhe des Eroberers ins Blut zu setzen. Die kleine Makare wäre natürlich erst recht keine Hilfe. Es war nicht so, daß Nesmut ihre Töchter nicht gefielen; sie sah nur keinen Grund, sich mit ihnen abzugeben, solange sie noch zu jung waren, um der Familie in irgendeiner Weise zu nützen. Dazu gab es Ammen und Erzieher.

Es fiel ihr auf, daß Ilian ungewöhnlich lange schwieg, statt, wie es Nesmut erwartet hatte, den nächsten logischen Vorschlag zu machen, damit sie ihn nicht als erste aussprechen mußte. Nesmut warf einen genaueren Blick auf Ilian und stellte fest, daß die junge Frau betreten, ja peinlich berührt dreinschaute. Dunkel erinnerte sie sich an etwas, das der Anführer der griechischen Söldner ihres Gemahls einmal geäußert hatte, etwas über die Widernatürlichkeit von Geschwisterehen. Ausländer hatten seltsame Vorstellungen. Immerhin hatte die jahrhundertelange Herrschaft Ägyptens über Kusch dafür gesorgt, daß die Nubier hier eine Ausnahme bildeten. Da die Eroberer auch hier die Nachahmung ägyptischer Sitten benutzten, um sich bei der Priesterschaft einzuschmeicheln, war Nesmut nicht unbedingt dankbar dafür.

»Wir, die wir das Blut der Götter in uns tragen«, erklärte sie erhaben, »versuchen unser Möglichstes, um es rein zu halten und ihrem Beispiel zu folgen. Aber dies sind schwierige Zeiten, und sie erfordern andere Maßnahmen.«

»Gewiß tun sie das, Herrin«, stimmte Ilian rasch zu und war offenbar wieder bei der Sache. »Hast du daran gedacht, deinen Sohn mit einer Assyrerin zu vermählen? Es würde die Last auf deinen Schultern mildern und die Verdächtigungen der Assyrer gegen deinen Gemahl einschläfern.«

Nesmut schnippte mit den Fingern, um den Fächerträger anzuweisen, etwas schneller zu wedeln, und war froh, daß Ilian inzwischen flüssig genug sprach, um ihrem Ohr derartige Überlegungen nicht mehr in abgehackter Form zuzumuten.

»Uns auf diese Weise bei den Assyrern anbiedern und uns als ihre Schoßhunde zeigen? Niemals«, gab sie zurück, durchaus gewillt, sich irgendwann überzeugen zu lassen. Wenn die Ehe nicht so verlief, wie sie es sich vorstellte, konnte sie dieser Sklavin die Schuld geben und behaupten, Ilian habe sie mit Hilfe ihrer Götter verhext. Das würde Necho ein Opfer für seinen Unwillen geben und ihr selbst Verdrießlichkeiten ersparen.

»In einer Zeit des Umbruchs muß man Opfer bringen, Herrin. Es könnte deinem Sohn eine Zeitlang den Rücken freihalten, bis die Macht deines Hauses sich wieder gestärkt hat.«

Es dauerte noch eine Weile, bis Nesmut einlenkte. Dann überraschte Ilian sie damit, um eines der Hühner zu bitten.

»Aber warum denn? Du willst doch nicht etwa behaupten, man verköstige dich nicht ausreichend.«

»Nein. Ich brauche es, um in seinen Eingeweiden die Zukunft zu lesen.«

»Ich habe meine eigenen Magier«, entgegnete Nesmut kopfschüttelnd. »Und es käme ihnen nicht in den Sinn, die Zukunft in Tiereingeweiden zu suchen. Dazu befragt man die Sterne oder wendet sich direkt an die Götter.«

»Da ich mich nicht mit einem deiner Magier vergleichen möchte, kann es gewiß nicht schaden, wenn ich es auf meine eigene Weise versuche.«

Nesmut wußte nicht, ob sie den Hauch von Spott, der gelegentlich in den Worten ihrer Sklavin mitschwang, reizvoll oder unverschämt fand. Auf jeden Fall sorgte er dafür, daß ihre Gespräche nicht langweilig wurden. Doch sie vergaß und vergab nichts, auch wenn sie Ilian ihr Huhn gestattete. In ihrer Kindheit hatte es in Theben einige Hebräer gegeben, die alljährlich einen Bock als Symbol für ihre Verfehlungen in die Wüste jagten. Sollten die Ereignisse sich nicht endlich zum Besseren wenden, wußte Nesmut genau, wer demnächst die Stelle des Bocks einnehmen würde.

Ulsna starrte auf die blutigen Eingeweide, die Ilian nacheinander auf das Tuch legte, das sie auf der nördlichen Palastmauer ausgebreitet hatte. Ihr wieder nachgewachsenes, volles Haar war streng nach hinten gebunden und mit einem Kopftuch bedeckt, was ihr Gesicht wie eine Maske aussehen ließ. Sie wusch das Blut an ihren Händen in einer bereitgestellten Wasserschale ab, doch er verstand nicht, warum sie sich die Mühe machte, hatte sie doch in einer anderen Schale das Blut aus der Kehle des Eiervogels aufgefangen, offensichtlich, um es zu irgend etwas zu verwenden. Der Gestank war überwältigend.

»Ich dachte, du wolltest diese Vögel lebend haben.«

»Erst wenn wir Ägypten wieder verlassen, und das wird noch eine ganze Weile dauern. Aber es gibt hier kaum Gewitter, ich muß die Götter befragen, und ich kann nicht länger warten. Außerdem finde ich so heraus, wie die Götter diese Vögel gestaltet haben. Man sollte so etwas über Tiere wissen, die man züchtet.«

Er mußte sich beherrschen, damit ihm nicht schlecht wurde. Aber das Kind in ihm, das schon immer hatte wissen wollen, wie die Priester ihre geheimnisvollen Zeremonien abhielten, war gefesselt.

»Wichtig ist die Leber«, verkündete Ilian und nahm einen dunklen Beutel mit zwei Einbuchtungen in die linke Hand, »und die Galle.«

Die graugrüne Blase, die sie in der rechten Hand hielt, stank genauso schlimm. Sie betrachtete eine Weile abwechselnd beide, dann legte sie die Galle wieder nieder und machte mit dem Messer, mit dem sie den Vogel getötet und ausgenommen hatte, einen Längsschnitt, rasch gefolgt von einem Querschnitt darunter.

»Die Gegenwart«, murmelte sie dabei. »Der Weg.«

Ulsna sah nichts als stinkende Eingeweide, die jetzt auch noch von Fliegen umschwirrt wurden, und war dankbar, daß die Götter zu ihm über die Musik sprachen. Zugegeben, Tiersehnen gaben gute Saiten ab, doch er hatte die betreffenden Tiere dazu nie selbst zerlegen müssen.

Eine tiefe Falte grub sich zwischen Ilians Augenbrauen, während sie weiterhin Fliegen und Gestank ignorierte. Sie verriet ihm jedoch nicht, zu welchen Schlußfolgerungen sie gekommen war. Statt dessen erzählte sie ihm später von den Heiratsplänen, die in diesem Haus geschmiedet wurden.

»Es ist ein seltsames Land. Ich dachte, vielleicht könnte ich hier lernen, wie sich das Schicksal eines Volkes aufhalten und die Anzahl seiner Saecula verlängern läßt, doch nun fange ich an, daran zu zweifeln, ob die Lehre nicht mehr schaden statt nützen würde. Sie machen hier tatsächlich ihre Könige zu Göttern.«

Ulsna verschluckte sich und hustete, bis ihm Ilian auf den Rücken klopfte.

»Verzeih«, sagte er dann, »aber wenn ich an das denke, was du mit Iolaos besprochen hast…«

»Das ist etwas anderes.« Er mußte eine zweifelnde Miene aufgesetzt haben, denn sie seufzte und fuhr fort: »Also gut, laß mich versuchen, es dir zu erklären. Es gibt Zeiten, in denen nur eine heilige Ehe das Unheil von einer Stadt abwenden kann. Dabei nehmen König und Priesterin die Stelle von Gott und Göttin ein. Aber das gilt nur für diese Zeremonie. Hier dagegen… wenn ich es recht begreife, sind die Könige Götter. Die ganze Zeit. Und ihre Nachkommen halten sich ebenfalls für göttlich, nicht, weil sie für das Volk sterben oder dem Land Fruchtbarkeit bringen, sondern nur, weil einer ihrer Vorfahren auf dem Thron saß. Für sie gelten nicht mehr dieselben Gesetze wie für andere Menschen, aber sie tun nichts, um das zu rechtfertigen, und was sie tun, erscheint mir falsch.«

Grübelnd setzte sie hinzu: »Nesmut wäre bereit, ihre Kinder miteinander zu vermählen, wenn ihr eine andere Ehe nicht mehr Gewinn brächte. Wenn bei uns jemand dergleichen täte, würde er gesteinigt. Vielleicht haben ihre Götter sich deswegen von diesem Land abgewandt.«

Ulsna war mit den Gesetzen nur allzu vertraut, die es in seiner Heimat verboten, daß enge Blutsverwandte das Lager miteinander teilten, behauptete man doch, eine der Strafen für den Verstoß dagegen seien unnatürliche Wesen wie er. Nun, das zumindest konnte nicht stimmen, sonst würden in den edlen Familien Ägyptens nur noch Zwitter herumlaufen. Was die beiden Töchter des Hauses betraf, die einer Ehe mit ihrem Bruder knapp entgangen waren, so hatte Ulsna sie noch kaum zu Gesicht bekommen, doch er beneidete kein Mädchen, das den Sohn des Hauses heiraten mußte. Der junge Mann jagte ihm mit seinem finsteren Gesicht, das während der monatelangen Vorbereitung seiner Vermählung nur noch finsterer wurde, Angst ein. Seinen Vater sah man zumindest gelegentlich scherzen und lachen, und die Herrin Nesmut mochte zwar eine hochmütige Art haben, doch sie konnte auch umgänglich sein,

wenn sie wollte. Als er ihr die ersten ägyptischen Weisen vor-
trug, die er gelernt hatte, lobte sie ihn, statt es für selbstverständlich zu nehmen, und sie ließ ihn oft genug holen, um ihm
das Gefühl zu geben, als Musiker geschätzt zu werden. Psammetich dagegen schaute nicht nach links oder rechts, wenn er
durch das Haus stapfte, er beachtete die Sklaven, die ihn be-
dienten, niemals, und sein Schädel, der wie der vieler Männer
hier kahlgeschoren war, unterstrich noch den versteinerten
Ausdruck seines Gesichts, weil es von keinem Lächeln belebt
wurde.

Die Verhandlungen, die um Psammetichs Braut geführt wurden, waren etwas, das sich dem Haushalt nur durch gelegentli-
che Boten mitteilte. Allmählich wurde es für Ulsna immer leichter, sich auch mit den übrigen Sklaven zu unterhalten, doch er
hegte den Verdacht, daß sie es immer noch für unangemessen
hielten, mit ihm als Fremdem über alle Angelegenheiten der
Herrschaft zu klatschen; darüber, wer als Braut in Frage kam,
erfuhr er wenig. Nicht, daß es ihn kümmerte; er hörte sich
ohnehin lieber an, was die älteren Bediensteten von den Gütern
weiter im Süden erzählten, die der Familie nicht mehr gehörten, von den alten Städten dort mit riesigen Tempeln, gegen die
angeblich alle Gebäude in Sais als kleine Wurzelwerke im Vergleich zu ausgewachsenen Bäumen verblaßten, und vor allem
von den Grabmälern der Götter Chefren, Cheops und Snofru,
die mit der großen Sphinx gegen den Horizont wetteiferten.

Kleine Sphinxen hatte Ulsna inzwischen mehrfach gesehen,
nachdem man sie ihm einmal bezeichnet hatte. Vor dem »Haus
des Lebens«, wo sein und Ilians Vertrag geschlossen worden
war, stachen sie ihm erstmals ins Auge. Der Anblick ihrer
menschlichen Gesichter, die aus Tierkörpern herauswuchsen,
ging ihm nahe, wie es die Darstellungen der Götter in menschlichen Körpern und tierischen Gesichtern nicht taten. In ihrer
steinernen Reglosigkeit, ob nun in rotem Granit oder schwar-
zem Basalt, schienen sie ihm gefangen zu sein und ihrem Zwit-
terdasein genausowenig entkommen zu können wie er.

Als man ihm erzählte, es seien allesamt Darstellungen vergöttlichter Könige, war er etwas enttäuscht. Dann sagte er sich, daß es an ihm als Barden war, aus dieser Geschichte eine bessere zu machen, und beschloß, das Land Ägypten nicht ohne ein Lied über eine gefesselte Sphinx wieder zu verlassen.

Er arbeitete gerade daran, als die Herrin Nesmut ihn rufen ließ. Da es noch früh am Tag war, ging er davon aus, daß sie allein unterhalten werden wollte, und nahm nur seine Laute mit, nicht die Harfe, wie er es für Gäste getan hätte. Es stellte sich jedoch heraus, daß sie andere Absichten hatte.

»Die Braut, die meines Sohnes würdig ist, scheint endlich gefunden zu sein«, teilte sie ihm mit; dank Ilians gelegentlicher Bemerkungen übersetzte sich das für Ulsna in: »Es gibt einen assyrischen Edelmann mit einer Tochter, der meinen Gemahl nicht für einen Verräter hält.« Selbstverständlich ließ sich Ulsna keine solchen Gedanken anmerken. Er brachte in aller Ehrerbietung seine Glückwünsche zum Ausdruck. Gelangweilt winkte Nesmut ab.

»Du wirst noch Gelegenheit haben, deine guten Wünsche in die Tat umzusetzen«, verkündete sie. »Um den Segen der Götter auf das Bett meines Sohnes zu lenken und sicherzugehen, daß diese Verbindung fruchtbar sein wird, wirst du ihm deinen Samen spenden.«

Als Arion ihn seinerzeit bei der Kehle gepackt und beinahe über Bord geworfen hatte, war der Schrecken glühend heiß gewesen, stechend, und hatte Ulsna schnell handeln lassen. Jetzt kroch ein Gefühl würgender Taubheit in ihm hoch, schwarz und dicht wie der Nilschlamm, den er überall auf den Feldern sah. Seit sie ihn nach seiner Jungfräulichkeit gefragt hatte, existierte in ihm die Furcht, es würde eines Tages zu einer solchen oder ähnlichen Forderung kommen, doch wenn er ehrlich zu sich selbst war, mußte er sich eingestehen, daß er geglaubt und vielleicht gar gehofft hatte, sie würde ihn auf ihr eigenes Lager befehlen. Er mochte die Herrin Nesmut nicht sonderlich, doch sie war trotz ihres erkennbaren Alters immer noch eine schöne

Frau, und überdies hegte er die diffuse Überzeugung, eine Frau könne nicht gewalttätig sein. Die Aussicht, diesem finsteren Jungen übergeben zu werden, entsetzte ihn.

Er wußte nicht, wie er es geschafft hatte, die Herrin Nesmut wieder zu verlassen, ohne durch sein offenkundiges Erschrecken ihren Zorn zu erregen. Als er erst wieder allein war, erbrach er sich im Schatten einer alten Palme und klammerte sich haltsuchend an den rissigen Stamm. Dann machte er sich auf die Suche nach Ilian.

»Ich werde davonrennen«, sagte er zu ihr, als sie sich in einen der zahllosen Palasträume zurückgezogen hatten, und berichtete, was Nesmut ihm angekündigt hatte. »Meinetwegen wird sie gewiß keinen Suchtrupp losschicken, und selbst wenn sie es doch tun sollte, ich werde schon ein Schiff finden, das mich weit fort bringt von hier.«

Ilians dunkle Augen gemahnten ihn an die reglosen Sphinxen, die er noch vor kurzer Zeit besingen hatte wollen. Es ließ sich alles und nichts aus ihnen herauslesen.

»Wenn du jetzt fliehst«, erwiderte sie langsam, »dann *wird* sie einen Suchtrupp losschicken. Sie hat viel in diese Hochzeit gesteckt, und deine Flucht würde für sie einen Gesichtsverlust bedeuten, den sie sich ihrer Meinung nach jetzt nicht leisten kann. Stünden die Dinge anders und fühlte sie sich ihrer Sache sicher, dann wäre ihr deine Flucht gleich. Aber nicht jetzt.«

»Sie kann nicht viel tun«, sagte Ulsna, »wenn ich mich auf einem abfahrenden Schiff verstecke. Meinetwegen wird niemand umkehren.«

Ilian schüttelte ungeduldig den Kopf. »Ulsna, das ist doch Unsinn. Wir hatten auf unseren Schiffsreisen bisher sehr, sehr viel Glück. Sollte es dir gelingen, dich an Bord eines Schiffes zu schleichen, dann wird kein Arion da sein, der dich anschließend beschützt, und die Hand des Orakels von Delphi schwebt dann auch nicht mehr über dir. Wenn du glaubst, daß ein Mann schlimm ist, stell dir lieber gleich ein Dutzend vor.«

Er starrte auf seine Hände, seine langen, schmalgliedrigen

Finger, die gemeinsam mit seiner Stimme das Beste an ihm waren und bisher alles überlebt hatten. Auf dem linken Handrücken befand sich eine zackenförmige Narbe, die eine Saite hinterlassen hatte, als er sie nicht richtig hatte spannen können und sie, scharf und schneidend, zurückgeschnellt war.

»Warum sagst du nicht einfach die Wahrheit?« fragte er bitter. »Es würde deine Pläne stören, wenn ich Ärger verursachte. Vielleicht würde sie ihn sogar an dir auslassen. Du hast Angst um deine eigene Haut, die bisher, trotz all deines Geredes über Männer, die dich ausgenutzt haben, bemerkenswert unversehrt ist.«

Sie erwiderte nichts, und das plötzliche Schweigen zwischen ihnen erinnerte ihn seltsamerweise an die Stille, die nach einem besonders gut vorgetragenen Lied einkehrte. Das Wissen, sie getroffen zu haben, erfüllte ihn mit dem gleichen befriedigenden Triumph, und doch wußte er in diesem Moment, daß er nicht fortlaufen würde, wenn es bedeutete, daß sie dafür bezahlen mußte. Als er wieder den Kopf hob, war sie verschwunden.

Nesmut ließ sich mit dem mit Duftstoffen versetzten Öl, das der Haushofmeister heute erst für sie von einem Händler aus Babylon gekauft hatte, ihre müden Glieder einreiben. Seit die Hochzeit aus dem Bereich vager Pläne in den einer festen Abmachung gerückt war, gab es jeden Tag mehr zu tun, und es kam ihr so vor, als stünde sie den ganzen Tag auf den Beinen. Es war erholsam, sich endlich wieder ausstrecken und verwöhnen lassen zu können, auch wenn ihr unruhiger Geist es nicht zuließ, daß sie sich gänzlich entspannte. Zu viele Gedanken schwirrten ihr durch den Kopf, wie die Stechmücken und Sumpffliegen, die das Deltaland im Frühjahr und Sommer plagten und in ihr immer aufs neue die Sehnsucht nach ihrer Heimat wachriefen.

Als Ilian erschien und sie um eine Unterredung bat, machte sie sich nicht die Mühe, die Massage abzubrechen und sich zu erheben. Sie nickte nur zustimmend und fragte sich, ob sie ihrer so nützlichen Ausländerin auch noch das Massieren beibringen lassen sollte.

»Edle Herrin«, begann Ilian, »mir ist ein Gedanke gekommen als Antwort auf deine Frage.«

»Meine Frage?«

»Nach der Lösung der Schwierigkeit mit den Schakalen in der Wüste.«

Nesmut stutzte und erinnerte sich dann wieder daran, was sie über die anderen ägyptischen Fürsten gesagt hatte.

»Jetzt nicht«, entgegnete sie, unwillig, die kräftigen Finger, die ihr Fleisch kneteten, aufzugeben, was sie würde tun müssen, um sich mit Ilian über dieses besondere Thema zu unterhalten. Als sie Ilian unter halbgeschlossenen Lidern einen prüfenden Blick zuwarf, stellte sie fest, daß die junge Frau keine Anstalten machte, zu verschwinden.

»Gibt es noch etwas?« fragte Nesmut mit einem grollenden Unterton.

»Eine Bitte.«

Es lag Nesmut auf der Zunge, Ilian in die Wüste zu wünschen. Dann besann sie sich eines Besseren. Was auch immer das Mädchen wollte, mochte sich als hilfreich erweisen; bisher hatte Ilian nichts Dummes oder Überflüssiges von sich gegeben.

»Was willst du?« gab sie daher nach und bedeutete seufzend ihrer anderen Sklavin, sie möge sich entfernen. Ilian wartete, bis sie allein waren, dann entgegnete sie:

»Mein Freund, der Barde, hat mir berichtet, daß er das Bett deines Sohnes teilen soll.«

»Diese Ehre wird ihm zuteil. Um Res Segen auf Psammetich zu beschwören. Das mindeste, was ich mir von dieser Verbindung erwarte, sind Enkelkinder.«

»Verzeih, Herrin, aber er ist es nicht gewohnt, die Stelle eines Gottes einzunehmen. Um offen zu sein, er ist es nicht gewohnt,

209

überhaupt das Lager mit jemandem zu teilen. Er fürchtet, dein Sohn werde keine Freude an ihm haben, und daß so ein Schatten auf das Hochzeitslager fallen könnte.«

»Du meine Güte«, bemerkte Nesmut und rümpfte die Nase, »hier geht es doch nicht um Vergnügen, sonst würde ich für Psammetich ein Freudenmädchen oder einen Lustknaben bestellen. Und ich will doch hoffen, daß dieses schlacksige Geschöpf nicht gewohnt ist, mit jemandem das Lager zu teilen; ich habe ihm sehr klargemacht, daß er sich zurückhalten soll. Niemand erwartet, daß er Kenntnisse zeigt; alles, was wir von ihm brauchen, ist der Samen eines Lotoskindes.«

Zögernd erwiderte Ilian: »Dann… könnte er sich doch ergießen, ohne das Lager mit deinem Sohn…«

»Bei allen Göttern!« unterbrach Nesmut ungehalten, die endlich begriff, worauf das Ganze hinauslief. »Ihr scheint alle beide zu vergessen, was ihr seid. Ich bin es nicht gewohnt, über meine Befehle mit Sklaven zu debattieren. Er ist dazu da, um zu gehorchen, und du ebenso.«

Ilian schlug demütig die Augen nieder. »Gewiß«, murmelte sie. »Dann willst du bestimmt nicht hören, was ich über die Schakale in der Wüste zu sagen habe. Vergib, daß ich deine Zeit verschwendet habe«, schloß sie und machte Anstalten, sich zurückzuziehen.

Nesmut kniff die Augen zusammen. »Ich habe dich nicht entlassen.«

Ilian blieb stehen.

»Sprich schon.«

»Ulsna«, sagte Ilian leise und in griechisch, während sie zurückkehrte und neben Nesmuts Lager niederkniete, »ist wirklich guten Willens, doch er fürchtet sich. Ich bin sicher, die Götter wären dir und den deinen noch mehr gewogen, wenn du diesen Segen nicht erzwängest.«

»Was ist mit den anderen Fürsten?« stieß Nesmut hervor, halb erzürnt über die fortwährende Unverschämtheit, halb belustigt. Seit sich Necho von ihr zurückgezogen hatte und nur noch das Nötigste mit ihr besprach, hatte sie diese Art von Austausch vermißt. Natürlich würde sie das Mädchen am Ende dafür bestrafen, aber bis dahin war es angenehm, sich auf solche Weise unterhalten zu lassen. In der Tat mußte sie eingestehen, daß sie es vorzöge, wenn ihr Psammetich auf solch gewitzte Weise widerspräche, statt nur immer tiefer in seinem Gewölk aus jugendlichem Unmut zu versinken. Ein Gedanke kam ihr, der sie lächeln ließ.

»Mein Herz wäre viel freier, über die Schakale zu sprechen, wenn Res Fruchtbarkeitszeremonie es nicht mehr bedrücken würde.«

»Sag deinem Herzen«, erklärte Nesmut trocken, »daß ich es trösten werde, wie auch das Herz deines Barden. Und dann erzähle mir, wie wir die Schakale loswerden. Aber ich warne dich, wenn mir deine Lösung mißfällt...«

Sie ließ das Ende des Satzes offen, da sie immer davon überzeugt gewesen war, daß vage Drohungen bei Untergebenen mehr ausrichteten als etwas Handfestes, worauf ihr Gegenüber sich einstellen konnte.

»Ich wußte immer, daß du die Großzügigkeit selbst bist, Herrin«, gab Ilian zurück und erläuterte einen Plan, der Nesmut in seiner Kühnheit gleichzeitig entzückte und entsetzte. Sollte sie sich darauf einlassen, dann gäbe es kein Zurück mehr, und, das war ihr klar, es würde auch nicht genügen, eine Sklavin für ein mögliches Mißlingen verantwortlich zu machen. Nein, wenn dieser Plan fehlschlüge, dann würde es keine Fürstenfamilie von Sais mehr geben. Bei einem Erfolg jedoch wäre die Kobrakrone der ägyptischen Königinnen endlich für sie in Reichweite. Sie würde als Amons Gottesgemahlin in Theben verehrt werden, statt einer Fremden aus Kusch, und die zwei Länder würden sich vor ihr, ihrem Gemahl und ihrem Sohn beugen.

All das galt es zu bedenken, und nicht nur einmal, nicht zweimal, sondern viele Male. Außerdem tat es Ilian not, endlich einmal auf ihren Platz verwiesen zu werden.

»Ich danke dir für deine Worte«, meinte Nesmut schließlich,

»und werde sie in meinem Herzen tragen. Um dir meine Dankbarkeit zu zeigen und deinem Freund, dem Barden, seine Furcht zu nehmen, habe ich entschieden, auch dich zu ehren. Ihr werdet beide das Bett meines Sohnes teilen, um den Segen der Götter auf seine Ehe zu lenken – den Res durch den Barden und den deiner Götter, die, wie du behauptest, auch für unser Land bald von Bedeutung sein könnten, durch dich.«

Zu Ulsnas Pflichten gehörte es, der Katze des Hauses abends ihre Schale mit sorgfältig entgrätetem Fisch zu bringen. Er wußte nicht, warum er das tun mußte, hatte es doch nicht das geringste mit seiner Ausbildung als Barde zu tun, aber es war ihm nicht unangenehm. Ehe er nach Ägypten kam, hatte er noch nie eine Katze gesehen. Sie faszinierte ihn. Anders als bei den Hühnern war das Geräusch, das dieses Tier gelegentlich von sich gab, wenn es gefressen hatte oder sich mit seiner kleinen rosa Zunge übers Fell fuhr, ein ansprechendes. Die Katze hatte kluge gelbe Augen mit Pupillen, die sich von einem schmalen Spalt zu einer schwarzen Kugel verwandeln konnten, und ein hellbraunes Fell, das von einer der Sklavinnen täglich gebürstet wurde. Wie Ulsna hörte, handelte es sich um ein den Göttern heiliges Tier, was ihm begreiflich war, ähnelte es doch ein wenig den steinernen Sphinxen. Allerdings blieb es selten an einem Platz; nur zu den Zeiten, an denen es gefüttert wurde, fand er es fast immer auf der kleinen Empore, die jemand vor die Statue einer weiteren ägyptischen Gottheit mit Tierkopf gebaut hatte.

Als er an diesem Abend seine Pflicht erledigte, ertappte er sich dabei, wie er die Katze beneidete. Sie kam und ging, wie es ihr beliebte, und obwohl man sie hier mit Nahrung versorgte, schien sie sich niemandem im Palast verpflichtet zu fühlen. Außerdem behandelte sie jeder mit Respekt; einmal hatte er erlebt, wie einer der Diener aus Versehen über die Katze gestolpert war und sich vielfach entschuldigt hatte, während das Tier nach einem kurzen Fauchen mit hochgestelltem Schwanz einfach verschwunden war.

»Sie hat ein gutes Leben«, sagte Ilian hinter ihm. Das entsprach genau dem, was er dachte, doch er drehte sich nicht um, als er nickte.

»Es wird dich freuen zu hören«, fuhr sie kühl fort, »daß unser beider Haut der gleichen Gefahr ausgesetzt ist. Die Herrin Nesmut hat entschieden, daß sie auch noch den Segen fremder Götter für ihren Sohn braucht.«

Einen Moment lang verstand Ulsna nicht, worauf sie hinauswollte, dann begriff er.

»Oh.«

Er wußte nicht, was diese Eröffnung in ihm auslöste. Zufriedenheit darüber, Ilian endlich für etwas bezahlen zu sehen, feststellen zu können, ob sie selbst tatsächlich so gewappnet gegen das war, was sie ihm hatte zumuten wollen? Erleichterung, weil er zumindest nicht allein sein würde? Bedauern vielleicht. Bei all seinen widersprüchlichen Gefühlen für Ilian tat ihm die Vorstellung, sie in den Händen dieses finsteren Fremden zu sehen, weh. Ilian und Arion, nun, das wäre etwas anderes gewesen. Aber so wenig er an sich selbst mit Psammetich denken konnte, so wenig wollte er dieses Bild vor Augen sehen.

»Wir könnten zusammen weglaufen«, sagte er plötzlich.

»Du bist noch ein Kind. Wenn mir nichts Schlimmeres auf meinem Weg passiert, werde ich wahrlich vom Glück gesegnet sein«, entgegnete Ilian verächtlich, aber trotz ihres abweisenden Tonfalls spürte er kurz den Druck ihrer Hand auf seiner Schulter. Ihre Nägel waren immer noch kurz, wie die seinen, so ganz anders als die der Herrin Nesmut mit ihren kleinen Schutzschilden aus Silber und Gold. Er erinnerte sich an die Wärme ihres Körpers während der Schiffsnächte und fragte sich, ob alle Träume auf so bittere Weise in Erfüllung gingen.

Die Herrin Nesmut beschloß, die Fruchtbarkeitszeremonie zwei Tage vor der Hochzeit durchführen zu lassen. Zu diesem Zeitpunkt war die Braut, die Tochter eines königlichen Halbbruders aus Niniveh, bereits eingetroffen und wartete samt ihrem Vater, dessen Begleitung und ihrer Mitgift in dem früheren Sommerhaus der Fürsten von Sais auf das, was kommen sollte. Dem Bräutigam war Ulsna erfolgreich aus dem Weg gegangen, bis man ihn und Ilian in das Gemach befahl, das für sie vorbereitet worden war.

Zuerst war er erleichtert, statt Psammetich einige myrrheschwenkende Priester vorzufinden, die seiner Meinung nach fürchterlich sangen. Dann packte ihn bei der Vorstellung, sie könnten die ganze Nacht anwesend sein, Entsetzen. Das Ganze war demütigend genug, und nun sollte er auch noch vor Zeugen um den letzten Rest seiner Selbstachtung gebracht werden?

Er war erleichtert, als sie nach Beendigung ihrer Gesänge verschwanden, nicht ohne Ilian deutlich mißbilligender zu mustern als ihn, was wohl daran lag, daß sie ihnen mit ihren Göttern als mögliche Rivalin erschien. Von Psammetich gab es noch immer keine Spur, und erst jetzt gestattete Ulsna sich, etwas anderes wahrzunehmen als die verschwundenen Priester und den Boden zu seinen Füßen.

Auf der Erde vor dem Bett stand eine Schale mit Honigkuchen, auch etwas, das er erst in Ägypten kennengelernt hatte, und ein Krug. Als er vorsichtig einen Finger befeuchtete, stellte er fest, daß es kein Bier, sondern Wein war, und empfand ein unter den Umständen absurdes Bedauern. Das Bett selbst war breiter als die Liegen, die er bisher in den Palästen gesehen hatte, und ausgelegt mit Fellen von Tieren, die er nicht kannte. Eines war sogar gestreift.

Ilian stellte sich neben ihn und fuhr mit den Fingern über das Fell.

»Weich«, sagte sie.

»Was«, fragte Ulsna mit trockener Kehle, »tun wir jetzt?«

»Nun, du hast die Wahl. Du kannst versuchen, dich so schnell zu betrinken, daß du nicht viel empfinden wirst, wenn er hier ist. Oder wir machen das Beste daraus. Es lohnt sich, zu versuchen, hier einen Verbündeten zu gewinnen. Wenn der Junge das Zeug dazu hat, könnte er ein wirklich Mächtiger in diesem Land werden. Und«, fügte sie mit einer kleinen Grimasse hinzu, »mir meine Reise nach Theben sichern sowie dem Schreiber etwas mehr Eifer dazu einflößen, mir die Schrift beizubringen.«

Es war nur ein weiterer ihrer jähen Gedankensprünge, aber in der angespannten Stimmung, in der Ulsna sich befand, brachte er ihn zum Lachen.

»Vielleicht sollten wir Psammetich bitten, uns den Schreiber zu schenken«, schlug er vor. »Wenn seine Braut tatsächlich gleich schwanger wird. Als Ausgleich für erwiesene Dienste.«

Sie fiel in sein Gelächter ein, obwohl sie anfangs versuchte, es mit dem Handrücken an ihrem Mund zu unterdrücken. Ihm wurde bewußt, um wieviel jünger sie so wirkte. Er klammerte sich an die Heiterkeit, obwohl sie so dünn und brüchig war wie die Flakons aus Alabaster, in denen man hier Salben und Düfte aufbewahrte, bis man sie zerschlug.

»Nicht nur den Schreiber«, sagte sie, als sie wieder zu Atem kam. »Mindestens noch eine dieser riesigen Sänften.«

»Und die Sänftenträger«, fiel er ein.

»Und zwei Pferde!«

»Ein Dutzend Hühner!«

»Und eine Katze!«

»Unsere Freiheit!« rief Ulsna und biß sich im nächsten Moment auf die Zunge. Die trügerische Hülle aus spielerischer Heiterkeit um sie zerbrach, und er spürte, wie die Wirklichkeit wieder kalt an ihm hochkroch.

»Dazu«, sagte Ilian ernst, »müssen wir mehr tun, als nur die Augen zu schließen und auf das Beste zu hoffen.«

Sie ließ sich auf dem Lager nieder, das die Priester vorher mit Myrrhe besprengt und mit Lotos bestreut hatten, und klopfte mit der Hand neben sich.

»Ich weiß nicht, was ich sonst tun kann«, entgegnete Ulsna ehrlich und setzte sich neben sie. Aus einem Impuls heraus ließ er ihr Haar, das seine frühere Länge wieder erreicht hatte, durch die Finger gleiten. Sie hatte es heute gewaschen, aber die Priester hatten darauf bestanden, es mit Öl zu begießen, genau wie das seine, und so ließ es sich nicht leicht zerteilen. Es erinnerte ihn an die verfilzte Masse auf dem Schiff, und wie Arion sie getadelt hatte.

»Du bist es, die über die Macht des Körpers Bescheid weiß. Ich weiß nur, daß mich niemand wollte, den ich wollte, und daß ich Angst vor diesem Mann habe.«

Mit ihrer linken Hand griff sie unter sein Kinn.

»Prokne«, antwortete Ilian, »hat behauptet, daß ich zu den Leuten gehöre, die du wolltest.«

»Warum sagst du das?« stieß Ulsna hervor und versuchte vergeblich, das Zittern zu unterdrücken, das ihn überfiel, oder ihre Hand wegzuschlagen. Er brachte es nicht fertig, sich zu rühren. »Es zerstört alles. Wir wissen doch beide, daß du mich nicht liebst.«

Ilian legte ihm einen Finger auf die Lippen. »Von Liebe war nicht die Rede«, flüsterte sie. »Und du hast recht, es würde alles zerstören… Aber nicht heute nacht, und nur heute nacht nicht. Wenn du dir sagst, du bist nicht seinetwegen hier, sondern meinetwegen… ich bin nicht seinetwegen hier, sondern deinetwegen… dann kann es etwas Besseres sein als Sklaverei. Nur heute nacht.«

Die Fähigkeit, sich zu bewegen, kehrte endlich wieder in seine Glieder zurück, und seine eigenen Hände, die noch in ihrem Haar verfangen waren, legten sich um ihren Hals. Er wußte selbst nicht, ob er ihr weh tun oder sie an sich ziehen wollte. Ihre vertrauten Finger, so warm auf seiner Haut, an seinem Mund. Sie hatte nie kalte Hände, nur während ihres Fiebers einmal, seltsamerweise. Warum hatte sie nie kalte Hände? Die Essenzen, mit denen man sie beide beträufelt hatte, der schwere Duft, unvertraut, selbst bei Prokne hatte sie derlei nicht benutzt. Ihre Stirn gegen seine Stirn, und jetzt spürte er ein leichtes Zittern auch bei ihr und begriff, daß ein Teil von ihr trotz ihrer selbstsicheren Worte ebenfalls Angst hatte. Und das Seltsamste, ihren Mund zu berühren. Das kurze Aufeinander- pressen von Lippen. Nichts Vertrautes hier.

»Was für ein reizender Anblick«, sagte eine fremde Stimme spöttisch in einer fremden Sprache, und Ulsna brauchte eine Weile, bis er die Worte verstand und in die Wirklichkeit zurück- geholt wurde. Da stand, die Hände in die Hüften gestemmt, Psammetich, einmal ohne das übliche Stirnrunzeln, doch dafür mit einer höhnischen Miene.

»Ich glaube nicht, daß ihr ohne mich anfangen dürft«, fuhr er fort. »In der Tat bin ich sogar ganz sicher, daß ihr auf mich zu warten habt, meine Täubchen. Schließlich geht es hier um meine Fruchtbarkeit, nicht wahr?«

Ohne auf ihn zu achten, legte Ilian ihre andere Hand auf Ulsnas Schulter, zog ihn zu sich herab und wisperte dabei in ihrer eigenen Sprache, der Sprache der Rasna: »Vertrau mir. Das ist ein Spiel, das wir gewinnen können. Die Macht des Kör- pers.«

Es kostete ihn allen Mut, den er aufbringen konnte, nicht zu erstarren, zu fliehen oder sich gehorsam umzudrehen, aber er packte das Vertrauen in sie, den einzigen Menschen, der ihn je als Freund gewollt hatte, und stellte es zwischen sich und die Furcht. Er legte seinen Mund auf ihren Hals und spürte, wie sie ihn zurückbog. Ihre vollen, festen Brüste an seinen eigenen klei- nen, die gerade genügten, um ihn zu verraten. Das Gefühl der Unzulänglichkeit drohte ihn wieder zu überwältigen, als ihre Hand von seiner Schulter über seinen Rücken glitt, forschend, tastend, ohne abgeschreckt innezuhalten. Dann fühlte er eine zweite Hand, größer, schwerer, rauher.

»Ich habe gesagt«, wiederholte der Junge, und diesmal konnte Ulsna eine gewisse Kurzatmigkeit heraushören, »ihr sollt warten.«

»Ah, aber ist es das, was du meinst, edler Herr?« fragte Ilian, und ihre ruhige, kühle Stimme stand im Gegensatz zu dem Körper, der sich an Ulsna drängte, zu den Händen, die ihn von seinem Chiton befreiten. »Ich glaube nicht.«

Er ist nicht hier, dachte Ulsna, *es ist nicht sein Gewicht, das sich jetzt neben uns legt. Wir sind auf dem Schiff, und es ist Arion.* Dann dachte er überhaupt nichts mehr, sondern überließ sich der Welle an aufgestauter Sehnsucht und Zorn, die ihn zu Ilian trug und die Furcht und Scham in seinem Kopf auslöschte.

Es war eigenartig, die fremden Atemzüge zu hören, und noch eigenartiger, daß Psammetich in den frühen Morgenstunden offenbar von einem Redeschwall erfaßt wurde, während Ulsna die Erschöpfung in sich ausklingen ließ und Ilians Kopf auf seiner Schulter spürte.

»Ihr werdet natürlich niemandem erzählen, daß ich geweint habe.«

»Nein«, murmelte Ilian schläfrig, »warum auch? Tränen sind ein Teil des Fruchtbarkeitsrituals. Um die Felder zu segnen. Es betrifft niemanden sonst.«

»Ja«, sagte Psammetich dankbar, »so ist es. Teil des Rituals. Ich habe das noch nie getan, wißt ihr – dieses Ritual, meine ich. Alles andere selbstverständlich schon.«

Ulsna, der selbst das Salz der Tränen auf seinen Wangen spürte, sich nichts mehr als Schweigen wünschte und sich weniger und weniger auf die fremde Sprache konzentrieren konnte, fühlte dennoch einen Funken Mitleid über den dringenden Wunsch hinaus, Psammetich möge sich endlich zurückziehen. Wenn er es recht bedachte, konnte Psammetich nicht älter sein als er selbst. Vielleicht war der Ägypter sogar jünger. Nach der vergangenen Nacht erschien es ihm nicht unwahrscheinlich, daß die finstere Miene lediglich dazu dienen sollte, jugendliche Unsicherheit zu verbergen. Allerdings hatte er genügend schmerzende Stellen, um sein Mitleid mit Psammetich nicht allzu groß werden zu lassen.

»Die Götter werden mit dir zufrieden sein, Herr«, sagte Ulsna versöhnlich, in der Hoffnung, dies werde Psammetich genügen und ihn zum Schlafen oder zum Verschwinden bringen. Seine Hoffnung erwies sich als vergeblich; offenbar sah sich Psammetich erst recht zu weiteren Äußerungen ermutigt.

»Die Götter vielleicht«, knurrte er, »aber meine Mutter erst dann, wenn ich ihr einen Enkel beschert habe und auf dem Thron von ganz Ägypten sitze. Sie ist wie ein gefräßiges Krokodil, das nicht genug kriegen kann. Mein Vater hätte in Sais gut regieren können, aber nein, sie will ihn die Doppelkrone tragen sehen, und jetzt bin offenbar ich an der Reihe. Es ist nicht zum Aushalten mit ihr!«

»Wenn du verheiratet bist, Herr«, erklärte Ilian pragmatisch, »wirst du deinen Wohnsitz nehmen können, wo immer es dir beliebt, und du wirst deiner Mutter nicht mehr so häufig zu begegnen brauchen. Aber sei gewarnt, du magst feststellen, daß sie nicht die einzige ist, die dich auf dem Thron sehen will.«

Psammetich überraschte Ulsna, der immer dringender wünschte, die Götter, ob nun die Ägyptens, der griechische Apollon oder die der Rasna, würden umgehend einen Schweigezauber verhängen, mit der durchaus vernünftig klingenden Erwiderung:

»Oh, es ist nicht so, daß mir der Gedanke grundsätzlich widerstrebt. Aber meine Mutter will immer alles gleich, und so geht das nicht. Ich habe die Assyrer in Waffen gesehen, und die Nubier. Dagegen ist alles, was wir haben, veraltet, wenn es nicht die griechischen Söldner selbst mitbrachten. Da hilft es uns auch nicht, daß wir Ägypter zehnmal mehr Soldaten aufbringen könnten, wenn wir vereint wären.«

»In meiner Heimat gibt es Zinn, Kupfer und Eisen«, sagte Ilian, und gerade als Ulsna befürchtete, sie würde an Ort und Stelle mit einer Debatte über die ägyptische Zukunft und über mögliche Lieferungen beginnen, fuhr sie mit einem Unterton von Heiterkeit fort, »und wir haben dich ebenfalls in Waffen gesehen, Herr.«

Von der anderen Seite des Bettes her hörte Ulsna ein belustigtes Schnauben, und dann sagte Psammetich geschmeichelt: »Danke.«

Zu Ulsnas großer Erleichterung stellte sich das als sein letztes Wort in dieser Nacht heraus. Nach einer Weile begann der zukünftige Mächtige Ägyptens sanft zu schnarchen. Ulsna erhob sich und kletterte auf den breiten Fenstersims, um zu den Sternen emporzusehen. Ihm war gleichzeitig glücklich und sterbenselend zumute. In der lauen Nachtluft konnte er die Nilpferde hören und fragte sich, seit wann er die einzelnen Geräusche in diesem fremden Land beim Namen nennen konnte.

Er war nicht überrascht, als Ilian ihm nachkam. Das Mondlicht nahm ihrer Gestalt die Bräune und verwandelte sie in einen silbernen Schatten, der sich mit angezogenen Knien auf die andere Seite des Simses setzte.

»Es wird nie wieder geschehen, nicht wahr?« fragte Ulsna.

»Nein.«

»Verrate mir nur eins. Hast du das alles irgendwie eingefädelt, um die Möglichkeit zu erhalten, auf Psammetich Einfluß zu nehmen?«

»Ulsna«, erwiderte Ilian und seufzte, »du überschätzt meine Planungskünste. Ich bin keine Spinne, die jederzeit und überall anfangen kann, ein Netz zu weben, weißt du? Ich wollte einfach, daß du heute nacht nicht allein bist. Es ist schlimm«, setzte sie traurig hinzu, »in solchen Nächten allein zu sein.«

»Keine Spinne, Ilian«, sagte Ulsna versonnen und fragte sich, wie es möglich war, diese Mischung aus Elend und Zufriedenheit im Herzen zu tragen. »Ich weiß nicht, was du bist. Eine von diesen Sphinxen vielleicht. Ein Teil Göttin, ein Teil Kind, ein Teil Tier, und nichts, nichts von einem Menschen an dir. Aber ich bin froh, daß du mich heute nacht nicht allein gelassen hast. Ich glaube, ich hätte es sonst nicht überlebt.«

Er wurde sich plötzlich bewußt, daß er nackt war und sich

zum ersten Mal in seinem Leben nicht fragte, ob ihn jemand sehen konnte, sich seiner Unnatürlichkeit nicht schämte. Die Angst, so lange sein ständiger Begleiter, war von ihm gewichen.

»Sie wird dir Schwierigkeiten machen«, fuhr er fort, »die Herrin Nesmut, meine ich. Wenn der Junge nicht ohnehin alles vergißt und dich keines weiteren Blickes mehr würdigt. Außerdem gibt es da noch seine zukünftige Frau.« Er sog die Nachtluft in sich hinein, ließ die angenehme Kühle seine Lunge ausweiten und über seine Haut streichen, dann lächelte er. »Aber ich bin überzeugt, du wirst damit fertigwerden.«

»Nicht allein«, antwortete sie. Das Mondlicht schien in ihre dunklen Augen einzutauchen, ohne eine Spur zu hinterlassen. »Ich glaube, ich würde sonst auch nicht überleben, Ulsna. Wenn du wirklich willst, dann werde ich dir jetzt schon irgendwie deine Freiheit wiederbeschaffen, aber ich möchte es nicht. Sag, daß du mich nicht verläßt. Sag es jetzt gleich.«

Er schwang sich von seinem Fenstersims herab, machte den nötigen Schritt auf sie zu, nahm ihre rechte Hand, die reglos herabhing, und berührte sie leicht mit den Lippen.

»Ich werde dich nie verlassen, meine Göttin. Bis zu dem Tag, an dem du mich verläßt.«

III

DER PREIS

Niemand, der sie zum ersten Mal sah, hielt Romulus und Remus für Zwillinge, obwohl sie einander genügend ähnelten, um auf eine Verwandtschaft schließen zu lassen. Beide hatten die gleichen feingezeichneten Augenbrauen, die gleiche Stupsnase und die gleichen lockigen braunen Haare. Damit hörte die Ähnlichkeit jedoch auf. Für Romulus war die Verwunderung, die sich in den Augen von Fremden zeigte, wenn der Vater oder Remus das Wort »Zwilling« in den Mund nahmen, der Stachel, der ihn begleitete, seit er denken konnte. Remus wuchs schneller, Remus war kräftiger, und Remus ging auf die Leute mit einem offenen Lächeln zu, so daß jeder ihn mochte. Außerdem brachte es Remus irgendwie fertig, nie krank zu werden. Romulus dagegen war kleiner, dünner, und es verging kein Winter ohne eine schlimme Erkältung bei ihm. Einmal, als ihn neben dem üblichen Husten und Schnupfen auch noch ein gehöriges Fieber plagte, hörte er, wie Pompilia, die seinem Vater bei der Pflege zur Hand ging, sachlich erklärte, es würde sie wundern, wenn »der Kleine« überhaupt alt genug werde, um auf den Feldern mitzuhelfen. Als er wieder gesund wurde, fing er einige Kröten und setzte sie Pompilia in den Korb mit Wäsche, die sie gerade im Fluß gewaschen hatte.

Pompilia, das Weib des wichtigsten Mannes im Dorf, war nicht die einzige, die Romulus nicht viel zutraute. Bei Prügeleien mit den anderen Kindern zog er nur dann nicht den kürzeren, wenn Remus dabei war. Remus konnte es nicht ausstehen, seinen »kleinen Bruder« verprügelt zu sehen, und er schlug sich mit jedem, der es versuchte. Es war schwer, ihm dafür dankbar zu sein, wenn man später als Schwächling gehänselt wurde. Deswegen arbeitete Romulus verbissen daran, stärker zu werden. Er bestand darauf, die schweren Milcheimer allein zu schleppen, und rannte jeden Tag bis zu ihrem alten Gehöft hinaus.

Es gehörte ihrem Vater, und früher, das wußten die Zwillinge, hatten sie dort gelebt. Manchmal spielten sie immer noch da, wenn der Vater sie nicht brauchte. Weil der Hof von Ruinen umgeben war, behaupteten die Leute im Dorf, es spuke. Einmal kam Romulus auf die Idee, sich eine besonders schaurige Geschichte über Erscheinungen in den Ruinen auszudenken und dann die anderen Kinder zu einer Mutprobe aufzufordern, nämlich sich in der Nacht dorthin zu begeben. Es war höchst befriedigend zu erleben, wie alle vorschützten, ihren Eltern nicht entkommen zu können.

»Aber es spukt doch nicht wirklich dort«, bemerkte Remus, der Romulus nicht widersprochen hatte, hinterher. »Das war ein Spaß, oder? Ich habe jedenfalls noch keinen Geist da gesehen.«

»Du siehst nie etwas«, gab Romulus zurück und wich einer Kopfnuß seines Bruders aus.

Nicht, daß Remus ihm böse war. Remus wurde schnell wütend, aber er war unfähig, jemandem länger zu grollen. Mit den Jungen, die er verprügelte, streunte er tags darauf wieder durch die Gegend. Sich mit Romulus darüber zu streiten, wer den Vater auf die Jagd begleiten und wer bei den Herden bleiben würde, hinderte ihn nicht daran, am nächsten Tag für seinen Bruder auf einen Baum zu klettern, um für ihn die ersten reifen Äpfel herunterzuholen. Bei einer solchen Unternehmung brach er sich einmal fast den Hals; zum Glück erntete er letztendlich nichts Schlimmeres als einen verstauchten Knöchel und einen ausgerenkten Arm, als der Ast unter ihm wegbrach und er zu Boden stürzte. Der Vater renkte den Arm wieder ein, doch Remus mußte ihn noch ein paar Wochen in einer Schlinge tragen und konnte humpelnd längst nicht so viel tun wie sonst.

Es war für Romulus eine schöne Zeit. Der Vater benötigte ihn dringender denn je, und da Remus' Freunde rasch die Geduld verloren und lieber ohne ihn unbehindert durch die Gegend streiften, brauchte auch Remus ihn mehr als jeden anderen. So in Anspruch genommen zu werden war auf angenehme Weise erschöpfend. Während er mit dem Vater die Tiere versorgte, dachte er sich ständig neue Geschichten für Remus aus, keine schaurigen, nur schöne, und gab sie dann seinem durch erzwungenes Nichtstun gelangweilten Bruder zum besten, ganz gleich, wie anstrengend der Tag auch gewesen war. Remus erwies sich als dankbarer Zuhörer. Am besten gefiel ihm die Geschichte, in der sie ihre Mutter aus den Klauen eines Unterweltsdämons befreiten, der sie gefangenhielt.

Die Zwillinge mußten wegen ihrer Mutter ständig Neckereien einstecken. Einige Kinder behaupteten, daß sie überhaupt keine Mutter besaßen, daß Faustulus sie im Wald gefunden hätte, bei einer Wölfin, und daß sie nur zur Hälfte Menschen seien. Als Remus die Geschichte als gemeine Lüge bezeichnete, wurde er gefragt, warum denn niemand im Dorf die Mutter je zu Gesicht bekommen habe, und darauf wußten die Zwillinge alle beide nichts zu sagen. Erst Numa, der Sohn des reichen Pompilius, der viel älter war und kaum noch mit ihnen spielte, konnte ihnen helfen. Als er die Sache von der Wölfin hörte, lachte er und erklärte, er habe das Weib des Faustulus seinerzeit selbst gesehen, als sie ihre Kinder noch im Bauch trug.

»Wie sah sie aus?« drängte Romulus, denn der Vater sprach nie über die Mutter.

Numa zuckte die Achseln. »Wie eine schwangere Frau eben. Sie war eine von den Tusci, deswegen hat sie wohl nicht viel gesagt. Aber«, fügte er mit einem Lächeln hinzu, »sie hat mir prophezeit, daß ich ein großer Mann werde. Also benehmt euch!«

Gelegentlich kamen Tusci ins Dorf, um Tribut für den König von Alba einzutreiben, aber die Zwillinge bekamen sie nie zu sehen, weil der Vater ihnen streng verbot, bei solchen Gelegenheiten das Haus zu verlassen, und immer entweder selbst da war oder jemand anders eingeladen hatte, um dafür zu sorgen, daß sie sich auch daran hielten. Als sich Remus erkühnte, ihn nach dem Grund zu fragen, knurrte er nur, die Tusci hätten ihn jahrelang gefangengehalten und er wolle nicht, daß ihnen desgleichen geschehe. Den Tusci könne man nicht trauen, sie seien alle üble Schurken.

Remus gab sich damit zufrieden; es war Romulus, der den Satz wiederkäute wie eine Kuh ihr Gras und schließlich verkündete: »Aber wenn die Tusci so schlimm sind, warum hat er dann eine von ihnen geheiratet?«

»Vielleicht irrt sich Numa auch«, meinte Remus hoffnungsvoll, »und unsere Mutter war gar keine von den Tusci.«

Sie brachten es nicht über sich, den Vater selbst zu fragen. Niemand sprach in seiner Hörweite von ihrer Mutter. Einmal begann Pompilius: »Faustulus, du solltest dir ein neues Weib nehmen, für den Hof, das Lager und die Kinder«, und der Vater drehte sich an Ort und Stelle um und stapfte davon. Manchmal hielt er abends eine Doppelflöte in den Händen und ein altes blaues Tuch und starrte ins Feuer.

Was den Zwillingen im Ort sonst über die Tusci zu Ohren kam, ließ die Wölfin fast als die bessere Abstammungsmöglichkeit erscheinen. Die Tusci lebten reich und mächtig in ihren Städten und verpraßten den ganzen Tag das Gut, welches die armen Latiner mühsam erwirtschafteten. Viele von ihnen waren Magier, und deswegen hatten sie auch vor Jahren das Land rauben können; ursprünglich hatte alles den Latinern gehört. Die Tusci hielten sich für etwas Besseres und schauten auf die Latiner herab; dabei waren sie selbst zu den Ihren grausam und gottlos.

»Denkt euch«, berichtete Numa, der im Gegensatz zu den jüngeren Kindern bereits selbst in Alba gewesen war, »der König dort hat seinen eigenen Bruder vom Thron gestoßen, verkrüppelt und in die Verbannung geschickt. Dann seine Nichte, die von dem Kriegsgott selbst erwählt wurde und ein Kind von ihm erwartete, die hat er sogar in die Wildnis geschickt, auf daß sie stürbe. In Alba sind sie überzeugt, daß deswegen ein Fluch auf ihm lastet, aber keiner erhebt seine Hand gegen ihn. So sind die Tusci. Dulden selbst verbrecherische Könige, solange sie ihnen nur die Bäuche füllen.«

»Was ist aus der Geliebten des Kriegsgotts geworden?« fragte Numas kleine Schwester, Pompilia die Jüngere, und bestätigte damit ein weiteres Mal die Überzeugung der Zwillinge, daß Mädchen sich stets auf die langweiligsten Stellen einer Geschichte stürzten. Remus hatte gerade fragen wollen, worin die Verkrüppelung bestand.

»Das weiß keiner, aber der Sabiner, von dem ich die Geschichte erzählt bekommen habe, meint, es sei prophezeit worden, daß der Sohn des Kriegsgottes sie und ihren Vater dereinst rächen und den Thron von Alba besteigen werde.«

Fasti spürte das Alter täglich stärker in ihren Knochen und sah keinen Grund mehr, Gänge zu unternehmen, wenn sie die betreffenden Leute genausogut zu sich bitten oder befehlen konnte. Den König von Alba vor sich zu sehen, statt ihn in seinem Palast aufzusuchen, entsprach ihren Erwartungen; selbst daß er ermüdenderweise schon wieder seine Tochter mitgebracht hatte, überraschte sie nicht. Seit acht Jahren versuchte Arnth nun schon, sie dazu zu bringen, Antho zu ihrer Nachfolgerin zu machen. Er wußte, daß er dadurch nichts verlor; im Notfall konnte er Antho jederzeit verheiraten, denn der Frau, die einen Anspruch auf die Krone von Alba als Mitgift besaß, würde es niemals an Freiern mangeln. Inzwischen versuchte er weiterhin, einen Sohn zu zeugen, und hoffte darauf, daß Fasti nachgab, ehe der Tod sie holte.

Er würde umsonst warten. Fasti hatte nicht die Absicht, nachzugeben. Antho als Priesterin wäre eine ständige Gefahr gebrochener Gelübde; Antho als Hohepriesterin wäre eine Katastrophe. Das Mädchen war vielleicht nicht strohdumm, doch ihr fehlte die Fähigkeit, sich über eine längere Zeit auf ein Ziel zu konzentrieren, ihr fehlte jeglicher Weitblick, und ihr fehlte das Gefühl für die Erhabenheit des Amtes. Statt dessen ließ sie sich von ihren eigenen kleinen Wünschen und Begierden treiben und nahm sich, was sie wollte, ob es nun Purpur aus Syrien oder ein neuer Liebhaber war. Genauso schnell verlor sie das Interesse an beiden. Das ging für die bedeutungslose Tochter eines Königs an, aber nicht für die Stimme der Göttin Turan.

»Es freut mich, daß du dem Volk deinen Familiensinn zeigst, Herr«, sagte Fasti spitz, nachdem sie Arnth begrüßt und Antho kurz zugenickt hatte. »Nach dem zu urteilen, was derzeit geklatscht wird, zweifelt das Volk allmählich daran, und dich als liebenden Vater zu sehen kann daher nur guttun.«

»Darüber wollte ich mit dir sprechen. Fühlt sich der Tempel um irgend etwas betrogen, Fasti? Anders kann ich mir nämlich nicht erklären, warum auf einmal eine alte Geschichte ausgegraben, bis zur Unkenntlichkeit entstellt und mit ständigen Verweisen auf Prophezeiungen und die Wünsche der Götter weitergegeben wird. Es wäre allerdings eine sehr törichte Methode, um wegen irgendwelcher Sonderrechte neu zu verhandeln. Schließlich gibt es noch genug Leute, die sich daran erinnern, wer die Verbannungszeremonie für Ilian damals durchgeführt hat.«

Einmal abgesehen von den Vorstellungen bezüglich seiner Tochter, war Arnth immer ein kluger Mann gewesen. Fasti schlürfte den Kräutertrank, den sie sich hatte bringen lassen, um ihre Gelenkschmerzen zu lindern, und lächelte über Anthos abgestoßenen Blick.

»Es wäre in der Tat töricht, mein König«, stimmte sie zu. »Daher freut es mich, dir versichern zu können, daß diese bösartigen Gerüchte nicht vom Tempel der Göttin Turan ausgehen. Hast du daran gedacht, die Priesterschaft Caths zu befragen? Es hat sie immer bekümmert, daß Turan die oberste Schutzgöttin unserer Stadt ist; sie benötigten neue Gunstbeweise viel dringlicher.«

Der König strich mit der Hand über seinen Bart, in den sich erste graue Streifen eingeschlichen hatten.

»Was mich von dieser Schlußfolgerung zurückhält«, sagte er langsam, »ist, daß nicht Cath als Vater genannt wird. Und wenngleich jeder Krieger vor der Schlacht zu Laran betet, hat Laran doch keinen Tempel hier in der Stadt. In der Tat ist es die Nennung von Laran, die mich auf dich bringt, Fasti.«

»Ich verstehe nicht, was du meinst.«

»Hat Ilian nicht...«

»Du meine Güte«, platzte Antho heraus, die sich nicht länger zurückhalten konnte, »deshalb hat sie so ein Gewese gemacht? Wegen eines zweitrangigen Gottes, zu dem nur die Krieger beten? Und ich dachte, der Vater wäre jemand, den ich kenne, so, wie sie davon gesprochen hat.«

Zum ersten Mal in ihrem Leben hatte sie gleichzeitig die ungeteilte Aufmerksamkeit des Königs von Alba und der Hohepriesterin Fasti, die sie beide anstarrten, als sei ihr ein zweiter Kopf gewachsen.

»Du hast nicht mit ihr gesprochen«, sagte Arnth rauh. »Du *kannst* nicht mit ihr gesprochen haben; sie hat den Tempel nicht verlassen, bis ich sie dem Latiner übergeben habe.«

Antho errötete. »Es war nicht vor ihrer Verbannung«, gestand sie verlegen, »sondern im Jahr danach. Sie war noch einmal hier, weißt du? Sie tat mir leid, und sie war so seltsam, so launisch, da habe ich ihr ein paar Gewänder und etwas Schmuck gegeben, damit sie nicht so arm dran ist. Ihre Kleider waren nämlich wirklich gräßlich, und sie stank. Aber das ist nun schon Jahre her«, fügte sie eilig hinzu, als sie die steinernen Mienen ihres Vaters und der Hohepriesterin sah, »und seither war sie nicht mehr hier. Ich weiß, ich hätte nicht mit ihr sprechen dürfen, aber sie hat mir eben leid getan, und...«

»Mit ihr zu sprechen war eine Dummheit«, unterbrach Fasti sie ungehalten. »Schlimmer, es war eine Blasphemie.«

Sie zog den Schal, der um ihre Schultern lag, ein wenig fester und fröstelte dennoch. »Sie war also hier«, murmelte sie.

»Das kann aber nichts damit zu tun haben, daß die Leute jetzt über meinen Vater herziehen«, gab Antho in dem Versuch, ihren Kopf aus der selbstgelegten Schlinge zu entfernen, zurück. »Warum sollten ihr die Leute auf einmal glauben, nach all den Jahren, wo selbst du es nicht getan hast, edle Fasti? Und wenn jemand den Willen der Götter kennt, dann doch du, nicht wahr? Wenn sich jetzt ein Gott als Vater herausstellt, dann war das dein Fehler.«

»Antho«, sagte ihr Vater müde, »halt den Mund.«

Fasti schüttelte den Kopf. »Aus den Worten von Kindern und Toren spricht gelegentlich Weisheit. Es besteht kein Grund dafür, daß die Leute… der Namenlosen nach all den Jahren Gehör schenken sollten, falls sie es ist, von der diese Gerüchte ausgehen. Aber *irgend jemand* verbreitet sie, und es muß eine Quelle sein, die über wenn nicht alle, dann doch viele Zweifel erhaben ist. Ich kann dir nur noch einmal versichern, Herr, daß es nicht dieser Tempel ist. Du mußt weitersuchen.«

Arnth nickte. »Es hat vermutlich keinen Sinn, den Latiner ausfindig zu machen, dem ich Ilian damals mitgegeben habe. Er hatte strikte Anweisung, sie von hier fernzuhalten, und wenn sie nach der Geburt des Kindes hier war, dann hat er sie gewiß verlassen.«

»Such nicht nach der Namenlosen«, riet Fasti, und Antho fand es albern, daß die Hohepriesterin immer noch darauf bestand, Ilian nicht beim Namen zu nennen, wenn es doch sonst jeder im Raum tat. »Such nach den Leuten, die hinter ihr stehen.«

Die Schweine zu hüten war eine Aufgabe, die den Kindern des Dorfes früh zugeteilt wurde. Für die Zwillinge gehörte es zum Alltag und wurde allmählich langweilig. Remus mochte Schweine; er kraulte sie gern mit einem Stock hinter den Ohren und versteckte sich im Wald, wenn sie geschlachtet wurden, um ihr Schreien nicht zu hören, auch wenn das außer seinem Vater und dem Bruder keiner wußte. Romulus hatte nichts für

Schweine übrig, doch er begriff, daß sie wichtig waren, und behielt sie im Auge. Alle beide jedoch hätten lieber etwas anderes getan in dem Frühling, als Numa das Dorf verließ, um sich bei den Tusci als Krieger zu verdingen.

»Nicht in Alba«, erklärte Numa, als er Faustulus bat, bei seinem Vater ein gutes Wort einzulegen. »Für diesen König würde ich nie kämpfen. Ich werde nach Tarchna gehen.«

»Alba, Tarchna, das kümmert deinen Vater nicht«, entgegnete Faustulus kopfschüttelnd. »Tusci sind Tusci.«

»Aber Faustulus, du warst doch auch in ihren Diensten, und du bist reich und mit einem Weib zurückgekehrt.«

»Du weißt nicht, wovon du redest, Junge«, knurrte Faustulus, willigte jedoch ein, mit Pompilius zu sprechen. Am Ende ging Numa mit dem Segen seines Vaters und dem Versprechen, die Familie nicht zu vergessen.

»Wenn ich groß bin«, sagte Remus und fuchtelte mit einem Weidenzweig in der Luft herum, während die Zwillinge die Schweine aus ihrem Koben trieben, »werde ich auch Krieger. Ich werde ein Held. Ich werde eine Stadt aus Gold erobern und einen Thron aus Edelsteinen haben.«

»Du weißt ja gar nicht, wie Gold aussieht«, konterte Romulus.

»Du doch auch nicht.«

»Nein, aber ich werde es herausfinden, wenn die Tusci wirklich Tempel aus Gold haben. Jetzt, wo Numa weg ist, wird der alte Pompilius jemand anders brauchen, um ihm beim Verkauf seiner Waren in der Stadt zu helfen. Ich habe ihn schon danach gefragt, und er sagt, er nimmt mich mit, wenn Vater es erlaubt.« Etwas gönnerhaft fügte Romulus hinzu: »Dich auch.«

Er verschwieg, daß Pompilius zuerst nach Remus verlangt hatte, mit der Bemerkung: »Nichts für ungut, Kleiner, aber dein Bruder ist nun mal kräftiger, und ich brauche jemanden, der wirklich anpacken kann.« Erst als Romulus behauptet hatte, Remus würde nicht ohne ihn helfen, hatte Pompilius seine

Aufforderung auf beide Brüder ausgedehnt. Davon jedoch brauchte Remus nichts zu erfahren.

»Ich habe ihm gesagt, entweder beide oder keiner«, berichtete Romulus und beobachtete, wie das Gesicht seines Bruders erstrahlte, »und daß ich ohne dich nicht gehe. Er wird Vater fragen, und Vater kann jetzt schlecht nein sagen, nicht nachdem er sich für Numa eingesetzt hat.«

Remus pfiff durch die Zähne und meinte, Romulus sei ein guter Kamerad. Während sie begannen, Pläne für ihren Tag in der großen Stadt zu schmieden, stellte Romulus fest, daß er kein schlechtes Gewissen wegen seiner Lüge hatte, nicht wie damals, als er dem Vater verschwiegen hatte, daß ihm ein Krug mit Öl heruntergefallen war. Es war ja nicht alles geschwindelt, und es machte Remus glücklicher, als es die vollständige Wahrheit getan hätte.

Als sie am Abend die Schweine wieder zurücktrieben, entdeckten sie schon aus der Ferne, das etwas nicht stimmte. Alle Kinder, die Frauen des Dorfes und ein Gutteil der Männer schienen um die Hütte ihres Vaters herumzuschwirren wie Bienen, denen man gerade ihre Honigwabe weggenommen hatte. Neben der Hütte stand ein großer Karren, und davor gespannt war kein Ochse und kein Esel, sondern ein Pferd. Sowie die Schweine wieder im Koben waren, liefen die Brüder zu dem Tier und staunten es wie die anderen Dorfbewohner an. Die Tusci besaßen Pferde, doch unter den Latinern nur die Reichsten. Pferde waren eine seltene Kostbarkeit; sie standen nicht einfach vor große Karren gespannt neben der Hütte des Bauern und Hirten Faustulus. Aus dem Karren drangen ein paar merkwürdige Geräusche, und Romulus riß seine Augen von dem braunen Wunder mit dem herrlichen Kopf und der langen Mähne los, um in das Halbdunkel unter der Wagenplane zu spähen. Er erkannte einige geflochtene Weidenkörbe und darin gackernde Vögel.

»Wem gehört das alles?« fragte er, und einer der Umstehenden erwiderte, sie sollten nur alle beide hineingehen, um es her-

234

auszufinden. Das bedeutete, Pferd vorerst Pferd sein zu lassen, doch die Zwillinge, von immer größerer Neugier getrieben, folgten dem Rat.

Im Inneren roch es nach Gewürzen, die Romulus nicht kannte, das war das erste, was ihm auffiel. Sein Vater saß vor der Feuerstelle, wie so oft am Abend, aber diesmal hatte er den Rücken zum Herd gewandt und schaute ihnen entgegen, als sie über die Schwelle traten. Über sein wettergegerbtes Antlitz hatte sich in den letzten Jahren ein Netz von Falten gelegt, doch die beiden steilen Furchen über seiner Nase waren neu.

»Kommt herein«, befahl er mit belegter Stimme.

Die Frage nach der Anwesenheit der Tiere draußen lag Romulus auf der Zunge, und er wollte gerade den Mund öffnen, um sie zu stellen, als er Remus ehrfürchtig murmeln hörte: »Oh.«

Es war etwas, das Romulus weder sich noch Remus, noch ihr jemals verzieh. Daß Remus sie zuerst gesehen hatte.

Er brauchte nicht lange, um zu entdecken, daß er sie haßte. Jetzt, wo sie wiederaufgetaucht war, verstand er mit einem Mal, warum der Vater nie über sie hatte sprechen wollen: Nicht, weil sie eines schlimmen Todes gestorben oder, wie er und Remus bisweilen geglaubt hatten, von Ungeheuern entführt worden war; nein, sie mußte eine schlechte Frau sein, eine fortgelaufene Frau wie Numas Base Flavia, die sich einen der Tributforderer des Königs in den Kopf gesetzt hatte und von ihrem Vater durchgeprügelt worden war, bevor sie dem Mann dann tatsächlich nach Alba nachlief.

Sie, die Fremde, die der Vater mit gleichbleibend rauher Stimme als ihre Mutter Larentia vorstellte, glich keiner der Frauen hier im Dorf. Ihr ärmelloses Kleid wies keine Flecken auf und bestand aus einem feingewebten Stoff, in den spiralenförmige Muster gestickt waren. Sie war kein Mädchen mehr, doch ihrer Gestalt fehlte die Schwere, die die Mütter der anderen Kinder des Dorfes kennzeichnete; statt dessen bewegte sie sich mit der Behendigkeit eines Rehs. Ihre Haare waren zu einem Knoten aufgesteckt, doch er erkannte keine grauen Strähnen wie bei den anderen Müttern oder seinem Vater. Sie roch nicht nach Schweiß, nicht nach Milch oder nach Essen; sie war es, von der der merkwürdige Gewürzduft ausging. Und sie sprach in einer fremden Sprache, in der der Tusci, wenngleich sie rasch in die latinische wechselte, als sie merkte, daß die Zwillinge kein Wort verstanden. Was sie da stockend sagte, war lächerlich.

»Ich habe so lange darauf gewartet, euch wiederzusehen.«

»Warum bist du dann weggegangen?« gab Romulus brüsk zurück.

Ihr Blick, der soeben noch zwischen ihm und seinem Bruder hin- und hergewandert war, heftete sich nun ausschließlich auf ihn, was ihn zugleich freute und beunruhigte. Sie hatte braune Augen, doch es war ein anderes Braun als das, was er bei Remus sah. Gerade noch, als sie gesprochen hatte und im Schein der abendlichen Sonne, die durch den Eingang gelenkt wurde, gestanden war, hätte er es mit einer Haselnuß verglichen. Jetzt, als sie ihm den Kopf zuwandte und dadurch zur Hälfte in den Schatten geriet, erschien es ihm dunkler, wie das Messer aus Flintstein, das er sich im vergangenen Jahr gemacht hatte.

»Ich hatte meine Gründe«, erwiderte sie langsam, und er entschied an Ort und Stelle, daß er ihre Stimme nicht mochte, nicht mit diesem Akzent und der Art, wie sie ein Wort zum Schwingen bringen konnte, so daß es sich in einem festsetzte und man es nicht mehr los wurde, ohne darüber nachzugrübeln. Grün-de. Ha!

Remus machte einen vorsichtigen Schritt auf sie zu, zupfte an ihrem Gewand, und sie sank auf die Knie, um ihn zu umarmen. Verräter. Remus ließ sich eben leicht einwickeln. Er vergab ja auch jedem, mit dem er sich prügelte. Romulus nicht. Romulus trug eine Kränkung in sich und ließ sie schwären, bis sie wie eine Eiterblase aufplatzte und seinen ungeheilten Groll verbreitete. Es war schmerzhafter so, aber es schärfte den Blick. Jetzt zum Beispiel war ihm klar, daß dieses Niederknien nur eine alberne Geste darstellte. Sie waren beide schon neun, und Remus war groß für sein Alter. Erwachsene konnten ihn auch im Stehen umarmen.

Über die Schulter seines Bruders hinweg hörte sie nicht auf, ihn anzusehen, und Romulus starrte zurück, nicht gewillt, sich einschüchtern zu lassen. Er wartete nur darauf, daß sie weinte, aber das tat sie nicht.

»Komm her«, sagte sie.

»Ich will nicht.«

»Romulus«, mischte sich sein Vater mahnend ein, »begrüße deine Mutter.«

»Sie ist nicht meine Mutter«, stieß Romulus hervor. »Da glaube ich doch noch eher, daß eine Wölfin uns gesäugt hat, wie alle behaupten.«

Damit wandte er sich um und rannte davon, aus der Hütte hinaus, durch die neugierige Menge hindurch und bis zum Waldrand, obwohl es bald dunkel sein würde und die Frühlingsnächte in diesem Jahr noch sehr kühl blieben. Er wartete zwei Stunden, halb in der Hoffnung, sie würde in der Zwischenzeit wieder verschwunden sein, halb in der Erwartung, sie und der Vater würden gemeinsam nach ihm suchen. Am Ende jedoch war es nur Remus, der ihn neben der Eiche fand, wo sich ihre Schweine heute an Eicheln satt gefressen hatten.

»Du verpaßt alles«, sagte sein Bruder, der leicht außer Atem war, zu ihm. »Sie hat uns allen Geschenke mitgebracht, und sie erzählt wunderbare Geschichten. Sie muß in allen Ländern der Welt gewesen sein!«

»Ich erzähle auch wunderbare Geschichten«, gab Romulus eisig zurück, »und ich war nirgendwo. Laß du dich nur gegen Geschenke und Geschichten eintauschen wie einen Sack Getreide auf dem Markt. Ich hasse sie!«

Bei all seiner Offenherzigkeit legte Remus gelegentlich ein

237

bemerkenswertes Gespür dafür an den Tag, wann es besser war, zu schweigen. Er widersprach nicht, sondern legte Romulus lediglich seinen Arm um die Schulter. Nach einer Weile zuckte Romulus die Achseln und folgte seinem Bruder zurück in ihr Heim.

Faustulus war sich nicht sicher, ob er in einem Traum oder in einem Alptraum gefangen war, bis sie ihm half, für die Vögel – die »Hühner«, die sie mitgebracht hatte – in seinem Stall einen Platz zu finden. »Sie fliegen nicht davon«, erklärte sie, »aber du solltest ihnen schon ein Gehege bauen, so etwas wie den Schweinekoben.«

Seit ihrem Verschwinden hatte er sich oft ausgemalt, was sie wohl sagen oder tun würde, wenn sie das Versprechen ihrer Schriftzeichen aus Asche je einhielte. Als aus Monaten Jahre wurden, war die Hoffnung immer mehr geschwunden, aber auch der Zorn, den ihre Tat damals in ihm ausgelöst hatte. Manchmal kam es ihm so vor, als habe er nur geträumt, daß der König von Alba ihm seine Nichte zur Frau gegeben hatte, daß er einmal neben einem halbverrückten Mädchen aufgewacht war, das Blitze beschwören konnte und von schlechten Träumen geplagt wurde. Dann sagten oder taten ihre Söhne etwas, das ihn an die Wirklichkeit gemahnte, und er verwünschte sie von neuem, weil sie ihm gehört und ihn verlassen hatte.

»Larentia«, sagte er unvermittelt in ihre Erklärungen über die Hühnerzucht hinein, »was tust du hier?«

Ihr Lächeln verrutschte etwas, aber ihre Stimme blieb entschlossen gut gelaunt, als sie antwortete.

»Ich helfe dir mit deinem Vieh, Faustulus. So wie du es mich vor Jahren gelehrt hast. Als ich zum ersten Mal Hühner sah, wußte ich, daß sie für dich bestimmt sind.«

»Ich kenne die Gesetze der Tusci nicht alle. Aber die unseren geben Männern das Recht, ihre Frauen umzubringen, wenn sie ihnen fortgelaufen sind.«

Sie klopfte sich den Staub von den Knien. »Nun, wenn du mich umbringen möchtest, Faustulus, so würde ich dir empfehlen, es nicht heute abend zu tun. Warte lieber noch einige Wochen, bis mein Freund Ulsna hier eintrifft. Er wird dir ein paar Leute nennen können, die mich ebenfalls tot sehen wollen und dich für diese Tat mit Reichtum und Ehren überhäufen würden, und er kann ihnen dann bezeugen, daß du es warst. Wenn du es ohnehin tust, solltest du auch Gewinn daraus ziehen.«

Seine Finger gruben sich in einen der leeren Körbe, in denen sie die Hühner transportiert hatte, und er spürte, wie sich die geflochtenen Zweige unter dem Druck verbogen.

»Verspotte mich nicht, Larentia«, sagte er hart.

Als sie näher trat und ihre Hand auf seine Wange legte, erinnerte ihn die Zartheit ihrer Haut wieder an das Mädchen, das anfangs kaum mit ihm gesprochen hatte, ehe Sonne, Wind, Wetter und harte Arbeit es ihm ähnlicher machten.

»Das will ich nicht«, entgegnete sie leise. »Du bist ein guter Mann. Es ist nicht deine Schuld, daß ich nicht zu deiner Ehefrau bestimmt bin. Aber weißt du, Faustulus, ich könnte deine Freundin sein.«

Er schüttelte den Kopf. »Männer und Frauen sind keine Freunde, Larentia. Tusci und Latiner sind keine Freunde. Ihr besitzt, wir werden besessen. Wenn ich in den Jahren etwas gelernt habe, dann das.«

Ihre Hand fiel herab, und er wurde sich einmal mehr bewußt, wie tief sie ihn gezeichnet hatte, denn er vermißte ihre Berührung bereits.

»Doch ich werde dich nicht töten«, fuhr er fort. »Ich wünsche dir kein Leid. Sprich mir nur nicht von Freundschaft, Larentia. Bleib als mein Weib hier, oder geh als eine Fremde.«

Die maskenhafte Starre, an die er sich gut erinnerte, legte sich über ihre Züge, und sie seufzte.

»Gut«, sagte sie. »Ich werde bleiben. Als deine Gattin – und eine Fremde.«

Manchmal entdeckte man in der Dunkelheit mehr als im Licht. Sie war Faustulus so makellos und unverwundbar erschienen wie ein Stein, dem der Fluß alles Brüchige, Unebenmäßige weggespült hatte, doch als er mit der Hand über ihren bloßen Rücken fuhr, entdeckte er eine Vielzahl feiner Narben.

»Wer hat das getan?« fragte Faustulus und dachte gerade noch rechtzeitig daran, die Stimme zu senken, damit die Kinder nicht aufwachten. Wer auch immer es war, er verdiente, von den schlimmsten Unterweltsdämonen heimgesucht zu werden. Niemand außer ihm selbst besaß das Recht, Larentia zu verletzen.

»Eine Frau namens Nesmut«, erwiderte sie genauso leise. »Sie tat es an dem Tag, bevor ihr Sohn mir meine Freiheit wiederschenkte. Eine Erinnerung an meine Zeit als Sklavin.«

Er zeichnete mit seinen Fingern die langgezogenen Linien nach und wünschte sich, sie von ihrer Haut nehmen zu können, zusammen mit allem, was ihr geschehen war, seit ihr Wahnsinn sie dazu getrieben hatte, ihn zu verlassen. Er wünschte sich die Jahre zurück, um sie neu zu formen, als seine Frau und die Mutter seiner Kinder, um sie zu reinigen von dem Übel, das noch immer in ihr brannte. Er war weder töricht noch blind. Was sie damals gemurmelt hatte, über ihre Kinder gebeugt und ihre Götter beschwörend, hatte er ebenfalls nie vergessen, und inzwischen hatte er Zeit genug gehabt, um sich die Bedeutung der Worte zusammenzureimen.

Laucme c zusle. Ein König und ein Opfer.

Sie war der Kinder wegen zurückgekommen, das wußte er, und er schwor sich, nicht zuzulassen, was auch immer sie mit ihnen plante. Dennoch glaubte er auch, daß ihm seine eigenen Götter einen neuen Beginn geschenkt hatten. Diesmal würde er alles richtig machen. Diesmal würde er sie von dem Wahnsinn befreien, der sie zeichnete wie die Narben, die er jetzt auf ihrem Rücken ertastete, und sie würde ihm dankbar sein.

»Ich wünsche ihr den Tod«, sagte er, als ihm wieder einfiel, daß eine Fremde es gewagt hatte, Larentia so etwas anzutun. Ihre sachliche Entgegnung, nur von leichter Erschöpfung gefärbt und frei von dem Haß, der sie eigentlich hätte färben sollen, ließ ihn frösteln.

»Oh, sie ist tot. Sie starb, noch bevor ich Ägypten verlassen habe.«

»Dann warst du wirklich in Ägypten?« fragte er, um nicht an die mögliche Bedeutung ihrer Worte zu denken.

»Ja. Und ich erhielt das, was mich dorthin geführt hat.« An der Art, wie sich ihre Schultermuskeln unter der Haut bewegten, konnte er spüren, daß sie die Arme über den Rand des Lagers hinaus ausstreckte.

»Wir müssen eben für alles einen Preis bezahlen.«

Das müssen wir, dachte er. *Aber manchmal ist es die Sache wert.*

Romulus fand es widerwärtig, wie schnell Remus die Fremde mit »Mutter« anredete und was für ein Gewese er wegen ihrer Geschenke machte. Sie waren beide zu alt für Spielzeug und hatten die Kreisel, die ihnen der Vater geschnitzt hatte, schon lange beiseite gelegt, doch Remus zog tatsächlich das grün angestrichene Tier auf Rädern, das aussah wie eine Eidechse und dessen Maul auf und zu klappen konnte, hinter sich her.

»Es heißt Krokodil«, berichtete er aufgeregt, »und sie sagt, es sei gefährlicher als ein Wolf und könne Schafe verschlingen.«

»Für mich sieht es aus wie eine Eidechse, die man zertreten kann«, beharrte Romulus.

Allerdings entging ihm nicht, daß die anderen Kinder zutiefst beeindruckt von dem Ding waren. Nicht, daß es ihn und Remus im Ort beliebter machte. Den meisten war die aus dem Nichts wiederaufgetauchte Larentia, die so eindeutig aus einer anderen Welt kam, unheimlich. Als sie zum ersten Mal am Fluß Wäsche wusch, was sie im übrigen durchaus beherrschte, sprach keine der anderen Frauen sie an, was Romulus, der sich versteckt hatte, um sie zu beobachten, zutiefst befriedigte. Sie hatte es ohnehin schon viel zu leicht hier, dank der Art und Weise, wie der Vater und Remus sie aufgenommen hatten.

»Ich habe gehört«, flüsterte ihm Pompilia die Jüngere boshaft zu, »deine Mutter sei gar kein Mensch. Es heißt, sie verwandle sich bei Vollmond in eine Wölfin, und dein Vater hätte sie damals aus dem Wald geholt, bis sie ihm wieder weggelaufen ist.«

Er schnitt eine Grimasse. »Ja, sie ist in Wirklichkeit eine Wölfin, und beim nächsten Vollmond wird sie dich *auffressen*!«

Der Mond rundete sich eineinhalb Wochen nach Larentias Rückkehr, und Romulus fiel auf, daß an diesem Tag alle einen weiten Bogen um ihr Heim machten. Am Abend hörte er, wie die Leute in der Nachbarschaft ihre Türen verbarrikadierten, und er mußte grinsen, was sofort auffiel, da er sonst in Gegenwart seiner Mutter mit einer düsteren Miene herumlief.

»Was ist denn so lustig?« fragte sein Vater gutmütig.

»Sie glauben, du seist eine Wölfin«, erwiderte Romulus und wandte sich damit zum ersten Mal direkt an Larentia, denn wenn er seinem Vater geantwortet hätte, wäre die Verwendung des Wortes Mutter unvermeidbar gewesen.

»Und woher weißt du, daß ich keine bin?« fragte sie zurück.

Romulus rümpfte die Nase. »Das gibt es doch gar nicht, Wölfe, die sich in Menschen verwandeln. Das ist nur ein Märchen.«

Sie hob eine ihrer geschwungenen Augenbrauen, die sich von seinen eigenen kaum unterschieden, tauchte einen Löffel in die Holzschüssel, in die sie drei ihrer zugegebenermaßen guten Hühnereier geschlagen hatte, rührte heftig und bemerkte dabei:

»Wenn dem so ist, dann hast du sicher auch keine Angst, mit mir heute nacht durch den Wald zu gehen.«

»Nein«, mischte sich der Vater zu seiner Überraschung ein und klang sehr unangenehm berührt. Romulus spitzte die Ohren. Das war die erste Gelegenheit seit ihrer Ankunft, bei der

der Vater Unbehagen Larentia gegenüber zeigte, und die erste
Gelegenheit überhaupt, bei der er sich wie ein Mann benahm
und ihr etwas verbot. »Das möchte ich nicht.«

Larentia hielt einen Moment lang mit dem Rühren inne, und
ihre Schultern strafften sich kaum merklich. Dann entspannte
sie sich und lachte.

»Glaubst du etwa auch an meine Verwandlungskünste, Faustulus?«

»Ich habe gesehen, wie du dich verwandelt hast«, entgegnete
der Vater sehr ernst, und sie schwieg.

Romulus blieb der Mund offen. Er schaute zu Remus; bei
solchen Gelegenheiten tat es gut, einen Zwilling zu haben. Sie
tauschten einen ratlosen und sehr beunruhigten Blick. Sollte all
die Neckerei der anderen Kinder doch einen wahren Kern
haben?

»Gut«, erklärte Larentia nach einer Weile, in der sich ein er-
stickendes Schweigen über die Familie gesenkt hatte, »dann
werde ich mein Glück eben von hier aus versuchen, und ihr
könnt mich alle begleiten, um aufzupassen, daß ich mich nicht
noch einmal verwandle.«

Der Vater räusperte sich. »Dein Glück?«

»Ich habe in Ägypten gelernt, wie man den Lauf des Mondes
und der Sterne vermißt, Faustulus«, gab sie zurück. »Von
einem Hügel aus geht es einfacher, deswegen wollte ich durch
den Wald hoch zu deinem alten Gehöft. Das ist alles.«

Er wirkte erleichtert, sagte jedoch nicht, daß sie nun doch in
den Wald gehen könne. Am Ende begleiteten sie Larentia tatsächlich alle zum Flußufer. Romulus kam nur deswegen mit,
weil er ihr nicht glaubte, daß man irgend etwas an Mond und
Sternen messen könne.

»Ist der Mond nicht eine Göttin?«

»Er ist eines ihrer Gesichter. Und es sind die Götter, die uns
diese Meisterschaft geschenkt haben«, erläuterte sie, während
sie einen metallenen Gegenstand hervorholte, der aus zwei Stä-
ben und einem Halbkreis bestand. Sie stellte ihn nach einigem

Suchen auf den abgeriebenen Stein, auf dem die Frauen bei der Wäsche ihre größten Tücher ausbreiteten, und kniete sich davor. In dem hellen Schein des Vollmonds sah das gelbe Gewand, das sie trug, weiß aus und ihr braunes Haar schwarz, als es wie ein Stück Nachthimmel ihren Rücken herabfiel, denn sie trug es heute abend offen wie ein junges Mädchen.

»Die Ägypter sind so gut darin, daß sie berechnen können, an welchem Tag im Jahr Sonne oder Mond an welchem Fleck stehen, wenn sie einen Tempel bauen.«

»Kannst du das auch?« fragte Remus ehrfürchtig.

»Nein, so viel hat man mich dort nicht gelehrt. Aber genügend«, sie schaute direkt zu Romulus, »um ein paar Leute zu beeindrucken.«

Er hatte das Wort vorher noch nie gehört, doch er verstand schon, worauf sie hinauswollte. Be-ein-drucken. Ihre so sorgfältige Aussprache nachahmend, gab er zurück: »Ich bin nicht be-ein-druckt.«

»Lügner«, sagte sie ruhig und holte aus dem Bündel, in dem ihr Instrument gesteckt hatte, auch noch eine Rolle hervor, die sie ausbreitete. Den Stoff, aus dem die Rolle bestand, hatte Romulus noch nie zuvor gesehen, wenn es denn überhaupt ein Stoff war. Er war sehr dünn und knisterte, als sie mit der Handfläche glättend über ihn fuhr und dann mit einem Kohlestückchen einige Zeichen daraufsetzte. Hin und wieder blickte sie auf das Metallinstrument, und dann wieder zum Himmel. Wider Willen erinnerte sich Romulus daran, daß Numa sie in seiner Geschichte als Magierin bezeichnet hatte.

»Kann man damit die Zukunft vorhersagen?« fragte er widerwillig.

»Einen Teil davon. In zwei Tagen wird der Mond sich verfinstern.« Sie nickte Romulus zu. »Die Göttin wird ihr Gesicht für kurze Zeit von der Welt abwenden, weil ich sie darum gebeten habe, um meine Söhne zu beeindrucken, und sie wird es zu dem Zeitpunkt tun, wenn ich zu ihr bete, nicht früher und nicht später.«

Das glaube ich dir nicht, wollte Romulus erwidern, doch er schluckte es im letzten Moment hinunter. Wenn es ihr tatsächlich gelang, würde er so dumm dastehen wie Numas kleine Schwester, als die anderen Kinder sie auf die Suche nach unsichtbaren Enten geschickt hatten.

»Und das hast du in Äg –, Ägypten gelernt?« staunte Remus. »Wie man mit den Göttern spricht und die Zukunft vorhersagt?«

»Nun, eine bestimmte Art und Weise. Die Ägypter und die Assyrer halten sie für sicherer als die Leber von Vögeln. Natürlich«, fügte sie mit einem Unterton von Spott hinzu, »haben selbst die Ägypter ihre Schwächen. Sie wissen nichts von der Blitzkunde.«

Das zumindest brauchte sie nicht zu erklären. Jeder wußte, daß die Tusci über die Macht verfügten, Blitze zu deuten, und einige von ihnen konnten sie sogar lenken.

»Das Wissen über Blitze ist nicht immer gut, Larentia«, sagte der Vater gepreßt.

»Nur, wenn man es mißbraucht«, entgegnete sie ungerührt. »Nur, wenn man es mißbraucht.«

Als der Mond zwei Nächte später tatsächlich Stück für Stück verschwand, tat Romulus sein Möglichstes, um gleichgültig zu wirken, und spottete über die offen zur Schau getragene Ehrfurcht, mit der Remus und die durch dessen Prahlerei genauso gespannte Dorfgemeinschaft das Ereignis vorfolgten. Aber er nutzte den ersten Moment, in dem er allein im Haus war, um Larentias Bündel nach den merkwürdigen Metallgegenständen zu durchsuchen. Als er sie fand, versteckte er sie in einer Grube unter seinem Lieblingsbaum am Waldrand und schlich sich in der nächsten Nacht fort, um sie selbst zu benutzen. Er versuchte, sie so in den Händen zu halten, wie Larentia es getan hatte, doch weder der Mond noch die Sterne sprachen zu ihm. Dennoch behielt er sie in seinem Versteck und nahm sich vor, alles zu leugnen, falls ihn Larentia beim Vater des Diebstahls bezichtigte. Er wartete und wartete darauf, aber sie sprach nicht darüber, obwohl sie den Verlust längst entdeckt haben mußte.

Endlich begann Remus vernünftigen Groll gegenüber Larentia zu entwickeln, als sich der Vater weigerte, die Jungen mit Pompilius nach Alba reisen zu lassen. »Ihr geht mir nicht dorthin«, erklärte er kurz angebunden, »vor allem jetzt nicht, wo eure Mutter wieder da ist.«

»Da hast du es«, meinte Romulus, als sie versuchten, ihre Enttäuschung loszuwerden, indem sie Steine über die ruhige, träge Oberfläche des Flusses springen ließen. »Sie tut vielleicht freundlich, aber sie verdirbt uns nur alles.«

»Es ist ungerecht«, stimmte Remus zu und sprach an diesem Tag nicht mit Larentia. Romulus versuchte zu erkennen, ob das irgendeinen Eindruck auf sie machte, doch sie ließ sich nicht aus der Ruhe bringen. *Das zeigt, wie wenig wir sie kümmern,* dachte Romulus. *Es ist ihr gleich, ob wir sie mögen.*

Als er sie allein und über ihre Rollen gebeugt fand, weitere Zeichen kritzelnd, während Remus und der Vater die Tiere versorgten, baute er sich vor ihr auf und sagte anklagend:

»Es ist deine Schuld, daß wir nicht nach Alba gehen dürfen.«

»Vermutlich«, stimmte sie zu, ohne aufzusehen. So mißachtet zu werden erinnerte ihn an die Art, wie ihn die anderen Kinder immer außer acht ließen, wenn es galt, einen Anführer bei Wettkämpfen zu wählen, und er konnte sich nicht länger beherrschen.

»Ich hasse dich!«

Das brachte sie endlich dazu, den kleinen Stock mit einem dünnen Haarschweif, den sie in der Hand hielt, sinken zu lassen und ihn anzusehen. Ihm wurde gleichzeitig heiß und kalt. Niemand schaute ihn so an wie Larentia; gar nicht wie eine Erwachsene ein Kind oder mit der milden Zuneigung des Vaters, sondern als ziehe sie Schicht für Schicht seiner Haut ab und lege das Innere bloß. Als kenne sie jedes häßliche Geheimnis, das er in sich trug, und all seine Wünsche, besser, größer, stärker und begehrter zu sein, als er es war.

»Dann mach etwas daraus«, entgegnete sie eindringlich. »Mein Haß hat mich stark werden lassen. Er hat mich dazu gebracht, die Geheimnisse meiner Feinde zu lernen, um sie zu vernichten. Er hat mich Dinge aushalten und Dinge tun lassen, die euch alle hier schreiend in die Wälder treiben würden, wenn ich davon spräche. Und du, du gibst dich damit zufrieden, Grimassen zu schneiden, meine Instrumente zu stehlen und dich bei deinem Bruder über mich zu beklagen? Das ist nichts. *Du* bist nichts. Willst du etwas sein?«

In diesem Moment war er fest davon überzeugt, daß all die Gerüchte stimmten, daß sie fremdartig und böse über jedes menschliche Maß hinaus war, und es hätte ihn nicht gewundert, wenn sie sich an Ort und Stelle in einen Dämon verwandelte. Gleichzeitig hallte das, was sie sagte, in seinem Herzen wider wie das Echo in einer Schlucht, und etwas in ihm antwortete ihr. Etwas in ihm erkannte sie zum ersten Mal, seit sie zurückgekehrt war, als ganz und gar nicht fremd, sondern als verwandt, und es war ein entsetzliches und berauschendes Gefühl zugleich. In seinem Innersten hatte er immer gewußt, daß er kein guter Junge war, nicht bei all den häßlichen Gedanken, die er über andere Kinder, die Dorfbewohner wie Pompilia, die über ihn spotteten, und manchmal selbst über Remus und den Vater hegte. Jetzt verstand er endlich den Grund. Sie war es. Sie war böse, und ihr gegenüber brauchte er nicht zu verstecken, daß er es auch war, denn sie hatte es ihm vererbt.

Er hörte sein Herz pochen, wollte wegrennen und rührte sich doch nicht vom Fleck, als sie ihm langsam eine ihrer Hände entgegenhielt. Erst jetzt fiel ihm auf, daß ihre langgliedrigen Finger die seinen waren, so ganz anders als die breite, kurze Hand des Vaters.

»Ja«, wisperte er, weil seine Kehle zu trocken war, um laut zu sprechen, und ergriff ihre Hand. »Bring es mir bei.«

Er legte seine Hand in die ihre und schwor sich gleichzeitig, sie eines Tages auch so zu erleben. Entsetzt und kaum in der Lage, ein Wort herauszubringen, während er ihr zeigte, daß sie niemand war. Wenn er alles von ihr gelernt hatte, was man brauchte, um wirklich zu hassen.

Für Faustulus ähnelte das Glück einem langen, warmen Frühlingsabend, der Stunde kurz vor Sonnenuntergang, die einen Hauch von Blau über alles legte, während er nach vollbrachtem Tagewerk auf der Bank vor seinem Haus saß, seine Söhne zu seinen Füßen und sein Weib an seiner Seite. Glück war, zu erleben, wie sie eine echte Familie wurden, wie selbst der widerspenstige Romulus nun auch Larentias Gegenwart suchte, und ihr wieder zuzusehen, wie sie ihre Zeichen in den Staub malte, damit die Kinder sie nachzeichnen konnten. Glück war, einige der Eier, die sie nicht brauchten, über Pompilius gegen Wein einzutauschen und ein Festmahl zu geben, an dem seine Freunde teilnahmen und bei dem sie ihr Mißtrauen gegenüber Larentia wohl hoffentlich zu Grabe trugen.

Auch das Unglück besaß Farbe und Gestalt für ihn. Unglück war wie schwarzdunkle Gewitterwolken und gleißend helle, schneidende Blitze. Unglück war sein eigenes Mißtrauen, das er nicht mehr überwinden konnte, wenn Larentia wie vor fast einem Jahrzehnt in den Regen hinauslief und die Kinder sie mit weitaufgerissenen Augen dabei beobachteten, wie sie die Arme zum Himmel streckte und den Kopf zurückwarf, als sauge sie den Ausbruch der Elemente in sich hinein. Unglück war die hagere Gestalt eines fremden Mannes, der wie Larentia mit einem Pferd ins Dorf kam. Es zog keinen Karren hinter sich her, doch es war mit Musikinstrumenten beladen, an die Faustulus sich aus seiner Zeit in Alba dunkel als Harfe und Laute erinnerte.

Er wußte sofort, daß dies der Barde sein mußte, von dem sie gesprochen hatte, der Mann, der ihren Tod sehen sollte.

Wandernde Barden kamen nur sehr, sehr selten ins Flußdorf; der letzte hatte vor fünf Jahren den Weg hierher gefunden, und das war kein Barde der Tusci gewesen, sondern ein Sabiner, so daß es Faustulus nicht wunderte, daß der Fremde sofort von einer Menschentraube umringt wurde.

»Gute Leute«, hörte er die wohlklingende, warme Stimme des Barden durch das aufgeregte Geschwätz hindurch in der Sprache der Tusci sagen, »gewiß werde ich für euch singen, doch bitte verratet mir, wo finde ich die Familie des Faustulus?« Dann wiederholte er die Frage noch einmal, nicht ganz so überlegen klingend, in der Sprache der Latiner.

Faustulus hätte an diesem Tag eigentlich auf seinem Weizenfeld beim alten Gehöft sein sollen. Der Frühling war zum Sommer geworden, und die erste Ernte würde bald eingebracht werden. Doch es gab noch Geschäfte mit Pompilius zu erledigen, und so hatte er Remus hingeschickt, um den Weizen zu überprüfen, während Romulus die Schweine hütete. Nun war er diesem Zufall dankbar. Larentia wäre sonst allein hier gewesen.

Er wartete nicht darauf, daß die anderen den Barden an ihn verwiesen, sondern hastete zurück zu seinem Heim. Larentia kam gerade vom Melken der Kühe aus dem Stall zurück, als er und der Fremde das Haus, das trotz des Wohlstands, dessen sich Faustulus inzwischen erfreute, immer noch eine Hütte mit einem einzigen Raum war, unmittelbar hintereinander betraten. So kam er in den zweifelhaften Genuß, Larentia in ein strahlenderes Lächeln ausbrechen zu sehen, als sie es ihm bei ihrer Rückkehr geschenkt hatte.

»Ulsna!« rief sie und drängte sich an Faustulus vorbei in die Arme des Fremden, die sich fest um sie schlossen. »Wo bist du so lange geblieben? Ich habe mir Sorgen gemacht.«

»Wenn ich das gewußt hätte, wäre ich noch viel länger weggeblieben«, erwiderte der Barde und zupfte sie zu Faustulus'

Empörung an einer der Haarlocken, die sich aus ihrem aufgesteckten Knoten gelöst hatten. »Du bist so schwer aus der Ruhe
zu bringen, Ilian, daß der Anblick sich immer wieder lohnt.«

Sie versetzte ihm einen kleinen Hieb auf die Schulter, dann
löste sie sich aus seinen Armen und wandte sich Faustulus zu.

»Der Barde Ulsna, mein *Freund*«, sagte sie, wobei sie das
letzte Wort ein wenig stärker betonte, nicht auf feindselige, sondern auf neckende Weise. »Ulsna, dies ist Faustulus, der einzige
Mann, der mich als seine Ehefrau möchte.«

Ulsna legte eine Hand auf die Brust. »Sei gegrüßt, Faustulus«, sagte er ernst. »Du bist ein mutiger Mann.«

»Ich bin ein Mann, der seine Familie zusammenhält«, entgegnete Faustulus deutlich.

»Dann beneide ich dich um so mehr. Ich hatte nie eine Familie, und ich werde auch nie eine haben. Oder«, schloß der
Barde und lächelte schwach, »eine Frau.«

Etwas besänftigt meinte Faustulus: »Dann willkommen in
meinem Heim.« Aber er nahm sich vor, auf der Hut zu bleiben.

Ilian bereits in vielen Rollen erlebt zu haben machte es für
Ulsna nicht weniger seltsam, sie als Frau und Mutter zu sehen.
Das Häuschen mit seinem Boden aus gestampfter Erde, das
ganze graubraune, winzige Dorf mit seinen Bauern, der Mann,
der sich von ihr bedienen ließ und sie doch wie einen seltenen
Schatz betrachtete, und die sich gar nicht so ähnelnden Zwillinge, die am Abend lärmend hereinpolterten, all das erschien
ihm als der merkwürdigste Kokon, in den sie sich zu einer
neuen Verpuppung eingesponnen hatte, noch fremdartiger als
ihre Existenz als Nesmuts unterwürfige Sklavin. Er fragte sich,
ob es dem Mann Faustulus bewußt war, in welcher Gefahr er
sich befand, und beschloß, ihm beizeiten einen Hinweis zu geben.

Die Kinder ähnelten ihr nur in Bruchteilen, die jemand genommen und zu einem neuen Bild zusammengesetzt hatte; in dem Schnitt der Augen, in der Gesichtsform des einen, dem Mund des anderen, in den Händen und ein wenig in der Art, zu lachen. Es fiel ihm auf, daß sie ihn beide genauso mißtrauisch musterten wie der Mann, und er sagte auf griechisch zu Ilian:

»Wie es scheint, hast du dein Ziel erreicht und ihre Zuneigung gewonnen. Sie sind bereits eifersüchtig.«

Sie schüttelte den Kopf und erwiderte in der Sprache des Nils, was wohl hieß, daß es hier jemanden gab, der etwas Griechisch verstehen konnte: »Daran liegt es nicht. Ich hatte vergessen, wie sehr die Latiner uns Rasna mißtrauen. Nimm es nicht persönlich, es ist ein allgemeines Vorurteil.«

Während sie die abendliche Mahlzeit zubereitete, tat Ulsna sein Möglichstes als Barde, um sein Publikum zu gewinnen. Seit er seine Heimat wieder betreten und, wie mit Ilian vereinbart, begonnen hatte, durch die zwölf Städte und die umliegenden Dörfer der Latiner und Sabiner zu ziehen, hatte er seine alten Kenntnisse der Sprache der latinischen Bauern wieder aufpolieren müssen, und dafür war er jetzt dankbar. Es gab ohnehin zwischenzeitlich überraschend viele Latiner im Zwölfstädtegebiet; mutmaßlich hatte sie der Hunger aus ihren eigenen Landstrichen hierher getrieben. Allen gemeinsam war, daß sie die Lieder der Rasna wie auch die griechischen und ägyptischen Weisen, die er in den letzten Jahren erlernt hatte, noch mehr würdigten, wenn er ihnen den Inhalt vorher in ihrem eigenen Idiom erklärte. Die hier waren nicht anders. Er hatte sich Ilians Söhne nicht als kleine Latiner vorgestellt, sondern als Rasna, was im nachhinein betrachtet natürlich töricht war, wenn man bedachte, wo sie aufwuchsen.

»Bei diesem Lied geht es um einen langen Krieg und einen großen Sieg«, begann er, und der größere der Jungen, der etwas gelangweilt mit den Füßen scharrte, während er auf sein Essen wartete, setzte sich gerade auf. »Ihr müßt wissen, um das Land Ägypten kämpften zwei fremde Könige, der von Kusch und der von Assur, und beide hielten einen Teil des Landes besetzt.

Außerdem gab es viele Fürsten, die sich ebenfalls gern die Krone aufsetzten wollten, und einer von ihnen war der Prinz von Sais.«

Er wartete, ob von Ilian irgendwelche Einwände kamen, doch sie zerschnitt weiterhin das Gemüse.

»Nachdem er es jahrelang vergeblich versucht hatte, begab es sich, daß die Götter ihm jemanden zu Hilfe schickten.«

»Einen großen Krieger?« fragte einer der Zwillinge mit weit aufgerissenen Augen.

Ulsna hüstelte. »Nein. Eine Frau mit der Klugheit und der Unerbittlichkeit einer Göttin. Da es sich erwiesen hatte, daß der Prinz unmöglich gegen seine Rivalen und die beiden fremden Könige gleichzeitig kämpfen konnte, erteilte sie ihm folgenden Rat: Verschwöre dich mit den anderen Fürsten gegen den König von Assur, denn sie glauben, er sei weit fort und weniger gefährlich, und sorge dafür, daß sie dem König von Kusch wieder die Doppelkrone antragen, denn mit ihm sind sie vertraut und ihn glauben sie lenken zu können. Dann, wenn der König von Kusch der Einladung folgt und all die Fürsten sich ihm verpflichtet haben, unterrichte den König von Assur davon. Denn die Wahrheit ist, daß niemand Verrat unerbittlicher und grausamer rächt als die Assyrer.«

»Aber das… das ist unehrlich!« protestierte der größere Junge. »Unehrenhaft und gemein!«

»Hat es geklappt?« erkundigte sich der kleinere der Brüder und schaute dabei nicht zu Ulsna, sondern direkt zu seiner Mutter, die, mit dem Rücken zu ihm gewandt, das zerteilte Gemüse in den Topf warf, den sie über dem Feuer aufgehängt hatte.

Bei unserer Herrin Turan, dachte Ulsna. *Er hat begriffen, von wem ich spreche.* Die Botschaft war eigentlich für Faustulus bestimmt gewesen, weniger für die Jungen, die nur eine spannende Geschichte hören sollten. Offenbar hatte der Kleine Ilians rasche Auffassungsgabe geerbt.

»Das hat es«, gab er zurück. »Assurbanipal kam in Macht

und Zorn, und es war schrecklich. Er zermalmte die Armee des Königs von Kusch, denn er wußte genau, wo er sie finden würde. Er richtete jeden einzelnen der Fürsten hin, die sich gegen ihn verschworen hatten, und forderte, daß ihre Kadaver nicht einbalsamiert werden durften.«

»Was heißt das, einbalsamieren?« fragte der Junge wieder und handelte sich einen Rippenstoß von seinem größeren Bruder ein, der offensichtlich wollte, daß die Geschichte weitererzählt würde, ohne auf solche Kleinigkeiten wie unbekannte Wörter einzugehen. Ehe Ulsna dazu kam, etwas zu erwidern, entgegnete Ilian, ohne von ihrem Topf aufzublicken: »Man entzieht einer Leiche die Feuchtigkeit durch Salz und ersetzt sie durch Harz und Pech. Außerdem wickelt man sie von Kopf bis Fuß in Leinen.«

Nun machten beide Brüder den Eindruck, als sei ihnen ein wenig übel. Ulsna räusperte sich. Es war unmöglich, den Kindern klarzumachen, was dies den Ägyptern bedeutete. Rasna und Latinern war gemeinsam, daß sie ihre Toten verbrannten. Aber für die Ägypter, die ihre Toten mit aufwendigen Prozeduren, die weit über Ilians kurze Beschreibung hinausgingen, für die Ewigkeit erhielten, stellte die Behandlung der Leichen durch die Assyrer ein schlimmeres Urteil dar als der eigentliche Tod. Sie glaubten, daß es die Seelen der Hingerichteten in alle Ewigkeit für die Götter unauffindbar machte.

Ulsna holte tief Atem und fuhr fort. »Danach wagte es niemand mehr, sich gegen Assurbanipal zu verschwören. Und Assurbanipal setzte den Fürsten von Sais und seinen Sohn als Unterkönige ein, als Belohnung für ihre Treue und rechtzeitige Warnung, auf daß sie an seiner Stelle regierten.«

Schweigen folgte, während er seine Harfe stimmte und an die Leichen dachte, die sie noch auf ihrem Weg nach Theben gesehen hatten, obwohl das Blutgericht der Assyrer da schon Monate zurücklag, Monate, in denen sich Ilian von ihrem eigenen Strafgericht erholte: von der Auspeitschung, die Nesmut am Tag vor ihrer Freilassung noch hatte durchführen lassen. Doch er legte keinen Wert darauf, diese Erinnerung mit seinen Zuhörern zu teilen. Statt dessen begann er mit dem Lied, das er über den Triumph des Hauses Sais für Psammetich gedichtet hatte, als Dank für seine eigene Freilassung; ein Lied, das verfaßt worden war, ehe ihm die Folgen dieses Triumphes vor Augen geführt worden waren. In Sais selbst hatte es sich, soweit es den Krieg betraf, für die Angehörigen des königlichen Haushalts sicher leben lassen, und es war aus der Entfernung leicht gewesen, den Erfolg von Ilians Plan zu bewundern. Schließlich hatte er keinen einzigen der hingerichteten Fürsten gekannt.

Er ließ seine Stimme anschwellen und dachte, daß Barden auf ihre eigene Art logen und doch die Wahrheit erzählten. Faustulus schien inzwischen ebenfalls begriffen zu haben; er biß sich auf die Lippen und beobachtete Ilian dabei, wie sie jedem eine Holzschüssel mit der Suppe, die sie gekocht hatte, hinstellte. Der kleinere Junge beobachtete sie ebenfalls, während der größere begeistert nach seiner Schüssel griff und im übrigen mit schmeichelhafter Aufmerksamkeit zuhörte. Ilian selbst kniete sich, als sie mit dem Austeilen fertig war, neben den Holzschemel, auf dem Faustulus saß, in der Art, wie es ihnen in Ägypten beigebracht worden war. Ihr Gesicht blieb ausdruckslos. Ulsna hatte sie seit damals noch nie gefragt, ob sie ihren Erfolg bedauerte; zuerst nicht, weil er vollauf damit beschäftigt war, ihr dabei zu helfen, die tiefen Wunden auf ihrem Rücken zu überleben, und seine eigenen Schuldgefühle deswegen ihn fast umbrachten. Der Herrin Nesmut zumindest weinte er keine Träne nach.

»Höre, Barde«, sagte Faustulus unvermittelt, als er seinen Vortrag beendet hatte, »laß uns nach draußen gehen, um ein wenig zu reden.«

Draußen war es inzwischen dunkel, und er stolperte ein paarmal auf dem unebenen, ungepflasterten Weg. *Jemand sollte den Latinern zeigen, wie man Straßen anlegt,* dachte Ulsna abwesend. Er fragte sich, ob Faustulus plante, ihn anzugreifen. Nicht, daß er sich deswegen Sorgen machte. Diese Zeiten waren vorbei. Er hatte in den vergangenen Jahren gelernt, auf mancherlei Art und Weise zu kämpfen, auch wenn er es immer noch vorzog, seine Hände nicht in Gefahr zu bringen.

»Du warst also mit ihr in Ägypten«, sagte Faustulus ohne weitere Einleitung.

»So ist es.«

»Wenn sie da mit einem Fürsten zusammen war«, stieß der Latiner hervor, »warum ist sie dann wieder hier?«

Ulsna wußte nicht, ob er gerührt oder belustigt sein sollte. Offenbar hatte Faustulus von der Warnung, die seine Geschichte darstellte, nur verstanden, daß Ilian Zeit mit einem anderen Mann verbracht hatte, der ihn an Rang und Reichtum weit übertraf. Dann überraschte ihn der Bauer, denn er fuhr fort: »Er ist doch noch in ihr, der Wunsch nach Macht, und wenn sie die in Ägypten hatte, warum ist sie dann zurückgekommen?«

»Ganz so lagen die Umstände nicht«, erwiderte Ulsna behutsam. »Sie wurde aufgrund einiger Verwicklungen die Vertraute des jungen Prinzen, aber seine Ehefrau hätte sie nie sein können, noch wäre ihr jemals wirkliche Macht übertragen worden. Das wußte sie, und sollte sie je daran gezweifelt haben, dann hat man sie auf nachdrückliche Art eines Besseren belehrt.«

Die Erinnerung an Ilians Auspeitschung hatte ihre Macht über ihn noch nicht verloren, und er spürte, wie sich seine Nägel in die Handballen gruben. Faustulus schien zu wissen, worauf er sich bezog, denn er knurrte, er hoffe, das Weib, das Larentia diese Narben zugefügt habe, sei qualvoll gestorben.

»Das ist sie, zwei Jahre später«, bestätigte Ulsna. Und weil er herausfinden wollte, wie selbstbeherrscht Faustulus war, fügte er hinzu: »Du kannst dich allerdings an demjenigen schadlos halten, der die Peitsche geführt hat. Das war ich.«

»Was?« brüllte Faustulus, und jemand in einer der umliegenden Hütten rief zurück, er möge doch ruhig sein.

»Die Herrin Nesmut haßte Ilian zu diesem Zeitpunkt mehr

als irgend jemanden sonst, und sie war eine Künstlerin im Hassen. Sie hätte jedem ihrer Sklaven befehlen können, Ilian auszupeitschen, und sie hätte es auch selbst tun können. Statt dessen ließ sie mich rufen und drohte mir, Ilian auf der Stelle hinrichten zu lassen, wenn ich sie nicht jetzt sofort, in ihrer Gegenwart, so lange mit der Peitsche schlagen würde, wie sie es wünsche. Ich habe bis heute keine Zweifel daran, daß sie im Fall meiner Weigerung ihre Drohung wahr gemacht hätte. Sie besaß das Recht dazu, denn das Leben eines Sklaven ist nichts in Ägypten, und der einzige, der sie daran hätte hindern können, ihr Sohn, befand sich an diesem Tag noch nicht in der Stadt; er kam erst am nächsten Tag zurück.«

Der sonnendurchflutete Raum mit seinen hellen Fliesen, Nesmut mit ihren beiden Dienern, die Ilian festhielten, und das Leder der Peitsche in seiner Hand, das bereits schweißdurchtränkt war, ehe er zum ersten Mal zuschlug. Das schuldbewußte Entsetzen, als Nesmut ihm genußvoll erklärte, was sie wollte, weil er sich sofort an Delphi erinnerte und an das, was er sich dort gewünscht hatte. Er vertrieb die Bilder, so gut er konnte, und wartete darauf, daß Faustulus ihn einen Feigling nannte und seinerseits zuschlug. Vermutlich hätte sich der Latiner an seiner Stelle empört geweigert und wäre bei dem Versuch, Ilian zu retten, den Heldentod gestorben, gleich nachdem er ihre Hinrichtung hätte miterleben dürfen.

»Und doch nennt sie dich ihren Freund«, murmelte Faustulus fassungslos.

»Es gibt nichts«, sagte Ulsna eindringlich, »was ich nicht für Ilian täte. Sie weiß das. Wenn sie zum Beispiel von jemandem gegen ihren Willen festgehalten würde, dann würde ich dem Betreffenden Schlimmeres antun als ihr damals. Allerdings glaube ich nicht, daß es notwendig wäre. Sie ist selbst sehr gut darin, sich zu rächen.«

»Sie ist krank«, entgegnete Faustulus kalt. »Aber ich werde sie heilen. Du wirst schon sehen.«

Nach zwei Tagen war klar, daß Faustulus Ulsna keine Gelegenheit geben wollte, allein mit Ilian zu sein. Ständig heftete sich einer der beiden Zwillinge an ihre Fersen, wenn es Faustulus nicht selbst tat. Schließlich beschloß Ulsna, das Kind zu ignorieren, und sprach auf ägyptisch mit Ilian über das, was er seit ihrer Trennung erfahren hatte. Seine Lieder über den gottlosen König von Alba und die zu Unrecht verstoßene Ilian, die vom Kriegsgott selbst erwählt worden war, hatten in den Städten wie Xaire oder Velx, die den meisten Handel mit Griechen trieben, die gläubigste Aufnahme gefunden. In Tarchna, der Stadt, in der ihr Vater Numitor seinerzeit Zuflucht gesucht hatte, wußten seine Zuhörer sogar von sich aus zu berichten, das Orakel von Delphi selbst habe die Unschuld der Edlen Ilian und die göttliche Herkunft ihres Kindes bestätigt.

»Es scheint also, daß Iolaos seinen Teil der Abmachung erfüllt«, schloß er, »und dir den Boden bereitet. Doch ich habe auch andere Dinge gehört. Dein Vater lebt noch, weißt du? Er ist alt und halb taub, so daß ich nicht aufgefordert wurde, vor ihm zu spielen, aber er lebt. Und sein Bruder, der König von Alba, hat ihm auf seine alten Tage noch einige Diener aus der Heimat geschickt, die, da ist sich jeder sicher, ihn bespitzeln sollen. Es heißt, König Arnth suche fieberhaft nach den Urhebern all der Gerüchte. Der Boden in Tarchna mag fruchtbar sein, aber mir wurde er sehr bald zu heiß.«

Es störte ihn allmählich, daß ihm der kleine Romulus so still und aufmerksam zuhörte, obwohl er kein Wort verstehen konnte und sich mit Sicherheit langweilte. Ein solches Verhalten war bei einem Kind unnatürlich.

»Du bringst ihm doch kein Ägyptisch bei, oder?« fragte er plötzlich.

Ilian schüttelte den Kopf. »Nein. Unsere Sprache und ein wenig Griechisch. Er kann nur sehr geduldig sein, wenn er will, und er traut keinem von uns beiden auch nur im geringsten.«

»Das klingt ja so, als ob...«

»O ja, er haßt mich.« Sie lächelte schwach, doch Ulsna erkannte die Traurigkeit in ihren Augen. »Da hast du meine Strafe für neun Jahre Abwesenheit, alter Freund. Einer von meinen Söhnen hat mir sein Herz geöffnet, aber ich glaube nicht, daß er gegen Arnth bestehen wird, und der andere ist mir so ähnlich, daß er mich nur hassen kann.«

»Dein Mann liebt dich«, stellte Ulsna nach kurzem Schweigen fest. »Er möchte unbedingt glauben, daß du für immer zu ihm zurückgekehrt bist. Wie lange soll das noch weitergehen, Ilian?«

Sie begann damit, das Schiffchen eines Webstuhls, den ihr Faustulus erst vor kurzem gezimmert hatte, mit einem Wollfaden zu umwickeln.

»Solange es notwendig ist.« Sie schaute wieder zu dem Jungen. »Du mußt noch etwas für mich herausfinden, Ulsna. Geh nach Alba.«

»Aber Ilian«, protestierte er, »wenn ich als der Barde erkannt werde, der die zwölf Städte mit aufrührerischen Liedern gegen König Arnth beglückt hat, dann...«

»Bei aller Bewunderung für deine Kunst, Ulsna, das wird nicht geschehen. Niemand achtet auf die Gesichter von Musikern, selbst bei uns nicht. Außerdem brauchst du nicht lange dort zu verweilen, und natürlich erwarte ich nicht, daß du in Alba Lieder über mich singst. Höre dich nur im Volk um und berichte mir dann, was man über Arnth sagt. Er ist ein fähiger Herrscher, weißt du. Es mag sein, daß alle Orakel der Welt ihm da nichts anhaben können, wo er für Wohlstand und Sicherheit sorgt. Und«, setzte sie hinzu, »frage, ob die Hohepriesterin Fasti noch lebt.« Aus ihrem Gesicht wich jeder Anflug von Weichheit und Bedauern. »Das hoffe ich nämlich. Ich hoffe es sehr.«

Die Zwillinge waren sich einig, erleichtert über das Verschwinden des Barden Ulsna zu sein. Zugegeben, seine Geschichten und Lieder sprachen für ihn, doch sie hätten blind und taub sein müssen, um nicht zu merken, daß der Vater ihn nicht mochte. Außerdem mußten sie ihr Lager mit ihm teilen, solange er bei ihnen wohnte, und Remus gestand seinem Bruder im nachhinein, befürchtet zu haben, er werde ihnen Larentia wieder wegnehmen.

»Das würde mich nicht kümmern«, erklärte Romulus, »aber die Leute hier im Dorf würden dann über den Vater lachen.«

Remus versetzte ihm einen Rippenstoß. »Es würde dich schon kümmern«, sagte er grinsend, »Glaub nicht, daß ich nicht merke, wie du ihr immer hinterherläufst.«

Das löste eine kleine Rauferei aus, die Remus wie üblich gewann; was Romulus mehr ärgerte, als schon wieder seinem Bruder zu unterliegen, war die Einsicht, daß Remus sich noch nicht einmal irrte. Er lief ihr hinterher. Er erledigte seine Pflichten so schnell wie möglich, um ihr zur Hand zu gehen und sich etwas mehr beibringen zu lassen, ob nun neue, fremde Wörter, das Deuten von Vogelschwärmen, die Art, wie man Blitze zu beerdigen hatte, oder die Kunst, sie schon in sich zu fühlen, ehe man sie sah. Er hörte sich ihre Bemerkungen über das Lenken von Menschen an und erfaßte mehr und mehr, worauf sie hinauswollte; es war wie damals, als der Vater ihn und Remus in den Fluß geworfen hatte, um sie das Schwimmen zu lehren. Anfangs schlug das Wasser über einem zusammen, und man tat alles, um nicht unterzugehen, aber dann gab es auf einmal Bewegungen, um im Wasser dorthin zu gelangen, wohin man wollte.

»I-li-an«, sagte er, als er mit seiner Mutter durch das Dorf ging, um wieder ein paar Wasserkrüge zu füllen, was nach den Tagen, an denen ihnen ein Fremder mit dem steten Drang, seine Kehle zu befeuchten, alles weggetrunken hatte, bitter nötig war. Gelegentlich begegneten sie anderen Frauen, die sie geflissentlich übersahen und die Köpfe zusammensteckten, um zu tuscheln. »Ist das dein Tusci-Name?«

»Ja.«

»Ich mag ihn nicht«, verkündete er und warf ihr einen ra-

259

schen Blick zu. Es war so selten, daß es ihm gelang, ihr ein Zusammenzucken oder eine heftige Bewegung zu entlocken. Auch jetzt blieb sie ruhig, also setzte er noch eine Beleidigung nach. »Diesen Ulsna mag ich auch nicht.«

»Das wundert mich nicht«, erwiderte sie mit der üblichen undurchdringlichen Kühle, die sie ihm gegenüber an den Tag legte, »da er mein Freund ist und du mich haßt.«

Er haßte sie noch mehr, als sie das Wort Freund aussprach. Sie hatte kein Recht auf Freunde, und ganz bestimmt nicht auf solche, die hier auftauchten, deutlich werden ließen, daß sie ihre Geheimnisse teilten, und den Vater unglücklich machten. Sie sollte froh und dankbar sein, daß der Vater sie überhaupt wieder aufgenommen hatte.

»Habe ich auch einen Tusci-Namen?«

»Nein. Willst du einen?«

»Nein«, antwortete er rasch und war erleichtert, als sie nicht weiter darauf einging, sondern statt dessen bemerkte, die Macht von Namen dürfe nicht unterschätzt werden.

»Die Ägypter glauben, daß der geschriebene Name eines von den Elementen ist, die ihnen die Unsterblichkeit sichern. Das andere ist die Einbalsamierung ihres Leichnams auf die vorgeschriebene Art und ein sehr langer Begräbnisritus. Aber der Name ist noch wichtiger. Solange Name und Taten eines Menschen irgendwo verzeichnet sind, heißt es bei ihnen, so lange können die Götter ihn finden. Es gibt Schreiber, die reich beschenkt werden, damit sie Schriftrollen mit den Taten der Menschen füllen und deren Namen ständig wiederholen.«

Er dachte darüber nach. Es hatte ihm Freude bereitet, ihre Buchstaben zu lernen, vor allem, weil er es schneller begriff als Remus, doch er hatte bisher kaum Verwendungsmöglichkeiten dafür gesehen.

»Warum schreiben sie nicht ihre eigenen Namen? Dann würden sie sicher sein, daß ihre Götter sie fänden.«

»Weil das Schreiben dort eine seltene Kunst ist, die nur wenige beherrschen. Es ist schwerer als die griechische Schrift, die wir verwenden. Ich habe lange gebraucht, bis ich sie gemeistert hatte, und ich mußte dafür zwei Jahre als Sklavin dienen.«

Die Vorstellung, daß es verschiedene Arten von Schrift gab, so wie verschiedene Sprachen, ließ die Welt noch verwirrender aussehen. Es erhöhte seine Bewunderung für sie, daß sie das alles wußte, und gleichzeitig steigerte es seinen Groll.

»Aber was nützt mir das alles?« fragte er plötzlich. »Du hast gesagt, du bringst mir Dinge bei, mit denen ich meine Feinde besiegen kann!«

Da sie inzwischen fast an der Uferstelle angelangt waren, wo die meisten Frauen ihr Wasser holten, senkte sie ihre Stimme, als sie entgegnete:

»Ich habe einen meiner Feinde mit diesem Wissen besiegt.«

»Wie?«

Sie schaute vielsagend zu den anderen Frauen, die ihren Gruß nicht erwiderten, jedoch in Hörweite blieben.

»Wie?« wiederholte Romulus in der Tusci-Sprache und ärgerte sich, nicht gleich darauf gekommen zu sein. Das war eine ihrer durchsichtigsten Listen. Wenn die Frauen nicht hier gewesen wären, hätte sie einen anderen Grund dafür gefunden, warum er in ihrer Sprache reden sollte. Es verging kein Tag, ohne daß sie etwas Ähnliches tat. Irgendwie machte es Spaß, Worte zu sprechen, die sonst kaum einer verstand, aber sein Hauptmotiv dafür, dieses Spiel mitzumachen, war das, seinem Vater eines Tages beweisen zu können, daß er der Beste war, um mit den Tusci zu verhandeln.

Sie antwortete langsam, was ihm das Verstehen erleichterte; obwohl immer wieder einzelne Wörter auftauchten, die ihm neu waren, verstand er den Sinn dessen, was sie sagte.

»Es war eine Frau, die mächtiger war als die meisten ihres Landes. Ich habe einen Fluch über sie verhängt, und sie fand die Zeichen dafür überall. Sie wurde krank davon. Sehr krank. Dann mußte sie hören, daß überall, wo ihre Namenskartusche – ihr Name in Bildern – geschrieben stand, ein Zeichen nach dem anderen ausgelöscht wurde. Und als sie im Sterben lag, erzählte ich ihr, daß ich ihren Namen *für immer* auslöschen würde.«

Sie machte eine kleine Pause und schaute ihn über den Rand ihres Wasserkrugs hinweg an. Ein feines Lächeln spielte um ihre Lippen, doch ihre Augen waren hart und kalt wie die Steine tief unter der Wasseroberfläche, die von den Sonnenstrahlen nicht mehr erreicht wurden.

»Sie starb schreiend.«

Romulus hatte sich nie viele Gedanken über den Tod gemacht. Als Remus und er sich gefragt hatten, ob ihre Mutter tot sei, hatten sie sich Larentia in der Unterwelt vorgestellt, von der die älteren Kinder gelegentlich sprachen, einem unheimlichen Ort, gewiß, aber doch ein Ort wie die Welt hier. Der Gedanke, jemandem das Fortleben verweigern und ihn zu einem völligen Nichts verdammen zu können, war zutiefst furchteinflößend. In den Geschichten töteten Helden ihre Feinde, aber sie löschten sie nicht aus der Obhut der Götter aus. Ein Frösteln überlief ihn. Allmählich begriff er, was sie damit meinte, wenn sie von der Kraft ihres Hasses sprach.

Um alles in der Welt wollte er sich nicht anmerken lassen, daß es ihr gelang, ihm Angst einzuflößen, also straffte er seine Schultern und fragte:

»Kann ich dich auch schreiend sterben lassen?«

»Nicht auf diese Weise. Man hat mir bereits einmal meinen Namen genommen, und ich habe es überlebt. Es ist an mir, zu wissen, wie du es könntest«, entgegnete sie, »und an dir, es herauszufinden.«

Alba, die Weiße, das von Unbill geschüttelte und wieder zu neuem Glanz erblühte Alba, lag wie eine Perle in der Auster eingebettet an der windgeschütztesten Stelle des hohen Hügels, von der aus man weit über den See hinweg bis ins Umland blicken konnte. Für Ulsna wäre die Stadt früher, als er noch mit seinem Meister durch die Lande gezogen war, überwältigend gewesen. Inzwischen hatte er mit Ilian in dem Tempel Amon-Res zu Karnak gestanden, wo ein Mensch kaum den Fuß einer Säule überragte, wo es unfaßlich schien, daß andere Menschen und nicht Götter die Pfeiler, die in die Ewigkeit ragten, errichtet hatten. Der Tempel Turans, der Schutzgöttin von Alba, hätte in eine seiner Vorhallen gepaßt; der Palast, der etwas tiefer lag und sich etwas breiter über drei Gebäude hin erstreckte, kam höchstens dem Anbau gleich, den der nubische Pharao Taharqa hatte errichten lassen. Dennoch verbrachte Ulsna lange Zeit vor den Gebäuden. Er wußte, welche Rolle sie in Ilians Leben spielten.

Seltsam, dachte er. *Sie durchquert Meere und Länder, sieht Zeichen und Wunder und ist bereit, selbst mit den Göttern zu handeln – und das alles, um eines Tages hierher zurückkehren zu können. In diese Stadt, aus der man sie vertrieben hat, in den Tempel und in den Palast.*

Er selbst hielt sich von beiden fern und verzichtete auch wohlweislich auf jedes Lied über eine verbannte Königstochter und ihren halbgöttlichen Sohn, als er seine Kunst in Schenken und in den Häusern der Edlen darbot. Dafür hörte er genau zu. Es war dies keineswegs ein Opfer; er genoß es, nach all den Jahren in der Fremde in einen Klangteppich eingehüllt zu werden, der nur aus Lauten seiner eigenen Sprache gesponnen war. Je mehr er reiste, desto mehr kam er zu der Überzeugung, daß jedes Volk seine eigene Gestalt hatte, die man selbst als Blinder hören, riechen und schmecken konnte. Für die Griechen waren es die kurzen, knappen Sätze, mit denen gehandelt wurde, hell und klar wie das Klappern von Hufen auf Felsgestein, und die langen, gerollten Verse ihrer Lieder, mit denen sich für ihn das Rauschen von Meereswogen und das Salz der See verbanden. Bei den Ägyptern war es die feuchte Schwüle des Deltas, in der Sätze wie die Luftblasen von Nilpferden oder Krokodilen an die Oberfläche drangen und plötzlich zerstoben, der heiße, trockene Wüstenwind, der den Sand mit einem Pfeifen vor sich herjagte, das Zischen von Stimmen wie Peitschen, der Geschmack von Honig und Blut.

Die Rasna entdeckte er jetzt wieder neu, und zwar ohne die Furcht, die ihn seine ganze Kindheit hindurch geplagt hatte. Er hörte die Mütter, die ihre kleinen Kinder lehrten, die Flöte zu spielen, das Instrument, das jeder Rasna beherrschte, und ihnen beibrachten, zu tanzen und zu singen. »Nur Menschen singen, nur Menschen tanzen, nur Menschen lachen«, hieß das Sprichwort. Er hörte die Klagen der Väter, die sich in allen Städten der Rasna darüber beschwerten, daß ihr König zuviel Tribut von ihnen verlangte. Er hörte die Seufzer von Liebenden in den Gassen, und er hörte das Grollen von alten Kriegern, die sich über die mangelnde Achtung der Jugend beschwerten. Aber das, was Ilian sich ersehnte, hörte er nicht.

Doch, es gab gelegentlich Gerede über den König. »Wenn ihr mich fragt«, erklärte einer der Edlen seinen Gästen, »liegt der Grund, warum der König keinen Sohn hat, darin, daß sein Bruder noch lebt. Der alte Numitor hat das Opfer damals nicht bringen wollen, und ihn gegen seinen Willen zu töten wäre ein zu großer Frevel gewesen, aber so haben wir nun zwei Könige, die den Bund mit der Stadt geschlossen haben, und das ist unnatürlich. Ihr werdet sehen, sobald Numitor tot ist, stellt das Gleichgewicht sich wieder her, und Arnth erhält seinen Sohn.«

»Mag sein oder nicht, auf jeden Fall sollte er endlich das Mädchen verheiraten.«

»Will da jemand selbst auf den Thron, Mastarna?« fragte der Gastgeber, und die Runde brach in Gelächter aus, das jedoch eher gutmütig als höhnisch klang.

Ein andermal erlebte er tatsächlich, daß jemand die Geschichte so, wie das Orakel von Delphi sie verbreitete, erzählte und meinte, er habe das von einem der Griechen, die sich weiter unten im Süden niedergelassen hätten. Ein Teil der Anwesenden nickte und war durchaus bereit zu glauben, daß die Edle Ilian damals unschuldig verbannt worden war. »Arnth ist ein alter Fuchs«, erklärte einer, »dem ist alles zuzutrauen. Bei ihren

Brüdern hat er ja auch nicht lang gefackelt. Von denen hat keiner mehr was gehört.«

Was Ulsna bei derartigen Äußerungen jedoch vermißte, war eine Abneigung, die über das Murren wegen Arnths zu hoher Tribute hinausging. Es gab genügend Leute, die den König nicht liebten, aber niemanden, der echten Haß zeigte.

Was die Hohepriesterin Fasti anbelangte, so hieß es, es sei eigentlich an der Zeit für sie, eine Nachfolgerin zu wählen, doch versehe sie ihr Amt offenbar nach wie vor zur Zufriedenheit der Göttin. Bei einem Gelage waren Priester von Cath anwesend, die wenig Freundliches über sie zu sagen hatten; Ulsna brauchte nicht lange, um sich zusammenzureimen, daß Cath und nach ihm Nethuns die Götter waren, die, verlöre die Priesterschaft von Turan je ihren Einfluß, als oberste Schutzherren der Stadt verehrt werden könnten. Niemand hegte allerdings die geringsten Zweifel daran, daß Fasti bis zu der Zeit ihr Amt ausüben werde, in der die Götter nicht mehr mit ihr sprachen.

Ulsna stand kurz davor, Alba den Rücken zu kehren, als er von einem Diener des Palastes aufgefordert wurde, vor dem König zu singen. Es bedeutete, mit dem Feuer zu spielen, das wußte er, doch er war nicht in der Lage, seiner Neugier Herr zu werden. Er folgte der Aufforderung.

Arnth empfing ihn stehend und allein, was Ulsnas innere Unruhe nur steigerte. Wäre er zu einem Fest gebeten worden, hätte er sich sicherer gefühlt, auch darin, den Mann dabei in Augenschein zu nehmen. Eine gewisse Familienähnlichkeit zu Ilian und den Zwillingen ließ sich nicht leugnen, doch mehr war nicht zu erkennen. Das braune Haar des Königs und sein Bart waren von grauen Fäden durchzogen, doch die Muskeln an Armen und Beinen wirkten hart wie bei einem jungen Mann. Er lehnte an einer der viereckigen, soliden Säulen aus rotem Ziegelstein, die den Gegensatz zu griechischen und ägyptischen Palästen so überdeutlich machten, und begrüßte Ulsna huldvoll.

»Mehrere meiner Edlen haben dein Können gerühmt, Barde«,

bemerkte er, »also wundert es mich, daß du nie bei mir vorgesprochen hast, um deine Dienste anzubieten.«

Er hatte eine tiefe, dunkle Stimme, die Ulsna zu seiner Erleichterung nicht im geringsten an Ilian erinnerte.

»Ich wollte nicht anmaßend sein«, entgegnete Ulsna demütig.

»Laß mich urteilen, ob es Anmaßung gewesen wäre. Wie ich höre, bist du weit gereist und beherrschst auch die Weisen anderer Völker?«

»So ist es, mein König.«

»Nun, dann beginne mit etwas Griechischem.«

Ulsna gehorchte und spielte ein einfaches griechisches Sommerlied, das die Götter um eine sichere Ernte bat, nichts Schwieriges, doch geeignet, seiner Stimme die Gelegenheit zu geben, sich für längere Stücke aufzuwärmen. Als Arnth beifällig nickte, gab er als nächstes ein Seemannslied zum besten, weil es ihm immer Glück gebracht hatte, und ging schließlich zu der Klage der griechischen Göttin Demeter um ihre verlorene Tochter über, die der Gott der Unterwelt geraubt hatte, ein Stück, das ihn wirklich herausforderte und ihn mit Schweißtropfen auf der Stirn und dem befriedigenden Gefühl, sein Bestes gegeben zu haben, zurückließ.

»Hervorragend«, sagte Arnth und klatschte in die Hände. Fließend ins Griechische überwechselnd, fuhr er fort: »Gerade das letzte Stück spricht zu meiner Seele. Ich habe vor Jahren ebenfalls jemanden verloren, die Tochter meines Bruders, die mir teuer war wie mein eigenes Kind. Ich dachte, sie bliebe für immer in der Unterwelt latinischer Barbaren, doch in der letzten Zeit häufen sich Zeichen um Zeichen, die mir verraten, daß sie zurückkehren könnte.«

Früher wäre Ulsna zusammengezuckt oder hätte sich bemüht, keine Miene zu verziehen, was im Grunde eine ebenso falsche Reaktion gewesen wäre. Die Jahre im Dienst der Herrin Nesmut und ihres Sohnes zahlten sich aus. Er zauberte eine Mischung aus ratloser Verwunderung und entschlossenem Respekt auf sein Antlitz, die ein Mann, der nicht wußte, wovon der König sprach, zeigen würde.

»Es kommt noch besser«, sagte Arnth scharf. »Nach einer Weile fällt mir auf, daß all diese wunderbaren Neuigkeiten etwas gemeinsam haben. Verfolgt man sie zurück, so endet man früher oder später bei einem unserer griechischen Freunde oder jemandem, der die griechischen Siedlungen bereist hat. Nun verrate mir, o weitgereister Barde, klingt etwas von all dem vertraut für dich?«

»Nein, mein König. Ich muß zugeben, ich habe von deiner Nichte gehört, aber nicht bei den Griechen, sondern hier, in dieser Stadt. In der letzten griechischen Siedlung, die ich besuchte, sprach man nur über Seeräuber und beschuldigte uns Rasna dabei. Ich bin nicht lange dort geblieben.«

Bei dieser Antwort brauchte er kaum zu lügen, was immer die beste Art von Täuschung darstellte. Seeräuber gab es bei allen Völkern, doch da die Rasna in den letzten Jahren, um ihre eigenen Schiffe zu schützen, stets bewaffnet in See stachen und Schiffe aus Graviscae erst im letzten Jahr solche aus Syrakus versenkt hatten, hatte die Luft in Syrakus beinahe vor Feindseligkeit gebebt, als sie dort vor Anker gegangen waren.

Arnth musterte ihn schweigend, und Ulsna griff zu seinem bewährten Mittel in solchen Momenten: In Gedanken ging er das längste Epos durch, auf das er sich besinnen konnte.

»Ja, unrechte Beschuldigungen sind eine schlimme Sache«, meinte der König schließlich. »Ich weiß, wovon ich rede. Manchmal ist man jahrelang geduldig, aber dann wieder reißt einem der Geduldsfaden, und das kann schwere Folgen haben. Tödliche Folgen. Drücke ich mich klar aus, Barde?«

»Herr, du kannst sagen, was dir beliebt, und ich bin dein gehorsamer Diener.«

Der Blick des Königs haftete noch eine Weile länger an ihm, dann schüttelte Arnth den Kopf und seufzte. »Dann laß uns hoffen, das ich mich irre«, murmelte er. »Spiel weiter, Barde.«

Für Remus war mit das Beste an der Rückkehr seiner Mutter das Pferd gewesen. Man brauchte ihn nicht bitten, es zu versorgen, er tat es freiwillig; er bürstete es, fütterte es, tränkte es und brachte sich selbst bei, darauf zu reiten, was das Verbot, Pompilius nach Alba zu begleiten, mehr als wettmachte. Gewiß, der Vater benutzte es zu so alltäglichen Zwecken wie dem Ziehen von Karren, die mit Getreide beladen waren, wozu er Remus' Meinung nach wirklich nur die Ochsen verwenden sollte. Das Pferd war ein zu edles Tier. Helden und Könige besaßen Pferde. Als Larentia ihm erlaubte, dem Pferd einen Namen zu geben, war er überglücklich, denn das bedeutete schließlich, daß es im Grunde nun ihm gehörte. Er grübelte lange darüber nach; als der Barde sie besuchte, fragte er ihn, ob es ein Pferd gebe, das in Liedern besungen würde, und der Mann erzählte ihm von Xanthos, dem unsterblichen Roß des Achilles.

Xanthos ließ die übrigen Jungen vor Neid erblassen, aber Remus war gutmütig genug, hin und wieder einen von ihnen aufsitzen zu lassen, allerdings nicht, wenn sie ihre Witze über Wölfinnen rissen. Er fand es schön, endlich eine Mutter wie die anderen Kinder zu haben, auch wenn sie gelegentlich seltsam war.

»Glaubst du, sie kriegt bald ein Kind, jetzt, wo sie wieder hier ist?« fragte er seinen Bruder einmal, als sie beide im alten Gehöft herumlungerten, um das Schlachten der Schweine nicht miterleben zu müssen. Der Vater, Pompilius und einige andere Männer, denen Schweine gehörten, hatten entschieden, daß es wieder soweit wäre, und auch wenn es gutes Fleisch für die nächsten Tage bedeutete, graute es die Jungen davor. Sie kannten die Schweine und hatten ihnen sogar Namen gegeben. Außerdem war der hohe Todesschrei eines Schweines, dem die Kehle durchschnitten wurde, so durchdringend, daß er einem durch Mark und Bein fuhr. Sie hatten ihn einmal gehört, vor zwei Jahren, und das genügte ihnen. »Die anderen Mütter haben ja auch ständig einen dicken Bauch.«

Romulus schaute bei der Aussicht auf weitere Geschwister alles andere als begeistert drein. »Nein«, entgegnete er heftig. »Sie kriegt kein Kind mehr.«

Auch Romulus hatte seine seltsamen Momente, doch dies war keiner davon. Manchmal war es so leicht, ihn zu durchschauen.

»Ich glaube nicht, daß sie ein neues Kind lieber mögen würde als dich«, sagte Remus tröstend. »Der Vater auch nicht.«

Romulus sprang wütend auf. »Mir ist es gleich, ob sie mich mag. Ich hasse sie! Und«, fügte er bitter hinzu, »wir wissen doch beide, daß der Vater dich lieber mag als mich.«

Es war die Art von Geständnis, die Romulus veranlassen würde, in den nächsten Tagen kaum mehr mit ihm zu sprechen, also schüttelte Remus energisch den Kopf.

»Tut er nicht.«

»Tut er doch«, beharrte Romulus und klang mit einemmal mehr traurig als zornig.

Remus biß sich auf die Lippen. »Weißt du… ich mag dich lieber als sonst jemanden«, bot er zögernd an.

Das Schlimme war, dachte Romulus, während er in die ehrlichen Augen seines Bruders schaute, daß Remus es so meinte. Remus beteiligte sich an den gleichen gelegentlichen Schwindeleien wie alle Kinder, aber bei so etwas würde er nicht lügen. Es lag Romulus auf der Zunge zu fragen: *Warum denn nur?*

Er tat es nicht. Er konnte sich nur zu gut vorstellen, wie Remus sich winden würde, um glaubhafte Gründe für seine Behauptung zu finden, und Romulus wußte, daß es keine gab. Gewiß, er hatte ein besseres Gedächtnis als die anderen Kinder, aber was wog das schon gegen den Umstand, daß Remus einfach in allem anderen besser war? Gegen die Dunkelheit in seinem Herzen, das Böse, das *sie* ihm vererbt hatte und das ihn manchmal dazu brachte, sich mit Worten über Remus lustig zu machen, die dieser nicht verstehen konnte, um seinem Bruder damit das Gefühl zu geben, dumm zu sein.

Wer mag schon jemanden wie mich?

»Wollen wir wetten, daß ich mich so verstecken kann, daß du mich nicht findest?« fragte er unvermittelt, und zu seiner Erleichterung ging Remus auf das Spiel ein. Manchmal tat es gut, einen Bruder zu haben.

Remus war nicht der einzige, der sich fragte, ob Larentia wieder schwanger werden würde. Nachdem der Barde verschwunden war, dachte Faustulus oft an ein Kind. Es würde dem kleinen Wurm an nichts mangeln, so gut, wie sie jetzt dastanden. Ein Kind von ihm wäre gewiß genau das Richtige, um Larentia ihre Vergangenheit endgültig auszutreiben. Sein Kind. Er liebte die Zwillinge, doch die Vorstellung, ein weiteres Kind zu haben, das unbelastet von bösen Träumen wäre, erschien ihm immer reizvoller.

Es enttäuschte ihn, daß die Zeit verging und Larentias Bauch flach blieb, ja sich wieder verhärtete wie ihre Handflächen, jetzt, wo sie erneut täglich körperliche Arbeit verrichtete. Schließlich sprach er sie darauf an.

»Ich kann keine Kinder mehr bekommen, Faustulus«, erwiderte sie.

»Aber du bist noch jung«, protestierte er, »und gesund. Wie willst du das wissen?«

»Weil ich nicht blute. Schon seit der Geburt der Zwillinge nicht mehr.«

Das war ein schwerer Schlag. Es fiel ihm ein, was er gedacht hatte, als ihm der König von Alba vor all den Jahren seine schwangere Nichte anbot. *Ein fruchtbares Weib ist ein begehrenswertes Weib.* Nicht ahnend, daß sie den Tod für alle weiteren Kinder im Leib trug. Er verbot sich, bitter zu werden. Er hatte die Zwillinge, zwei gute Söhne, die ihn versorgen würden, wenn er alt wurde. Und Larentia war zu ihm zurückgekehrt. Er versuchte, die Worte des Barden zu vergessen. Der Mann war ein verabscheuungswürdiger Schwächling. Außerdem war sie nicht mit dem Barden gegangen; sie war bei ihm geblieben.

Während sich Woche an Woche reihte, wurde sie unruhiger, das konnte Faustulus spüren. Sie schlief schlecht, und sie starrte oft in die Ferne, als warte sie auf etwas. Er wünschte, sie würde Freundinnen im Dorf finden. Das war nicht leicht, er wußte es, aber dann hätte sie jemanden, mit dem sie über Frauendinge plaudern könnte. An dem Barden war etwas Weibisches gewesen, vor allem, wenn man die Rasna und ihre Gewohnheit, Bärte zu tragen, in Betracht zog und sich dann die flaumfreien Wangen dieses Ulsna vor Augen hielt. Ulsna hatte ihn nicht nach Messer und Bimsstein gefragt, um sich zu rasieren.

Ihre Brüder waren, wenn er sich recht an den Klatsch unter den Kriegern erinnerte, seinerzeit ihrer Männlichkeit beraubt worden. Faustulus glaubte, des Rätsels Lösung gefunden zu haben: Ulsna war einer von Larentias Brüdern, der sich nicht zu erkennen geben durfte, und daher rührte ihr Band. Nach einer Weile fiel ihm allerdings wieder ein, daß beide Brüder wesentlich älter als Larentia gewesen sein mußten, und seine Erleichterung fiel in sich zusammen, denn Ulsna wirkte bestenfalls gleich alt.

Er versuchte, sich das Grübeln über den Barden aus dem Kopf zu schlagen und sich lieber darum zu bemühen, Larentia stärker in sein Dorf einzubinden. Pompilia hatte ihm, als er sich mit zwei kleinen Säuglingen allein gelassen fand, öfter zur Seite gestanden, und so suchte er sie auf, um sie zu bitten, die stillschweigend ausgeübte Ächtung, die die Frauen des Dorfes über Larentia verhängt zu haben schienen, aufzuheben.

»Ganz gewiß nicht!« gab Pompilia zurück, die Hände in die üppigen Hüften gestemmt, und er stand hilflos vor dem Redestrom, den er entfesselt hatte. »Ihr Männer könnt ein schlechtes Weib vielleicht nicht erkennen, aber ich kann es! Faustulus, eine Frau, die fortläuft, die ihre Kinder verläßt und dann einfach wieder aufkreuzt, als sei nichts geschehen, und dich auch noch dazu bekommt, sie wieder aufzunehmen, das ist ein Luder, das nichts taugt. Außerdem denkt sie, sie sei was Besseres als wir. Sie trägt die Nase hoch, als gehöre ihr die Welt. Sie bringt deinen armen Bürschchen allen möglichen Tusci-Unsinn bei, und sie hat den bösen Blick. Wenn du mich fragst, der Blitz, der sie trifft, der schlägt nicht zu früh ein!«

Damit rauschte sie von dannen, und Pompilius, der das Ganze mit angehört hatte, klopfte Faustulus mitfühlend auf den Rücken. Danach machte Faustulus keinen Versuch mehr, für Larentia Freunde im Dorf zu finden.

Er tröstete sich damit, daß sie so ihre Zeit den Kindern widmen konnte. Romulus schwatzte bereits recht lebhaft in der Tusci-Sprache, wenn er wollte, und Faustulus bemühte seine eigenen Kenntnisse, um dem Jungen zu zeigen, daß es ihn freute. Natürlich war er nach wie vor auch beunruhigt; es ging ihm darum, die Jungen so gut als möglich von der Welt der Tusci fernzuhalten, um Larentia gar nicht erst in Versuchung zu führen, ihrem Wahnsinn wieder nachzugeben. Doch alles, was sie enger an ihre Kinder band, mußte gut sein, beschwichtigte er sich und lächelte wohlwollend, wenn Remus ihn fragte, ob es wirklich Reiterspiele bei den Tusci gab.

Sein unruhiges, unsicheres Glück hielt an, bis der Barde wieder auftauchte.

Ulsna hatte einen langen Umweg über drei weitere Städte gemacht, ehe er sicher war, daß ihm niemand folgte, wenn ihm denn König Arnth tatsächlich Spione hinterhergesandt hatte. Er traute es dem König zu, hoffte jedoch, daß Arnth ihm nur aufgrund einer vagen Vermutung und nicht eines echten Verdachtes wegen seine Warnung hatte zukommen lassen. Als er seine Schritte schließlich wieder in das Grenzgebiet zwischen Alba und dem Latinerland lenkte, saß ihm eine neue Angst im Genick. Was, wenn Arnth trotz seiner Annahme, Ilian lebe nicht länger bei den Latinern, sie dennoch dort suchen ließ?

Ein Stein fiel ihm vom Herzen, als er die schäbige kleine An-
sammlung von Hütten noch genauso vorfand, wie er sie verlassen hatte, ohne die Spuren, die eine gewaltsame Durchsu-
chung durch Krieger zweifellos zur Folge gehabt hätte. Seine
Erleichterung rundete sich vollends, als ihm am Dorfeingang
Ilians Söhne über den Weg liefen und der kleinere ihn voller Abneigung musterte und meinte: »Oh, du schon wieder.«

Er fuhr dem kleinen Balg zu dessen Empörung gutmütig
durch das Haar und meinte: »Junge, du weißt ja gar nicht, wie
froh ich bin, dich und deinen Bruder zu sehen.«

Damit übergab er dem größeren die Zügel seines Pferdes und
eilte beschwingten Schrittes zu der Kreuzung aus Hütte und
Haus, in der Ilians sogenannter Gatte mit der Familie residierte.
Diesmal fand er sie allein vor. Sie flog in seine Arme, aber nach
einem ersten heftigen Druck machte sie sich los und trat
zurück.

»Um Himmels willen, wo warst du so lange?« fragte sie.

Wenn man durch das Zusammenleben mit Ilian gelernt
hatte, sich ihre Worte zu übersetzen, hieß das, daß sie sich
große Sorgen um ihn gemacht hatte, und er ergriff beruhigend
ihre Hände.

»Mir ist nichts passiert. Aber ich habe ihn gesehen, Ilian.«
Rasch schilderte Ulsna ihr seine Begegnung mit Arnth und beobachtete, wie die Anspannung in ihr Gesicht zurückkehrte.

»Vielleicht sind es nur leere Drohungen, Ilian, und er meint
es nicht so.«

»Wenn ich etwas in den letzten Jahren gelernt habe, dann
das: Todesdrohungen muß man ernst nehmen. Oh, verflucht
soll er sein. Es ist einfach noch zu früh, um offen gegen ihn zu
kämpfen. Sie sind noch Kinder.«

Sie machte sich von ihm los und begann, unruhig auf und ab
zu gehen, als einer der Zwillinge, der Kleine, dem das
Mißtrauen immer noch ins Gesicht geschrieben stand, sich zur
Tür hereindrängte.

»Laß mich raten«, sagte Ilian und wirkte zum ersten Mal, soweit Ulsna es beurteilen konnte, in Gegenwart ihres Sohnes deutlich gereizt. »Du hast deinen Bruder geschickt, um Faustulus zu holen.«

Er nickte und entgegnete trotzig: »Der Vater mag den da auch nicht. Es gehört sich nicht, daß du allein mit ihm bist.«

Ilian lachte kurz auf, ein hohes, klirrendes Lachen, das sie mit einem Handrücken erstickte, und Ulsna ging der letzten Reste seiner Erleichterung verlustig. Es sah Ilian ganz und gar nicht ähnlich, in einer noch harmlosen Lage wie dieser die Beherrschung zu verlieren. Vor allem nicht den Kindern gegenüber. Wieso war es dem Jungen auf einmal möglich, ihr durch seinen alltäglichen Trotz so zuzusetzen?

Ulsna ahnte nicht, daß sich der Junge das gleiche fragte. Von dem Moment an, als Romulus die Schwelle überschritt, spürte er, daß heute etwas anders war. *Sie* war anders. Ganz gleich, welche Feindseligkeiten er ihr bisher an den Kopf geworfen hatte, nichts war imstande gewesen, sie aus der Ruhe zu bringen, aber jetzt, jetzt sah er, wie ihre Gelassenheit dünner und dünner wurde wie die Papyrusrollen, auf denen, wie sie ihm gezeigt hatte, ein Schaben alle Schriftzeichen löschen konnte.

»Deine Besorgnis kommt etwas spät, mein Sohn«, erwiderte sie, und dem Spott in ihren Worten fehlte die gewohnte Kühle. »Wenn ich nichts Ungehörigeres tun würde, als mit Ulsna allein zu sein, dann hättet ihr alle wahrlich Glück.«

»Schick ihn weg«, beharrte Romulus. Endlich zeigte sie Schwäche, war aufgeregt, und ihre Aufregung übertrug sich auf ihn. Da war er, der Moment, in dem er sie treffen konnte. Halb, um sie herauszufordern, und halb, weil er es tatsächlich so meinte, fuhr er fort: »Du brauchst ihn nicht.« *Du hast uns,* wollte er hinzusetzen, doch er schluckte es ungesagt hinunter.

»Um allein zu bleiben in diesem Gefängnis?« gab sie zurück.

»Ilian…«, mischte sich der Barde ein, doch sie hob die Hand.

»Nein. Ich habe genug. Seit Monaten geht das nun schon so. Es wird Zeit, daß hier jemandem die Augen geöffnet werden.«

Sie legte die Hände auf Romulus' Schultern, aber ihr Gesicht, als sie zu ihm herabschaute, hatte nichts Zärtliches an sich.

»Deinetwegen habe ich in Sklaverei gelebt«, sagte sie sehr leise, und jedes Wort brannte sich in ihn hinein wie die Narben, die er auf ihrer Schulter gesehen hatte, wenn sie ihr Haar wusch. »Vor deiner Geburt, nach deiner Geburt, und jetzt wieder. Du glaubst, du hast das Recht, mich zu hassen, weil ich mir die Art meiner Sklaverei ausgesucht habe und nicht bei euch geblieben bin. Schön. Dann lasse ich dir jetzt die Wahl. Ich lasse mich auf keinen Fall hier weiter einsperren. Du kannst mit mir kommen, und ich werde dich nicht mehr verlassen, oder du bleibst hier und verbringst dein Leben damit, die Schweine zu hüten, als Augapfel deines Vaters.«

»Ilian«, fiel Ulsna entsetzt ein, »das kannst du nicht machen.« Er verstand nicht, was in sie gefahren war. So sprach man nicht mit einem Kind. Sie war liebenswerter zu Menschen gewesen, die sie verabscheute, als zu ihrem Sohn, von dem sie behauptete, er sei ihr so ähnlich, und von dem er wußte, daß sie ihn brauchte.

Romulus wurde einer unmittelbaren Antwort enthoben, als Faustulus das Haus betrat, mit dem aufgeregten Remus im Schlepptau. In dem Versuch, zu retten, was noch zu retten war, begann Ulsna: »Ich grüße dich, Faustulus. Heil und Gesundheit.«

»Sie sagt, das hier sei ein Gefängnis!« unterbrach ihn Romulus. Aus seinem kleinen Gesicht war alle Farbe gewichen. »Sie will weggehen!« fügte er hinzu, trat, ohne den Blick von seiner Mutter zu wenden, an die Seite seines Vaters und ergriff dessen Hand.

Ilian preßte die Lippen aufeinander, während der wie vom Donner gerührte Faustulus nur hervorstieß: »Was?«

Unwillkürlich fühlte sich Ulsna an ein Ereignis mit einem Karren erinnert, den er in Ägypten über die Treppen des großen Marktplatzes hinunterpoltern gesehen hatte. Der Besitzer hatte noch Warnungen gebrüllt, aber nicht verhindern können, daß der Karren einige Menschen erfaßte, die nicht rechtzeitig zur Seite gesprungen waren. Man sah das Unglück geschehen und war doch nicht in der Lage, es aufzuhalten.

»Arnth sucht nach mir«, sagte Ilian, kurz angebunden und an Faustulus gewandt, was eine freie Interpretation dessen war, was Ulsna ihr mitgeteilt hatte, doch jetzt war nicht der Moment, um solche Bemerkungen zu machen. »Ulsna hat mit ihm gesprochen. Wenn er mich findet, wird er mich töten, mich und meine Kinder. Es tut mir leid, Faustulus.«

»Aber … du kannst nicht …«

»Es steht mir nicht zu, dir Ratschläge zu erteilen«, sagte sie etwas versöhnlicher, »doch vielleicht solltest du diesen Ort ebenfalls verlassen. Es mag sein, daß er sich an dir schadlos hält, wenngleich ich es nicht glaube. Wenn du möchtest«, sie hielt inne und schluckte, »dann kannst du mich über das Meer begleiten.«

Es war das Dümmste, was Ulsna sie je hatte sagen hören. Das Orakel von Delphi würde keinen Mann in der Nähe einer Frau dulden, deren Reinheit als Priesterin sie bestätigt hatten. Psammetich ließe sich wohl überreden, Faustulus ein Stück Land zuzuweisen, doch er würde ihn ebenfalls nicht in ihrer Nähe sehen wollen, und im übrigen konnte sich Ulsna nicht vorstellen, daß der der Landessprache und des dortigen Umfelds unkundige Faustulus es fertigbrächte, entweder bei den Griechen oder bei den Ägyptern Wurzeln zu schlagen. Daß Ilian ihm dennoch dieses Angebot machte, sprach mehr von ihrer Zuneigung für den Latiner als irgend etwas anderes, was sie bisher getan hatte, doch Ulsna bezweifelte, daß Faustulus dies erkannte. Da er nun wußte, worauf alles hinauslaufen würde, unterdrückte er ein Seufzen und machte sich bereit.

»Hier ist meine Heimat«, erklärte Faustulus, der bleich geworden war, »hier sind meine Leute, und hier bleibe ich. Wenn jemand versucht, dir etwas zuleide zu tun, werde ich dich verteidigen, Larentia, aber wenn du jetzt gehst, dann wage es nie wieder, hierher zurückzukommen.«

Für Romulus ähnelte das alles einer Mischung aus Traum und Alptraum. Sie konnte nicht gehen. Er begriff nicht, warum der Vater es ihr nicht einfach verbot und den Barden hinauswarf. Er verstand nicht, was sie damit meinte, als sie behauptete, dieser »Arnth« wolle sie töten. Es mußte wohl eine Lüge sein. Er wollte, daß der Vater sie verprügelte, um ihr ihre Worte über Sklaverei und Gefängnis heimzuzahlen, und er wollte den Moment, in dem er wußte, daß er ihr weh getan hatte, den Moment, als er seine Hand in die seines Vaters legte, noch einmal erleben.

Sie schüttelte den Kopf, doch als sie wieder sprach, hatte ihre Stimme alles Aufgeregte, Gefühlsbetonte verloren und klang nur noch sehr kalt und sehr sachlich. »Du kannst mich nicht verteidigen«, entgegnete sie und machte eine unmerkliche Kinnbewegung zur Seite hin. Erst jetzt wurde Romulus gewahr, daß der Barde immer näher an den Vater herangerückt sein mußte; auf einmal stand er hinter ihnen und hielt dem Vater ein Messer an die Kehle. Romulus hörte, wie Remus empört die Luft einsog. Ihm selbst wurde sehr, sehr kalt, und die Hand seines Vaters schien die einzige Wärmequelle auf der Welt zu sein.

»Du kannst noch nicht einmal dich selbst verteidigen«, fuhr sie fort, seine Feindin, seine Mutter, »und verzeih mir, wenn ich mich auch nicht mehr darauf verlasse, daß du meine Kinder verteidigen kannst. Doch du liebst sie, und ich will nicht grausamer sein, als unbedingt nötig. Ich werde nur einen von ihnen mitnehmen.«

Es war ein schwindelerregendes Gefühl, der Haß und gleichzeitig das Glück. Sie wollte ihn immer noch mitnehmen. Sie wollte ihn. Sie würde den Vater verlassen und Remus, aber nicht ihn, weil sie ihn mehr als alle anderen wollte.

»Du wirst keinen von meinen Söhnen mitnehmen!« rief der Vater, und der beißende, zornige, bittere Schmerz in seiner Stimme tat weh und auch wieder nicht. Auch der Vater wollte ihn, nicht nur Remus.

»Faustulus«, entgegnete sie sehr klar und in der Sprache der Tusci, »es sind nicht deine Söhne.«

In dem erstickenden, würgenden Schweigen, das folgte, hörte Romulus ihrer aller Atemzüge, hörte von draußen die Grillen zirpen und aus dem Stall das Muhen einer Kuh und fragte sich, wie das Leben nur weitergehen konnte.

Remus, der nicht so viel Tusci gelernt hatte wie er, aber immer noch genug, flüsterte: »Warum lügst du so? Vater, warum macht sie das?«

Er hatte Glück, noch sprechen zu können. Romulus klammerte sich an das Wort Lüge, doch mit jedem Herzschlag, der verging und in noch mehr Stille erstickte, starb etwas in ihm.

»Warum?« wiederholte Remus, und sie antwortete ihm.

»Es ist keine Lüge. Faustulus ist euer Vater in Liebe, aber nicht dem Blut nach. Als ich Faustulus zur Frau gegeben wurde, von einem Mann, der kein Recht dazu hatte, trug ich euch schon in meinem Leib, und nur deswegen hat mich Faustulus überhaupt geheiratet. Deswegen«, schloß sie, »und für zehn Schweine und zwei Kühe.«

In Romulus fügte sich ein Erinnerungsfetzen an den nächsten, und obwohl er eben noch sicher gewesen war, nie wieder den Mund öffnen zu können, hörte er sich sagen: »Arnth ist der Tusci-Name des Königs Amulius. Und du bist die Nichte, die er in die Wildnis geschickt hat. Die vom Kriegsgott erwählt wurde.«

Sie nickte, und er machte sich bereit, seinen Vater an ihr zu rächen. Er würde ihr noch einmal sagen, daß er nicht mit ihr kommen wollte, und wenn sie ihm tausendmal göttliches Blut verschaffte.

»Geh«, sagte Faustulus und klang plötzlich nicht mehr zornig, sondern nur noch sehr, sehr müde. »Nimm dir deinen Preis und geh.«

Das mußte wieder ein Alptraum sein. Der Vater würde ihn niemals aufgeben. Romulus drehte sich halb zu ihm um, und da geschah es, daß sie ihm einen noch schlimmeren Schlag versetzte. Sie trat auf Romulus zu, hob sein Kinn mit ihrer Hand und küßte ihn zum ersten Mal seit ihrer Rückkehr auf den

Mund. Dann, ohne ihre dunkelbraunen Augen, die heute brannten wie die Kohlestückchen im Herdfeuer, von ihm abzuwenden, streckte sie die Hand aus und sagte: »Remus.«

Erst spät in der Nacht, als Ilians Sohn, der seit dem Verlassen seines heimatlichen Dorfes noch kein Wort gesprochen hatte, zumindest so tat, als schliefe er, hielt Ulsna den Zeitpunkt für geeignet, um Ilian nach den Gründen für ihr Verhalten zu fragen. Sie stocherte mit einem Zweig in dem allmählich niederbrennenden Lagerfeuer, das sie bereitet hatten, und schaute auf den Jungen, der mit dem Rücken zu ihr lag. Im Hintergrund hörte Ulsna eines der beiden Pferde schnauben, dachte daran, daß die Versorgung der Pferde die einzige Handlung gewesen war, zu der sich der Junge bereit gefunden hatte, ohne daß ihn jemand darum hatte bitten müssen, und schüttelte den Kopf.

»Ilian«, sagte er leise in ägyptisch, »warum? Sicher hätte es noch einen anderen Weg gegeben. Jetzt hassen sie dich beide.«

Im flackernden Schein des Feuers konnte er nur ihr regloses Profil erkennen. Sie antwortete nicht.

»Außerdem... mir schien es, als hieltest du den Kleinen für geeigneter.«

»Jetzt wäre ich bereit, einen ganzen Weinschlauch zu leeren«, sagte sie unvermittelt und zusammenhangslos, »ungemischt, und du könntest mich endlich betrunken erleben. Aber das geht nicht, selbst wenn wir einen hier hätten. Ich werde damit warten müssen, bis Remus sich in Griechenland befindet und nicht mehr fortlaufen kann.«

Sie erhob sich und holte noch etwas trockenes Reisig, das sie, solange es hell war, noch gesammelt hatte, um es in die Flammen zu legen. Über das Knistern hinweg fuhr sie fort: »Ich dachte, ich könnte es tun. Schließlich habe ich sie auch deswegen verlassen. Als Kind sah ich meinen Vater kaum, selbst ehe ich in den Tempel kam. Er liebte mich nicht, und ich liebte ihn nicht. Warum sollten sie mehr für mich sein als Instrumente des Schicksals, so wie ich eines war? Aber dann zeigte es sich, was für treffende Scherze das Leben mit uns treiben kann. Zwei Kinder. Und auf einmal wollte ich mehr als nur Mittel zum Zweck. Das war ein Fehler, weißt du? Ich wollte«, sie lachte bitter und ohne die geringste Heiterkeit auf, »ich wollte, daß sie mich lieben.«

Mit einer raschen Handbewegung fuhr sie sich über die Wangen, und erst jetzt bemerkte Ulsna, daß sie weinte. Er rührte sich nicht, denn er wußte, daß ein tröstender Arm um die Schulter sie nur dazu bringen würde, zu verstummen.

»Sowie mir das klar wurde, wußte ich natürlich, wie dumm und gefährlich das von mir war. Wenn man ein Kind liebt, möchte man es vor allem Übel beschützen und ganz bestimmt nicht zu einem Werkzeug machen. Wenn ein Kind einen liebt, dann vertraut es, und Vertrauen führt unweigerlich zu Niederlage und zum Tod, wenn man um einen Thron kämpft. Und das Schlimmste war: Dieses verdammte Bedürfnis danach, meine Kinder zu lieben und von ihnen geliebt zu werden, brachte mich manchmal dazu, für immer bleiben zu wollen. Meine Tage als Bauersfrau zu beschließen, friedlich und harmlos wie eine von Faustulus' Kühen. Und das«, sie hielt inne und wandte ihm endlich ihr Gesicht zu, das trotz der Tränenspuren wieder starr und reglos war, »konnte ich auf keinen Fall zulassen.«

Sich in Ilians Gedankengänge einzufühlen war eine Kunst, dem Spielen seiner Harfe vergleichbar. Es hatte lange gedauert, bis er sie beherrschte; nun brachte er es in der Regel fertig, ohne sich bewußt darum zu bemühen, doch manchmal geschah etwas, das ihn aus der Bahn warf und wieder zum stümperhaften Anfänger machte.

»Willst du damit sagen…«

»Haß ist besser. Haß ist verläßlicher. Mit Haß kann ich umgehen, weil ich ihn kenne. Bei Romulus war es viel leichter, als sich um Liebe zu bemühen. Aber am Ende war ich trotzdem am Abgrund angekommen. Er stand kurz davor, zuzugeben, daß er einfach gern mit mir zusammen ist. Und es machte mir Freude,

mit ihm zusammenzusein, ganz gleich, worüber wir sprachen.
Was du mir erzählt hast, hat mich aufgeweckt. Arnth ist über
die Jahre nicht dümmer oder milder geworden.«

Ulsna schüttelte den Kopf. »Dich durch und durch zu hassen
soll Romulus dazu befähigen, Arnth zu besiegen? Das ist
doch...«

»Unsinn? Wir werden sehen, Ulsna. Wir werden sehen.«

»Warum dann Remus? Warum hast du ihn nicht dagelassen,
wo er war, wenn du nichts für ihn planst?«

»Nichts ist sicher«, entgegnete Ilian hart. »Nicht einmal, daß
alle beide ihre Kindheit überleben. Romulus könnte in einer
Woche an einem Sumpffieber sterben. Arnth könnte ihn finden,
ehe er alt genug ist. Remus ist nicht dumm, er hat die Begabung,
Freunde zu gewinnen, und er kämpft gern. Wenn wir nach
Ägypten zurückkehren, wird er von Kriegern aller Völker lernen können. Außerdem...«

Sie zögerte, und die entschlossene Reglosigkeit ihrer Miene
verlor sich etwas. Es mochte an den wechselnden Schatten liegen, die das Feuer auf sie warf, doch Ulsna schien es, als wirke
sie plötzlich älter.

»Was?«

»Du hast doch gehört, was ich gesagt habe. Es wird Romulus endlich die Gelegenheit geben, der Augapfel seines Vaters
zu werden. Er glaubt, daß Faustulus Remus mehr liebt.«

Damit zog sie den Umhang, den er ihr mitgebracht hatte, um
ihre Schultern und versank wieder in Schweigen. Ulsna grübelte
über ihre letzten Worte nach und vermochte nicht zu entscheiden, ob sie Romulus wirklich die ausschließliche Liebe eines
Vaters wünschte, den er nun als Ziehvater hatte erkennen müssen, oder ob eine unterdrückte Eifersucht aus ihr sprach, weil
der Junge, als es noch eine Wahl gab, Faustulus gewählt hatte.

Haß ist verläßlicher.

Während der Schlaf sich ihm weiter verweigerte und er den
leisen Atemzügen Ilians und ihres Sohnes lauschte, begriff er,
daß sie nicht nur von den Gefühlen ihrer Kinder gesprochen

hatte, sondern auch von ihren eigenen. Ganz offenbar verzieh sie Romulus nicht, daß er in ihr Liebe geweckt hatte.

Ulsna fragte sich, ob sie es Remus verzeihen würde.

Fregenae hatte sich in den letzten Jahren kaum verändert, doch Ulsna fühlte sich von dem Moment an, da sie die Hafenstadt betraten, immer mehr wie ein Fremder in der Fremde. Der Junge öffnete immer noch kaum den Mund, und was er sagte, richtete sich an Ulsna. Immerhin ließ er zu, daß Ilian ihm Stiefel besorgte, und zeigte einen Funken von Neugier über dieses Schuhwerk, das er nicht kannte.

»Es lohnt sich bei längeren Reisen«, erklärte Ulsna, während Ilian vormachte, wie man die Bänder eines Stiefels verschnürte. »Aber sei gewarnt, wenn Kiesel oder Sandkörner hineinrutschen, zieh sie sofort wieder aus und schüttle sie, was das Zeug hält. Sonst holst du dir Blasen und Scheuerwunden.«

»Nur Kleinkinder haben Blasen«, protestierte Remus, wurde sich offenbar bewußt, daß er sich auf ein normales Gespräch einließ, warf einen bitteren Blick auf seine Mutter und versank erneut in Schweigen.

Ilian hatte sich nach dem Gespräch am Feuer wieder gefangen; sie strahlte nichts anderes mehr als Gelassenheit und Freundlichkeit aus und versuchte nicht, den Jungen zu einer Unterhaltung zu drängen, obwohl sie ihn hin und wieder auf Interessantes hinwies, wie die offenen Schmieden, aus denen das helle Klopfen von Hammer und Amboß klang, oder den großen Fischmarkt von Fregenae. Ulsna versuchte, wieder mit den Augen eines Kindes zu sehen, und vermutete, daß die langen Leiber der Aale und Zitterrochen, die breiten Thunfische, die Körbe voller Panzerkrebse und Austern und der durchdringende, salzige Geruch, den sie verströmten, in der Tat ein bemerkenswerter neuer Eindruck sein mußte. Hinzu kam, daß sie alle in den letzten Tagen kaum etwas gegessen hatten.

»Wir werden uns etwas für heute abend aussuchen und selbst zubereiten. Je nachdem, wann wir in See stechen, könnte es eine Weile dauern, bis wir wieder etwas Anständiges in den Magen bekommen«, meinte Ilian und fügte, an Ulsna gerichtet, hinzu: »Wer weiß, ob eines von Arions Schiffen im Hafen liegt. Es war vereinbart, aber wir haben ihm schließlich noch nicht einmal eine bestimmte Woche genannt.«

»Aber ich weiß nicht, was das für Fische sind«, sagte Remus, ebenfalls zu Ulsna, und Ulsna fragte sich, ob er für den Rest der Reise das Sprachrohr zwischen Mutter und Sohn spielen sollte.

»Du wirst sie kennenlernen.«

Es fiel Ulsna auf, daß der Junge, der, wenn er sich recht erinnerte, weniger von der Sprache der Rasna gelernt hatte als sein Bruder, nichtsdestoweniger dem Handeln zwischen Ilian und den Fischhändlern recht gut folgen konnte. Als sie darüber klagte, daß die Sardellen vermutlich älter als ein Tag seien und in der Sonne gelegen hätten, wich er mit angeekelter Miene zurück, was den Fischhändler zu einem empörten Beschwören seiner Ehre als jemand, der nur frische Ware anbiete, veranlaßte. Im übrigen umkreiste er vor allem die Muscheln und fragte Ulsna schließlich halblaut, was das für Wesen seien. Ilian schließlich einen Kupferstab gegen die Fische ihrer Wahl eintauschen zu sehen löste eine erneute Frage aus.

»Warum tauscht sie nicht Wolle, Korn oder etwas anderes? Wieso nimmt er dieses Zeug?«

An diese Sitte mußte sich Ulsna selbst noch gewöhnen; in Griechenland gab es mittlerweile auch Silberstäbe, auf die das Zeichen des Orakels von Delphi oder das des Zeus von Dodona geprägt waren und die die Menschen wie Ilian, die mit dem Orakel in Verbindung standen, zum Tausch einsetzen konnten. In Ägypten verwendete man sogar dünnere Kupfer-, Bronze- und Silberscheiben, aber seiner Erinnerung nach hatte man bei den Rasna noch nichts dergleichen getan, als er dieses Land verlassen hatte.

»Er kann es gegen andere Dinge umtauschen, die er braucht.

Außerdem war es für deine... für Ilian leichter, damit zu reisen als mit viel Gepäck.«

»Sie ist mit einem vollen Karren zu uns gekommen«, entgegnete Remus und klang traurig, verwundert und wütend zugleich. Ulsna hielt es für besser, das Thema zu wechseln.

Als es darum ging, Kräuter für das geplante Mahl zu erwerben, bat Ilian Remus direkt um seine Hilfe. »Du kennst bestimmt mehr als ich.«

Er schaute sie an und schüttelte den Kopf. »Romulus hat recht gehabt«, antwortete er langsam. »Du bist böse. Ich will dir nicht helfen.«

Während Ulsna sich auf die Lippen biß, sagte Ilian: »Das ist deine Entscheidung. Aber glaubst du nicht, daß du vor allem dir selbst hilfst, wenn du dafür sorgst, daß nur die richtigen Kräuter in deinen Magen wandern?«

»Nein«, erwiderte der Junge schlicht und wandte sich von ihr ab; er führte das Pferd, an das er sich in den letzten Tagen geklammert hatte, am Zügel.

Der neugegründete Apollon-Tempel von Fregenae war als Unterkunft einer Schenke wahrlich vorzuziehen. Gewiß ließ er sich mit dem Tempel des Schutzgottes von Fregenae, Nethuns, nicht vergleichen, doch immerhin hatte man den Griechen, deren Zahl immer größer wurde, gestattet, ihn nicht weit vom Hafen entfernt zu bauen. Die Zahl der Priester belief sich nur auf sieben; sie waren über Ilian unterrichtet worden, und nach dem Austausch einiger Floskeln und Schriftrollen nahm man sie und ihre Begleitung auf, nicht ohne einen neugierigen Blick auf den Korb mit den Fischen und den Gewürzen zu werfen.

»Ich bin dankbar für eure Gastfreundschaft, Freunde«, erklärte Ilian ehrerbietig, »doch weiß ich, jeder Anfang ist schwer und der Dienst an Apollon in einem fremden Land desgleichen. Also möchte ich eure Großzügigkeit nicht über Gebühr ausnutzen und bitte euch vielmehr, mir zu gestatten, euch heute abend zu bewirten.«

Es war nicht zu übersehen, daß die in der Tat mager wirkenden Apollon-Priester kaum protestierten. Ulsna blieb nicht lange; es war an ihm, im Hafen nachzuforschen, ob eines der Schiffe, über die der vom Erfolg gesegnete Arion inzwischen verfügte, vor Anker lag.

»Soll ich den Jungen mitnehmen?« fragte er Ilian.

Sie schüttelte den Kopf.

»Bist du sicher? Er...«, zögernd suchte er nach den richtigen Worten, »macht nicht den Eindruck, als sei er dir schon wieder gewogen.«

»Das ist er nicht. Aber er wird nicht weglaufen.«

Sie mußte es wissen; sie hatte Monate mit dem Kind verbracht. Ulsna wartete noch, bis sein eigenes Pferd abgesattelt, gefüttert und getränkt war, dann brach er in Richtung Hafen auf, nicht ohne einen beunruhigten Blick hinter sich zu werfen.

Für Remus glich die Wirklichkeit inzwischen einem Gestrüpp voller Dornen wie das, welches er, der Vater und Romulus im Winter um alle Koben und Ställe legten, um die Wölfe fernzuhalten. Man konnte sich nicht bewegen, ohne sich blutig zu kratzen.

Vater und Mutter schuldete man Gehorsam und Ehrerbietung; außerdem war er so froh gewesen, als die Mutter zurückkehrte und sie endlich eine Familie wie alle anderen wurden. Trotz ihrer Eigenarten fiel es ihm leicht, die Mutter zu lieben, und er verstand nicht, warum Romulus sich damit so zierte, bis sie alles zerstörte. Er würde sich ja an die Möglichkeit klammern, daß sie log, doch eine Lügnerin hatte der Vater sie nicht geheißen. Das nicht.

Also war der Vater nicht der Vater, und diese Wahrheit allein schmeckte bitter wie Galle. Er wünschte sich, er könnte mit Romulus darüber sprechen, doch sein Bruder war inzwischen so weit fort wie die glücklichen Tage seiner Kindheit, ehe *sie* in ihrer aller Leben trat.

Die Neuigkeit, sein wahrer Vater sei der Kriegsgott, war nicht viel besser. Er fühlte sich keineswegs göttlich, er fühlte sich elend, wenn er an das zerfurchte Gesicht des Vaters dachte, als sie ihre grausamen Worte sprach. Wenn er ein Halbgott war, wie viele der Helden in den Geschichten, warum konnte er dann die letzte Woche nicht ungeschehen machen? Oder besser noch, alles, was seit ihrer Ankunft geschehen war? Er wünschte sich, er hätte sie nie kennengelernt, denn nun, da er sie einmal kannte, gab es keinen Ausweg mehr vor dem Gewirr, in dem sich seine Gedanken immer wieder verliefen.

Seine Mutter. Keine Wölfin, wie die anderen Kinder gespottet hatten, wenn sie den empfindlichen Romulus necken wollten, sondern eine Königstochter der Tusci, eine Priesterin, die Kinder von einem Gott bekommen und sie verlassen hatte, nur um mit Geschenken, trügerischer Zuneigung und bösen Wahrheiten beladen zurückzukehren und eines der Kinder zu entführen. In seine Enttäuschung mischte sich ein Hauch von unbestimmbarer Ehrfurcht.

Der Gedanke, fortzulaufen und zum Vater und zu Romulus zurückzukehren, kam ihm mehr als einmal. Die Gründe, aus denen er es nicht tat, lagen ihm so schwer im Magen wie alles andere und bildeten ein Knäuel, das er selbst nicht entwirren wollte. In seinem Kern ruhte ein kalter, schwarzer Klumpen, den er niemandem gegenüber je benennen würde: Angst. Er hatte nie Angst vor einer Rauferei gehabt, aber er hatte Angst vor dem, was sie tun würde, wenn er fortlief. Was genau er fürchtete, ob nun noch mehr schlimme Wahrheiten oder die Macht, die sie über Blitze und Sterne hatte und an die er nun glaubte, wußte er nicht zu sagen. Aber er fürchtete sie.

Dann gab es noch die traurige Feststellung, daß der Vater nicht darum gekämpft hatte, ihn bei sich zu behalten, was alle Arten von Zweifel in ihm auslöste. Vielleicht war der Vater im Grunde froh, sich um einen Sohn, der in Wirklichkeit nicht der seine war, nicht mehr kümmern zu müssen. Wenn Remus dergleichen dachte, schalt er sich unmittelbar darauf einen Narren.

Der Vater liebte ihn, er liebte sie beide. Er war stolz auf Remus und hatte erst kürzlich Pompilius gegenüber geprahlt, in ein paar Jahren werde sein Junge jeden Wettkampf im Dorf gewinnen. Natürlich liebte der Vater ihn.

Aber er hatte nicht um ihn gekämpft, und das zehrte jedesmal an Remus, wenn er den Gedanken zuließ.

Sie, seine Mutter, wollte ihn dagegen offensichtlich bei sich haben. Er hätte sich lieber die Zunge abgebissen, als sie nach dem Grund zu fragen. Mehr als einmal stand er jedoch kurz davor, den Barden darauf anzusprechen. Der Barde war nicht so schlimm. Er würde eines Tages dafür bestraft werden müssen, daß er dem Vater das Messer an die Kehle gehalten hatte, doch er ging freundlich mit seinem Pferd um, das mußte man ihm zugute halten. Und er stellte den einzigen Puffer zwischen Remus und der Mutter dar.

Als der Barde daher das große Haus wieder verließ, in das sie gekommen waren, spürte Remus den ungewohnten Angstklumpen in sich nochmals anwachsen. Die meisten Gebäude hier waren größer als die im Dorf, fast alle aus Stein, und sogar auf den Dächern lagen weitere aus Lehm geformten Steine. Das, in dem er sich nun allein mit *ihr* und einigen weiß gewandeten Männern, die so hellhäutig waren, daß sie ihre Tage gewiß nicht wie andere Männer auf den Feldern verbrachten, wiederfand, hätte des Vaters Haus mehrmals in sich aufnehmen können. Er war froh, die neuen Schuhe zu tragen, denn der Stein überall im Inneren, wo die Sonne nicht hinschien, fühlte sich kalt an. Ein heller Stein, hell wie die fremden Männer.

»Es ist Marmor«, sagte seine Mutter, als sie ihn mit der Hand an einem der runden Pfeiler ertappte. »Wir bauen unsere Tempel aus rotem Ziegel, doch die Griechen ziehen seit einigen Jahren Marmor vor. Sie glauben, daß sogar die Paläste ihrer Götter auf dem Olymp aus Marmor bestehen, und halten den Sandstein, den sie früher benutzten, für nicht mehr gut genug.«

Mit einer jähen Gewißheit wußte Remus, daß Romulus jetzt gefragt hätte, ob sie das nicht bestätigen oder verneinen könne, bei ihrem Umgang mit den Göttern. Das war die Art von Bemerkung, die Romulus mit seiner scharfen Zunge machte. Es war die Art Bemerkung, die Remus höchst selten einfiel, und meist erst dann, wenn die Gelegenheit schon vorüber war. Er verlieh seinem Ärger gewöhnlich auf andere Weise Ausdruck. Doch die Hand gegen seine Mutter zu erheben war unmöglich, und er brachte es nicht fertig, die Bemerkung zu machen, die ihm auf der Zunge lag. Das war nicht seine Art. So wollte er nicht sein.

»Er ist kalt«, entgegnete er daher nur kurz angebunden.

Sie zuckte die Achseln. »Nun, für die Herdstelle haben sie zum Glück Backstein verwendet. Komm, wir müssen langsam damit anfangen, die Fische auszunehmen.«

Eigentlich wollte er ihr noch immer nicht helfen, doch es gab ihm etwas zu tun, das ihn vom Nachdenken ablenkte. Fische ausnehmen, das konnte er, das war vertraut, selbst wenn es die Fische aus dem Meer nicht waren. Auf einem anderen Holzbrett hatte sie die Zwiebeln, den Liebstöckel, die Brennesseln und das Mehl ausgebreitet, die sie ebenfalls eingehandelt hatte. Das einzige, was die Weißgewandeten zur Verfügung stellten, waren zwei bemalte, mit Pech versiegelte Krüge sowie ein offener mit Wasser darin. Warum die Krüge mit allerlei schwarzen Figuren bemalt waren, leuchtete ihm nicht ein, aber während er die Fische zerlegte, ertappte er sich bei dem Versuch, ihre Bedeutung zu enträtseln. Einige Gestalten waren Männer mit Schwertern, soviel erkannte er sofort, doch andere glichen Pferden mit Menschenköpfen, und davon hatte er noch nie gehört.

»Die Bilder erzählen eine Geschichte«, sagte seine Mutter, und er fragte sich erschrocken, ob sie seine Gedanken lesen konnte oder ihn die ganze Zeit beobachtete, »vom Kampf der Lapithen und Zentauren. Der größte Held der Griechen, Herakles, war zu einer Hochzeit geladen, bei welcher der Bräutigam ein Zentaur und die Braut eine Lapithin war. Es sollte die beiden Völker miteinander versöhnen, doch statt dessen brach ein fürchterlicher Streit aus.«

»Was ist ein Zentaur?«

»Ein Geschöpf, halb Mann, halb Pferd.«

Remus schaute wieder zu den schwarzen Gestalten auf rotem Grund und überlegte, ob es sie dort gab, wohin seine Mutter mit ihm reisen wollte. So ein Geschöpf würde er wirklich gern einmal sehen. Ob man auf einem Zentauren reiten konnte wie auf einem richtigen Pferd? Er öffnete den Mund, um die Mutter danach zu fragen, doch gerade noch rechtzeitig fiel ihm ein, daß es Verrat am Vater wäre, Freude an irgend etwas, das mit ihr zusammenhing, zu zeigen.

Sie hatte auf dem Markt auch alte, getrocknete Weintrauben gekauft, was er nicht verstand, bis sie ihm eine davon in den Mund stopfte. Es war eine sehr überraschende Handlung ihrerseits, die er nicht vorhersehen und der er deshalb nicht ausweichen konnte, zwischen einem Gang zum Herdfeuer, um einen mächtigen Topf aufzusetzen, und der Suche nach einem anderen Messer, um die Zwiebeln zu zerteilen. Sie streckte einfach die Hand aus, und er spürte den kurzen Druck ihrer Finger auf seinen Lippen und die alte Weintraube in seinem Mund, ehe er zurückweichen konnte. Das Ding schmeckte süß, ohne die Schärfe frischer Trauben.

Als sie schließlich die Siegel der beiden Krüge aufbrach, stellte sich heraus, daß einer Wein und der andere Öl enthielt. Sie mischte die zerhackten Zwiebeln, Brennesseln, Liebstöckel und die alten Trauben im Topf, zusammen mit etwas Salz und Öl, während der Fisch bereits in einem weiteren Topf mit Wasser vor sich hin siedete. Es erinnerte ihn daran, wie angenehm überrascht der Vater in den Tagen nach ihrer Ankunft davon gewesen war, wie viele Gerichte sie zubereiten konnte, als wäre das früher nicht der Fall gewesen. Ihm selbst dagegen war zwar der Unterschied zu dem alltäglichen Einerlei von früher aufgefallen, doch er hatte nichts Besonderes darin gesehen. Mütter verstanden sich eben auf die Zubereitung von Speisen. So einfach war das.

Ihm hatte immer alles geschmeckt, was sie gekocht hatte.

Wütend blinzelte Remus die Tränen weg, die in ihm aufstiegen. Warum, warum nur mußte sie alles kaputtmachen?

»Ich hoffe, es wird unseren Gastgebern schmecken«, sagte sie und schnippte noch etwas Salz in den größeren Topf, »denn ich weiß nicht, wie lange wir hierbleiben müssen.«

»Ich dachte, du willst über das Meer, weil der König Amulius dich verfolgt«, entgegnete Remus so patzig wie möglich, damit sie nicht den Eindruck hatte, aus ihm spreche Furcht. »Kannst du nicht das nächste Schiff nehmen?«

Sie lächelte und hielt ihm erneut eine getrocknete Weintraube hin, die er ignorierte. Ihr Lächeln verblaßte, doch ihre Stimme änderte sich nicht, als sie zurückgab:

»Ich könnte schon, und es sind gewiß genügend im Hafen, um eine Wahl zu treffen, aber glaub mir, es ist nicht leicht, einen Kapitän zu finden, der einen mitnimmt. Deswegen habe ich mit einem Freund, dem mehrere Schiffe gehören, vereinbart, daß uns eines davon aufnimmt.«

Remus hatte das Meer heute nur von weitem gesehen, und Schiffe desgleichen. Er mußte insgeheim zugeben, daß er neugierig auf beides war. Aber es war eine verbotene Neugier, eine verbotene Freude, weil er sie nicht mit dem Vater und mit Romulus teilen konnte, also fragte er nichts weiter und sog statt dessen den Geruch nach Fisch und brutzelndem Gemüse ein, der seinen hungrigen Magen lauthals knurren ließ.

Ulsna brachte eine gute und eine schlechte Nachricht mit, als er zurückkehrte, doch er beschloß, die schlechte vorerst für sich zu behalten. Wie es schien, hatte der Junge einen Waffenstillstand mit Ilian geschlossen, und Ulsna wollte niemandem das Essen verderben, auch sich selbst nicht. Also teilte er Ilian nur mit, es liege tatsächlich eines von Arions Schiffen vor Anker, die *Andromeda* unter dem Befehl von Kallias. Seit Ilian Arion als Zwischenträger für den Handel mit Weizen gegen dringend benötigte Holzkohle, Bronze und Eisen für Waffen an Psammetich vermittelt hatte, stellte sich das Problem, Seeleute zum Transport weiblicher Wesen zu überreden, nicht mehr. Sie würden übermorgen in See stechen können.

Die Apollon-Priester, bis auf ihren Oberen allesamt noch recht jung, behandelten Ilian mit einer Mischung aus Verlegenheit und Vorsicht. Natürlich aßen sie die Speisen, die sie bereitet hatte, nicht in ihrer Gegenwart; Ilian, Ulsna und der Junge blieben in der Küche, während der Priester, dem sonst das Kochen oblag, eine große tönerne Schale mit dem Fisch und Gemüse füllte. Er dankte Ilian ein wenig steif, doch durchaus aufrichtig, und verschwand damit.

»Ich dachte, das wären unsere Gastgeber«, meinte Remus verblüfft.

»Es sind Griechen. Sie haben noch strengere Sitten in bezug auf Frauen als ihr Latiner«, erläuterte Ulsna begütigend, und der Junge runzelte die Stirn.

»Was soll denn an unseren Sitten streng sein?«

Da das Kind inzwischen wieder mit seiner Mutter sprach, machte Ulsna nur eine unbestimmte kleine Gebärde und lenkte das Gespräch auf das Schiff, während Remus hungrig das Essen in sich hineinschaufelte.

»Die *Andromeda*«, sagte er, gleichermaßen an Mutter und Sohn gewandt, »ist ein schönes neues Schiff. Zwölf Ruder an jeder Seite. Viel größer«, setzte er mit einem leichten Lächeln hinzu, »als damals die *Kassiopeia*. Du wirst Platz zum Rennen haben, Junge.«

»Xanthos auch?«

»Wer ist Xanthos?«

»Sein Pferd«, erwiderte Ilian und klang beunruhigt. »Remus, so viel Platz ist auf keinem Schiff. Man kann ein Pferd nicht über das Meer mitnehmen.«

Er stieß seinen Löffel in die Schale, aus der er aß.

»Du kannst mir Xanthos nicht auch noch wegnehmen!«

»Remus«, sagte Ulsna rasch, weil er befürchtete, daß Ilian

auf ein trotziges Kind nicht besser als beim letzten Mal reagieren würde, »deine Mutter ist keine arme Frau jenseits des Meeres. Du wirst ein neues Pferd haben, wer weiß, vielleicht sogar eines aus Nubien, und von dort stammen die herrlichsten Pferde der Welt.«

»Ich will kein neues Pferd. Ich will Xanthos!«

Wenn die Nachbarn mit Faustulus über seine Söhne sprachen, rühmten sie nicht nur Remus' Stärke, sondern auch seine stete gute Laune und seine Ausgeglichenheit. Davon spürte Remus im Moment nichts in sich. Er hatte seinen kritischen Punkt erreicht, und die Tränen, die er seit dem entsetzlichen Streit daheim mit Gewalt zurückgehalten hatte, seit er seines Zuhauses, seines Bruders und seines Vaters beraubt worden war, brachen sich endlich Bahn. Er sprang auf, griff nach dem Eimer, in den seine Mutter die Abfälle geworfen hatte, und schleuderte ihn mit aller Kraft gegen die Wand, während er gleichzeitig schrie: »Ich hasse dich!«

Widersinnigerweise beruhigte es Ulsna, daß Ilian daraufhin nicht versteinerte, sondern vollkommen ratlos auf ihr schluchzendes und brüllendes Kind schaute. Was auch immer sie als nächstes tun würde, es würde nicht von ihrer Gabe, zu verletzten, getragen werden. Nicht, daß er selbst einen Vorschlag zu machen hätte. Ihm waren Kinder, die einem Tobsuchtsanfall erlagen, so wenig vertraut wie Ilian. Ganz offensichtlich war ihr dieses Verhalten bei dem Jungen auch noch nicht untergekommen, und sie wußte nicht, wie sie ihm begegnen sollte. Ulsna wäre von seinem Meister grün und blau geprügelt worden, hätte er sich dergleichen geleistet, doch das war kaum ein geeigneter Weg. Was Ilian mit ihrer Kindheit halb im Palast, halb im Tempel betraf, so war er bereit zu wetten, daß ihr kindliche Wutanfälle ebenfalls nicht gestattet worden waren. Auf ihren gemeinsamen Reisen hatten sie mancherlei gelernt, doch nicht das Betreuen von Kindern. Allerdings versuchte sich Ilian nun schon ein paar Monate in dieser Kunst; er erwiderte ihren ratlosen Blick mit einer Grimasse, die besagte, sie müsse doch wohl besser Bescheid wissen.

Schließlich erhob sich Ilian, ging zu Remus und legte ihm zögernd die Hände auf die Schultern. Er wollte sich sofort losmachen, doch sie verstärkte ihre Umarmung. Ulsna schob seinen Stuhl zur Seite und stand ebenfalls auf. Remus war noch ein Kind, aber ein ausgesprochen großes und kräftiges, dem er zutraute, Ilian durchaus verletzten zu können, wenn der Junge es darauf anlegte.

»Laß mich los«, keuchte Remus.

Sie war größer als er, was ihn nicht gestört hätte, war er doch nie vor Kämpfen auch mit größeren Jungen zurückgewichen. Doch die Arme, die nun von seinen Schultern hinter seinen Hals glitten, waren nicht die eines Jungen oder eines Mannes, sondern die einer Frau, seiner Mutter. Als er das letzte Mal einem Mädchen einen heftigen Stoß versetzt hatte, war er vier Jahre alt gewesen. Und die Hand gegen ein Elternteil zu erheben war undenkbar. All seine Gewißheiten bröckelten von ihm ab, und er klammerte sich an das, was noch übrig war. Eltern gebührte Verehrung, so hatte der Vater es ihn gelehrt, doch der Vater war nicht der Vater und mit jedem Tag weiter fort, Romulus desgleichen, genauso wie all ihre Tiere, die Freunde, die Menschen, die etwas anderes als Tusci oder sonst ein unverständliches Kauderwelsch sprachen. Xanthos war das einzig Gute, was ihm noch geblieben war, und er schluchzte seine Verzweiflung an der Brust der Person aus sich heraus, die ihm alles weggenommen hatte – weil sie da war, weil sie ihn nicht losließ und weil er nicht mehr wußte, was ihm sonst noch übrigblieb.

Nach einer langen, langen Weile spürte er die Finger seiner Mutter durch sein Haar streichen und ihren Atem an seinem Nacken. Sie sagte nichts. Was sollte sie schon sagen? Sie gab, und sie nahm, aber sie erklärte sich nicht, so wenig wie der Fluß, der ihm seinen ersten Holzkreisel fortgespült hatte, als er noch zu klein war, um schwimmen zu können. Aber es war etwas an ihrer fortgesetzten Berührung, das den Zorn in ihm mehr und mehr in Schmerz umwandelte, in einen Schmerz, so fließend wie seine Tränen, die auf ihrer Haut und dem Stoff ihres Kleides feucht blieben, weil die Küchenluft trotz ihrer Hitze zu sehr mit Dämpfen schwanger war, um Nässe zu trocknen. Er wußte nicht, wann er aufgehört hatte, sich zu wehren, und statt dessen begann, sich an sie zu klammern. Aber er wußte, daß sie ihn nicht losließ, und das war besser als die kalte Einsamkeit, in die er seit dem Verlust seines Zuhauses gestürzt war.

»Die *Andromeda* wird nur nach Korinth zurückkehren, nicht nach Sais«, sagte Ulsna, nachdem Ilian den Jungen zu seinem Lager gebracht hatte und zurückkehrte, um die Küche aufzuräumen. Es gab nie eine gute Zeit für schlechte Nachrichten, doch wenn Ilian über etwas grübelte, dann sollten es besser Dinge sein, die nichts mit ihren Gefühlen für die Zwillinge zu tun hatten.

»Es hat einige wichtige Tote gegeben im Land Kusch und in Ägypten, seit wir wieder hierher zurückgekehrt sind. Taharqa ist tot, und sein Nachfolger hatte nichts Eiligeres zu tun, als eine neue Armee aufzustellen, um Ägypten für die Nubier zurückzuerobern. Necho und Psammetich stellten sich ihm zur Schlacht; wie es heißt, hat Necho darauf bestanden, nicht auf assyrische Verstärkung zu warten, um zu beweisen, daß er keine assyrische Puppe sei.«

Ilian, die gerade etwas von dem immer noch verstreuten Abfall entdeckt hatte, das ihrer Aufmerksamkeit zuvor entgangen war, ließ die Zwiebelschale sinken. Grimmig nickte Ulsna.

»Ja, sie wurden besiegt. Necho ist tot, und ob Psammetich noch lebt, wußte zu dem Zeitpunkt, als Kallias Korinth verließ, noch niemand. Es gab Gerüchte, er sei ebenfalls getötet worden, und auch welche, die besagten, er habe sich zu den Assyrern durchgeschlagen. Wie auch immer, es sieht so aus, als habe Ägypten wieder einen nubischen Pharao, und ich glaube nicht, daß er großen Wert auf Handel mit den Griechen und Rasna legen wird, die seinen Feind unterstützt haben.«

Das Bedauern, das er bei dem Gedanken an einen toten

Psammetich empfand, überraschte ihn. Schließlich konnte von einer Freundschaft keine Rede sein. Der junge Fürst hatte in den vergangenen Jahren seine Hand über Ilian gehalten, weil sie ihm gute Ratschläge erteilte, weil sie ihm sehr früh das Gefühl vermittelt hatte, kein Junge mehr zu sein und auch um seines Geistes willen geschätzt zu werden – und weil es seine Mutter erzürnte, solange sie noch lebte; und auch über Ulsna, weil er ihn als eine Art Glücksbringer betrachtete, besonders, da seine assyrische Prinzessin tatsächlich bald nach der Hochzeit schwanger geworden war. Dazu kam eine gewisse Einsamkeit seinerseits, doch dem Mann, der inzwischen von seinen Anhängern als Horus-im-Nest bezeichnet wurde, wenn die Assyrer nicht hinhörten, wäre es nie eingefallen, sie Freunde zu nennen. Sie waren Freigelassene, ehemalige Sklaven aus einem fremden Land, und er würde, wenn seine Hoffnungen in Erfüllung gingen, ein lebendiger Gott sein, der Einzig-Eine, nicht nur Regent, sondern Herr über Ägypten, Träger der Doppelkrone und Inkarnation Amons auf Erden.

Es mußte wohl daran liegen, folgerte Ulsna, daß es ohne Psammetich vorerst keine Möglichkeit gab, nach Ägypten zurückzukehren, nicht nach Sais und nicht nach Theben, wo Ilian nicht als einzige wunderbare Dinge gelernt hatte. *Es ist das Schilfrohr, das ich vermisse,* dachte er wehmütig, *das wunderbare Schilfrohr des Nils, aus dem Flöten gefertigt werden können, die dem besten Nußholz der Heimat überlegen sind. Es sind die Trommeln, Instrumente, von denen mein alter Meister nichts wußte, die dort in Schenken wie Palästen widerhallen. Es sind die Saiten meiner Harfe, die mich an den Nil zurückrufen, entstammen sie doch inzwischen alle den Gedärmen ägyptischer Tiere und sehnen sich nach dem Echo jener riesigen Felsmassive, die ich erklomm, während Ilian sich ihren Kopf über vergilbten Blättern zerbrach.* Er schaute zu seiner Freundin, die erneut begonnen hatte, Abfall aufzulesen. Nur ihre ruckartigen Bewegungen, denen die übliche fließende Eleganz fehlte, verrieten, daß sie sich getroffen fühlte.

»Ich glaube nicht, daß Psammetich sich so einfach geschlagen geben wird, wenn er noch lebt«, meinte sie schließlich, »und die Assyrer werden Ägypten jetzt noch nicht aufgeben. Sie werden zurückschlagen. Alles kommt auf diesen neuen Nubier an. Um welchen von Taharqas Neffen handelt es sich?«

»Kallias murmelte nur etwas von einem unaussprechlichen Namen«, antwortete Ulsna achselzuckend und fügte mit einem Seufzer hinzu: »Griechen…«

Er wußte noch immer nicht, ob es ihn mehr belustigte oder ärgerte, daß sich die Hellenen in all ihren verschiedenen Dialekten doch darin einig waren, Menschen, die keinen dieser Dialekte beherrschten, als »Stammler« und »Stotterer« zu bezeichnen, und deren Ausdrücke wie Namen ablehnten. Es erschien ihm widersinnig, taub für die Musik anderer Sprachen zu sein.

»Nun, eines ist klar«, sagte Ilian und begann, auf und ab zu gehen, »wir werden eine Weile bei den Griechen warten müssen.«

»Dann hast du nicht vor, nach Niniveh zu ziehen?« fragte Ulsna, der einen derartigen Entschluß nicht unbedingt erwartet, jedoch ein wenig gefürchtet hatte, erleichtert. »Falls Psammetich noch lebt und sich dort aufhält, meine ich.«

Im Vorbeigehen griff Ilian nach einem der Tücher, in die sie vor Stunden das frischgewaschene Gemüse geschüttet hatte, und trocknete sich damit die Hände.

»Zu den Assyrern? Ganz bestimmt nicht«, gab sie zurück und senkte ihre Stimme, obwohl außer ihnen niemand mehr im Raum war. »Ich habe die Leichen auch nicht vergessen, Ulsna.«

Kadaver, stinkend, von der erbarmungslosen ägyptischen Sonne, von Schmeißfliegen und Geiern in wenig mehr als Skelette mit modernden Fleischresten verwandelt, Schädel auf den Mauern jeder Stadt eines Deltafürsten, der sich an der Verschwörung beteiligt hatte. Die Erinnerung brachte Ulsna selbst jetzt noch zum Würgen, das er rasch unterdrückte. Bis zu diesem Anblick war ihm nicht bekannt gewesen, wie ein Mensch von innen aussah und zu was er nach seinem Tod werden konnte, wenn man ihn nicht verbrannte oder wie die Ägypter in ihren geheimnisvollen Zeremonien einbalsamierte. Er hätte es lieber nicht erfahren.

Nun hatte er seine Antwort auf die Frage, die ihn manchmal plagte – ob dieses Ergebnis ihrer Pläne Ilian ebenfalls verfolgte. Es machte ihn froh, und auch wieder nicht.

»Sag nicht, daß es einen Anblick gibt, den die Sphinx nicht ertragen kann«, bemerkte er daher, ging zu ihr und legte eine Hand auf ihren Rücken, wo er die tiefsten Narben wußte, die er ihr zugefügt hatte. Sie waren zu lange und zu gut verheilt, um durch die Wolle ihres Chitons noch spürbar zu sein, doch er hätte sie blind finden können. »Es ist deine Aufgabe, *andere* Leute erstarren zu lassen.«

»Oh, ich könnte einen Berg von Leichen ertragen«, entgegnete sie. »Aber der Junge noch nicht.«

Sie drehte sich um, ergriff die Hand, mit der er sie berührt hatte, und bog seine Finger ein wenig zurück, gerade genug, daß es weh tat, wie stets, wenn er sie auf ihre Narben gelegt hatte.

»Ich bestimme, wann jemand, der mir gehört, dem Tod begegnet.«

Remus entdeckte, daß es seinen Nutzen hatte, andere Sprachen zu beherrschen. Bisher war es ihm mehr oder weniger gleich gewesen, daß Romulus wesentlich mehr von dem Tusci ihrer Mutter aufgeschnappt hatte; es war nur eine Angelegenheit mehr gewesen, mit der er seinen Bruder wegen dessen lauthals verkündeter Abneigung gegen die Mutter necken konnte. Doch ein gutes Zuhause für Xanthos zu suchen, wenn die Leute einen nicht richtig verstanden, fiel schwer und verschaffte ihm das demütigende Gefühl, dumm zu sein.

Als seine Mutter ihm versprach, daß er Xanthos' neuen

Herrn bestimmen dürfe, hatte das die Wunde des Verlustes ein wenig geheilt. Er entschied an Ort und Stelle, daß sein Pferd nicht an die Weißgewandeten in diesem Tempel gehen würde. Zum einen sahen sie nicht so aus, als verstünden sie etwas von Tieren, zum anderen verriet ihre helle Haut, daß sie kaum an die Sonne gingen, und er wollte Xanthos nicht die ganze Zeit im Stall eingesperrt wissen. Außerdem waren sie ihm mit ihrer gänzlich unverständlichen Sprache unheimlich.

Wie sich herausstellte, gab es genügend Tusci, die ein Pferd haben wollten; die Schwierigkeit lag darin, daß nicht alle in Fregenae lebten und selbst die, bei denen es der Fall war, kaum bereit waren, ihn in ihr Heim einzuladen, damit er feststellen konnte, wie sie ihre Tiere behandelten. Im Dorf, wo jeder jeden kannte, hätte er schon gewußt, wer Xanthos bekommen würde, wenn er ihn schon nicht behalten durfte. Aber hier gab es so viele Menschen. Er sagte etwas in dieser Richtung zu dem Barden, und dessen Antwort beruhigte ihn keineswegs.

»Warte, bis du Korinth gesehen hast. Oder Athen. Und sie sind Dörfer im Vergleich zu Sais. Und Sais wiederum verblaßt vor Theben. Theben, das ist eine Stadt, die nur Götter und Riesen erbaut haben können«, schloß Ulsna versonnen.

Früher wäre die Aussicht auf eine Stadt, erbaut von Göttern und Riesen, nichts als ein aufregendes Abenteuer gewesen. Mittlerweile schmeckte sie ihm wie ein unvertrautes Gericht, das sich auch als giftig entpuppen mochte. Er beschloß, sich auf keinen Fall anmerken zu lassen, wie sehr ihn bereits die vielen Leute in Fregenae durcheinanderbrachten.

Da er nur jedes dritte Wort verstand, erleichterte es ihn, seine Mutter neben sich zu haben, die ihm übersetzte, was er nicht begriff. Nicht, daß er ihr bereits wieder vertraute oder daß die Gedanken an das eingefallene Gesicht des Vaters oder Romulus' entsetzten Blick weniger weh tat. Doch es war nicht Remus' Art, jemandem lange zu grollen, wenn dieser Jemand ihn darin nicht weiter ermutigte, und er war noch nie zuvor in seinem Leben einsam gewesen. Die Mutter hatte Böses getan, aber jetzt war sie für ihn da und verstand, daß man Xanthos nicht einfach auf dem Markt verhökern konnte, wie es mit dem Pferd des Barden geschehen war. Er begriff nicht, wieso Ulsna das so selbstverständlich nahm, hatte er doch geglaubt, daß der Umgang des Barden mit seinem Pferd Tierverstand verriet.

Endlich fanden sie einen jungen Mann, der wie Numa nach Tarchna wollte, um dort seine Dienste als Krieger anzubieten, und im Gegensatz zu den anderen nicht nur die Fesseln oder das Maul des Pferdes untersuchte, sondern Xanthos auch einen Apfel zum Fressen hinhielt. Außerdem sprach er ein wenig von Remus' eigener Sprache, weil seine Mutter, wie er erzählte, eine Sabinerin gewesen sei. Remus fühlte sich ihm auf Anhieb verwandt und hätte ihn gern gefragt, wie es für ihn gewesen war, unter all diesen Fremden aufzuwachsen, bis ihm gerade noch rechtzeitig einfiel, daß der andere sich vermutlich als einer der Tusci sah, nicht als Sabiner. Der junge Mann, der sich als Lars vorstellte, bot einen Ballen Leinen zum Tausch an, und Remus warf seiner Mutter einen bittenden Blick zu. Er konnte sich nicht vorstellen, daß ein Ballen Leinen ein Pferd wert war; was zählte Stoff schon gegen ein solches Tier? Aber Lars wirkte wie jemand, dem er Xanthos anvertrauen konnte, und das war bisher bei keinem so gewesen.

Sie musterte ihn gerade lange genug, um ihn glauben zu lassen, sie werde das Leinen ablehnen, ehe sie nickte und mit Lars handelseinig wurde. Erst da wurde Remus bewußt, daß er den Atem angehalten hatte. Im Grunde war es dumm von ihm, denn wenn sie noch eine Weile weitergesucht hätten, dann hätte er auch den Abschied von Xanthos etwas hinauszögern können. Er drückte sein Gesicht gegen den Hals des Pferdes, doch zumindest blieb es ihm diesmal erspart, in Tränen auszubrechen. Es schien, als wären sie alle am gestrigen Abend vergossen worden.

»Es wird ihm gut bei mir gehen«, versicherte Lars in der Sprache, die Sabiner und Latiner sich teilten, und Remus beschloß, ihm noch etwas anzuvertrauen.

»Wenn du in Tarchna einen Krieger namens Numa Pompilius triffst«, sagte er hastig und fragte sich bei jedem Wort, ob seine Mutter ihn wohl unterbrechen würde, »dann bitte ihn, sein Dorf zu besuchen und zu Faustulus zu gehen. Er soll ihm sagen, daß es mir gut geht, ihm und meinem Bruder Romulus.«

Romulus würde sich Sorgen um ihn machen, ohne das jemals zuzugeben. Was den Vater anging, so hegte Remus die Befürchtung, er würde es genauso machen wie früher bei der Mutter und nie wieder von sich aus seinen Namen erwähnen.

»Wird gemacht, Junge«, versprach Lars gutmütig. Als er sich schließlich voller Stolz mit seinem neuen Pferd trollte, starrte Remus ihm mit einem Kloß in der Kehle nach und merkte kaum, daß seine Mutter ihm den Leinenballen in die Arme drückte, bis er ihre Stimme hörte.

»Ist es zu schwer für dich?«

Es bestürzte ihn, daß sie so etwas fragte, und er rang vergeblich um eine Antwort, bis sie hinzufügte: »Das Leinen.«

»Oh. Nein. Zu Hause habe ich viel schwerere Sachen geschleppt.«

Obwohl der Stoff sich nicht als die Kleinigkeit erwies, die er erwartet hatte. Er trottete eine Weile stumm neben ihr her. Der Barde war verschwunden, seit sie sein Pferd verkauft hatten, um irgendwelche Dinge zu erledigen, die mit dem Schiff zu tun hatten, so daß sie allein waren.

»Du könntest deinem Bruder schreiben, weißt du?« sagte sie, ohne stehenzubleiben.

Remus schaute zu ihr hoch. Seit sie in diese Stadt gekommen waren, trug sie unter freiem Himmel ihr Haar unter einem Kopftuch versteckt, wie die Frauen daheim es taten, wenn es nicht genug Männer für die Arbeit auf den Feldern gab und sie helfen mußten. Doch es vermittelte ihm kein angenehmes Gefühl der Vertrautheit, weil es nicht zu ihr paßte. Es machte sie älter und noch fremdartiger.

»Das ist auch eine Art, um die Schriftzeichen zu nutzen, die ich euch beigebracht habe. Man verfaßt damit Botschaften.«

Der Gedanke, die Schriftzeichen als etwas anderes als ein vertracktes Spiel zu betrachten, war ihm noch nie gekommen. Seine Stimmung hellte sich auf, nur um sich gleich wieder zu verdüstern, als er über das Wie nachgrübelte.

»Aber wie soll ich ihm eine Botschaft schicken? Ich kenne doch niemanden da, wo du mit mir hinwillst, und ganz bestimmt weiß keiner den Weg.«

»Nun, Lars hast du bis heute auch nicht gekannt«, entgegnete seine Mutter sachlich. »Es findet sich immer ein Weg, wenn man etwas wirklich will. Außerdem«, fügte sie mit einem Lächeln hinzu, »bin ich eine Magierin, hast du das vergessen? Ich kann beinahe alles geschehen lassen.«

Remus beschloß, das als Versprechen und nicht als Drohung zu nehmen, und ein weiteres Stück der bitteren Kruste, die ihn beschwerte und schützte, fiel von seinem Herzen.

Ein Schiff, so fand Remus, ähnelte ein wenig dem Spielzeug auf Rollen, das ihm die Mutter mitgebracht hatte, nur war es rot angemalt, nicht grün wie sein Krokodil, in dem Romulus beharrlich nur eine Eidechse gesehen hatte. Ein Schiff besaß auch ein spitzes Maul, mit Augen und Zähnen daraufgepinselt.

»Früher hatten nur Kriegsschiffe Rammsporne«, erklärte seine Mutter, die seinem Blick gefolgt war, »aber in der letzten Zeit gibt es mehr und mehr Seeräuberei, deswegen sind auch die neuen Handelsschiffe mit solchen Schnäbeln versehen.«

Es gab eine Menge neuer Ausdrücke zu lernen. Der Baum in der Mitte wurde Mast genannt. An ihm hing ein riesiges, rechteckiges, ebenfalls rotes Tuch, das mit dicken Stricken, die Ulsna als »Taue« bezeichnete, an beide Seiten des Schiffes und an das Fußende des Mastes gebunden wurde, als man es von dem langen, quer gelegten Ast an der Spitze herunterließ. Der leichte Sommerwind, der vom Land kam und einem den Geruch vom Fischmarkt in die Nase trieb, beulte das Tuch aus, was von den

Männern auf dem Schiff mit einem erleichterten Aufschrei zur Kenntnis genommen wurde.

»Sie müssen nicht rudern, wenn der Wind in die gewünschte Richtung bläst«, sagte Ulsna. Er und die Mutter behielten Remus ständig im Auge und hatten ihm eingeschärft, sich auf keinen Streit mit den Seeleuten einzulassen, sondern um Hilfe zu rufen, falls ihn jemand angriff. Insgeheim war er gekränkt über den Mangel an Vertrauen in seine Kampffähigkeiten und beschloß, nichts dergleichen zu tun. Im übrigen kam ihm die Besatzung des Schiffes nicht viel anders als die Hirten und Bauern daheim vor, kurz angebunden, gewiß, aber er verstand ohnehin kaum, was sie sagten, und richtete sich mehr nach den Gesten. Auf jeden Fall wollte er den Baum – Mast – erklettern, wenn sich die Gelegenheit dazu bot.

Ulsna stimmte ein Lied an, das er ebenfalls nicht verstand, in das die Männer an Bord jedoch einfielen. Die Melodie war einprägsam, und nach einer Weile summte Remus mit, bis er sich wieder daran erinnerte, daß sich mit den Umrissen des Tusci-Hafens, die immer kleiner wurden, auch sein ganzes bisheriges Leben rascher und rascher entfernte. Er kam sich wie ein Verräter vor. Romulus würde ihn gewiß einen Verräter nennen. Abrupt verstummte er, doch er hatte keine Zeit, den Gedanken länger auszuspinnen. Einer der Seeleute rief ihm etwas zu, und seine Mutter übersetzte: »Er sagt: Schau, Junge – Delphine!«

Sie klang selbst aufgeregt, erfaßte seine Hand und zog ihn zur Reling. »So nahe am Hafen habe ich sie noch nie gesehen. Das ist ein gutes Vorzeichen!«

Während er gebannt die großen Fische beobachtete, die durch die Luft sprangen und kleine, kluge Knopfaugen hatten wie die Vögel, ging die Stadt Fregenea am Horizont unter, und mit ihr ein Teil seines Lebens.

Eine der Gewohnheiten, auf die Prokne manchmal gern verzichtet hätte, doch nicht verzichten konnte, war die regelmäßige Enthaarung ihres Körpers. Sich einölen und danach abschaben zu lassen hatte an sich nichts Unangenehmes, vorausgesetzt, die betreffende Sklavin verstand ihr Geschäft, doch das Herauszupfen noch der widerspenstigsten Haarwurzel gehörte zu den weniger erfreulichen Aspekten der Körperpflege.

Nicht, daß sie je darauf verzichtet hätte. Sich auch nur in den kleinsten Dingen gehenzulassen wäre der Beginn der Kapitulation vor dem Alter. Prokne trank selbst bei der ausgelassensten Gesellschaft, die sie gab, nie mehr als zwei Becher und achtete darauf, daß diese zu fünf Siebteln aus Wasser bestanden. Sie zählte jeden Bissen, der in ihren Mund gelangte, und setzte ihre Haut nie lange der Sonne aus. Das Ergebnis ließ sich sehen. Sie war nicht mehr jung, doch niemand hätte angesichts der vollkommenen Figur und der zarten, blassen Haut ihr wahres Alter erraten. Ihre Augen blickten klar und ohne Schwellungen und Tränensäcke in die Welt, und daß sie mit etwas Farbe graue Strähnen im Haar verdeckte, wurde von niemandem vermutet. Nur der Hals machte ihr Kummer; wie es schien, konnten alle Salben der Welt nicht verhindern, daß er allmählich die faltigen Spuren der Jahre zeigte. Noch konnte sie das durch einen Schal oder ein prachtvolles Band verbergen, doch sie spürte, wie die Zeit ihr aus den Händen rann.

Nun, um eine Hetäre zu sein, brauchte es mehr als nur einen schönen Körper, sonst stünde ein Dutzend der jungen, dummen Gänse an ihrer Stelle, als Eigentümerin eines Hauses, eines Weinbergs und noch anderer wertvoller Dinge. Ihr derzeitiger Gönner hätte sich leicht zehn blutjunge und bildschöne Sklavinnen leisten können, für die Geschenke, die er machte, um ihre Gesellschaft zu genießen. Sie brachte ihn zum Lachen, sie hörte sich seine Sorgen an, und er ging nie, ohne sie zu fragen, wann er wiederkommen dürfe. Es bestand eigentlich kein Grund, sich Sorgen zu machen.

Allerdings hatte er nicht so heftig protestiert wie andere Männer früher, als sie bei seinem letzten Besuch von ihrem Vorrecht als Hetäre Gebrauch machte und ihm bedeutete, sie sei an diesem Abend nicht in der Stimmung, das Lager mit ihm zu teilen. Dergleichen mußte man manchmal tun, um die Männer daran zu erinnern, daß eine Hetäre keine Sklavin und keine Hure war und ihre Gunst nie selbstverständlich, Geschenke hin oder her. Es kam nur darauf an, wie man es sagte, und Prokne hielt sich für eine Meisterin in der schwierigen Kunst des Ablehnens, ohne Kränkungen zu hinterlassen. Nur diesmal schien es ihr, als habe sich ihr Gast ein wenig zu schnell mit ihrem Nein abgefunden.

Es lag ihr im Magen, es drückte ihr in den Schläfen, wenngleich sie sorgsam darauf achtete, nicht die Stirn zu runzeln. Wahrscheinlich täuschte sie sich, wahrscheinlich nahm sie etwas für wichtiger und bedeutungsvoller, als es war. Dennoch beschloß sie, den Mann bei seinem nächsten Besuch besonders zuvorkommend zu behandeln.

Als die langwierige Prozedur aus Schaben und Zupfen endlich vorüber war und sie sich mit kaltem Wasser hatte übergießen lassen, hüllte sie sich in eines ihrer liebsten Gewänder aus Kreta. Es munterte sie immer auf, kretische Kleider zu tragen, weil es bewies, daß sich ihr Körper seit ihrer Mädchenzeit kaum verändert hatte. Dann ließ sie den Koch rufen, um mit ihm die Einzelheiten des nächsten Mahles zu besprechen. Nur weil sie selbst wenig mehr aß als ein Vogel, bedeutete das nicht, daß sie ihren Gästen nicht eine reiche Auswahl an Speisen und Weinen bieten mußte. Aphrodite und Demeter wirkten gemeinsam, um den Leib zu erfreuen, das wußte jedes Kind.

Als sie mit ihren Anweisungen fertig war, kündigte ihre Lieblingsdienerin einen Boten an, der sich als ein ihr unbekannter Junge entpuppte. Seiner ungelenken Verbeugung und der Art nach, wie er sich großäugig in ihrem Gemach umschaute, zu urteilen, konnte er noch nicht lange in jemandes Diensten stehen.

»Die Herrin Ilian«, begann er, »entbietet der Herrin Prokne

ihren Gruß und die Hoffnung, sie wohlauf zu finden. Die Herrin Ilian ist von ihrer Reise zurückgekehrt und läßt fragen, wann es der Herrin Prokne genehm sei, sie und ihre Begleiter zu empfangen.«

Damit war ihr klar, warum der Junge eine so verlegene Miene zog. Er mußte ein Novize des Apollon-Tempels sein. Wieder von Ilian zu hören hinterließ den gewohnten freudigen Stachel. Es war immer wieder erstaunlich, festzustellen, was das nasse Bündel Elend, das ihr Arion einst ins Haus geschleppt hatte, aus sich machte. Erst verschwand sie für ein paar Jahre, nach Ägypten, wie sich später herausstellte, dann tauchte sie in unregelmäßigen Abständen wieder in Korinth auf, diesmal als geehrter Gast des Gottes Apollon, machte Arion und seine Freunde mit Aufträgen eines ägyptischen Fürsten glücklich und besuchte Prokne, als seien sie – ja was? Freundinnen?

Natürlich freute es sie, daß die Kleine etwas aus sich gemacht hatte. Es war von Anfang an zu erkennen gewesen, daß Ilian den nötigen Geist und Willen besaß, und nachdem sie sich erst einmal von ihrer Krankheit erholt hatte, auch den dazugehörigen Körper, stand es doch nun einmal für sie fest, daß es für eine häßliche oder unscheinbare Frau in dieser Welt nur einen Platz als Dienerin gab. Nur störte es Prokne, daß sie das, was aus Ilian geworden war, nicht einordnen konnte. Ilian bewegte sich zwischen so unterschiedlichen Welten wie den Tempeln, dem Handel und dem Hof dieses ägyptischen Fürsten hin und her. Früher war Prokne das Dasein einer Hetäre als das Beste erschienen, was einer Frau möglich war. Eine Hetäre war nicht eingesperrt wie eine Ehefrau oder Fleischware wie eine Hure. Mehr Freiheit als eine Hetäre konnte eine Frau gar nicht besitzen. So hatte Prokne gedacht, bis die verschwundene Ilian wieder und wieder nach Korinth hinein- und herausflatterte wie ein Zugvogel und bei aller Zurückhaltung von Dingen erzählte, die sie, Prokne, nie sehen würde. Nicht, daß sie sich ihr Leben anders wünschte. Sie war zufrieden mit ihrem Dasein. Außer, wenn Ilian sie besuchte.

Andererseits brachte Prokne es auch nie fertig, einen Besuch abzulehnen. Sie verglich es mit den gezuckerten Feigen, die sie sich alle paar Monate einmal gestattete. In solchen Maßen genossen, schadeten sie nicht, aber sie wußte, daß es eine unnütze Gewohnheit war, die nur die Sehnsucht nach mehr hinterließ; trotzdem war sie nicht bereit, diese Gewohnheit fallenzulassen.

Also ließ sie durch den Boten ausrichten, Ilian möge sie am nächsten Nachmittag besuchen, da sie am heutigen Abend Gäste empfing. Erst später fiel ihr wieder ein, daß der Novize von Begleitern in der Mehrzahl gesprochen hatte, und sie ärgerte sich, nicht danach gefragt zu haben. Also würde Ilian nicht nur ihren hageren Barden mitbringen. Wen gab es sonst noch? Arion befand sich zur Zeit noch auf See, soweit sie wußte, und sie war bereit, zu wetten, daß niemand von der Priesterschaft des Apollon ihr Haus betreten würde; es grenzte schon an ein Wunder, daß es dem Novizen erlaubt worden war. Mutmaßlich hatte Ilian gar nicht erst gefragt, als sie ihn schickte.

Am nächsten Tag bereitete sie sich vor wie sonst nur auf den Besuch eines ganz besonderen Gönners. Sie wußte, wie Ilian nach einer Seereise aussah, und konnte nicht widerstehen, ihren eigenen Glanz dagegenzusetzen. Ihre Dienerin brauchte mehr als zwei Stunden, bis sie Proknes Haar zu der komplizierten Pracht, durchflochten mit Golddraht und purpurroten Bändern, aufgetürmt hatte, die Prokne vorschwebte. Sie befestigte die kleinen, mit Duftwässern gefüllten Wachsfläschchen an Handgelenken und Ohren, wo sie wie Schmuck aussahen, eine Sitte, die sie selbst in dieser Stadt eingeführt hatte. Ihr Gewand bestand aus der Art von zarten Schleiern, die man kaum wieder glätten konnte, weswegen sie es selten trug, und schon gar nicht an Abenden, an denen sie Gästen mehr als ihren geistvollen Witz bieten wollte.

Als Ilian mit dem Jungen an ihrer Seite in Proknes Blickfeld kam, gab es ihr einen Stich. Nicht, daß sie sich in bezug auf Ilian getäuscht hätte – Ilian war wie üblich nach einer Reise von der

Sonne und der Seeluft braungebrannt wie eine Bäuerin, obwohl sie diesmal immerhin ihr Haar vor dem Verfilzen gerettet hatte, und der Chiton, den sie trug, stand ihr zwar, war jedoch nicht durch die kleinste Stickerei verziert. Nein, es lag an dem Kind. Es mußte Ilians Sohn sein, den Prokne zuerst für tot gehalten hatte, damals, als sie Ilian mit den Hautmalen einer noch nicht allzulang zurückliegenden Geburt gesehen hatte. Das konnte doch unmöglich schon so lange zurückliegen, um Ilian das Recht auf diesen großen Jungen zu geben, und dabei sah sie selbst noch immer wie ein Mädchen aus, mit ihrem zum Zopf geflochtenen Haar, aus dem sich ein paar widerspenstige Locken gelöst hatten.

Sie ließ sich ihre Gedanken nicht anmerken. Statt dessen zauberte sie ein Lächeln auf ihre Lippen, erhob sich von ihrer Liege, öffnete die Arme und hieß Ilian willkommen. In gewisser Hinsicht befriedigte es sie sogar, daß Ilian einen ihrer früheren Ratschläge befolgt und selbst Duftwässer benutzt hatte. Sie roch Veilchen, als sie ihre Wange gegen Ilians drückte, und empfand es als passend.

»Prokne«, sagte Ilian, nachdem sie sich von ihr gelöst hatte, »dies ist mein Sohn Remus.«

Der Junge trat vor und wirkte noch verlegener als der Tempelnovize. Er besaß eine gewisse Ähnlichkeit mit Ilian, doch nun, da Prokne ihn näher in Augenschein nahm, fielen ihr die Unterschiede stärker auf, angefangen bei den Augen, die trotz der Verlegenheit eine Unschuld und Offenheit hatten, die sie bei Ilian nie wahrgenommen hatte. Stirn und Wangenknochen waren breiter angelegt, desgleichen das Kinn, so daß das Gesicht weniger herzförmig, wie bei Ilian, als oval mit einer gewissen Neigung zum Runden wirkte. Die Größe des Jungen war erstaunlich; schließlich konnte er nicht älter als – rasch rechnete sie nach – zehn Jahre höchstens sein. Wenn er in dieser Geschwindigkeit weiterwuchs, würde er ein eindrucksvoller Mann werden.

»Sei gegrüßt«, sagte er mit einem viel grausameren Akzent,

als ihn Ilian und ihr Barde bei ihrem ersten Besuch gehabt hatten, aber Prokne war zu selbstbeherrscht, um darüber zusammenzuzucken.

»Sei gegrüßt, Remus«, erwiderte sie freundlich. Ilian räusperte sich, und Prokne fiel ein, daß der Barde vermutlich ebenfalls irgendwo herumstand. Sie erspähte ihn an der Schwelle ihres Gemachs und schenkte ihm ein herablassendes Nicken. Es entzog sich ihrem Verständnis, warum Ilian immer noch mit ihm umherzog. Gewiß, er spielte gut und hatte eine schöne Stimme, doch dergleichen fand man überall. Sie konnte sich nicht vorstellen, daß er als Leibwächter etwas bewirkte, und was das Aussehen betraf, so befand sich der Unglückselige in dem Niemandsland der Unscheinbaren, nun, da der Schmelz der Knabenhaftigkeit dahin war, wenn man im Fall von Ulsna denn überhaupt von Knabenhaftigkeit sprechen konnte.

Nach ein paar weiteren Worten stellte sich heraus, daß der Junge das Griechisch, das er beherrschte, offenbar erst auf der Überfahrt gelernt hatte und daher nur über einen sehr begrenzten Wortschatz verfügte.

»Ich habe Remus von deinen Katzen erzählt«, sagte Ilian, »und er würde sie gern sehen, denn er kennt Katzen noch nicht. Darf Ulsna sich mit ihm auf die Suche nach ihnen machen? Schließlich weiß Ulsna hier Bescheid.«

Prokne gab ihre Einwilligung und fragte sich, ob das mit den Katzen ein Hinweis darauf sein sollte, daß sie Ilian diese Tiere verdankte. Früher war es schlichtweg verboten gewesen, Katzen aus Ägypten zu entfernen; seitdem die Nubier ins Land gekommen waren, war das Verbot aufgehoben worden, doch es fand sich immer noch kaum ein Ägypter, der bereit war, einem Fremden eine Katze mitzugeben. Daß Ilian ihr von ihrer letzten Reise zwei Katzenjunge mitgebracht hatte, bewirkte, daß Prokne in Korinth noch mehr beneidet wurde, als es ohnehin schon der Fall war. Überdies entdeckte sie aufrichtige Zuneigung zu den Tieren, als sie herausfand, daß sie nicht nur niedlich aussahen, sondern sich auch nützlich machten und Mäuse

vertilgten. Bisher hatte sie wie jeder andere Schlangen zu diesem Zweck halten müssen. Seltene ägyptische Tiere, die hübsch
aussahen, schnurrten und viel innere Ruhe ausstrahlten, waren
dem erheblich vorzuziehen.

»Du willst die Katzen nicht wieder mitnehmen, oder?« fragte
sie argwöhnisch, als Ulsna mit dem Jungen verschwunden war.

»Aber nein. Remus ist vernarrt in alle Arten von Tieren, und
ich wollte mit dir über ihn sprechen.«

»Meine Liebe, ich bin wohl kaum die geeignete Quelle in
Kinderfragen«, erwiderte Prokne und spürte einen Hauch des
Bedauerns. Sie hatte sich Kinder nie leisten können und würde
ihr Leben gewiß nicht mit dem einer ständig schwangeren Ehefrau eintauschen wollen, doch manchmal, wenn die Tage ihr
lang wurden, hing sie den Gedanken an gewisse Unmöglich-
keiten nach.

»Ich werde vorerst nicht nach Ägypten gehen können«, fuhr
Ilian unbeirrt fort, als habe sie den Einwand nicht zur Kenntnis genommen, »und er braucht andere Lehrer als nur mich
oder Ulsna und die Gesellschaft anderer Kinder. Soweit ich
weiß, hat Arion inzwischen vier oder fünf. Gibt es einen Weg,
meinen Sohn mit ihnen erziehen zu lassen, ohne seine Frau und
ihre Familie auf das fürchterlichste zu beleidigen? Und wenn
nicht, hat einer deiner Freunde Söhne in Remus' Alter?«

Prokne lachte. »An deiner Stelle würde ich mir um Arions
Frau keine Sorgen machen. Sie glaubt ohnehin, daß du mit ihm
schläfst, aber seit das Orakel von Delphi seine schützende
Hand über dich hält, würde es niemand wagen, dergleichen
laut auszusprechen. Und da du dafür gesorgt hast, daß Arions
Handel ständig wächst und gedeiht, wird er ihr vermutlich sogar verbieten, von so etwas in ihrem eigenen Schlafgemach zu
reden.«

»Das würde nichts nützen, wenn sie dafür ihre Kinder an-
stiftet, meinem Sohn das Leben schwer zu machen. Im übrigen
hat Arions Handel gerade einen Abnehmer eingebüßt, wenngleich, wie ich hoffe, nicht für immer, und daher gehe ich nicht

davon aus, daß er meinetwegen Streit mit seiner Frau anfangen würde. Was, wenn ich ihr nun schwöre, keine unlauteren Beziehungen zu ihrem Mann zu haben?«

»Dann beleidigst du seine Männlichkeit, weil er nämlich all seinen Freunden gegenüber hat durchblicken lassen, daß du genau das tust. Außerdem würde sie dir vermutlich trotzdem nicht glauben. Denk daran, was ich dir über die Vorstellungskraft beigebracht habe. Niemand verzichtet darauf, sich das Tier mit den zwei Rücken auszumalen, wenn es dafür nur den geringsten Anlaß gibt.«

»Gut, wie steht es dann mit deinen Freunden?« beharrte Ilian, und Prokne warf ihr einen neugierigen Blick zu. Sie war sich nicht sicher, ob sie Ilian die Rolle der besorgten Mutter abnahm. Zu Ilian kam ihr viel in den Sinn, aber das Wort »mütterlich« gehörte nicht dazu. Einige ihrer früheren Gönner, zu denen sie immer noch freundschaftliche Beziehungen unterhielt, hatten in der Tat Kinder im passenden Alter, doch sie bezweifelte, ob sie begeistert von dem Ansinnen wären, einen kleinen Barbaren zusammen mit ihnen erziehen zu lassen, und sie konnte nicht umhin, dieser Meinung Ausdruck zu verleihen.

»Mein Sohn«, sagte Ilian kühl, »trägt das Blut von Königen und Göttern in sich. Er ist mehr als gut genug für die Sprößlinge griechischer Krämer.«

Aus Ilian die Arroganz herauszukitzeln, die in der jungen Frau schlummerte, hatte immer etwas Anregendes. Prokne fühlte sich mehr belustigt als beleidigt, und sie lehnte sich noch etwas vor, um Ilian, die auf der Liege ihr gegenüber Platz genommen hatte, genauer in Augenschein zu nehmen.

»Sind wir etwa wieder bei der Geschichte von der Königstochter und dem Kriegsgott angelangt?« hänselte sie. »Wirklich, Ilian, ich weiß nicht, wie du das Orakel von Delphi dazu bekommen hast, sie für dich zu bestätigen, aber mir brauchst du das doch nicht zu erzählen. Ich habe dich zu menschlich erlebt, um dich für eine Göttin zu halten.«

»Ich habe nie behauptet, eine Göttin zu sein. Aber ich bin die

Tochter eines Königs, und die Götter sprechen zu mir«, entgegnete Ilian, ohne eine Miene zu verziehen. »Sie geben mir Macht, und sie lassen mich Dinge erkennen. Ich sehe dich altern, Prokne, weißt du das? Ich sehe dich besser, als dein Spiegel dich sieht, denn ich sehe dich in Vergangenheit, Gegenwart und Zukunft zugleich. Aber deine Sehkraft ist nicht mehr ganz so wie früher, nicht wahr? Ist dir klar, daß du gerade vorhin etwas die Augen zusammengekniffen hast, um mich besser betrachten zu können?«

Sie erhob sich mit der gleitenden, fließenden Bewegung, die Prokne sie gelehrt hatte, und noch ehe Prokne empört Atem geholt hatte, kniete Ilian neben ihr.

»So ist es besser«, sagte sie leise. »So brauchst du deine Haut nicht in Falten zu legen, die bleiben könnten, nur weil deine Augen nicht mehr so klar sehen wie früher, Prokne. Aber meine tun es.« Sie legte einen Finger auf Proknes Kehle und fuhr mit ihm über den Hals bis zum Schulterblatt. »Nicht mehr ganz so glatt wie früher«, murmelte sie. »Und was kommt als nächstes, Prokne? Wirst du deinen Busen hochgürten müssen oder mit noch mehr Ketten bedecken, damit niemand erkennt, wie er erschlafft? Und wenn gar nichts mehr hilft, was dann?«

Proknes Rechte fuhr hoch und packte Ilians Handgelenk. »Du kleines, undankbares Miststück«, zischte sie. »Du wirst mir nicht erzählen, daß du ein Mittel gegen das Altern weißt, weil ich dir das ganz bestimmt nicht glauben werde.«

Ohne sich zu rühren, gab Ilian zurück: »Nicht gegen das Altern. Aber wenn du mir den Gefallen tust, um den ich dich bitte, dann wirst du es nicht fürchten müssen. Du wirst nie in Gefahr sein, allein und verlassen zu sterben, selbst wenn sich die Korinther gegen dich wenden und versuchen, dir deine Habe zu nehmen, sobald du deine Gönner nicht mehr bezaubern kannst.« Ihr langer Zopf fiel ihr über die Schulter und streifte dabei Proknes Wange, als sie sich noch etwas vorbeugte und schloß: »Tu, was ich dir sage, und du wirst deine Tage in einem Palast beschließen, wenn du das willst.«

In all ihren Jahren als Hetäre war Prokne sich stets bewußt gewesen, daß eines der wichtigsten Dinge, die man in ihrem Stand brauchte, Willensstärke war; eine Willensstärke, die diejenige aller »Freunde« übertreffen mußte. Das war nicht immer leicht gewesen; obwohl es in Korinth keine Könige mehr gab, waren ihr oft genug Männer begegnet, die sich für Herrscher hielten. Doch obwohl sie gut genug darin war, ihnen vorzugaukeln, sie seien die Stärkeren, hatte es nie einen gegeben, dem sie sich insgeheim nicht zumindest ebenbürtig gefühlt hatte. Nie war es ihr geschehen, daß sie sich in Wahrheit einem stärkeren Willen gebeugt hatte, nie bis zu diesem Moment, als sie einer Frau in die dunklen Augen starrte, die einmal im wahrsten Sinne des Wortes vor ihr zusammengebrochen war.

Sie brachte kein Wort heraus, als sie endlich nickte und Niederlage wie Gewißheit gleichzeitig auf den Lippen schmeckte.

Romulus befand sich mit den Schweinen am Waldrand und beobachtete sie dabei, wie sie nach Trüffeln gruben, als eines der jüngeren Dorfkinder zu ihm lief und atemlos hervorstieß, Krieger des Tusci-Königs Amulius aus Alba hätten gerade seinen Vater geholt.

»Pompilius sagt, du sollst bleiben, wo du bist, bis sicher ist, daß keiner von den Kriegern zurückkommt«, endete der Kleine.

Sein erster Gedanke hätte sein sollen, seinem Vater zu Hilfe zu eilen, doch zu seiner Schande mußte er sich eingestehen, daß sich etwas anderes in ihm formte, aus dem düsteren, giftigen Gemisch heraus, das in ihm brodelte, seit *sie* mit seinem Bruder und ihrem Barden verschwunden war.

Sie hat recht gehabt. Er hat sich noch nicht einmal selbst verteidigen können. Er hätte auch sie nicht verteidigen können, oder mich und Remus.

Es milderte keineswegs seinen Haß gegen sie. Schließlich hatte sie ihm von Anfang an klargemacht, daß der Schlüssel dazu, sie wirkungsvoll zu hassen, darin lag, sie zu verstehen, und er verstand sie mit jedem Tag ein wenig besser. Remus mitzunehmen, das war ebenfalls eine Lehre gewesen. Der Vater hatte Remus gehen lassen, obwohl Remus ihm immer der liebere von ihnen beiden gewesen war. Der Vater konnte nicht kämpfen um das, was er wollte. Er war schwach. Nicht aus Furcht um sein eigenes Leben; Romulus hatte den Vater einmal die alte Mutter des Aulus aus ihrer brennenden Hütte retten sehen. Nein, der Vater war schwach, weil er *sie* liebte und ihr dadurch die Macht verliehen hatte, ihn zu zerstören. Weil er Remus liebte, und vielleicht auch ihn ein wenig, und nicht wollte, daß sie noch mehr Verletzendes von ihr hörten.

Liebe macht schwach. Haß macht stark.

Er selbst war auch noch schwach. Während er die Schweine noch tiefer in den Wald hineintrieb, stellte er sich den Vater in Gefangenschaft vor, und es tat weh. Da half es nichts, sich zu sagen, daß Faustulus gar nicht sein richtiger Vater war; er dachte sich ihn vor dem unbekannten Tusci-König, stellte sich einige der Dinge vor, die *sie* und der Barde über die Gebräuche der Assyrer erzählt hatten, und schauderte. Er träumte davon, nach Alba zu reiten, um den Vater zu befreien, doch er hatte kein Pferd mehr, und im übrigen war ihm die eigene Unzulänglichkeit als Kämpfer nur allzu bewußt.

Wenn ich erst ein Mann bin, dachte er, dann wird alles anders sein. Dann wird mir niemand jemals wieder etwas wegnehmen können, das mir gehört.

Er wartete bis tief in die Nacht, ehe er die Schweine zurücktrieb, obwohl noch zweimal jemand vom Dorf auftauchte, um ihm zu sagen, es seien keine Tusci mehr da. Nachdem die Schweine wieder in ihrem Koben und die Kühe und Hühner versorgt waren, ging er zu Pompilius, um dort zu schlafen; seine Phantasie gaukelte ihm einen nächtlichen Überfall durch die Krieger des Amulius vor, nachdem der Vater ihnen alles über Larentias – Ilians – verbliebenen Sohn erzählt hatte. Er nahm nur die Schriftrollen mit, die *ihre* Hinterlassenschaft darstellten. Eine hatte er am Tag ihres Verschwindens verbrannt, um wenigstens etwas von ihr zu vernichten. Die anderen las er wieder und wieder. Das war es, was sie in ihrer Zeit bei ihnen, als sie die Mutter und Gattin spielte, geschrieben hatte: ein Durcheinander aus Beobachtungen über Sternenkonstellationen und Vogelflüge, aus Bruchstücken von Geschichten und Erfahrungen fremder Völker und deren Auftrag und Vergänglichkeit, aus Rätseln, aus vielem, das er durch ihre Lehren als Bannsprüche und Flüche erkannte. Er verstand nur einiges davon, doch mit der Zeit würde er alles verstehen. Es war, das begriff er, ihr Abschiedsgeschenk an ihn, ein spöttischer Grundstein für das Gebäude seiner Rache an ihr, weil sie ihn für unfähig hielt, ihr jemals gleichzukommen. Sie täuschte sich. Er würde lernen, sie gut genug zu verstehen, um zu ergründen, was sie wirklich wollte, mehr als alles andere. Und wenn er es wußte, dann würde er es ihr zu Füßen legen, nur um es ihr im letzten Moment, wenn sie sich siegesgewiß bückte, um es aufzuheben, wieder wegzunehmen. Es wegzunehmen und sie ins Nichts zu stoßen, verachtet und allein, ganz und gar allein.

Er träumte von diesem Moment fast jede Nacht, seit sie fort war. Selbst in der Nacht, als ihn die Sorge um seinen verschwundenen Vater kaum schlafen ließ, träumte er in den kurzen Perioden des Dahindämmerns von seiner Mutter. Er träumte sich groß und stattlich, er träumte sie hilflos, er träumte sich immer wieder eine neue Todesart für sie und wachte immer wieder schweißgebadet auf, um unwillkürlich nach der schützenden Hand seines Zwillingsbruder zu greifen, der fort war.

Im Laufe des nächsten Tages machte er sich grimmig daran, noch ein paar Sachen mehr zu packen, und fragte Pompilius, was er ihm für die Tiere, den Stall und das Haus geben würde. Pompilius lachte ihn aus.

»Immer mit der Ruhe, Kleiner«, meinte er begütigend, als Romulus aufbrauste. »Die Krieger haben gesagt, der König wolle mit deinem Vater reden, mehr nicht. Im übrigen bist du wohl kaum berechtigt, euer Hab und Gut zu verhökern.«

Nein, dachte Romulus höhnisch, *weil du vermutlich vorhast,
es dir einfach zu nehmen, wenn der Vater nicht wiederkommt.
Wer könnte dich daran hindern?*

Eigentum, las er in der Schrift seiner Mutter. *Recht des Eigentums: bei den Latinern wie bei den Griechen nur Recht des
Mannes. Stirbt er, so verwaltet es der nächste männliche Ver-
wandte für seine Witwe, Schwester, Tochter. Sogar für seinen
Sohn, solange der Sohn noch als Kind gilt. Kein Rechtseinspruch möglich. Dagegen bei den Ägyptern: Die Frau kann Eigentum in eigenem Namen besitzen. Sie kann vor Gericht gehen. Bei Tod des Mannes entfällt auf sie ein Drittel, auf die
Kinder zwei Drittel des Eigentums, es sei denn, ihr Mann hat
sie adoptiert und sie gilt somit rechtlich als Ehefrau und Tochter zugleich. Eigentum bei den Rasna: Kinder erben Grund und
Recht. Klage vor dem König ist möglich. Keine Scheidung wie
bei den Ägyptern.*

Die Ägypter hatten Königinnen in ihrer Geschichte.

Der letzte Satz stand in keinem Zusammenhang mit dem
Rest der Notiz, und es gab auch sonst manche Begriffe, die ihm
fremd waren – Scheidung, Rechtseinspruch, verwaltet –, aber
soviel schien aus all dem hervorzugehen: Es gab ohne den Vater
niemanden, der dafür sorgte, daß sich nicht Pompilius oder ein
anderer ihr Hab und Gut einfach nehmen konnte, niemanden,
der dagegen einschreiten würde. Sein »nächster männlicher
Verwandter« war vermutlich der Onkel seiner Mutter, der den
Vater gefangengenommen hatte, oder Larentias Vater, der, wie
man hörte, als geduldeter Gast halb taub und schwach in Tarchna saß. Ein Gedanke traf ihn wie einer ihrer Blitze und ließ
ihn nicht mehr los: Wenn sie die Wahrheit gesagt hatte, dann
war sein nächster männlicher Verwandter der Kriegsgott selbst.

Romulus hatte es bisher nach Möglichkeit vermieden, über
diesen Punkt nachzugrübeln. Er hatte immer nur Faustulus'
Sohn sein wollen. Doch er mußte zugeben, er hatte es immer in
sich gespürt, das andere. Was, wenn die übrigen Kinder ihn
nicht deshalb so herablassend behandelt hatten, weil er nicht

so stark oder tapfer war wie sein Bruder, sondern weil sie zu dumm waren, um einen Halbgott zu verstehen?

Es war eine verlockende Vorstellung, und sie ging ihm auf Schritt und Tritt nach, während er seine alltäglichen Aufgaben erledigte und die Tiere versorgte. Erneut trieb er, diesmal mit einem sorgfältig gepackten Bündel versehen, die Schweine in den Wald hinein. Er richtete sich einen Platz unter einer Linde ein und zog die Schriftrollen seiner Mutter hervor, um sie auf Beschwörungen von Göttern hin zu durchforschen. Sie hatte ihn alltägliche Gebete gelehrt, doch er fand, um den Kriegsgott selbst zu beschwören, bedurfte es etwas Stärkeren.

Schließlich fand er, was er suchte. Es dauerte eine Weile, bis er genügend trockene Zweige und Laub zusammengetragen hatte, und noch beträchtlich länger, um ein Opfertier zu fangen; am Ende traf es eine fette Drossel, die er mit seiner Steinschleuder erlegte.

Es war eigenartig, einem Tier die Kehle aufzuschneiden, ohne es als Mahl schlachten zu wollen, selbst wenn es nach dem Steinschlag an seinem Kopf vermutlich schon tot war. Das Blut spritzte ihm auf die Finger, und er zuckte unwillkürlich zusammen. Dann brauchte er eine Ewigkeit, um mit zwei Holzstäbchen das Feuer in Gang zu bringen, obwohl er das viele Male schon getan hatte; vermutlich lag es daran, daß seine Finger von dem Blut des Vogels so glitschig waren. Einmal quetschte er sich und steckte unwillkürlich den verletzten Finger in den Mund. Es schmeckte widerlich.

Als das Feuer endlich brannte, schöpfte er tief Atem und begann, stockend und doch von einer verzweifelten Hoffnung beseelt: »Laran, du gehörst zu den zwölf, die herrschen. Ich bin einer, der fleht. Höre mich, denn ich komme in Glauben. Höre mich, denn ich komme in Demut. Höre mich, denn ich komme in Zorn. Laß nicht zu, daß meine Feinde die Meinen vernichten. Vernichte meine Feinde.«

Er hielt inne, denn ihm wurde bewußt, daß Laran der Tusci-Name des Kriegsgottes war und bei einer Beschwörung, die sich gegen die Tusci richtete, vielleicht mehr schadete als nützte. Doch die Latiner hatten keinen Kriegsgott. Es gab allerdings den Feldgott, der neben Pflügen auch die Waffen der Verteidiger des Dorfes segnete, und so beschloß Romulus, seinen Namen zu wählen, um den Gott des Krieges anzusprechen.

»Mars«, rief er, »Mars, mein Vater, erhöre mich!«

Das Wort Vater hallte in seinem Herzen wider, und wie ein Echo begleitete es das Wort Verräter. Remus würde so etwas nie tun. Für ihn würde Faustulus immer der Vater sein, und nie würde er einem anderen diese Anrede schenken. Kein Wunder, daß Remus der Lieblingssohn war. Remus war treu, Remus war stark, er ließ sich nicht von fremder Magie einfangen, er wäre jetzt schon längst in Alba und würde sich als Geisel anbieten, statt sich wie ein Feigling im Wald zu verkriechen und Beschwörungen nachzusagen, die ihm eine böse Hexe hinterlassen hatte.

»Romulus!« rief jemand, und der in seiner Selbstanklage gefangene Junge brauchte eine Weile, bis er die Stimme erkannte. Dann drehte er sich um, vor Freude und Verzweiflung gleichermaßen sprachlos. Später sagte er sich, daß sich das Entscheidende, die Freilassung, lange vor seiner Beschwörung ereignet haben mußte, doch in diesem Moment geschah für ihn ein Wunder. Es war die Stimme von Faustulus, die ihn rief. Der Kriegsgott hatte sein Gebet erhört und ihm Faustulus zurückgegeben, weil *sie* die Wahrheit gesagt hatte, weil Romulus sein Sohn war, weil Romulus sich als sein Sohn bekannt hatte.

»Vater«, rief er zurück, und von der Lüge in diesem Wort zu wissen, brach ihm, als er Faustulus erschöpft und staubig auf sich zukommen sah, mit den zwei kurzen Silben das Herz.

Du brauchst dir keine Sorgen zu machen«, sagte Faustulus, als sie gemeinsam Käse und Brot auf dem staubigen Tisch ihres Heimes vertilgten, »so etwas wird nicht wieder geschehen. Ich habe dem König geschworen, mein Weib sei fort, verschwunden, gemeinsam mit meinem Sohn. Und die anderen im Dorf haben den Kriegern auch nichts anderes erzählt. Er weiß nicht, daß es zwei Kinder gibt – woher auch? Er hat eine Weile darüber geschimpft, daß ich sie gehen ließ, weil ich ihm versprochen hatte, auf sie aufzupassen, aber dann hat er sich beruhigt und mich fortgeschickt.«

»Es wird nicht wieder geschehen«, erklärte Romulus entschlossen, »weil wir von hier weggehen, bevor er sich die Sache wieder anders überlegt.«

»Hier weggehen? Von meinem Land? Bist du von allen guten Geistern verlassen, Junge? Das ist unsere Heimat. Wir verlassen sie nicht.«

Diese Worte erinnerten ihn an das, was Faustulus an jenem Tag zu *ihr* gesagt hatte, und sie erweckten auch die Worte, die sie ihm an den Kopf geschleudert hatte, wieder zum Leben. *Gefängnis.* Es sei ein Gefängnis hier, hatte sie behauptet. Zum ersten Mal begann er zu verstehen, was sie jenseits der Absicht, ihn zu verletzen, gemeint haben könnte. Wenn Faustulus dem König versprochen hatte, sie bei sich zu behalten, war er dann ihr Mann oder ihr Wärter gewesen? Unwillig schüttelte Romulus den Kopf. Jetzt war nicht die Zeit dazu, über dergleichen nachzugrübeln.

»Vater«, begann er geduldig, »wenn der König dich hier gefunden hat, nach all den Jahren und obwohl Pompilius sagt, daß du überhaupt nicht aus diesem Dorf kommst, dann hat er dich wirklich gründlich suchen lassen, und jetzt, wo er weiß, wo du lebst, wird er dich im Auge behalten. Was ist, wenn er das nächste Mal Krieger schickt, und wir sind gerade zusammen? Wir müssen hier weg.«

»Red keinen Unsinn«, knurrte Faustulus, aber es klang mehr, als wolle er sich selbst überzeugen. Er legte das Stück Käse, in das er gerade gebissen hatte, nieder und starrte auf seine Hände. Schließlich seufzte er und sagte: »Verdammte Tusci. Die brächten es fertig. Arnth ist ein zäher alter Fuchs. Aber wohin sollten wir schon gehen? Meine Leute sind alle fort oder tot. Und wenn wir das Grenzland hinter uns lassen, um weit von den Tusci wegzukommen, und flußaufwärts gehen, geraten wir ins Sumpfgebiet. Ich war da früher einmal, als ich noch nicht viel älter war als du, und glaub mir, das Land will niemand geschenkt haben.«

Es war ein berauschendes Gefühl, festzustellen, daß Faustulus auf einmal mit ihm nicht mehr wie mit einem Kind sprach, daß Faustulus seine Meinung wissen wollte und ihn brauchte, doch irgendwie brachte es Romulus fertig, keinen Luftsprung zu machen. Er zögerte nur seine Antwort hinaus, um den Moment noch etwas länger zu genießen, dann platzte er heraus.

»Wir gehen auch nicht flußaufwärts. Wir gehen nach Tarchna.«

Die Furchen in dem Gesicht seines Vaters wurden noch tiefer. »Wir gehen nicht zu ihrem ... zu Numitor!« stieß er hervor.

»Nein«, sagte Romulus rasch beschwichtigend, »das meine ich auch nicht. Aber wenn der König dort Numitor aufgenommen hat, dann werden Krieger von Amulius in seiner Stadt doch nicht willkommen sein, oder? Zumindest werden sie in Tarchna nicht die Macht haben, einfach Leute abzuholen. Da werden wir sicher sein.«

Bis ich ein Mann bin, fügte er stillschweigend hinzu. *Dann werde ich mir meine eigene Sicherheit erschaffen, und die Tusci werden in Ehrfurcht versinken vor dem Sohn des Gottes Mars.*

Iolaos von Delphi an Ilian von Alba, Grüße. Mir ist zu Ohren gekommen, daß Dein Sohn mit den Söhnen des edlen Theophrastes erzogen wird, was mich freut; doch vergiß nicht, daß Ehrfurcht vor dem Gott das oberste Ziel seiner Erziehung sein sollte.

Im übrigen betrübt es mich, zu hören, daß Du noch immer mit einer Frau von üblem Ruf verkehrst und sogar Novizen dazu erniedrigst, ihr Botschaften zu überbringen. Das ist ein Verhalten, welches sich für die Erwählte von Göttern nicht ziemt.

Die Nachrichten aus Ägypten werden schlimmer. Nunmehr heißt es, Psammetichos sei am Leben und mit der assyrischen Armee im Rücken auf einem Feldzug, um seinen Vater zu rächen und die Nubier endgültig zu vertreiben. Verstehe mich nicht falsch, dies begrüße ich durchaus, zeigt sich Psammetichos doch geneigt, auch unseren Göttern sein Ohr zu schenken. Doch die Assyrer haben gedroht, als Strafe für diese erneute Rebellion Theben zu zerstören. Ich muß Dir nicht sagen, was das bedeuten würde. Das Orakel ist Dir dankbar für das, was Du bisher übermittelt hast, doch rät es Dir, jetzt wieder nach Ägypten zurückzukehren und jenem König klarzumachen, daß er die Zerstörung von Theben auf alle Fälle verhindern muß. Erweist sich dies als unmöglich, so rette so viele von den in den Tempeln von Karnak bewahrten Dokumenten wie irgend möglich.

Gesundheit und ein langes Leben. Iolaos.

*I*lian von Alba an Iolaos von Delphi, Grüße. Mein Sohn ehrt den Gott, wie alle Götter. Er wird ihn gewiß mehr als alle anderen ehren, wenn der Gott das Wunder bewirkt hat, ihm den Boden in seiner Heimat zu bereiten. Sei in diesem Zusammenhang bedankt für das Werk, welches die Diener des Gottes bereits verrichtet haben. Doch so wichtig die anderen Städte des Bundes sind, so kann ein König von Alba dennoch nicht gegen den Willen der Mehrheit seiner eigenen Stadt regieren, wie mein Vater hat feststellen müssen. Und die Bevölkerung von Alba zeigt sich noch mit Arnth zufrieden. Darf ich Dich in diesem Zusammenhang darauf aufmerksam machen, daß der Hauptteil des Seehandels von Alba über die Insel Korkyra läuft? Mein Vertrauen in die Macht des Gottes ist unbegrenzt und schließt Korkyra mit ein.

Was meinen Umgang betrifft, so ist er nicht herabsetzender

als der des edlen Theophrastes, den ich nur durch seine und
meine gemeinsame Bekannte dazu habe bewegen können, meinen Sohn zum Gefährten seiner Söhne zu machen. Auch solltest Du in Deiner Weisheit nicht vergessen, daß die Götter zu
allen Menschen sprechen.

Was die Nachrichten aus Ägypten betrifft, so scheinst Du davon auszugehen, daß Psammetich den neuen nubischen König
wird schlagen können, was wohl die Voraussetzung für jegliche
Art von weiteren Plänen sein dürfte. Es freut mich, daß Du solches Vertrauen in ihn hast. Auch ich habe Vertrauen in ihn,
doch da sich mir die Götter nicht in der gleichen Deutlichkeit
offenbaren wie dem hochgeschätzten Orakel, bleibt es mit
einer gewissen Unsicherheit vermengt. Es mag sein, daß wir
uns noch auf ein paar weitere Jahre nubischer Herrschaft in
Ägypten einrichten müssen.

Ist dem nicht so, und gelingt es Psammetich, den Nubier zu
besiegen und endgültig zu vertreiben, dann hoffe ich, daß er
stark genug ist, um seine assyrischen Verbündeten an der
Brandschatzung von Theben zu hindern. Dir und mir mag an
dem Wissen des Tempels liegen, aber für die Ägypter ist Theben als Ganzes heilig; noch nie in seiner Geschichte, die mehr
als zehn mal hundert Jahre zurückreicht, wurde die Stadt verwüstet, selbst von den Hyksos nicht. Es ist schlechthin undenkbar.

Gesundheit und ein langes Leben. Ilian.

Remus an Romulus, Grüße. Lieber Bruder. Mir geht es gut.
Wie geht es Dir und dem Vater? Ich habe noch nie eine Botschaft geschrieben, aber so kann ich Dir mehr erzählen, als
wenn ich dem Boten sage, was er Dir sagen soll. Du kannst dem
Boten Deine Antwort mitgeben.

Korinth ist eine riesige Stadt und hat gewiß zehn mal zehn
mal zehn mehr Häuser als unser Dorf und die alten Gehöfte zusammen. Ich wohne in einem Tempel, aber meistens bin ich mit
Arkas und Lichas zusammen und lerne, wie man ordentlich rei-

tet und mit Schwert und Speer umgeht. Ich lerne auch noch ein
paar andere Dinge. Im Griechischen bin ich inzwischen bestimmt so gut wie Du. Ich wünschte, Du warst hier. Ich vermisse Dich und den Vater. Wenn der Lucius wieder versucht,
Dich zu verprügeln, dann schlag ihn von links, da sieht er
schlechter.

   Remus.

Ilian an Romulus, Grüße. Wenn Du diese Botschaft nicht sofort zerreißt, dann weiß ich, daß Du Deinem Ziel etwas näher
gekommen bist. Was wirst Du mit ihr tun? Du könntest sie dem
König von Alba zeigen, als Beweis, und ihn so auf meine Spur
bringen. Ich bin sicher, er würde jemanden finden, um sich von
mir zu befreien, wenn er wüßte, wo ich mich aufhalte, selbst
wenn das Meer zwischen uns liegt.

   Du könntest sie einem seiner Rivalen vorlegen, als Beweis für
Deine Herkunft; nicht alle Städte sind Alba wohlgesonnen, und
Du gäbest einen guten Vorwand für einen Krieg ab. Es sollte
Dir jedoch klar sein, daß am Ende dann nicht Du derjenige sein
wirst, der regiert, selbst dann nicht, wenn Du kein Kind mehr
bist.

   Bist Du noch ein Kind? Manchmal träume ich von Dir, mein
Sohn. In meinen Träumen bin ich mir sicher.

   Mir begegnete einmal ein alter Mann, der behauptete, das
Geheimnis des Überlebens liege darin, den anderen diesen Triumph nicht zu gönnen. Ich werde daran denken, wenn der
Handel, in dem ich stecke, mir keine andere Wahl läßt, als ein
weiteres Mal mein Leben aufs Spiel zu setzen. Denk auch Du
daran.

   Gesundheit und ein langes Leben. Ilian.

Iolaos von Delphi an Ilian von Alba, Grüße. Dein Vertrauen
in die Macht des Gottes ehrt Dich. In Korkyra wird es dann be-
lohnt werden, wenn Du in seinem Auftrag nach Ägypten eilst,
ohne weitere Verzögerung. Solltest Du Dir Sorgen wegen Dei-

nes Sohnes machen, so sei versichert, daß sich die Diener des Gottes im Fall Deines Todes um ihn kümmern und auf seiner Bahn weiterlenken werden.

Undenkbar oder nicht, die Verbindung eines rachedurstigen jungen Hitzkopfs mit assyrischen Barbaren gefällt mir nicht. Geh nach Ägypten. Geh nach Theben.

Gesundheit und ein langes Leben. Iolaos.

In Arions Garten zu sitzen und den Sonnenuntergang zu betrachten war eine angenehme Art und Weise, die Zeit zu verbringen, dachte Ulsna versonnen. Er war schon öfter hier gewesen, als Barde, doch diesmal hatte man Ilian und ihn als Gäste eingeordnet. Wie es schien, hatte der Erfolg, daß ihrem Sohn gestattet wurde, mit den Söhnen eines Mitglieds der ersten Familien herumzulaufen, das fertiggebracht, was selbst dem Orakel von Delphi nicht gelungen war: eine Einladung an Ilian in Arions Haus. Bisher hatte Arion sie immer im Tempel oder bei Prokne aufgesucht, wenn er etwas von ihr wollte, oder sie war zum Hafen gekommen, oder Ulsna hatte als Bote gedient.

Kurz nach ihrer Ankunft hatten sie beide zum ersten Mal Arions Frau gesehen, die ihnen höflich Erfrischungen gebracht hatte und dann verschwunden war. Soweit Ulsna es aufgrund dieser kurzen Begegnung beurteilen konnte, handelte es sich um ein fülliges kleines Wesen mit energischem Kinn. Vielleicht rührte die Fülle aber auch von einer neuen Schwangerschaft her; Arion mußte seine Rückkehr von der See wohl auf die übliche Weise gefeiert haben. Nicht, daß Ulsna selbst noch Hoffnungen hinsichtlich Arions hegte; seine verwirrten jugendlichen Gefühle von einst waren zu einem wohlwollenden Bedauern verblaßt, obwohl die Jahre Arion bisher noch nicht geschadet hatten. Das warme, rötliche Licht der untergehenden Sonne ließ ihn wirken, als würde er gerade mit einem schwungvollen Pinsel auf Ton gemalt, so wie er da an der Säule lehnte und die auf einer Bank sitzende Ilian betrachtete.

»Sais zumindest ist wieder unter der Herrschaft von Psammetichos«, erklärte Arion, »was mich, wie ich zugeben muß, ausgesprochen erleichtert. Nicht, daß sich mit dem Nubier nicht auch handeln ließe, aber er hat gewiß keinen Grund, jemandem den Vorzug zu geben, der mit seinen Feinden im Geschäft war, und es gibt genügend andere.«

Die griechische Angewohnheit, Namen einer fremden Sprache in die eigene umzuformen, und sei es, daß man ihnen eine griechische Endung anhängte, hatte etwas Hochmütiges – oder Liebenswertes; Ulsna war sich nie sicher, was von beiden zutraf. Bei dem Namen des neuen nubischen Herrschers, Tanwetamani, hatten sie allerdings aufgegeben; es war nicht einfach für Ilian gewesen, ihn herauszufinden. Jetzt lächelte sie schwach und entgegnete:

»Ich bin sicher, du würdest ihn überzeugen können, wenn es darauf ankäme. Hast du mit Psammetich selbst gesprochen?«

»Wo denkst du hin. Der junge Regent beider Länder hatte Besseres zu tun, als Händler zu empfangen; er war voll und ganz damit beschäftigt, an der Spitze assyrischer Streitkräfte gen Süden vorzurücken. In Sais war nur sein Haushofmeister anzutreffen.« Arion nickte Ulsna zu. »Und ein paar Sänger, die immer noch Trauerlieder auf den verstorbenen Necho verfaßten. Wie es scheint, ist Psammetich jetzt Horus, der den Tod seines Vaters Osiris rächen wird, was auch immer das bedeutet.«

»Wurde dabei etwas über Theben gesagt? Meine Quellen behaupten steif und fest, Psammetich oder die Assyrer oder beide hätten geschworen, Theben wegen seiner Treue zu den Nubiern zu brandschatzen.«

»Mir kam etwas wie *endgültig von dem Makel des Verrats und den Fremden reinigen* zu Ohren, doch keine Einzelheiten. Schließlich bin ich selbst ein Fremder, der dieses Kauderwelsch kaum spricht.«

Trotz der Falte, die sich in ihre Stirn grub, klang Ilian belustigt, als sie sagte: »Du solltest wirklich besser darin werden, fremde Sprachen zu erlernen, Arion.«

Arion zuckte die Achseln. »Wozu? Meine Muttersprache ist die klangvollste der Welt und mittlerweile an allen Küsten geläufig. Im übrigen«, fuhr er, ernster werdend, hinzu, »weiß ich nicht, warum Theben so wichtig sein soll. Gewiß, es war die alte Hauptstadt, und die Nubier haben dort residiert, aber inzwischen läuft doch der gesamte Handel über die Deltastädte, gerade Sais. Was auch immer mit Theben geschieht, kann so wichtig nun doch nicht sein.«

»Theben ist das Herz Ägyptens und seine Erinnerung«, entgegnete Ilian und hob ihr Gesicht der sinkenden Sonne entgegen, während sie die Lider halb schloß und die Hände faltete. »Wird eines deiner Schiffe bald wieder nach Sais auslaufen, Arion?«

»Sicher. Es stehen immerhin noch ungelieferte Ladungen von mehreren Monaten an.«

»Ilian«, warf Ulsna beunruhigt ein, »ich dachte, du willst den Jungen noch nicht…«

»Nein, und er wird auch nichts davon sehen. Im übrigen hat er gerade erst Freunde hier gefunden. Er wird mich nicht begleiten.« Sie öffnete die Augen und wandte sich Arion zu. »Du«, sagte sie auf die sanftmütige Art, in der Ulsna immer einen Hauch von Spott entdeckte, welcher Ilians jeweiligem Gegenüber in der Regel verborgen blieb, »wärst meine erste Wahl gewesen, was einen väterlichen Freund für meinen Sohn angeht, doch ich wollte den Frieden deines Haushalts nicht stören, und man sagte mir, es könne mißverstanden werden.«

»In der Tat«, erwiderte Arion mit einer leichten Grimasse und einer Mischung aus Erleichterung und Bedauern, die schwand, als Ilian fortfuhr.

»Da ich nunmehr Gast in deinem Haus bin, besteht diese Gefahr wohl nicht mehr.«

»Wie meinst du das?« fragte Arion mißtrauisch, und Ulsna verbarg ein Lächeln, denn er begriff, worauf Ilian hinauswollte.

»Der edle Theophrastes erwies sich als sehr freundlich, und die Priester des Apollon desgleichen, aber es mag sein, daß es während meiner Abwesenheit zu Mißverständnissen anderer Art kommt. Man könnte glauben, mir sei etwas geschehen, und Remus nach Delphi bringen lassen. Ich glaube nicht, daß der edle Theophrastes die Herausgabe meines Sohnes in diesem Fall verweigern würde. Aber *du*«, setzte sie hinzu, erhob sich und ergriff Arions Hände, »kennst mich zu gut, um nicht auf mein Überleben zu vertrauen, alter Freund. Wenn ich Remus bei dir lasse, dann bin ich sicher, ihn bei meiner Rückkehr auch wieder hier vorzufinden.«

Aha, dachte Ulsna. *Das stand also in dem Brief. Iolaos muß so unklug gewesen sein anzudeuten, daß man Ilian nicht mehr unbedingt braucht, jetzt, wo der Junge da ist.* Er fragte sich, ob das ernst gemeint oder nur als Mittel gedacht war, um Ilian weiter in den Dienst des Orakels zu spannen. Wie auch immer, er bezweifelte, daß Arion diese Zusammenhänge erkannte. Arion war nicht dumm, doch er wußte von Ilians Beziehung zu dem Orakel von Delphi nur das Allernotwendigste. Jetzt wirkte er gleichermaßen geschmeichelt und unangenehm berührt, machte jedoch keine Anstalten, Ilian seine Hände zu entziehen.

»Nun, ich ...«

»Die Götter werden es dir vergelten«, sagte Ilian strahlend und gab ihm einen zarten Kuß auf die Wange. »Du brauchst ihn nicht mit deinen Kindern erziehen zu lassen; seinen Unterricht erhält er weiterhin mit den Söhnen des Theophrastes. Gewähre ihm nur ein Dach über dem Kopf, und achte auf seine Sicherheit, solange ich fort bin.«

Arion betrachtete sie noch einen Moment länger, dann brach er in schallendes Gelächter aus. »Bei Poseidon, ich kann mich immer noch nicht entscheiden, ob du ein Schützling der Götter oder einfach das gerissenste Luder bist, das mir je über den Weg gelaufen ist. Schon gut, ich werde auf den Bengel aufpassen. Aber verrate mir doch«, fügte er hinzu und bewies, daß er sowohl ein gutes Gedächtnis besaß als auch nachtragend sein konnte, »warum hast du ihn nicht bei deinem Gatten gelassen, hm? Dem einen Mann, dem du vertraust?«

Im Gegensatz zu einem ihrer Söhne war es Arion nicht gegeben, Ilians Selbstbeherrschung zu erschüttern. Sie verzog keine Miene, noch wich sie zurück. Mit dem gleichen Strahlen und nur eine Spur kühler antwortete sie: »Weil ich inzwischen gelernt habe, auch anderen Menschen zu vertrauen, Arion.«

Dann löste sie ihre Hände aus den seinen, ruhig genug, damit es nicht abrupt oder beleidigend wirkte, und ließ sich erneut auf der Bank nieder. Es war Arion, der mit einemmal verlegen dreinschaute.

Mach dir keine Sorgen, dachte Ulsna. *Dich hat sie nicht gemeint. Und solltest du dich je an die Stelle des armen Kerls gewünscht haben, sei froh, daß du es nicht geschafft hast.*

Um die plötzlich eingetretene Stille zu überbrücken, sagte er unbekümmert: »Ich habe zwar keines meiner Instrumente dabei, doch die Götter haben mir gerade jetzt ein Lied eingegeben. Um den Abschied und das Wiedersehen von alten Freunden zu feiern.«

»Eingebungen der Götter sollte man folgen«, meinte Ilian. »Und ihre Geschenke würdigen.«

Arion seufzte. »In der Tat. Sing dein Lied, Ulsna. Und füge einen Vers für Seeleute ein, die sich dem Schicksal ergeben haben.«

Remus fand sich inzwischen gut in Korinth zurecht. Arkas und Lichas hatten nach ein paar Raufereien und gegen ihn verlorenen Wettkämpfen aufgehört, sich über seinen Akzent und seinen beschränkten Wortschatz lustig zu machen, und mittlerweile unternahmen sie auch nach dem Unterricht noch vieles gemeinsam, ehe er in den Apollon-Tempel zurückkehrte. Insgeheim hoffte er, daß seine Mutter sich irgendwann ein Haus wie ihre Freundin Prokne besorgte; er mochte Tempel und Priester immer noch nicht besonders und verrichtete die Gebete, die, wie seine Mutter ihm erklärte, den Dank an ihre Gastgeber und deren Schutzgott darstellten, ziemlich lustlos.

Die Pferde, die es hier gab, waren wirklich herrlich, doch aus Treue zu seinem verlorenen Xanthos verzichtete er darauf, sich ein bestimmtes auszusuchen, wenn er mit den Söhnen des Theophrastes um die Wette ritt, sondern nahm immer ein anderes. Auch dies hatte zur Steigerung seines Ansehens unter den jungen Korinthern beigetragen: Es gab kein Tier, mit dem er sich nicht verstand. Arkas fragte ihn sogar geradeheraus, ob dies mit der Rasna-Zauberei zu tun habe, und Remus erklärte beleidigt: »Ganz bestimmt nicht! Ich bin überhaupt kein Rasna, ich bin ein Latiner.«

»Na, deine Mutter ist eine Rasna-Magierin«, gab Arkas zurück, »also bist du zumindest ein halber Rasna. Und was ist ein Latiner?«

Es war ernüchternd, inmitten von Leuten zu leben, die im Gegensatz zu den Rasna von seinem eigenen Volk noch nicht einmal gehört hatten. Arkas' Bemerkung ging Remus eine Weile nach. Gewiß, die Mutter war eine Rasna. Und wenn der Vater nicht der Vater war, dann gab es keinen Tropfen latinisches Blut in ihm. Doch es war schwer, sich als Rasna zu fühlen, wenn er noch nicht einmal die Sprache richtig sprach und bereits anfing, das, was er gelernt hatte, zugunsten des täglichen Griechischen zu vergessen, wenn Ulsna oder die Mutter sie nicht benutzten. Im übrigen wollte er gar kein Rasna sein. Rasna nahmen Tribut von armen, ehrlichen Latinern, und einige waren unheimliche Zauberer.

Die Griechen hatten auch merkwürdige Gewohnheiten, aber sie waren zumindest nicht unheimlich, und er mußte sich nicht schuldig oder verräterisch fühlen, weil er sie mochte. Im großen und ganzen war er gern hier. Deswegen stimmte es ihn ganz und gar nicht glücklich, als er eines Abends in die Unterkunft zurückkehrte, die man ihnen auf dem Tempelgebiet zur Verfügung stellte, und seine Mutter beim Packen fand.

»Hast du jetzt ein eigenes Haus?« fragte er hoffnungsvoll, als ihm einfiel, daß der Packvorgang auch eine günstige Bedeutung haben konnte.

Sie schüttelte den Kopf, und seine Stimmung verdüsterte sich. »Müssen wir hier weg?«

»Ja und nein«, erwiderte sie, klappte den Deckel der Truhe zu, aus der sie ein paar Dinge geholt hatte, setzte sich darauf und klopfte neben sich, um ihm zu bedeuten, er möge sich neben ihr niederlassen. »Du kannst hier in Korinth bleiben, aber ich muß für einige Zeit fort, nach Ägypten, um...«

»Nein!« platzte Remus heraus. »Du kannst nicht weg! Du kannst mich nicht wieder allein lassen!«

Angesichts der Tatsache, daß er noch vor einiger Zeit gewünscht hatte, sie wäre überhaupt nie erschienen, um sein Heim zu zerstören, waren seine Worte widersinnig, das wußte er. Aber die Aussicht, völlig allein in einem fremden Land zu bleiben, machte ihm mehr angst als jede Mutprobe, der er sich je gestellt hatte. Erst heute war er ohne Furcht auf das Dach von Theophrastes' Haus geklettert. Er verstand selbst nicht, warum das hier etwas anderes war.

Seine Mutter betrachtete ihn nachdenklich. »Ich hätte nicht geglaubt, daß du mich jetzt schon vermißt«, murmelte sie.

»Wen habe ich denn sonst noch?« fragte Remus, ehe er sich zurückhalten konnte.

Sie biß sich auf die Lippen. »Es ist nur für ein paar Monate. Und du hast doch Freunde hier gefunden, nicht wahr?«

»Ja, Freunde«, wiederholte er, und dachte, daß er früher eine Familie gehabt hatte.

»Wenn ich dich mitnähme«, meinte sie, »würdest du sie zurücklassen und schon wieder eine fremde Sprache lernen müssen. Und dann wären wir in ein paar Monaten doch wieder hier.«

»Warum kannst du denn nicht gleich hierbleiben?« beharrte Remus störrisch.

»Wenn ich es dir erkläre«, entgegnete seine Mutter sehr

ernst, »mußt du versprechen, niemandem etwas davon zu verraten. Niemandem, versteht du?«

Er wußte nicht, weswegen, doch das half ihm. Sie würde ihm etwas anvertrauen, etwas mit ihm teilen, das geheim war. Statt verlassen und wertlos fühlte er sich auf einmal wie ein wichtiger Mitverschwörer.

»Ich verspreche es!«

»Es gibt zwei Gründe. Zum einen besteht die Gefahr, daß in Ägypten ein Schatz vernichtet wird, ein Schatz von ungeheurem Wert. Ich muß versuchen, das zu verhindern, und wenn es mir nicht gelingt, zumindest einen Teil des Schatzes zu retten.«

»Wenn du es schaffst, gehört der Schatz dann uns?« fragte Remus mit leuchtenden Augen und überlegte sich, ob es sich nicht doch lohnte, für ein solches Ziel schon wieder eine neue Sprache zu lernen.

»Nein. Das ist der andere Grund.« Sie zögerte. »Remus«, fuhr sie fort, »wir haben nie über das gesprochen, was an dem Tag gesagt wurde, als… als wir aus dem Dorf fortgingen.«

Als du mich dort weggenommen hast, meinst du wohl, dachte Remus, *als du uns allen das Herz herausgeschnitten hast.* Doch er sprach es nicht aus. Er wollte nicht an diesen Tag denken. Jedesmal, wenn er das tat, wallten in ihm Trauer, Bitterkeit und Haß auf, und mit diesen Gefühlen konnte er auf Dauer nicht leben. Er wollte seine Mutter nicht hassen, nicht, wenn ihm sonst nichts mehr zu lieben geblieben war. Außerdem war Haß nicht gut. Er machte einen krank. Daß er nicht mehr ständig an Romulus und den Vater dachte und ihm der Aufenthalt in der Fremde Spaß machte, löste zwar Schuldgefühle in ihm aus, wenn er sich dessen bewußt wurde, doch es war einfacher, als ständig wie zu Beginn die ausweglose Last des Hasses auf den Schultern zu tragen. Es war besser, sich an die Hoffnung zu klammern, am Ende würde alles gut werden. An jenem Tag hatte sie dem Vater auch angeboten, mit ihr zu kommen. Vielleicht würde der Vater es sich eines Tages noch überlegen, und dann wären sie wieder alle zusammen.

»Ich bin nicht nur eine Priesterin«, sagte seine Mutter. »Ich bin die Tochter eines Königs, erinnerst du dich?« Er nickte stumm. »Eines Königs«, setzte sie hinzu, »der von seinem Bruder entthront wurde. Aber hier habe ich Verbündete gefunden, Remus, und am Ende wird es mein Onkel sein, der entthront wird, mit ihrer Hilfe. Nur fordern sie ihren Preis.«

Mit einem Schlag sah er sie in einem neuen und doch alten Licht. Sie war wieder die Figur aus den Märchen, die Romulus und er um sie gesponnen hatten, als sie noch nicht mehr von ihr wußten, als das, was die Dorfbewohner erzählten, und daß sie fort war.

»Deswegen hast du uns beim ersten Mal verlassen«, sagte er aufgeregt. »Um Verbündete zu suchen, damit der böse König gestürzt wird und dein Vater wieder zu seinem Recht kommt.«

Seine Mutter war keine böse Zauberin, sie war eine einsame Streiterin, die in einer Welt von Feinden gefährliche Abenteuer bestehen mußte, um dem Recht zu seinem Sieg zu verhelfen. So betrachtet, war es nicht richtig von dem Vater, sich zu weigern, sie zu begleiten. Er könnte eigentlich jetzt hier sein und ihr helfen.

»Mein Vater ist schon alt«, entgegnete sie mit einer undurchdringlichen Miene. »Es mag sein, daß er stirbt, ehe ich Erfolg habe. Ist dir klar, wer dann der rechtmäßige Thronerbe ist?«

»Wir sind es«, sagte Remus begeistert. »Romulus und ich.«

Seine Mutter schloß kurz die Augen. Als sie ihn wieder anschaute, las er in ihrem dunklen Blick nichts als Stolz und Wärme.

»Wer sonst?« fragte sie.

Sais, das reiche, mächtige Sais, Perle des Deltas, glich einem Ameisenhaufen, dem ein mutwilliges Kind einen Tritt versetzt hatte, fand Ulsna. Anders als früher konnte man nunmehr auch hier die Wunden sehen, die der jahrelange Krieg in Ägypten hinterlassen hatte. Aber das Gewirr von Menschen hatte sich vergrößert, nicht verringert. Es wunderte ihn kaum. Nach dem, was die Assyrer bei ihrer letzten Strafexpedition getan hatten, mußte Sais den Bewohnern als der einzige sichere Hort in Ägypten erscheinen. Auf Schritt und Tritt stieß man auf Zelte oder hastig gebaute Hütten aus Schilfrohr.

Der Haushofmeister im Palast erklärte ihnen, Psammetich habe für den Fall ihrer Rückkehr keine besonderen Anordnungen hinterlassen, es stünden der Herrin Ilian allerdings selbstverständlich ihre alten Gemächer zur Verfügung. Er schaute sie nicht an, während er sprach. Seit dem Tod der Herrin Nesmut hegte er eine sehr offensichtliche Furcht vor ihr.

Psammetichs Gemahlin und sein Sohn befanden sich noch in Niniveh, so hörten sie, wohin er sie nach dem Tod Nechos in der Schlacht und seinem eigenen knappen Entkommen geschickt hatte. Es war seltsam, sich ohne ein Mitglied der fürstlichen Familie im Palast aufzuhalten. Nicht, daß sie lange hier bleiben würden. Der Kapitän des Schiffes, das sie aus Korinth hierhergebracht hatte, war von Arion beauftragt, sie nach dem Löschen der Ladung den Nil hinauf bis nach Theben zu bringen. Dennoch zog Ulsna ernsthaft in Erwägung, die Nacht über lieber an Bord zu bleiben; der Palast von Sais atmete für ihn Erinnerungen, die ihm in der Regel die Kehle zuschnürten.

Doch wenn Ilian es fertigbrachte, ohne absolute Notwendigkeit dort zu schlafen, dann würde es ihm auch möglich sein, und er wollte sie nicht allein lassen. Die feuchte Hitze des Deltas ließ ihn dankbar sein, daß man sich in einem Becken, das vom Fluß gespeist wurde, abkühlen konnte und ihnen danach frische Kleider zur Verfügung standen, die nicht vor Meersalz steif waren. Nur in Ägypten konnte er nackt sein, ohne sich wegen starrender Blicke Sorgen zu machen, nur in Ägypten konnte er ohne einen weiteren Gedanken neben dem alltäglichen Lendenschurz eines jener weichen, durchsichtigen Übergewänder aus Byssusgewebe tragen, die der Haut so schmeichelten.

Nur in Ägypten konnte er Ilian in den gleichen Überwürfen sehen statt in den dicht gewebten Chitons, die sie sonst trug, um die Narben auf ihrem Rücken zu verbergen.

Sie hatte ihr Haar gewaschen, und er setzte sich, wie so oft, hinter sie, um es zu kämmen, was zu den Ritualen gehörte, die seit Jahren das Leben, das sie miteinander führten, prägten und ihnen etwas Stabiles in einer sich ständig verändernden Welt schenkten.

»Was wirst du tun, wenn bereits alles vorbei ist?« fragte er und ließ sich die braunen Locken, die durch die Nässe länger wurden, durch die Finger gleiten. »Wenn es nichts mehr gibt, was sich aus Theben noch retten läßt?«

»Es gibt immer etwas. Wenn selbst Iolaos in Delphi gehört hat, daß die Gefahr der Brandschatzung besteht, dann wissen sie es dort erst recht. Sie werden die wichtigsten Dokumente und Instrumente in Sicherheit gebracht haben. Es kommt nur darauf an, sie zu finden.«

»Aber wenn nicht?« beharrte er. »Wenn alles zerstört ist, oder wenn du nichts mehr findest... glaubst du, Iolaos wird sich mit dem, was du bisher geliefert hast, zufriedengeben oder dich fallenlassen und versuchen, den Sohn des Kriegsgottes ganz allein auf den Thron von Alba zu bringen?«

»Es ist eine Möglichkeit«, gestand sie ein. »Doch ich glaube nicht daran. Iolaos haßt Verschwendung, und auf ein so nützliches Instrument wie mich zu verzichten, ehe er sicher sein kann, daß er etwas Gleichwertiges hat, wäre Verschwendung.«

»Aber Remus läßt du doch lieber in Arions Obhut«, neckte er sie und griff zu dem feinzahnigsten der Kämme, nachdem er die gröberen Verwicklungen schon aufgelöst hatte.

»Ich will die sehr ehrenwerte Priesterschaft des Apollon nicht in Versuchung führen. Außerdem fühlt sich Remus bei Arion ganz bestimmt wohler.« Sie schwieg eine Zeitlang, dann fragte sie abrupt: »Glaubst du, daß die Botschaften je ankommen werden?«

Es überraschte ihn, daß sie dergleichen überhaupt in Betracht zog. Ulsna hatte angenommen, sie habe das Ganze nur in die Wege geleitet, um Remus über die erste Zeit der Trennung hinwegzuhelfen und dem Jungen die Illusion zu geben, er habe sein altes Leben noch nicht völlig verloren.

»Dieser Methos, dem du sie mitgegeben hast, spricht zwar unsere Sprache und scheint sich in den zwölf Städten auszukennen«, entgegnete er zweifelnd, »aber ob er deswegen das richtige Dorf findet… ich weiß nicht. Ehrlich gesagt, auf mich hat er keinen sehr zuverlässigen Eindruck gemacht«, schloß er und dachte an den langnasigen Fremden, den Ilian durch Prokne kennengelernt hatte und der noch nicht einmal preisgeben wollte, welchem Volk er eigentlich angehörte.

»Du hast es gefunden.«

»Aber mich hast du nicht geschickt«, gab Ulsna schärfer zurück, als er eigentlich beabsichtigt hatte, und Ilian drehte sich zu ihm um.

»Ich habe dich aus dem gleichen Grund nicht geschickt, aus dem ich Remus bei Arion untergebracht habe, statt ihn in deine Obhut zu geben«, sagte sie leise. »Weil du versprochen hast, mich nicht zu verlassen.«

Es war, dachte Ulsna, nicht unbedingt das Vernünftigste, sich von Ilian bestätigen zu lassen, daß sie ihn brauchte, doch es gab Zeiten, in denen er nicht darauf verzichten konnte, und die Nächte ausgerechnet an diesem Ort gehörten dazu. Außerdem hatten die Ereignisse dieses Jahres ihn wieder daran erinnert, wie sie sich verwandeln konnte. Sie als Frau eines unbedarften latinischen Bauern zu erleben war schon merkwürdig genug gewesen. Sie als Mutter zu sehen, statt nur zu wissen, daß sie irgendwo Kinder hatte, ging noch tiefer; es löste eine Mischung aus Beunruhigung, Mitleid und Neid in ihm aus, mit der er nicht immer leicht fertigwurde. Außerdem hatte ihn die Zeit in Korinth wieder daran erinnert, warum er Prokne nicht mochte. Er gestand sich ein, daß er es genoß, Ilian seit ihrer Abreise aus Korinth wieder allein für sich zu haben, ohne den Jungen, die Priester oder Prokne. Es kam ihm in den Sinn, wie Faustulus, der ihm manchmal gar nichts und manchmal zuviel zu verstehen schien, ihn auf die Geschichte von Ilians Auspeitschung hin mit Abscheu gemustert und gesagt hatte: »Sie ist krank.«

Nun, das war er, Ulsna, ebenfalls. Vermutlich war er es immer gewesen, und das hatte sie so lange zusammengeschmiedet. Aber es war zu spät, um sich ein anderes Leben aufzubauen, ein eigenes Leben, getrennt von dem ihren, wie er es einmal geplant hatte. Er konnte es sich nicht mehr vorstellen. Stumm schlang er ihr das lange, nasse Haar um den Hals, ohne den Blick von ihr zu lösen. Dann sagte er achselzuckend:

»Nun, Seeleuten auf ihrer Fahrt den Nil hinauf etwas vorzusingen ist auf alle Fälle angenehmer, als einem Kind hinterherzulaufen oder am Ende von wütenden Latinern ersatzweise verprügelt zu werden, um den armen Faustulus zu rächen. Hoffen wir, daß dergleichen nicht deinem langnasigen Boten geschieht.«

Ihre Mundwinkel zogen sich nach oben, und sie lehnte sich erneut zurück, damit er mit dem Kämmen weitermachen konnte. »Oh, die Nase ist nicht das einzig Lange an ihm.« Sie machte eine Pause, die für ihn als Barden sofort als wirkungsvolle Unterbrechung erkennbar war, um die Vorstellungskraft der Zuhörer anzuregen, dann fuhr sie fort: »Er hat auch lange Beine und machte ganz den Eindruck, als könne er mit ihnen gut davonrennen, wenn es darauf ankommt.«

Ulsna grinste, und der angespannte Moment war verflogen. Sie unterhielten sich noch eine Weile über Nichtigkeiten, und als er am Ende die Ebenholzstütze unter seinen Nacken schob, um einzuschlafen, stellte er fest, daß der Geist der Herrin Nesmut an diesem Abend mit Erfolg ferngehalten worden war.

Die meisten von der Besatzung ihres Schiffes waren nie weiter als bis Sais gesegelt, und sie nahmen den Anblick der Landschaft Ägyptens, die sich ihnen darbot, mit Ehrfurcht wahr.

Ulsna dagegen kannte das Land inzwischen, doch er konnte sich auch diesmal dem Zauber nicht entziehen. Dem Zauber – und der Sorge. Der Nilschlamm bedeckte die üppigen Felder zu beiden Seiten des Flusses, aber einige von ihnen lagen brach, statt jetzt, zu der günstigsten Zeit, bebaut zu werden, und das bedeutete, daß Besitzer wie Bauern tot sein mußten. Die riesigen Tempel, die ihm immer noch den Atem nahmen, wölbten sich schon von weitem gegen den Horizont, doch der kleine Trupp Krieger, der sie begleitete, bestand darauf, daß sie nicht an Land gehen durften, während Ulsnas Erfahrung nach Ägypter sonst keine Gelegenheit ausließen, um den Göttern ihre Verehrung zu bezeugen. Der ägyptische Lotse, der die Untiefen des Flusses kannte und ihnen daher von Psammetichs Haushofmeister mitgegeben worden war, tat desgleichen. So blieb auch den Griechen nichts anderes übrig, als selbst die drei höchsten Pyramiden des Reiches nur aus der Ferne zu bewundern, wie ein Bild, dessen Berührung verboten war.

Die Krieger gehörten zu jenen, die Psammetich zurückgelassen hatte, um seinen Palast zu bewachen. Ilian hatte ihren Anführer gebeten, ihr einige als Begleitung zur Verfügung zu stellen, und da auch er sie als die fremdländische Magierin kannte, die ihr Herr ehrte und die man sich besser nicht zur Feindin machte, war er der Bitte nachgekommen.

Nicht, daß fünf Krieger und die griechischen Seeleute im Ernstfall etwas ausrichten würden, wenn der Krieg nicht so verlief, wie es inzwischen allgemein erwartet wurde; wenn es Tanwetamani ein weiteres Mal gelang, Psammetich zu besiegen. Doch die Palastwache würde assyrischen Truppen anzeigen, daß sie nicht der falschen Seite angehörten, und vermutlich lohnte es sich, auf ihren Rat zu hören, also ging niemand an Land.

Als sie sich Theben näherten, sank Ulsna das Herz, denn er roch die Stadt erstmals, ehe er die Mauern und die erhabenen Tempel von Karnak am Horizont erblickte. Er roch den Rauch, den kalten, beißenden Qualm der Zerstörung. Er schaute sich nach Ilian um und entdeckte sie, die Hände so fest um die Reling geklammert, daß die Knöchel sich weiß unter ihrer gebräunten Haut abhoben.

»Er hat es tatsächlich getan«, sagte sie tonlos.

Ulsna wußte nicht, warum er Psammetich verteidigen sollte, aber er antwortete trotzdem, selbst erschüttert: »Vermutlich hatte er keine andere Wahl. Die Assyrer...«

Sie schüttelte den Kopf und schaute zum Horizont, wo allmählich die dunkle, dunstige Glocke in Sicht kam, die über Theben hing wie eine erdrückende Haube.

»Das wird das Land ihm niemals verzeihen.«

Selbst die Griechen, die Theben nicht kannten, wurden immer stiller, je deutlicher sich abzeichnete, was sich unter dem Dunst verbarg: Ruinen. Die Ägypter sprachen keinen Ton. Ulsna starrte zu den eingerissenen Mauern und fragte sich, warum es ihn genauso traf wie der Anblick der unbestatteten Leichen vor einigen Jahren. Zumindest lagen diesmal keine Kadaver herum. Menschen sollten wichtiger sein als Bauwerke, oder etwa nicht? Wenngleich die Abwesenheit von Leichen vermutlich nur bedeutete, daß man den Menschen erlaubt hatte, sie ordentlich zu bestatten. Aber Theben, das von Göttern und Riesen erbaute Theben... Er stieß einen tiefen Seufzer der Erleichterung aus, als er die Umrisse des Amon-Tempels ausmachte. Natürlich hatten sie ihn nicht zerstört. Er war zu gewaltig. Und doch, Rauchsäulen stiegen auch von dort her auf...

Ilian schloß sich dem allgemeinen Schweigen an, bis das Schiff anlegte. Sie führten die Flagge des Fürsten von Sais, doch es stand bereits eine Schar Krieger bereit, um sie in Empfang zu nehmen. Am Ende brachte man sie in das Große Haus, den altehrwürdigen Sitz der Herren beider Länder, doch das unheimliche Schweigen begleitete sie überallhin, wie die Leere im Antlitz der wenigen Menschen, die sie auf den Straßen sahen.

Auch im Großen Haus hatte das Feuer gewütet, und es war offensichtlich, daß die Aufräumarbeiten gerade erst begonnen hatten. Von den Möbeln im Inneren war nichts mehr heil, alles zerschlagen oder verkohlt; Stuhl und Tisch in dem Raum, in den man sie brachte, gehörten eindeutig in ein Kriegerzelt.

Mittlerweile lag ihre letzte Begegnung mit Psammetich schon fast zwei Jahre zurück; dennoch überraschte es Ulsna, wie schnell der junge Mann gealtert war. Die letzten Spuren von Jugendlichkeit waren einer kalten Entschlossenheit gewichen, und das Gesicht unter der blauen Haube, die seinen gesamten Schädel bedeckte, war maskenhaft starr, als die Krieger vor ihm auf den Boden fielen. Ulsna spürte Ilians Hand an seinem Handgelenk ziehen und erinnerte sich gerade noch rechtzeitig, daß bei einem öffentlichen Empfang jeder, und erst recht freigelassene Sklaven, vor dem Einzig-Einen niederzufallen hatten. Er sank gemeinsam mit Ilian auf die Knie und legte den Oberkörper, die Hände in Richtung Psammetichs ausgestreckt, auf den Boden, bis Psammetich sprach.

»Es freut meine Majestät, unsere treuen Diener wieder bei uns zu wissen.« Er klatschte in die Hände, und die Anwesenden erhoben sich. Nach einigen Worten Psammetichs an den Befehlshaber verschwanden die Krieger, und sie waren mit dem Fürsten allein.

»Kommt ihr, um die Stunde meines Sieges mit mir zu teilen?« fragte Psammetich mit einer gewissen Herausforderung und Bitterkeit. »Wärt ihr auch nach Niniveh gekommen, oder hättest du versucht, deinen Rat Tanwetamani anzubieten, Ilian, wenn er noch hier säße?«

»Wir sind *deine* treuen Diener, Majestät«, entgegnete Ilian ruhig, und Ulsna entging nicht, daß sie einen der Titel gebrauchte, den Psammetich als Regent eigentlich nicht führen durfte, sondern der nur dem Pharao vorbehalten war, den er jedoch gerade selbst für sich in Anspruch genommen hatte. »Deswegen sind wir gekommen, nicht um deinen Sieg zu teilen, sondern deine Trauer. Um Theben, das Juwel Ägyptens, dessen Glanz nun zerstört ist.«

Psammetich verschränkte die Arme, doch ein Teil seiner Unnahbarkeit fiel von ihm ab, als er antwortete.

»Ich mußte es tun. Die Nubier konnten immer damit rechnen, daß wir Theben nie direkt angreifen würden, und wenn doch, dann nie mit der gleichen Härte wie andere Städte. Und diejenigen, die ihnen treu waren, desgleichen. Selbst die... Unbestatteten haben nicht genügt. Aber jetzt, jetzt wissen sie, daß es nichts gibt, das furchtbarer ist als mein Zorn. Es wird keine weiteren Bündnisse mit nubischen Herrschern mehr geben, und auch keine nubischen Häupter unter der Doppelkrone.«

»Es tut mir leid um deinen Vater, Majestät«, sagte Ilian weich.

Psammetich holte empört Luft. »Du glaubst doch nicht, daß ich es deswegen getan habe?«

»Nein«, erwiderte sie kopfschüttelnd. »Ich glaube, daß du es getan hast, um nicht wie er in der Niederlage zu enden. Doch er war dein Vater, und die Last beider Länder ruht nun allein auf deinen Schultern.«

»Es ist eine Last«, gestand Psammetich ein, straffte den Rücken und setzte stolz hinzu: »Doch ich werde sie tragen. Und ich werde Ägypten meinen Nachkommen vererben, Ilian. Die Assyrer werden ihre Truppen nicht noch einmal schicken. In Niniveh braut sich genügend Zwist zusammen, ich habe es erlebt. Ich werde geduldig sein und ihnen Tribut zahlen, bis sie zu zerstritten sind, um über ihre Grenzen hinauszublicken. Bis dahin wird Ägypten wieder stark und mächtig sein. Mein Ägypten, Ilian. Die beiden Länder wieder vereint, und keine Nubier, keine Assyrer, nur die Abkommen der Götter auf dem Thron.«

»Aber«, fragte Ilian, »werden die Götter den Preis verstehen, den du zahlen mußtest?«

Er winkte sie näher und senkte die Stimme. »Das ist es, was meine Träume plagt. Das Orakel Amons weigert sich, mit mir zu sprechen. Es ist gut, daß du hier bist, Ilian. Geh zu ihnen. Sie haben dich einmal aufgenommen. Vielleicht tun sie es wieder. Und wenn sie es tun, verkünde ihnen, dies sei der Wille meiner Majestät: Versöhnung mit den Dienern der Götter. Weisen sie mich jedoch immer noch zurück, dann sage dies: Es gibt noch andere Götter, die ihre Macht bewiesen haben in den zwei Ländern. Und andere Diener dieser Götter.«

Er ist mehr als erwachsen geworden, dachte Ulsna. Er hat von ihr gelernt, mit Göttern zu handeln. Aber wenn sie dergleichen sagt, werden die Priester gewiß sie verdächtigen, sich an ihre Stelle setzen zu wollen, und ihren Ingrimm an ihr auslassen. Ich frage mich, ob ihm das klar ist.

Ein weiterer Blick auf Psammetich, der inmitten der rauchgeschwärzten Räume in seiner makellosen Gewandung seltsam fehl am Platz wirkte, und Ulsna war sich sicher, daß der Fürst sehr wohl wußte, welche Konsequenzen sein Tun für Ilian haben mochte. Er konnte nur gewinnen, ganz gleich, ob es ihr gelänge, ihm die Priesterschaft wieder zu versöhnen oder in deren Augen als Rivalin und eigentliche Verantwortliche für den Frevel des Königs dazustehen. Nicht, daß es Ilian überraschen würde. Sie hatte nie geglaubt, daß Zuneigung und das Ausnutzen von Freundschaft einander ausschlossen.

»Wie deine Majestät es wünscht, so wird es geschehen«, sagte Ilian respektvoll und verneigte sich ein weiteres Mal. Ulsna tat es ihr gleich und schickte sich an, mit Ilian den Raum zu verlassen, als Psammetichs Stimme ihn zurückhielt.

»Ulsna«, sagte der Herrscher Ägyptens, »in diesen Tagen der Last und der Trauer wünscht meine Majestät, abgelenkt zu werden. Bleibe, Barde, und singe für mich, bis Ilian zurückkehrt. Ich werde dir deine Instrumente bringen lassen.«

Meinte er das ernst, überlegte Ulsna, oder war das eine Art Rückversicherung für Ilians Verhalten, um sicherzustellen, daß sie auch wirklich ihr Bestes tat? Doch nein, dergleichen war unnötig; Psammetich mußte wissen, daß Ilian ohnehin ihr Möglichstes geben würde. Er schaute von Ilian zu Psammetich und sehnte sich zurück nach der Zeit der Unschuld, in der er einfach nur davon ausgegangen wäre, daß Psammetich nichts anderes meinte als das, was er sagte: daß er in einer schweren Zeit Ablenkung brauchte, und das von jemandem, der ihn als Mensch und nicht nur als Herrscher erlebt hatte.

»Wie du wünschst, Herr«, murmelte er. Ilian drückte ihm rasch die Hand, dann ging sie. Er hörte ihre Sandalen auf dem steinernen Fußboden klappern und hoffte, daß sie heil und gesund wiederkommen würde.

Neter-Nacht, Hüter des Orakels, stand vor der Statue im Allerheiligsten des Tempels. Heute, wie an jedem anderen Tag, mußte sie gewaschen und gekleidet werden. Doch er bezweifelte, daß selbst die kostbare Myrrhe, die er verbrannte und die Amon teurer war als die anderen Düfte, den kalten Rauch des Feuers aus der Nase des Gottes fernhalten konnte.

Den Tempel von Karnak hatten die Truppen weitaus weniger gebrandschatzt als die Paläste, Verwaltungsgebäude und Häuser in Theben selbst. Doch man hatte ihn nicht völlig verschont. Bei Nechos und Psammetichs erstem Einzug in Theben vor wenigen Jahren hatten sie sich großmütig gezeigt und nicht darauf bestanden, daß die Gottesgemahlin Amons, die Schwester des verstorbenen Taharqa, umgehend ersetzt wurde. Eine priesterliche Weihe ließ sich nicht ohne weiteres aufheben. Indessen galt es als abgemacht, daß nach dem Tod der jetzigen Titelträgerin eine der Schwestern des jungen Psammetich an ihre Stelle rücken würde.

Taharqas Schwester hatte diese Rücksichtnahme nicht unbedingt mit großer Dankbarkeit erfüllt, was unter den gegebenen Umständen verständlich war. Sowie die Nachricht vom Sieg ihres Neffen Tanwetamani eintraf, hatte sie darauf bestanden, daß der Tempel Tanwetamani wieder umgehend seine volle Unterstützung angedeihen ließ und ihm die Tore der Stadt Theben öffnete. Die Früchte dieser Entscheidung, dachte Neter-Nacht, würden ihr Gift noch verströmen, wenn Tanwetamani längst bei seinen Ahnen weilte. Bei Psammetichs erneutem Einzug hatte er einen nur aus assyrischen Kriegern bestehenden Trupp geschickt, um die Frau zu finden und zu töten. Die Assyrer waren dabei für ihre Verhältnisse noch nicht einmal sonderlich brutal vorgegangen, doch der Tempel würde die Spuren ihres Eindringens noch lange tragen, und der Frevel, den der gewaltsame Tod von Amons geweihter Gemahlin bedeutete, entstellte das Heiligtum schlimmer als das Blut der Frau, das bereits aufgewischt worden war.

Man meldete, Neter-Nacht, die Fremde, die er als Schülerin angenommen hatte, sei zurückgekehrt, und er seufzte. Es kam nicht unerwartet. Als Ilian zu ihm gebracht wurde und vor ihm niederkniete, verzichtete er auf jegliche formelle Begrüßung:

»Du kommst rechtzeitig für eine neue Lektion, mein Kind. Höre, wie das Herz beider Länder aufhört zu schlagen.«

»Furchtbares ist hier geschehen«, stimmte sie zu, »aber hast du mich nicht gelehrt, Herr, daß Ägypten das Land immerwährender Erneuerung sei?«

Sie berührte den Skarabäus aus Onyx, den er ihr beim Abschied als Zeichen seiner Achtung geschenkt hatte und den sie jetzt um den Hals trug, und er erinnerte sich daran, wie er ihr die Bedeutung des Skarabäus erklärt hatte, des Käfers, der seine Eier in Kugeln aus Dreck verbarg und so ein geeignetes Symbol für die Sonne darstellte, Amon-Re, der sich jeden Morgen aus der Dunkelheit neu gebar. Die Vorstellung hatte sie sofort gefesselt, vor allem, weil ihre eigenen Überzeugungen Anfang und Ende vorsahen, ohne die Möglichkeit der Wiedergeburt.

»Oh, wir werden uns erneuern«, entgegnete Neter-Nacht bitter. »Aber nicht mehr als das von den Göttern über jedes andere gesegnete Land. Die Zeichen sagten es mir schon eine ganze Weile, doch ich wollte es nicht wahrhaben. Jetzt gibt es keine andere Möglichkeit mehr. Noch nie ist Theben geschändet worden, noch dieser Tempel, selbst von dem verfluchten Ketzerkönig nicht, dessen Name zur Vergessenheit verdammt ist. Und er, der den Frevel begangen hat, trägt nun die Doppelkrone. Es gibt niemanden mehr, der sie ihm streitig machen könnte. Wie soll sich das Land da noch mit den Göttern versöhnen? Sie haben sich von uns abgewandt, sage ich.«

Aus ihrer knienden Stellung heraus meinte Ilian: »Herr, für jeden Frevel gibt es eine Buße.«

Er bedeutete ihr, aufzustehen, ging mit ihr bis in den Raum, wo die Gottesgemahlin ermordet worden war, und deutete auf den Boden, obwohl eifrige Reinigungsarbeiten das Blut kaum mehr erkennen ließen.

»Das einzige Opfer, das als Buße dafür akzeptiert würde, wäre der Tod des Königs. Doch in diesem Land ist schon so lange kein König mehr für sein Volk gestorben, daß nur unsere Aufzeichnungen noch davon wissen. Und ich bin kein Narr. Stürbe dieser König, so eiferten bald wieder ein Dutzend kleiner Schakale nach der Doppelkrone, und nach dem, was die Assyrer getan haben, wären sie noch nicht einmal mehr von göttlichem Blut. Nein, es wären wohl lauter Heerführer. Schon zu lange zerfleischen sich die beiden Länder. Mehr Blutvergießen verkraftet selbst ein Reich nicht, von dem sich die Götter abgewandt haben.«

»Verzeih, Herr, aber du klingst sehr sicher, daß es kein König aus Kusch mehr sein wird, der dann die Macht ergreift.«

Neter-Nacht wußte, daß sie mit Psammetichs Erlaubnis und wahrscheinlich in seinem Auftrag hier sein mußte, doch er begriff ihre Frage dennoch nicht als Versuch, ihn auszuhorchen. Was ihn einst dazu bewogen hatte, sie zu unterrichten, war die Tatsache, daß er einen verwandten Geist erkannte, wenn er einem begegnete. Sie war ehrgeizig, doch darüber hinaus besaß sie Sinn für die tieferen Dinge; sie konnte Zusammenhänge erfassen, die über die Macht jenes Königs oder den Gewinn dieses Fürsten weit hinausgingen. Nur wenige seiner eigenen Priester besaßen genug Wissensdurst, um sich mit der Geschichte, die über die Generation ihrer eigenen Großeltern hinausreichte, zu beschäftigen und zu versuchen, Muster und Strukturen zu erkennen, die sich auf die Zukunft anwenden ließen. Daher antwortete er ihr.

»Oh, ich bin mir sicher. Tanwetamani ist nur eine kurz aufflackernde Flamme, er hat kein Durchhaltevermögen. Die Zeit der Nubier in Ägypten ist vorbei. Was die Assyrer betrifft: auch ihnen fehlt die Geduld. Sie kommen, sie gehen. Blitzartig zuschlagen, das können sie, doch Aufbau und Verwaltung ist ihnen gleich, das überlassen sie anderen.«

»Psammetich hat gefrevelt«, sagte sie zögernd, »doch wenn er sein Leben der Erneuerung Ägyptens widmet, bringt er es dann nicht auf diese Weise als Opfer, um den Frevel zu sühnen?«

Mißbilligend stieß Neter-Nacht den Stock, auf den er sich stützte, auf den Boden.

»Psammetich«, gab er hart zurück, »hat seinen eigenen Ruhm im Kopf. Auch Leben kann ein Opfer sein, ja, aber nur für die Selbstlosen. Die einzige Art, wie jener sich opfern könnte, wäre die alte, blutige, und das verbietet die Vernunft.« Etwas milder fügte er hinzu: »Und hier siehst du unser aller Makel. Die Alten besaßen Gewißheit im Glauben, und die Götter sprachen direkt zu ihnen. Wir suchen nach Sinn und können nicht auf unseren Verstand verzichten, wenn wir etwas bedenken. Ob falsch oder richtig, es entfernt uns von den Göttern.« Nachdenklich fixierte er sie. »Das frage ich mich jedesmal, wenn ich dich sehe, Kind des Westens. Du trägst beides in dir, doch wem vertraust du mehr – deinem Glauben oder deinem Verstand?«

Zum ersten Mal, seit er sie kannte, wich sie seinem Blick auf eine Art aus, die mit Bescheidenheit nichts zu tun hatte.

»Ich wurde einmal auf die Probe gestellt«, entgegnete sie schließlich. »Wenn mein Glaube damals genügt hätte, wäre ich heute wohl nicht hier. Seither jedoch ist viel geschehen. Oft hatte ich nur meinen Glauben, um mir die Kraft zu geben, meinen Weg weiterzugehen, und ich spürte die Macht der Götter in mir. Doch ohne meinen Verstand hätte ich sie nicht einsetzen können. In mir hat sich beides ineinander verschlungen, Herr, und ich kann es nicht mehr trennen.«

Ihm kam ein Gedanke. »Dann magst du wohl der Weg sein, um die Zeichen für diese neue Zeit zu deuten«, sagte er. »Sieh es als eine neue Probe an. Wärst du bereit, den Weg zu gehen?«

Jäh schaute sie wieder zu ihm auf. Er hatte sie gelehrt, die Sterne zu deuten, und sich von ihr die Geheimnisse, die ihr Volk den Blitzen entnahm, erklären lassen – nicht, daß es viele Gewitter gegeben hätte, um diese Kunde anzuwenden. Die Kunst, Tierinnereien zu deuten, so stellte sich heraus, ähnelte sich bei ihren beiden Völkern durchaus. Die Geschichte gemeinsam zu betrachten, die hier an jeder Wand, an jeder Säule, auf jedem Obelisk erzählt wurde, ergab gelegentlich durch ihren Außenseiterblickwinkel höchst aufschlußreiche Einsichten. Doch etwas hatte er nie mit ihr geteilt; den Ritus, dem sich für gewöhnlich nur Hohepriester, die Gottesgemahlin und der Einzig-Eine vor seiner Krönung unterzogen und der ebenfalls Einblick in die Zukunft gewährte.

»Herr«, gab sie gedehnt zurück, »da du in deiner Weisheit mir den Weg bisher vorenthalten hast, war ich auf den Klatsch von weniger Wissenden angewiesen, doch sag mir, stimmt es nicht, daß der Trank, den man dabei einnimmt, manchen Unglücklichen für immer verwirrt statt erkenntnisreich zurückläßt?«

»Beides läßt sich oft nicht unterscheiden«, seufzte Neter-Nacht und wartete geduldig, bis sie wieder sprach.

»Ich bin bereit, den Weg zu gehen und die Zeichen der neuen Zeit für dich zu deuten, doch vergib mir als der groben Fremden, die ich bin, wenn ich eine Bedingung stelle.«

»Auch das ist die neue Zeit«, entgegnete Neter-Nacht und musterte die Decke, auf die einst kunstvoll die Göttin Nut gemalt worden war, wie sie den Sternenhimmel hielt. Nunmehr war dank der Assyrer das klare Antlitz der Göttin verschmiert. »Niemand tut mehr etwas nur aus dem Glauben heraus, selbst die Diener der Götter nicht.«

»All das, was du mich gelehrt hast, ist wie ein Schatz, den ich im Herzen trage, und ich weiß, es ist nur ein Bruchteil deiner eigenen Weisheit und des Wissens, das sich in diesem Tempel befindet. Sollte es um die beiden Länder in der neuen Zeit wirklich nicht gut bestellt sein, mag es sein, daß die Welt dieses Wissen verliert, und das wäre furchtbar. Die Zeit der Griechen dagegen ist gerade erst angebrochen, und sie ehren die Weisheit dieses Landes. Wenn ich den Weg gehe, Herr, dann versprich mir, daß du Abschriften aller Dokumente des Tempels erstellen läßt, und ich schwöre dir, sie werden einen würdigen Platz finden.«

»Aller Dokumente?« fragte er langsam. »Aber das würde Jahre dauern.«

»Sie müssen auch nicht sofort alle an ihren Bestimmungsort. Ich werde dich einmal im Jahr aufsuchen und immer einen Teil mit mir nehmen.«

»Und wenn der Weg, was ich nicht hoffe, dich in einem Zustand zurückläßt, der dir nichts dergleichen erlaubt?«

»Dann, Herr, vertraue ich deinem Wort und weiß, auch du wünschst, daß die Weisheit Ägyptens der Welt erhalten bleibt. Du wirst die Abschriften durch meinen Freund Ulsna an ihren Bestimmungsort senden können.«

Er betrachtete ihr ernstes, furchtloses Gesicht und wünschte sich, sie wäre als Tochter beider Länder geboren.

»Die Griechen, hm? Nicht dein eigenes Volk?«

»Auch auf mein Volk kommen schwere Zeiten zu. Die Griechen haben bereits einen Ort, der so sicher ist, wie es in dieser Welt nur möglich sein kann, und sie haben eine Schrift, die wir von ihnen erlernten.«

»Und für Psammetich stellst du keine Bedingungen?« fragte er prüfend.

Sie neigte den Kopf zur Seite. »Nein.«

»Dann bereite dich auf den Weg vor«, sagte Neter-Nacht entschlossen, »und ich werde überprüfen, ob unsere Vorratskammer trotz unliebsamer Eindringlinge noch die nötigen Ingredienzen enthält. Geh in die Kammer vor dem Allerheiligsten und reinige dein Herz. Wir werden die Götter durch den Weg befragen, und was auch geschieht, ich verspreche dir, ich werde deine Abschriften erstellen lassen.«

Außer ihr kannte er keine Fremden, die sich die Mühe ge-

macht hatten, die alte Schrift zu erlernen; sie würden nichts ent-
ziffern können, es sei denn, sie zeigten ähnlichen Lerneifer wie
Ilian, und dann hätten sie es verdient. Außerdem machte er sich
in der Tat Sorgen, daß die Blasphemie der letzten Tage nur ein
Vorspiel gewesen sein könnte und der Tag kommen mochte, an
dem selbst in den Hallen von Karnak nichts mehr sicher war.
Es gab Dinge, die nicht aus der Welt verschwinden durften.

Ilian nickte, doch ehe sie aus seinem Blickfeld verschwand,
drehte sie sich noch einmal um.

»Herr, warum nennst du mich Kind des Westens? Verzeih,
wenn ich anmaßend klinge, doch liegt meine Heimat von hier
aus gesehen nicht eher im Norden?«

»Du weißt, was im Westen liegt«, gab Neter-Nacht ohne
Kränkung, doch mit einer gewissen Härte zurück. »Der Westen
ist das Reich von Seth. Chaos und Zerstörung, wie alles
Fremde, kommen aus dem Westen.«

Wenn Psammetich in den vergangenen Jahren etwas über Musik gelernt hatte, dann das: Barden, die vortrugen und erzählten, wurden dabei auch durstig und hungrig. Ulsna stellte beeindruckt fest, daß für ihn sogar Bier bereitgestellt wurde, was
zeigte, daß Psammetich sich an seine Vorliebe für dieses Getränk erinnerte, und das hätte er noch nicht einmal in friedli-
chen Zeiten erwartet; angesichts der momentanen Lage grenzte
es an ein Wunder.

Sein eigenes Gedächtnis nach dem Geschmack des Königs
hinsichtlich von Musik und Geschichten zu durchforschen fiel
Ulsna nicht weiter schwer; letztendlich hing das Wohlwollen,
das Barden entgegengebracht wurde, von derlei Beobachtungen ab. Er steckte gerade in einer dramatischen Wiedergabe des
Kampfes zwischen Hektor und Achilles, den er schon vor ge-
raumer Zeit in die Landessprache übersetzt hatte, als einer der
königlichen Leibwächter kam und Psammetich mit kaum ver-

hohlener Aufregung ankündigte, das Orakel Amons ersuche den Einzig-Einen, ihnen den Barden Ulsna zu schicken.

Psammetich sog nachdenklich die Unterlippe ein, eine Geste, die bei dem Jungen trotzig gewirkt hatte, doch bei dem Mann die Unbeweglichkeit seiner Miene unterstrich. Insgeheim war Ulsna bereit zu wetten, daß dies die erste Gelegenheit seit dem Fall von Theben darstellte, bei der das Orakel Psammetich eine Botschaft geschickt hatte statt umgekehrt, und dies auch noch in respektvoller Form, die seinen Titel benutzte. Es sah nach einem guten Omen aus, doch selbst Ulsna konnte sich keinen anderen Grund für diesen Wunsch vorstellen, als daß Ilian ihn aus Psammetichs unmittelbarer Reichweite entfernen wollte. Was lächerlich war. Psammetich hielt die gesamte Stadt in seiner Gewalt, und ohne seine Billigung kam niemand mehr fort von hier.

Offenbar folgte Psammetich dem gleichen Gedankengang, denn er nickte schließlich und bedeutete Ulsna, es sei ihm gestattet, dem Tempelboten zu folgen.

Auf die andere Seite des Nils überzusetzen, wo sich die Tempelanlagen befanden, führte Ulsna wieder die belastende Wirklichkeit vor Augen. Seiner Erfahrung nach unterließen es die Fährleute bei solchen Gelegenheiten nie, zu fluchen und über ihr Los zu klagen; nur diesmal taten sie es nicht. Statt dessen ruderten sie in eisigem Schweigen, dem gleichen Schweigen, das sich über alle Einwohner von Theben gelegt hatte. Vielleicht war der einzige Grund, aus dem Psammetich ihn zunächst bei sich hatte behalten wollen, auch nur der Wunsch gewesen, diesen erstickenden Wall des Schweigens zu brechen.

Im Tempel, der alles in allem wesentlich unversehrter als das Große Haus aussah, blieb Ulsna wenig Zeit, um einmal mehr das Wunder seiner Gestalt zu würdigen. Nachdem er seine Sandalen ausgezogen hatte, wurde er rasch tief ins Innere geführt, weiter, als man ihn bisher je vorgelassen hatte. Schließlich endete der Gang in einer Kammer. Den alten Mann, der dort auf dem Boden saß, erkannte er nach einigem Überlegen als den

Priester Neter-Nacht, den Ilian als Lehrer hatte gewinnen können. Wie immer beim Anblick eines ägyptischen Priesters lief
ihm ein kurzer Schauder über den Rücken. Viele Ägypter ra-
sierten sich den Kopf, und die höher gestellten, die er kannte,
ließen sich auch die Behaarung unter den Achseln und auf der
Brust entfernen, was sein eigenes Aussehen ebenfalls normaler
machte. Doch die Priester durften ihre Tempel nur völlig ent-
haart betreten, und so fehlten Neter-Nacht auch die Augenbrauen, was sein altes, faltiges Gesicht wie eine ausgedörrte
Pflaume wirken ließ. Daß er die Stirn runzelte, verstärkte den
Eindruck noch.

»Bist du endlich hier«, sagte er ungnädig und wies in eine
Ecke des Raumes. »Übersetze mir, was sie spricht!«

Ulsna folgte dem ausgestreckten Finger und konnte einen be-
stürzten Ausruf nicht unterdrücken. Dort saß, zusammengekauert wie ein kleines Kind und am ganzen Leib zitternd, Ilian.
So hatte er sie nur während ihres Fiebers erlebt, damals, als sie
in Proknes Haus gelebt hatten.

»Was hast du... was ist mit ihr geschehen, Herr?« verbesserte er sich gerade noch rechtzeitig, während er rasch zu Ilian
lief und neben ihr niederkniete. Er zog die Hände fort, die sie
auf ihr Gesicht gepreßt hielt. Trotz der schwachen Beleuchtung,
die in diesem Raum ohne Fenster nur von einer Öllampe verbreitet wurde, erkannte er, daß ihre Pupillen nicht geweitet,
sondern winzig klein waren, als er versuchte, ihren Blick ein-
zufangen. Sie schien ihn nicht zu sehen. Ihre Lippen bewegten
sich unaufhörlich.

»Sie geht den Weg«, gab Neter-Nacht knapp zurück. »Die
Götter sprechen aus ihr, aber unsere Sprache hat sie verloren.
Nun übersetze!«

Ulsna stellte fest, daß ihre Hände trotz der Hitze eiskalt
waren. Neter-Nacht mußte ihr irgend etwas angetan haben. Er
hatte Ilian bei allen nur denkbaren Gelegenheiten erlebt, und
sie benahm sich ansonsten nie so. Entweder hatte der alte Priester einen Fluch über sie gelegt, oder er hatte ihr irgend etwas

eingeflößt. Wie dem auch sein mochte, Neter-Nacht war vermutlich auch der einzige, der ihr wieder aus diesem Zustand heraushelfen konnte, und daher war es angebracht, ihm zu gehorchen. Ulsna konzentrierte sich und machte nach einer Weile tatsächlich einzelne Wörter aus. Es war nicht die Sprache der Rasna, die Ilian sprach, jedenfalls nicht nur. Es war ein Gemisch aus ihrer Muttersprache, aus griechischen und ägyptischen Ausdrücken und sogar einigen Wendungen der Latiner.

»Der Baum wird verdorren«, übersetzte Ulsna nach einer Weile zweifelnd. »Nur wenige Sprossen, und er wird verdorren. Auf Blut gepflanzt, kann er nicht lange leben.«

»Ich wußte es«, sagte Neter-Nacht, für den das Ganze offenbar einen Sinn ergab, resignierend. »Und danach? Danach?« wiederholte er noch einmal, lauter. »Was kommt dann über Ägypten?«

»Drei Wellen«, verkündete Ilian auf einmal klar, deutlich und in ägyptischer Sprache. »Drei Wellen, ehe die Welt endet und neu geboren wird.«

Dann starrte sie auf ihre Hände, die Ulsna immer noch festhielt, und machte sich so heftig los, daß einer ihrer Nägel seine Haut aufriß. Als er unwillkürlich heftig Atem holte, begann sie, auf ihren Bauch einzuschlagen, bis er ihre Handgelenke wieder einfangen konnte.

»So hat alles angefangen«, sagte sie, wieder in ihr Sprachdurcheinander verfallend, »und jetzt ist es zu spät, und ich kann es nicht mehr aufhalten!« Sie brach in Tränen aus.

»Was sagt sie?« forderte Neter-Nacht, und Ulsna wiederholte nur: »Es ist zu spät, und ich kann es nicht mehr aufhalten.«

»Ah!« rief Neter-Nacht und klang zugleich bestürzt und zufrieden.

Ulsna wünschte ihn in den Magen eines Nilpferds. Er hatte Ilian ein paarmal weinend erlebt, aber dieses laute, hoffnungslose Schluchzen hatte er nur einmal gehört, und wie in der Nacht, die ihrer Auspeitschung gefolgt war, legte er seine Arme

350

um sie, nachdem er vorsichtig ihre Handgelenke freigegeben hatte, und versuchte, ihr einen festen Punkt in der Wirklichkeit zu geben, um sie zurückzuholen.

»Ilian«, sagte er beschwörend in ihrer eigenen Sprache und ohne sich weiter um den Hohepriester zu kümmern, »du kannst alles ändern, was es auch ist. Du kannst alles tun, was du willst, das weißt du doch.«

»Du würdest das zulassen, Fasti?« stieß sie hervor. »Drei Arten, und die dritte verändert und vernichtet Mensch und Gemeinwesen. Nein! Nein!«

»Was sagt...«, begann Neter-Nacht, doch Ulsna ignorierte ihn.

»Warum tust du mir das an?« schrie Ilian und verfiel erneut in ihr haltloses, verzweifeltes Schluchzen. Er spürte ihre Fäuste auf seinem Rücken, aber er ließ sie nicht los.

»Kann nicht mehr«, stöhnte sie, »meine Schuld, aber ich kann es nicht aufgeben, sonst war alles sinnlos, es muß doch am Ende einen Sinn haben!«

»Den hat es. Komm zurück zu mir«, sagte Ulsna eindringlich, und einen Moment lang hatte er den Eindruck, daß sie ihn mit ihren unnatürlich hell glänzenden Augen tatsächlich wahrnahm. Dann packte ihn Neter-Nacht von hinten an der Schulter. Für einen alten Mann hatte der Hohepriester einen erstaunlich festen Griff.

»Wenn du nicht übersetzt, Bursche, bist du nutzlos«, knurrte er und wandte sich Ilian zu.

»Werden die Götter uns während der drei Wellen zur Seite stehen?«

»Vereinigung«, sagte sie auf ägyptisch und wiederholte es auf griechisch. »Isis ist Aphrodite ist Turan. Die Mutter, die Geliebte, die grausamste der Schicksalsgöttinnen. Amon-Re ist Apollon ist Aplu. Die Sonne, aber nicht der Vater. Wacht, aber herrscht nicht.«

»Wer ist der Vater?« fragte Neter-Nacht gebannt, nachdem Ulsna widerwillig übersetzt hatte. »Wenn sich unsere Götter

351

mit denen der Fremden verschmelzen, wer herrscht dann als Vater, wenn Amon-Re es nicht tut?«

Ulsnas eigener Meinung nach begriff Neter-Nacht nicht, wovon überhaupt die Rede war. Es hatte nichts mit Ägypten zu tun oder den ägyptischen Göttern. Aber was er selbst aus Ilians Worten schloß, ging den Hohepriester nichts an. Außerdem befürchtete Ulsna, daß Neter-Nacht imstande wäre, Ilian Schlimmeres anzutun, wenn er bemerkte, daß das, was auch immer er ihr eingeflößt hatte, bei Ilian nicht seine Götter zum Sprechen brachte. Insofern war es gut, daß Neter-Nacht aus Ilians Worten nur heraushörte, was er offenbar hören wollte.

»Horus ist der Sohn«, murmelte Ilian, »aber der Sohn hat sein Schicksal, er kann nicht bleiben, er muß sich verwandeln. Laran, Ares, der Krieg. Der Krieg ist der Vater. Seth. Chaos und Zerstörung, das ist richtig, aber gebannt durch die Göttin. Der Gott und die Göttin, Geburt und Zerstörung, Liebe und Tod.«

Neter-Nacht ließ sich auf seine Fußsohlen zurücksinken. »Das Hohe Paar, natürlich«, flüsterte er. »Aber nicht Seth. Gewiß nicht Seth. Osiris! Nicht Seth.«

Mit einem Ruck wandte Ilian ihm den Kopf zu. Mit ihrem irrlichternden Blick, dem tränenfeuchten, aufgeschwollenen Gesicht und dem losen Haar sah sie für Ulsna zum ersten Mal tatsächlich wie die Wahnsinnige aus, für die andere Menschen sie hin und wieder gehalten hatten, und ohnmächtiger Zorn erfaßte ihn bei der Vorstellung, daß Neter-Nacht sie in dieses Schicksal hineingetrieben hatte, nur um Götter zu befragen, die ihn ganz offensichtlich nicht mehr hören wollten.

»Osiris ist tot«, sagte sie scharf. »König und Opfer. Beides zugleich. Noch einmal, um die Verweigerung aufzuheben, und dann ist der Kreislauf gebrochen.«

Nun war es an Neter-Nacht, sich die Augen zu bedecken. »So soll es geschehen«, wisperte er rauh und erhob sich mühsam.

»Halt! Warte! Herr«, sagte Ulsna mühsam beherrscht, »nun, da du deine Antworten hast, wirst du sie doch gewiß zurückholen.«

Neter-Nacht warf noch einen kurzen Blick auf Ilian. »Wenn die Götter es wollen, wird sie sich wieder erholen«, entgegnete er müde. »Wenn nicht, so sei versichert, daß ich mein Versprechen ihr gegenüber halten werde. Die Abschriften werden gemacht.«

Damit verschwand er. Ulsna blieb mit Ilian im Halbdunkel zurück und wünschte alle Priester, ägyptische wie griechische, während eines Sandsturms in die Wüste. Und die der Rasna ebenso, wenn er daran dachte, was sie mit seinesgleichen machten und daß sie Ilian mit ihrer Verbannung auf einen Weg geschickt hatten, der sie hierhergeführt hatte, wo sie sich irgendwelchen üblen Zaubereien aussetzte, die sie zerstören konnten, nur um weitere Faustpfänder in die Hand zu bekommen.

Sie hatte wieder zu weinen begonnen. »Verzeih mir«, wisperte sie, dann nichts mehr, während er ihr unbeherrschtes Beben am ganzen Körper spürte. Im Gegensatz zu Neter-Nacht war ihm klar, daß sie nicht zu ihm sprach, doch er konnte nicht anders, als ihr zu antworten.

»Du hast mir verziehen.«

Sie starrte an ihm vorbei auf die Widderstatue, das Emblem Amons, vor der ein Dreifuß stand, und rührte sich nicht mehr, bis sie sich, eine lange, lange Weile später, auf den Rücken legte, um die Decke zu betrachten. Da er nicht die Absicht hatte, sie allein zu lassen oder zu versuchen, in diesem Zustand mit ihr den Fluß zu überqueren, tat er desgleichen.

Wir werden hierbleiben, dachte er, *in Ägypten. Psammetich mag manches sein, aber geizig ist er nicht; ihm wird es nichts ausmachen, sie für den Rest ihres Lebens in einem dieser riesigen Paläste unterzubringen. Ich werde dafür sorgen, daß der Junge irgendwie zu Faustulus zurückgeschickt wird. Er und sein Bruder werden ihr Leben als Hirten verbringen und glücklich dabei sein. Und wenn Arnth auf dem Thron von Alba stirbt, was macht das für einen Unterschied? Ich hätte es wissen müssen, daß dies ihr Schicksal ist, als ich zum ersten Mal eine Sphinx sah. Hier zu erscheinen, zu versteinern und ein un-*

353

gelöstes Rätsel zu bleiben. Ja, wir werden hier glücklich sein, frei von Vergangenheit und Zukunft.

Dennoch war ihm selbst zum Weinen zumute. Es war besser so, sagte er sich, aber Ilians Geist, dieser überaus wendige, biegsame Verstand, der auch bösartig, vor allem aber einfallsreich sein konnte und meistens beides zugleich, ihr Mut, den sie sich durch alle ausweglos scheinenden Lagen bewahrt hatte, und die Zuneigung, die sie ihm von der Zeit an entgegengebracht hatte, als sie nichts als zwei Fremde auf der Flucht gewesen waren, all das war von einer lebendigen Schönheit, wie sie eine in ihrem Wahnsinn erstarrte Statue nie besitzen konnte. Endlich gab er dem Impuls nach und spürte die Tränen, wie sie sich aus seinen Augen lösten und ihm das wenige an Sicht, das ihm in dem Dunkel, welches die ausgebrannte Lampe zurückgelassen hatte, nahmen. Wie sie an seinen Schläfen herunterrannen. Wie sie von ihren Fingerspitzen nachgezeichnet wurden.

Er schreckte auf.

»Ulsna«, sagte Ilian, »weinst du?«

Ihre Stimme klang noch ein wenig rauh, doch fest und bestimmt, als seien das Schreien und Schluchzen und die gequälten Ausrufe hinweggeschmolzen wie Schnee im Frühling, der Schnee, den es hier in Ägypten nicht gab, der kalte, makellose Kristall, das seltene Gut der Rasna, das sie hier niemandem beschreiben konnten, weil niemand es begriff.

»Ja«, antwortete er und fragte sich, ob er sich je zwischen der Ewigkeit einer Statue und dem vergänglichen Zauber einer Schneeflocke, den er erst hier, wo es ihn nicht geben konnte, zu würdigen gelernt hatte, würde entscheiden können. »Ja, ich glaube, das tue ich.«

»Es ist gut«, sagte sie, und er wußte nicht, ob sie seine Tränen meinte oder ihm bedeuten wollte, daß es ihr wieder besserging. »Aber laß uns fort von hier gehen, ehe«, setzte sie hinzu, und der Umstand, daß ihre Stimme ein wenig höher wurde, mochte Unsicherheit oder Heiterkeit bedeuten, die

Deutung entzog sich ihm, »Neter-Nacht mich noch einmal benutzt, um die Götter zu befragen.«

Er hatte sie wieder, und noch immer wußte er nicht, ob das
ihre Rettung oder Verdammung sein würde.

*Iolaos von Delphi an Ilian von Alba, Grüße. Ich kann nicht
umhin, festzustellen, daß Du bei einer früheren Abreise nach
Ägypten vor der Zerstörung Thebens eingetroffen wärst. Wie
dem auch sein mag, der Gott ist Dir für die mit dem Orakel
Amons getroffene Vereinbarung dankbar und nahm die erste
Sendung von Dokumenten mit Freude entgegen. Ich selbst
wäre Dir noch dankbarer, wenn Du eine Liste mit der Bedeutung ägyptischer Schriftzeichen senden würdest.*

*Es wird Dich freuen, zu hören, daß die Edlen der Insel Kor-
kyra einen Bescheid erhielten, der Gott sehe ihren Handel mit
einem widerrechtlichen Herrscher wie dem König von Alba mit
Mißfallen.*

Gesundheit und ein langes Leben. Iolaos.

*Ilian von Alba an Iolaos von Delphi, Grüße. Edler Iolaos, das
Vertrauen, das Du in meine Fähigkeiten, Könige zu beeinflus-
sen, die von assyrischen Oberherren abhängen, setzt, schmei-
chelt mir. In meiner eigenen Bescheidenheit fürchte ich, das
Schicksal Thebens wäre so oder so besiegelt gewesen. Aber laß
mich die Schmeichelei erwidern: Ich bin sicher, daß die Edlen
der Insel Korkyra noch stärkere Worte des Gottes zu hören bekommen als nur Mißfallen.*

*Die Liste mit ägyptischen Schriftzeichen liegt bei, doch ich
fürchte, sie nützt Dir wenig ohne eine Kenntnis der ägyptischen
Sprache. Als ich Dir seinerzeit erstmals Dokumente übergab,
handelte es sich um meine eigenen, in jahrelanger Arbeit her-
gestellten Übersetzungen; der ehrenwerte Neter-Nacht jedoch
sieht keinen Grund, Abschriften in einer anderen Sprache als*

der seinen verfassen zu lassen. Ich wäre durchaus bereit, auch weiterhin zu übersetzen, doch fürchte ich, daß ich die Gastfreundschaft der Diener des Gottes in Korinth schon zu lange in Anspruch nehme. Derartig von Schuldgefühlen belastet, kann ich kaum richtig arbeiten. Ein eigenes Haus hingegen, mit einer eigenen Dienerschaft, würde die geeignete Umgebung bieten, um allen Dokumenten, die aus Ägypten hier eintreffen, eine griechische Übersetzung beizufügen. Und, das versteht sich von selbst, meinen Sohn in größter Dankbarkeit zu dem Gott zu erziehen.

Gesundheit und ein langes Leben. Ilian.

Romulus an Remus, Grüße. Mein lieber Bruder, Deine Botschaft hat mindestens ein Jahr gebraucht, um mich zu erreichen. Da der Bote uns nicht mehr in unserem Dorf vorfand, hat er sie bei Pompilius hinterlassen, der sie wiederum seinem Sohn Numa übergab, als dieser ihn besuchte. Ich sehe Numa recht oft; schicke weitere Botschaften an ihn nach Tarchna.

Oh, es geht mir gut, wie auch unserem Vater. Wir hüten für den König von Tarchna die Schweine, in einem Dorf nicht weit von der Stadt.

Ich gebe den Schweinen keine Namen mehr.

Romulus.

Romulus an Ilian, Grüße. Es wird nicht einfach sein, in Tarchna einen Griechen zu finden, der nach Korinth reist, vor allem, da Faustulus mich immer noch kaum in die Stadt läßt. Du hast Dein Gefängnis zu meinem gemacht. Vielleicht schreibe ich diese Worte nur, um mich in einer der Fertigkeiten zu üben, die Du mich gelehrt hast. Laß mich Dir sagen, Du hast mich gut gelehrt, und ich bin Dir für jede weitere Lektion dankbar. Ich glaube nicht, daß ich Deine Schriftrollen jemandem zeigen werde, nicht den Brief und nicht das, was Du mir sonst noch hinterlassen hast, aber man kann nie wissen, was die Zukunft bringt, nicht wahr?

Ich sammele inzwischen Geschichten über Dich, Geliebte des Mars. Sag mir, hat es weh getan, als man Dich vor aller Augen als eidbrüchige Hure verstoßen hat?

Ich träume ebenfalls von Dir. Mach Dir keine Sorgen, ich werde überleben. Ich bin kein Kind mehr.

Romulus.

Remus an Romulus, Grüße. Lieber Bruder, ich bin so froh, endlich von Dir zu hören. Es ist so viel geschehen, seit ich die letzte Botschaft geschickt habe. Wir wohnen jetzt in unserem eigenen Haus, aber ich muß noch immer einmal am Tag mit der Mutter in den Tempel des Apollon gehen, um zu beten. Sie hat mir erklärt, weswegen, doch das sage ich Dir, wenn wir uns wiedertreffen. Es ist geheim. Wir werden uns bestimmt wiedersehen. Sobald ich alt genug bin, kehren wir zurück. Es gibt viel zu tun.

Ich hoffe, Du hast Freunde in dem neuen Dorf gefunden. Wenigstens kennst Du schon Numa! Hier in Korinth kenne ich mittlerweile fast jeden tapferen Jungen, und es sind gute Kameraden dabei. Aber sie verstehen nichts von Schweinen und Kühen. Demnächst reist die Mutter nach Korkyra. Das wird eine kurze Reise, nicht so lange wie die, die sie nach Ägypten gemacht hat, und deswegen nimmt sie mich diesmal mit. Sie sagt, in Korkyra gibt es ein paar Tusci, und wir finden sicher jemanden, dem ich diese Botschaft mitgeben kann. Daher hoffe ich, daß es nicht wieder so lange dauert, bis sie Dich erreicht. Aber schick die Antwort wieder nach Korinth, da leben wir.

Sei nochmals gegrüßt von Deinem Bruder Remus.

Ilian an Romulus, Grüße. Beiliegend findest Du eine weitere Schriftrolle, deren Verwendung Dir freisteht. Es ist eine kleine Geschichte über die Könige von Mykene. Ja, ich habe Deine Freiheit gegen meine eingetauscht, doch es gibt viele Arten von Freiheit – und von Gefängnissen.

Mars? Ist das der Name, den die Latiner für ihn haben?

*Was auch immer ich an jenem Tag empfunden haben mag,
liegt hinter mir. Es war kein schlechter Versuch Deinerseits,
aber Du mußt etwas anderes finden, um mich zu treffen, etwas
aus der Gegenwart oder der Zukunft, nicht aus der Vergangenheit. Da Du derzeit Deine Gegenwart, wie ich von Remus
höre, immer noch mit den Schweinen teilst, und bedauerlicherweise noch nicht einmal mehr eigenen, wird es nicht einfach
sein, doch ich habe Vertrauen in Deine Fähigkeiten, mein Sohn.*

Schließlich teilen wir zumindest unsere Träume. Oder wußtest Du das nicht?

Ilian.

IV

König und Opfer

Moströllchen gehörten zu den Speisen, die Prokne ohne allzu schlechtes Gewissen zu sich nehmen konnte. Moströllchen aus Weizenmehl, gesättigt in Schafskäse und jungem Wein, durchsetzt mit Anis und Kümmel und versehen mit einem Lorbeerblatt, das gerade den rechten Hauch Bitterkeit hinzufügte. Sie nahm eines von ihnen mit den Fingerspitzen von der flachen Schale, in der sie ihre Dienerin hergetragen hatte, und biß hinein, nur ein winziges Stück, denn allzu ausgiebige Kaubewegungen wirkten häßlich, und sie hatte einen Gast.

Nachdenklich lehnte sie sich auf ihrer Liege zurück und betrachtete den Jungen. Er mußte jetzt vierzehn oder fünfzehn Jahre alt sein, und seine Anspannung in ihrer Gegenwart hinderte ihn nicht daran, einem gesunden Appetit zu frönen. Die Schale mit den Moströllchen stand zwischen ihnen, und er hielt bereits das dritte in den Händen, während sie noch an dem ersten knabberte. Prokne unterdrückte ein Aufseufzen. Gewiß, Ilian hatte dafür gesorgt, daß er die Erziehung eines griechischen Edlen erhielt, und sie hatte ihn auf einigen ihrer Reisen mitgeschleppt, auf denen er, wie man annehmen mußte, noch mehr gelernt hatte. Aber er aß immer noch wie ein Bauernlümmel.

Es kam ihr in den Sinn, daß der Junge nun in etwa so alt war wie Ilian, als sie ihr zum ersten Mal begegnete. Zuerst wollte sie den Gedanken unwillig wegschieben, doch dann beschloß sie, sich ihm zu stellen. Ilian war kein Mädchen mehr und noch nicht ganz eine Frau gewesen; ihr Sohn hingegen war trotz seiner großgewachsenen Gestalt eindeutig noch ein Knabe. Nicht, daß die Gestalt nicht eindrucksvoll war: breite Schultern, schmale Hüften und muskulöse Arme, die verrieten, daß sich all das Wetteifern mit den anderen Jugendlichen gelohnt hatte. Dazu kam ein durchaus ansprechendes Gesicht: eine offene, klare Stirn, ein heller und freundlicher Blick und ein vielversprechender Mund. Nein, ihre Aufgabe würde kein Opfer werden. Aber was dem Jungen fehlte, war die Intensität seiner Mutter. Er wirkte liebenswert, nicht unvergeßlich.

»Wie«, fragte Prokne in ihrem gewinnendsten Tonfall, »hat dir Ägypten gefallen, Remus?«

»Besser als Korkyra oder Delphi«, erwiderte er offen, als sein Mund wieder leer war. »Ich dachte schon, meine Mutter würde mich nie dorthin mitnehmen. Es war großartig. Der König hat die besten Pferde, die ich je reiten durfte. Und man begreift gar nicht, was es heißt, einen Streitwagen zu lenken, ehe man nicht diese Pferde davorgespannt hat. Oder mit ihnen Gazellen jagt. Und die Entenjagd auf dem Nil, das war auch unglaublich. Das Wurfholz richtig zu schleudern, den Wind und den Winkel genau zu erfassen ...«

Obwohl es sie langweilte, hörte Prokne so aufmerksam zu, als verrate er ihr die Geheimnisse des Lebens. Es war eine der ersten Tugenden, die eine erfolgreiche Hetäre zu lernen hatte: gut zuzuhören und dem Sprecher das Gefühl zu geben, jedes Wort von seinen Lippen sei eine Kostbarkeit. Sie hatte nur nie geglaubt, diese Kunst bei Ilians Sohn anwenden zu müssen.

Als Ilian ihr zum ersten Mal davon gesprochen hatte, war sie in schallendes Gelächter ausgebrochen.

»Das kann doch nicht dein Ernst sein!«

»Es ist mein Ernst, spätestens seit der edle Diogenes Ulsna gefragt hat, ob wir schon einen *erastes* für meinen Sohn im Auge hätten.«

»Nun, das ist der Gang der Welt. Natürlich kommt dein Sohn jetzt in das Alter, wo man ihn als *eromenos* in Betracht zieht. Ich will nicht hoffen, daß du immer noch deinen barbarischen Vorurteilen anhängst.«

Ilian hatte ungeduldig den Kopf geschüttelt. »Das hat damit nichts zu tun. Du kennst meine Heimat nicht, aber glaub mir,

Liebhaber von Männern haben dort kein Ansehen. Und wir werden bald zurückkehren.«

Prokne bezweifelte, daß Ilian dem Jungen gegenüber ähnlich offen gewesen war, ja sie ging davon aus, daß Remus noch nicht einmal wußte, warum er eigentlich hier war, und fühlte sich in ihrer Ansicht bestätigt, als er seinen Bericht mit den Worten abschloß:

»Ganz ehrlich, Herrin, es wundert mich, daß du ausgerechnet mich nach unserer Reise fragst. Ulsna ist ein viel besserer Geschichtenerzähler als ich, und meine Mutter auch. Nicht, daß ich dich nicht gerne besuche«, setzte er hastig hinzu.

»Deine Mutter hat schon zuviel gesehen, um noch Einzelheiten wahrzunehmen«, entgegnete Prokne lächelnd. »Sie vergißt, daß für uns arme festverwurzelte Wesen jede Kleinigkeit neu sein kann. Du hingegen siehst mit dem reinen, unbefangenen Auge der Jugend. Was Ulsna betrifft«, sie machte eine abschätzige Handbewegung, »so wissen wir ja alle, daß Barden nur sagen, was ihr Publikum hören will.« Sie musterte ihn unter halbgeschlossenen Lidern. »Doch ich glaube nicht, daß du mich je anlügen würdest, Remus.«

»Natürlich nicht. Das wäre unehrenhaft«, erwiderte Remus, und stellte fest, daß ihm heiß wurde. Er war kein Kind mehr. Er hatte seinen Stimmbruch hinter sich, und es tauchten Barthaare auf, die abgeschabt werden wollten. Wovon die Herrin Prokne sich ernährte, wußte er inzwischen gut genug, auch weil ihn seine Freunde glühend darum beneideten, daß er die berühmteste Hetäre von Korinth kannte. Doch bisher hatte sie ihn kaum wahrgenommen, und wenn, dann wie ein Kind behandelt. Heute besuchte er sie zum ersten Mal ohne seine Mutter. Und sie hatte ihn eingeladen.

Er mußte zugeben, daß er ganz zu Anfang seines Aufenthalts in Korinth etwas eifersüchtig auf die Zeit gewesen war, die seine Mutter hier verbrachte; später hatte er sich gefragt, woher die Mutter und Prokne sich eigentlich kannten. Aber er war immer bereit, einzugestehen, daß Prokne die schönste Frau war, die er kannte. Nicht, daß er viele Frauen kannte. Eigentlich kannte er überhaupt keine, zumindest nicht hier. Auch nach Jahren, in denen er in den Haushalten von Theophrastes und Arion ein- und ausgegangen war, hatte man ihm nie die Schwestern seiner Spielgefährten vorgestellt. Es war eigenartig gewesen, in Ägypten auf einmal wieder Frauen und Mädchen auf den Straßen laufen zu sehen, und das in Kleidern, die häufig mehr zeigten, als sie verbargen, aber diese Einzelheit verschwand in der Flut all der anderen überwältigenden Eindrücke.

Hier, in Proknes unmittelbarer Nähe, gab es nichts, was ihn ablenken konnte. Sie roch nach Sandelöl und einem Blumenduft, den er nicht ausmachen konnte, und der Gürtel, der dreimal um ihren Chiton geschlungen war, betonte ihre anmutigen Formen. Als er wieder nach einem Moströllchen griff, tat sie das gleiche, und ihre Fingerspitzen berührten sich. Es war, als sei ein Funke auf ihn übergesprungen.

In der nächsten Stunde ertappte er sich dabei, wie er ihr Dinge erzählte, die er für zu selbstverständlich oder zu belanglos gehalten hatte, als daß sie irgendwen kümmern könnten. Das Gefühl, bei Sonnenaufgang, wenn die Luft noch kühl auf den Armen prickelte, auf dem Rücken eines Pferdes zu sitzen; wie ein Eisenschwert anders in der Hand wog als ein Bronzeschwert; die Angst, die ihn manchmal überkam, wenn er sich die Gesichter seines Vaters und seines Bruders ins Gedächtnis rief und feststellte, daß sie verblaßt waren, gefroren zu festen Bildern wie die Reliefs, die er an den Wänden der ägyptischen Paläste gesehen hatte, statt lebendige Wirklichkeit zu sein.

»Romulus schreibt mir«, sagte er bekümmert, »aber manchmal geht eine Botschaft verloren, und manchmal dauert es, bis er oder ich einen Boten finden. Ich glaube, in vier Jahren sind es nur acht Nachrichten gewesen! Und der Vater hat kein einziges Mal geschrieben oder Romulus für sich schreiben lassen. Was ist, wenn sie mich vergessen haben?«

»Für diejenigen, die wir lieben, können wir gar keine Fremden sein«, erwiderte Prokne und faßte damit seine wahre Befürchtung in die Worte, die er selbst nicht gefunden hatte. Er begriff nicht, wie er sie je als kalt und abweisend hatte sehen können.

Prokne ist die wunderbarste Frau der Welt«, sagte er zu Ulsna, als er spät in der Nacht nach Hause kam, einen verheißungs- vollen Kuß auf den Lippen und ein jubilierendes Gefühl im Herzen, das ihm mitteilte, Prokne, die Frau, nach der jeder Mann in Korinth sich sehnte und die unter den besten von ihnen wählen konnte, wünsche sich, in seinen Armen zu liegen. Vielleicht irrte er sich, aber sie hatte ihm stundenlang zugehört, sie hatte ihm selbst Geschichten erzählt und ihn zum Lachen gebracht, und sie hatte ihn geküßt. Das Gefühl ihrer weichen Lippen auf den seinen, ihrer Brust, die sich an die seine drängte, war unglaublich gewesen. Er mußte unbedingt jemandem da- von berichten. Seine Mutter war dafür kaum die Richtige, die Sklaven ging es nichts an, und von seinen Freunden war keiner hier.

»Hm«, machte Ulsna, der gerade damit beschäftigt war, die Saiten seiner Harfe neu zu stimmen.

»Sie ist eine Göttin! Sie ist Aphrodite, herabgestiegen zu uns Sterblichen. Du mußt mir unbedingt ein Lied auf sie schrei- ben!«

»So sehr es mich freut, dich endlich dichterische Vergleiche benutzen zu sehen – das geht zu weit.«

»Aber warum? Ich dachte, ein Barde muß auf alles sein Lied machen können.«

»Zu einem Liebeslied«, entgegnete Ulsna trocken, »muß er sich inspirieren lassen. Und ich bin nicht der Lage, mich von einer Frau inspirieren zu lassen, die ich nicht ausstehen kann.«

Es war Remus unverständlich, wie jemand Abneigung gegen Prokne hegen konnte, und er brachte das sofort und heftigst zum Ausdruck.

»Jedem das Seine. Ich halte Fische für warmblütiger.«

Erzürnt ob dieser Schmähung seiner neuerkorenen Angebeteten, sagte Remus ärgerlich: »Du bist nur eifersüchtig, weil sie dich nie küssen würde. Gibt es überhaupt jemanden, der das will?«

Gleich darauf hätte er sich am liebsten die Zunge abgebissen. Er hatte den guten alten Ulsna, dessen Alter sich irgendwo in der hohen Region jenseits der Dreißig bewegen mußte, aufrichtig gern, und es war nicht seine Art, einen Freund absichtlich zu kränken. Aber es war auch nicht kameradschaftlich von Ulsna, so mißgünstig zu sein und häßlich über Prokne zu reden. Außerdem konnte man es drehen und wenden, wie man wollte, Ulsna lebte enthaltsam. Einer von Theophrastes' Söhnen hatte Remus einmal gefragt, ob Ulsna ein Eunuch sei, und als Remus feststellte, daß er die Frage nicht mit Sicherheit beantworten konnte, war ihm erst das Ungewöhnliche an Ulsnas Leben aufgefallen. Ulsna ging nicht zu den Huren, und er war auch niemandes *erastes* oder *eromenos*. Vielleicht war er wirklich ein Eunuch. In diesem Fall war die Bemerkung gerade doppelt kränkend gewesen, und Remus beeilte sich, sie wiedergutzumachen.

»Tut mir leid«, sagte er reumütig, »das war nicht so gemeint.«

»Doch, das war es«, erwiderte Ulsna kühl. »Aber ich glaube nicht, daß die Antwort auf diese Frage jemanden außer mir etwas angeht, und schon gar nicht einen Jungen, der derzeit gewiß nicht mit seinem Kopf denkt.«

Beleidigt verschwand Remus aus Ulsnas Zimmer und beschloß, seine Freude über Proknes Herrlichkeit demnächst nur noch mit Gleichaltrigen zu teilen.

Wenige Jahre waren für Arion so schwer gewesen wie das vergangene. Das letzte Kind, das ihm geboren worden war, hatte seine Frau das Leben gekostet, und der arme kleine Wurm war

ihr ein paar Tage später gefolgt. Obwohl er sie immer gern gehabt hatte, überraschte ihn die Einsamkeit und Leere, die ihn
seither erfüllten. Schließlich hatte er regelmäßig einen Teil des
Jahres auf See verbracht, und in Korinth teilte er seine Zeit gewiß mehr mit seinen Freunden als mit seinem Weib. Doch nun,
da sie nicht mehr hier war, um ihn nach einer großen Fahrt willkommen zu heißen, mit ihm über die Zukunft der Kinder zu
schwatzen oder ihn wegen seiner ersten grauen Haare zu
necken, stellte er fest, daß er mehr als nur einen warmen Körper auf seinem Lager vermißte.

Er sprach mit niemandem darüber. Für seine Freunde war
seine Frau eine Unbekannte gewesen, und überdies wußte
Arion bereits, was sie ihm raten würden: sich umgehend ein
neues Weib zu nehmen. Nicht, daß er diese Möglichkeit nicht
selbst in Betracht zog, doch zum einen wollte er eine solche Entscheidung nicht überhastet treffen. Er war aus dem Alter heraus, in dem man zuließ, daß der Phallus über den Kopf regierte.
Zum anderen schien es ihm, als schulde er der Verstorbenen
einige Zeit des Gedenkens an sie, und er wußte auch, daß seine
Kinder eine Stiefmutter so bald nach dem Tod ihrer Mutter
nicht gut aufnehmen würden.

Als er von einer Reise nach Kreta wiederkehrte und erfuhr,
daß Ilian endlich aus Ägypten zurückgekommen war, erfüllten
ihn Erleichterung und Freude. Er sah sie immer noch als seinen
Glücksbringer, das Symbol dafür, daß sich die Dinge in seinem
Leben zum Besseren wenden würden. Ihre Gesellschaft unterhielt ihn stets. Außerdem hatte sie seine Frau zwar nicht besser
gekannt als seine anderen Freunde, doch bei ihren ungriechi-
schen Ansichten würde sie nicht geringer von ihm denken,
wenn er ihr gegenüber von dem Gefühl des Verlustes sprach,
das ihn heimsuchte. Also machte er ihr so bald wie möglich
seine Aufwartung.

Das Haus, in dem sie dank eines Umstandes, den sie ihm
gegenüber mit undurchdringlicher Miene als »die Großzügigkeit des Orakels von Delphi« bezeichnet hatte, lebte, war zwar

nicht zweistöckig wie das von Prokne und Arions eigenes Heim, doch es verfügte über einen kleinen Garten im Innenhof, und unter dem Schatten des Lorbeerbaums saß es sich sehr angenehm.

»Es tut mir leid, von deiner Frau zu hören«, sagte Ilian, nachdem sie sich dort niedergelassen hatten. »Als mein Sohn bei euch lebte, war sie ihm gegenüber gerecht und großzügig, und ich muß zugeben, daß ich das Gegenteil befürchtet hatte.«

»Ich hätte nie geglaubt, daß sie vor mir stirbt«, meinte Arion nachdenklich. »Sie war mir selbstverständlich, und nun ist sie fort.«

»Hast du sie geliebt?«

In solchen Momenten wurde es trotz all der vergangenen Jahre deutlich, daß Ilian in vielerlei Hinsicht unter den Griechen eine Fremde geblieben war. Kein Grieche hätte je das Wort für Liebe, das sie gerade gewählt hatte, *agape*, im Zusammenhang mit einer Frau benutzt. *Eros,* gewiß; doch *agape* sprach von einem tiefen Band des Geistes und des Herzens, das man mit einer Frau so wenig knüpfte wie mit einem Pferd, so sehr man es auch brauchte und schätzte. Trotz seiner Traurigkeit konnte Arion nicht behaupten, daß er es anders gehalten hätte.

»Mein Herz war ihr zugetan«, entgegnete er offen, »wohl mehr, als ich glaubte, aber Liebe war es nicht.«

Ilian schüttelte den Kopf. »Dann bedaure ich sie um so mehr.« Sie warf ihm einen raschen Blick zu und lächelte schwach. »Laß mich raten – du dachtest gerade, daß du derjenige bist, der bedauert werden möchte?«

Es steckte ein Körnchen Wahrheit in ihrer Vermutung, und das ärgerte ihn. Er hätte sich daran erinnern müssen, daß jede Unterhaltung mit Ilian irgendwann zu einem Wortgefecht führte, etwas, das er an ihr schätzte, aber nicht gerade dann, wenn ihm nur nach einer verständnisvollen Zuhörerin zumute war. Doch es waren ihm auch andere Gedanken durch den Kopf gegangen, die ihn überraschten.

»Sie hatte ein gutes Leben.«

»Das hat ein Vogel im Käfig auch, vor allem, wenn er nichts anderes kennt. Wenn sie ein gutes Leben hatte, Arion, warum bist du nicht froh darüber und sagst es dir, um deinen Verlust zu mildern? Wärst du vor ihr gestorben, wie du erwartet hattest, dann hätte sie nicht länger ein gutes Leben gehabt. Ihr Käfig wäre immer noch dagewesen, doch der Besitzer, der ihn erträglich machte, nicht mehr.«

Es war, dachte Arion, eine seltsame Art, jemanden zu trösten, wie Essig, der auf eine Wunde geschüttet wurde. Es brannte, doch gleichzeitig erwies es sich als heilend. Bei allen Stacheln bargen Ilians Worte auch etwas Balsam. Es stimmte, eine Witwenschaft wäre schlimm für seine Frau gewesen. Dennoch war er nicht bereit, Ilians Äußerungen einfach so hinzunehmen; sie verdiente es, etwas von ihrer eigenen Medizin zu schmecken.

»Du bist kein Vogel im Käfig«, antwortete er, »aber sag mir, Ilian, kannst du wirklich behaupten, mehr *agape* erfahren zu haben als meine Frau? Mir scheint, daß dir selbst *eros* ein Unbekannter sein dürfte.«

»Arion«, gab Ilian eine Spur schneller zurück, als es ihrem gleichmütigen Tonfall entsprochen hätte, »allein der Umstand, daß ich einen Sohn habe, müßte dir doch zeigen, daß ich keine Jungfrau mehr bin, und ich bin sicher, daß Prokne irgendwann mit dir über mich geklatscht hat.«

Diesmal war er es, der sie anlächelte, in der Gewißheit, sie getroffen zu haben. »Man kann auf verschiedene Arten eine Jungfrau sein, mein Kind. Hast du je den Namen eines Geliebten in den Wind gerufen? Hast du je nachts auf deinem Lager gelegen und dich nach einem anderen Menschen verzehrt? Hast du jemals einem anderen gegenübergesessen und deine Sprache zusammen mit deiner Beherrschung verloren, während kalte und heiße Schauer einander in deinem Körper jagten?«

Sie erwiderte nichts. Ein Windstoß ließ den Lorbeerbaum erzittern, und als sich eines der herunterfallenden Blätter in ihrem Haar verfing, streckte Arion die Hand aus und löste es aus ihren sorgfältig aufgesteckten Locken.

»Natürlich nicht«, fuhr er fort, und er hätte nicht sagen können, ob Spott oder Zuneigung in ihm die Oberhand gewannen. »Solange du das nicht erlebt hast, Ilian, solange weißt du nichts von Liebe, ganz gleich, mit wem du das Lager geteilt hast. Meine Frau aber, ob eingesperrt oder nicht, wußte davon.«

In den nächsten Wochen durchlebte Remus alle Stadien seligen Entzückens und qualvoller Ekstase, die seine erste Liebe für ihn bereithielt. Er war fest überzeugt, Prokne Schritt für Schritt zu erobern, und hätte jede Andeutung, er werde verführt, empört zurückgewiesen. Daß sie eine Hetäre war bereitete ihm abwechselnd folternde Eifersucht und höchsten Triumph. Es gab einen Gönner, der ihre Zeit in Anspruch nahm, doch ihm, Remus, widmete sie sich ohne jeden Gewinn und schickte den anderen sogar manchmal ihm zuliebe weg. Für ihn war sie eine Hetäre im buchstäblichen Sinn des Wortes: eine Gefährtin, eine Freundin, nicht jemand, den man für seine Gesellschaft bezahlte.

Natürlich machte er ihr Geschenke. Er pflückte ihr Blumen, er fand andere Barden als Ulsna, die für ihn Hymnen auf sie dichteten. Als sie das erste Mal die Nacht mit ihm verbrachte, gab er nicht Ruhe, bis er einen Schmied fand, der für ihn einen Armreif, den ihm der ägyptische Herrscher geschenkt hatte, als Halsband für eine Frau umarbeitete. Aber er hatte nie das Gefühl, sich damit ihre Gunst zu erkaufen; er wollte ihr nur zeigen, daß sie ihn glücklich machte.

»Ich weiß nicht, ob das ein guter Einfall war«, sagte Ulsna zweifelnd zu Ilian. Sie hatte nicht mit ihm darüber gesprochen, doch er kannte sie, und er glaubte nicht, daß Prokne einen Jungen wie Remus von sich aus je eines zweiten Blickes gewürdigt hätte. Ilian übersetzte gerade eine weitere ihrer Schriftrollen und stellte den Pinsel, mit dem sie schrieb, in einen kleinen Napf, ehe sie antwortete.

»Es ist eine gute Art für ihn, erwachsen zu werden. Du und ich haben schlimmere kennengelernt.«

Das konnte er nicht abstreiten. Dennoch machte ihm etwas zu schaffen. »Ilian«, meinte er verhalten, »er glaubt, er liebt sie wirklich.«

»Dann beneide ich ihn«, gab sie überraschenderweise zurück.

»Weil er in Prokne verliebt ist?« fragte Ulsna ungläubig.

Sie schüttelte den Kopf. »Nein. Weil er verliebt ist.« Sie legte ihr Kinn in beide Hände und stützte die Ellenbogen auf den mit Papyrus bedeckten Tisch, während sie zum Fenster hinausschaute. »Ich habe das nie erlebt, weißt du?«

»Aber...«

»Ich meine«, erklärte sie, »sich in jemanden zu verlieben. Jemandem zu verfallen und alles andere darüber zu vergessen. Man sagt, Liebe sei wie ein Fieber, das im Blut brennt, doch so habe ich sie nie erlebt. Vermutlich ist das ein Glück, aber hin und wieder frage ich mich, wie es wohl gewesen wäre.«

»Es kann noch immer geschehen«, entgegnete Ulsna, von mancherlei Gefühlen bewegt. »Prokne mag gut darin sein, sich dem Alter zu entziehen, aber du bist wirklich noch jung.«

»Ah«, seufzte sie, »doch das wäre Betrug, nicht wahr? Wenn man versucht, Schicksale zu formen, muß man sich an die Regeln halten. Entweder das eine oder das andere.«

Er rührte sich auf dem Schemel, auf dem er saß. »Aber dein Sohn, der doch eines Tages regieren soll, lernt die Liebe kennen, nicht nur das Fleisch, und wenn er entdeckt, daß seine Gefühle nicht wirklich erwidert werden, dann hast du keinen zukünftigen Befehlshaber, sondern einen liebeskranken Jüngling mit gebrochenem Herzen zur Hand.«

»Er wird es überleben«, sagte Ilian, straffte sich und nahm wieder den Pinsel zur Hand.

Seine Freunde beneideten Remus glühend, auch wenn Arkas eine spitze Bemerkung darüber machte, daß eine Frau einen niemals die höheren Gefühle lehren könne, so wie es ein *erastes* tat, und schon gar keine Hetäre. Da er jedoch erst kurze Zeit vorher Remus bestürmt hatte, Einzelheiten über Proknes Liebeskünste preiszugeben, mangelte es seinem Spott an Überzeugungskraft. Dennoch verzichtete Remus darauf, ihn zu dem Gastmahl einzuladen, das Prokne ihm zu Ehren gab; er wollte jede Möglichkeit ausschließen, daß Prokne beleidigt wurde. Es wurde ein herrlicher Abend. Prokne erwies sich als hinreißende Gastgeberin und brachte es irgendwie fertig, gleichzeitig freundlich und unnahbar zu sein – für alle, außer für Remus.

»Was für ein Glückspilz du doch bist«, sagte Lichas zu Remus, als er Proknes Haus wieder verließ.

Später, als Remus in wohliger Ermattung und von Wein, Liebe und Gelächter beflügelt neben Prokne auf ihrem Lager ruhte, meinte er schläfrig: »Wenn ich erst König bin, dann werde ich dich heiraten, und du wirst der Stern an meiner Seite sein.« Gleich darauf wurde ihm bewußt, daß sie ihn verdächtigen könnte, zu prahlen, denn er hatte ihr gegenüber noch nie von diesem besonderen Zukunftsplan gesprochen. Gewiß, es war eigentlich ein Geheimnis, doch Geheimnisse durften mit der Geliebten geteilt werden. Also setzte er hinzu: »Das sage ich nicht nur so, Liebste. Vielleicht weißt du es nicht, aber meine Mutter ist die Tochter des rechtmäßigen Königs von Alba.«

Prokne massierte seine Schultern und unterdrückte ein Lächeln.

»Ich bezweifle nicht, daß du es jetzt so meinst«, antwortete sie, »doch in einem Jahr schon wirst du es einer anderen ins Ohr flüstern. Die Liebe ist eine Libelle, Remus.«

»Ich werde dich immer lieben!« schwor er feurig, und sie stellte fest, daß sie tatsächlich gerührt war. Es war lange, lange her, daß sie jemandes erste Frau gewesen war; gewöhnlich handelte es sich bei ihren Freunden um erfahrene Männer. Aufrichtige Hingabe machte jugendliches Ungeschick fast wett. Dennoch ging ihre Rührung nicht so weit, daß sie eine Gelegenheit übersehen hätte, wenn sie sich ihr bot. Nicht das törichte Eheangebot; wenn sie geglaubt hätte, Ilian würde ihrem Sohn gestatten, sie jetzt zu heiraten, müßte sie befürchten, der Altersschwachsinn setze ein, und später, das wußte sie, würde auch dieser Junge den Verstand über die Bande des Fleisches setzen. Da vertraute sie dem Rat seiner Mutter, sich von einem reichen Mann nicht heiraten, sondern adoptieren zu lassen, wenn die Zeit kam, sich zur Ruhe zu setzen, schon wesentlich mehr. Doch es war dies eine gute Möglichkeit, etwas mehr über Ilians Pläne zu erfahren, als Ilian selbst zum besten gab, und zu beurteilen, ob sie auf das richtige Pferd gesetzt hatte.

»Ich zweifle nicht an deinem Mut, mein Fürst«, flüsterte sie, »oder daran, daß du der Erbe eines Thrones bist, wenn du es sagst. Aber wie willst du ihn erobern? Gibt es Verbündete, die Truppen zur Verfügung stellen?«

»Keine fremden Truppen. Mutter sagt, wir können in Ägypten sehen, daß einem das Land so etwas nicht verzeiht, und ich glaube, da hat sie recht. Der König dort ist mächtig, aber die Leute hassen ihn. Ich möchte nicht gehaßt werden. Aber inzwischen wissen die Bewohner von Alba und all der anderen Tusci-Städte, was für ein übler Herrscher Arnth ist. Sie warten nur auf eine leitende Hand, um sich gegen ihn zu erheben.«

Das klang mehr hoffnungsvoll als wirklichkeitsnah. Allerdings mußte man davon ausgehen, daß Ilian dem Jungen nicht alles erzählte.

»Ich werde dich vermissen, wenn wir gehen«, fuhr Remus fort, »aber ich hole dich sofort nach, wenn der Thronräuber gestürzt ist! Dann wirst du auch meinen Vater und meinen Bruder kennenlernen.«

Sie konnte es sich nicht versagen, ihn ein wenig zu necken. »Ich dachte, dein Vater sei der Kriegsgott selbst?«

Remus lag auf dem Bauch und hatte das Gesicht in das Laken geschmiegt, daher konnte sie seine Miene nicht sehen, aber sie spürte an der Art, wie seine Schultern unter ihren Fingern zusammenzuckten, daß sie einen empfindlichen Punkt getroffen hatte. Plötzlich erwachte in ihr der Wunsch, Ilian das Leben ein wenig zu erschweren. Nur ein wenig, nur noch einmal zu erleben, wie sie die Beherrschung verlor.

»Schon gut«, murmelte sie. »Ich gebe zu, es ist für uns gewöhnliche Sterbliche nicht immer einfach, so etwas richtig zu würdigen. Ich weiß natürlich, daß nur die Gunst der Götter deiner Mutter durch ihr Leben hilft, doch manch einer behauptet, dein Vater wäre eher unter den Männern zu suchen, die sie auf ihre Seite gezogen hat, ob es nun Hohepriester sind oder Könige. Oder Barden, was das angeht.«

Empört rollte sich Remus auf den Rücken und setzte sich auf. »Wer wagt es, sie so zu beleidigen?« stieß er entrüstet hervor. »Meine Mutter ist… sie würde nie…« Vergeblich suchte er nach den richtigen Worten, und Prokne stellte belustigt fest, daß seine Wangen flammend rot waren. Es ermutigte sie, noch etwas weiterzugehen.

»Du bist das Muster eines Sohnes, aber bedenke, daß völlig Fremden deine kindliche Ehrfurcht fehlt. Sie sehen eine Frau, die allein ist, mit den Bedürfnissen einer Frau.«

»Meine Mutter lebt nur für den Sieg unserer Sache. Sie hat keine… ich meine, sie ist nicht…«

»Wenn du es sagst, dann wird es so sein, mein Liebster«, schloß Prokne begütigend und wandte ihre Aufmerksamkeit wieder auf seinen Körper statt auf seinen Geist. Es dauerte nicht lange, und auch er widmete sich ihr wieder voll und ganz, doch sie fragte sich ein wenig schadenfroh, wie lange es dauern würde, bis er Ilian gegenüber ein paar unangenehme Fragen äußerte.

Arion war mit seinen Söhnen ebenfalls zu Proknes Gastmahl eingeladen worden, hatte jedoch dankend abgelehnt und es vorgezogen, statt dessen lieber selbst den Gastgeber zu spielen.

Er war nicht sicher, ob Ilian seiner Einladung Folge leisten würde; sie waren zwar nicht im Unfrieden auseinandergegangen, doch er hatte seit seinem Besuch nichts mehr von ihr gehört, was für gewöhnlich in Zeiten, während derer sie sich beide in Korinth befanden, nicht der Fall war.

Daß sie seine Einladung annahm war daher eine angenehme Überraschung. Natürlich würde es keine weiteren Gäste geben; seit die Priesterschaft Apollons ihre schützende Hand über Ilian hielt, wäre es eine schwere Beleidigung nicht nur ihrer Person, sondern auch Apollons gewesen zu implizieren, sie sei einer Hetäre gleichzustellen. Er verzichtete auch darauf, Musiker für diesen Abend anzuheuern, und wies seine Sklaven an, nur die Speisen zu bringen und danach sofort wieder zu verschwinden.

Ilian traf, wie es sich für eine Priesterin ziemte, mit verschleiertem Gesicht und in einem bescheidenen braunen Umhang ein. Als sie beides im Inneren seines Hauses jedoch abnahm, mußte Arion ein Grinsen verbergen. Sie hatte sich für diesen Abend in ägyptische Tracht gehüllt, in eines jener durchsichtigen Gewänder aus Byssus, dem feinen Stoff, den ohne Schaden zu transportieren so schwierig war, und nur das eng geknüpfte Netz aus blauen und roten Tonperlen, das sie darübertrug, ließ der Phantasie noch einigen Raum. Es war eine offensichtliche Herausforderung.

»Du wirst dich mit diesem Kleid nicht hinlegen können«, bemerkte er.

»Ich habe nicht die Absicht, mich hinzulegen«, entgegnete sie ruhig.

»Ich meinte, auf eine Sitzliege, zum Essen.«

»Das meinte ich auch. Glaub mir, ich habe gelernt, in allen Stellungen zu essen. Im Stehen sollte es nicht weiter schwer sein.«

Arion schüttelte den Kopf und musterte sie, während er mit ihr zu dem Raum ging, wo seine Diener die Speisen aufgetischt hatten.

»Wer in Ägypten hat sich um alles in der Welt diese Art von Kleidern einfallen lassen? Ein Händler mit Tonperlen?«

Ilian hob die Schultern, und die Perlen klirrten ein wenig. »Ich gebe zu, es ist nicht eben bequem«, erwiderte sie, »und deswegen habe ich es bisher noch nie getragen. Es war ein Geschenk. Du wärst überrascht, was die Leute in Ägypten alles tun, um schön zu sein. Das«, schloß sie beiläufig, »war ein Hinweis für dich.«

Er lachte, trat ein wenig zur Seite und breitete die Arme aus, wie es die Händler taten, wenn sie eine Ware anpriesen.

»Wahrlich, meine Herrin aus den fremden Ländern, du erstrahlst heute im Glanz von tausend Sternen. Aber ich dachte nicht, daß du Wert auf die Meinung eines bescheidenen griechischen Seemanns legst.«

»Nun, du hast mich einmal mit der Gorgo verglichen, Arion aus Korinth«, gab Ilian zurück, und in ihren Augen tanzte der Schelm. »Seither lege ich Wert darauf, diesen Eindruck zu verwischen.«

Es dauerte einen Moment, dann fiel es ihm wieder ein. Den Vergleich hatte er gebraucht, als es um ihr Haar gegangen war. Als er ihr verboten hatte, es vor den Augen seiner Männer zu kämmen. Die Erinnerung an das seekranke, widerborstige Mädchen vertiefte sein Lächeln. Damals hatte er nicht geglaubt, sie nach der gemeinsamen Überfahrt noch einmal wiederzusehen. Inzwischen fragte er sich, wie sein Leben aussehen würde, wenn sie nicht mehr in unregelmäßigen Abständen darin auftauchte.

»Dein Sohn behauptet, daß ihr bald wieder eine Reise machen möchtet.«

»Das ist richtig«, bestätigte sie und schaute zu der Schale mit den sorgfältig in Würfel geschnittenen Honigmelonen, die unter anderen Gerichten auf dem Boden zwischen den Sitzliegen stand. »Du könntest deinem Gast etwas zu essen reichen, Arion«, fuhr sie neckend fort. »In diesem Kleid kann ich mich nicht bücken. Und ich bin wirklich hungrig.«

Zwei können dieses Spiel spielen, dachte Arion. Er hob die Schale vom Boden auf, trat näher und nahm eines der Melonenstücke in die Hand, machte jedoch keine Anstalten, es Ilian zu reichen.

»Wohin soll die Reise denn diesmal gehen?«

»In meine Heimat. Aber ich muß sagen, Arion, es ist sehr ungastlich, Nahrung nur gegen Auskünfte zu gewähren.«

»Ich bin eben ein Grieche«, entgegnete er. »Handel liegt uns im Blut.«

Ihre ausgestreckte Hand ignorierend, hielt er ihr das Melonenstück vor den Mund. Natürlich hätte sie es jederzeit mit der anderen Hand ergreifen oder darauf verzichten können, doch Arion war sich ziemlich sicher, in welcher Stimmung sich Ilian heute abend befand. Er war ein Spieler, und es zeigte sich, daß er seinen Einsatz richtig bewertet hatte. Sie biß etwas von der Melone ab, und er spürte ihre Zunge kurz an seinen Fingern, ehe sie sich wieder zurückzog. Ohne sie aus den Augen zu lassen, verzehrte er das restliche Stück.

»Verrate mir doch, Ilian, was willst du eigentlich noch bei den Rasna?«

»Gerechtigkeit«, antwortete sie, und ihre Augen verdunkelten sich.

»Gerechtigkeit macht nicht satt, und sie wärmt nicht in der Nacht. Wie mir scheint, hast du ein gutes Leben hier. Bist du wirklich sicher, daß alles, was dich in deiner Heimat erwartet, sich damit messen kann? Soweit ich mich erinnere, hattest du es jedesmal sehr eilig, von dort wegzukommen.«

»Ich habe ein gutes Leben hier«, sagte Ilian nüchtern, »weil ich mich für eine ganze Reihe von Leuten nützlich mache. Die wichtigsten davon sind die Priester des Apollon, und sie versprechen sich noch mehr Nutzen für die Zukunft in meiner Heimat. Wenn ich für immer hierbleiben würde, dann könnte es durchaus sein, daß sie mich eines Tages fallenlassen.«

Er nahm einen zweiten Melonenwürfel.

»Iß noch etwas«, entgegnete er leise. »Nützlichkeit allein macht auch nicht satt.«

»Nein«, gab sie gedehnt zurück, »das tut sie nicht.« Doch

diesmal holte sie selbst einen Melonenwürfel aus der Schale, die er in seiner anderen Hand hielt, biß hinein und hielt ihm das angebissene Stück hin. Er war versucht, sie wieder ein gerissenes Luder zu nennen, aber er unterließ es. Statt dessen nahm er das kühle Fleisch der Melone in den Mund und schmeckte ihren süßen Saft an Ilians Fingern.

»Hätte ich dich damals nicht nach Korinth mitgenommen«, begann er, »sondern dich auf dem Sklavenmarkt von Syrakus verkauft, hättest du mich an Ort und Stelle verflucht? Weißt du, manchmal überlege ich mir, ob es die Sache wert gewesen wäre, um dich einmal fassungslos zu erleben. Wir kennen uns nun schon so lange, Ilian, aber du hast nicht einmal die Beherrschung verloren. Was für ein Jammer. Ich glaube, es würde dir stehen.«

»Das glaube ich nicht«, sagte sie, und ihre Stimme hatte alles Neckende verloren. »Es ist mir ein paarmal geschehen, und die Menschen, die dabei waren, haben es ganz bestimmt nicht genossen.«

Arion legte das noch unangetastete Stück Melone in die Schale zurück und stellte sie mit einer raschen Bewegung auf den Boden.

»Vielleicht waren es einfach die falschen Menschen. Es gibt Leute, die sehen das Meer nur in zwei Zuständen: glatt und ruhig oder im Sturm, zu so hohen Wellen aufgewühlt, daß sie einen verschlingen. Aber dazwischen gibt es so unendlich viel, Ilian. Es gibt Tage, an denen ein leichter Wind geht, gerade genug, um Wellen zu verursachen. Man überläßt sich ihnen. Man läßt sich treiben.«

Es dauerte zwei Tage, bis sich Remus mit unglücklicher Miene und einem Weinschlauch, den er als Versöhnungsgeschenk mitgebracht hatte, bei Ulsna einfand. Da es ihm nicht gegeben war, sich zu verstellen, fragte er geradeheraus:

»Ulsna, sind wirklich Gerüchte über meine Mutter im Umlauf? Ich meine, schlechte Gerüchte?«

Ulsna öffnete den Schlauch, roch an dem Wein und klatschte in die Hände, um sich Becher und Wasser zum Mischen bringen zu lassen. Nachdem die Sklavin wieder verschwunden war, entgegnete er:

»Über jeden Menschen, der aus der Menge herausragt, sind Gerüchte im Umlauf. Deine Mutter ist keine gewöhnliche Frau.«

»Ich weiß«, sagte Remus und begann unruhigen Schrittes auf und ab zu gehen. »Sie ist eine Heldin. Aber es sind doch alles Lügen, nicht wahr? Ich meine, sie hat doch nie mit einem anderen das Bett geteilt als«, er biß sich auf die Lippen, »mit meinem Vater?«

Für Remus war das eine anerkennenswert doppeldeutige Formulierung, dachte Ulsna, denn es ließ sich nicht festlegen, ob er von Faustulus oder seinem tatsächlichen Vater sprach. Er konnte sich schon denken, woher der Wind wehte, und hatte nicht die Absicht, Proknes kleines Spiel mitzuspielen. Doch er hatte auch keine Lust, den Knaben vor sich direkt anzulügen. Das Gespräch, das er vor kurzem mit Ilian geführt hatte, lieferte ihm die rechte Umschreibung.

»Deine Mutter hat keinen anderen in ihr Herz gelassen, es sei denn, als ihren Freund, so wie mich«, erwiderte er und beobachtete, wie sich Remus' Stirn erst entwölkte und dann wieder verfinsterte. Der Junge warf ihm einen hastigen Blick zu und schaute zu Boden. In Ulsna kroch eine ungute Ahnung hoch. *Miststück,* dachte er und meinte nicht Remus.

»Du und sie... ihr habt doch nie...«

»Wie ich mich erinnere«, unterbrach Ulsna ihn, und spürte, wie ihm der Geduldsfaden riß, »hast du vor einigen Wochen Zweifel daran geäußert, daß überhaupt jemand den Wunsch haben könnte, mich zu küssen, geschweige denn, etwas anderes zu tun. Solltest du weitere Versicherungen über meinen Lebenswandel oder den deiner Mutter hören wollen, bitte, nur zu, ich werde sie ableisten. Nur nicht über den der edlen Prokne, ganz besonders nicht in Zusammenhang mit deiner Mutter.«

»Was?« rief der Junge und wurde weiß wie der Marmor, den die Priester des Apollon so gern in ihren Tempeln verwendeten. Ulsna entschied sich für das kleinere Übel. Er war immer noch ärgerlich auf Remus, aber noch ärgerlicher auf Prokne, und der Junge würde es ohnehin irgendwann erfahren.

»Wer, glaubst du denn, bezahlt sie für die Zeit, die sie dir schenkt, du Kindskopf?«

Er sah Remus ausholen, doch er vergaß, daß der Junge sich für einen Mann hielt und Männer mit den Fäusten zuschlugen, nicht mit der offenen Handfläche. Der Schlag war hart genug, um seine Unterlippe und einen Teil seiner Mundhöhle aufplatzen zu lassen. Remus rieb sich unbewußt mit seiner anderen Hand die Knöchel und starrte ihn an. Zum ersten Mal stand in seinen Augen die Kälte, die Ulsna bisher nur in den Blicken seiner Mutter und ihres Onkels gesehen hatte.

»Das wollte ich tun, seit du meinem Vater das Messer an die Kehle gesetzt hast, in seinem eigenen Haus«, sagte Remus hart, drehte sich um und verschwand.

Für Prokne gehörte es nicht zu den angenehmen Dingen des Lebens, aus einem Gespräch mit ihrem derzeitigen Gönner durch die Ankunft eines zornigen jungen Mannes gerissen zu werden, doch es war ihr auch nicht völlig neu. Solche Situationen verstand sie durchaus zu meistern. Der Türwächter brachte Remus ihren Anweisungen gemäß in ihr Schlafgemach, ohne daß der Gast von der Störung etwas mitbekam. Sie brauchte nicht mehr lange, um ihn mit einem Lächeln auf den Lippen und der Verheißung auf den morgigen Abend fortzuschicken.

Daß es Remus war, der hier auftauchte, und nicht Ilian, überraschte sie ein wenig, aber noch verblüffter war sie, als der

Junge sie, kaum daß sie ihn zu sich bitten ließ, mit eisiger Stimme fragte:

»Bezahlt meine Mutter dich dafür, daß du mit mir schläfst?«

Daß Ilian so schnell damit herausrücken würde, damit hatte Prokne nicht gerechnet. Eigentlich war sie davon ausgegangen, daß ihr Remus noch bis zum Tag seiner Abreise die Zeit verkürzen würde. Wie dem auch sein mochte, sie sah keinen Grund, Remus in diesem Punkt zu belügen.

»Nun, sie hat mir ein paar wirklich schöne Geschmeidestücke aus Ägypten zukommen lassen und einen Anteil an der letzten Ladung der *Andromeda*. Aber laß mich dir versichern, wenn du nicht so ein reizender Junge wärst, hätten alle Geschenke der Welt nicht genügt, um mich dazu zu bewegen, dich als Freund anzunehmen. Schließlich bin ich eine Hetäre, keine Hure. Wir erwählen die, welche uns gefallen«, endete sie versöhnlich.

»Dann war alles nur gespielt? Ich dachte... ich dachte, du liebst mich!«

»Ich habe dich wirklich sehr gern.«

»Gern!« wiederholte er bitter. Unerwartet stieg Mitleid in ihr auf.

»Wie könnte dich jemand nicht gern haben, du großes Kind?« sagte sie kopfschüttelnd und tätschelte ihm den Arm. Er stieß ihre Hand fort.

»Sprich nicht so, als wärst du meine Mutter!« gab er mit tränenerstickter Stimme zurück.

Einmal mehr spürte Prokne das Gewicht der Jahre, sah die immer breiter werdende Kluft, die sich zwischen ihr und den Männern auftat, und sie verwünschte Ilian, den Jungen und sich selbst deswegen. So sagte sie etwas, von dem sie geglaubt hatte, es nie laut zu äußern.

»Remus, deine Mutter könnte meine Tochter sein. Hast du dich überhaupt je gefragt, wie alt ich bin? Nein? Wenn du das nächste Mal von Liebe sprichst, mein Kleiner, dann frage dich, ob sie einem die Teller füllt, und sei dankbar für das, was der

Tag dir bietet, bevor es Abend wird, statt dich darüber zu beschweren, daß es nicht hält.«

Kein Begreifen stand in seinen verwirrten, wütenden Zügen geschrieben. Natürlich nicht. Er würde es schon noch lernen, dachte Prokne und wußte nicht, ob sie diese Aussicht bedauerte oder begrüßte. Doch eines Gefühles war sie sich gewiß: tiefe Erleichterung, daß Ilian samt ihres Sohnes und ihrer erzürnenden, verstörenden und fesselnden Gegenwart bald wieder aus ihrem Leben verschwinden würde.

Der Abend, den er für seine entscheidende Frage vorgesehen hatte, fing für Arion nicht gut an. Statt auf eine heitere Ilian traf er auf eine besorgte Frau, die damit beschäftigt war, Ulsna zu verarzten. Nicht, daß Ulsna es nicht nötig gehabt hätte; der arme Kerl sah aus, als sei er in eine Prügelei geraten. Doch just an diesem Abend hätte Arion ihn anderswohin gewünscht.

»Was ist denn geschehen?« fragte er, während Ilian Ulsnas aufgeplatzte Lippe mit einem feuchten Lappen abtupfte und ihm außer einem flüchtigen Nicken keine weitere Beachtung schenkte.

Ulsna winkte ab. »Nicht weiter wichtig«, brachte er heraus, und Ilian schalt ihn sofort, er solle schweigen, sonst werde die Unterlippe nur von neuem aufreißen.

»Vielleicht sollte ich später…«, begann Arion. Ulsna warf ihm einen Blick zu und runzelte die Stirn. Dann stand er auf, nahm Ilian das Tuch aus der Hand und eilte aus dem Raum. Sie verzog das Gesicht und seufzte.

»Männer«, sagte sie. »Verrate mir doch, Arion, wie seid ihr nur zu dem Ruf gekommen, weniger empfindlich als Frauen zu sein und euch von eurem Verstand leiten zu lassen?«

»Nun, die Göttin des Verstandes mag zwar eine Frau sein, aber sie hat sich bisher nur männliche Schützlinge erkoren. Das muß einen Grund haben.«

382

»Woher willst du wissen, daß sie sich nur männliche Schützlinge erkoren hat?« fragte Ilian. »Wenn du danach gehst, was
bekannt ist, nun, nur Männer würden darüber prahlen. Frauen
behalten solche Dinge für sich. Deswegen erfahren die Barden
nie davon.«

Erleichtert, daß wieder der alte scherzende Ton zwischen
ihnen herrschte, beschloß Arion, gleich zur Sache zu kommen,
ehe Ulsna zurückkehrte und ihre Aufmerksamkeit erneut auf
sich lenkte.

»Ich bin zumindest fest überzeugt davon, daß du ein Schützling der Götter bist«, entgegnete er lächelnd. »Aller Götter.
Deswegen haben sie mich auch erleuchtet und mir mitgeteilt,
ich solle nicht zulassen, daß du diese Gaben im Land der Rasna
verschwendest.«

Sorge wie Heiterkeit schwanden aus Ilians Gesicht. Sie öffnete den Mund, um zu sprechen, doch Arion hob die Hand.

»Laß mich ausreden. Ilian, du brauchst deine Priester nicht
mehr. Nicht hier, nicht in Ägypten, und nicht im Land der
Rasna. Du brauchst dich nicht mehr selbst um deine Zukunft
sorgen oder die deines Sohnes. Werde meine Frau, und er hat
einen Vater so wie du einen Mann. Du kennst mich, und ich
kenne dich. Ich glaube, wir könnten glücklich miteinander
sein.«

Sie wandte sich ab, und er sah, wie sich ihre Hände zu Fäusten ballten und dann wieder öffneten.

»Das ist nicht dein Ernst«, sagte sie, immer noch mit dem
Rücken zu ihm.

»Selbstverständlich ist es mein Ernst«, erwiderte Arion ein
wenig gekränkt. »Glaub mir, ich habe alle die Vor- und Nachteile erwogen. Du magst eine Fremde sein, aber in Korinth
kennt man dich inzwischen, und du hast einen guten Ruf. Dir
fehlt eine Mitgift, doch du hast mir in meinem Handel mehr geholfen, als es eine gewöhnliche Brautgabe je könnte. Und dein
Sohn ist der Freund meiner Söhne. Sie werden es nicht übelnehmen, ihr Erbe mit ihm zu teilen.«

»Arion, du bist die Umsichtigkeit selbst«, antwortete sie kühl, »aber ist dir auch in den Sinn gekommen, daß ich bereits gebunden bin?«

Darauf war er vorbereitet. »Der Mann hat dich verstoßen. Er will dich nicht mehr.«

Von dieser Tatsache wußte er durch Prokne, die sie Remus entlockt hatte, obwohl der Junge es etwas anders ausgedrückt hatte. Gespannt wartete er darauf, ob Ilian leugnen oder zornig aufbrausen würde, doch Ilian tat nichts dergleichen. Statt dessen drehte sie sich wieder zu ihm um, und die Traurigkeit, die in ihren Zügen geschrieben stand, machte sein Herz schwer.

»Ich spreche nicht von Faustulus«, sagte sie sachte. »Ich habe mich an das Schicksal gebunden, das ich den Göttern abverlangt habe. Sie fordern ihren Preis für ihre Gunst, Arion, und ihr Preis duldet kein Davonrennen im letzten Augenblick. Im übrigen sollte dir Faustulus eine Warnung sein. Er bot mir das gleiche wie du, weißt du, nur bestand sein Käfig aus Holz und nicht aus Gold. Am Ende haßte er mich dafür, daß mir das nicht genügte.«

»Sind wir wieder bei den Käfigen angelangt? Du sperrst dich selbst in einen, Ilian, wenn du Prophezeiungen und Priestersprüche der Wirklichkeit aus Fleisch und Blut vorziehst. Du bist eine Frau, keine Statue in einem Tempel.« Arion legte eine Hand auf ihren Arm. »Du solltest wie eine Frau leben.«

»Nicht wie eine griechische Frau«, erklärte sie fest. »Und gewiß nicht wie eine griechische Ehefrau. Sag mir, du würdest nicht von mir erwarten, daß ich vom Tag nach unserer Hochzeit an dein Haus nicht mehr verlasse, daß ich in meinen Räumen bleibe, während du Handel treibst oder deine Freunde besuchst, daß ich alle Ziele aufgebe, die ich mir je gesetzt habe, und ich sage dir, du lügst.«

»Warum hast du dieses Spiel mit mir dann angefangen, Ilian?« fragte er bitter, und die Last der Enttäuschung drückte ihn nieder. »Warum hast du nicht einfach darauf verzichtet, mich je wiederzusehen?«

Zu seiner Überraschung spürte er ihre Lippen auf den seinen.

Es war kein leidenschaftlicher oder aufreizender Kuß, nur eine kurze, zarte Berührung, ehe sie sich wieder zurückzog.

»Weil du all die Jahre ein Freund warst«, entgegnete Ilian, »und es sein mag, daß ich dir nie wieder begegnen werde.« So leise, daß er nie sicher war, ob er diese letzte Äußerung nicht geträumt hatte, setzt sie hinzu: »Weil es mir leid tut um das, was hätte sein können.«

Der Morgen dämmerte bereits, als Remus das Haus betrat, das für ihn in den letzten drei Jahren zum Heim geworden war. Er war zu erschöpft, um überrascht zu sein, daß ihn nicht einer der Diener einließ, sondern seine Mutter.

»Ich habe auf dich gewartet«, sagte sie.

Das mußte der Wahrheit entsprechen, denn im Dämmerlicht erkannte er, als er die Augen zusammenkniff, die der Wein hatte aufschwellen lassen, daß sie immer noch dasselbe Gewand wie am gestrigen Tag trug.

»Warum?« fragte er bitter. Zumindest tat sie nicht so, als verstünde sie die Frage falsch.

»Es gibt viele Arten, ein Mann zu werden«, entgegnete sie. »Diese erschien mir besser als die anderen.«

Aber es war eine Lüge, wollte er protestieren. *Du hast mich an eine Lüge glauben lassen.* Doch seine Zunge war immer noch schwer von dem Rausch, den er sich mit Arkas und Lichas angetrunken hatte, und außerdem war er sich noch nicht einmal mehr sicher, daß es stimmte. Schließlich hatte Prokne nie einen Hehl daraus gemacht, was sie war. Wenn ihn jemand belogen hatte, dann war er selbst es gewesen.

Wortlos drängte er sich an ihr vorbei und stieß dabei einen Krug um, der bereitstand, damit ihn der Türvorsteher in ein, zwei Stunden mit Wasser füllen konnte. Das Scheppern hallte in seinem Kopf wie das Geheul von Toten in der Unterwelt. Unwillkürlich stöhnte er auf und griff sich an die Schläfen.

»Wenn du mich fragst«, sagte seine Mutter mitleidslos, »dann geschieht es dir recht, falls du den Tag über mit Kopfschmerzen herumläufst. Obwohl du vermutlich besser Ulsna fragen solltest. Er sieht wesentlich schlimmer aus als du.«

Er erinnerte sich dunkel, Ulsna geschlagen zu haben, und an das Gefühl der Befriedigung, das er dabei empfunden hatte. Warum eigentlich? Der gute, alte Ulsna. Ulsna war ein Freund. Ulsna hatte ihm von Anfang an reinen Wein eingeschenkt, im Gegensatz zu den verdammten Weibern in seinem Leben. Ulsna hatte… Unwillkürlich sog er die Luft ein, als ihm der Rest wieder einfiel. Inmitten von Benommenheit und beginnenden Kopfschmerzen fehlten ihm die Hemmungen, die ihn sonst zurückgehalten hätten.

»Schläfst du mit Ulsna?« fragte er und drehte sich wieder zu seiner Mutter um.

»Nein«, gab sie mit unbewegtem Gesicht zurück.

»Gut«, stieß Remus hervor und fiel ihr um den Hals. Da er sie inzwischen um einiges überragte, war es nicht einfach, doch es gelang ihm. »Romulus hatte Angst, du tust es, ganz am Anfang, weißt du?« flüsterte er in ihren Nacken hinein. »Als er bei uns aufgetaucht ist. Aber ich habe immer gewußt, daß du keine schlechte Frau bist.«

Er spürte ihre vertrauten, langgliedrigen Finger in seinem Haar.

»Schlaf jetzt«, sagte sie. »Du hast noch ein paar Stunden Zeit, bevor du dich bei Ulsna entschuldigen kannst.«

Undeutlich flackerte der Gedanke auf, daß er eigentlich eine Entschuldigung von ihr erwartet hatte, und erlosch sofort wieder. Sie hatte recht, oder etwa nicht? Der gute Ulsna verdiente eine Entschuldigung. Sie hatte immer recht, weil am Ende alles auf sie zurückging, wie auf die Götter, den Ursprung allen Lebens.

Etwas, auf das man lange gewartet hatte, konnte einen er-
sticken, wenn es endlich eintraf, dachte Romulus, als er von
einem seiner ergiebigeren Raubzüge zurückkehrte. Tarchna befand sich im tiefsten Tusci-Land, nicht im Grenzgebiet wie
Alba, doch es gab auch hier genügend Latiner, die von dem
Reichtum der Tusci-Städte angelockt wurden und sich in ihrer
Nähe ansiedelten, wie es, wenn auch aus anderen Gründen,
Romulus und Faustulus getan hatten. Vor allem gab es Unzu-
friedene, die sich nicht damit abfinden wollten, für die Tusci
nur das Vieh zu hüten. In den letzten Jahren hatte Romulus
festgestellt, daß es ihm ohne seinen Bruder im Rücken durchaus möglich war, Freunde zu gewinnen. Nun, vielleicht nicht
Freunde, aber Anhänger. Jungen wie er, die zuhörten, wenn er
sagte, daß man sich nicht mit den Almosen der Tusci abfinden
müsse.

Für den König von Tarchna das Vieh zu hüten war nichts.
Aber es gab noch andere Edle der Tusci, die Herden außerhalb
der Stadt ihr eigen nannten. Sich um Wasserstellen zu prügeln
war nichts. Einander die besten Tiere abzujagen, wenn es sich
nicht nachweisen ließ, war besser, war ein erster Schritt. Bei den
Eifersüchteleien unter den Edlen konnte man sicher sein, daß
der jeweilige eigene Schutzherr den Diebstahl, so er erfolgreich
war, mit Genugtuung decken würde. Aber niemand sagte, daß
man immer *alle* Tiere bei der Herde des Schutzherrn halten
mußte, vor allem, wenn dieser nicht zugeben konnte, daß er
mehr besaß, als rechtens war. Einige ließen sich immer abson-
dern. Ließen sich umtauschen in so nützliche Dinge wie die
Bronzeschwerter, die Numa, dem der Dienst bei den Tusci auch
nicht schmeckte, bei den Waffenschmieden für die Krieger des
Königs bestellte.

»Du solltest es machen wie ich«, sagte Numa des öfteren,
wenn er Romulus wieder einmal Unterricht im Schwertkampf
oder Speerwerfen gab. »Vieh hüten, das ist nichts für dich. Wozu
Waffen horten, wenn du doch bei den Schweinen bleibst?«

»Numa«, gab Romulus dann zurück, »warte es ab. Am Ende wirst du es machen wie ich.«

Er war noch nicht bereit, Numa alles zu erzählen, oder sonst irgend jemandem, o nein. Immerhin wußte Numa mehr als die meisten. Numa war nicht dumm, und er war nützlich, nicht nur im Übermitteln von Schriftrollen aus fernen Ländern. So überraschte es Romulus nicht weiter, daß es Numa war, der, als Romulus mit zwei Freunden und vier fremden Ferkeln im Schlepptau zu der königlichen Herde zurückkehrte, die er wie andere landlose Latiner immer noch hütete, vergnügt auf einem Baumstamm saß, den Arm um die Schultern des Mannes neben sich gelegt, und ihm schon von weitem entgegenrief: »Romulus, Romulus, du wirst nie glauben, wer hier ist!«

Er glaubte es. Er hatte gewußt, daß es bald soweit sein würde, und dennoch konnte er das Gefühl nicht genau benennen, das ihm die Kehle zuschnürte. Der junge Mann neben Numa, in einem Chiton, so fein gewebt wie die der Stadtbewohner, und Stiefeln, die hier kein Mensch trug, stand auf, groß, breitschultrig und vertraut wie das Gestern, das ihn immer noch heimsuchte. Er hätte Remus überall erkannt, trotz der vergangenen Jahre, so wie er die Narben an seinem eigenen Körper kannte.

Remus schaute ihm mit einem unsicheren Lächeln entgegen, das rasch zu einem breiten Strahlen wurde, als Romulus ihn an den Unterarmen packte, wie es in ihrem Dorf die Männer getan und die Knaben immer geübt hatten.

»Romulus«, rief er, »Romulus, es tut so gut, dich wiederzusehen, Bruder! Meine Güte, bist du gewachsen.«

Es war Romulus durchaus bewußt, daß er bei allem Wachstum trotzdem immer noch nicht so groß war wie Remus, doch er bezweifelte, daß Remus es bemerkte. Sein Bruder schien noch immer all das auszusprechen, was ihm auf der Zunge lag, ohne jede Hintergedanken.

»Es tut gut, dich wiederzusehen, Bruder«, wiederholte Romulus, weil es von ihm erwartet wurde und er das, was er empfand, ohnehin nicht in Worte hätte kleiden können. Außerdem, dachte er, war es passend, das Echo seines Bruders zu spielen. Schließlich waren sie Zwillinge.

Er stellte Remus seine beiden Freunde vor, Lucius und Scaurus, und beobachtete, wie sich sein Bruder nach ihrem Heimatdorf und ihren Familien erkundigte und ein paar freundliche Worte für jeden fand, wie sie sich sichtlich für Remus erwärmten.

»Na, so eine Rückkehr, die muß gefeiert werden!« meinte Scaurus. »Da lohnt es sich glatt, einen von den netten Quiekern hier gleich zu schlachten, was meinst du, Romulus?«

»Aber sicher. Nur weiß ich nicht, ob eines genügt. Vielleicht bekommen wir noch einen weiteren Ehrengast. Oder, Remus?«

»Was meinst du?« fragte Remus verdutzt.

»Ich meine, ob sie hier ist. Der Quell unseres Daseins, lieber Bruder: unsere Mutter.«

Wie es schien, war Remus mit den Jahren doch vorsichtiger geworden. Er warf Numa, Scaurus und Lucius einen Blick zu, dann sagte er langsam: »Nun, in der Nähe ist sie schon, nur dachte sie, es sei kein guter Einfall, gleich mitzukommen. Du weißt schon, des Vaters wegen. Außerdem hatte sie etwas mit ein paar Priestern hier zu bereden.«

»Ich wußte gar nicht, daß deine Mutter noch am Leben ist«, bemerkte Lucius, was Romulus ein weiteres Mal bewies, daß Numa, der dank seines Vaters bestens Bescheid wußte, den Mund halten konnte, wenn es darauf ankam. Auch jetzt schwieg er und schaute nachdenklich von Remus zu Romulus und zurück, obwohl ihm ein ganz bestimmter Einwurf auf der Zunge brennen mußte.

»Oh, sie lebt noch«, antwortete er Lucius. »Unsere Mutter ist kein gewöhnliches Wesen. Sie überlebt alles.« Mit einem schmalen Lächeln wandte er sich Remus zu. »Im Gegensatz zu dem armen Faustulus, Bruder. Er ist im vergangenen Winter gestorben. Nicht, ohne sich zu wünschen, du wärst bei ihm gewesen, was du verstehen wirst.«

Das Schuldgefühl, das sich sofort über Remus' ausdrucksvolle Züge legte, war ungeheuer befriedigend. Kein Ausgleich dafür, daß es Romulus gewesen war, der den rasselnden Atem ihres Ziehvaters bis zum Ende hatte hören müssen, während Remus das Leben in Korinth, Ägypten oder anderswo genossen hatte. Aber es war ein Anfang.

»Gestorben?« wiederholte er heiser. »Ich dachte... warum hast du nicht... o Apollon, ich hatte so gehofft...«

Er rief sogar fremde Götter an, ohne nachzudenken, dachte Romulus, und sein Lächeln ohne jede Heiterkeit vertiefte sich. Dann erbarmte er sich seines Bruders, legte ihm einen Arm um die Schultern und sagte: »Es gab nichts, was du hättest tun können. Niemand hätte etwas tun können. Es war einfach Zeit für ihn.«

Er war zu schwach geworden, um weiterzuleben, setzte er schweigend hinzu, doch er sprach es nicht aus. Die einzige Person, der gegenüber er so etwas geäußert hätte, war nicht hier.

»Wo ist sie?« fragte er Remus.

Immer noch erschüttert, erwiderte sein Bruder: »Einen halben Tagesritt von hier entfernt. Ich soll dich zu ihr bringen, wenn du sie sehen möchtest.«

Romulus lachte, was ihm unsichere Blicke aller Anwesenden einbrachte. »Ich möchte sie sehen«, sagte er, als er sich wieder beruhigt hatte. »Aber sie soll zu mir kommen.«

Er verbrachte den Rest des Tages damit, Vorbereitungen zu treffen, und überließ die Tiere Lucius und dessen kleinem Bruder, der während ihres Raubzugs Wache gehalten hatte. In ihm summte es wie in einem Bienenstock. Tatsächlich war er sich nicht völlig sicher, ob sie kommen würde. Es mochte sehr wohl sein, daß sie glaubte, er werde ihr irgendeine Falle stellen. Damit hätte sie recht, aber es war keine Falle, die sie erwarten würde. Es kam jetzt darauf an, ob das jahrelange Grübeln umsonst gewesen war oder nicht.

An Remus zumindest hatte ihn nichts überrascht. Remus war berechenbar geblieben, was auf Romulus eine beruhigende Art von Freude ausübte. Remus hatte die Welt gesehen, doch die Welt hatte es nicht fertiggebracht, ihn zu ändern. Offenbar waren all die Erfahrungen an ihm abgeglitten wie Wasser, einschließlich des Tages, der ihre alte Welt zerstört hatte. Mit einem Hohn, der sich nicht nur gegen Remus, sondern auch gegen sich selbst richtete, rief er sich den Trostversuch von einst ins Gedächtnis, seinen Zwillingsbruder, wie er sagte: »Ich mag dich lieber als jeden anderen.«

Er hatte schon damals gewußt, daß es eine gutgemeinte Lüge sein mußte, und nun, da Remus das Leben ohne ihn so offenkundig bekommen war, war er sich seiner Sache wieder sicher. Jede Wette, daß Remus in seinem Leben jenseits des Meeres nur gelegentlich an ihn gedacht hatte, gerade genug, um einen Hauch von schlechtem Gewissen zu spüren, mit dem sich immerhin etwas anfangen ließ. Romulus selbst war über Gewissensbisse hinweg. Die letzten waren mit dem armen Faustulus gestorben; Faustulus, dem wandelnden Beispiel dafür, warum es nicht gut war, irgend jemanden zu lieben. Er hatte die Zuneigung des Kindes, das er gewesen war, mit Faustulus verbrannt. Die Urne mit der Asche stand noch in seiner Hütte, als stete Erinnerung an das, was Remus wohl ohne Schwierigkeiten vergessen hatte. Und aus der Asche war, wie in einer ihrer Geschichten, die sie ihm schickte, ein neues Geschöpf geboren worden, um sich über alle anderen zu erheben.

»Mich wundert es, daß du nicht länger mit deinem Bruder geredet hast«, sagte Scaurus zu ihm, während sie warteten. »Wo er doch so lange fort war.«

»Wir haben noch alle Zeit der Welt, um zu reden.«

Wie um die boshaften Scherze des Schicksals zu unterstreichen, sah sie wieder jemand anders zuerst, Scaurus diesmal, und er stieß Romulus in die Seite. »Ich habe noch nie eine Frau auf einem Pferd gesehen«, bemerkte er. »Schau dir das an, Alter.«

»Meine Mutter ist keine Frau«, entgegnete Romulus und starrte ihr entgegen. »Sie ist eine Göttin.«

In der Tat ritt sie, wie Remus auch, aber im Gegensatz zu Remus, der sofort von seinem Pferd sprang und Romulus erneut umarmte, blieb sie im Sattel und blickte zu ihm herab. Sie hatte sich nicht verändert; jeder Zug, jede Geste bis hin zu der Handbewegung, mit der sie sich einige Locken, die ihr ins Gesicht gefallen waren, aus der Stirn strich, waren noch so, wie sie sich in seine Erinnerung gebrannt hatten.

Remus löste sich von ihm und meinte, etwas zu hastig, was verriet, daß er der heiklen Lage gegenüber zumindest nicht völlig blind war: »Ich helfe der Mutter nur schnell aus dem Sattel.«

»Nicht nötig«, gab Romulus zurück, ohne den Blick von ihr zu wenden, trat zu dem Pferd und streckte ihr die Arme entgegen. »Willkommen«, sagte er, »willkommen... Larentia.«

Sie neigte den Kopf, wie um einen Treffer zu würdigen, schwang ein Bein über die Mähne des Tieres, ergriff seine Hände und glitt vom Rücken ihres Reittiers. Es war ihm bewußt, daß der kurze Moment, den sie dabei in seinen Armen lag, ein erstes Mal darstellte. Schließlich hatte er ihre Umarmung bei ihrer früheren Rückkehr zurückgewiesen.

»Es freut mich, dich wiederzusehen, mein Sohn«, sagte sie mit der ruhigen Stimme, die sie ihm gegenüber fast immer anschlug, und trat zurück.

»Da bin ich sicher. Aber nicht so sehr, wie es mich freut.«

»Wir haben ein Festmahl für euch vorbereitet«, sagte Scaurus zu Remus. »Das Ferkel steckt schon am Spieß.«

»Wir haben mehr als das vorbereitet«, unterbrach Romulus, gespannt, ob sie ein Anzeichen der Unruhe preisgeben würde. Sie tat es nicht, und er war zufrieden. Er wollte sie nicht schwächer als früher. Er wollte sie vollkommen in ihrer Selbstsicherheit. Sonst war sie es nicht wert, zerstört zu werden.

»Laß mich es dir zeigen«, fuhr er fort und reichte ihr erneut seinen Arm. Er spürte, wie seine Haut sich zusammenzog, als sie ihre Hand auf ihn legte.

»Es sind keine Krieger aus Alba«, sagte er leise, während er sie zu der Hütte führte, die er mit Faustulus bewohnt hatte und in der er nur noch selten schlief. Remus und Scaurus, die sich um die Pferde kümmerten, traten für ihn in den Hintergrund, verblichen angesichts der Gegenwart seines Traumes.

»Ich weiß«, gab sie zurück, ebenfalls mit gesenkter Stimme. »Nicht so nahe an Tarchna.«

»Was natürlich der Grund ist, warum ich hierhergekommen bin«, pflichtete er ihr bei und stieß den Vorhang zur Seite. Das ausgenommene Ferkel, das am Bratspieß über der Feuerstelle steckte, war das unwichtigste Element an seinen Vorbereitungen. Er hatte die Hütte über und über mit Blumen gefüllt, Feldblumen, Blütenzweigen, die seine Gefährten trotz ihres Murrens über weibische Tätigkeiten für ihn gepflückt hatten, während er Kerzen aus Tarchna geholt hatte, Kerzen, bei denen der Duft des Bienenwachses sich mit anderen Essenzen vermengte. Sie blieb abrupt stehen, und während sie den Anblick in sich aufnahm, spürte er das erste Zittern eines Triumphes in sich. Das hatte sie nicht erwartet. Es war der Schlüssel: eine Strategie zu finden, auf die sie nicht gefaßt, Dinge zu tun, auf die sie nicht vorbereitet war. Er sog es in sich hinein, die geweiteten Augen, den leicht geöffneten Mund, die plötzliche Erstarrung, ehe sie sich wieder fing und erneut in ihren unnahbaren Kokon spann.

»Ich hoffe, es gefällt dir«, sagte er. »Es ist nichts im Vergleich zum Palast von Alba. Aber es ist ein Anfang, findest du nicht?«

»Es ist wunderschön«, erwiderte sie, und wenn er es nicht besser gewußt hätte, dann hätte er geschworen, daß Trauer in ihrer Stimme lag. »Ich habe auch ein Geschenk für dich«, fuhr sie fort und holte unter ihrem Umhang ein Schwert hervor, das diesen Namen kaum verdiente, so kurz war es.

»Ein Kinderschwert?« fragte er und fühlte sich auf absurde Weise gekränkt. Gleichzeitig fiel ihm auf, daß dieses Schwert nicht aus Bronze bestand; das Metall hatte eine ganz andere Farbe, ein stumpfes, silbriges Grau.

»Ein Schwert aus Eisen. Die Assyrer haben damit Ägypten erobert. Jeder Lederpanzer wird damit leicht durchstoßen, und man sagte mir, das sei der beste Einsatz eines Schwertes. Nicht das Schlagen, sondern das Zustechen.«

Er nahm es in die Hand und spürte die ungewohnte Leichtigkeit, während er damit durch die Luft fuhr. »Dein Bruder hält es für keine ehrenhafte Waffe, wenn der Gegner nur über Bronze verfügt«, bemerkte sie ruhig. »Aber sie ist tödlich.«

Romulus konnte sich nicht entscheiden, ob er sich durch die Gabe einer Waffe, für die Remus sich zu gut war, geschmeichelt oder beleidigt fühlen sollte. Er kam nicht dazu, lange darüber nachzudenken, denn Remus, Scaurus und Lucius traten laut und lärmend ein.

»Du bist doch ein Kerl, Romulus«, sagte Remus, als er sich von seiner Verblüffung erholt hatte, und schlug seinem Bruder auf die Schulter. »Danke!«

Erst nach dem Ende des Mahles, nach vielen Geschichten über griechische Waffen, sportliche Wettkämpfe, ägyptische Streitwagen und nubische Pferde, nach Gelächter, Wein, den Remus mitgebracht hatte, und geröstetem Schweinefleisch, kam Romulus dazu, seine eigene Unterhaltung mit Ilian fortzuführen.

»Warum ist Numa eigentlich nicht geblieben?« fragte sie. Das nur noch leise flackernde Herdfeuer ließ die Ohrringe, die sie trug, silbrig glitzern.

»Weil es dich beunruhigen könnte, dir vorzustellen, was er wohl in Tarchna macht«, entgegnete Romulus und hielt ihr die Schale mit den Bohnen hin, aus der sie sich bediente. »*Bist* du beunruhigt?«

Sie schüttelte den Kopf, und er lächelte sie an. »Warum hast du deinen Barden nicht mitgebracht? Als Rückversicherung?«

»Romulus«, entgegnete sie und erwiderte sein Lächeln, »du denkst zuviel.«

»Ich gebe mir Mühe.«

»Es tut mir leid wegen Faustulus«, sagte sie plötzlich ernst.

»Nein, Larentia, es tut dir nicht leid. Du bist erleichtert. Schließlich vereinfacht es die Dinge sehr, daß er nicht mehr hier ist.«

»Tut es das?« gab sie nachdenklich zurück.

Für Remus war die Heimkehr gleichzeitig schöner und schlimmer, als er sie sich vorgestellt hatte. Der Gedanke an Faustulus tat ihm weh, aber die Aufnahme durch Romulus hatte er sich wesentlich schwieriger vorgestellt, bei der Fähigkeit zum tiefen Groll, die sein Zwilling immer gezeigt hatte. Aber sein kleiner Bruder war ein Mann geworden, mit eigenen Freunden, und er hatte gelernt zu vergeben, wie gerade dieses Willkommen erwies. Angesichts dessen, daß er befürchtet hatte, Romulus werde sich weigern, mit der Mutter auch nur ein einziges Wort zu sprechen, grenzte seine tatsächliche Reaktion an ein Wunder. Es war schlimm, daß der Vater tot war, doch sie konnten immer noch eine Familie sein. Und sie würden Seite an Seite kämpfen, wie die Brüder, die sie waren.

Es war spät in der Nacht, als er Romulus endlich allein erwischte, in dem Stall neben der Hütte, wo er noch einmal nach den Pferden sah. Der warme, dumpfe Geruch erinnerte ihn an seine Kindheit.

»Du hast kaum mit mir gesprochen«, klagte Remus vorwurfsvoll, aber herzlich.

»Nun, die anderen haben dich völlig in Beschlag genommen. Sie sind keine«, Romulus zögerte kurz, »Helden von jenseits des Meeres gewohnt.«

»Romulus, sie halten eine Menge von dir«, sagte Remus, der den Unterton in der Stimme seines Bruders wiedererkannte. »Ihr seid wohl bereits durch dick und dünn gegangen. Das ist gut. Für das, was uns noch bevorsteht.«

»Ganz bestimmt. Aber dazu brauchen wir noch mehr Leute.«

»Dann weißt du …«

In der Dunkelheit spürte er die Hand des Bruders auf seiner Schulter, ehe er sie sah.

»Ich bin nicht dumm, Remus. Ich weiß, wozu ihr zurückgekommen seid.«

»Wir wären auch nur deinetwegen zurückgekommen«, protestierte Remus. »Ich habe dich vermißt.«

»Gewiß.«

»Ganz bestimmt! Die anderen – das war einfach nicht das gleiche. Sie haben ein Sprichwort bei den Griechen, weißt du? *Bloß ist der Rücken ohne einen Bruder.* Das stimmt. Und«, Remus hielt inne, fragte sich, ob es wohl wie Prahlerei klingen würde, und entschied, daß Romulus ihn schon richtig verstehen würde, »gerade in letzter Zeit ist mir einiges passiert, über das ich unbedingt mit dir reden muß.«

»Erzähl es mir«, sagte Romulus begütigend, »aber unter freiem Himmel. Ich wollte nur sichergehen, daß mit den Tieren alles in Ordnung ist.«

»Ja, wie der Vater es uns gelehrt hat«, meinte Remus versonnen, und Romulus erwiderte nichts. Am nächtlichen Himmel erkannte Remus die wichtigsten Sterne, denen die Seeleute folgten, doch obwohl seine Mutter es ihm angeboten hatte, war er nie neugierig genug gewesen, um mehr über sie zu lernen. Es gehörte zu der Welt aus Ritualen und trockenen Papyri, die nicht die seine war.

»Hast du ein Mädchen?« fragte er plötzlich, und Romulus, verblüfft klingend, verneinte. Daraufhin schüttete Remus ihm sein Herz über Prokne aus, die herrliche, trügerische Prokne, die er vor seiner Abreise nicht mehr gesehen hatte, weil sein Stolz es ihm verbot, und die er dennoch unglaublich vermißte.

»Was ich nicht begreife«, schloß er, »ist der Grund, warum die Mutter das alles überhaupt in die Wege geleitet hat. Ich meine, ich hätte doch sonst nie an Prokne auf diese Art und Weise gedacht.«

»Gewiß hatte sie ihre Gründe. Erzähl mir noch einmal, was Prokne über sie gesagt hat.«

»Prokne hat gar nichts... sie hat nur Gerüchte wiederholt. Üble Gerüchte, die nicht stimmen. Es hat mich bloß so wütend gemacht, es mir überhaupt vorzustellen, verstehst du?«

»Ich verstehe dich genau«, entgegnete Romulus und hing seinen eigenen Gedanken nach, während sein liebenswerter, aber törichter Bruder weiterhin über sein gebrochenes Herz schwatzte. »Ganz genau.«

In gewisser Weise wiederholten sich für die Zwillinge das Frühjahr und der Sommer, die sie vor vier Jahren mit ihrer Mutter verbracht hatten. Gewiß, es gab Unterschiede: Faustulus war fort, und sie hatten kein festes Heim mehr, denn Romulus gab den Vorwand des Viehhütens auf. Er und Remus sammelten weitere Anhänger wie Lucius und Scaurus, um sie an Waffen auszubilden, zuerst in der Nähe von Tarchna, dann aus der Gegend um Vei, der Tusci-Stadt, die Alba am nächsten lag. Anhänger, die jung, arm und unternehmungslustig genug waren, um sich zu Überfällen auf die Tusci bereitzufinden. Überfällen, die jedoch immer und ausschließlich Handelszügen aus Alba galten.

»Gesindel«, fluchte einer der Kaufleute, der auf diese Weise um einen Wagen voller kostbarer Krüge gebracht wurde. »Der König wird es euch heimzahlen.«

»Welcher König?« gab Romulus zurück, laut genug, damit ihn jeder der Überfallenen hören konnte. »Ihr habt keinen echten König. Euer König hat sich gegen die Götter vergangen und ist verflucht, das weiß doch jeder.«

Ihre Opfer wurden immer am Leben gelassen. »Vorerst«, sagte Romulus zu seiner Mutter, »denn es ist eine schlechte Lösung, mit Untertanen zu beginnen, die einen hassen, weil man ihnen Väter, Brüder oder Söhne genommen hat. Aber wenn sie anfangen, mit besseren Eskorten zu reisen, wird sich das ändern müssen.«

Die Gespräche, die Romulus und Ilian miteinander führten, gehörten für Remus zu den Gemeinsamkeiten mit jenen lange zurückliegenden Monaten. Romulus hatte Sinn für alles Komplizierte, ob es nun Rituale oder in die Zukunft gerichtete Pläne waren, und gerade, was die Rituale anging, war Remus froh, derartige Verpflichtungen auf seinen Bruder abwälzen zu können. Er kümmerte sich lieber um Handfestes, wie darum, ihre kleine, aber stetig wachsende Schar zu organisieren. Es war ein buntes Gemisch aus rauflustigen Hirten, entflohenen Sklaven und anderen Landlosen; doch wenngleich die meisten von ihnen gut mit Knüppeln umgehen konnten, war keiner von ihnen wie Remus und Numa im Zweikampf mit Schwert, Schild und Speer ausgebildet worden. Remus übernahm diese Aufgabe zusammen mit dem Aufbau von Lagerplätzen und der Versorgung der eigenen und erbeuteten Tiere, wie er früher mit seinem Vater auch den Hauptteil der alltäglichen Arbeit am Hof verrichtet hatte.

Daß Romulus sich trotz allem, was geschehen war, so gut mit der Mutter verstand, überraschte ihn, und auch wieder nicht. Romulus mochte ein Talent für die schwierigen Dinge des Lebens haben, doch das Naheliegende, vor allem das, was ihn selbst betraf, wollte sein Zwilling oft nicht begreifen. Für Remus war schon früher offenkundig gewesen, daß es Romulus um die Aufmerksamkeit ihrer Mutter ging, und jetzt war noch deutlicher, daß er sich eher die Zunge abgebissen hätte, als zuzugeben, daß er sie vermißt hatte. Etwas in der Art äußerte er auch, als Ulsna zu ihnen stieß und Remus nach einem Tag beiseite zog, um ihn zu fragen, was er von Romulus' Benehmen halte.

»Er ist ein guter Sohn, der sich freut, seine Mutter wiederzuhaben«, antworte Remus und bemühte sich, nicht verärgert zu klingen. Er hatte immer noch eine Spur von schlechtem Gewissen Ulsna gegenüber, doch ihn störte, wie dieser seine Frage formuliert hatte.

»Hm«, machte Ulsna, mehr nicht. Widersinnigerweise sorgte

das dafür, daß Remus die Sache nicht auf sich beruhen lassen konnte.

»Das kann doch jeder sehen.«

»Hm.«

»Sprich schon aus, was du auf dem Herzen hast!« knurrte Remus ungeduldig.

»Ich würde es ja tun«, entgegnete Ulsna mit erhobener Augenbraue, »aber ich traue deiner Selbstbeherrschung nicht über den Weg, mein Junge.«

Remus verschränkte die Hände hinter dem Rücken und bemühte sich um einen zerknirschten Gesichtsausdruck, was Ulsna zu einem schwachen Lächeln nötigte.

»Nun«, begann er langsam, »da ich selbst ohne Mutter aufgewachsen bin, weiß ich von Söhnen und Müttern natürlich nur das, was ich an dir und deiner Mutter beobachten konnte, und von Romulus weiß ich so gut wie gar nichts. Doch ich muß sagen, dein Bruder hat eine entschieden andere Art als du, ein guter Sohn zu sein. Mir kommt er beinahe so vor wie ein Mann, der die Frau seines Herzens umwirbt.«

Vor seiner Erfahrung mit Prokne hätte Remus nicht begriffen, worauf Ulsna hinauswollte. Auch so brauchte er eine Weile, bis sich das Begreifen durch seine Verwirrung arbeitete, wie Öl, wenn man es mit Wasser mischte. Obwohl er heftig versucht war, wurde er nicht wieder handgreiflich.

»Romulus hat in seinem ganzen Leben nur ein paar Monate lang eine Mutter gehabt«, sagte er, um Selbstbeherrschung ringend, »und er wollte nie zugeben, daß er eine brauchte. Man muß schon selbst unnatürlich sein, um etwas anderes darin zu sehen.«

Durch Ulsnas Gestalt ging ein Ruck. Sein Gesicht verhärtete sich, und er wandte sich ohne ein weiteres Wort von Remus ab.

Es tat Remus leid, schon wieder mit Ulsna gestritten zu haben, doch er fand, daß Ulsna diesmal mehr Grund hatte, sich zu entschuldigen. Außerdem glaubte er zu wissen, was Ulsna tatsächlich im Nacken saß: Eifersucht. Der arme, alte Ulsna hatte schließlich kein Weib und keine Kinder, und da mußte es ihn bei aller Freundschaft ab und zu unangenehm berühren, Ilian mit ihren Söhnen zu sehen.

Das Ärgerliche war, daß einem Ulsnas Worte trotzdem nachschlichen wie Diebe in der Nacht. Sie stahlen einem die reine Freude am Leben und vermengten sie mit einer seltsamen Unruhe, vor allem, wenn er die Mutter und Romulus über irgendwelche Rituale debattieren sah, wenn die Mutter eine Schriftrolle ausbreitete und Romulus sich von hinten über ihre Schulter beugte, um sie zu begutachten, und dabei fast ihre Wange mit der seinen streifte. Alles völlig harmlose Gesten, bis Ulsna sie mit dieser einen Äußerung vergiftet hatte.

»Weißt du«, sagte Remus schließlich zu seinem Bruder, »nur weil wir dabei sind, einen Schurken vom Thron zu stürzen, besteht kein Grund, warum wir nicht etwas Spaß nebenbei haben sollten. Es ist an der Zeit, daß du dir ein Mädchen suchst.«

»Und das von einem, der immer noch seiner letzten Frau nachtrauert. Remus, denk nach. Wenn ich mit einem Mädchen aus den Dörfern etwas anfange, verärgert das ihren Vater, Bruder, Onkel, die wir alle als Verbündete brauchen.«

Damit hatte Romulus zwar durchaus recht, doch irgendwie war es nicht richtig, daß er sich in ihrem Alter so selbstbeherrscht zeigte.

»Wir könnten in eine der Tusci-Städte gehen. Nach Xaire, zum Beispiel.« Eine Erinnerung an all die Mutproben in ihrer Kindheit wehte ihn an, und er fügte hinzu: »Du hast doch keine Angst vor Frauen, oder?«

»Nein«, gab Romulus kalt zurück, aber er erklärte sich bereit, nach Xaire zu gehen. Wie es sich fügte, ergab sich die Gelegenheit dazu, als Ulsna seinen nächsten Gang, um die Stimmung unter den Tusci zu erkunden, unternahm. Der Barde wirkte nicht sehr erbaut, als die Zwillinge ankündigten, sie würden ihn begleiten.

»So stellen wir sicher, daß dir unterwegs nichts geschieht«, verkündete Remus und schlug Ulsna auf die Schulter. Es war als versöhnliche Geste gemeint, doch die Miene des Barden blieb eisig.

»Ihr stellt nur sicher, daß wir bemerkt werden. Ihr beide seid so unauffällig wie ein paar rauflustige junge Wölfe.«

»Aber wir werden keinen Ärger in Xaire machen. Nur etwas feiern. Mit«, Remus druckste verlegen, »mit ein paar netten Tusci-Mädchen.«

»Soviel zu deiner ewig währenden Liebe und Treue. Weißt du, im Rückblick betrachtet, war Prokne doch gar keine schlechte Wahl. Wenigstens wartet sie nicht auf dich.«

Diesmal war es an Remus, verärgert davonzustapfen, doch nach ein paar Schritten holte ihn Ulsna wieder ein. »Schon gut, Junge«, sagte der Barde. »Kommt mit und tobt euch aus. Die Götter wissen, viel mehr Gelegenheiten werdet ihr ohnehin nicht mehr haben.«

Ulsna mußte sich eingestehen, daß ihn Romulus beunruhigte, was einer der Gründe war, warum er einwilligte, sich die Zwillinge aufzuhalsen. Mit den Jahren war seine Menschenkenntnis bis zu dem Punkt gereift, an dem er sich zutraute, eigentlich jeden einschätzen zu können. Seine gelegentlichen Scharmützel mit Remus rührten nicht von zu wenig, sondern eher von zu gutem Verständnis her; außerdem besaßen Jungen, wenn man sie gerade zu Männern erklärt hatte, eine unselige Fähigkeit, einen mit tolpatschigen Bemerkungen in Zorn zu bringen. Doch Romulus, der ein genau solcher Junge hätte sein sollen, benahm sich statt dessen viel zu selbstbeherrscht, viel zu sehr wie Ilian, wenn sie etwas plante. Immerhin hatte Ulsna durch die Jahre gelernt, Ilian zu deuten, also wäre ein besserer Vergleich vermutlich Ilians Onkel in Alba gewesen. Es würde aufschlußreich sein, Romulus einmal dabei zu erleben, wie er sich gehen ließ. Überhaupt empfahl es sich, Romulus im Auge zu behalten, was er auch durchblicken ließ, als er mit Ilian über den Ausflug nach Xaire sprach.

»Oh, aber er wird sich nicht genügend betrinken, um sich von dir oder irgendwem aushorchen zu lassen«, meinte Ilian in einem Ton, der nach einer Mischung aus Belustigung und Stolz klang, »zum Glück nicht. Sonst stünde es aussichtslos um unser Ziel. Seine Selbstbeherrschung ist in den letzten Jahren enorm gewachsen.«

»Zweifellos. Ich befürchte nur, daß du eines Tages gefesselt und geknebelt in der Gefangenschaft von Arnth aufwachst, weil dein rachedurstiger Sohn sich so gut beherrscht und du alle Vorsicht in den Wind geschlagen hast. Du glaubst doch nicht im Ernst, daß er sich im Vergeben und Vergessen übt, nur weil er dich nicht mehr offen angiftet wie in seiner Kindheit?«

»Nein. Aber du vergißt etwas, Ulsna. Er will den Thron. Er hat es in sich«, fuhr sie fort und lächelte schwach, »den Hunger, den Ehrgeiz. Und er möchte, daß ich ihm vor aller Welt seine Herkunft bestätige, wenn es erst soweit ist. Er möchte, daß ich ihn auf dem Thron sehe, und erst dann wird er sich rächen.«

»Hm. Verzeih, doch mir scheint, du vergißt da etwas sehr Offensichtliches. Wie es derzeit aussieht, hast du alles in die Wege geleitet, damit Remus auf den Thron von Alba kommt, nicht Romulus, und auf die brüderliche Liebe würde ich auch nicht unbedingt bauen. Warum nicht euch beide an Arnth ausliefern und darauf hoffen, daß Arnth ihn dann dankbar als Nachfolger einsetzt?«

Die versonnene Heiterkeit schwand aus Ilians Zügen, während Ulsna sprach, und machte der steinernen Sphinx Platz. »Arnth kann keinen meiner Söhne als Nachfolger anerkennen. Jetzt nicht mehr.«

»Weil er damit zugeben würde, wer ihr Vater ist?« fragte Ulsna leise und erinnerte sich, wie er Ilians erstem Gespräch mit Iolaos in Delphi gelauscht und darüber gegrübelt hatte, ob sie die Wahrheit über die heilige Ehe gesagt hatte oder nicht.

»Weil ihm – wenn man einem der Kaufleute, die meine Söhne überfallen haben, Glauben schenkt – endlich eine seiner Sklavinnen einen Sohn geboren hat«, entgegnete Ilian kühl. »Wenn man darüber in Xaire spricht, kannst du einfließen lassen, daß es ein offenes Eingeständnis der Schwäche sei, ein Versuch, sich doch noch als rechtmäßiger König zu beweisen, selbst um des Preises willen, das Balg einer Sklavin auf den Thron von Alba zu setzen, das vermutlich noch nicht einmal von ihm stammt. Im übrigen«, setzte sie hinzu und griff nach der Wolle, die Remus ihr gebracht hatte, damit sie die durch das ständige Umherziehen unvermeidlichen Risse in ihren Kleidern ausbessern konnte, »wäre es ihm vermutlich auch ohne diesen Schritt unmöglich gewesen, einen der Zwillinge anzuerkennen. Nicht, weil ihnen der Vater fehlt. Solange meine Verbannung nicht von Tempel und Palast aufgehoben wird, haben sie auch keine Mutter. Ich existiere nicht, und damit gibt es auch weder Romulus noch Remus.«

Plötzlich schaute sie mit gekrauster Stirn zu ihm auf und teilte ihm mit, er solle ihr seinen Umhang bringen, der könne ebenfalls einige Ausbesserungen vertragen. Ulsna hätte es als ungeschickten Versuch, das Thema zu wechseln, bezeichnet, wenn er nicht gewußt hätte, daß Ilian seit jeher zu derartigen willkürlichen Gedankensprüngen neigte, häufiger sogar noch, seit ihr der alte Priester in Ägypten dieses Zeug eingeflößt hatte. Was ihn stärker beunruhigte, war die Tatsache, daß Ilian nach wie vor einer Antwort auf das grundlegende Problem auswich, daß nur eine Person auf dem Thron sitzen konnte und daß man einem Jungen, in dem der Haß sorgfältig gepflegt worden war, unmöglich seine Zukunft anvertrauen sollte, ganz gleich, in welcher Form. Manchmal erinnerte sie ihn an die alten Gefäße aus Alabaster, welche in den Gemächern der Herrin Nesmut standen und die bei aller Schönheit von hauchzarten Rissen durchzogen waren. Seit der Nacht, in der er ihren Verstand für immer verloren geglaubt hatte, wurde er dieses Bild nicht mehr los. Trotzdem gehorchte er, brachte ihr seinen Umhang und sah ihren schlanken, vertrauten Fingern dabei zu, wie sie flickten, was Dornen und Gebüsch eingerissen hatten. Die Griechen dachten sich die Schicksalsgöttinnen so, Fäden in der Hand, und wehmütig wünschte er sich, es wäre Ilian möglich, wie die Moiren mehr zu flicken als nur beschädigte Mäntel. Doch er bezweifelte es.

Es entging Romulus nicht, daß Ulsna ihn auf dem Weg nach Xaire und in der Stadt selbst ständig beobachtete. Selbst die linde, duftschwangere Luft des Spätfrühlings schien Argwohn in sich zu tragen, und das Gefühl belebte ihn ungemein. Remus, der hin und wieder auch leicht betreten wirkte, schien nur am Rande etwas davon zu spüren. Bald redete er wieder wie ein Wasserfall, von den nubischen Pferden, die sie einführen lassen würden, wenn ihre Zeit erst gekommen war, und wie man eben größere Schiffe dafür bauen müsse, was ein gewisser Arion, von dem Romulus nun schon öfter gehört hatte, fest plane.

Seinen Bruder so schwatzen zu hören hatte etwas angenehm Vertrautes, doch hin und wieder fragte sich Romulus, ob Remus nie auf die Idee kam, all die Geschichten von fremden Ländern, die nur einer von ihnen beiden hatte sehen dürfen, könnten die Kluft zwischen ihnen vertiefen, statt sie zu überbrücken. Mutmaßlich nicht. Remus war zu gut für derlei häßliche kleine Gedanken.

Am Stadttor von Xaire behandelte man sie mit der üblichen Herablassung, die latinischen Bauern entgegengebracht wurde; Ulsna, der wußte, daß Barden stärker im Gedächtnis blieben als Bauern, hatte seine Instrumente in Hafersäcken untergebracht und hielt im übrigen den Mund, was Romulus erleichterte. Er bezweifelte, daß der Barde einen überzeugenden Latiner abgeben würde. Während man sie mit ein paar abfälligen Bemerkungen über latinisches Diebsgesindel und Hungerleider durchwinkte, fragte er sich, ob ihm in den kommenden Jahren die Gelegenheit gegeben würde, die hochmütigen Wächter zu töten. Es war nicht unwahrscheinlich. Eine friedliche Zukunft war nicht das, was ihm für den Sohn des Kriegsgottes vorschwebte.

Bisher hatte er Männer im Kampf nur verwundet, doch noch niemanden getötet. Er stellte es sich hin und wieder vor, mit einer Mischung aus Schauder und Erregung. Im Gegensatz dazu ließen die Schankmädchen, die Remus in Xaire auftrieb, ihn kalt, und es freute ihn, sich so im Griff zu haben. Er konnte ihre Vorzüge wohl erkennen, die üppigen Brüste der einen, die langen Beine der anderen, das heisere Lachen der dritten, die sich mit Remus eine Bank teilte und mit seinem Bruder aus einem Krug trank. Aber zu seiner eigenen Überraschung stellte er fest, daß er keinen Neid angesichts der Leichtigkeit fühlte, mit der Remus die Mädchen zum Lachen brachte und mit ihnen schäkerte. Romulus nippte an seinem eigenen Krug, ließ sich noch etwas Wasser bringen, um es mit dem Wein zu mischen, lachte selbst hin und wieder und nahm den durchaus ansprechenden Anblick in sich auf, den sein großer, gutgewachsener Bruder mit den Prachtexemplaren käuflicher Weiblichkeit bot.

»Du bist schüchtern, wie?« fragte eines der Mädchen ihn und ließ ihre Hand über seinen Rücken gleiten. Da ihre Handfläche feucht war und er selbst an diesem warmen Tag geschwitzt hatte, wurde es eine klebrige Geste, die ihn zwar nicht anekelte, doch ihren eigentlichen Zweck verfehlte.

»Erschöpft«, entgegnete er, und nach einer Weile wandte sie sich naserümpfend ab.

Der Barde gab in dieser wie in anderen Schenken seine Lieder zum besten und redete mit den Leuten, die ihn dafür mit Essen und Getränken bedachten, aber er tat es gewöhnlich in einiger Entfernung von den Zwillingen, wie es verabredet worden war. Dennoch überraschte es Romulus nicht, als sich Ulsna schließlich zu ihm setzte.

»Keine Sorge, Barde«, sagte Romulus spöttisch. »Niemand hier hat bisher von den ernsten Dingen des Lebens gesprochen… oder hat dergleichen vor.«

»Nun, du machst auch nicht unbedingt den Eindruck, als ob

du dich vergnügst«, erwiderte Ulsna ruhig, »im Gegensatz zu deinem Bruder.«

Romulus beschloß, daß es an der Zeit war, dem Barden etwas für die Art, wie er bei der Demütigung von Faustulus geholfen hatte, heimzuzahlen. Außerdem würde es eine gute Übung darstellen. Ulsna mochte kein Krieger sein, doch wenn er all diese Jahre mit *ihr* überlebt hatte, war er ein ernstzunehmender Gegner. Es würde nicht leicht sein, in seinen Kopf zu gelangen. Außerdem mußte man damit rechnen, daß Remus zwischendurch lange genug von den Weibern abließ, die sich ihm an den Hals geworfen hatten, um dem Gespräch zuzuhören. Immerhin, gerade jetzt versicherte er der mit der heiseren Stimme lautstark, sie habe Augen wie eine ägyptische Katze, was auch immer das war, und Romulus riskierte eine scharfe Eröffnung, die Ulsna von Anfang an aus dem Gleichgewicht bringen sollte.

»Im Gegensatz zu meinem Bruder sind mir Huren gleich«, gab er zurück und betrachtete das unauffällige Gesicht des Mannes, der Faustulus ein Messer an die Kehle gehalten hatte, mit einem kalten Lächeln. »Besonders Tusci-Huren. Bis auf eine, versteht sich.«

Die grünen Augen des Barden verengten sich, doch ansonsten rührte er sich nicht. Er machte auch nicht den Fehler einer hitzigen Entgegnung, noch tat er so, als verstünde er die Anspielung nicht. Statt dessen starrte er Romulus nur an, was den Jungen verärgerte.

»Unser Remus ist ein netter Kerl«, fuhr er fort, nippte an seinem Wein und spürte einige Traubenschalen zwischen den Zähnen. »Glaubt von allen nur das Beste. Aber du nicht, wie?«

»Ich kann es mir nicht leisten«, antwortete der Barde ausdruckslos. »Es gibt zu viele Geschichten auf der Welt, zu viele Lieder über Kinder, die sich gegen ihre Eltern wenden. Sie enden alle schlecht. Es gibt keine größere Sünde wider die Götter, und meistens finden sich da auch ein paar Menschen, die solche Verbrecher bestraften. Auf eine Weise, daß sie sich wünschen, nie geboren worden zu sein.«

Es war eine durchaus eindrucksvolle Drohung, das mußte Romulus zugeben, und er machte auch nicht den Fehler, den Barden zu unterschätzen, wie er das als Kind getan hatte. Aber er konnte es nicht lassen; er mußte diesen ersten Waffengang weiterführen.

»Schon möglich. Aber weißt du, was mich an solchen Geschichten immer am meisten stört? Die Rächer kommen stets zu spät. Sie können die eigentliche Tat nicht mehr aufhalten.«

Zufrieden bemerkte er, wie sich die Fäuste des Barden ballten und der Rücken steif wurde.

»Nimm beispielsweise eine Frau ohne ihre Söhne, ohne einen Freund. So hilflos, so unfähig, sich gegen Überfälle zu verteidigen.«

Die Stimme des Barden blieb gesenkt, doch trotz des Geplappers und Gelächters von Remus und den Mädchen hatte Romulus keine Mühe, sie zu verstehen.

»Sag mir, daß deine Freunde sie Arnth übergeben haben, und du verläßt Xaire nicht mehr lebend.«

Romulus lachte. »Amulius? Und das ist alles, was dir einfällt?« gab er zurück, ebenfalls so leise, wie es in Anbetracht des Lärms um sie herum gerade noch anging. »Für einen Barden hast du nicht viel Vorstellungskraft, Ulsna. Wenn ich mir etwas ausmalen müßte... also, ich hätte Angst, so eine Frau ganz allein unter jungen Männern, die, wie mein Bruder uns gerade so schön zeigt, nach jeder Gelegenheit grabschen, würde etwas anderes verlieren als ihre Freiheit.«

Offenbar war diese Möglichkeit Ulsna nicht in den Sinn gekommen. Er holte rasch Luft und machte Anstalten, als wolle er sich erheben, doch Romulus griff nach seinen Schultern und drückte ihn wieder auf die Bank zurück. Dabei lehnte er sich zu Ulsna vor und flüsterte ihm ins Ohr.

»Natürlich weiß ich nicht, ob es wirklich ein Verlust wäre. Vielleicht wird es ihr ja auch *gefallen*. Kannst du das mit Sicherheit sagen, Ulsna? Remus ist so gutgläubig, er meint, du kannst es nicht, aber ich habe da meine Zweifel.«

Gerade sog er noch den ohnmächtigen Zorn in Ulsnas Augen in sich auf, als er eine scharfe Spitze an seinem Unterleib spürte. Romulus zuckte zusammen und fluchte, ehe er sich zurückhalten konnte. Ausgerechnet die Messerfertigkeit des Barden zu vergessen war ausgesprochen töricht gewesen. Das kam davon, wenn man sich gehenließ, bevor es an der Zeit war. Er war sich ziemlich sicher, daß Ulsna nicht an einem öffentlichen Ort wie diesem zustechen würde, noch dazu mit Remus auf der anderen Seite des Tisches, doch die Klinge am empfindlichsten Teil seines Körpers ernüchterte ihn und brachte ihn dazu, sich sehr still zu verhalten.

»Du bist ein kranker kleiner Mistkerl«, sagte Ulsna, »und der einzige Grund, warum ich nicht gleich dafür sorge, daß du nicht noch mehr kranke Mistkerle in die Welt setzt, ist, daß sie es mir übelnehmen würde. Ja, ich weiß, daß du lügst und daß nichts dergleichen geschehen ist. Heute nicht. Aber wenn du vorhaben solltest, diesen Gedanken jemals Wirklichkeit werden zu lassen, dann erinnere dich an das Hier und Jetzt.«

Romulus spürte alles sehr deutlich; die Hitze in der Schenke, den Geruch nach verschüttetem Wein, nach alter Pisse von jemandem, der es nicht bis auf die Straße geschafft hatte, das sorglose Lachen seines Bruders, Ulsnas mörderischen Blick, das Messer und sein Glied, das sich versteifte.

»Und was ist mit der Kranken, die mich in die Welt gesetzt hat?« fragte er zurück.

Er sah etwas in Ulsnas Augen aufblitzen, auftauchen wie ein Fisch aus dem Fluß, dem man den richtigen Köder zugeworfen hatte, doch er sollte nie erfahren, ob Ulsna darauf noch etwas erwidert hätte. Remus suchte sich just diesen Zeitpunkt aus, um sich daran zu erinnern, daß er einen Bruder hatte, dem er eigentlich zu ein paar schönen Stunden verhelfen wollten.

»Romulus«, rief er, »hör auf, mit Ulsna zu schwatzen, und hör dir lieber an, was diese Mädchen zu erzählen haben!«

Der Druck des Messers verschwand, und Ulsna rutschte etwas von ihm fort, ehe er sich erhob. »Ja, ihr beiden, nutzt die

Gunst der Stunde«, meinte er. »Ich werde mich wieder der Unterhaltung aller widmen, statt meine Beredsamkeit an euch zwei Ahnungslose zu verschwenden. Schließlich will ein Barde«, schloß er, ohne den Blick von Romulus zu lösen, »daß seine Worte im Gedächtnis der Menschen bleiben.«

Als sie am nächsten Tag in das Lager zurückkehrten, nahmen sie einen anderen Weg, denn unter anderem hatten sie in Xaire das Gerücht gehört, der König von Alba habe eine Truppe eigens zur Ergreifung der latinischen Banditen, die die Bewohner und Handelszüge seiner Stadt überfielen, losgeschickt. Immerhin hieß es auch, der König von Xaire habe, wiewohl seine Stadt Alba am nächsten lag, jede Hilfe verweigert, da ihm die Räuber nie Ärger machten und Xaire sich ohnehin im steten Wettbewerb mit Alba befand. Dennoch schien es sowohl Ulsna als auch den Zwillingen ratsam, einige Umwege zu nehmen, so daß sie erst in der abendlichen Dämmerung an ihrem Ziel eintrafen.

Romulus achtete darauf, ob Ulsna sich irgendeine Unruhe anmerken ließ, und stellte zufrieden fest, daß der Barde sofort nach Ilian Ausschau hielt und, als er sie nirgendwo sah, den nächstbesten nach ihr fragte. Der Betreffende antwortete ehrerbietig, die Edle Ilian sei den östlichen Hügel emporgestiegen, um die Sterne zu beobachten. Romulus verbiß sich ein Grinsen. In Wahrheit war seine Mutter allen hier viel zu unheimlich, als daß jemand sie auch nur mit dem kleinen Finger angerührt hätte, doch er war bereit, zu wetten, daß Ulsna dies in der Schenke nicht in den Sinn gekommen war. Um Ulsna zu beweisen, daß er keine Angst vor seinen Drohungen hatte, sagte er:

»Ich werde sie holen«, und fügte mit einem Blick auf Remus noch hinzu: »Oder bestehen dagegen Einwände?«

Es mußte das Licht der untergehenden Sonne sein, das Remus' Wangen rötlich färbte, dachte Romulus zuerst, doch dann verriet ihm die empörte Miene seines Bruders und die Art, wie er sich halb zu Ulsna umdrehte, daß Remus offenbar wieder eine seiner nicht vorhersagbaren Einsichten hatte. Entweder das, oder Ulsna mußte vor ihrem Ausflug mit ihm gesprochen haben.

»Ganz gewiß nicht!« entgegnete Remus heftig. Diesmal gestattete sich Romulus ein Grinsen in Ulsnas Richtung, dann schlenderte er in Richtung des bezeichneten Hügels davon.

Es war keine große Erhebung, und er war trotz des langen Marsches nicht außer Atem, als seine Mutter in sein Blickfeld geriet. Dennoch blieb er stehen, statt weiterzugehen, und beobachtete sie eine Weile. Sie trug ihr Haar offen, was sie selten tat, nur durch ein Stirnband zurückgehalten, und die letzten Sonnenstrahlen hinterließen rötliche Funken in den braunen Locken. Er hatte mittels der Geschichten, die man erzählte, sowie seines eigenen Alters einmal nachgerechnet und geschlußfolgert, daß sie einunddreißig oder zweiundreißig Jahre alt sein mußte. Faustulus und eigentlich alle Erwachsenen im Dorf waren in diesem Alter bereits leicht gebeugt gegangen und hatten die ersten silbernen Streifen im Haar gezeigt, doch sie sah nicht viel älter aus als die Mädchen in der Schenke. Sie saß auf dem Boden, mit dem Rücken zu ihm, ihre Instrumente neben sich und das Gesicht der untergehenden Sonne zugewandt, eine schlanke Gestalt, deren blaues Kleid ihn an den Umhang erinnerte, den Faustulus jahrelang aufbewahrt hatte. Die Farbe stand ihr, doch sie ließ seine Mutter auch mit der Dämmerung verschwimmen. Er näherte sich so lautlos wie möglich und legte ihr von hinten die Hände auf die Augen. Ihre Haut fühlte sich kühl unter seinen Fingern an; die Wimpern kitzelten ein wenig.

»Das war leichtsinnig«, sagte Romulus, als sie still blieb. »Dein Barde glaubt, daß du meinetwegen in großer Gefahr schwebst. Er traut mir alles mögliche zu.«

»Er ist ein guter Freund«, erwiderte sie. »Aber ich bin mein ganzes Leben lang gerannt, und jetzt ist Schluß damit.«

»O nein, jetzt noch nicht. Nicht so kurz vor dem Ziel. Du schuldest mir noch einen Wettlauf«, sagte Romulus und ließ sie los.

Sie drehte sich nicht zu ihm um; statt dessen nahm sie etwas von der Erde neben sich in die Hand. »Um ein Land zu beherrschen, muß man sich mit ihm verweben«, sagte sie nachdenklich, »ganz gleich, ob es nur ein Acker, eine Stadt oder ein großes Reich ist. Jeder Bauer hier weiß es, aber die meisten Griechen haben das vergessen, die Ägypter haben es vergessen, und nun, da ich wieder hier bin, entdecke ich, daß auch ich es vergessen hatte. Ich bin eine Fremde geworden.«

Romulus setzte sich neben sie. »Ah, aber für dich spielt es ja keine Rolle. *Du* hast all die Jahre ganz uneigennützig dafür gekämpft, daß deine Söhne eines Tages herrschen. Nicht du. Richtig?«

Nun wandte sie sich ihm zu, und ihr Gesicht war die ebenmäßige, makellose Maske seiner Alpträume. Aber nun war er sich sicher, einen Weg gefunden zu haben, sie zu entschlüsseln. Während er weitersprach, ergriff er ihre Hand mit der Erde und bog ihre Finger zurück, einen nach dem anderen, und sie ließ es geschehen.

»Hast du das auch geplant? Daß ich es verstehe? Remus hat natürlich keine Ahnung, und ich möchte wetten, du hast nie etwas davon zu den Priestern gesagt oder zu den anderen Mächtigen, die dir geholfen haben. Vielleicht noch nicht einmal zu dem Barden. Es war schon schwierig genug, sie zu überzeugen, dabei zu helfen, einen deiner Söhne auf den Thron zu bringen. Wenn du ihnen verraten hättest, daß du selbst auf den Thron willst, hätten sie dich endgültig für verrückt erklärt.« Die Hand mit der Erde lag geöffnet in der seinen. »Nicht die Macht *hinter* dem Thron. Die Macht *auf* dem Thron. Hohepriesterin und Königin in einer Person, so wie früher der König gleichzeitig der oberste Priester war.«

Mit einer jähen Bewegung drehte er ihre Hand um, so daß die Erde herausfiel.

»Glaubst du wirklich, daß wir für dich einen Thron erobern und dann beiseite treten? Das wäre selbst von Remus etwas zuviel verlangt.«

»Nein«, sagte sie und entzog ihm ihre Hand. »Das glaube ich nicht.« Wieder nahm sie eine Handvoll Erde auf, feuchte Erde trotz der Wärme, denn die Gegend war sumpfig, doch diesmal hielt sie die Hand nicht geschlossen, sondern nahm noch eine zweite dazu. Dann fuhr sie Romulus mit beiden erdbeschmierten Händen über das Gesicht, zuerst über die Stirn, dann über beide Wangen und endlich zum Kinn, als wolle sie auch ihn hinter einer Maske verbergen. Er rührte sich nicht.

»Das habe ich nie getan.«

»Was dann?« murmelte er in ihre Hände hinein.

»Wir haben alle unsere Pläne. Du hast deine, ich habe meine. Glaub mir, der Wettlauf wird dich nicht enttäuschen. Wenn ich dir jetzt schon alles verraten würde, nur weil du etwas tiefer siehst, wäre das Spiel schon zu Ende, nicht wahr?«

»Ich sehe nicht nur etwas tiefer«, sagte Romulus entrüstet. »Ich bin der erste und einzige Mensch, der dich vollkommen durchschaut hat, von Anfang an. Du könntest das wirklich etwas mehr würdigen.«

Sie versetzte ihm noch einen kleinen Klaps auf die Wange, dann lehnte sie sich zurück und lachte. Nach einer Weile fiel er in ihr Gelächter ein. Ihm wurde bewußt, was er als Kind nicht geahnt hatte, als sie ihn zum ersten Mal formte wie einen Lehmklumpen: daß solche Augenblicke gezählt waren. Ganz gleich, wer gewann – die Zeit, die er mit ihr verbrachte, war befristet; was danach kam, konnte nicht mehr das gleiche sein.

»Dann verrate mir, mein einsichtsvoller Sohn«, sagte sie, wieder ernst geworden, »fühlst du dich der Erde verbunden? Spricht sie mit dir?«

Er dachte darüber nach. »Diese Erde jetzt?« fragte er schließlich zurück. »Ja. Aber bisher hat noch keine Stadt der Tusci in mir etwas anderes geweckt als den Wunsch, sie zerstört zu sehen.« Mit einem kurzen Seitenblick stellte er fest, daß sie ihre übliche Gelassenheit zur Schau trug. »Vielleicht nicht vollkommen zerstört«, fuhr er fort. »Aber unterworfen. Besiegt. Völlig gedemütigt. Ganz und gar… mein.« Mit einer plötzlich aufwallenden Heftigkeit setzte er hinzu: »Was hast du erwartet, Larentia? Ich bin ein Latiner, weil du mich zu einem gemacht hast.«

»Du bist ein denkender Mensch«, gab sie zurück. »Man kann auf diese Weise ein Reich erobern. Psammetich hat es getan. Doch das Volk wird ihm nicht verzeihen, das Land wird ihm nicht verzeihen, und seine Götter werden ihm nicht verzeihen. Die Dynastie, die er gegründet hat, wird nicht fortbestehen. Man kann nicht immer nur nehmen. Wenn du alles willst, mußt du auch bereit sein, alles zu geben.«

Über dem Zirpen der Grillen und dem Austausch an Erde und Einsichten war das letzte Sonnenlicht verblaßt. Es fiel Romulus immer schwerer, Einzelheiten ihres Gesichts auszumachen, und er fragte sich, wann der Mond aufginge.

»Weise Worte, Larentia. Aber wenn ich mich nicht irre, dann hast du es den Göttern sehr übelgenommen, als sie dich das einzige Mal, als du bereit warst, alles zu geben, beim Wort genommen haben.«

»Oh, du bist gut«, sagte sie leise, und er fragte sich, ob er je genug von diesen seltenen, so seltenen Siegen haben würde. »Du bist wirklich gut.«

Die kleine Schar ihrer Anhänger war, fand Remus, mittlerweile so gut, als wären sie von einem griechischen Waffenmeister ausgebildet worden. Den Gedanken, daß diese Einschätzung mehr mit seinem gesunden Selbstvertrauen und jugendlichen Übermut zu tun hatte und daß die Männer, die ihn selbst unterwiesen hatten, möglicherweise anderer Meinung wären, verjagte er wieder. Das Gerücht von einem eigens auf sie angesetzten Trupp beunruhigte ihn nicht, im Gegenteil, er sehnte sich nach einer

Probe, einem Waffengang mit stärkeren Gegnern als Kaufleuten und ihrer Leibwache.

Sein Wunsch sollte sich erfüllen. Bei einem ihrer nächsten Überfälle stellte sich heraus, daß die angeblich mit Getreide beladenen Karren in Wirklichkeit unter den Verschlägen Krieger bargen und auch diejenigen, die auf den Eseln saßen und neben den Karren gingen, unter ihren Umhängen Schwerter trugen. Es wurde ein heftiges, erbittertes Scharmützel, und bald verschwand selbst der Stolz darauf, daß sich seine Leute mit ihren Speeren, Knüppeln und den paar Schwertern sehr gut ihrer Haut zu wehren wußten, vor der Notwendigkeit eines Kampfes ums nackte Überleben. Die Lektionen aus Korinth und selbst die aus Ägypten, wo er einen von Psammetichs Hauptleuten dazu gebracht hatte, fast täglich mit ihm zu fechten, wirkten milde im Vergleich, doch sie ließen ihn reagieren, ohne darüber nachzudenken, und dafür war er nun dankbar. Er konnte kaum noch denken. Er nahm nichts weiter mehr wahr außer dem Mann, mit dem er gerade kämpfte. Als sein Gegner mit durchschnittenem Hals zu Boden sank, spürte Remus ein kurzes Brennen an der Schulter, wirbelte herum und sah ein aufgerissenes, brüllendes Gesicht, einen Mund, aus dem Blut quoll, einen Mann, der zu Boden stürzte, und seinen Bruder, der mit geröteter Klinge hinter diesem Mann stand. Er brauchte eine Weile, bis er begriff, was geschehen war; der Krieger aus Alba hätte ihn um ein Haar getötet, wenn Romulus nicht gewesen wäre.

»Danke«, stieß er hervor.

Romulus schaute auf sein Schwert aus Eisen, das Ilian ihm geschenkt hatte, auf seine blutigen Hände und auf den Mann am Boden, dann lächelte er zu Remus' Überraschung und stieß noch einmal auf den Körper am Boden ein. »Bloß ist der Rücken ohne einen Bruder«, zitierte er, doch es war keine Zeit, ihm zu antworten; das Kampfgetümmel um sie herum ging weiter.

Am Ende blieb ihnen nichts anderes übrig, als das Weite zu

suchen; immerhin hatten sie den Kriegern des Königs von Alba zu große Verluste beigebracht, als daß diese noch in der Lage gewesen wären, sie gezielt zu verfolgen. »Trotzdem«, murrte Scaurus, »es ist eine Schande, daß wir geflohen sind.«

»Wir sind nicht geflohen«, sagte Remus begütigend. »Wir haben den Rückzug angetreten.«

»Und wo ist da der Unterschied?«

»Den Rückzug antreten heißt fliehen, aber mit Würde«, warf Romulus ein, der entweder tatsächlich guter Stimmung war oder den Männern ein Beispiel geben wollte. Seine trockene Bemerkung löste Gelächter aus, und Remus stellte fest, daß er von seinem kleinen Bruder beeindruckt war, weit über die Dankbarkeit für die Rettung seines Lebens hinaus. Er selbst fühlte sich noch sehr benommen von dem, was sie heute getan hatten, mußte sich zusammennehmen, um ein guter Anführer zu sein, und im Gegensatz zu Romulus hatte er bereits früher Tote gesehen, wenngleich keine, die durch seine Hand umgekommen waren. Romulus ließ sich nichts von Erschöpfung oder Erschütterung anmerken, sondern fand für jeden der Männer ein aufmunterndes Wort und wirkte im übrigen von einer inneren, Stärke spendenden Spannung erfüllt wie vor einem Kampf, nicht hinterher. Fürwahr, die Zeiten des mürrischen kleinen Jungen, der sich mit den anderen Kindern immer nur gezankt hatte, waren vorüber.

Als sie wieder im Lager ankamen, verarzteten die Mutter und Ulsna jedermanns Wunden. Remus hätte nicht geglaubt, daß er einmal wirklich dankbar für all die priesterlichen Erfahrungen seiner Mutter sein würde. Doch er wußte recht gut, daß die Priester des Apollon den Ruf der größten Heilkünstler bei den Griechen besaßen, und er erkannte das eingestickte Schlangensymbol auf dem Beutel, den seine Mutter hervorholte, nachdem sie den Schnitt auf seiner Schulter ausgewaschen hatte. Was sie darauf streute, brannte etwas; natürlich hielt er still.

»Es ist nicht so tief, daß es genäht werden müßte«, sagte sie, »du hast Glück gehabt.«

»Weil Romulus mich gerettet hat«, erwiderte er, hielt nach seinem Bruder Ausschau und fand ihn zu seiner heimlichen Verblüffung an Ulsnas Seite, damit beschäftigt, einige ihrer Gefährten zu verbinden.

»Mutter«, sagte er ein wenig beunruhigt, »du mußt dafür sorgen, daß Romulus sich ausruht. Er hat genauso viel geleistet wie alle anderen, er sollte selbst versorgt werden.« Dann veranlaßte ihn die Begeisterung, die durch Erschöpfung und Schmerz hindurchstrahlte, hinzuzufügen: »Ist er nicht ein wunderbarer Anführer geworden?«

Sie befestigte den letzten Knoten unter seiner Achsel, der das Band um seine Schulterwunde festhalten sollte, und legte ihm einen Moment lang die Hand auf die Schulter. »Zweifellos«, entgegnete sie, ehe sie sich erhob, um zu Scaurus zu gehen, dem angeblich nichts fehlte, obwohl er immer deutlicher hinkte. Plötzlich fragte sich Remus, wie sie, wenn ein Scharmützel mit einer einzigen Truppe Arnths schon solche Spuren hinterließ, wohl ein Gefecht mit dem gesamten Heer von Alba überstehen sollten, und ob sie am Ende doch, wie der König von Ägypten, eines anderen Herrschers Truppen als Unterstützung im Rücken brauchen würden. Der Gedanke gefiel ihm ganz und gar nicht, doch er ließ sich nicht mehr vertreiben.

Für Romulus stand fest, daß sie mehr Wachen aufstellen mußten, bis sie soweit waren, um weiterzuziehen; ganz gewiß hatte zumindest einer aus dem Stoßtrupp den Auftrag, ihnen nachzuspionieren. Nachdem alle Verwundeten versorgt waren, lief er unruhig vor dem Verschlag, wo sie ihre paar Pferde untergebracht hatten, auf und ab, als Ilian ihn mit einem Wasserschlauch in der Hand einholte.

»Dein Bruder meint, du müßtest erschöpft sein«, sagte sie und musterte ihn prüfend. »Ulsna dagegen behauptet, daß es dir nicht besser gehen könnte.«

Er lachte, spürte die Trockenheit in seiner Kehle und nahm ihr den Wasserschlauch ab. Er hatte kurz nach der Ankunft bereits getrunken, doch der Durst in ihm war noch längst nicht gestillt, und das bezog sich nicht nur auf das Wasser. Wie alle Schläuche war auch dieser aus Mägen und Leder zusammengenäht, und er überlegte sich flüchtig, ob er das betreffende Schaf wohl selbst geschlachtet hatte, während er sich das Wasser in die Kehle goß und es sich dann über das Gesicht laufen ließ. Verschwendung, aber ihm war danach. Das Gefühl des fließenden Wassers auf seiner Haut besänftigte etwas den Aufruhr in ihm.

»Ulsna hätte nichts dagegen, wenn ich tot umfiele, aber die Gefahr besteht nicht.«

Ihr Gewand war ebenfalls an mehreren Stellen feucht, mutmaßlich vom Reinigen der Wunden. In der nachmittäglichen Sonne sahen die dunklen Flecken aus wie Blutspritzer.

»Weißt du eigentlich, was für ein Gefühl das ist, zu töten, Larentia?« fragte er unvermittelt. »Nicht aus der Ferne, nicht durch Flüche, Ratschläge oder Anordnungen, sondern unmittelbar. Mit deiner eigenen Hand. Weiß es dein teurer Ulsna? Hat einer von euch beiden schon einmal Blut gespürt, das er selbst vergossen hat?«

Sie erwiderte nichts, und er warf ihr den Schlauch wieder zu. »Das dachte ich mir«, sagte er verächtlich.

»Dann denkst du falsch«, entgegnete sie kühl.

»Ach, wirklich? Und wessen Blut war es?« gab Romulus zurück und verschränkte die Arme hinter dem Rücken, um nicht zu tun, wonach es ihn drängte. *Noch nicht,* dachte er. *Noch ist es nicht soweit.* »Komm schon, Larentia. Ich habe mein eigenes Opfer für Mars gebracht, und was soll ich dir sagen, es war nicht schwer, es war berauschend. Erzähl mir noch eine deiner lehrreichen Geschichten, damit ich weiß, ob du das wirklich nachvollziehen kannst. Sonst muß ich ja glauben, daß du es nur fertigbringst, durch Listen zu töten. Wie eben ein *Weib.*«

Mit einer raschen Bewegung legte sie den leeren Schlauch auf den Boden, dann trat sie so nahe an ihn heran, daß er ihren Atem auf seiner nassen Haut spürte, an seiner Halsgrube, und alles in ihm zog sich zusammen. Er rührte sich nicht. Sie ging um ihn herum, und er fühlte zwei sehr unterschiedliche Berührungen gleichzeitig: ihr Gesicht, das sich gegen seinen Rücken drückte, und einen jähen, unglaublich scharfen Schmerz in seinem linken kleinen Finger. Romulus schrie auf, wie er es während des Kampfes nicht getan hatte, riß seinen linken Arm nach vorn und erkannte ungläubig, daß sie ihm mit einem Ruck den Finger gebrochen hatte.

»Im Gegensatz zu *Männern*«, sagte sie ruhig hinter ihm, »prahle ich nicht. Ich handle. Und du bist immer noch zu selbstgefällig, mein Sohn.«

»Du ... du ...«

Sie tauchte wieder vor ihm auf, und der Haß, den er empfand, war so stark, daß er zitterte. In diesem Moment hätte er sie umbringen können. Es waren nicht so sehr die möglichen Folgen, die ihn davon abhielten, die Nachteile, der Wunsch, seinen so sorgsam ausgearbeiteten Plan zu verwirklichen, als einzig der kindische Gedanke, daß sie im Fall ihres sofortigen Todes das letzte Wort behalten hätte. Er würde immer noch brennen vor Zorn und diesen absurden Schmerz im kleinen Finger spüren, wenn sie schon längst kalt und reglos vor ihm lag. Nein, so nicht. Er atmete tief durch und versuchte, seine Selbstbeherrschung dadurch wiederzugewinnen, daß er seine Aufmerksamkeit auf Kleinigkeiten lenkte. Die Ader, die an ihrer Schläfe pochte und die verriet, daß sie nicht ganz so gelassen war, wie sie sich gab. Die braune Tiefe ihrer Augen, die erst noch flehen mußten, *flehen*, ehe er ihnen gestatten würde, sich zu schließen. Der Mund, dieser überlegen geschwungene Mund, der sich erst in Erkenntnis, Enttäuschung und Bitterkeit verziehen mußte, ehe er ohnmächtig verstummen würde.

»Schon besser«, sagte sie. »Hör mir gut zu. Es ist an der Zeit, mit den Räuberspielen aufzuhören. Du mußt dich ausliefern lassen. Arnth hat die Könige der anderen Städte bereits gebeten, gemeinsam mit ihm gegen die latinischen Räuber vorzugehen. Wir werden wieder in Richtung Tarchna ziehen. Dein Freund Numa und einige seiner Kameraden werden ihre Pflicht für den König von Tarchna tun, dich gefangennehmen und dich dann deinem alten Oberherrn, dem König von Alba, übergeben.«

Romulus begann zu ahnen, worauf sie hinauswollte, doch er weigerte sich, es ihr so einfach zu machen.

»Und was wird Amulius davon abhalten, mich an Ort und Stelle hinrichten zu lassen?«

»Seine empörten Kaufleute. Er schuldet es ihnen, vor der ganzen Stadt über dich Gericht zu halten. Im Gegenzug wirst du ihn in aller Öffentlichkeit anklagen und deine Herkunft offenbaren.«

»Und was hindert ihn daran, mich *dann* hinrichten zu lassen? Als Frevler? Als«, er verzog den Mund zu einem winzigen Lächeln, »Balg einer verbannten Hure?«

Sie neigte den Kopf ein wenig zur Seite. »Bei einem solchen Gericht werden die Vertreter aller Priesterschaften der Stadt anwesend sein. Nicht nur die der Turan. Auch die Nethuns, die in den letzten Jahren des gottlosen Arnths wegen gewaltige Handelseinbußen hinnehmen mußten, und die Caths, die sich schon immer durch Fasti übervorteilt gefühlt haben. Oh, und ein Priester des Apollon, der in die Stadt gekommen ist, um für die griechischen Händler dort tätig zu sein.«

»Du bist gut«, wiederholte er ihre eigenen Worte. »Du bist wirklich gut. Vorausgesetzt, daß deine Priester mitspielen. Aber warum ich und nicht Remus?«

»Remus wird am selben Tag so viele Leute, wie er zusammenbringen kann, zur Befreiung seines Bruders gegen die Stadt führen. Ein Aufruhr vor den Stadttoren wird nur unterstreichen, wie sehr die Dinge Arnth bereits aus den Händen geglitten sind und daß sich die Götter gegen ihn gewandt haben.«

Es war ein kühner Plan, und seine eigene kleine Verbesserung ließ sich noch hervorragend einbauen. Doch er war nicht so sehr von Schmerz, Gier und Kampfeslust überwältigt, daß er das überhört hätte, was sie bisher ausgelassen hatte: den wahren Grund, warum sie ihn und nicht Remus innerhalb der Stadtmauern haben wollte, warum sie davon gerade heute sprach, heute, da er zum ersten Mal getötet hatte. Die Schriftrollen, die sie hinterlassen hatte, die Gespräche über Riten, all das setzte sich nun zu einem Ganzen zusammen. Diesmal war er es, der an sie herantrat, bis sie seinen Atem spüren mußte.

»Der König muß sterben«, flüsterte er. »Keine Absetzung mehr, keine Verbannung. Der König stirbt endlich für die Stadt, denn du hast die eine Möglichkeit gefunden, wie er sich dem Opfer nicht entziehen kann, ohne daß es erzwungen wird. Wenn der alte König vom jungen König zum Zweikampf gefordert wird, so wie es früher bei den Jahreskönigen war. Vor dem Angesicht aller Götter und ihrer Priester, die nicht anders können, als mir mein Anrecht auf diesen Kampf zu bestätigen.«

»Ja«, erwiderte sie, und es klang wie ein Seufzen.

Romulus legte seine linke Hand mit dem gebrochenen, kaum mehr beweglichen kleinen Finger auf ihre Wange und zeichnete die Linie ihres Kinns nach.

»Vielleicht sollte ich mich fragen, wem du wirklich den Sieg wünschst. Bei dieser Verstümmelung.«

»Der Finger wird wieder heilen«, entgegnete sie sachte, »und es ist nicht deine Schwerthand. Ich gebe dir etwas gegen die Schmerzen.« Mit einer raschen Kopfbewegung drückte sie ihre Lippen gegen den Finger, den sie gebrochen hatte, dann löste sie sich von ihm und ließ ihn mit seinen Gedanken allein zurück.

Eifersucht und Neid waren für Remus so fremd, daß er eine Weile brauchte, bis er die Gefühle beim Namen nennen konnte, die ihn erfaßten, als er von dem Plan hörte, den die Mutter vorgeschlagen hatte. Sie mochte es drehen und wenden, wie sie wollte, Tatsache blieb, daß Romulus den gefährlicheren Teil des Wagnisses trug, und dafür konnte es nur einen Grund geben: Sie glaubte trotz der gemeinsam verbrachten Jahre und trotz des Umstandes, daß sie Romulus weit weniger kannte, daß Romulus der bessere Mann war.

Er begriff es nicht. Natürlich hatte er immer gewußt, daß sein zäher, kleiner Bruder einmal alle in Erstaunen versetzen würde. Romulus hatte bereits, ehe sie zu ihm gestoßen waren, viel geleistet. Er selbst hatte sich über jeden weiteren Fortschritt gefreut, den Romulus seit ihrer Rückkehr gezeigt hatte. Aber, so mußte Remus sich eingestehen, niemals wäre er auf den Gedanken gekommen, daß irgend jemand, wenn es um eine Wahl zwischen ihnen beiden ging, Romulus *vorziehen* würde. Nicht der Vater, der immer ihm, Remus, die schwierigeren Aufgaben zugeteilt hatte, nicht die Kameraden, die oft dahin geprügelt werden mußten, daß sie Romulus nicht gänzlich ausschlossen, und ganz gewiß nicht die Mutter, die ihn, Remus, mit sich in die Ferne genommen hatte. Ein Teil von ihm schämte sich, neidisch zu sein, nur weil nach all den Jahren einmal Romulus die größere Aufmerksamkeit für sich hatte, aber ein anderer Teil war empört und gekränkt wie ein kleiner Junge.

Er mußte sie auf irgendeine Weise enttäuscht haben, dachte Remus, und der Gedanke schmeckte bitter. Er trug ihn eine ganze Weile allein mit sich herum; mit den Gefährten darüber zu reden ging nicht an, mit Romulus erst recht nicht, und die Mutter direkt zu fragen würde ihn wie ein eifersüchtiges Kind dastehen lassen. Sie hatten bereits zweimal das Lager gewechselt, ehe er sich überwand und Ulsna aufsuchte.

Der Barde hockte in der Laubhütte, die er mit Ilian teilte, und war gerade damit beschäftigt, die Saiten seiner Laute einzufetten. Das war besser, als ihn beim Üben oder Singen zu unterbrechen; Remus wollte ihn gerade jetzt nicht in schlechte Laune versetzen.

»Ulsna«, begann er bedrückt und kauerte sich neben ihn, »hast du etwas Zeit?«

»Für den zukünftigen Eroberer von Alba? Immer.«

Es klang mehr nach gutmütigem Spott denn nach abweisendem Hohn, doch Remus zuckte zusammen.

»Wenn alles gutgeht«, entfuhr es ihm, ehe er sich zurückhalten konnte, »dann wird Romulus der Eroberer von Alba sein. Nicht ich.«

»Hm.«

»Ulsna, willst du wohl damit aufhören?«

Ohne den Blick zu heben, spuckte der Barde in ein Tuch und begann damit, auch das Holz der Laute einzureiben.

»Mein lieber Junge, ich möchte mir nur einen weiteren Anfall jugendlichen Unmuts ersparen, der unvermeidlich zu sein scheint, wenn das Gespräch auf deinen Bruder kommt. Im übrigen weiß ich nicht, was du von mir hören willst. Daß ich dich für geeigneter halte, deinen Kopf in Alba zu riskieren? Ja und nein. Du bist die sichere Wahl, du bist besser als Krieger ausgebildet. Aber du bist nicht bereit, alles zu tun, um zu überleben.«

Als Remus Anstalten machte zu protestieren, hob Ulsna eine Hand. »Ich meine das als Lob, du Kindskopf«, sagte er und schnitt eine kleine Grimasse. »Du hast zu hohe Begriffe von Ehre.«

»Aber was könnte ehrenhafter sein, als sich dem Feind Mann gegen Mann zu stellen?« fragte Remus verwirrt.

»Siehst du, das ist es, was ich meine.«

»Oh, du bist unerträglich«, rief Remus aufgebracht, doch er machte keine Anstalten, sich zu erheben und fortzulaufen. Nach einer Weile spürte er, wie ihm Ulsna beruhigend auf das Knie klopfte.

»Es wird schon alles werden, Remus. Denk daran, euer Gegner ist der Mann, der keine Skrupel hatte, seinen eigenen Bruder zu entmannen und in die Verbannung zu schicken, ganz zu schweigen von dem, was er eurer Mutter angetan hat. Durchaus möglich, daß er Romulus seinen öffentlichen Gerichtstag nicht gönnt, und dann wirst einzig du deinen Bruder und die

422

Lage noch retten können. Deine Mutter weiß das. Sie vertraut dir, und das ist selten bei ihr.«

Remus schluckte die erste Antwort, die ihm in den Sinn kam, hinunter und versuchte zu verstehen, worauf Ulsna abzielte. Er ging die Äußerung wieder und wieder durch und bemühte sich, sie einzuordnen wie die verschiedenen Tierspuren im Staub, die man ihm in Ägypten gezeigt hatte.

»Willst du damit sagen«, fragte er schließlich, »wenn ich als Gefangener nach Alba ginge, würde sie Romulus nicht zutrauen, mich und die Lage zu retten?«

»Wenn ich darauf antworte, steht mir wieder ein Tobsuchtsanfall ins Haus.«

»Ulsna!«

»Also schön. Aber versuche, dich zu beherrschen. Die Lage zu retten, traut sie Romulus gewiß zu. Aber nicht dich, und auch nicht sie.«

Es kostete Remus in der Tat sehr viel Selbstbeherrschung, aber er brachte seine Erwiderung schließlich heraus, ohne die Stimme zu heben.

»Romulus ist mein Bruder. Er hat mir vor ein paar Tagen das Leben gerettet. Und ich begreife nicht, warum du darauf bestehst, ihm entweder zuviel oder zuwenig Sorge um unsere Mutter zu unterstellen.«

»Bei Tin und seinen Blitzen, dann hör auf, mich diese Dinge zu fragen«, knurrte Ulsna aufgebracht, »wenn du die Antworten nicht verkraften kannst.«

Er sah, wie der Junge gekränkt zurückzuckte und sich aufrappelte, um diesmal wirklich zu verschwinden, und war erleichtert. Manchmal wünschte er sich, Ilian hätte nie Kinder zur Welt gebracht oder sie zumindest in ihrem Dorf bei ihrem schweinehütenden Ziehvater gelassen, ohne je zurückzukehren. Dann wäre er nie in die Lage gekommen, sich Sorgen um das zu machen, was diese drei einander antun würden.

Ulsna wünschte sich, er könnte den Zwillingen gegenüber nichts als Gleichgültigkeit empfinden, er wünschte es sich verzweifelt. Statt dessen hatten fast fünf Jahre mit Remus dafür gesorgt, daß er sich in gewisser Weise für den zu groß geratenen Kindskopf verantwortlich fühlte. Was Romulus betraf... Romulus machte ihm angst, und er tat ihm leid. Gleichzeitig stellte er jedoch fest, daß der Junge seine eigene Art von Anziehungskraft besaß. Es hatte nichts mit der Kameradschaftlichkeit zu tun, die jedermann dazu brachte, sich sofort mit Remus zu verbrüdern. Aber die Menschen, die ihnen folgten, wandten sich an Romulus, nicht an Remus, wenn es um die wirklich schwierigen Entscheidungen ging; die führenden Männer in den Dörfern gingen zuerst auf ihn zu, ohne nachzudenken, und obwohl die Mehrzahl der Mädchen in Xaire sich sofort auf Remus gestürzt hatten, war Ulsna nicht entgangen, daß ihre Blicke immer wieder zu dem anderen Bruder gewandert waren. Es mußte die Ausstrahlung ständig gezügelter Energie sein, schloß Ulsna. Bei Remus lag alles offen zutage wie bei einem breiten, ruhigen Fluß. Romulus kam ihm vor wie ein Topf, in dem es brodelte, ohne daß es möglich war, das kochende Wasser zu sehen. Nur gelegentlich spritzte etwas heraus und verbrannte einen, wie bei ihrem Gespräch in der Schenke. Irgendwann würde das siedende Wasser überlaufen, und dann wehe jedem, der in der Nähe stand.

Ilian würde in der Nähe stehen, dessen war Ulsna sich unglücklicherweise sicher. Nicht, daß er ihr nicht zutraute, mit den meisten Dingen fertigzuwerden, die ein noch so gerissenes Bürschlein für sie bereithalten mochte. Doch in diesem speziellen Fall konnte sie nur verlieren, selbst wenn sie gewann. Er beobachtete sie dabei, wie sie mit ihren Söhnen umging, während die Zeit bis zu Romulus' Aufbruch immer schneller verfloß. Zu Remus war sie nicht anders als in den vergangenen Jahren auch; sie hatte wohl bemerkt, daß er sich zurückgesetzt fühlte, bat ihn bei Kleinigkeiten um Rat, die sie eigentlich selbst hätte erledigen können, und sprach mit ihm über seine gewonnenen Wettkämpfe in Korinth oder die Löwenjagd, zu der Psammetich ihn mitgenommen hatte. Aber ihr Verhalten Romulus gegenüber konnte selbst Ulsna, der sie kannte, seit sie so alt gewesen war wie die Zwillinge jetzt, nicht einordnen, weil er sie noch nie so erlebt hatte.

Ulsna hatte es genauso gemeint, als er zu Remus gesagt hatte, das Verhalten von Romulus erinnere ihn an einen Mann, der die Frau seines Herzens umwarb, und selbst wenn es sich bei der betreffenden Frau nicht um Romulus' Mutter gehandelt hätte, wäre ihm das angesichts des Hasses, den der Junge gleichzeitig ausstrahlte, unheimlich gewesen.

Was ihn jedoch noch tiefer verstörte, war, wie Ilian darauf einging. Ulsna hatte ausreichend Gelegenheit gehabt, sie dabei zu beobachten, wie sie sich um Menschen bemühte, die sie brauchte, ob es nun Iolaos gewesen war, die Herrin Nesmut oder Psammetich. Das war es nicht, was sich hier abspielte. Als er ihr half, ihre Sachen zu packen, fand er einmal ein paar gepreßte Blumen. Es war einfach unnatürlich für Ilian, Blumen aufzubewahren; so benahm sich höchstens ein für seinen *eromenes* schwärmender *erastes*. Ilian hatte auch nie einem anderen Menschen, ganz gleich, ob sie ihn nun mochte oder nur ausnutzen wollte, nachgeblickt, selbst wenn sie gewiß war, daß er es nicht bemerken würde. Und es war eine Sache, wenn er, Ulsna, sie so gut kannte, daß er Sätze, die sie anfing, inzwischen beenden konnte, oder das gleiche umgekehrt bei ihr erlebte; schließlich hatten sie inzwischen die Hälfte ihres bisherigen Lebens miteinander geteilt. Es war jedoch eine ganz andere Sache und durch und durch beunruhigend, daß Ilian und dieser Junge, die einander, miteingerechnet die Zeit, die sie vor ein paar Jahren hier verbracht hatte, kaum ein Jahr kannten, ebenfalls dazu in der Lage waren. Was dem Ganzen noch die Krone aufsetzte und schlimmer war, als es Gleichgültigkeit oder offene Zuneigung gewesen wären: Ilian zeigte andererseits auch unregelmäßig Ausbrüche von Haß, wie damals, als sie Faustulus verlassen hatte. Nicht, daß es Remus auffiel, doch Ulsna, der die ganze Zeit Romulus im Auge behielt, entging nicht, daß dieser bei manchen eigentlich unverfänglich klingenden Bemerkungen zusammenzuckte, die offenbar auf etwas zielten, das nur ihm und Ilian bekannt war.

Als Romulus endlich aufbrach, um sich mit Numa zu treffen, war Ulsna ernsthaft in Versuchung, erleichtert aufzuseufzen. Statt dessen blieb er ruhig, selbst als der Junge sich nach der Umarmung seines Bruders mit einem deutlich höhnischen Blick auf ihn, Ulsna, Ilian zuwandte und sie auf den Mund küßte. Immerhin war es kein langer oder in irgendeiner Weise unangemessener Kuß; in einigen Dörfern, in denen Anhänger zu ihnen gestoßen waren, hatten sich diese auch so von ihren Müttern verabschiedet. Aber Ulsna war zu mißtrauisch, um irgend etwas, das Romulus tat, noch als harmlos einzuordnen. Sobald Remus traurig zu seinen verbliebenen Freunden entschwunden war, entschied Ulsna, daß es an der Zeit war, noch einmal mit Ilian ein ernstes Wort über Romulus zu reden.

Er folgte ihr auf der Suche nach neuen Heilkräutern, um einige der inzwischen aufgebrauchten zu ersetzen, und bemerkte so beiläufig wie möglich:

»Wie hat sich Romulus eigentlich den linken kleinen Finger verletzt? Es war nicht während des Scharmützels mit der Truppe aus Alba. Danach hatte ich ausreichend Zeit, ihn zu begutachten.«

Sie erwiderte nichts, und Ulsna sah sich in seiner Vermutung bestätigt.

»Ilian, das ist krank.«

»Jeder kämpft auf seine Weise. Er brauchte eine weitere Lektion.«

»Das war eher ein weiterer Anreiz, dich umzubringen. Ilian, wenn er dein Gegner ist, warum gibst du ihm dann fortwährend Waffen in die Hand und läßt dich so sehr auf ihn ein? Und wenn du ihn als Verbündeten willst, warum sorgst du dann dafür, daß er dich weiterhin haßt? Glaubst du immer noch, Haß sei besser als Liebe?«

»Haß ist besser für *uns*«, erwiderte sie und ging schneller, um ihm nicht ins Gesicht sehen zu müssen, während sie sprach.

426

»Für ihn und für mich. Liebe ist zu gefährlich. Ulsna, könnte
ich die Zeit zurückdrehen, ich würde darauf bestehen, daß Faustulus mir beide Kinder übergibt. Mutmaßlich wären wir zwar
dann immer noch hier und dem Schicksal verfallen, aber ich
könnte meine beiden Söhne als Söhne lieben. So habe ich einen
Sohn, der zu gut für mich ist, und einen, der vieles ist, doch
nicht mein Sohn.«

Für Ulsna stellte es keine Schwierigkeit dar, sie einzuholen.
Er hielt sie an dem Gürtel fest, den sie um ihre Taille geschlungen hatte, und zwang sie, sich umzudrehen. Entsetzt erkannte
er, daß sie weinte.

»Ilian«, sagte er sehr ernst, »er wird dich umbringen, wenn
ihr so weitermacht.«

»Und wenn schon«, gab sie heftig zurück, machte sich los
und wischte sich mit dem Handrücken die Tränen aus den
Wimpern. »Das ist besser als die andere Möglichkeit, nicht
wahr?«

Ulsna tat, was er noch nie getan hatte; er hob die Hand und
schlug sie ins Gesicht, hart genug, um sie zum Stolpern zu bringen. Seit er sie auf Befehl der Herrin Nesmut hatte auspeitschen
müssen, war es ihm unmöglich gewesen, ihr auf irgendeine
Weise weh zu tun, und sie starrte ihn fassungslos an.

»Wage es bloß nicht«, sagte Ulsna, als er selbst wieder Worte
fand. »Wage es bloß nicht, jetzt aufzugeben, nur dieses bösartigen Balgs wegen. Du hast die ganze Sache angefangen, und du
wirst sie auch zu Ende führen. Seit mehr als vierzehn Jahren
arbeiten wir darauf hin, dich nach Alba zurückkehren zu lassen, und du schuldest es mir, verstehst du, *du schuldest es mir,*
im Triumph in Tempel und Palast dort einzuziehen. Du schuldest es mir, am Leben zu bleiben und über all deine Feinde zu
siegen, ganz gleich, ob du einen davon zur Welt gebracht hast
oder nicht. Ein Schwur bindet beide, Ilian. Ich werde dich nicht
verlassen, und du wirst mich nicht verlassen, und ganz gewiß
nicht dadurch, daß du Romulus als Mittel zum Selbstmord benutzt.«

Seine Hand begann sich bereits als roter Fleck auf ihrem Gesicht abzuzeichnen, als sie endlich sprach.

»So sei es«, sagte sie tonlos.

An diesem Abend forderte sie Ulsna auf, sie noch einmal zu begleiten. Sie lagerten am Ufer eines Sees, und als sie weit genug von den Laubhütten entfernt waren, um nur noch einen schwachen Schein des Lagerfeuers erkennen zu können, sagte sie: »Laß uns schwimmen.«

»Mitten in der Nacht?«

»So dunkel ist es nicht«, entgegnete Ilian und wies auf die silberne Mondscheibe, die fast vollkommen rund war. »Sie wird uns leuchten.«

In der Tat erhellte der Mond die Nacht so weit, daß Ulsna Ilians Lächeln erkennen konnte, als sie hinzufügte: »Keine Sorge, mein Freund. Ich habe nicht vor, mich oder dich zu ertränken.«

Plötzlich wurde ihm bewußt, wie sehr es ihm fehlte, sich ohne Sorge waschen zu können. Seit der Rückkehr in seine Heimat hatte ihn auch die alte Vorsicht wieder eingeholt, nicht zuletzt deshalb, weil er es Romulus durchaus zutraute, ihn in der nächsten Rasna-Stadt durch eine Steinigung loswerden zu wollen. Also zuckte er die Schultern, entledigte sich wie Ilian seiner Kleider und legte sie auf den nächsten Felsen, der sich glatt und moosfrei anfühlte.

Die Nacht verwischte die Übergänge von gebräunter Haut und hellen Stellen, die von Gewändern immer bedeckt gehalten wurden, und ließ Ilians Gestalt im Mondlicht fast weiß erscheinen. Sie ging prüfend ein paar Schritte in den See hinein, dann drehte sie sich zu Ulsna um, der noch am Ufer stand, bückte sich und begann ihn mit Wasser zu bespritzen. Die kühlen Tropfen trafen ihn, und er lachte, mit einemmal gewiß, warum Ilian auf diesen Einfall gekommen war. Wasser bedeutete Erneuerung, eine letzte Gelegenheit, jegliche Last abzuwerfen, bevor sie wieder zu seiner klugen, unbarmherzigen Göttin wurde, die sie sein mußte, um das Schicksal zu besiegen.

Bei all dem Gerede über Kinder hatte er vergessen, daß sie, Tempelzögling und Tochter des Königs, kaum je ein unbeschwertes Kind gewesen war, so wenig wie er, dem die Angst seit jeher im Genick gesessen hatte.

Er rannte durch das Wasser zu ihr und spritzte zurück, bis sie schließlich beide ins Wasser stürzten. Ilians dunkles Haar umfloß sie wie Schlingpflanzen, als sie ein paar Bewegungen mit den Armen machte. Sein eigenes trieb ihm entgegen, als er es ihr nachtat, und es wurde Ulsna bewußt, daß er es lange nicht geschnitten hatte, zu lange nicht, um sich noch als etwas anderes als ein Rasna auszugeben. Nun, er würde es morgen erledigen. Jetzt überließ er sich ganz der Mischung aus Wohlbehagen und dem Hauch von Furcht, die das Wasser in der sternenübersäten Dunkelheit für ihn bereithielt.

Ilian und er sprachen nicht miteinander, aber er konnte ihre Atemzüge hören, und sie verschafften ihm die Gewißheit, nicht allein zu sein. Erst als sie in stillschweigender Übereinstimmung an das Ufer zurückgekehrt waren, durchschnitt ihre Stimme den Mantel aus Schweigen, der sich um sie beide gelegt hatte.

»Nimm mein Gewand. Ich werde deines anziehen.«

»Was?« fragte er verständnislos. Sie waren in etwa gleich groß, doch sein Gewand war eindeutig das eines Mannes, und das ihre das einer ... Einen Atemzug später begriff er.

»Ich kann nicht. Ilian, ich habe das nie getan.«

»Du wirst es tun. Ich möchte wissen, ob es irgend jemandem in diesem Lager auffällt, wenn wir zu unserer Hütte gehen. Es könnte wichtig sein.« Er erkannte die Härte in ihrer Stimme, als sie hinzufügte: »Du willst mich doch triumphieren sehen, oder etwa nicht?«

Wenn es eine Strafe für die Ohrfeige sein sollte, dann war es eine ausgesucht treffende. Nie in seinem Leben hatte er Frauenkleider getragen, obwohl er sich manchmal fragte, wie sein Dasein wohl verlaufen wäre, hätte sein Meister sich seinerzeit eine Tochter statt eines Sohnes gewünscht und sein Findelkind entsprechend aufgezogen. Ulsna hatte Ilian oft genug beim Ankleiden beobachtet, er hatte ihr gelegentlich sogar dabei geholfen, er hatte auch anderen Frauen dabei zugesehen, in mehreren Ländern, doch die Vorstellung, selbst ein Frauengewand zu tragen, ließ ihn in einem Maß erschauern, das er nicht auf die Nässe seines Körpers schieben konnte. Dennoch kam es ihm nicht in den Sinn, sich einfach sein Gewand zu nehmen und Ilian sich selbst zu überlassen.

Stumm und reglos stand er da, bis Ilian ihm das Kleid reichte, die beiden Oberteile zurückgeschlagen. Es war keines ihrer zeremoniellen Gewänder, sondern nur ein einfaches Bauernkleid. Er schluckte und stieg hinein. Mit dem sicheren Griff langjähriger Gewohnheit befestigte sie erst die Spange an der linken, dann an der rechten Schulter, die beide Seiten des Kleides zusammenhielt. Dann begann sie, das Band zwischen und unter seine kleinen Brüste zu wickeln, und dieses völlig neue Gefühl ließ ihn erstarren. Kurz bevor er Ilian zum ersten Mal begegnet war, hatte er nach Kräften versucht, zu vergessen, daß er Brüste hatte; sie waren das sichtbarste Zeichen seiner Unnatürlichkeit. Er war nicht nur dünn, weil es für ihn wenig zu essen gab, sondern weil er keinesfalls zunehmen wollte, aus Angst, das Fett könnte ihn sichtbar weiblicher machen. Beim Aufenthalt in Ägypten war diese Furcht geschwunden, aber die Gewohnheit, wenig zu essen, war ihm geblieben, wie auch das Bemühen, seine weiblichen Attribute zu ignorieren. Er hatte nie bewußt gewählt, ein Mann zu sein, doch die Vorstellung, eine Frau zu sein, war ihm ebenfalls nie gekommen. Die Erinnerung daran, wie Ilian ihm auf Arions erstem Schiff einmal gesagt hatte, sie beneide ihn, kehrte zurück, und er fragte sich, ob sie sich je allein durch diese Kleidung gefangen gefühlt hatte.

Sie hingegen schien keine Schwierigkeiten mit seinem Gewand zu haben. Allerdings war es selbst im Mondlicht unmöglich, sie für einen Mann zu halten; der kürzere Saum unterstrich noch den Schwung ihrer Hüften, und der obere Teil spannte über ihrem Busen.

»Ich gebe zu, deine Beine kommen so besser zur Geltung«,

sagte Ulsna in dem Versuch, sich durch einen Scherz über die Rückkehr all seiner alten Ängste hinwegzuhelfen, »aber willst du wirklich, daß diese Jungen dich so sehen?«

»Wir haben Umhänge dabei«, erwiderte sie. »Außerdem hoffe ich darauf, daß uns niemand besondere Beachtung schenkt.«

Die Kühle des Wassers war vergessen. Während des auf einmal so kurzen Wegs zurück zum Lager spürte Ulsna, wie ihm unter seinem Umhang der Schweiß ausbrach. Mit einem langen Rock zu gehen war ihm nicht völlig neu; an hohen Feiertagen tauschte man in Ägypten den alltäglichen Lendenschurz ebenfalls gegen ein langes Gewand ein, zumindest dann, wenn man dem Haushalt eines Fürsten angehörte. Doch diesmal kam es ihm so vor, als müsse er sich bei jedem Schritt verheddern. Er spürte Ilians Finger in seiner Hand. Es war nicht nur ein ermutigender Griff. Als er vor dem Wachposten stehenbleiben wollte, gruben sich ihre Nägel in seine Handfläche. Am Ende nickte er dem Mann nur zu und faßte es kaum, daß der Junge tatsächlich nur kurz aufschaute. Soviel zur Verantwortung solcher Springinsfelde, dachte Ulsna ungehalten, und vergaß darüber seinen derzeitigen Zustand. War den Bengeln nicht klar, daß ihnen Späher auf der Spur sein mochten?

In der Hütte, die er mit Ilian teilte und die neben der ihrer Söhne lag, wollte er schon erleichtert auf die Strohmatte sinken, als ihm einfiel, daß er erst das unsägliche Kleid loswerden mußte, und er machte Anstalten, Brust- und Hüftbänder zu lösen.

»Warte«, sagte Ilian und holte ihren Kamm, jenen Kamm, der Wind und Wetter getrotzt hatte, weil ihn ihr Sohn Remus aus Hirschhorn geschnitzt hatte.

»Ilian, du hast doch gesehen, was du wolltest, können wir nicht ...«

»Nein«, entgegnete sie nicht unfreundlich, aber bestimmt. »Ich habe nur einen Teil dessen gesehen, was ich sehen wollte. Knie dich hin«, fuhr sie fort und fügte mit halb spöttischem, halb zärtlichem Unterton hinzu: »Du hast es oft genug für mich getan, also laß es mich einmal für dich tun.«

Er kniete nieder und nahm aus den Augenwinkeln wahr, wie sie um ihn herumging und begann, das nasse Haar, das er vorhin im Gegensatz zu ihr, die in solchen Dingen erfahren war, nicht ausgewrungen hatte, zu kämmen. Es stimmte, sie hatte ihm diesen alltäglichen Dienst nie erwiesen; es hatte nie eine Notwendigkeit dazu bestanden. Es war kein unangenehmes Gefühl, im Gegenteil, denn bei jedem Knoten hielt sie inne und entwirrte ihn erst, ehe sie den Kamm weiterzog. Dabei summte sie eines seiner Lieblingslieder, und er hielt sich gerade noch zurück, als ihm ein falscher Ton auffiel. Erst als sie noch einmal zu ihrem Beutel ging und weitere Bänder und Haarnadeln herausholte, protestierte er erneut.

»Dein Haar ist noch nicht lang genug für einen richtigen Aufbau«, sagte sie, seinen Widerspruch nicht beachtend, »aber wir können einiges vortäuschen.«

Sie teilte sein Haar in der Mitte und kämmte es nach hinten. Dann drehte sie es zu einem Knoten, den sie mit zwei Nadeln befestigte und mit Bändern umwand und stützte. Das Ende seiner Leiden schien indes immer noch nicht gekommen zu sein. Sie bat ihn, die Augen zu schließen.

»Das zumindest wird dir nicht neu sein. Denk an Ägypten.«

Er dachte an Ägypten, wo es der Brauch verlangte, daß Männer wie Frauen zu den Festmählern geschminkt erschienen. Bei seinem ersten Auftritt für Gäste der Herrin Nesmut hätte er um ein Haar den Fehler gemacht, wie gewohnt mit bloßem Gesicht zu erscheinen, und war von einem wohlmeinenden Harfenmädchen im letzten Augenblick gerettet worden. Er erkannte das Gefühl wieder, die Fingerspitzen, die.etwas auf seine Augenlider tupften, auf seinen Mund, und die abgerundete Spitze, die seine Brauen nachzog. Verbunden mit der stetig wachsenden Besorgnis über das, was Ilian für ihn plante, war es diesmal unendlich beunruhigender.

»Da«, sagte sie schließlich zufrieden. »Und nun sieh selbst.«

Er öffnete die Augen und starrte in den Bronzespiegel, den sie ihm hinhielt, neben dem Talglicht, das sie ebenfalls an seine Seite gestellt hatte. Es war erschreckend. Er mußte sich nie rasieren, daher gab es noch nicht einmal einen abendlichen Flaum, um das Gesicht, das ihm entgegenstarrte, weniger... weiblich zu machen. Sie hatte seine Lippen durch das Rot üppiger gemalt. Das Grün seiner Augen wurde durch die Mischung aus bläulichem Puder und schwarzer Kohle, mit der sie seine Lider bedeckt hatte, hervorgehoben und zum Leuchten gebracht, und durch das zurückgekämmte, aufgesteckte Haar kam seine hohe Stirn zur Geltung. Ihm war nie bewußt gewesen, daß er eine hatte.

»Du bist hübsch«, bemerkte Ilian.

»Ich will nicht hübsch sein«, klagte Ulsna. »Ich bin ein...« Er hielt inne und ließ den Bronzespiegel sinken.

»Warum hast du mir das gezeigt, Ilian?« wisperte er verzweifelt. »Es ist zu spät dafür, viel zu spät. Ich hatte mich mit dem abgefunden, was das Leben mir gewährte. Kannst du es nicht ertragen, mich glücklich zu sehen, wenn du es nicht bist?«

Sie saß ihm gegenüber, die Hände gegeneinandergepreßt und das Gesicht im Gegensatz zu dem seinen sehr bloß und nackt.

»Ich möchte dich glücklich sehen«, antwortete sie traurig. »Meistens. Du verdienst es, glücklich zu sein. Aber du hast mich zurückgeholt, und es gibt nichts im Leben umsonst.«

»Was, wenn wir es einfach hinter uns ließen?« fragte Ulsna unvermittelt. »Ich habe schon einmal daran gedacht, in Theben. Worauf es mir ankommt, ist, daß du nicht stirbst und daß du dich nicht aufgibst. Laß uns einfach von hier verschwinden. Wir können überall auf der Welt leben.«

»Und meine Söhne?« fragte Ilian zurück. »Ulsna, ich habe sie auf diese Bahn gelenkt. Ich kann mich jetzt nicht einfach davonstehlen. Und selbst wenn ich es könnte, wenn es sie alle beide morgen nicht mehr gäbe, so wäre es mir immer noch unmöglich, noch einmal in die Verbannung zu gehen. Ich kann sterben, und ich kann nach Alba ziehen. Das sind die einzigen beiden Wege, die mir noch bleiben, und in Wahrheit wissen wir beide, daß es nur mehr einer ist.«

Sie erhob sich und zog ihre Nadeln aus seinem Haar. »Doch dir stehen noch ein paar Pfade offen.«

Alba, das verbotene Alba. Alba, die weiße, unerreichbare Stadt seiner Kindheit, bot sich dar an die Felsen über dem See geschmiegt wie eine Schlange, deren Schuppen in der Sonne glitzerten, und Romulus störte es nicht, daß er die Stadt als Gefangener betrat. Fabius, der sich mit ihm hatte gefangennehmen lassen, damit die Sache noch echter aussah, leckte sich nervös über die Lippen, als sie vor das breite Stadttor traten und Numas Vorgesetzter der Wache seinen Bericht erstattete. Numa hatte den Mann nicht eingeweiht, und das war gut so; die Prahlerei darüber, den Anführer der unverschämten latinischen Räuber gefangen zu haben, klang um so überzeugender.

»Und es waren Männer aus Tarchna, die für euch die Drecksarbeit verrichten mußten«, schloß der Hauptmann selbstgefällig. »Scheint, als tauge euer König so wenig wie der letzte, häh? Den muß der unsere ja durchfüttern, aber um diesen Abfall hier sollt ihr euch ruhig selbst kümmern.«

Die Stadtwache von Alba war um einen eigenen kleinen Trupp Krieger verstärkt worden, was einiges über die derzeitigen Verhältnisse aussagte, doch Romulus fiel auch auf, daß die Albaner trotz ihres Zorns keinen Streit anfingen, was entweder für ihre Selbstbeherrschung oder für ihre mangelnde Treue zu Amulius sprach. Er hütete sich, erkennen zu lassen, daß er etwas von dem Wortwechsel verstand, während er und Fabius darauf warteten, abgeführt zu werden. Leider konnte er nicht vorgeben, die Sprache der Tusci überhaupt nicht zu beherrschen, da er mit den Kaufleuten, die er überfiel, immer einige Worte in ihrer Sprache gewechselt hatte. Doch das Ausmaß seines Wortschatzes würde eine der Überraschungen für den Gerichtstag sein.

Noch ein paar Sätze, und der Hauptmann bedeutete seinen Gefangenen, sie sollten den Mitgliedern der Wache folgen, die bereits beiseite getreten waren. Numa versetzte Romulus einen Stoß und knurrte: »Nun mach schon, Dieb!«

In der Hoffnung, daß auch Fabius sich davor hüten würde, sich zu Numa umzudrehen, setzte Romulus sich in Bewegung und trottete hinter den Albanern her. Aus den Augenwinkeln betrachtete er die Befestigungen, die Stadtmauer, die bald hinter ihnen zurückblieb, die Häuser, die im Vergleich zu denen in Xaire oder Tarchna älter und etwas heruntergekommen wirkten, als hätten die Eigentümer sie länger nicht ausgebessert oder gestrichen. Die Straße hatte zwar einen der Kanäle, wie die Tusci sie überall anlegten, doch er schien an einigen Stellen verstopft. Es waren auch längst nicht so viele Händler unterwegs wie in den anderen Tusci-Städten. Nein, Alba ging es nicht mehr gut; Alba glich einer Schönen, deren Glanz an einigen Stellen rissig geworden war. Aber Alba war immer noch der Eroberung wert.

Man brachte sie hügelaufwärts, und Romulus brauchte keine großen Geistessprünge zu machen, um zu schlußfolgern, daß ihr Ziel nicht der Kerker, sondern zunächst der Palast sein würde. Amulius mußte entsprechende Befehle gegeben haben. Gut. Er wollte keinen schwachen alten Mann zum Gegner, wie den, den er zur Verwirklichung seines eigenen Planes in Tarchna besucht hatte, ehe er das Vorhaben seiner Mutter in die Wege leitete. Ziegelrot wie eine Blume, in deren Kelch sich giftige Pollen verbargen, ragte schließlich der Palast vor ihm auf, und Romulus gestattete sich einen kurzen Moment, um den Anblick zu würdigen. Er wunderte sich, daß sein Herz nicht schneller schlug. Vielleicht, weil der Palast zwar ein Ziel war, aber nicht das eigentliche, nicht das wichtigste, nicht das beste.

Darüber nachzugrübeln blieb keine Zeit; sein Zögern brachte ihm ohnehin schon einen weiteren Rippenstoß ein. Inzwischen hatte sich eine kleine Horde Gassenjungen gebildet, die ihnen folgte und lauthals rief, man habe den Anführer der latinischen Räuber gefangen, was einige Leute auf die Straßen brachte, die Flüche in Romulus' Richtung schleuderten, und andere, die ihn nur stumm beobachteten. Vor dem Palast wichen sie alle zurück, sogar die Kinder. Hier würde der Gerichtstag stattfinden. Romulus fragte sich, wie viele Leute dann wohl kommen würden, um ihn zu sehen.

Er hatte Fabius streng eingeschärft, nur mit ihm zu sprechen, wenn sie allein waren, und selbst dann nicht, wenn es sich vermeiden ließ, und er war erfreut zu sehen, daß sich sein Gefährte daran hielt, während man sie durch die Gänge des Palastes führte, obwohl Fabius sich immer öfter auf die Lippen biß. Der gute Fabius hatte vermutlich noch nie ein Gebäude dieser Größe betreten. Bei Romulus lagen die Dinge etwas, wenn auch nicht viel, anders, und er war zudem entschlossen, sich von nichts in dieser Stadt beeindrucken zu lassen. Die Malereien an den Wänden sprachen so wenig zu ihm wie die übrigen Einzelheiten. Es fehlte ihnen die Wirklichkeit. Erde in seiner Hand, Blut auf seiner Hand, das war wirklich. Gestalten an Wänden, ganz gleich, wie anmutig sie sein mochten, bedeuteten nichts, weniger als die Schriftzeichen auf dem kostbaren ägyptischen Papyrus, die ein Schlüssel zu seiner Rache geworden waren.

Er horchte in sich hinein und spürte nichts als Kälte und Ruhe, selbst dann nicht, als er seinen linken kleinen Finger, den sie so sorgfältig geschient und verbunden, wie sie ihn gebrochen hatte, versuchsweise bewegte, um den Schmerz zurückzuholen. Gut. Er war nichts als Erwartung, er war die Zukunft, er war ein neues Blatt Papyrus, das nur von ihm selbst beschrieben werden würde.

Als Amulius den Raum betrat, in den man sie gebracht hatte, wußte Romulus sofort, um wen es sich handelte. Nicht, weil der Mann wesentlich reicher oder besser gekleidet gewesen wäre als die ersten paar Tusci, die ihnen im Palast über den Weg gelaufen waren. Er trug auch keine der königlichen Insignien, wie die Doppelstreitaxt, die die Tusci ihren Königen bei ihren Gerichtstagen zwischen die Beine legten; die einzige sichtbare

Waffe war ein Messer an seiner Seite. Nein, was diesen Mann zu Amulius, dem derzeitigen König von Alba, machte, machen mußte, war, daß sich die Haltung aller Tusci veränderte, als sie seiner ansichtig wurden. Das war es, dachte Romulus, was einen König ausmachte: die Fähigkeit, jedermanns Aufmerksamkeit sofort auf sich zu ziehen.

»Welcher von euch ist der Anführer?« fragte Amulius, erst in der Sprache der Tusci, dann in der der Latiner. Es war aufschlußreich, daß er letztere beherrschte; gewiß, in seinem Heer dienten Latiner, doch das traf auch auf andere Tusci-Heere zu, und der alte Mann in Tarchna hatte kein Wort außer Tusci gesprochen. Andererseits fand es Romulus ein wenig enttäuschend, daß Amulius fragen mußte. Auch das war ein Grund gewesen, Fabius mitzubringen; eine Prüfung, die Amulius nicht bestand.

Unter anderen Umständen hätte er den Mann noch etwas raten lassen, doch nicht unter diesen. »Ich bin es«, erwiderte er in seiner eigenen Sprache und trat vor.

Amulius aus der Nähe zu sehen war eigenartig. Der Mann mußte älter sein als Faustulus und hatte genügend graue Haare, um das zu bestätigen, aber seine Haltung war aufrecht wie die eines Jünglings. Die sehnigen Arme und Beine zeigten geübte Muskeln, selbst wenn die gegerbte Haut wiederum das Alter verriet. Am merkwürdigsten war das Gesicht. Es ähnelte dem seines Bruders Remus, und auch wieder nicht; was den Unterschied ausmachte, war mehr als das Netz aus Falten oder die buschigen Augenbrauen, die sich mit den Jahren offenbar immer mehr einander genähert hatten. Das mochte Remus mit der Zeit ebenfalls geschehen, doch Romulus konnte sich nicht vorstellen, daß Remus ihn oder einen anderen jemals so abschätzend und kühl mustern würde, ohne eine Miene zu verziehen. Es waren Steinaugen, dachte Romulus und spürte einen Herzschlag lang Nähe, die nichts mit Freundlichkeit zu tun hatte. *Unsere Augen.*

»So«, meinte Amulius schließlich. »Du bist also der junge

Mann, der bei seinen Überfällen nie vergißt zu erwähnen, ich sei nicht der rechtmäßige König. Nun verrate mir doch, Schweinehirt, was kümmert einen Latiner, wer bei den Rasna auf dem Thron sitzt?«

»Es kümmert mich«, entgegnete Romulus, »weil du derjenige bist, dem wir unsere Abgaben entrichten. Ich habe mein Heimatdorf verlassen müssen, weil sie zu hoch waren, nur um herauszufinden, daß man auch anderswo jetzt deinem Beispiel folgt. Ihr Tusci preßt uns aus.«

Amulius räusperte sich. »Ich verstehe. Du bestiehlst meine Kaufleute und Herden also nicht etwa aus Gier, wie die Latiner dies schon seit jeher tun, sondern einzig zum Wohl deines Volkes. Welch ungewöhnlicher Edelmut – für einen Schweinehirten.« Unversehens wechselte er ins Griechische. »Oder bist du kein Schweinehirt?«

Es war sinnlos zu hoffen, den gleichen verständnislosen Gesichtsausdruck wie Fabius hinzubekommen, also gab Romulus seinem Zorn freien Lauf. Amulius argwöhnte etwas, aber von ihm zu erwarten, daß er in eine so plumpe Falle tappte, war kränkend. Sollte der König glauben, daß ihn der Spott über den Schweinehirten wütend machte.

Wieder in der Sprache der Latiner fragte Amulius: »Wie lautet der Name deines Vaters, Junge?«

»Warum sollte dich das kümmern, Herr?« gab Romulus zurück. »Er war auch nur ein Schweinehirt.«

Die Augen des Königs verengten sich zu schmalen Schlitzen.

»Und wie«, fragte er langsam, »lautet der Name deiner Mutter?«

Romulus bemühte sich, so verwundert wie möglich dreinzublicken. »Larentia, Herr. Aber warum sollte dich das kümmern? Sie war nur das Weib eines Schweinehirten.«

Einer der Wächter versetzte ihm einen Hieb, hart genug, um seine Unterlippe aufplatzen zu lassen. Der König hielt ihn nicht zurück, doch er winkte ab, als der Mann zum zweiten Mal ausholte.

»Du bist wortgewandt, Hirte«, sagte Amulius. »Ich hoffe für dich, daß du es auch vor Gericht sein wirst, wenn die Kaufleute, die du bestohlen, und die Familien der Männer, die du umgebracht hast, Klage gegen dich führen.«

Damit war das Verhör offenbar beendet; die Männer bekamen Befehl, ihn und Fabius abzuführen. Sie hatten bereits die Schwelle erreicht, als Amulius ihnen nachrief und seine Befehle verdeutlichte. Fabius sollte bleiben. Romulus sollte in den Raum unterhalb des Turan-Tempels gebracht werden, wo die schlimmsten Verbrecher auf den Tag des Gerichts warteten.

Fabius, dachte Romulus, war kein Weichling. Und selbst wenn seinem Gefährten die Zunge gelöst werden würde, so hätte Amulius doch nicht viel gewonnen; Fabius wußte nichts von den Dingen, die wirklich wichtig waren. Er stammte aus der Gegend um Xaire, war erst kürzlich zu ihnen gestoßen, und für ihn war das ganze Unternehmen nur ein Raubzug größeren Stils, bei dem es gegen die Tusci ging.

Die Männer, die ihn abführten, machten einige Bemerkungen darüber, daß Romulus seine Unverschämtheit schon noch bereuen werde, wenn er erst auf die Gnade des Königs angewiesen wäre. Er ignorierte sie und begann darüber nachzugrübeln, wo wohl Amulius' Stärken im Kampf liegen würden, nun, da er den Mann gesehen hatte. Damit war er so beschäftigt, daß ihn der neben ihm stehende Krieger erst anbrüllen mußte, ehe er bemerkte, daß der Trupp angehalten hatte.

Der Grund dafür, so stellte sich heraus, war eine Frau, die zuviel Schmuck trug, um etwas anderes als ein Mitglied der königlichen Familie zu sein. Um ihr Haar und ihre Schultern lag ein golddurchwirkter Schleier, und das enggewickelte, rote Gewand war reich mit Blumenmustern bestickt. Es enthüllte mehr, als es verbarg, doch die Frau war gerade noch auf der richtigen Seite von üppig, um es sich leisten zu können.

»Du bist der Barbar, der die Kaufleute überfällt, nicht wahr?« fragte sie ihn und schmollte. »Deinetwegen habe ich meine Bernsteinkette aus Gallien nicht bekommen.«

Romulus erwiderte nichts, sondern nahm sie ausführlicher in Augenschein, was ihm einen weiteren Hieb einbrachte.

»Sprich mit der Edlen Antho, wenn sie mit dir redet, Dieb!« rief sein Wächter.

Die Edle Antho also. Nicht die Sklavin, die angeblich den neuen Sohn des Amulius zur Welt gebracht hatte, was seine erste Vermutung gewesen war, sondern die Tochter. Die Base seiner Mutter, die ihn soeben mit einem höchst unverwandtschaftlichen Blick musterte. Anders als Remus war er nicht von einer erfahrenen Kurtisane in die Liebe eingeführt worden, doch, stellte Romulus für sich fest, er erkannte eine Hure, wenn er eine sah.

»Ich dachte, du wärst größer«, sagte sie.

Er erinnerte sich an einiges, was Ilian ihm erzählt hatte, an einige der Scherze aus der Schenke in Xaire, und verzog den Mund zu einem winzigen Lächeln.

»Nicht alles an mir ist klein.«

Anthos Augen weiteten sich, und erst jetzt wurde ihm bewußt, daß er ihr fließend in der Sprache der Tusci geantwortet hatte. Weiber. Selbst die dummen veranlaßten einen zu Torheiten. Immerhin stand zu hoffen, daß der kleine Schnitzer seinen Wachen nicht sonderlich auffiel; im übrigen wäre es verfänglicher gewesen, wenn er Griechisch gesprochen hätte. Das andere ließ sich noch erklären, obwohl damit die geplante Überraschung für den Gerichtstag dahin wäre.

»Der Mann kommt mit mir«, erklärte die Edle Antho, und seine Wächter protestierten, sie hätten Anweisung, den Räuber umgehend ins Gefängnis zu bringen.

»Und das werdet ihr«, entgegnete Antho ungerührt. »Nachdem ich ihn in meinen Gemächern verhört habe.«

An der Art, wie die Krieger die Augen gen Himmel rollten und gehorchten, erkannte Romulus, daß dies nicht der erste Vorfall dieser Art sein konnte. Anscheinend bekam Antho, was Antho wollte: Tusci. Man lieferte ihn mit Warnungen, sich – bei Androhung übler Folgen für das Gegenteil – gut zu benehmen,

440

tatsächlich in einem Raum ab, der womöglich noch reicher ausgestattet war als der Rest des Palastes. Antho klatschte in die Hände, und eine Sklavin erschien, die rasch wieder verschwand, um mit zwei Bechern zurückzukehren. Danach zog sie sich sofort wieder zurück. Romulus wartete, bis Antho ihren Becher zum Mund führte, ehe er ebenfalls trank. Man hatte den Wein mit Honig und Binsen versetzt und mit weit weniger Wasser, als er es sich jemals geleistet hatte. Es schmeckte nicht schlecht, doch er beschloß, sich zurückzuhalten; er konnte es sich nicht gestatten, jetzt den Kopf zu verlieren.

»Eine letzte Gnade für den Verurteilten?« fragte er. Antho lachte, doch ihre Antwort bewies, daß sie nicht so dumm war, wie er geglaubt hatte.

»Gewiß. Mach keinen Fehler, Barbar, so gut, daß ich dir zur Flucht verhelfen würde, kannst du mir gar nicht gefallen. Aber wer weiß, vielleicht verkürzt du mir die Zeit angenehm genug, damit ich mich bei meinem Vater um Gnade bemühe.«

Mit einem erneuten Schmollen fügte sie hinzu: »Er schuldet mir etwas. All die Jahre verspricht er mich bald diesem und bald jenem Verbündeten und verheiratet mich doch nicht, weil er darauf hofft, daß die alte Kuh sich eines Besseren besinnt, und dann geht er hin und setzt einen Jungen als Thronfolger in die Welt.«

»Das muß ein langweiliges Leben für dich gewesen sein, Herrin«, sagte Romulus und fragte sich erneut, ob sie nun dümmer oder gerissener war, als es den Anschein hatte.

»Meistens war es das. Ich beneide dich, weißt du? Du brauchst keine langweiligen Rituale über dich ergehen lassen, du nimmst dir einfach, was du willst«, schloß sie erwartungsvoll.

Er erkannte die Aufforderung. Eigentlich begriff er nicht, warum er sich überhaupt auf das Spiel eingelassen hatte; sie war hübsch, gewiß, aber auch nicht unbedingt reizvoller als die Schenkenmädchen in Xaire, und sie mußte älter als die meisten von ihnen sein. So alt wie seine Mutter in etwa. Ja. Und, trotz ihrer so unterschiedlichen Art, sie hatte dasselbe Blut in den Adern, genau wie ihr Vater.

Vielleicht ist es das, dachte Romulus, als er den Becher mit Wein zur Seite stellte und sie in die Arme schloß, grob, wie sie es erwartete; *vielleicht möchte ich sie einmal schmecken, diese blutsverwandte Schlechtigkeit, bevor ich sie zerstöre.* Er biß ihr die Lippen auf, als er sie küßte, schmeckte sein eigenes Blut, das sich mit ihrem vermengte, und wußte nicht, ob Ekel oder Erregung größer waren, als sie sich daraufhin noch fester an ihn drängte. In jedem Fall griff er nach ihren Händen an seinem Hals und machte sich los.

»Es tut mir leid«, sagte er höhnisch, »aber du mußt dich anders unterhalten, Herrin. Mein Bedarf an Tusci-Gütern ist bereits gedeckt.«

Er hatte erwartet, daß sie sofort nach den Wachen riefe, um ihn für diese Beleidigung prügeln zu lassen, doch statt dessen starrte sie ihn mit dem verwundeten Blick eines Kindes an, dem man ein Spielzeug weggenommen hat.

»Oh«, sagte sie, und noch einmal: »Oh.«

Es machte ihn zornig. Sie sollte sich nicht wie ein Opfer verhalten, sondern wie eine Wölfin. Er bereute, sich überhaupt mit ihr abgegeben zu haben. Sie war es nicht wert. Er hatte sich getäuscht; sie waren nicht verwandt. Sie war nicht ebenbürtig.

Um den verletzten, für eine Frau wie sie völlig lächerlichen Kinderaugen zu entgehen, drehte er sich um und rief selbst nach den Wachen.

Es war unverhältnismäßig warm selbst für diese Jahreszeit, fand Fasti, als sie von ihrer Novizin am Morgen des Gerichtstages geweckt wurde. Die Sonne war noch nicht ganz aufgegangen; von ihrem Fenster aus konnte sie das zarte Morgenrot erkennen. Dennoch standen dem Mädchen, das respektvoll an ihrer Schwelle stand, unverkennbar kleine Schweißtropfen auf der Stirn, und Fasti begrüßte selbst dankbar die Schüssel mit kaltem Wasser, die ihr gereicht wurde. Sie hatte nicht gut geschlafen, und die nächtliche Hitze hatte in ihr oft das Bedürfnis geweckt, zum See zu laufen und sich abzukühlen. Natürlich war es undenkbar, für die Hohepriesterin ebenso wie für jede Frau ihres Alters. Das Alter war eine gemeine Falle, die einem die Götter stellten, denn gerade in solchen Nächten fühlten sich ihre Glieder noch jung an, jung genug, um zu laufen, zu rennen, all dem Unheil zu entgehen, das sie täglich näher und näher kommen spürte.

Manchmal fragte sie sich, wann sie aufgehört hatte, all die Gerüchte darüber, wie die Götter sich von Alba Arnths wegen abgewandt hatten, als Gerede abzutun. Oh, sie glaubte noch immer, daß es sehr bewußt in Umlauf gebracht worden war. Nichtsdestoweniger steckte ein wahrer Kern darin. Wie sonst ließe es sich erklären, daß ein fähiger Mann wie Arnth dieses Gerede nicht im Keim erstickt hatte, daß so viele darauf hörten? Und warum war ein Wesen, dem sie selbst jeglichen göttlichen Schutz genommen hatte, nicht daran zerbrochen?

Ilian, dachte Fasti ein ums andere Mal. *Ilian, welch eine Hohepriesterin wärst du geworden. Warum nur, warum hast du uns all das angetan durch deinen Frevel?*

Sie hatte in der letzten Zeit so oft an Ilian gedacht, daß sie glaubte, ihr Verstand spiegele ihre Wünsche und Ängste wider, als sie ihren ersten Besucher empfing. Der Hohepriester Caths hatte ihr bereits gestern einen Boten geschickt, der höflich den Wunsch äußerte, die Edle Fasti möge den Edlen Apatru noch vor Beginn des Gerichtstages empfangen, und da sie sich fragte, was der alte Schurke im Schilde führte, wo sie sich während des Gerichts doch ohnehin sehen würden, hatte sie eingewilligt. Die Gestalt jedoch, die neben Apatru den Seitenflügel des Tempels betrat, in dem Fasti ihren Aufgaben nachkam, erkannte sie trotz des Schleiers um ihr Gesicht, und sie war sich mehrere Herzschläge lang sicher, daß es ein Traum sein mußte. Dann erhob sie sich aufgebracht und bedeutete der Novizin, die ihr in dieser Woche zugeteilt war, sie möge sich entfernen.

»Apatru«, verkündete Fasti in ihrer eisigsten Stimme, als das Mädchen verschwunden war, »wie kannst du es wagen, eine in den Tempel Turans zu bringen, von der alle Götter ihr Antlitz abgewendet haben, eine, bei deren Verbannung du selbst zugegen warst, eine, die keinen Namen mehr hat?«

»Nicht alle Götter«, erwiderte Apatru selbstgefällig. »Ich gebe zu, damals glaubte ich dir, als du mir sagtest, Turan verstoße sie als Frevlerin, zumal Cath sich mir nicht offenbarte. Der griechische Gott Apollon jedoch hat durch sein Orakel in Delphi ihre Unschuld bestätigt und sie vor aller Welt entsühnt.«

»Apollon! Was scheren uns griechische Götter!«

Ilian hob ihren Schleier, und Fasti erkannte, daß die Zeit aus dem Mädchen von einst jede Unsicherheit und Schwäche gebrannt hatte, bis eine Frau auf dem Höhepunkt ihrer Macht übriggeblieben war.

»Fasti«, begann Ilian, und die überlegene Wärme ihres Tons war schmerzhafter, als es der trotzige Zorn des Mädchens je gewesen war, »Apollon ist nicht einfach nur ein griechischer Gott. Er ist die Sonne, die Verkörperung Caths in seiner griechischen Form, und seine Diener sind auch Caths Diener. Freue dich mit mir, denn ich konnte ein Werk verrichten, das uns einander näher bringt. Sind wir nicht alle Diener der Götter?«

In Gedanken häufte Fasti Verwünschungen auf Apatrus glatzköpfiges Haupt. »Ah«, schnaubte sie, »Bestechung. Siehst du nicht, was sie tut, Apatru? Sie handelt mit dem Glauben an die Götter! Wenn du denkst, deine Unterstützung dieser Frevlerin brächte Cath mehr Ansehen und Macht in dieser Stadt, dann irrst du. Sollte sie wider Erwarten den Tag überstehen, ohne gesteinigt zu werden, dann kannst du dich glücklich schätzen, wenn der König der Priesterschaft Caths in Zukunft auch nur gestattet, Blumenopfer entgegenzunehmen!«

Apatru strahlte sie weiterhin an. »Teure Fasti, warum dieser Zorn? Man möchte meinen, du habest etwas zu verbergen.«

»Ja«, fiel Ilian ein und schenkte ihr ebenfalls ein Lächeln, in dem sich das tödliche Gift von Spinnen und Schlangen verbarg, »etwas wie dein Alter.«

»Mein Alter? Was hat mein...«

»Es bereitet mir immer großen Kummer«, unterbrach Apatru sie, »von Freveln durch die Diener der Götter zu hören. Deswegen war ich seinerzeit auch zu verstört, um Ilians Geschichte richtig zu würdigen. Aber nunmehr bin ich überlegter und greife nicht mehr gleich zum Stein, nur weil mir jemand erzählt, daß eine Priesterin sich inzwischen um zehn Jahre jünger macht.«

»Um zehn Jahre jünger macht? Wovon redest du? Ich bin keinesfalls...«

»...in dem Alter, in dem die Götter nicht mehr mit dir sprechen?« fragte Ilian. »Nein, Fasti, gewiß nicht. Sonst müßte man dich nicht nur deines Amtes entheben, sondern auch wegen deines Betrugs sofort aus der Stadt jagen, um nicht zu sagen, steinigen.«

Seit Ilian ihr von ihrer Schwangerschaft erzählt hatte, war Fasti nicht mehr so bestürzt gewesen. »Das ist eine Lüge«, stieß sie entsetzt hervor. »Damit würdet ihr niemals durchkommen.«

Doch sie wußte, daß sie Feinde hatte, die eine solche Behauptung nur zu gern ausnützen würden, um sie zu stürzen. Es gab niemanden aus ihrer Kindheit mehr, der ihr Alter hätte beschwören können. Ja, ihre mißtrauische Seele sagte ihr, daß vielleicht selbst Arnth diese Gelegenheit ergreifen würde, um endlich seine verwünschte Tochter an ihre Stelle zu setzen, ganz gleich, von wem das Gerücht ausging.

Apatru verschränkte die Arme ineinander. »Wie ich schon sagte – heutzutage höre ich nicht mehr gleich auf das, was man erzählt. Ich wäge alles erst ab.«

»Was willst du?« schnappte Fasti, immer noch bemüht, Ilian nicht öfter anzusprechen, als unbedingt nötig. Doch Apatru schaute zu der jüngeren Frau, die zu Fasti ging und ohne weiteres ihre Hände ergriff.

»Was die Götter wollen. Was sie schon einmal gewollt haben«, erklärte Ilian sanft. »Ein Opfer und einen neuen König.«

»Du bist wahnsinnig«, flüsterte Fasti, doch sie entzog Ilian ihre Hände nicht; es war, als habe sich Kraftlosigkeit in ihre Adern geschlichen, wie das Gift, das in Ilians so freundlich geäußerten Worten lag.

»Nein. Aber zu mir sprechen die Götter. Sie haben es schon immer getan, auch wenn du mir das nicht geglaubt hast, Fasti, in deinem Hochmut. Heute wird ein König zu Gericht sitzen – und gerichtet werden –, und du, Fasti, wirst wie alle anderen Hohepriester dafür stimmen, daß er sich dem Urteil der Götter stellt.«

»Apatru«, sagte Fasti beschwörend, »wir können den Tod des Königs nicht verlangen, ohne eindeutige Zeichen dafür empfangen zu haben.«

»Wir werden ein eindeutiges Zeichen empfangen. Einen Zweikampf, wie es früher bei uns Brauch war.«

Etwas verspätet fügten sich die einzelnen Bruchstücke in Fastis Kopf zu einem Ganzen zusammen. Der Viehdieb, über den sich die Kaufleute so ereiferten und der heute vor Gericht stehen sollte. Er wurde gar nicht weit entfernt von ihr gefangengehalten, unterhalb des Tempels; sie hätte ihn jederzeit sehen können. Doch Arnth hatte ihr nicht gesagt, daß an diesem Viehdieb etwas Besonderes war. Er mußte etwas ahnen; Arnth war genauso mißtrauisch wie sie, der Mann war ihm bereits vorgeführt worden, er mußte einen Verdacht hegen. Warum nur hatte er ihr nichts davon erzählt? Dann hätten sie sich vorbereiten können. Oder besser noch, warum hatte er den Kerl nicht verschwinden lassen oder entmannt wie die Söhne seines Bruders und in die Wildnis zurückgeschickt, aus der er gekommen war? Das Volk hätte sich schon beruhigt, auch wenn es um seinen großen Gerichtstag gebracht worden wäre. Der Viehdieb, das mußte Ilians Sohn sein, das verwünschte Balg, dessen Existenz all das Verhängnis ausgelöst hatte. Aber hatte Arnth nicht behauptet, es befinde sich, seinen Nachforschungen zufolge, mit seiner Mutter jenseits des Meeres? Arnth wurde nachlässig, Arnth wurde alt, und jetzt hatte Arnth sie in eine Lage gebracht, in der ein fleischgewordener Frevel König von Alba werden konnte.

»Du verlangst von mir, zuzulassen«, sagte sie zu Apatru, »daß eine Namenlose ihrem Sproß den Thron von Alba verschafft?«

Ilians Nägel gruben sich in ihre Handteller, und Fasti zuckte zusammen, doch Ilian ließ sie nicht los.

»Ich habe mir meinen Namen zurückgeholt, Fasti. Was von dir verlangt wird, ist nur das, was du schon vor Jahren hättest tun sollen, was deine Aufgabe als Priesterin ist: glauben. Mein Sohn ist der Sohn eines Gottes.«

»Aber wie soll das möglich sein?« fragte Fasti in einer Mischung aus Erbitterung und Erschöpfung, und Apatru schnalzte mißbilligend mit der Zunge.

»Teure Fasti, dir mangelt es wahrlich nicht nur am Glauben, sondern offenbar auch noch an Kenntnissen unserer alten Rituale. Nach all der Mühe, die du dir gegeben hast, um Turan zur obersten Schutzherrin der Stadt zu machen, sollte man erwarten, daß dir zumindest die heilige Ehe geläufig ist.«

Die Erkenntnis traf sie wie eine Ohrfeige, und sie spürte, wie sich jedes der vergangenen Jahre mit doppelter Grausamkeit auf ihren Körper zu senken schien und ihre Beherrschung auffraß. Es würgte sie in der Kehle, und verzweifelt griff sie nach ihrem alten Zorn wie nach einem Strohhalm.

»Du«, sagte sie zu Ilian, »du, eine Novizin, hast es gewagt, die heilige Ehe zu vollziehen, ohne mich auch nur zu fragen?«

In Ilians Gesicht las sie zu ihrer Überraschung keinen Triumph, sondern Resignation. »Du hättest es mir nicht gestattet, Fasti, ganz gleich, wie sehr die Götter danach verlangten. Schau dich doch an. Du bist dir immer noch sicher, daß den Willen der Götter nur du kennst, und du hast nie auch nur in Erwägung gezogen, daß ich mein Gelübde aus anderen Gründen als törichter Lust aufgegeben haben mochte. Daß ich die Wahrheit sagen könnte. Ich gebe zu, auch ich habe meine Glaubensprüfung, der du mich danach unterzogen hast, nicht bestanden. Aber das ändert nichts daran, daß du zuerst gefehlt hast.«

»Aber es war nicht nötig«, murmelte Fasti. »Die Göttin, die Stadt, sie waren auch so auf seiner Seite.«

»Waren sie das? Ich habe die Zeichen damals gedeutet, Fasti, gemeinsam mit dir. Du hast den tiefen Riß auch gesehen. Bruder gegen Bruder, die Verweigerung des Opfers, eine gewaltsam herbeigeführte Zeitenwende. Aber du dachtest, es genüge, ein paar Vorteile für den Tempel herauszuschlagen und im übrigen darauf zu vertrauen, daß Arnth besser rechnen könne als Numitor. Und du hast die Stirn, mir vorzuwerfen, daß ich mit den Göttern handele? Ich habe es mir verdient. Ich habe mich ihnen unterworfen damals, um die Heilung herbeizuführen. Zwischen der Stadt und der Eroberung, Göttern und Menschen. Ich habe mich selbst zum Opfer gemacht und die Göttin in mich aufgenommen, um den Gott zu empfangen, so wie es uns überliefert wurde. Es hätte Clanti sein sollen, weißt du? Das einzige andere Mädchen, das in ihrer Ausbildung so weit fortgeschritten war wie ich. Sie hat er gefragt, und sie hat sich mir anvertraut, weil sie nicht wußte, ob sie es hinter deinem Rücken tun sollte. Aber an dem entscheidenden Tag glitt sie auf der Treppe aus, fiel auf eine Stufe und brach sich das Genick, und ich wußte, daß ich keine andere Wahl hatte, als selbst die Maske der Göttin zu tragen, wenn die Stadt geheilt werden sollte.«

Der Hohepriester Caths lächelte nicht länger, und Fasti erkannte keine Selbstgefälligkeit auf seinen Zügen mehr, sondern nur noch tiefen Ernst.

»Es mag unüberlegt gewesen sein, Fasti«, bemerkte er, »doch es war richtig. Es hätte die Heilung bringen können, und daß dem nicht so war, daß die Götter immer noch erzürnt sind und Alba erneut vor dem Abgrund steht, verdanken wir einzig dir und Arnth.«

»Er hätte es mir sagen sollen«, entgegnete Fasti fassungslos. »Es wäre seine Pflicht gewesen. Ihm hätte ich geglaubt.«

»Mir dagegen nicht«, stellte Ilian fest, schüttelte den Kopf und ließ sie los. »Fasti, zuerst hat er dir nichts davon gesagt, weil du darauf bestanden hättest, selbst die Stelle der Göttin einzunehmen, und er dir nicht noch mehr Macht verschaffen wollte. Dann dachte er, das Geheimnis sei mit Clanti gestorben. Die Wahrheit begriff er erst, als er von meiner Schwangerschaft hörte, und wie wir alle wissen, war er so wenig gewillt wie du, Zeugnis für mich abzulegen.«

Diesmal hörte Fasti, was sie nicht aussprach.

»Ilian, du warst mir wichtig. Du warst meine auserwählte Nachfolgerin. Denken zu müssen, du habest all das fortgeworfen, hat mir das Herz gebrochen. Aber wichtiger waren mir das Wohl der Stadt und des Tempels. Wie hätte ich das allein gegen dein Wort setzen können?«

»Ich weiß es nicht, Fasti, aber ich war damals töricht genug, anzunehmen, du würdest es tun. Denn siehst du, ich mag dir wichtig gewesen sein, aber du warst die Mutter für mich, mehr als es die Frau, die mich zur Welt gebracht hat, je sein konnte. Ich habe dich geliebt, und du warst bereit, mich umzubringen, genau wie Arnth, wenn ich euch nicht gehorcht hätte. Das war meine letzte Lektion darin, wie eine Mutter zu sein hat, und kein Tag ist besser geeignet als der heutige, um dir dafür zu danken.«

»Was meinst du damit?«

Zum ersten Mal während der Unterredung konnte Fasti erleben, wie Ilian ihre Beherrschung verlor.

»Bist du immer noch blind?« stieß sie hervor und rang sichtlich um Atem. Doch so rasch, wie der Zornesausbruch gekommen war, legte er sich wieder, und zurückblieb nur Ilians glattes, ebenmäßiges Gesicht, so unbewegt wie das Antlitz der Göttin, vor dem sich Fasti erst vor einer Stunde verneigt hatte.

»Was wird heute geschehen?« fragte Fasti, obwohl sie es bereits wußte, denn jedes Wort von Apatru und Ilian hallte noch immer in ihr wider.

»Der Wille der Götter«, erwiderte Ilian. »Und du wirst ihre Zeugin sein.«

Romulus wurden die zwei Tage, die zwischen seiner Ankunft in Alba und dem Morgen des Gerichtstags lagen, sehr lang. Das lag nicht zuletzt daran, daß er Fabius nicht wiedersah. Er sagte sich ständig, daß Fabius ein widerstandsfähiger Mann war und nichts wirklich Wichtiges wußte; sonst hätte er Fabius überhaupt nicht mitgenommen. Dennoch fiel es schwer, im Dunkel seiner Zelle die Ruhe zu bewahren, die ihm während der Unterredung mit dem König noch so selbstverständlich gewesen war. Die beiden Mitgefangenen, die wie er auf das Urteil des Königs warteten, halfen ihm nicht gerade dabei.

Es handelte sich, so erfuhr er bald, um Mörder. Einfache Diebe wurden nicht an diesem Ort gefangengehalten.

»Hierher kommst du nur, wenn du jemanden auf dem Gewissen hast«, sagte einer der Tusci, der redseligere von beiden, dessen weitschweifige Art das Gegenstück zum dumpfen Brüten des anderen darstellte. »Aber das hast du ja, wie? Hättest dich damit begnügen sollen, Vieh zu stehlen, mein Junge. Das ist man von Latinern gewöhnt, und es hätte dich nur deine Freiheit gekostet.«

Da es sich ohne weiteres um Spitzel handeln konnte, war Romulus nicht gesonnen, mit ihnen mehr zu sprechen als unbedingt notwendig, doch sein abweisendes Schweigen zeigte keine Wirkung. Der Schwätzer malte ein paar mögliche Bestrafungen aus, eine abgehackte Hand oder, wenn die Familien der toten Krieger großen Einfluß besaßen, gar den Tod durch das Schwert.

»Bloß eine Steinigung, an die glaube ich nicht. Sei froh. Daran muß man sich halten: Es gibt immer noch etwas Schlimmeres.«

Er zeigte mit dem Finger auf ihren brütenden Mitgefangenen. »Wie das, was er mit seinem Weib getan hat. Sie hat es mit einem anderen getrieben, nun gut, da hätte es niemand unserem Unata hier übelgenommen, wenn er sie und den Kerl verprügelt und anschließend in die Wildnis geschickt hätte. Aber nein, er muß sie aufschlitzen, mit ihren Eingeweiden Ball spielen und sich auch noch dabei erwischen lassen.«

»Und du?« fuhr der andere auf und verriet so, daß er dem Geschwätz offensichtlich doch gelauscht hatte. »Bringst deinen Schwiegervater um, nur um schneller an sein Gut zu kommen. Glaub nicht, daß es dir besser ergehen wird.«

Erst nach endlosen Stunden derartiger ungebetener Auskünfte, in denen Romulus sich so gut wie möglich taub stellte, gab es der Schwätzer auf, ihn auf seine Seite ziehen zu wollen, nannte ihn einen blöden Bauern und stritt ohne den Umweg über einen Dritten weiter mit dem Mann, der seine Ehefrau ermordet hatte.

Obwohl er es den beiden nicht eingestanden hätte, boten ihre Taten immerhin Ablenkung von Grübeleien über den Erfolg all der verschiedenen Pläne, die für den Gerichtstag gehegt worden waren. Es war besser als überhaupt nichts. Romulus hatte noch nie so lange Zeit an einem Ort verbracht. Er stellte fest, daß er die frische Luft am meisten vermißte, die Möglichkeit, einfach fortlaufen zu können, etwas, das ihm selbst in den unglücklichsten Momenten seines Lebens nie verwehrt gewesen war. Es gelang ihm nur wenige Stunden, tatsächlich zu schlafen, doch wenn er schlief, träumte er davon, mit Remus durch den Wald bis zu dem alten Gehöft zu rennen. Leider blieb es nicht bei diesem Traum; sehr bald schon schlich sich die Wirklichkeit ein, und er wußte wieder, daß er sich in einem Tusci-Verlies befand. Die Wände rückten näher und näher, und als er begann, den Boden aufzugraben, um sich vor den Wänden zu verbergen, sah er, daß Blut aus seinen Händen in die Erde quoll, in einem nicht enden wollenden Schwall, der mit jedem Pochen seines Herzens schneller floß.

Der Schlag ins Gesicht, der ihn aus diesem Traum weckte, stammte von dem Mann namens Unata, der ihn bisher in Ruhe gelassen hatte. »Hör zu, Kleiner«, knurrte der Frauenmörder, »wir wissen alle, was uns blüht. Du hast keinen Grund, hier herumzubrüllen.«

451

Er war dankbar genug, geweckt worden zu sein, um nicht aufzubrausen, obwohl er im nachhinein noch unruhiger wurde, als er über diese Bemerkung nachdachte. Selbst wenn er im Schlaf geredet haben sollte, konnte es unmöglich etwas gewesen sein, das der andere verstand, es sei denn, er beherrschte die Sprache der Latiner. Oder sollte der Schlag Romulus einen Streich gespielt und ihm Rasna-Worte entlockt haben?

Tusci, verbesserte er sich in Gedanken sofort. *Tusci*.

Er wünschte nicht, in dieser Sprache zu träumen, selbst wenn es keine Zuhörer gegeben hätte. Es war wichtig, sie zu sprechen, doch er durfte nicht zulassen, daß sie sein Denken beeinflußte. Vermutlich lag es daran, hier ständig von Tusci umgeben zu sein. Was auch immer die Zukunft für ihn bereithielte, er würde dafür sorgen, daß eine rein latinische Umgebung dazugehörte.

Da es Romulus nicht mehr gelang, einzuschlafen, vertrieb er sich die Zeit mit Übungen. Mochten die anderen davon halten, was sie wollten, und erzählen, was sie wollten, er hatte nicht vor, den Gerichtstag mit steifen Knochen zu beginnen.

Wie sich herausstellte, begann er ihn nicht im Gefängnis, sondern im Palast. Man holte ihn, als die anderen noch schliefen, oder zumindest so taten, und als er ins Freie kam, erkannte er mit der Gewohnheit des Hirten nach einem Blick zum Himmel, daß die Sonne erst in einer Weile aufgehen würde. Der kurze Weg zu dem großen Platz, etwas weiter hügelabwärts, an dem der Palast lag, war noch leer und frei von Schaulustigen.

Die vier Krieger, die ihn diesmal begleiteten, sprachen nicht, auch dann nicht, als sie ihn durch die Gänge des Palastes brachten. Es war ihm recht so; er genoß einfach das Gefühl, ständig anderen Boden unter seinen Füßen zu haben, weit zu gehen, ohne an eine Wand zu stoßen. Romulus fragte sich, wie lange Menschen das Eingesperrtsein wohl aushalten konnten, wenn ihm bereits die paar Tage so zu schaffen machten.

Er war nicht überrascht, als ihn am Ende, auf einer Terrasse, von der aus man weite Teile der nächtlichen Stadt überblickte, der König erwartete, noch verblüffte es ihn, daß der kleine Trupp Krieger verschwand, nachdem sie ihn abgeliefert hatten.

»Nun, Romulus«, sagte Amulius, und nach den ständigen wutersticken Ausbrüchen seiner Kerkergenossen klang die Stimme des Königs wie ein leises Echo, das sich über den Dächern von Alba verlor, »dein Freund Fabius schwört, daß du keine griechischen Verbindungen besäßest und daß du den Herrschaftsbereich der Zwölf Städte nie verlassen hättest. Das freut mich sehr, fiele es mir doch schwer, dem Volk einen weitgereisten Schweinehirten zu erklären, und ich liebe Erklärungen.«

Romulus erwiderte nichts, obwohl sich Amulius erneut seiner Sprache bediente. Statt dessen betrachtete er die hochaufgerichtete Gestalt, die für jemanden, dessen Augen nicht an das Dunkel einer unterirdischen Zelle gewöhnt worden waren, kaum von der Nacht zu unterscheiden gewesen wäre. Er versuchte, sich jede Kleinigkeit einzuprägen. War es möglich, daß der Mann sein Haar gestutzt hatte seit jenem ersten Verhör? Das Abschneiden von Haar hatte irgendeine Bewandtnis für die Tusci, doch die genaue Bedeutung entzog sich ihm.

»Dafür erzählte er mir nach einigem Ausweichen etwas von einem Vorhaben, das ich mir leider auch nicht erklären kann. Vielleicht bist du in der Lage, mir dabei zu helfen. Bildet sich eine Schar unausgebildeter, schlechtbewaffneter Latiner tatsächlich ein, sie könne erfolgreich Alba angreifen? Gibt es Menschen, die derartig selbstmörderisch veranlagt sind?«

»Herr«, entgegnete Romulus, »soweit ich weiß, ist jeder zu allem imstande. Wenn man ihm nur ausreichend Grund dafür gibt.«

Der König machte einen Schritt auf ihn zu, und die lange verweigerte Überraschung kam, als Amulius ihm die Hände auf die Schultern legte. Romulus rührte sich nicht. Es waren große, kräftige Hände, wie die von Faustulus, wie die seines Bruders Remus. Doch es fehlte ihnen deren Wärme; Kälte strömte von ihnen aus wie der Nebel, der jetzt noch über dem See lag und dessen Arme bis zum Palast hochkrochen.

»Hast du Grund?« fragte Amulius eindringlich. »Hast du wirklich Grund zu sterben?«

Früher hätte es ihn wütend gemacht, so selbstverständlich für einen Narren oder zumindest für besiegbar gehalten zu werden. Mit einemmal kam es ihm in den Sinn, daß Amulius diesmal unbewaffnet war. Natürlich war es keine große Gefahr, in die der König sich damit begeben hatte. Wenn Romulus auch nur versuchte, handgreiflich zu werden, bliebe dem Mann genug Zeit, um die Wachen herbeizurufen, ganz zu schweigen davon, daß er durchaus imstande schien, sich seiner Haut in einem Kampf ohne Waffen zu erwehren. Dennoch, es war eine bewußte Geste, so wie die ganze Unterredung. Zu spät, viel zu spät, doch Romulus entschied sich jäh, so aufrichtig zu antworten, wie es ihm möglich war. Er wußte, daß dies das erste und letzte Gespräch war, das er je allein mit diesem Mann führen würde, ganz gleich, wie der bald anbrechende Tag endete.

»Geboren zu sein. Aber geht es uns nicht allen so, Herr? Liegt nicht die Art unseres Todes immer in unserer Geburt beschlossen? Nimm dich zum Beispiel. Du bist ein König, und es heißt, der Tod eines Königs sei der unausweichlichste von allen. Der König stirbt für das Volk.«

»Es ist ein altes Gesetz«, erwiderte Amulius. »Überholt, glauben manche. Ich selbst nicht, habe ich doch erlebt, welche Folgen es haben kann, wenn ein König nicht bereit ist, dieses Opfer zu bringen. Allerdings fragte ich mich damals, und ich frage mich auch heute, ob nicht das Leben für das Volk das größere, bessere Opfer ist. Dann wieder frage ich mich, ob es nicht eine Ausrede für mich selbst ist, um das alte Opfer nicht bringen zu müssen. Könntest du es?«

Der Horizont wurde heller, und Romulus wußte, daß es nur noch eine Frage der Zeit war, bis das erste Rot durch den vom See aufsteigenden Nebel brechen würde. Vielleicht war es auch nur eine Frage der Zeit, bis der Mann ihm gegenüber beschloß, sich seiner unauffällig zu entledigen, Aussprache hin, Gerichtstag her.

»Um für das Volk sterben zu können«, sagte er, »müßte ich erst ein König sein. Kein Schweinehirt und kein Räuber.«

Amulius ließ seine Arme wieder sinken, doch er wandte sich nicht ab. »Da du so vertraut mit alten Gesetzen scheinst, Schweinehirt, verrate mir, kennst du auch das des Stellvertreters?«

Obwohl sich Romulus um eine undurchdringliche Miene bemühte, runzelte sich seine Stirn. »Stellvertreter?« wiederholte er und fühlte sich zum ersten Mal, seit er Alba betreten hatte, jung und unwissend.

»Wird der König zu dringend gebraucht«, entgegnete Amulius gedehnt, »dann bringt ein Mitglied seiner Familie das Opfer. Es muß ein naher Blutsverwandter sein, der den Göttern anstelle des Königs gegeben wird, und der Mann, der das Opfer vollzieht, ist der König selbst.«

Das kann sie nicht geplant haben, dachte Romulus, als eine unsichtbare Faust seinen Atem zusammenpreßte. *Nicht für diesen Kampf. Sie will* Amulius *tot sehen, nicht mich.*

Die Helligkeit am Horizont genügte noch nicht, um ihn etwas anderes als dunkle Augenhöhlen erkennen zu lassen, als er Amulius ins Gesicht starrte. *Dunkel und leer, wie die Augenhöhlen eines Totenschädels. Wie ihre. Wie meine.*

»Ich«, sagte Amulius, »ich bin mit jeder Art von Opfern vertraut, die man den Göttern bringt. Bis hin zu den Grabspenden. So habe ich mein Haar geschnitten, wie man es bei uns tut, um es am Grab meines… nahen Blutsverwandten niederzulegen, wenn er ihn stirbt, den Opfertod. Für mich, für das Volk und für die Götter.«

Für Ulsna begann der Tag des Gerichts in der Nähe des Cath-Tempels, wo er sich versteckt hatte. Er war am Abend zuvor mit Ilian in die Stadt gekommen, doch sie hatten sich getrennt, ehe sie den Tempel betrat. Die Hitze der Nacht kroch ihm in die Knochen, erinnerte ihn an Ägypten und löste in ihm die Sehnsucht nach dem kalten Wüstenwind aus, der gelegentlich all die aufgestaute Wärme vertreiben konnte. Nicht hier. Hier war er dazu verurteilt, in mehr Kleider gehüllt, als er jemals getragen hatte, darauf zu warten, daß der Tag anbrach.

Gewiß, niemand zwang ihn dazu. Niemand hatte ihn je zu etwas gezwungen. Außerdem war es nicht so, daß Ilians Einfall ohne Vorteile für ihn gewesen wäre; als sie mit anderen Bauern aus der Umgebung vor dem Stadttor standen und darauf warteten, eingelassen zu werden, war es sehr offensichtlich, daß die Wachen die jüngeren Männer zurückwiesen, wenn sie sie nicht kannten, und Ulsna hätte nicht dagegen gewettet, daß Arnth ihnen für alle Fälle auch den Auftrag gegeben hatte, keinen Barden in die Stadt zu lassen. Ein Barde war eine unverwechselbare Erscheinung und verbreitete gelegentlich auch ungeliebte Geschichten. Zwei Bauersfrauen nicht.

Dennoch war nicht nur die Hitze schuld daran, daß ihm der Schweiß den Rücken herablief, und auch nicht das weiße Kleid einer Priesterin, das er, genau wie Ilian, unter seinem Umhang und dem grobgewebten Gewand trug. Er kam sich vor, als sei er sein Leben lang vor einem Ungeheuer davongelaufen, nur um sich jetzt ohne Waffen und mit bloßer Haut in dessen Rachen zu begeben. Es war ihm, als müßte ihm jeder seine Natur ansehen. *Ich bin keine Frau,* dachte er, während er sich nach Ilians Abschied auf die Suche nach einem guten Versteck machte und die Menschen achtlos an ihm vorbeigingen. *Seht ihr das denn nicht? Wie könnt ihr mich all die Jahre als Mann angenommen haben und jetzt eine Frau in mir sehen?*

Aber es gab niemanden, der es sah.

Er war sich selbst keine gute Gesellschaft in der Nacht, die er durchwachte. Mehr als einmal fragte er sich, was ihn daran hinderte, bei Sonnenaufgang einfach zu verschwinden. Ganz gewiß würden die Wachen niemanden vom *Verlassen* der Stadt abhalten. Verschwinden, und Ilian samt ihrer Söhne und ihrem Aufstieg oder Untergang oder beidem hinter sich lassen. Ilian, die bereit war, ihn zu opfern. Er hätte ausgesprochen einfältig sein müssen, um nicht zu begreifen, worauf der Einfall mit der gleichen Kleidung im Notfall hinauslief, auch wenn er bezweifelte, daß ihn wirklich irgend jemand mit Ilian verwechseln würde. Doch er hatte es so gewollt, nicht wahr? Er hatte sie, wie sie sagte, »zurückgeholt«, und das war der Preis.

Mit dem Anstieg der Sonne, der rotglühenden, unbezwingbaren Sonne, schwand auch die Vorstellung, er könne seinem Schicksal noch entkommen und es neu formen. Sein Leben war zu tief mit dem Ilians verwoben, als teilten sie dieselben Blutbahnen unter der Haut. Es war nicht immer angenehm, doch sich von ihr loszureißen hätte bedeutet, sich stärker zu verstümmeln, als selbst die wahnsinnigen Bacchus-Anhänger bei den Griechen es vermochten, wenn sie ihren Gott feierten.

Die Menge auf dem großen Platz vor dem Palast fand sich erstaunlich schnell ein; in dieser Nacht hatte wohl niemand lange geschlafen. Ulsna stand unter ihnen, den Stadtbewohnern, den Menschen aus der Umgebung, den Kaufleuten, Hirten und Bauern, den Schmieden und den Kindern, die noch zu jung waren, um irgend etwas zu sein, und das Gemurmel um ihn herum erinnerte ihn an das Klatschen der Wellen an die Planken eines Schiffes. Er schloß die Augen und wünschte sich an Bord der *Kassiopeia* zurück, des Schiffes, das ihn und Ilian aus diesem Land fortgebracht hatte.

Der König erschien zuerst, gekleidet in die Insignien seiner Macht, umgeben von seiner Wache und den Dienern, die einen Stuhl für ihn bereitstellten. Dann hielten die Priesterschaften der drei meistverehrten Gottheiten der Stadt Einzug; die Priesterschaft Turans, die Priesterschaft Nethuns, die Priesterschaft Caths. Ulsna bemühte sich nicht, Ilian unter ihnen herauszufinden. Insgeheim befürchtete er, wenn er dies täte, würde er lange genug in ihre Richtung starren, um ihr Geheimnis vor der Zeit preiszugeben. Statt dessen schaute er wie die meisten weiter in Richtung des Turan-Tempels, von wo aus man die Gefangenen brachte. Er kniff die Augen zusammen, doch abzüglich der Krieger machte er nur zwei Gestalten aus, und keiner von beiden war Romulus.

Dann hörte er, wie jemand neben ihm rief: »Seht, dort, er ist schon da!«, und aufgeregt mit der Hand in die Richtung des Palastes deutete. In der Tat, dort erschien er, ebenfalls von Kriegern umgeben: Ilians Sohn, eine schlanke, drahtige Gestalt, mit starr gerecktem Kopf und Hochmut in jedem Schritt. Seine Haltung löste in Ulsnas unmittelbarer Umgebung Feindseligkeit und Anerkennung zugleich aus.

»Der glaubt wohl nicht, daß es ihm tatsächlich ans Leder geht«, bemerkte ein Mann an Ulsnas Seite, und seine Begleiterin meinte: »Aber schau doch, er ist noch so jung. Nicht wie die anderen zwei.«

Der Unterschied zwischen Romulus und den zwei weiteren Gefangenen stach Ulsna ebenfalls ins Auge, und er steigerte seine innere Unruhe. Zum einen trug Romulus keine einfache latinische Tunika, und gewiß nicht die, in der er vor zwei Wochen das Lager verlassen hatte. Nein, er trug einen Chiton, und als Ulsna sich weiter durch die Menge schob, konnte er erkennen, daß Romulus im Gegensatz zu den anderen beiden Verbrechern keine Bartstoppeln hatte. Angesichts seines Erscheinens aus der Richtung des Palastes, nicht des Tempels, mußte das bedeuten, daß Arnth dem Jungen diese Vorzugsbehandlung hatte angedeihen lassen, und dafür gab es keinen guten Grund. Nur eine ganze Menge schlechter.

Amulius, dachte Romulus, wußte so gut wie jeder Priester um die Wichtigkeit der Steigerung, und selbstverständlich wußte er alles über die Last des Wartens. Daher wunderte es Romulus nicht, daß der König zuerst seine beiden Mitgefangenen vorführen ließ, auf daß er Recht über sie spreche. Es gab Romulus noch mehr Zeit, sich sein mögliches Schicksal auszumalen, was wohl die Absicht war.

Der rote Chiton fühlte sich weich auf seiner Haut an, und das irritierte ihn. Es war den Aufwand nicht wert gewesen, dagegen zu protestieren, wie ein Opfer herausgeputzt zu werden, also hatte er es unterlassen. Gleichzeitig war ihm bewußt, daß einem Teil von ihm die Behandlung gefiel, der Teil, der sich bei Remus' Erzählungen von den Herrlichkeiten der Griechen und Ägypter nach diesen gesehnt hatte, während sein besseres Selbst sie laut als weichlich verspottete. Nun, ganz gleich, wie lange Amulius ihn zur Schau stellen und warten lassen würde, zum Verweichlichen blieb keine Zeit mehr, und so beschloß er, zu genießen, was sich genießen ließ.

Die Familie der durch ihren Gatten ermordeten Frau war die erste, die Klage führte, während die Familie des Gatten um sein Leben bat und auf die Untreue der Frau hinwies. Der Mann selbst wollte nichts sagen. Am Ende entschied Amulius auf Tod, was von der Menge mit von vereinzeltem Beifall durchsetztem Schweigen aufgenommen wurde. Danach kam der Schwätzer an die Reihe. Er hatte niemanden, der sich für ihn einsetzte, sprach jedoch selbst endlos davon, wie sein Schwiegervater ihn kurzgehalten, wie einen Sklaven ausgebeutet und seinen Schwägern alles Gut habe überlassen wollen. Unruhe kam unter den Zuschauern auf, weniger aus Empörung oder Mitleid als aus Ungeduld. Immer mehr starrten zu Romulus hin. Es war etwas Berauschendes daran, die Aufmerksamkeit der Öffentlichkeit so auf sich gerichtet zu sehen. Er versuchte, es sich nicht zu Kopf steigen zu lassen.

Amulius verurteilte den Mörder aus Habgier dazu, seinen Schwägern als Sklave zu dienen, was von der Seite des Verurteilten aus mit Zetern und im übrigen mit kaum mehr als Gleichgültigkeit aufgenommen wurde. *Eigenartig,* dachte Romulus. *Soweit es all diese Leute betrifft, bin ich der paar Krieger wegen hier, die ich getötet habe, und des geraubten Gutes wegen. Was unterscheidet diese Taten von der des Schwätzers, der ihnen so gleichgültig ist?*

Er hatte zu lange zuviel Zeit gehabt, und nun war nicht mehr

Zeit genug, um über die Seelen der Menschen nachzugrübeln. Amulius sprach mit einer volltönenden Stimme, die keinen Anflug von Heiserkeit erkennen ließ.

»Und nun ist die Zeit gekommen, dem Räuber, der den braven Bürgern von Alba soviel Kummer bereitet hat, Gerechtigkeit widerfahren zu lassen.«

Die Schlange gekränkter Kaufleute war eindrucksvoll. Romulus ertappte sich bei dem Wunsch, einige von ihnen umgebracht zu haben, und schalt sich gleich darauf töricht. Es machte ohnehin keinen Unterschied. Jeder von ihnen jammerte über seine gestohlenen Waren, sein geraubtes Vieh und seine Verluste und vergaß nicht, zu erwähnen, daß Romulus es gewagt hatte, die Person des Königs und dessen Schutz nicht anzuerkennen. Am Schluß kamen drei Frauen und zwei Männer, die offenbar die Verwandten der getöteten Krieger waren. Es war eigenartig, sie zu sehen, doch es belastete ihn nicht. Jeder Krieger mußte wissen, daß er einen Kampf auch verlieren konnte.

»Hast du etwas zu sagen, Latiner?« fragte Amulius und bedeutete den Wachen, Romulus vortreten zu lassen.

Das war es, was ihn wirklich beeindruckte: Amulius mußte inzwischen recht gut ahnen, wenn nicht sogar wissen, was nun kommen würde, und doch war der König nicht den einfachen Weg gegangen, ihn vor dieser Stunde beiseite schaffen zu lassen. Natürlich hatte es nichts mit Uneigennützigkeit oder Gerechtigkeit zu tun. Amulius brauchte, wie er selbst gestanden hatte, ein Opfer. Doch die Art, wie er dieses Opfer zu bringen beabsichtigte, bewies, daß der Mann Mut und Kaltblütigkeit besaß.

»Ja«, erwiderte Romulus in der Sprache der Tusci und fragte sich, warum sein Herz jetzt, in diesem solange erwarteten Augenblick, nicht stärker klopfte. »Soweit es die toten Krieger betrifft, so haben ich und die meinen sie getötet, weil sie uns töten wollten, und das Schicksal gab seine Gunst den glücklicheren Kämpfern. Was indessen das geraubte Gut der Kaufleute angeht, so bekenne ich mich schuldig. Ich nahm es ihnen. Doch ich tat es, weil ich es brauchte, um mir ein viel wichtigeres Gut anzueignen, ein Gut, das mir rechtmäßig zusteht, ein Gut, das sich seit Jahren im Besitz eines Diebes befindet.«

Er machte eine Pause, um Atem zu holen. Die Wachen schauten zum König, aber Amulius gab kein Anzeichen, daß er Romulus zum Schweigen gebracht haben wollte. Er saß da, als Inbegriff königlicher Ruhe und Würde, und Romulus versuchte, in gleichem Maß überlegen und gelassen zu wirken, während er weitersprach.

»Vor Jahren hat dieser Dieb seinem Bruder alles genommen. Ihr kennt ihn, ihr alle, ihr kanntet sie beide. Arnth nahm seinem Bruder Numitor den Thron, doch er war damit nicht zufrieden. Er nahm ihm auch seine Männlichkeit, ebenso wie seinen Söhnen. Doch auch damit war er noch nicht zufrieden. Als die Götter beschlossen, das Unrecht an Numitors Haus wiedergutzumachen, als der Kriegsgott selbst herabstieg und mit Numitors Tochter ein Kind zeugte, da nutzte Arnth diese Gelegenheit, um sich auch ihrer zu entledigen. Er nahm ihr ihren Namen und ihren Stand und schickte sie, eine hilflose, schwangere Frau, in die Wildnis, auf daß sie und die Frucht ihres Leibes stürben. Aber, Volk von Alba, die Götter ließen es nicht zu. Ich stehe vor euch, um in ihrem Namen Gerechtigkeit zu fordern. In mir fließt ihr Blut – und das eure. Ich bin Romulus, ich bin der Sohn des Krieges, ich bin der Sohn von Ilian, der Tochter Numitors. Ich fordere Gerechtigkeit, und ich fordere sie in dem Blut von Arnth, um an ihm das Urteil der Götter zu vollziehen.«

Die Stille auf dem Platz hatte sich während seiner Worte verändert; sie war nicht mehr von Erwartungsfreude gefärbt, sondern von Zorn, Ehrfurcht und Erfüllung. Als Romulus innehielt, erhob sich ein Summen wie aus einem Bienenstock, und er war sich nicht sicher, ob die Menschen sich um ihn scharen wollten, wie die Bienen um ihre Königin, oder ihn zerstückeln, wie es die Bienen im Herbst mit ihren Kriegern taten. Die Miene des Mannes, der auf dem Thron saß, hatte sich nicht verändert. Er hob die Hand, und erneut kehrte, wenn auch widerwillig, Schweigen ein.

»Eine eindrucksvolle Rede«, sagte Amulius, »für einen Schweinehirten. Doch kannst du auch beweisen, was du da behauptest? Die Frau, von der du sprichst, hat niemand mehr gesehen, seit sie wegen ihres Frevels aus der Stadt verbannt wurde. Ich bin durchaus willens zu glauben, daß sie überlebte und ein Kind in die Welt setzte, das im übrigen genauso von der Erbfolge ausgeschlossen wäre wie sie selbst, aber was hindert jeden beliebigen Räuber daran vorzugeben, er sei ihr Sohn?«

»Die Götter werden für mich Zeugnis ablegen«, entgegnete Romulus, und etwas wie Enttäuschung überzog Amulius' Gesicht.

»Wie?« fragte er spöttisch.

»Durch die Münder ihrer Priester«, erklang eine neue Stimme, und die Köpfe der Zuschauer drehten sich zu der Stelle hin, wo die Priesterschaften von Turan, Nethuns und Cath standen. Es war ein glatzköpfiger, untersetzter Mann, der gesprochen hatte, und er fuhr fort: »Cath hat sich offenbart. Dieser Junge ist in der Tat der Sohn der Verbannten und der Enkel Numitors.«

»Nethuns hat sich offenbart«, fiel ein weiterer Priester ein. »Romulus ist, was er zu sein behauptet.«

»Turan hat sich offenbart«, sagte eine ältere, stämmige kleine Frau, und im Gegensatz zu den beiden anderen Rednern zitterte ihre Stimme ein wenig.

Dennoch waren es erst ihre Worte, die Amulius ein deutliches Zusammenzucken entlockten. Romulus zog daraus den Schluß, daß es sich um Fasti handeln mußte. Ganz offensichtlich hatte der König bei allen Erwägungen nicht vermutet, daß ihm seine engste Verbündete in den Rücken fallen könnte.

»Turan hat sich offenbart, ihrer Priesterin ihren Namen zurückgegeben und sie gereinigt von allem Fluch. Hier steht sie, um die Abstammung ihres Sohnes zu bezeugen.«

Das genügte, um der Menge einen Aufschrei zu entlocken und Romulus einen Moment lang völlig aus dem Gleichgewicht zu bringen. Er hatte nicht damit gerechnet, daß sie ihr eigenes Leben aufs Spiel setzen würde, doch hier war sie, inmitten von Turans Priesterinnen, kaum zu unterscheiden von den anderen, bis sie hervortrat und den Schatten der Kolonnaden, unter denen die anderen standen, hinter sich ließ. Das Sonnenlicht ließ ihr weißes Gewand aufleuchten, und Romulus erlebte ein Aufwallen reinen Gefühls. Er wußte selbst nicht, ob es der Wunsch war, sie tot zu sehen oder für sie zu sterben.

»Volk von Alba«, sagte sie, »dies ist mein Sohn.«

Diesmal konnte man nicht mehr von einem Summen sprechen; der Lärm, der losbrach, war ohrenbetäubend. Doch Romulus nahm nichts wahr außer der in Weiß gekleideten Frau und dem Mann auf seinem Thron, die ihn beide anschauten. Auf eine seltsame Weise kam es ihm fast vor, als sei er inmitten der riesigen Menge allein mit ihnen.

Amulius hatte den Anschein unerschütterlichen Gleichmuts inzwischen aufgegeben. Er starrte von Romulus zu Ilian, dann erhob er sich, und die Wache begann, um Ruhe zu brüllen.

»Dies«, erklärte Amulius, als erneut Schweigen eingekehrt war, »mag dein Sohn sein. Doch inwiefern verschafft ihm das Anspruch auf meinen Thron? Dein Vater Numitor hat die Herrschaft nicht meinetwegen verloren, sondern weil die Götter sich von ihm abgewandt haben, was alle hier anwesenden Priester ebenfalls bezeugen können, wenn sie schon einmal dabei sind, Zeugnis abzulegen. Du selbst bist aus der Stadt verbannt worden, weil die Götter sich von dir abgewandt hatten, selbst wenn sie dir nun wieder ihr Ohr leihen. Ich dagegen bin von ihnen als König anerkannt worden, und als Zeugin dafür rufe ich dich selbst auf. Haben mich Stadt und Götter nach meiner Krönung als rechtmäßigen König angenommen und geheiligt oder nicht?«

Er ist es, dachte Romulus. *Er ist ebenbürtig.* Mit einem gewissen Befremden stellte er fest, daß er den Atem genauso anhielt wie die unwissende Menge, während er auf die Antwort seiner Mutter wartete.

Als Ilian den Mund öffnete, hätte man inmitten des inzwischen vor Menschen berstenden Platzes eine Nadel fallen hören können. »Die Götter haben dich angenommen und geheiligt – bis du dich von ihnen abwandtest. Nun ziehen sie dich dafür zur Rechenschaft, nach dem Gesetz unserer Vorfahren, das besagt, daß der König, dessen Herrschaft sich vollendet hat, mit seinem Rivalen um den neuen Zyklus kämpfen muß.«

»So ist es«, sagte die stämmige alte Frau, und der glatzköpfige Priester fiel ein: »Eine Zeit nähert sich ihrem Ende, und nur das Blut eines Königs kann unsere Geschicke noch wenden. Es wird heute vergossen werden, und die Entscheidung, ob es dein Blut sein wird, Arnth, oder das des Jungen von königlicher Abstammung, liegt in den Händen der Götter.«

»Also ein Zweikampf«, stellte Amulius fest und starrte wieder von Romulus zu Ilian.

Das mußte er vermutet haben, selbst wenn ihn Ilians Erscheinen und der Seitenwechsel der Priester überrascht haben mochten, also fragte sich Romulus, warum der König so eigenartig klang. Er hielt die Zeit für gekommen, die Dinge selbst wieder in die Hand zu nehmen, und verkündete:

»Ich beuge mich dem Urteil der Götter und bitte nur um die Möglichkeit, die Rechtmäßigkeit meines Anspruchs gegen den Thronräuber beweisen zu dürfen.«

»So sei es«, sagte Amulius hart. »Gebt ihm ein Schwert.«

Der König flüsterte einer der Wachen etwas zu, die daraufhin verschwand. Dann entledigte er sich des zeremoniellen Mantels, den er trug, der Tebenna, und stand schließlich in dem einfachen Gewand da, in dem er Romulus an diesem Morgen empfangen hatte. Einer der Krieger bot ihm Helm und einen Rundschild an, doch Amulius nahm nur den Schild und ließ einen weiteren Romulus aushändigen. Unterdessen räusperte sich der glatzköpfige Priester Caths und erklärte, er habe zwei Schwerter mit sich gebracht, die beide von der gesamten Priesterschaft geprüft und für diesen Zweck geweiht worden seien. Amulius lächelte schwach und sandte einen weiteren Krieger, um die Schwerter in Empfang zu nehmen und zu ihm zu bringen. Er nahm beide in die Hände, fuhr mit ihnen durch die Luft, drehte sich dann mit einer plötzlichen Bewegung zu Romulus um und warf ihm eine der Klingen zu. Falls es ein Versuch gewesen sein sollte, ihn zu verunsichern, so war er mißglückt; Romulus, der als Hirte mit Schleudern aller Arten vertraut war, fing das Schwert ohne Schwierigkeiten am Knauf.

Es erwies sich als eine schöne Klinge aus Eisen, wie Ilians Geschenk an ihn, nicht aus Bronze, was auch bedeutete, daß es sich um keine alte Waffe handeln konnte. Romulus erkannte auch keine Gravierungen. Das Gewicht war etwas größer als das der Schwerter, mit denen er geübt hatte, aber es war immer noch leichter als die schweren Knüppel, mit denen Hirten einander prügelten oder ihr Vieh gegen Wölfe schützten. Er ignorierte das taube Gefühl im linken kleinen Finger, als er den dargebotenen Schild hochnahm, während er mit der Rechten das Schwert, wie eben noch der König, durch die Luft gleiten ließ.

Man machte ihnen Platz, um ihnen Bewegungsfreiheit zu verschaffen. Es waren die Krieger des Königs, die die Zuschauer zurückhielten, doch aus den Augenwinkeln sah er, daß sich auch einige Priester in die vorderste Reihe gedrängt hatten. Seine Mutter zählte nicht zu ihnen. Er konnte sie nicht mehr sehen, und einen Augenblick vergaß er sogar, sich darüber zu wundern. Es gab nur noch ihn und Amulius.

Sie griffen an, beide im selben Augenblick. Romulus sprang mit einem schnellen Satz auf Amulius zu, schwang sein Schwert nach dessen Schädel und hob im letzten Moment den Schild, um der Klinge des Königs zu entgehen und seinem eigenen Hieb, so weit es ging, noch eine andere Richtung zu geben. Das Schwert des anderen schrammte über seinen rechten Arm, zerschnitt seinen Chiton und ritzte seine Haut. Es war ein Wunder, daß es nicht tiefer drang. Bevor sein eigenes Schwert die linke Schulter des Königs treffen konnte, hatte Amulius seinen

Schild hochgerissen. Sie taumelten beide zurück und begannen, einander zu umkreisen.

Amulius führte eine plötzliche Attacke aus. Statt sie abzuwehren, wich Romulus zur Seite, und als der König vom eigenen Schwung an ihm vorbeigetrieben wurde, hieb er nach dessen Rücken. Es hätte ein Hieb sein sollen, der Amulius zweiteilte, doch der König mußte diesen Zug vorausgesehen haben. Er ließ sich fallen, rollte außer Reichweite und kam rasch wieder auf die Beine.

Er ist gut, dachte Romulus, *wirklich gut und viel erfahrener als ich. Aber ich bin jünger. Das bedeutet, ich kann auch schneller sein. Und kräftiger.*

Wieder umkreisten sie sich, doch als Amulius diesmal angriff, beschränkte sich Romulus darauf, ihm auszuweichen. Er tänzelte vor Amulius auf und ab, nach rechts, nach links, und machte nur wenige Versuche, mit seiner eigenen Klinge unter die Deckung des Königs zu gelangen. Dafür achtete er auf Anzeichen, daß der fortgesetzte Angriff, die Notwendigkeit, Schild und Schwert ununterbrochen hochzuhalten, Amulius zu ermüden begannen. Seine eigene Taktik sah anders aus. Was hatte seine Mutter gesagt? Stoßen, nicht schlagen. Er stach mit seinem Schwert immer wieder nach den ungeschützten Beinen, was bei den Umstehenden bald Gemurre auslöste, aber seinem Gegner immer mehr kleine Wunden zufügte.

Sie keuchten bald beide, doch Amulius ließ nicht nach. Nur die knotigen Adern auf seinem Arm, die anschwollen, und die Rinnsale von Blut an seinen Beinen zeigten, welche Anstrengung ihn der Kampf kostete. Als der König den Schildarm zur Seite sinken ließ, um alle Kraft in einen Schlag zu legen, gestattete sich Romulus keinen Moment der Furcht oder des Triumphes. Er tauchte unter der herabsausenden Klinge hindurch, drängte mit seinem Schild den des Königs nach außen und stach nach Amulius' Kehle.

Das Eindringen in weiches Fleisch, der plötzliche Gegendruck, als sein Schwert auf Knochen traf, all das registrierte

Romulus erst, als er sein rechtes Bein bereits in denen von Amulius verhakt hatte, um den König zu Fall zu bringen. Sie stürzten beide zu Boden, und Romulus nützte den Aufprall, um Amulius das Schwert aus der Hand zu schlagen, ehe er begriff, daß sein letzter Stich Erfolg gehabt hatte. Blut schoß aus der Kehle des Königs, und Amulius schnappte vergeblich nach Luft, während seine Augen aus den Höhlen quollen. *Er erstickt,* dachte Romulus, zog seine Klinge zurück und warf sie auf den Boden.

Der Körper, der sich halb unter, halb neben ihm befand, begann krampfhaft zu zittern und zu zucken, wie ein Fisch auf dem Trocknen. Es würgte ihn selbst in der Kehle. Seltsam, der Krieger, den er getötet hatte, um Remus zu retten, war unschuldiger gewesen als dieser Mann, und doch fehlte diesem so lang ersehnten Tod völlig das Gefühl der Genugtuung. Gerade jetzt wollte sich noch nicht einmal die Freude darüber einstellen, selbst am Leben zu sein. Die Hand des Mannes griff nach seiner, und Romulus verweigerte sie ihm nicht, obwohl er bezweifelte, daß es mehr war als der unbewußte Reflex eines Sterbenden.

Es dauerte nicht mehr lange. Bedeckt von Staub, Blut und Schweiß, raffte Romulus sich auf, erhob sich, nahm sein Schwert wieder an sich und streckte es zum Himmel. Es mußte seine eigene Stimme sein, die rief: »Der König ist tot«, doch er war sich nicht sicher, denn das Pochen seines Herzens übertönte alles andere.

»Menschen haben viel mit Wölfen gemeinsam«, sagte Romulus, als er das Gemach des Königs betrat, und hielt inne. Er hatte beabsichtigt, eine Bemerkung über die Treue des Rudels zu machen, wenn das Leittier verstorben war. Gemessen daran, daß Amulius bei seinen Kriegern beliebt gewesen sein mußte, fand Romulus es unglaublich, daß keiner der Männer versuchte, ihn umzubringen, nachdem er ihren Anführer getötet hatte. Daß sie ihn hingegen – nachdem die Hohepriester der drei wichtigsten Stadtgötter ihre Gebete über ihn und den Leichnam an seiner Seite gesprochen hatten – in den Palast eskortierten und nach seinen Befehlen fragten, erzürnte ihn fast. Doch die Gestalt, die er im Empfangsraum des verstorbenen Amulius erkannte, war nicht die, die er vorzufinden erwartet hatte.

»Wer…«, begann er, begriff und brach in Gelächter aus, Gelächter, das sich bald verselbständigte und seiner Beherrschung entglitt, bis ihm Tränen in den Augen standen. Es dauerte eine Weile, bis er sich zutraute, wieder zu sprechen.

»Wie hat sie das wieder gemacht«? fragte er und musterte die fremde und doch so vertraute Gestalt, »und wo steckt sie?«

Seine Meinung über die Fähigkeiten des durchschnittlichen Tusci-Kriegers sank noch einmal, während er auf seine Antwort wartete. Gut, sie kannten Ulsna nicht, aber sie hätten doch sehen müssen, daß es sich nicht um dieselbe Frau handelte, die vor aller Augen zum König gesprochen hatte. Die Ähnlichkeit war bestenfalls oberflächlich. Nicht, daß er selbst darauf gekommen wäre, daß Ulsna eine glaubhafte Frau abgäbe. Das war etwas, worüber es sich später nachzudenken lohnte, zusammen mit dem, was ihm der nichtsahnende Remus erzählt hatte.

»Sie hatte vermutlich kein Vertrauen«, erwiderte Ulsna ruhig, »daß die Priesterschaft sie auch beschirmen würde, wenn du den Kampf verlierst. Oder, um die Dinge beim Namen zu nennen, in deine eigenen Absichten. Wie dem auch sein mag, sobald der Kampf losging und alle Augen auf dich gerichtet waren, ging ich wie verabredet zu ihr, und wir tauschten die Plätze. Danach habe ich sie nicht mehr gesehen, und ich hatte auch keine Gelegenheit, nach ihr zu suchen, weil noch vor dem Ende des Kampfes ein kleiner Trupp Krieger aus dem Palast auftauchte. Wie es scheint, hatte Arnth den gleichen Einfall, die Ablenkung der Menge für seine Zwecke zu nutzen. Und nein, die Priesterschaft machte keine Anstalten, sich für sie in die Bresche zu werfen. Man war wohl der Meinung, daß sie ihren Nutzen erfüllt hätte.«

Romulus nickte, ging an Ulsna vorbei und warf sich auf die breite Sitzliege. Es war ihm bewußt, daß er Flecken auf dem edlen Stoff hinterlassen würde. Gut. Im Moment hatte er das Bedürfnis, die ganze Welt zu zeichnen, so wie er selbst gezeichnet war.

»Sie denkt eben an alles. Auch an dich, Ulsna? Ich meine, Amulius hätte befehlen können, sie sofort umzubringen, statt sie für ein späteres Gespräch zurückzuhalten.«

Ulsna entgegnete nichts.

»Weißt du, was ich heute getan habe?« fragte Romulus.

»Was du tun mußtest«, gab Ulsna leise zurück. »Du hast einen König getötet.«

»Ja. Das auch.«

Der Blick, den Ulsna ihm zuwarf, war so eindeutig mitleidig, daß Romulus sich sofort daran erinnerte, diesen Barden zu hassen. Ulsna verabscheute ihn und hatte das offen zum Ausdruck gebracht; wie kam Ulsna dazu, ihm jetzt Mitleid vorzuheucheln? Ein Mann, der sich so weit vergaß, daß er in seiner hündischen Treue für eine Frau, die noch nicht einmal die seine war, Weiberkleider anzog. Nicht zu vergessen die Geschichte mit dem Dolch. O ja, Ulsna verdiente es, gedemütigt zu werden.

»Der Sieger hat das Recht auf die Früchte seines Sieges«, sagte Romulus hart. »Sag denen dort draußen, sie sollen mir ein paar Krüge Wasser bringen, wie heute morgen.«

Ulsna schüttelte nur den Kopf und gehorchte. Doch er hatte offensichtlich noch nicht erkannt, worauf all das hinauslief, und bemerkte beiläufig, während sie auf die Krüge warteten: »Warum haben sie dich eigentlich heute morgen baden lassen, und noch dazu im Palast?«

Mit einem Achselzucken entgegnete Romulus: »Eine weitere Familieneigentümlichkeit. Amulius wollte mich ordentlich verpflegt sehen, bevor er mich den Göttern opferte. Es sollte dir bekannt vorkommen. *Sie* ist auch immer besonders fürsorglich, ehe sie jemanden aus dem Weg räumt. Übrigens, von mir brauchst du das nicht zu befürchten.«

»Aus dem Weg geräumt zu werden?« fragte Ulsna in einem gezwungenen Versuch, seine alte spöttische Überlegenheit weiterzuführen.

»Fürsorglichkeit. Das ist, fürchte ich, deine Aufgabe.«

Man brachte das Wasser und einige Tücher. Keiner der Diener schaute Romulus ins Gesicht, bis sie wieder verschwanden. Erneut bemühte er sich, ein Lachen zurückzuhalten.

»Gut«, sagte er. »Du kannst anfangen.«

»Anfangen?«

Romulus begann sich des Chitons, der voll von seinem und Amulius' Blut war, zu entledigen.

»Mich zu waschen. Ich will, das du es tust.«

Offenbar ging das über die Grenzen von Ulsnas geheucheltem Mitleid weit hinaus. »Mein lieber Junge, ich bin nicht dein Sklave.«

»Doch. Genau das bist du. Denn siehst du, Ulsna, die Männer des toten Amulius mögen zwar in bezug auf mich ihre Rachsucht zurückhalten, weil sie an Ehre und Regeln glauben, aber für dich gilt das nicht. Wenn ich ihnen befehle, dich zu bestrafen – was glaubst du wohl, was sie dann mit dir machen?«

Zufrieden registrierte er, wie Abneigung in Ulsnas Miene zurückkehrte, diesmal jedoch verbunden mit der Bitterkeit, die sich wohl aus der Erkenntnis speiste, daß Romulus diesmal der Mächtigere war.

»Wenn deine Mutter tatsächlich hier wäre, würdest du ihr dann auch damit drohen?«

»Wie ich schon einmal sagte, Ulsna, du hast ein beschränktes Vorstellungsvermögen. Wäre meine Mutter jetzt hier, dann gäbe es weit angemessenere Dinge zu tun. Im übrigen *wird* sie bald hier sein. Ich mag mich irren, aber ich bin mir ziemlich sicher, daß ich weiß, wo sie ist und wo sie nicht mehr lange bleiben wird. Bei meinem Bruder Remus natürlich und unseren Leuten, vor den Stadtmauern.« Er schenkte Ulsna ein Lächeln. »Aber wenn du überleben willst, bis sie beide hier eintreffen, dann tu, was ich sage.«

Diesmal war er darauf gefaßt, daß Ulsna ihm erneut mit dem Dolch käme, doch zu seiner Verblüffung tat der Barde nichts dergleichen. Statt dessen nahm er eines der Tücher, tauchte es in das Wasser, nahm das Stück Bimsstein, das mit den Krügen gebracht worden war, in die andere Hand und begann damit, Romulus abzuschrubben.

Seit der Zeit, als er und Remus Kleinkinder gewesen waren, die im Schlamm zu spielen pflegten, hatte niemand dies für Romulus getan. Abgesehen von allem anderen, hätte er es auch gar nicht zugelassen. Es war ein eigenartiges Gefühl. Daß Ulsna sich nicht länger gesträubt hatte, raubte Romulus etwas von der Gewißheit, den Barden durch den Befehl zu demütigen. Er erinnerte sich daran, daß Ulsna in Ägypten ein Sklave gewesen war, genau wie *sie*. Vermutlich hatte er damals noch ganz andere Dinge tun müssen, als Leute zu reinigen, die er nicht mochte.

Reinigen. Ganz gleich, wieviel Dreck und getrocknetes Blut Ulsna auch abrieb, es würde nichts ändern. Der Blick aus Amulius' hervorquellenden Augen, die zuckende Berührung seiner Hand. Romulus hatte nicht erwartet, daß Amulius zu töten anders sein würde, als es bei den Kriegern gewesen war. Wer war Amulius, Arnth, König der Tusci von Alba? Sein Feind, der umgekehrt ihn genauso hatte töten wollen. Ein Opfer für das Volk. Um die Macht zu erhalten, wohl eher. Die Bande des Blutes waren nichts.

Er merkte, daß ein Schauder seine Haut überzog, als übertrage sich das Zittern des sterbenden Amulius aus seiner Erinnerung auf ihn, und beschloß, Ulsna auf der Stelle den Kriegern des Amulius zum Fraß vorzuwerfen, wenn der Barde es wagen sollte, eine Bemerkung darüber zu machen oder, noch schlimmer, wieder *mitleidig* dreinzuschauen.

»Wieviel, glaubst du, bist du ihr lebend wert, Ulsna?« fragte
er herausfordernd, während Ulsna seinen Rücken schrubbte.
»Ich weiß, daß sie noch irgend etwas vorhat, und ıch bin mir
sogar ziemlich sicher, was es sein wird, also muß ich meinen
Geist durch ein unterhaltsameres Ratespiel beschäftigen. Wieviel bist du ihr wert? Nicht so viel wie ihr Leben, das springt
gerade jetzt ins Auge, aber auch mehr als gar nichts. Sie hätte
dich nicht all die Jahre mitgeschleppt, wenn du nicht nützlich
wärst, und wie ich sehe, bist du zumindest ein guter Leibdiener.
Was würde sie für dich aufgeben? Etwas Macht? Etwas Zeit?
Etwas Freiheit? Ihren gerade von drei Hohepriestern für rein
und unschuldig erklärten Körper?«

Als Ulsnas Hände innehielten, kehrte die Befriedigung, den
anderen verletzten zu können, zurück, doch sie schwand noch
schneller als alles andere in seinem Leben. Ulsna beugte sich
über seine Schulter hinweg vor und flüsterte direkt in sein Ohr
hinein: »Wer sagt dir, daß sie es nicht schon getan hat?«

»Was?« stammelte Romulus, merkte, daß er sich wie ein
kleiner Junge anhörte, und schloß abrupt den Mund.

»Was?« wiederholte Ulsna beißend, lehnte sich wieder zurück und fuhr mit der größten Selbstverständlichkeit fort mit
dem Reinigen, während er weitersprach. »Romulus, du ent-
täuschst mich. Immer nur andeuten und höhnen, aber selbst
nichts einstecken können? Wenn du so begierig auf die Einzelheiten der Beziehung zwischen deiner Mutter und mir bist,
bitte. Es sind keine Umschreibungen mehr nötig. Du willst wissen, ob sie meinetwegen mit einem hochmütigen, übellaunigen
Jungen das Lager teilen würde, der sich mit einem Gott ver-
wechselt? Das hat sie bereits getan. Und weißt du, an wen sie
dabei gedacht hat? Nicht an ihn.«

Es war unerträglich. Der Wunsch, Ulsna umzubringen,
löschte einen kurzen weißglühenden Moment lang das Gesicht
des toten Amulius aus. Dann kehrte erneut der Einfall mit den
Kriegern zurück. Doch Romulus rührte sich nicht. Nichts dergleichen würde er tun. Schon wieder hatte er Ulsna unter-

schätzt, und das mußte endlich ein Ende haben. Jetzt an Ulsna Rache zu üben wäre die Geste eines Kindes, das blind zurückschlägt, nicht die eines Mannes. Nein, Ulsna würde leiden, aber nicht auf so plumpe Weise. Er würde *unheilbar* leiden, wenn er den Leitstern zerstört sah, dem er folgte.

Und so schwieg Romulus, bis er in das Gewand eines toten Mannes gehüllt wurde und man ihm mitteilte, daß die Hohepriester ihn zu sehen wünschten. Dann neigte er das Haupt auf die Art, wie er es sowohl seine Mutter als auch Amulius hatte tun sehen, und richtete das Wort erneut an den Barden.

»Ich habe noch eine Aufgabe für dich, während ich mit den Dienern der Götter spreche. Suche die Tochter des Königs, Antho. Den Leichnam des Königs für die Verbrennung vorzubereiten ist wohl ihre Aufgabe, und sie sollte dabei nicht allein sein.«

Damit überraschte er nicht nur Ulsna, der ihn stirnrunzelnd musterte, sondern auch die Diener, die bisher in seiner Gegenwart auf den Boden gestarrt hatten und nun mit Verwunderung und Achtung in den Augen aufschauten.

»Was für ein… umsichtiger Befehl«, sagte Ulsna langsam.

»Ich bin ein umsichtiger Mensch.«

»Dann teile den Wachen hier im Palast bitte mit, daß ich weder deine Mutter bin… noch sonst eine Gefangene«, entgegnete Ulsna mißtrauisch. »Sonst werde ich vermutlich nicht weit kommen.«

»Gewiß doch. Treuen Dienern sollte man ihre Dienste nicht erschweren.«

Nachdem er seine Anweisungen erteilt hatte und Ulsna verschwunden war, ließ er die Hohepriester zu sich bitten. Es fiel ihm auf, daß sie alle drei in den Empfangsraum marschierten, als gehöre er ihnen, jedoch einen beträchtlichen Abstand von ihm selbst wahrten und ihn mit einer Mischung aus Grauen und Neugier betrachteten, wie ein wildes Tier, das in ihre gepflegte, sichere Welt eingebrochen war. Romulus begriff, daß sie alle Bescheid wußten, und seine Verachtung für sie kannte keine Grenzen. Da er nicht daran dachte, als erster zu sprechen, kehrte eine unbehagliche, bleischwere Stille ein, bis der glatzköpfige Mann sich räusperte.

»Im allgemeinen«, sagte er mit einem unüberhörbaren Tadel in seiner Stimme, »begrüßt ein Herrscher die Vertreter der Götter.«

»Bin ich das?« fragte Romulus zurück. »Ein Herrscher?«

»Du bist derjenige, durch den das Urteil der Götter vollstreckt wurde«, sagte die alte Frau mit einer Mischung aus Erschöpfung, Gereiztheit und Vorsicht. Er spürte, wie sich seine Mundwinkel verzogen.

»Ja, aber bin ich der König?«

»Nun«, meinte der dritte Hohepriester, der bisher noch nicht den Mund geöffnet hatte, behutsam, »du bist von königlichem Blut. Doch es gibt da gewisse Schwierigkeiten…«

»Laßt mich raten. Eine der Schwierigkeiten besteht darin, daß die Stadtwachen euch inzwischen von einer großen Schar Latiner berichtet haben, die vor den Stadttoren lagert. Wenn ihr mich anerkennt, so befürchtet ihr, lasse ich diese Latiner als Belohnung für ihre Unterstützung auf eure nicht mehr ganz so großen Reichtümer los. Schließlich bin ich selbst ein latinischer Barbar. Eine andere Schwierigkeit besteht darin, daß die Schar von meinem Bruder Remus angeführt wird, der ebenfalls von königlichem Blut ist. Ist er nun mein Verbündeter oder mein Rivale? Und wäre er nicht der geeignetere König für euch? Immerhin hat er Amulius nicht vor aller Augen getötet, und das befreit ihn von einem ganz bestimmten Makel, den ihr nicht beim Namen nennen wollt. Außerdem werdet ihr zweifellos bald durch meine Mutter erfahren, daß Remus kein latinischer Barbar ist, sondern ein Mensch mit griechischer Erziehung und Achtung vor den Göttern. Und wo wir gerade von meiner Mutter sprechen, was ist mit ihr? Sie hat bewiesen, daß sie mit etwas Zeit und Geduld genügend Verbindungen knüpfen konnte, um einen König zu stürzen, aber dabei hat sie Alba auch herunterkommen lassen. Wird das Volk ihr das nicht übelnehmen? Und wenn nicht, worauf wird sie ihr Augenmerk wohl als nächstes richten? Auf eines von euren Ämtern?«

Es war ergötzlich, zu beobachten, wie die drei während seiner Rede unbehaglich von einem Fuß auf den anderen traten, um schließlich in gekränkter Würde und sorgenvoller Erwartung zu versteinern. Er roch den Gestank der Furcht an ihnen, wie er ihn bei Ulsna nicht hatte wahrnehmen können. Er umgab sie so dicht wie eine schwarze Wolke. Romulus erhob sich von der Sitzliege, auf der er bisher geruht hatte, und ging zu der Frau.

»Die Edle Fasti, nicht wahr?« fragte er spöttisch. »Was bist du bereit, darauf zu wetten, daß meine Mutter noch nicht fertig ist mit dir? Wie lange, glaubst du wohl, bleibst du Hohepriesterin, wenn es nach ihr geht?«

»Was schlägst du vor?« fragte sie zurück, während der Glatzköpfige sich erneut räusperte.

»Nun«, entgegnete Romulus, »wie es sich trifft, ist die von meinem Bruder angeführte Schar nicht die einzige, die noch vor Sonnenuntergang heute in Alba sein will.«

Verglichen mit den Kriegern von Alba und ihren Helmen, Brustpanzern und Beinplatten, wirkten die Latiner mit ihren teils erbeuteten, teils aus dem Hirtenalltag stammenden Waffen wie ein Fleckenteppich neben einem sorgfältig gewebten Stofftuch. Doch, dachte Romulus, so ein Fleckenteppich hielt zusammen, während es genügte, einen einzigen Faden aus dem Tuch zu ziehen, um damit zu beginnen, das gesamte Gewebe aufzulösen. Was die Bewohner von Alba anging, die vor ihren Häusern standen, während er in Begleitung der Hohepriester und einiger Palastwachen zum Stadttor zog, um seinen Bruder zu begrüßen, wirkten sie wie aufgeschreckte Hasen, unsicher, in welche Richtung sie springen sollten, so wie sie ihm nachschauten und hinter vorgehaltener Hand flüsterten.

Auf seinen Vorschlag hin war Remus ein Bote geschickt worden, mit ein paar Anweisungen, doch er wußte nicht, ob sein ungestümer Zwilling sich daran halten würde, bis er Remus, Scaurus und Lucius vor dem Stadttor sah, alle drei zu Pferde. Die vierte Person, die sich abseits von der weiter zurückbleibenden Schar hielt, schien zu Fuß gekommen zu sein. Romulus wandte sich absichtlich zuerst Remus zu, auf dessen Gesicht sich ein erleichtertes Grinsen ausbreitete, als er Romulus erblickte.

»Bruder«, sagte Romulus gemessen. Remus sprang aus dem Sattel, lief zu ihm und faßte ihn an den Unterarmen.

»Du hast es geschafft, du Schuft! Ganz ehrlich, ich wußte, daß du es schaffst, aber ich hatte doch Angst, daß die Tusci dich anschließend… nun ja, ist ja nicht geschehen, oder?«

»Nein. Nein, man hat mich sehr zuvorkommend behandelt«, erwiderte Romulus, zog seinen Bruder etwas näher und fügte mit gesenkter Stimme hinzu, »aber sie befürchten das Schlimmste von uns. Es ist eine schwierige Lage. Deswegen halte ich es für gut, wenn wir die Männer nur jeweils zu zehnt in die Stadt kommen lassen, um unseren Sieg zu feiern. Sie haben es verdient, aber so schlafen die Tusci ruhiger. Zehn jetzt, zehn morgen früh, und so weiter.«

Remus krauste die Stirn, dann nickte er, und Romulus löste sich von ihm, um Scaurus und Lucius zu begrüßen, die sich ähnlich freudig erregt wie Remus gaben. Während er ihren bewundernden Worten lauschte, richtete er den Großteil seiner Aufmerksamkeit auf die drei Hohepriester hinter sich. Er war gespannt, ob sie Anstalten machen würden, von sich aus Ilian zu begrüßen. Soweit er hören konnte, geschah nichts dergleichen. Es kam wohl nur zu einem Blickwechsel. Nein, auch das nicht. Mit jeder Faser seines Wesens war er sich gewiß, daß Ilian *ihn* ansah.

Endlich hielt er das Hinauszögern nicht länger aus, wandte sich ihr zu und begegnete ihren Augen. Es war, als fiele er in eine Höhle durch die Zeit zurück, bis zu dem Moment, als er

Amulius getötet hatte, nein, weiter, bis zu dem Moment, als sie mit ihm zum ersten Mal über Haß sprach, und diesmal wußte er, daß auch sein Blick die Macht hatte, in ihr Innerstes zu dringen.

»Willkommen, Larentia«, sagte er, reichte ihr seinen Arm und fragte: »Gehen wir?«

Als sie wortlos ihren Arm auf den seinen legte, geschah etwas Eigenartiges, mit dem er nicht gerechnet hatte. Sein Bruder, der gerade noch damit beschäftigt gewesen war, Scaurus Anweisungen für die Männer zu geben, unterbrach sich mitten im Wort, trat zu ihnen und sagte: »Gehen? Aber wollen wir denn nicht gemeinsam in den Palast einziehen?«

Romulus war zu sehr mit jeder Schattierung von Eifersucht vertraut, um sie nicht zu erkennen, wenn er ihr begegnete. Ihr allerdings hier zu begegnen war neu, ein unerwartetes und schwindlig machendes Geschenk.

»Natürlich werden wir gemeinsam gehen«, erwiderte er. »Schließlich möchte ich, daß die Stadtbewohner den Bruder des Siegers kennenlernen.«

Die Art, wie Remus unwillkürlich die Lippen zusammenkniff, ehe sein Gesicht sich wieder aufhellte, bewies, daß er sich nicht getäuscht hatte. Remus war eifersüchtig, auch wenn sein Zwilling es vermutlich nicht wahrhaben wollte. Remus beneidete ihn. Es war ein angenehmes Gefühl, wie das Löschen des Durstes, den ein jahrelanger Marsch durch die Ödnis hinterlassen hatte. Gleichzeitig war er sich des bitteren Beigeschmacks in seinem Mund bewußt. Remus, das Glückskind, hatte keine Ahnung, auf was genau er da eifersüchtig war. Doch er würde es lernen.

Während er mit seiner Mutter und seinem Bruder auf dem Weg zurückkehrte, den er gekommen war, wieder die schweigenden Priester hinter sich, stellte er fest, daß die aufgeschreckten Hasen diesmal eher gurrenden Tauben glichen, die die Köpfe zusammensteckten. Es kam ihm in den Sinn, wie sehr sie einer Opferprozession ähnelten.

»Sie müßten doch wissen, daß ihr Opfer schon gebracht worden ist«, sagte er laut und war nicht weiter überrascht, als Ilian zurückfragte: »Ist es das?«

Er verstärkte den Druck seiner Finger um ihr Handgelenk. »Das werden wir herausfinden, nicht wahr?«

»Was soll das Gerede von Opfern?« unterbrach Remus. »Der Thronräuber hat bekommen, was er verdiente. Ich wünschte nur, ich hätte ihn mit dir erledigen können.«

»Sei dir da nicht so sicher.«

»Wie meinst du das?« fragte Remus, mittlerweile deutlich verärgert.

»Ich erkläre es dir ein andermal.«

Remus holte tief Luft und machte den Eindruck, eine ganze Menge von sich geben zu wollen, doch Ilian kam ihm zuvor.

»Remus, wir haben alle unsere Aufgaben. Heute vor allen anderen Tagen sollte es keinen Streit darum geben.«

Die feine, aber deutliche Zurechtweisung wirkte. Remus schwieg beschämt wie ein kleiner Junge. *Auch er,* dachte Romulus, *auch er hat ihr Macht über sich gegeben.* Es war nur ein zusätzlicher Anreiz, um seine Erwartung auf das zu steigern, was ihm bald bevorstand. Sie machtlos zu erleben. Völlig machtlos.

Das Äußere des Palastes schien Remus nicht sehr zu beeindrucken; dafür starrte er um so länger auf die blutige Stelle auf dem Platz davor, bis er bemerkte, daß an einer anderen Stelle, näher zum Tempel hin, ein Holzstoß aufgeschichtet wurde.

»Ist das …«

»Ja. Er wird heute nacht noch verbrannt werden. Man sagte mir, seine Grabstätte stehe schon seit Jahren bereit.«

»Wer wird die Riten vollziehen?« fragte Ilian tonlos.

»Seine Tochter. Die Sklavin, die angeblich einen Sohn von ihm hat, ist verschwunden. Vermutlich traut sie uns die gleiche Behandlung zu, wie er sie deinen Brüdern hat angedeihen lassen. Da bleibt wohl nur dieses törichte Wesen namens Antho. Es sei denn, *du* möchtest es tun.«

Sie weigerte sich, darauf einzugehen, schüttelte nur den Kopf und murmelte: »Arme Antho. Also hat er sie nicht ziehen lassen. Ich hatte gehofft, daß sie nicht mehr hier sein würde.«

»Wer ist Antho?«

»Ihre Base, Remus. Hast du den Geschichten unserer Mutter nicht aufmerksam genug zugehört? Ein gütiges Herz, das ihr seinerzeit weitergeholfen hat, als sie sich auf der Flucht aus ihrem *Gefängnis* befand. Jetzt ein gebrochenes Herz. Weißt du, du solltest dich um sie kümmern. Mich will sie aus verständlichen Gründen bestimmt nicht sehen.«

Wieder arbeitete sich in seinem Bruder eine wütende Entgegnung hoch. Er schaute von Ilian zu Romulus und faßte die Zügel des Pferdes, das er hinter sich herführte, fester. Da die Priester, die ihnen gefolgt waren, sie inzwischen eingeholt hatten, war es diesmal ausgerechnet die alte Streitaxt Fasti, die einen Ausbruch offenen Grolls verhinderte.

»Edler Remus«, sagte sie respektvoll, und Romulus war sich bewußt, daß sie seinem Zwilling, ohne zu zögern, den Titel eines Tusci-Adligen gab, während sie und die übrigen Priester eine Titulierung bei ihm selbst peinlich vermieden hatten, »gestatte mir, dich als den einzigen deines Hauses, der diesen Palast noch nie betreten hat, im Namen der Göttin Turan über seine Schwelle zu führen.«

Durch einen Seitenblick stellte Romulus fest, daß seine Mutter mit einer erschöpften Mischung aus Trauer und Erheiterung die Schultern zuckte, und bemühte sich, selbst ein zorniges Gesicht zu machen. Er wußte genau, was sie dachte. Sie nahm an, daß Fasti versuchte, sich erneut eine Machtposition bei einem von zwei königlichen Brüdern zu sichern, indem sie ihn gegen den anderen unterstützte. So unrecht hatte sie nicht, nur ging sie vom falschen Bruder aus, weil ihr etwas Entscheidendes unbekannt war. Für den Fall, daß Remus etwas schwerer von Begriff war, sagte Romulus laut: »An deiner Stelle würde ich vorsichtig sein, mit wem ich mich hier einlasse, Bruder.«

Das genügte, um Remus trotzig und mit geschürzter Unterlippe zu der Antwort zu verleiten, es sei ihm eine Ehre, mit der Hohepriesterin der Stadtgöttin in den Palast einzuziehen. Romulus machte sich kaum die Mühe, ihm nachzuschauen. *Endlich,* dachte er. *Endlich.*

Ilian glitt an seinem Arm durch die Höfe des Palastes, in dem sie geboren worden war, wie ein Geist. Sie berührte nichts und blieb nirgendwo lange genug stehen, um dem Ort eine Bedeutung zu geben, bis sie zu dem Empfangsraum kamen.

»Nein«, sagte sie. »Nicht hier.«

»Warum nicht? Er ist tot, Larentia. Und ich habe einiges für dich vorbereitet. Denk daran, dir gefallen meine Vorbereitungen.«

Es erwies sich, daß es sich bei dem Gericht, das Amulius und seinem Haushalt an diesem Abend bereitet worden wäre, um Thunfisch handelte, herrlichen Thunfisch, gesotten in Öl und versetzt mit Datteln, Honig, Wein und Wachteleiern. Nicht schlecht für jemanden, der vorgehabt hatte, um seinen Verwandten zu trauern, dachte Romulus, während er sich achtlos etwas davon in den Mund stopfte und Ilian dabei beobachtete, wie sie seine eigentliche Vorbereitung in Augenschein nahm. Nicht das Essen. Er hatte befohlen, daß ihm Geschmeide und ein Gewand, würdig einer Königin, hierhergebracht würden. Da er die verschwundene Sklavin nie zu Gesicht bekommen hatte und Antho fülliger als Ilian war, wußte er nicht, woher das grüne Kleid mit den Besätzen aus Purpur genau stammte, doch es genügte seinen Ansprüchen. Was den Schmuck anging, so fand er insgeheim, daß einiges von dem, was er bei den Kaufleuten erbeutet hatte, eindrucksvoller war, doch das spielte heute abend keine Rolle. Ilian stand vor der zweiten Liege, auf der man das Kleid und den Schmuck ausgebreitet hatte, und ließ den Stoff durch ihre Finger gleiten.

»Blumen für das Opfer?« fragte sie.

»Das dachte ich heute morgen auch, als du aufgetaucht bist. Nachdem du wieder verschwandest und nur deinen treuen Schatten zurückgelassen hast, war ich mir meiner Sache allerdings nicht mehr sicher. Komm schon, Larentia. Zieh es an. Ich möchte dich darin sehen, wenn du mir verrätst, wie genau du beabsichtigst, mich vom Thron fernzuhalten.«

Sie kniete nicht neben ihrer, sondern neben seiner Liege nieder und ergriff seine Hand, die linke, deren kleinen Finger sie gebrochen hatte.

»Er hat verstanden, warum du ihn töten mußtest«, sagte sie ernst.

»Nachher«, erwiderte Romulus mit zusammengebissenen Zähnen. »Wir sprechen nachher darüber. Erst wirst du tun, worum ich dich gebeten habe. Das – schuldest – du – mir.«

Trotz seines Vertrauens darauf, sie inzwischen einschätzen zu können, erstaunte es ihn immer noch ein wenig, wenn es ihm tatsächlich gelang. Sie stand auf, kehrte zu der Liege zurück, die er für sie hatte bereitstellen lassen, und entledigte sich mit einer fließenden Selbstverständlichkeit, die er bewunderte, ihres Priesterinnengewandes. Er achtete darauf, ob ihr die Hände zitterten oder ob sich ein Zögern einschlich, doch vergeblich. Der Anblick ihres nackten Körpers dagegen, der sich ihm kurz bot, ehe sie in das grüne Kleid schlüpfte und begann, die Fibeln über den Schultern zu befestigen, war ihm nicht neu. Er hatte sie bereits öfter so gesehen, in den Monaten, in denen sie mit Faustulus in einem Bett geschlafen und in denen sie vorgegeben hatte, zu ihnen allen zurückgekehrt zu sein. Er stellte lediglich fest, daß sie sich diesbezüglich in keiner Weise verändert hatte, und war es zufrieden.

Das Kleid hatte Halbärmel, die durch mehrere bronzene Fibeln und mit Golddraht durchsetzten Schnüre zusammengehalten wurden, sowie einen handbreiten Gürtel aus purpurbesetztem Leder. Es hatte eine Zeit gegeben, in der Romulus noch nicht einmal gewußt hatte, was Purpur war, geschweige denn, daß es zu den kostbarsten Dingen gehörte, mit denen gehandelt wurde, so kostbar, daß es nur Könige ihr eigen nennen konnten. Während er Ilian betrachtete, beschloß er, nie wieder einer anderen Frau zu gestatten, in seiner Gegenwart Purpur zu tragen, ganz gleich, in welcher Form.

»Gut«, sagte er. »Und nun der Schmuck. Warte«, fügte er hinzu, als sie die Hände hob, »ich werde dir dabei helfen.«

Er stand auf, setzte sich neben sie und legte sie ihr um, die Kette mit dem Opal in der Mitte und den zwei Perlen an beiden Seiten, die ihm beim ersten Anblick als zu schlicht erschienen war. Allerdings mußte er zugeben, daß die schillernde Farbe des Opals gut zu dem Grün des Kleides paßte. Ihren freien Nacken vor sich zu sehen, als er ihr die Kette umlegte, berührte ihn mehr, als es die kurze Blöße von vorhin getan hatte. Er konnte es sich nicht versagen, ihn mit seiner Hand, jener Hand, die heute ihr Opfer gebracht hatte, zu berühren. Sie lehnte sich ein wenig gegen ihn, doch sie sagte und tat nichts weiter.

Als nächstes nahm er die Ohrringe aus Silber, kleine Spiralen, an denen gehämmerte Blätter hingen, und setzte sie ihr ein. Sie trug ihr Haar hochgesteckt, wie es sich für eine Priesterin ziemte, und so hatte er keine Schwierigkeiten damit. Es war seltsam, erst jetzt fiel ihm auf, daß sie ihm und Remus die kleinen Ohren vererbt haben mußte. Sowohl Faustulus als auch der Mann, der heute gestorben war, hatten große Ohren gehabt.

Zum Schluß nahm er die Armreifen, auch sie spiralenförmig, ergriff ihre Hände und streifte sie ihr über, erst auf dem linken Arm, dann auf dem rechten. Sie waren ihr etwas zu breit, um auf dem Unterarm zu bleiben, und er streifte sie bis auf den Oberarm zurück. All das geschah wortlos; er war sich nicht sicher, sprechen zu können, bis er sein Werk vollendet hatte. Als er die Nadeln aus ihrem Haar zog, um es zu lösen, so wie es Königinnen trugen, hörte er ihren Atem, hörte seinen Atem und wußte, daß er endlich gewinnen würde. Es verlieh ihm die Macht, zu seinem gewohnten selbstsicheren Ton zurückzufinden.

»Steh auf.«

Eine ihrer Augenbrauen kletterte in die Höhe, doch sie tat, was er verlangte, machte ein paar Schritte und drehte sich einmal um sich selbst. Dann winkelte sie die Arme an und sank mit nach oben gewölbten Handflächen in der traditionellen Haltung der Bittsteller auf die Knie.

»Heil dir, Romulus«, sagte sie, und er wußte nicht, ob Spott oder Zuneigung aus ihren Worten sprach.

Er erhob sich ebenfalls und ging um sie herum. Es paßte alles; so hatte er sie sich vorstellt, in seinen Träumen, die ihn quälten, aufwühlten und entzückten.

»Vollkommen«, sagte er laut, um ihr diesen Tribut zu zollen. »Und nun verrate mir, meine Göttin, Herrin meines Schicksals, die du mich geformt hast, um dein rächendes Schwert zu sein – wie lautet dein Plan, um dich an meine Stelle zu setzen? Oder, wenn du bescheiden anfangen willst, vorerst meinen Bruder?«

Als sie stumm blieb, nahm er ihre Hände und zog sie zu sich empor.

»Ich habe lange genug darauf gewartet, Larentia. Das hier ist das Finale. Sag es mir. Oder bringst du es nicht mehr fertig? Dann habe ich ebenfalls gewonnen, das weißt du.«

Sie legte ihren Kopf an seine Schulter und murmelte: »Du wirst nie König von Alba sein, Romulus. Keiner der Priester dieser Stadt wird mit dir vor die Götter treten, weil du verflucht bist, doch sie werden dich auch nicht anklagen können, denn was du getan hast, war der schwerste Frevel, und war doch keiner.«

»Ich weiß«, flüsterte er in ihr Haar hinein. »Ich habe es mir längst zusammengereimt. Das war die Art, wie du zu den Kindern eines Gottes gekommen bist. Die heilige Ehe. Er war der Gott, und du warst die Göttin. Und so habe ich heute meinen Vater getötet, und auch wieder nicht.«

Ihre Arme schlangen sich um seinen Hals, und er ließ zu, daß der Schrecken ihn noch einmal erfaßte. Früher, es mußte zu einer Zeit gewesen sein, als er noch glücklich war, war Faustulus sein Vater gewesen, bis sie diese Gewißheit zerstört hatte. Dann hatte er sich der Kraft überantwortet, die sie für seine Erzeugung gewählt hatte, Krieg und Zerstörung. Es gab kein Zurück mehr, und ganz gewiß nicht für Amulius, der genauso unerbittlich im Benutzen der Menschen gewesen war wie sie. Und doch fraß seine heutige Tat an ihm, und sie war das einzige Wesen auf der Welt, das verstand und ihn nicht verurteilen konnte. Seine Mitschuldige, der Altar, auf dem er dieses Opfer gebracht hatte. *Ich,* hörte er den Mann wieder sagen, *ich bin mit jeder Art von Opfern vertraut, die man den Göttern bringt.*

Aber nun war der Moment gekommen, zurückzuschlagen. »Larentia«, sagte er lauter und legte seine Hand unter ihr Kinn, um ihren Kopf zurückzubiegen, so daß sie ihn wieder anschauen mußte. »Ich wußte es. Verstehst du? Ich war darauf vorbereitet. Und du hast recht, keiner der Priester wird mich zum König machen. Nur ist König von Alba zu sein gar nicht das, was ich wirklich wollte.«

Noch rührte sich nichts in ihrer Miene, und er fuhr fort: »Du hast mir einmal die Aufgabe gestellt, herauszufinden, wo das Mittel zu deiner Vernichtung ruht. Nur du kannst mir verraten, ob ich es gefunden habe. Dies sind meine drei Geschenke, Larentia. Du, mein Bruder und ich sind nicht die einzigen noch lebenden Sprößlinge des königlichen Hauses von Alba. Da gibt es noch einen König, der sogar von allen Priestern dieser Stadt bereits einmal anerkannt wurde. Zugegeben, das ist lange her, und inzwischen ist er verkrüppelt, halb taub und beinahe alt genug, daß ihr Tusci befürchten müßt, die Götter sprächen nicht mehr mit ihm, aber eben nur beinahe. Er hat noch ein paar Jahre bis dahin vor sich. Ganz recht, Ilian, es handelt sich um deinen Vater Numitor. So, wie du uneigennützig für mich und meinen Bruder gekämpft hast, habe ich heute uneigennützig für meinen Großvater gekämpft. Er wird gerade samt der Gesandtschaft aus Tarchna am Stadttor von den Hohepriestern empfangen. Ich bin sicher, es ist ein rührendes Wiedersehen.«

So selbstbeherrscht sie auch war, er konnte ihn spüren, in seinen Händen, an seinem Körper: den Augenblick, in dem die Kälte der Erkenntnis sie überzog.

»Er kam mir wie ein sehr starrsinniger alter Mann vor, mein Großvater. Ich glaube nicht, daß er dir jemals vergeben hat, daß du ihn nicht gegen die Priesterschaft unterstützt hast, als es um die Frage seines Opfers ging. Ganz gewiß hat er dir nicht verziehen, daß du dabei geholfen hast, seinen Bruder zum König zu machen. So kam es mir jedenfalls vor, als ich ihm davon erzählte. Ich glaube nicht, daß er dich zur Regentin ernennen wird *oder* meinen Bruder. Eine Frage der Abstammung, könnte man sagen. Ich glaube, er wird einen der jüngeren Söhne des Königs von Tarchna adoptieren, der ihn in den letzten Jahren so gastfreundlich aufgenommen hat, und in der Zwischenzeit einem aus der Priesterschaft gebildeten Rat die Regentschaft anvertrauen. Das war es jedenfalls, was ich ihm und unseren Tempelfreunden vorgeschlagen habe, und ich muß sagen, da haben sie nicht gezögert.«

Sie war für ihn immer schön gewesen, aber niemals schöner als jetzt, da die Niederlage mit all ihrem Zorn und ihrer Bitterkeit sich in ihre Augen schrieb. Er zeichnete mit den Fingerspitzen seiner anderen Hand die Form ihres Mundes nach.

»Das war dein Fehler«, erklärte er. »Zu glauben, ich wolle die Macht mehr, als ich dich zerstören will, wenn ich erst einmal begriffen hätte, wie ich es kann. Durch das, was dir wichtig ist, natürlich. Und hier ist mein zweites Geschenk. So ehrgeizig du auch bist, ich glaube dir durchaus, daß du damals nur das Beste für dein Volk wolltest. Du hast mich die Zeichen zu deuten gelehrt, und ich stimme dir zu. Eine Zeitenwende steht bevor. Aber du hast sie nicht aufgehalten oder zum Besseren gewendet durch das, was du getan hast. Ich werde König sein, Larentia. Nur nicht König von Alba, und ganz gewiß kein König der Tusci. Ich verabscheue euch, falls du das noch nicht begriffen hast. Ich werde mir hier meine Belohnung nehmen und dann mit meinen Leuten und jedem, der sich mir anschließen will, in das Grenzland ziehen, um meine eigene Stadt zu gründen. Und glaube mir, ich werde meine Untertanen lehren, nichts so sehr zu verachten wie die Tusci. Es mag dauern, vielleicht ein ganzes neues Saeculum lang, vielleicht noch länger, aber am Ende werden wir die Herren sein und ihr die Diener. Mein

Glückwunsch, Larentia. Du hast deinem Volk den Untergang gebracht.«

Ihre Nägel gruben sich in seine Schultern, tief genug, daß er sicher war, blutige Spuren zu finden. Der Schmerz steigerte seine triumphierende Erregung nur noch.

»Nun könntest du natürlich Mittel und Wege finden, um mich aufzuhalten. Mich zu töten, bevor ich den Raum verlasse. Ich bin nicht so töricht, dich in dieser Beziehung zu unterschätzen. Aber du wirst es nicht tun. Das ist mein drittes Geschenk, Mutter. Du hast deine eigene Lektion vergessen. Liebe schwächt, Haß macht stark. Ich habe dich dazu gebracht, mich zu lieben.«

Mit dem letzten gesprochenen Wort hielt er inne, suchte und fand, worauf er gehofft hatte. Das Zerbrechen in ihren Augen, wie das plötzliche Auseinanderfallen von lange, lange brennenden Holzklötzen im Feuer, das Zerspringen in glühende Einzelteile, und er senkte seinen Mund auf ihren, um es ganz in sich aufzunehmen. Ihre Lippen öffneten sich, und es war alles, worauf er so lange gewartet hatte: Es war alles Verbotene, es war der dunkle Hunger, der keine Grenzen kannte, es war Verlust und Schuld und Wahnsinn, ohne die geringste Entschuldigung durch Ahnungslosigkeit, wie sie ihm die unwissende Antho dargeboten hatte. Und dann war es zu Ende.

»Nein«, sagte sie.

Er mußte irgendwann die Augen geschlossen haben, denn als er sich bewußt wurde, daß er sie nicht mehr in seinen Armen hielt, als ihre Stimme ihn in die Wirklichkeit zurückzerrte, war es nötig, sie zu öffnen.

Sie war nur einen Schritt weit von ihm zurückgetreten, und ihr Geschmack war noch auf seinen Lippen, doch die Frau, die vor ihm stand, hatte sich ihm entzogen. Ihre Stimme klang kalt, doch nicht zornig, eingehüllt in den Hauch der Herablassung, an den er sich nur zu gut erinnerte.

»Weißt du, was du bist, Romulus? Ein Schüler. Begabt, sehr begabt, aber immer noch ein Schüler. Du hast mir Alba weggenommen, soviel gestehe ich dir zu, und es ist dir wirklich gelungen, es auf die verletzendste Weise zu tun, die sich denken läßt. Doch was für eine Stadt du auch immer gründen willst, was kann sie anderes sein als die Fortführung dessen, was in dir steckt? Mein Erbe. Meines, nicht das von Faustulus, nicht das der Latiner. Du stammst von mir, alles, was du tust, stammt von mir, alles, was du je tun wirst, stammt von mir, und du hast es mir gerade bewiesen. Aber Liebe?«

Sie lachte, trat noch etwas weiter zurück und begann um ihn herumzugehen, so wie er und Amulius sich umkreist hatten.

»Du weißt nicht, was Liebe ist. Oh, ich verstehe durchaus, warum du geliebt werden willst. Sie läßt einen manchmal in der Nacht nicht schlafen, nicht wahr, die Erkenntnis, das man ein Ungeheuer ist. Aber wenn ein anderes Ungeheuer, ein Wesen, das einen durch und durch kennt, einen liebt, dann kann man so schlecht nicht sein, richtig? Nun, es tut mir leid, Romulus. Ich verstehe dich. Ich bewundere, was du aus dir gemacht hast, selbst wenn es mehr hätte sein können. Und ich habe zu lang allein gelebt, um nicht darauf einzugehen, wenn mich jemand in seine Arme nimmt. Aber Liebe? Ich kann Remus lieben, denn er ist mein Sohn. Ich liebe Ulsna, und Ulsna liebt mich, obwohl ich ihm wirklich genug Gründe gegeben habe, es nicht zu tun. Dich? Dich – benutze ich.«

Das Schweigen zwischen ihnen pulsierte wie ein lebendiges Wesen, umschlang sie wie die ehernen Bande, mit denen er sie geschmückt hatte, während sein Sieg zu Asche verbrannte. Er erkannte den Tod in seinem Herzen. Sie hatte ihm das schon einmal angetan, aber damals war er ein Kind gewesen und hilflos. Nicht länger, nicht mehr. Sie wehrte sich nicht, als er seine Hände um ihre Kehle legte.

»Was hindert mich daran, dich jetzt zu töten?« hörte er seine rauhe, gebrochene Stimme fragen.

»Nichts«, erwiderte sie.

Das Pochen ihrer Schlagader unter seinen Händen war das einzige, was er spürte. Sonst rührte sich nichts an ihr. Sie standen so nahe beieinander wie vor einigen Augenblicken, als er sich so lebendig wie noch nie zuvor gefühlt hatte, doch die Frau vor ihm war versteinert, so unerreichbar wie eine Statue, überzogen mit einer schützenden Schicht aus Eis.

»Romulus«, sagte jemand, den er kennen sollte, aber das Begreifen ließ ihn im Stich. »Romulus, das reicht. Hör auf. Laß sie los.«

Er bewegte sich nicht, bis zwei Hände ihn von hinten unter den Achseln packten und von ihr fortzogen. Gleichzeitig fing die Zeit wieder an, in ihrem gewohnten Flußbett zu fließen, und er wurde sich dessen bewußt, was geschah, daß sie nicht länger allein waren. Mit einiger Mühe drehte er den Kopf über die Schulter und sah in das kreideweiße Gesicht seines Bruders. Diesmal konnte er das Gelächter nicht mehr zurückhalten; es überfiel ihn, schüttelte seinen Körper und ließ ihn halbwegs zu Boden sinken, ehe Remus ihn wieder emporzog.

»Komm«, sagte Remus und brachte es irgendwie fertig, gleichzeitig grimmig und hilflos zu klingen, »komm fort von hier. Du willst doch nicht, daß sie dich weinen sieht.«

Nur Remus konnte Lachen mit Weinen verwechseln, dachte Romulus, bis ihm die Feuchtigkeit auf seinen Wangen auffiel und die Tränen, die sich aus seinen Augen preßten wie das entsetzliche Schluchzen aus seiner Kehle.

»Schon gut«, sagte eine vierte Stimme. »Bleib hier mit ihm. Wir werden gehen.«

Diesmal brauchte Romulus nicht den Kopf zu wenden, um Ulsna zu erkennen. Ein Teil von ihm registrierte, daß der Barde seit ihrer letzten Begegnung irgendwo ein Männergewand aufgetrieben haben mußte. Er wirkte wie immer, ein hagerer, unauffälliger Mann, den sein langes Haar als einen der Tusci kennzeichnete, selbst wenn ihm der Bart fehlte. Etwas in Romulus erinnerte sich, daß er Haß empfinden sollte, als Ulsna an ihm vorbeitrat und einen Arm um die Schulter der Frau legte, die so bleich wie Remus war. Doch er brachte es nicht fertig; sie mußte den Haß aus ihm herausgesogen haben mit ihrem Kuß, und die Tränen, die sich in seine Haut fraßen, waren die letzten Reste, die ihr nachliefen.

»Ilian«, sagte Ulsna leise, und sie zuckte zusammen. Dann senkte sie ihren Kopf und verließ mit Ulsna das Zimmer. Jeder ihrer Schritte preßte den Stachel seiner Niederlage noch tiefer in sein Herz.

»Wieviel… hast du… gehört?« stieß er schließlich hervor, mehr um dem jämmerlichen Keuchen ein Ende zu machen, das er von sich gab, als aus einem anderen Grund.

»Genug.« Remus schluckte, dann lockerte er seinen Griff etwas, um Romulus zu einer der Sitzliegen zu führen. »Mach dir keine Sorgen«, fuhr er fort und bugsierte Romulus ungeschickt wie ein Kind auf die Liege. »Wir stehen das gemeinsam durch. Ich werde dich nie mehr allein lassen, Bruder.«

Es sollte ein Trost sein, ein Versprechen. Doch für Romulus war es die endgültige Besiegelung seines Schicksals.

Es gehört zu Remus' grundsätzlicher Natur, aus allem das Beste zu machen, selbst in den schwierigsten Lagen. Da ihm das sogar in der Erschütterung gelungen war, die seinerzeit der gewaltsame Abschied von Vater und Bruder hinterlassen hatte, da selbst das Weh um Prokne verblaßt war, hätte er nicht geglaubt, daß einmal ein Ereignis eintreten könnte, mit dem er nicht fertig wurde.

Das Nachspiel von Alba belehrte ihn eines Besseren.

Eine der großen Schwierigkeiten lag darin, daß er sich nicht gestatten durfte, auf Romulus zornig zu sein, obwohl alles in ihm danach schrie. Romulus hatte es fertiggebracht, all ihre Bemühungen und den Tod des… Thronräubers einem unbekannten alten Mann zu schenken, und es gab keine Möglichkeit, dies wieder rückgängig zu machen, nicht in einer Stadt, in der die »Gesandtschaft« aus Tarchna das ihnen ohnehin nicht eben freundlich gesonnene Heer der Albaner mit weiteren

Truppen verstärkt hatte. Aber Romulus war krank, und seine Krankheit war von dem Menschen, der sie hätte heilen sollen, gezielt gefördert worden. Romulus brauchte jemanden, der ihm den Kopf wieder zurechtrückte, ja, doch nicht durch Vorwürfe, sondern durch geduldige Liebe.

Also schluckte Remus seinen Groll hinunter, genauso wie die Übelkeit, die ihn jedesmal überfiel, wenn er an den Kuß dachte, den er hatte mit ansehen müssen. Es war ein Glück, daß sie verschwunden zu sein schien; er glaubte nicht, daß er mit ihr hätte sprechen können, ohne auszuspeien oder sich mit einem Würgen in der Kehle zu fragen, ob sie geplant hatte, ihn genauso krank zu machen wie Romulus. Ob es auch ein Glück war, daß Romulus nicht mit *ihm* über alles sprechen wollte, wußte er nicht. Einerseits wollte er wirklich nichts mehr hören, andererseits täte es Romulus gewiß gut. Doch Romulus hatte sich nach seinem Zusammenbruch in brütendes Schweigen gehüllt. Es war an Remus, ihren Gefolgsleuten zu erklären, warum sie nicht in Alba einziehen würden, und trotz all seiner Bemühungen kam es zu beträchtlichem Gemurre und einigen Prügeleien mit Stadtbewohnern und Kriegern aus Tarchna, bis Romulus seine stummen Grübeleien lange genug beendete, um mit den Männern zu reden.

Was er sagte, war nicht viel. Alba sei eine Tusci-Stadt, und wenn sie hierblieben, so würden sie zu Tusci, weich, ständig unter den Schatten ihrer Zaubereien und Götter geduckt, reif für den nächsten Eroberer. Er hingegen habe vor, nun, da ihnen kein Tusci-Fürst mehr im Genick sitze und sie genug Entschädigung erhalten würden, um drei Dörfer damit zu versorgen, eine neue Stadt zu gründen, eine Stadt für freie Männer, Latiner, keinem der Tusci-Könige abgabepflichtig, eine Freistatt für alle, die von den Tusci ausgebeutet und unterdrückt würden. Wer an diesem Ziel mitarbeiten wolle, dürfe ihn begleiten.

Zu Remus' größter Verwunderung fragte kein einziger ihrer Männer, warum sie sich dann die Fehde mit Amulius überhaupt erst eingebrockt hatten. Nein, sie nickten beifällig, und einige jubelten Romulus zu. Krank oder nicht, Romulus hatte die Gabe, mit bloßen Worten den Dingen eine andere Gestalt zu geben. Außerdem waren die Latiner nicht die einzigen Menschen, die ihm zujubelten. Nachdem sich in der Stadt herumgesprochen hatte, daß sie abziehen würden, daß Romulus ohne jeden Gedanken an sein eigenes Wohl gekämpft hatte, raunte man überall von dem Halbgott, der gekommen war, um altes Unrecht zu sühnen und die Geschicke Albas zum Besseren zu wenden. Niemand schien sich daran zu erinnern, daß Numitor kein beliebter König gewesen war; jetzt war er nicht mehr ein Herrscher, der sich seiner Pflicht, für das Volk zu sterben, entzogen hatte, sondern ein vom Schicksal geschlagener alter Mann, dessen Enkel ihm endlich zu seinem Recht verholfen hatte. Und er, Remus, war der Bruder des Erlösers. Nicht mehr, nicht weniger.

Zu allem anderen lud ihm Romulus auch noch die Aufgabe auf, dafür zu sorgen, daß die Priesterschaften das vereinbarte Gerät und Vieh herausrückten. »Du kennst schließlich die Priester. Du bist mit ihnen aufgewachsen«, sagte er in der gleichen scharfen Art, in der er jetzt ständig mit ihm redete.

Remus lag es auf der Zunge, darauf hinzuweisen, daß es Romulus gewesen war, der diese Vereinbarungen hinter ihrer aller Rücken getroffen hatte, und daß er, Remus, froh sein würde, nie mehr in seinem Leben einen Priester zu sehen, doch er schluckte auch dies, hielt sich ein weiteres Mal die Notwendigkeit, Romulus unbedingte Unterstützung zu zeigen, vor Augen und gehorchte.

Die Hohepriesterin Fasti fragte ihn genau wie die anderen zuerst nach seiner Mutter, und als er zähneknirschend antwortete, er habe sie seit dem Todestag des Königs nicht mehr gesehen, trug sie die gleiche zutiefst beunruhigte Miene wie alle anderen Priester zur Schau. Nur seine Ehrfurcht vor dem Alter hielt ihn davor zurück, seinem innersten Wunsch nachzugeben, sie zu schütteln und anzubrüllen, das sei alles ihre Schuld, sie habe das Unheil ausgebrütet, das seinen Bruder und ihn jetzt zerfraß.

491

Romulus fragte nicht nach ihr. Nicht ein einziges Mal. Und er weigerte sich immer noch beharrlich, mit Remus über etwas zu sprechen, das mit ihr zusammenhing.

Neben der Organisation von Karren und Vieh fiel Remus noch eine weitere Aufgabe zu. Die Tochter des verstorbenen Amulius, die Frau namens Antho, von der Romulus und seine Mutter kurz gesprochen hatten, tauchte bereits am Tag nach der Verbrennung ihres Vaters mit rotgeweinten Augen bei ihm auf und bat ihn um ein ordentliches Geleit hinaus zu den Grabhügeln, wo sie die Urne mit der Asche des Toten in dem ihm vorbestimmten Grab beisetzen wollte. Wie es schien, lehnte sie jegliche priesterliche Begleitung, die sonst üblich gewesen wäre, ab und sprach von »bösen Verrätern«, denen ehrliche Feinde allemal vorzuziehen seien.

»Aber nicht dein Bruder«, schloß sie.

»Das verstehe ich«, entgegnete Remus, ohne nachzudenken, »doch sei gewiß, er hat deinen Vater in einem ehrlichen Kampf besiegt.«

Antho schniefte, was Remus bei einer Frau, die doppelt so alt wie er sein mußte, unter anderen Umständen kindisch vorgekommen wäre. Dann erklärte sie ihm, die Tatsache, daß sein Bruder der Mörder ihres Vaters war, sei nur ein weiterer Grund.

»Er ist böse. Deswegen will ich ihn nicht dabeihaben.«

»Er ist nicht …«, begann Remus, doch sie warf ihm nur einen eisigen Blick zu und rauschte davon. Da es ihm gleich sein konnte, was eine ihm völlig unbekannte Frau, verwandt oder nicht, von Romulus hielt, beließ er es dabei. Er war erheblich bestürzter, als Antho ihn am Abend vor dem beabsichtigten Abzug der Latiner erneut aufsuchte und fragte, ob sie ihn begleiten könne.

»Warum?« fragte Remus entsetzt.

»Weil Numitor mich nicht im Palast haben will«, erklärte sie offen. »Er hatte schon wenig für die Frauen in seiner Familie übrig, als er das erste Mal auf dem Thron saß, und jetzt ist er nur noch ein rachsüchtiger alter Mann. Und nicht einmal alle

Unterweltsdämonen unter Vanths Befehl bekämen mich dazu, um Aufnahme in einem *Tempel* zu bitten. Ich wäre ja mit Ilian und diesem reizenden Barden gegangen, aber sie sind einfach verschwunden, ohne sich zu verabschieden.« Schon wieder rümpfte sie die Nase. »Dabei schuldet mir Ilian noch einen Gefallen. Du bist ihr Sohn, da kannst du ihre Schuld übernehmen.«

Er rang um Geduld, eine Tugend, die ihm stündlich schwerer fiel.

»Wir werden keine Frauen mitnehmen. Es gäbe nur Ärger mit den Männern.«

»Oh«, meinte Antho mit einem winzigen Lächeln, »ich glaube, du wirst feststellen, daß ich mit Männern umgehen kann. Im übrigen weiß ich nicht, wie die Stadt, die ihr da gründen wollt, überleben soll, ohne Frauen. Wo sollen die Kinder herkommen, aus euren Köpfen?«

»Wenn erst eine Stadt da ist, dann ist es an der Zeit, sich nach Frauen umzusehen. Nicht vorher!« gab Remus gereizt zurück. »Du sprichst unsere Sprache nicht, und ich wette, daß du in deinem Leben noch nie für dich selbst gesorgt hast.«

Antho hob die Schultern. »Das hat Ilian auch nicht, bevor sie mit ihrem Barbaren in die Wildnis verschwunden ist.«

»Mein Vater war kein Barbar, und unser Heimatdorf ist keine Wildnis.«

»Deinen Vater meine ich auch nicht. Der war ein Gott, wie wir alle jetzt wissen. Ich meine den Schweinehirten, der dich aufgezogen hat, dich und deinen Bruder. Der war damals sehr froh, daß er Ilian bekam, und ich finde, du könntest auch etwas mehr Dankbarkeit zeigen, vor allem, da ich bereit bin, die Gesellschaft deines widerlichen Bruders auszuhalten.«

Remus stand kurz davor, sie anzubrüllen, als ihm der Aberwitz des gesamten Gespräches bewußt wurde. Er hatte seine Mutter mit größerer Endgültigkeit verloren, als es durch ihren Tod der Fall gewesen wäre, sein Bruder war eindeutig von den Göttern mit Wahnsinn geschlagen, seine Zukunftsträume waren ins Nichts zerstoben, und hier stand er und zankte sich wie ein kleiner Junge mit seiner Schwester.

In gewisser Weise war es erholsam, vor allem verglichen mit den letzten Tagen. Antho mochte voll Torheit und Hochmut stecken, aber immerhin sagte sie, was ihr durch den Kopf ging, nicht so wie die Priester mit ihren Hintergedanken oder Romulus, der alles, was ihn belastete, in sich hineinfraß. Außerdem ließ sich nicht alles, was sie sagte, als Dummheit abtun. Nachdem Romulus ihren Vater getötet hatte, gab es wirklich niemanden mehr, an den sie sich wenden konnte. Remus hatte viele Lehrer gehabt, mit nicht immer gleichen Ansichten, doch darin, daß ein Mann sich um die Frauen seiner Familie kümmern mußte, waren sie sich immer einig gewesen.

»Das kann doch nicht dein Ernst sein!« rief Romulus, als Remus ihm mitteilte, Antho werde mit ihnen reisen. »Als was? Als Troßhure? Trauerst du deiner Griechin immer noch so sehr nach?«

Obwohl es guttat, Romulus endlich einem Gefühl Ausdruck verleihen zu sehen, konnte Remus nicht verhindern, daß er aufbrauste.

»Prokne hat damit nichts zu tun. Es ist die Aufgabe eines Mannes…«

»Sich von Weibern ausbeuten zu lassen«, schnitt Romulus ihm das Wort ab. »Ganz offensichtlich hast du ein inneres Bedürfnis danach. Gut, nimm sie mit. Aber was auch immer mit ihr geschieht, sie ist deine Sache. Ich will keine Klagen hören, nicht von dir, nicht von den Männern.«

Nicht zum ersten Mal sprach Romulus, als ob ihn irgend jemand zum alleinigen Anführer gemacht hätte. Für diesmal ließ es ihm Remus noch durchgehen. Doch er beschloß, seinen Bruder, sobald dieser wieder etwas mehr Anzeichen von Normalität zeigte, daran zu erinnern, daß sie beide gleichgestellt waren.

Nach dem Aufbruch wurde es zwischen ihnen nicht besser. Romulus sprach mit jedem Bettler, der von ihnen gehört hatte und ihnen nachlief, mehr als mit ihm und änderte bei den wenigen Worten, die er gelegentlich an Remus richtete, weiterhin nichts an seinem höhnischen Ton. Immerhin hielt Antho sie nicht so sehr auf, wie Remus heimlich befürchtet hatte. Die Männer, die sie zunächst mit einer Mischung aus Ehrfurcht und Neugier begutachtet hatten, rissen sich bald darum, ihr einen Platz auf einem Karren oder auf einem Pferd zur Verfügung zu stellen und sich um die Bündel ihres Gepäcks zu kümmern. Sie lachte und scherzte mit ihnen und weinte nur gelegentlich, meistens an einer starken Schulter, auch wenn Remus sie hin und wieder dabei ertappte, wie sie mit einem verlorenen Blick in die Richtung flußabwärts starrte, aus der sie kamen.

»Die Troßhure, wie ich es mir gedacht hatte«, kommentierte Romulus, als Remus eine Bemerkung darüber machte, daß man Antho für eine verzogene Fürstentochter eigentlich recht gern haben könne. Aus irgendeinem Grund war es dieser Satz, der bei Remus das Faß zum Überlaufen brachte.

»Für jemanden, der so gut mit Worten umgehen kann«, entgegnete er schneidend, »bist du bei deinen Beschimpfungen von Frauen erstaunlich einseitig. Huren, Huren, Huren. Man möchte meinen, du vermißt etwas.«

Die Augen seines Bruders verengten sich zu schmalen Schlitzen.

»Nun, ganz sicher bin ich nicht so vertraut mit ihnen wie du«, gab Romulus zurück. »Du bist derjenige, der von ihnen *geliebt* wird.«

Damit machte er auf dem Absatz kehrt und kam erst am frühen Morgen wieder in das Lager, das sie für die Nacht aufgeschlagen hatten, zurück. Remus hätte sich ohrfeigen können, doch was gesagt war, war gesagt. Außerdem änderte sein Bedauern nichts daran, daß sein Groll über das Verhalten von Romulus sich steigerte, statt abzunehmen, vor allem, weil Romulus ihm am nächsten Tag wieder keine Gelegenheit gab, über das leidige Thema zu sprechen.

»Dein Bruder braucht jemanden, der ihm den Kopf zurechtsetzt«, sagte Antho, als Remus seine verwandtschaftliche Pflicht erfüllte und sie eine Zeitlang auf seinem eigenen Pferd reiten ließ. »Eure Leute sprechen vielleicht kein gutes Rasna, aber das verstehe ich schon, daß sie Angst vor ihm haben.«

»Sie verehren ihn«, verbesserte Remus sie, teils gekränkt um Romulus' willen, teils um es richtigzustellen, und teils aus dem ihm zutiefst unbehaglichen Gefühl der Eifersucht heraus.

»Das auch«, gab Antho zu. »Aber sie verstehen ihn nicht, das, was er will, meine ich. Meinen Vater, den hat jeder verstanden, das dachten zumindest alle, und deswegen waren sie auch zufrieden, bis diese gräßlichen Gerüchte auftauchten. Bei deinem Bruder weiß man nie, was er als nächstes tut, und ob es etwas Gutes oder Schlechtes ist.«

»Er hat eine schwere Zeit hinter sich.«

»Pah! Das habe ich auch. Mein Vater ist tot, ich werde ständig von Mücken zerstochen und sitze auf fürchterlich unbequemen Pferden und Karren, aber führe ich mich deswegen auf, als sei ich Achilles?«

Diese Mischung aus treffender Beobachtung und Albernheit verblüffte Remus so sehr, daß er sich an eine unwesentliche Einzelheit klammerte, weil er nicht wußte, was er zu dem Kern ihrer Bemerkung sagen sollte.

»Was weißt denn du über Achilles?«

»Das könnte ich dich auch fragen, aber mir fällt gerade ein, daß du derjenige bist, der mit Ilian zu den Griechen gereist ist. Auch in unseren Palästen spielen Barden, weißt du, und manchmal höre ich ihnen auch zu. Vor allem, wenn sie gut aussehen.« Ihre Stimme veränderte sich und wurde für Antho ungewöhnlich ernst. »Aber ich meine, was ich sage, Remus. Achilles hatte vielleicht die Muße, in seinem Zelt zu sitzen und zu grollen, bis man ihm Abbitte leistete, aber soweit ich mich erinnere, sind in der Zwischenzeit viele Krieger gestorben.«

»Die Schwierigkeit liegt darin, daß Romulus nie die Abbitte hören wird, die er hören müßte«, antwortete Remus und stellte fest, daß er sich mit der verzogenen Frau samt ihrer Unsitten schneller und besser verstand als mit dem gesamten Rest seiner Familie. Er fand das höchst beunruhigend.

»Deswegen hat er trotzdem kein Recht, das an allen anderen Menschen auszulassen.«

Als sie dem Fluß bis in eine sumpfige Gegend inmitten des unzugänglichsten Hügellandes gefolgt waren und sich Romulus ausgerechnet hier in den Kopf setzte, seine Stadt zu gründen, hielt Remus die Zeit für gekommen, Anthos Ratschlag zu befolgen.

»Ich will nicht behaupten, daß die Hügel ein schlechter Einfall wären«, meinte er so ruhig und gelassen wie möglich. »Wenn man sie ordentlich befestigt, sind sie gut zu verteidigen. Aber bei den Städten im Nildelta haben sie lange gebraucht, um das Wasser so abzusenken, daß der Boden nicht mehr sumpfig war, und ich habe selbst nicht ganz verstanden, wie sie es gemacht haben, obwohl einer der Ägypter es mir erklärt hat.«

»Du verstehst nie etwas.«

Remus ermahnte sich, nicht die Beherrschung zu verlieren. »Worauf es mir ankommt, ist, daß du mir zuhörst. Daß wir über eine solche Entscheidung sprechen, ehe sie getroffen wird. Falls du es vergessen haben solltest: Du bist kein König.«

»Noch nicht«, entgegnete Romulus, »und ich habe nichts vergessen. Gar nichts. Allerdings gibt es in der Tat etwas zu besprechen. Wir können so nicht weitermachen. Es kann nur einen Anführer geben, ganz abgesehen davon, daß ich deine gönnerhafte Art satt habe, dein ach so umsichtiges Benehmen, und um es mit einem Wort zu sagen: dich.«

Es tat weh, nicht so sehr wie die Geschehnisse von Alba, aber es kam dem sehr nahe. Es half nichts mehr, sich vor Augen zu halten, daß Romulus krank war. Romulus wußte, was er sagte, er sagte es mit Absicht, und sein Ziel lag darin, ihr brüderliches Band in den Staub zu treten.

»Romulus«, sagte Remus erschüttert, »wir sind Zwillinge.«

»Ja, das sind wir. Und seit meiner Geburt muß ich damit leben, dich als Schattenspender zu haben. Aber nicht mehr länger, Remus. Hier trennen sich unsere Wege, und ganz ehrlich, ich kann es kaum abwarten, mich nicht mehr mit einem gefühlsseligen Tölpel belasten zu müssen, der sich einbildet, mich zu verstehen.«

In Remus öffnete sich etwas wie eine giftige Beule, und der Eiter, der sich seit Wochen darin aufgestaut hatte, quoll hervor.

»Du bist nicht so schwer zu verstehen, wie du glaubst. Sogar Antho bringt es fertig. Du bist nichts als ein tobsüchtiges Kind, und wenn du dir einbildest, daß ich mir noch mehr von dir gefallen lasse, dann täuschst du dich.«

Mittlerweile waren die meisten ihrer Gefolgsleute, auch diejenigen, die eigentlich die Tiere versorgen und das Lager aufbauen sollten, auf den Streit der Brüder aufmerksam geworden. Einige starrten zu ihnen herüber, andere näherten sich ihnen, bis sie einen Halbkreis um die Zwillinge bildeten.

»Was berechtigt dich eigentlich zu der Überzeugung, daß die Welt dir einen Thron schuldet? Als du das letzte Mal einen hättest haben können, hast du ihn einem Fremden in den Rachen geworfen, und warum? Nur um deine kranken Bedürfnisse *ihr* gegenüber auszuleben. Du hast nicht einen Gedanken daran verschwendet, ob es gut für die Bewohner von Alba wäre oder für mich. Es war auch mein Thron, und im Gegensatz zu dir habe ich mich jahrelang darauf vorbereitet. Wenn hier jemandem etwas geschuldet wird, dann mir. Zumindest weiß ich, was Verantwortung bedeutet.«

»Mein verantwortungsbewußter Bruder«, sagte Romulus und lächelte, ein Lächeln, das seine Augen nicht erreichte. Ein eigenartiges Licht glitzerte in ihnen, das nichts mit Heiterkeit zu tun hatte. »Du erhebst also auch Anspruch auf die Herrschaft? Gut, lassen wir die Götter entscheiden. Schließlich verdanken wir ihnen unser Dasein, nicht wahr?«

»Wie meinst du das?«

»Oh, ich meine keinen Wettstreit, mein Remus. Keinen Kampf um Leben und Tod. Wofür hältst du mich? Das würde ich dir niemals zumuten. Nein, ich meine einfach, daß wir um ein Vorzeichen bitten. Ein eindeutiges, unwiderlegbares Vorzeichen. Derjenige, dem es bis morgen früh als erstem zuteil werden wird, regiert über die neue Stadt. Der andere fügt sich seinem Schicksal.«

Die Unterstellung, er sei zu feige für einen Kampf, wie ihn Romulus gegen Amulius geführt hatte, steigerte den Zorn in Remus noch, aber nicht so sehr, daß er alles andere darüber vergessen hätte. Wenn es darum gegangen wäre, Romulus zu verprügeln, hätte er nichts lieber getan, doch ihm schauderte vor der Vorstellung, die Waffe gegen seinen Bruder zu erheben.

»Also gut«, willigte er ein, konnte es sich jedoch nicht verkneifen, hinzuzufügen: »Da die Götter die Wahnsinnigen schützen, zweifle ich nicht daran, daß dir *etwas* zuteil werden wird. Mit etwas Glück ist es ein Hüter. Ich bin diese Aufgabe gründlich leid.«

Am Ende verbrachte jeder von ihnen die Nacht auf einem anderen Hügel. Die Mehrheit der Männer hatte sich um Romulus geschart, doch die Anzahl derer, die mit Remus warteten, war nur geringfügig kleiner. Im Grunde wäre er lieber allein gewesen; so mußte er sich herzhaft und überzeugt geben, wo ihm doch eher danach war, sein Elend mit einem ganzen Schlauch Wein zu ertränken, ungemischt. Er verstand nicht, wie es so weit zwischen ihm und Romulus hatte kommen können, und gleichzeitig fieberte er danach, seinen kleinen Bruder endlich wieder auf dessen alten Platz zu verweisen.

»Es wird schon werden, Remus«, sagte Antho tröstend zu

ihm, während sie sich neben ihn kauerte. »Du bist ein guter Mensch, und du hast das Richtige getan.«

»Kannst du Blitze vom Himmel rufen?« fragte er sie plötzlich. »Kannst du das?«

Sie schnitt eine Grimasse, was er im Schein des Lagerfeuers gerade noch erkannte. »Hör mir auf mit solcher Tempelzauberei. Blitze zu lenken, das bringen nur die höchsten Eingeweihten fertig, und auch sie nur selten. Ich kann sie noch nicht einmal richtig deuten. Tut mir leid, aber diese Lehren waren mir immer zu langweilig. Ilian muß dir doch einiges beigebracht haben. Sie weiß Bescheid über solche Dinge.«

»Einiges«, wiederholte er trübsinnig. »Nichts über Rituale, außer wie man Apollon verehrt, damit seine Priester uns weiter unterstützen. Rituale und Vorzeichen hat sie *ihm* beigebracht.« Er stocherte mit einem Zweig im Feuer. »Gemessen an den Auswirkungen, die es hatte, sollte ich vielleicht dankbar dafür sein, daß sie mich nicht für klug genug hielt.«

Antho fuhr ihm mit der Hand durch das Haar und schnalzte mit der Zunge. »Ts. Kluge Leute machen sich nur unglücklich. Schau dir Fasti an, die alte Kuh. All die Pläneschmiederei, und jetzt ist sie an genau der Stelle angekommen, wo sie anfing, als sie beschloß, Numitor loszuwerden. Mein Vater, die Götter mögen ihm helfen, war der klügste Mann, den ich kannte, aber gerettet hat ihn das nicht. Und Ilian...« Sie seufzte. »Du weißt auch nicht, wohin sie verschwunden ist, oder?«

»Nein, und es kümmert mich auch nicht mehr.«

»Lügner«, entgegnete Antho. »Du und dein Bruder, ihr würdet euch nicht so benehmen, wenn es euch nicht kümmern würde. Aber weißt du, wenn du ohnehin nicht schläfst, könntest du dir über andere Dinge den Kopf zerbrechen. Zum Beispiel darüber, daß ich überall grüne und blaue Flecken habe und an einigen Stellen wundgescheuert bin. Vielleicht sollten wir wirklich eine Zeitlang an einem Ort bleiben, aber wenn, dann hier oben auf dem Hügel, nicht im Tal. Dort gibt es viel zu viele Mücken. Wie überleben das die Bauern nur?«

Er umarmte sie und dachte daran, was für ein kostbares, spätes und unerwartetes Geschenk sie war, die Tochter des so lange verabscheuten Feindes. Seit er in seine Heimat zurückgekommen war, hatte er keine richtigen Freunde mehr gefunden. Das war es, was sie ihm bot, und das hatte er tiefer entbehrt, als ihm bewußt gewesen war: Freundschaft. Romulus würde sagen, daß sie sich aus Eigennutz an ihn klammere, weil es sonst keinen Beschützer auf der Welt für sie gab, der keine Gegenleistung von ihr hätte haben wollen, weil sie ein wenig zu alt war, um noch einen angemessenen Ehemann zu finden. Doch Romulus fehlte das Talent, ein Geschenk anzunehmen und froh darüber zu sein. Remus lauschte Anthos Geplapper, und es gemahnte ihn an einen Wasserfall, rasch und oberflächlich dahinplätschernd, über dem sich gelegentlich die erstaunlichsten Regenbogen zeigten. Für eine kurze Zeit schenkte sie ihm Frieden.

Die Sonne wölbte sich bereits zur Hälfte am Horizont, als Remus sie sah, klar und deutlich gegen das Morgenrot: sechs Geier. Einen Moment lang verschlug es ihm die Sprache. Um zu wissen, was ein Geier bedeutete, bedurfte es keiner Priesterschaft; selbst die Kinder in seinem Heimatdorf hatten eifrig Ausschau nach ihnen gehalten. Ein Geier war das unschädlichste aller Tiere, weil er nichts von dem, was Menschen säten, pflanzten oder aufzogen, zerstörte, sich nur von toten Körpern nährte und nichts verletzte, was lebte. Ja, mehr noch, ein Geier hielt sich sogar von toten Vögeln fern, wegen der Verwandtschaft, wohingegen Adler, Eulen und Habichte auch Tiere der eigenen Art schlugen. Geier waren selten, und sie bedeuteten immer Glück.

»Dort«, schrie er aufgeregt, als ihm der Atem zurückkehrte. »Seht doch, dort oben!«

Die Männer um ihn regten sich, folgten seinem ausgestreckten Arm, und Gemurmel breitete sich unter ihnen aus, wie Wellen in einem Teich, in den man einen Stein geschleudert hatte. Antho, die zunächst den Kopf in die Arme vergraben hatte, schreckte durch den Lärm wieder auf. Als sie den Grund erkannte, rappelte sie sich hoch und kniete vor Remus nieder, die Handflächen zu ihm erhoben.

»Heil dir, Remus«, sagte sie so laut wie möglich. Die Männer nahmen den Ruf auf.

Remus fühlte, wie ihm ein Stein vom Herzen fiel. Nun würde alles wieder gut werden; Romulus würde sich fügen, seine Lektion lernen, und die alten Verhältnisse würden wiederhergestellt sein. Er schickte einen seiner Leute los, um Romulus die Nachricht von der Entscheidung der Götter zu überbringen.

In erstaunlich kurzer Zeit war der Mann wieder da und machte ein sehr unglückliches Gesicht.

»Verzeih«, sagte er, »doch dein Bruder Romulus behauptet, auch er habe Geier gesehen. Nicht sechs, sondern zwölf. Und damit hätten die Götter eindeutig für ihn entschieden.«

»Das ist doch lächerlich«, entgegnete Remus mit zusammengebissenen Zähnen. »Es waren keine weiteren Vogelschwärme da, nirgendwo, geschweige denn zwölf Geier auf einmal.«

Er würde Romulus nicht gestatten, sich auf diese Weise vor den Folgen ihrer Vereinbarung zu drücken. Erzürnt machte er sich auf den Weg zu dem Hügel, auf dem Romulus die Nacht verbracht hatte, seine Anhänger hinter sich.

Bis er auf dessen Spitze eintraf, keuchte er leicht, doch seiner Wut tat dies keinen Abbruch. Romulus stand mit einem Stock in der Hand da, an dem ein großes, kreuzförmiges Visierblatt befestigt war. Dunkel erinnerte sich Remus, daß der Vater dergleichen zur Landvermessung benutzt hatte.

»Was redest du da von zwölf Geiern?« rief er empört. »Es gab nur sechs, und wir haben sie alle gesehen. Als erste. Halte dich an dein Versprechen.«

»Das tue ich«, erwiderte Romulus kalt. »Die Götter haben mir zwölf Geier geschickt, und du wirst keinen Mann hier fin-

den, der dem widerspricht. Und nun sorg dafür, daß deine
Leute sich nützlich machen oder verschwinden. Wir haben eine
Stadt zu gründen.«

Er zog mehrere Linien auf dem Boden und fuhr, an niemand
Besonderen gewandt, fort: »In den Umrissen etwa so…«

»Romulus!«

Als Romulus ihn weiterhin ignorierte, trat Remus vor ihn
und zerstörte die soeben gezogen Linien mit einem heftigen
Scharren seines Fußes.

»Hör auf damit, dich hinter solchen Kindereien zu verstecken. Die Götter haben für mich entschieden, so wie es
schon immer bestimmt war. Oder bildest du dir ein, eine Stadt
auf der Grundlage von Lügen aufbauen zu können?«

»Nein«, entgegnete Romulus und führte einen blitzschnellen
Hieb aus, dessen Ziel Remus erst erkannte, als es zu spät war,
als die spitze, so scharf geschliffene Bronze des Kreuzes in
seiner Brust steckte. »Aber auf dem Opfer eines Königs.«

Es schmerzte kaum. Nur ein feiner Stich, geradewegs ins
Herz. Das mußte ein Traum sein, anders ließ es sich nicht erklären. Remus hatte Menschen sterben sehen. Sie bluteten viel
mehr, oder etwa nicht? Sie taumelten. Sie stürzten. Sie schlugen
um sich.

Es mußte ein Irrtum sein.

Er beobachtete, wie der Mund seines Bruders sich ein weiteres Mal öffnete, unendlich langsam, und die Laute, die daraus
strömten, verzerrten sich zu einer schwer verständlichen Wort-
kette.

»So – sterben – alle – Feinde – Roms.«

Dann spürte er eine Schwäche in den Knien und gab ihr nach,
weil er nicht anders konnte. So, wie er Romulus vor nicht all-
zulanger Zeit aufgefangen hatte, so fing Romulus jetzt ihn auf.

»Romulus«, flüsterte er, »warum?«

Sein Bruder erwiderte nichts, doch er ließ ihn nicht los.
Natürlich nicht. Ganz gleich, was geschah, sie waren Brüder. Sie
waren Zwillinge. Sie würden immer füreinander dasein. Remus

503

klammerte sich an die Schultern seines Bruders, und als sein Blickfeld anfing, sich zu trüben, als die Schwärze ihn umfing, da war er gewiß, daß Romulus ihn nie wieder loslassen würde.

Tiefes Schweigen herrschte auf dem Hügel, als Romulus mit dem Körper seines Bruders auf die Knie sank. Von dem Moment an, da Romulus zugestochen hatte, waren alle Anwesenden, ganz gleich, welchen der Zwillinge sie bevorzugten, zu entsetzt gewesen, um auch nur einen Finger zu rühren. Erst jetzt, da das Leben aus Remus schwand, kehrte es in ihre Glieder zurück. Pleistinus, einer der Älteren, der sich immer lieber an Remus gehalten hatte, weil ihm Romulus unheimlich war, schrie auf und machte Anstalten, sich auf Romulus zu stürzen; Scaurus und sein Freund Celer hielten den Mann nur mühsam zurück. Auch in einige der anderen Latiner kam Bewegung.

»Romulus«, sagte Lucius scharf, »wir werden uns hier gegenseitig niedermetzeln, wenn du nicht etwas tust!«

Romulus hörte ihn. Er stand auf, stellte sich über die Leiche seines Bruders und rief, so laut er konnte: »Auseinander!«

Die Menge hörte ihn und hielt inne, wie ein unwilliges, nur halb gezähmtes Tier, das immer noch grollte.

»Niemand sonst wird heute hier sterben«, verkündete Romulus und ließ seinen Blick über sie alle wandern. »Ich habe mein Opfer gebracht. Scaurus, Celer, laßt Pleistinus los. Wenn er mir etwas zu sagen hat, dann mag er das tun.«

Die Angesprochenen zögerten, doch sie gehorchten ihm. Pleistinus machte ein paar Schritte auf ihn zu, dann hielt er inne.

»Du Mörder«, stieß er heiser hervor. »Auf dir ruht der älteste aller Flüche. Du hast deinen eigenen Bruder umgebracht, du Mörder!«

In der eingetretenen Stille hörte Romulus eine Frau schluchzen. Es dauerte einige Momente, bis er sich wieder daran erinnerte, um wen es sich handelte. Antho. Nun, Antho sollte daran gewöhnt sein, daß er seine Verwandten umbrachte. Ohne den Blick von Pleistinus zu wenden, nickte er.

»Auf mir ruht er, und ich allein werde dafür büßen, wenn die Götter mein eigenes Leben fordern, zum Wohle der Stadt. Denn dafür habe ich meinen Bruder geopfert. Wäre er am Leben geblieben, so würde es keine Stadt geben, nur zwei sich befehdende Dörfer. Und hört mir gut zu, ihr alle. Er starb für das Volk, so wie es seit jeher die Pflicht der Könige ist. Ich bin bereit, den gleichen Tod zu sterben, wenn es an der Zeit ist. Aber dies wird keine Stadt wie alle anderen werden. Ich baue sie auf meinem eigenen Blut, und ich erwarte, daß ihr, jeder von euch, bereit seid, das gleiche Opfer zu bringen, wenn es der Stadt dient. Euer Leben, das eurer Brüder, das eurer Kinder. Wer das nicht fertigbringt, soll gehen, mit seinem Anteil. Ich werde es ihm nicht übelnehmen. Doch wer bleibt, soll wissen, daß er von nun an nicht mein Gefolgsmann ist. Er wird mein Bruder sein, und so, wie ich Opfer verlange, werde ich sie bringen. Ich werde alles tun für ihn und die Seinen, denn aus Brüdern wird sie bestehen, die Stadt.«

Pleistinus schaute als erster zu Boden. Er schüttelte den Kopf, doch er sagte nichts weiter. Die Männer, die Knüppel, Messer oder Schwerter in den Händen hielten, ließen sie einer nach dem anderen sinken. Keiner von ihnen wagte es, näher zu kommen. Obwohl einige von ihnen sich abwandten und verschwanden, blieb die Mehrzahl in einem weiten Kreis um die Zwillinge stehen und starrte stumm auf die beiden Gestalten.

Das Opfer – und ihren König.

Als die Nacht hereinbrach, meldeten Lucius und Scaurus, daß die meisten Männer geblieben seien und bereits begonnen hätten, Gräben für ein ständiges Lager auszuheben.

»Wohin sollten sie schon gehen«, schloß Scaurus, »als dahin zurück, wo es schlechter ist?«

Romulus nickte stumm und wunderte sich nicht, daß die beiden sich nach dem erstatteten Bericht so eilig wie möglich entfernten. Er hatte den Tag damit verbracht, Holz für einen Scheiterhaufen zu sammeln. Eigentlich hatte er erwartet, daß ihm dabei irgendwann eine tränenüberströmte Antho ins Gesicht springen würde, doch sie blieb unsichtbar. Vermutlich hatte sie sich bereits einen neuen Beschützer gesucht und war mit ihm aus dem Lager verschwunden. Frauen. Wertlos bis ins Mark.

Er gestattete niemandem, Remus zu berühren. Er selbst füllte einen der Schläuche, die sie mit sich führten, mit Flußwasser, um die Waschungen vorzunehmen, und hüllte den Körper seines Bruders in die Tebenna, das zeremonielle Gewand der Fürsten, das er aus dem Palast von Alba mitgenommen hatte. Da die Leiche inzwischen steif war, fiel es ihm nicht leicht, sie allein auf den Scheiterhaufen zu legen, doch er hatte sich jede Gesellschaft verbeten und alle fortgeschickt. Man gehorchte ihm. Von nun würde ihm jeder gehorchen, immer, nicht wie einem Menschen, sondern wie einem Gott, der jede menschliche Grenze überschritten hatte.

Als sich das Licht einer Fackel näherte, nahm er an, daß es sich um Celer handelte, den er beauftragt hatte, ihm bei Sonnenuntergang einen brennenden Kien des Lagerfeuers zu bringen. Doch sehr bald machte er drei Gestalten aus, nicht eine, und zwei davon waren eindeutig weiblich. In dem Licht der Dämmerung erkannte er die kleine, üppige Antho, die sich auf Ulsna stützte. Oder stützte er sich auf sie? Unter anderen Umständen hätte es ihn zum Lachen gereizt. Die dritte Gestalt, die die Fackel trug, ging etwas hinter den anderen. Er hatte nicht geglaubt, sie noch einmal wiederzusehen, doch er hätte wissen müssen, daß es noch nicht vorbei war. Für dieses eine Ereignis mußte sie noch Zeugnis ablegen.

»Sprich kein Wort zu mir«, sagte Ulsna, als er in Hörweite kam. »Wir sind euch gefolgt, in einigem Abstand, weil sie es so wollte. Mehr brauchst du nicht zu wissen.«

Er trat mit Antho vor den Scheiterhaufen und betrachtete

den Leichnam kopfschüttelnd und mit tiefer Trauer. »Möge die Reise dir leicht werden«, murmelte er. »Heil dir, Remus, und leb wohl.«

Antho legte dem Toten etwas auf die Brust, das wie eine Locke ihres Haares aussah, blieb jedoch stumm. Beide wandten Romulus den Rücken zu. Er schaute zu der Fackelträgerin, die im Gegensatz zu den anderen nicht sofort zum Scheiterhaufen ging, sondern zu ihm. Was er zu hören erwartete, wußte er nicht genau; eine Beschuldigung, eine Anklage, wie sie Pleistinus vorgebracht hatte, nur viel treffender formuliert, mit Worten, wie nur sie sie zu schmieden verstand. Die hereinbrechende Dunkelheit, die sich mit dem unregelmäßigen Schein ihrer Fackel vermengte, schuf sie neu, ein Geschöpf aus Licht und Schatten, das für immer unerreichbar bleiben würde. Wie hatte er nur je glauben können, sie zerstört zu haben?

»Mein Sohn«, sagte sie mit erstickter Stimme, und sie sprach nicht zu dem Toten, sondern zu ihm. »Mein Sohn, verzeih mir.«

»Ich kann nicht«, erwiderte er, doch er nahm ihre freie Hand, führte sie an seine Lippen und weinte. Nicht stoßweise wie in Alba, sondern lautlos; außer ihr bemerkte es niemand.

Sie traten gemeinsam vor den Scheiterhaufen. Ilian übergab Romulus ihre Fackel und zog etwas aus dem Inneren ihres Umhangs hervor, das weiß in der Dämmerung schimmerte. Von den Anwesenden erkannte es nur Ulsna. Es stammte aus Ägypten und war so erlesen und selten wie Purpur: ein Alabasterfläschchen, zusammengeschmolzen, auf daß keine Spur des köstlichen Duftes verloren gehe, gefüllt mit dem Salböl der Könige. Sie zerbrach es auf der Stirn ihres toten Sohnes.

»Das einzige, was ich dir noch geben kann«, sagte sie leise, »und das Schlimmste. Du warst glücklich ohne mich. Ich hätte nie von jenseits des Meeres zurückkehren sollen.«

Ulsna drängte alles zurück, was ihm auf der Zunge lang, und stimmte das Lied für die Totenklage an, das erste Lied, das Ilian ihn je hatte singen hören.

» *Weit bin ich vom dem Land, dem Land, wo die Töchter Turans mir lachten; meine Heimat, ich hab sie nicht mehr. Weit bin ich von den Freunden, den Freunden, die mein Leben mir schützten; meine Freunde, ich hab sie nicht mehr. Weit bin ich von dem Kind, das in den Armen mir lachte; mein Kind, mein Kind, ich hab es nicht mehr.* «

Während er seine Stimme erhob, fragte er sich, ob Romulus, der nun die Fackel an den Scheiterhaufen legte, je begreifen würde, wie unnötig diese letzte Wahnsinnstat gewesen war, wie unnötig die Eifersucht auf seinen Bruder. Was auch immer Ilian für ihn in ihrem Herzen trug, es ging tiefer und war stärker, als ihre Zuneigung zu dem armen Remus je gewesen war. Sie hatte sich um Remus Sorgen gemacht, doch es war Romulus gewesen, dessentwegen sie darauf bestanden hatte, heimlich dem Troß zu folgen, zerstört und bar jeder Hoffnung, wie er sie zurückgelassen hatte. Sie in den letzten Tagen zu erleben, zu beobachten, wie von all der Zielstrebigkeit, die sie immer angetrieben hatte, nur noch der Wunsch übriggeblieben war, dem verfluchten Jungen noch einmal die Möglichkeit zu geben, sie zu zerfleischen, das war fürchterlich gewesen.

Dabei brachte es Ulsna nicht mehr fertig, Romulus zu hassen. In gewissem Sinn hatte sie recht; er war, was sie aus ihm gemacht hatte, und in der reglosen Gestalt neben Ilian erkannte er ihr Spiegelbild. Ulsna sang, während das ausgedörrte Gras, das Romulus zwischen die Holzscheite gelegt hatte, und die Zipfel des Umhangs, den er über seinen Bruder gebreitet hatte, Feuer fingen. Einen Moment lang schien es, als griffen die Flammen auf die Umstehenden über, und Ulsna sah sie alle drei im Feuer: Ilian und ihre beiden Söhne. Dann kniff er im aufsteigenden Rauch die Augen zusammen, und die Lebenden trennten sich wieder von den Toten.

NACHWORT

Zwillinge, so habe ich den Eindruck, verfolgen mich, vor allem Zwillinge mit zwiespältigen Geburtsumständen. Nach Layla und Tariq in meinem Roman *Mondlaub*, die halb maurischer, halb kastilischer Abstammung sind, machte ich einen Ausflug ins Kinderbuchgenre und schrieb über das Prinzenpaar Tonio und Claudio, das vor dem Problem steht, um den Thron zu wetteifern. Carla und Robert in *Unter dem Zwillingsstern* sind zwar keine Geschwister, aber Zwillingsseelen. Schon seit Jahren, genauer gesagt, seit ich die etruskischen Gräber in Tarquinia während meines Italienaufenthalts besuchte, beschlich mich immer wieder der Wunsch, über den Gründungsmythos von Rom zu schreiben, der (gewaltsamen) Geburt einer Kultur aus einer anderen. Was mich lange davon zurückhielt, war schlicht und einfach, daß es sich bei Romulus und Remus schon wieder um Zwillinge handeln würde. Dann kam mir auf einer weiteren Reise der Einfall, der mich das gesamte Thema unter einem neuen Aspekt betrachten ließ: Was, wenn nicht die Zwillinge, sondern ihre Mutter im Mittelpunkt des Romans stünde?

Das Ergebnis ist die Geschichte, die ich erzählt habe. Noch ein paar Anmerkungen zum Hintergrund: Im allgemeinen gehen die Historiker davon aus, daß es sich bei den ersten vier Königen Roms – Romulus, Numa Pompilius, Tullus Hostilius und Ancus Marcius – um Sagenfiguren handelt, bei den letzten dreien – Tarquinius Priscus, Servius Tullius und Tarquinius Superbus – dagegen um historische Gestalten. Ich nahm mir daher die Freiheit, das in der Sage überlieferte Gründungsdatum Roms (21. April 753 v. Chr.) beiseite zu schieben; die drei letzterwähnten Könige sind ein Jahrhundert später gesichert, und angesichts der damaligen durchschnittlichen Lebensdauer halte ich es für wahrscheinlich, daß auch ihre Vorgänger, soweit vorhanden, im siebten Jahrhundert zu Hause waren. Im übrigen konnte ich die Geschichte so in Einklang mit dem Ende der nubischen Herrschaft in Ägypten, den Einfällen der Assyrer und dem Beginn der 26. Dynastie bringen. Für Interessierte: Ilian und Ulsna kommen um 670 v. Chr. zum ersten Mal nach Sais.

Die Sage von Romulus und Remus wird uns von mehreren antiken Quellen überliefert, am ausführlichsten bei Plutarch (ca. 50-125 n. Chr.) und Livius (59 v. Chr. – 17 n. Chr.). Zu diesem Zeitpunkt war Rom längst kein Stadtstaat mehr, sondern ein Weltreich, und ein entsprechend grandioser Hintergrund schien geboten; gemessen daran ist es erstaunlich, wie skeptisch beide Schriftsteller die göttliche Herkunft der Zwillinge behandeln. So kann ich mich nicht rühmen, als erste auf die in diesem Roman vorgestellte Lösung gekommen zu sein; Plutarch schlägt denselben Mann als Alternative zu Mars vor.

Mein Dank gilt vor allem meiner Familie und meinen Freunden, die diesmal mehr Geduld mit mir gehabt haben als bei jedem anderen Buch. Die seelischen Abgründe, in die ich meine Hauptfiguren begleitete, ließen mich mehr als einmal den Weg unterbrechen. Jedes der Bücher, die ich in meiner Bibliographie aufzähle, war eine große Hilfe sowie eines, das gesondert erwähnt werden muß, hat es doch nichts mit Etruskern oder Römern zu tun, sehr viel jedoch mit der eindrucksvollen Erzählung einer Sage in Romanform, die dem ursprünglichen Mythos seine archaische Wucht erhält: *Der König muß sterben*, Mary Renaults Roman über Theseus. Er war eine große Inspiration und Herausforderung zugleich.

BIBLIOGRAPHIE

Davidson, James: Kurtisanen und Meeresfrüchte. Siedler Verlag, Berlin 1999.

Holdes-Hoenes, Sigrid: Leben und Tod im alten Ägypten. Wissenschaftliche Buchgesellschaft, Darmstadt 1991.

Kracht, Peter: Studien zu den griechisch-etruskischen Handelsbeziehungen vom 7. bis 4. Jahrhundert vor Christus. Brockmeyer Verlag, Bochum 1991.

Murray, Oswyn: Das frühe Griechenland. dtv, München 1982.

Onasch, Hans-Ulrich: Die assyrischen Eroberungen Ägyptens. Dissertation Universität Heidelberg, 1994.

Pfiffig, A. J.: Die etruskische Sprache. VMA-Verlag, Wiesbaden 1998.

Pfiffig, A. J.: Die etruskische Religion. VMA-Verlag, Wiesbaden 1998.

Schulze, Peter: Frauen im alten Ägypten. Bastei Lübbe, Bergisch-Gladbach 1993.

Shuey, Elizabeth: Etruscan maritime activity in the western mediterranean. Dissertation University of California, Santa Barbara 1982.

Torelli, Mario: Die Etrusker. Fourier-Verlag, Wiesbaden 1988.

GOLDMANN

*Das Gesamtverzeichnis aller lieferbaren Titel erhalten Sie
im Buchhandel oder direkt beim Verlag.
Nähere Informationen über unser Programm erhalten Sie auch im Internet unter:*
www.goldmann-verlag.de

★

Taschenbuch-Bestseller zu Taschenbuchpreisen
– Monat für Monat interessante und fesselnde Titel –

★

Literatur deutschsprachiger und internationaler Autoren

★

Unterhaltung, Kriminalromane, Thriller
und Historische Romane

★

Aktuelle Sachbücher, Ratgeber, Handbücher und
Nachschlagewerke

★

Bücher zu Politik, Gesellschaft, Naturwissenschaft und Umwelt

★

Das Neueste aus den Bereichen
Esoterik, Persönliches Wachstum und Ganzheitliches Heilen

★

Klassiker mit Anmerkungen, Anthologien und Lesebücher

★

Kalender und Popbiographien

★

Die ganze Welt des Taschenbuchs

★

Goldmann Verlag • Neumarkter Str. 18 • 81673 München

Bitte senden Sie mir das neue kostenlose Gesamtverzeichnis

Name: _____

Straße: _____

PLZ / Ort: _____